大国能源

赵郭明 / 著

中国石油西南油气田开发全景纪实

天地出版社
TIANDI PRESS

图书在版编目（CIP）数据

大国能源：中国石油西南油气田开发全景纪实 / 赵郭明著. —成都：天地出版社，2022.3
ISBN 978-7-5455-6879-0

Ⅰ.①大… Ⅱ.①赵… Ⅲ.①纪实文学 – 中国 – 当代 Ⅳ.①I25

中国版本图书馆CIP数据核字（2021）第269520号

DAGUO NENGYUAN:ZHONGGUOSHIYOUXINANYOUQITIAN KAIFA QUANJING JISHI
大国能源：中国石油西南油气田开发全景纪实

出 品 人	杨 政
作 者	赵郭明
责任编辑	张秋红　李建波
封面设计	思想工社
内文排版	尚上文化
责任印制	王学锋

出版发行	天地出版社 （成都市槐树街2号 邮政编码：610014） （北京市方庄芳群园3区3号 邮政编码：100078）
网　　址	http://www.tiandiph.com
电子邮箱	tianditg@163.com
经　　销	新华文轩出版传媒股份有限公司

印　　刷	天津科创新彩印刷有限公司
版　　次	2022年3月第1版
印　　次	2022年3月第1次印刷
开　　本	710mm×1000mm 1/16
印　　张	34.25
字　　数	459千字
定　　价	69.00元
书　　号	ISBN 978-7-5455-6879-0

版权所有◆违者必究

咨询电话：（028）87734639（总编室）
购书热线：（010）67693207（营销中心）

如有印装错误，请与本社联系调换

献给共和国能源革命的
先行者、牺牲者与参与者!

目 录

第一章　与子同袍

三千越甲可吞吴 ·············· 001

石油时间 ·············· 010

经略西北 ·············· 019

岂曰无衣 ·············· 030

不能离开战场 ·············· 038

第二章　圣灯之光

喇嘛寺街的雪 ·············· 055

苦涩的笑意 ·············· 067

四川大有希望 ·············· 082

第三章　战川中

1958年的石油策 …… 095

川中有肥肉 …… 109

火红的记忆 …… 122

三千援军出玉门 …… 131

三三那个尕娃子 …… 142

将石头咬碎 …… 149

没有退路 …… 164

落日照耀嘉陵江 …… 181

第四章　隆桂的底色

无眠的川中之夜 …… 193

我们的会战 …… 205

吃饱肚子的政治 …… 222

常天尧与42名壮士 …… 233

第五章　七十亿的集结号

用你们的时候到了 ································ 249

井喷就是命令 ····································· 259

大炮都打不垮 ····································· 267

战区秋点兵 ······································· 278

上了战场就会死人 ································ 286

倒下的和站起的 ·································· 298

第六章　出三峡

石炭系之光 ······································· 311

川东的基业 ······································· 326

穿越生死线 ······································· 343

一块好钢 ··· 354

春风谣 ··· 367

晴川历历汉阳树 ·································· 381

第七章　头顶的蓝天

攻关与体系 ·················· 399
那些前辈 ···················· 410
在路上 ······················ 420
已将他乡作故乡 ·············· 428
兵王是怎样炼成的 ············ 444
革命与欣慰 ·················· 459

第八章　西南之翼

清澈高远 ···················· 473
同举一杆旗 ·················· 483
从 300 亿到 800 亿 ············ 501
他们正年轻 ·················· 517
未来已来 ···················· 529

第一章
与子同袍

三千越甲可吞吴

1955年5月的一天，对戎马倥偬23年的中国人民解放军第十九军第五十七师副师长张忠良来说，意味着一场战争的硝烟散去不久，新的战争在他毫无准备的时候，突然又开始了。

张忠良神色肃穆地坐在西安飞往成都的一架安–26飞机上。此前，他所在部队的8000名官兵已集体脱下军装，脱离中国人民解放军的编制序列，被改编为中国人民解放军石油工程第一师。

自从三年前脱下军装那天起，他就感到了肩上担子的沉重。此刻靠在飞机临近舷窗位置的座椅上，看着云团从机翼上掠过，看着机翼下青翠、苍茫的蜀北群山，他不禁感慨万千。他收回目光，若有所思。他意识到了此行将要面临的形势与任务，于他而言，绝不亚于一场新的战争对他的考验。

20余年的军旅生涯中，张忠良同枪林相伴，与弹雨同行。

1914年10月，张忠良在陕北榆林绥德县一户农家的窑洞里呱呱坠地。

那片土地自古就有晚唐诗人陈陶吟咏的"誓扫匈奴不顾身，五千貂锦丧胡尘"的豪壮之气，而陕北民谚所强调的"米脂的婆姨绥德的汉"又广为流传，这样人们对张忠良的认识，便注定了要将他与这一方水土紧密地连在一起；也许因为他的父母农闲时秦腔听得多了，被戏文里才子佳人与忠臣良将的故事熏陶，所以到了给他取名时，便有了"张忠良"这个极富寓意的名字。因而当张忠良从贫苦的农家少年成长为解放军的副师长时，人们对于他的认识，便从不难想象的面黄肌瘦的榆林贫苦少年，跃升到军营战友眼中的"绥德张大个子"，陕北历史文化给他打下深深的烙印。

1932年，西北红军与西北根据地创始人之一刘志丹，开始像巨星一样在中国近代史上放射出耀眼的光芒。

据中国石油天然气集团西南油气田公司对张忠良的官方描述，一个革命青年的形象跃然纸上：次年，"19岁的张忠良满怀对国民党反动派、土豪劣绅的刻骨仇恨，毅然参加了刘志丹领导的陕北红军，为中华民族的解放事业扛起了枪。他头戴八角帽，越发显得潇洒、英俊"。[1]

在"一寸山河一寸血"的抗战岁月里，张忠良上太行，跨吕梁，参加"百团大战"，英勇杀敌。他加入了中国共产党，从一名红军战士成长为八路军的排长，后又晋升为连长、营长。张忠良先后参加了著名的上党、白晋、吕梁、汾孝、晋南等战役，以晋冀鲁豫野战军第十二旅第三十五团团长的身份率部南渡黄河，参与了鄂豫陕根据地的建立。在解除中原野战军后顾之忧的宛西战役的浓浓硝烟中，时常见到他与三十五团的身影。

1949年，河南邓县（今邓州市）、镇平、内乡和淅川四县被晋冀鲁豫野战军夺取后，国民党部队兵败如山倒，大批俘虏向解放军投降。这时，张忠良被上级任命为副师长，协助师长张复振、政委张文彬组建西

---

[1]《石油师人》四川油气田编委会：《石油师人——在四川油气田纪实》，石油工业出版社1998年版，第21页。

北野战军第十九军第五十七师。

张忠良与张复振、张文彬根据中央军委和西北野战军的命令，从驻地出发，千里西进，陆续攻克白河、安康、城固等十多座县城。是年冬天，凭借新中国宣告成立的势头，五十七师官兵披坚执锐，于12月8日与西北野战军第十八兵团会合，然后，占领了军事重镇汉中，休整待命。

在战争环境中，他身经百战，九死一生，先后7次身负重伤。最后一次负伤是他当团长的时候。在宛西战役中打河南淅川，他冒着被敌人枪弹射击的危险到前沿观察选择突破口，返回途中被敌人的炮弹炸伤，当时比他矮一头的警卫员王秀生背起他竟跑了好几百米，才脱离危险，但是右手已被弹皮击中虎口，血肉模糊，后来被定为二等甲级残废。

战斗风雨的洗礼，塑造了他坚定、顽强的性格。张忠良带过的连、营、团，以英勇、快速、善于攻坚而在军中著名。多次主攻总有他的部队，每次战斗下来，也总是得到上级首长的嘉奖和关照，安排他们提前休整。这给他提供了充分思考和总结的机会。他是个有心人，战斗经验总结总是提前上交，打一仗有一仗的收获，不断丰富了指挥艺术，也养成了善于思考的习惯。[1]

张忠良转过身来，望着安–26飞机机翼掠过秦巴山脉之后的巴蜀大地。在俨然巨型作战沙盘一样的光影里，四川西北大地一会儿绝壁千仞，群峰巍峨，一会儿一马平川，沃野千里。

机翼下的这方热土下有石油吗？脱下军装的他，重新拿起找油的武器，能与早先入川的战友及川内的专家一起如期找到"中国巴库"吗？

据资料记载，在18世纪时，"巴库"是巴库汗国的一座颇负名望的

---

[1]《石油师人》四川油气田编委会：《石油师人——在四川油气田纪实》，石油工业出版社1998年版，第22页。

都城，1813年并入沙俄帝国版图后，从19世纪70年代开始，进入石油工业化的开采时代。1922年，巴库受苏联政府的统辖；苏联解体后，又成了阿塞拜疆的首都。在中苏交好的20世纪50年代，巴库石油曾占苏联石油总量的39.2%，原油产量曾占苏联的15%，当时，它的辉煌不知曾令多少人折服。因此，在苏联石油专家协助中国奠定石油工业基石的年代，对每个中国石油人来说，他们膜拜巴库，就像信徒膜拜心中的圣地。

张忠良望着机翼下的山脉江河，想到巴库的油气、盐业资源所依赖的地质特色与四川地质情况有诸多神奇的相似之处时，又信心满怀起来。

他又一次回想起1952年2月，毛泽东以中华人民共和国和中央人民政府主席名义，在首都北京向扼守汉中的第五十七师官兵发布了就地改编为石油师的主席令，内心涌起了无法克制的激情——

> 我们人民解放军在中国共产党领导之下，从创建之日起，就具有高度的爱国主义和国际主义精神，本着全心全意为人民服务的宗旨，英勇奋斗，艰苦奋斗。今天，我们人民解放军，将在已有的胜利基础上，站在国防的最前线，经济建设的最前线，协同全国人民，为独立、自由、繁荣、富强的新中国而继续奋斗！
>
> 为此目的，除各特种兵和大部分陆军，应继续加强正规化，现代化的训练，警惕地站在自己的战斗岗位，保卫祖国国防外，我批准中国人民解放军第十九军第五十七师转为中国人民解放军石油工程第一师的改编计划，将光荣的祖国经济建设任务赋予你们。你们过去是久经锻炼的有高度组织性纪律性的战斗队，我相信你们将在生产建设的战线上，成为有熟练技术的建设突击队。你们将以英雄的榜样，为全国人民的，也是你们自己的未来的幸福生活，在新的战线上奋斗，并取得辉煌的胜利。你们现在可以把战斗的武器保存

起来，拿起生产建设的武器。[1]

张忠良知道，他已经摘掉了领章、帽徽，已不是一名严格意义上的军人了，但他每念及此，就会感到自己尽管已经脱下了军装，但仍是这个国家百万大军中的一员，只是新中国赋予他的使命与任务，发生了新的变化而已。

1952年八一建军节的上午，第五十七师官兵在汉中驻地的大操场集结。师长张复振、政委张文彬站在高高的主席台上。值班参谋对全师8000名官兵下达了"立正"的口令后，张师长用一口夹带山东莘县口音的普通话，向部队宣读了改编为中国人民解放军石油工程第一师的命令，然后与张文彬一起，乘坐一辆从国民党军队缴获的美制威利斯吉普车，最后一次检阅部队……

当时，张忠良带领师作战科的参谋与第五十七师辎重团已深入朝鲜战场，没能赶上第五十七师的"最后一个八一节"，每当想起这件事，他的心里就有一种淡淡的遗憾。

张忠良披着一身硝烟，从朝鲜战场回国后，当时有两条道路摆在面前，供他选择：一是作为战功卓著的副师级干部，火速赶往南京紫金山下，在刘伯承任校长的军事学院深造，成为致力于军队现代化、正规化建设的栋梁之材；二是答应燃料工业部部长陈郁的挽留，与同他结下袍泽之情的战友一道，向军旗告别，背上背包，加入寻找"中国巴库"的大军行列。

"与子同袍，岂曰无衣。"经过事关个人前途命运的认真思考后，张忠良觉得难舍他与五十七师官兵在战火中凝结的情谊，毅然放弃了进入最高军事学府深造的机会，及时赶回汉中，和战友一起踏上了与中国石油工业风雨同舟的征途。

---

[1] 中央文件：《中华人民共和国中央人民政府人民革命军事委员会命令》，1952年2月1日。此令由毛泽东签署。

燃料工业部党组将张忠良放在陕西石油钻探局第一副局长的岗位，与原五十七师政委张文彬搭班子。

陕西自清政府开始，就面临着煤油源源不断地运进来，白银源源不断地流到国外去的历史现实，自现代石油工业的中国式恓惶伊始，先行者们就在这里筚路蓝缕，刺激了中国"石油梦"的诞生。

据《百年石油》记载：在20世纪的初叶，在中国最早就有油苗记载的陕西延长，诞生了继台湾于1890年"钻井5口"后，"用近代钻机钻成的中国内地第一口油井"。那时，习惯用蜡烛和植物油照明而度过黑夜的国人，对"洋油"（煤油）的接受程度已很普遍。国人对煤油的依赖带来的市场缺口日益扩大。仅1901年，域外煤油输入就达到43.1万吨。……陕西巡抚曹鸿勋会同各方有识之士，上奏朝廷："以延长煤油与外国煤油争衡""非自办，不能杜外人之觊觎""以中国之财力，开中国之利源"。

1904年11月，获准试办延长石油。两年后，购得日本顿钻设备1套，聘得日本技师佐藤弥市郎及工匠6名。1907年2月，人员与钻机相继到达延长，成立石油官厂。经过3个月准备，第一口井于6月7日开钻，9月10日钻至81米时停钻，9月12日投产，初日产原油1至1.5吨。这是中国内地用近代钻机钻成的第一口井。采出原油后，用小铜釜试炼，日产灯油12.5公斤，送至西安检验，烟微光白，可与进口煤油媲美。同年10月，从日本进口的炼油釜装竣投产，10斤原油可提炼6斤煤油，遂将所产煤油装箱运往西安销售。[1]

中华人民共和国成立后的第二年，借助第一次全国石油工业会议热潮的助推，陕北盆地根据中央财经委员会"加强陕北勘探工作"的指

---

[1]《百年石油》编写组：《百年石油（1878—2000）》，石油工业出版社2009年版，第5页。

示，迎来了全国各地的石油工业精英，持续开始"在北起延安、延长，南至铜川、韩城一带，进行线路地质调查和重力粗查"。

经过17支地质、测量和重力队的大规模勘探，由于设备与技术条件的局限，各路人马历经三年风餐露宿，最终却得出了"没有发现明显含油气构造"的结论。

1954年，燃料工业部石油总局在西安召开第五次全国石油工作会议。鉴于陕北石油勘探成效不明的僵局，已转业到石油工业战线两年多的张忠良，根据此次会议确定的工作重点与人事安排，背上背包，奉调入川。

燃料工业部部长陈郁的意思很明确，既然陕北盆地不是寻找"中国巴库"的理想之地，那么，就让张忠良这个重情重义、浑身充满力量的人去天府之国主政一方，带领四川局的石油创业队伍在四川试试运气。

从西安碑林区纸坊巷开往机场的一辆吉普车上，为张忠良送行的陕西石油钻探局局长张文彬语重心长地说："抗美援朝战争虽然结束了，但国家仍然面临解放台湾和支援世界革命的压力。部队的坦克、飞机和舰艇无论还用不用油，对百废待兴的新中国建设而言，石油都是国家机器亟待补充的'动力之血'。四川又是战略大后方，你与那边的同志会合后，一定要尽快理顺工作，切实把为国家尽快找到油气资源的这副担子挑起来。"

张忠良早已深感责任重大，虽然没有直接对专程为他送行的张文彬口头表态，却与他满手紧握，点头应允。

老首长的嘱托包含着信任与期待。

虽说穿在身上的一身军装已被洗得黄中泛白，早就没了领章、帽徽，但他背着依旧打得一丝不苟的背包站在舷梯上，还是转身立正，面向站在停机坪上与他告别的张文彬，敬了一个庄重的军礼。

张忠良坐在西安飞往成都的安-26飞机上，紧紧抱着怀里的背包陷入了沉思。他想进川后必须稳扎稳打，让寻找"中国巴库"的理想在四川大地落地生根，开花结果。

在陕西石油钻探局任副局长时，张忠良曾去玉门油矿参观学习，对"石油钻探工程ABC"的应知应会内容，已有了基本的常识性掌握，而且，作为一名共和国石油工业的创业前辈，他心里一直都被毋庸置疑的激情与信心所鼓舞。但现在坐在飞机上静心一想，才明白他对四川的油气储集、风土人情，其实还很陌生。

张忠良在五十七师当副师长时，根据中央军委电令，为配合徐向前、周士第的第十八兵团解放四川，他曾带领五十七师一七〇团翻越秦巴山脉，挺进川北广元、旺苍、剑阁，之后还出任了广元城防司令之职，组织指挥了昭化、剑阁和旺苍等地的剿匪战役。但主政一方的石油局长与一座城市的城防司令，两者之间的职业区别，毕竟还是很明显的。

他曾与原五十七师保卫科科长、时任玉门石油勘探局副局长的秦文彩，延长油矿主任地质师李德生一起，简单地聊过四川油气发展简史和民国年间的一些地质调查情况。

比他入行时间早不了多久的秦文彩翻开笔记本，将自己读过的书本知识，对他进行"现学现卖"的转述："四川那边的先人开发利用石油天然气的历史，不比陕西延长油矿和玉门油矿晚。晋代有个叫左思的文人，描绘过邛崃出现的天然气景象，用词华丽得很，'火井沉荧于幽泉，高焰飞煽于天垂'；还有一本很有名的书，叫《华阳国志》，也曾记载毗邻成都的邛崃那个地方冒出天然气的情景，说那里"有火井，夜时光映上昭，民欲其火，先以家火投之。顷许如雷声，火焰出，通耀数十里'，还说'井有二水，取井火煮之，一斛水得五斗盐'。就是说，那时邛崃人已经在用天然气熬盐了。明朝大医学家李时珍在《本草纲目》中写过：'正德末年（即公元1521年），嘉州（就是现在的乐山地区）开盐井，偶得油水，可以照夜，其光加倍。沃之以水则焰弥甚，扑之以灰则灭。作雄硫气，土人呼为雄黄油，亦曰硫黄油。'所以，从这些描述不难看出，四川那个地方是有石油和天然气的。"

秦文彩咬文嚼字地把话说完后，李德生又向张忠良谈起了四川的情况。李德生回顾了抗战期间国民党政府资源委员会的地质学家在川内的地质考察情况，最后对张忠良说："19世纪末叶以来，我国一些石油地质先驱就陆续到四川盆地搞过石油地质调查，据各种资料的综合统计，目前他们已在四川盆地发现了120多个可能储集油气的地质构造。在抗战时期，国民党政府基于战略物资储备的需要，于1936年在重庆成立了四川油矿勘探处，不惜重金向德国订购了一批当时最新的旋转式钻机，不过令人惋惜的是，这些新式钻机在冲破日军战火封锁的途中损坏严重，零部件丢失不少，运抵重庆后，只有两台基本可以投入使用，而勘探发现钻井时，也是打打停停，进度很慢，12年才打了五口半井，只有两口小气井获得了气流。"

在玉门学习期间，张忠良还了解到：虽然燃料工业部石油管理总局于1950年7月就在重庆成立了办事处，开始筹划四川盆地的石油勘探工作，但办事处接管、合并原国民党政府资源委员会下辖的四川油矿勘探处和重庆营业所以后，从事油气勘探工作的职工也才仅有207人。显然，四川的石油勘探局势与中国其他几个石油探区的情况比较类似，领导干部、技术骨干和职工的缺口很大。

安–26飞机在西安至成都的航线上呼啸，从1955年夏天辽阔的天空穿云而过。当飞机的翼下开始出现一望无垠的川西平原时，张忠良知道成都就要到了，他与四川石油战士的战场在历史风云中，即将随之铺开。

尽管1949年之后，中国石油工业在起步阶段困难重重，但他也知道，目前四川石油勘探队伍分别隶属西南石油钻探处和西南石油地质处领导，已有职工3000多人，有5个探区、七八个钻井队。其中在延安枣园、甘肃玉门、陕西汉中经过近一年生产学习的石油师指战员，占钻井队伍总人数的80%左右。他们是在1954年前后陆续入川的。这些人，他比较熟悉的有杨彬、孙继先、王廷兰、赵志华、刘东海、何灿堂、李少初、刘文生、王长山这些老战友。

著有短篇小说集《聊斋志异》的清代作家蒲松龄，曾以一联自勉："有志者，事竟成，破釜沉舟，百二秦关终属楚；苦心人，天不负，卧薪尝胆，三千越甲可吞吴。"

张忠良少年时代从无定河畔参军入伍，人到中年转战石油战线，不一定知道蒲柳泉在面临"年年文战垂翅归，岁岁科场遭铩羽"的困境时，曾以刻在镇纸上的这副对联鞭策自己。但他入川履新，对放下枪杆子，握起"刹把子"的五十七师战友乃至三千四川石油战士的倚重，以及进行自我重塑的愿望，却与蒲松龄是一致的。

至于"三千越甲"能否在他的率领下，天遂人愿，开创一片"吞吴""灭秦"的天地，接下来只有埋头苦干才能证明了。

石油时间

根据全国第五次石油工作会议部署，张忠良赶赴四川局上任，准备捋起袖子，在四川寻找到"中国巴库"，力争实现抱一个康世恩时常挂在嘴边的"大金娃娃"时，新中国的石油工业之战打响已有四年多了。

回望异常艰辛却砥砺前行、不断开拓的艰难的四年多时光，也许要从1949年9月28日，即距开国大典只剩两天的那个下午说起。

那天下午，西北高原的太阳即将西沉，中国石油灵魂人物之一的康世恩与肩负着特殊使命的随员一起，行色匆匆地来到甘肃玉门。

从某种意义来说，"9月28日"这个日子，应该是属于新中国所有"石油人"的"中国石油时间"！

康世恩一行放下行李，便在矿区广场上召开了玉门油矿职工大会。

面对4000多名坚持留下来欢迎康世恩一行的油矿工人，西北野战军第三军军长黄新亭也没客套，直截了当，充满自豪地代表西北野战军司令员彭德怀高声宣布："玉门油矿解放了！原国民党的中国石油公司甘肃分公司不存在了，根据党中央、毛主席的命令，中国石油公司甘青分公司军事管制委员会今天成立了！"

在此前的8月22日，西北野战军第二兵团、第十九兵团共5个军10万人，在彭德怀指挥下占领兰州。之后，在国民党政府资源委员会委员长、经济部部长孙越崎，油矿协理邹明等爱国人士和大批爱矿、护矿工人的协助下，黄新亭带领西北野战军的装甲团，于9月26日挺进玉门，在工人们的夹道欢迎中，开着轰鸣的战车，占领了被彭德怀赞誉有加的"中国石油工业的摇篮"——玉门油矿！

黄新亭面如朗月，是西北野战军高级将领中的"美男子"之一。他宣布玉门油矿被中国共产党实行军管之后，面带胜利的喜悦，又宣布了甘青军管会正式接收玉门油矿的命令。

在这份体现了中央和军方意志的公文中，康世恩出任军事总代表，兰州军管会领导干部焦力人、张俊任副总军代表，刘南、职若愚、詹石、杨文彬和雪凡等人出任军代表。

黄新亭将命令宣布完毕，玉门油矿办公楼门前的小广场上，长时间地响起了热烈的掌声。

黄新亭站在主席台上，满面春风地挥手示意大家安静下来，向大家介绍了一位年轻人，只见他"瘦个头，长方脸，两道浓眉，一副眼镜，干练而又朴实"[1]。

他就是34岁的康世恩。

根据党中央接管国民党政府城市和工矿企业的政策，在坚持军事接管玉门油矿，尽快恢复生产的首要原则下，康世恩发表了热情洋溢的讲话："我们代表党中央和毛主席来接收玉门油矿，不但不会打乱企业原有

---

[1]《康世恩传》编写组：《康世恩传》，当代中国出版社1998年版，第26页。

的组织机构，原职原薪地计发每个人的工资，而且还特别欢迎玉门油矿的知识分子、管理人员、技术骨干和我们一同参加新中国的石油工业建设，共同创造美好未来！"

康世恩的讲话言简意赅，引起了强烈共鸣。

玉门油矿经历了新旧政权更迭之初的不安及惶惑，很快人心安定，秩序井然，各项生产得到了恢复。

黄新亭的装甲团与西北野战军的后勤车队，在玉门加完新中国石油工人开采、提炼的新鲜油品后，朝着进军新疆的目标继续前进。

为尽快落实彭德怀"要把玉门建成我国石油工业摇篮"的指示，军管会面临的当务之急，就是发动职工紧急行动起来，为大部队进军新疆提供油品保障。为此，他们在部队运力不足时，还派出了一支紧急拼凑、快速组建起来的运输车队。

当时，玉门油矿的炼油设施只有常压蒸馏和减压蒸馏等三套设备，生产的油品无法满足进疆部队越来越大的需求。康世恩发动全矿上下，在三套装置超负荷运转时，就如何增加炼油量的问题想办法。

工人和技术人员提出，库房里有一套设备还可以用。康世恩一问，才知道那是前几年国民党政府资源委员会从美国进口的达布斯热裂化装置。当年，这套设备冲破日军的狂轰滥炸，经"史迪威公路"一路辗转，好不容易才运抵玉门，不想却被堆在仓库里，一直没有派上用场。

康世恩去仓库看了那套设备时，眼睛为之一亮，同意马上安装。

炼油厂厂长熊尚元、总工程师龙显列二话没说，带领工人，负责了从设计施工到开车运行的全程工作。

许多年以后，当年在玉门担任军代表的杨文彬老人回忆起来，安装达布斯热裂化装置的情形还历历在目："那时，玉门虽然刚刚获得新生，但以前为国民党政府干活的工人积极性很高，他们打心里支持我们的工作。叫王宝森和杜秀全的老职工，给我留下了很深的印象。他们的技术特别好，无论是铆焊活还是钳工活，样样干得都很出色，哪里有困难就在哪里出现，根本不讲价钱。他们是调试安装达布斯装置的主力干将！

"像干这种具有相当难度的技术活，以往都是在美国工程师的指导下，按图纸由专业技术人员来干。没想到他们刚当上新中国的石油工人，往年的'崇美症'一下子就克服了！

"康世恩知道情况后，还专门召开群众大会，对他们进行了表扬，号召大家向他们学习。那时，新中国的第一代'石油人'为了抢时间，赶进度，每天像打仗一样连轴转。没过多久，达布斯热裂化装置就建成了，并且一次开车试产成功，柴油、汽油炼油量和品质也得到了很大程度的提高。"

国家用人之际，康世恩之所以能在百万大军中脱颖而出，于开国大典的前夜，从西北野战军第三军第九师政治部主任任上转战新中国石油战线，成为领导中国石油工业的一员干将，除了革故鼎新的大时代赋予他的特殊机遇，还有知识、经验、能力和个人素质的综合考量。

康世恩还是个察哈尔少年时，就带着对国民党对日政策的不满，以优异成绩考入了北平高中。这所中学原名河北省立第十七中学，后改名北平中学。这所学校是一所因参与五四运动，火烧北洋政府早年高官、新交通系首领曹汝霖私宅而闻名的中学。

在北平高中，康世恩与"蓝衣社"成员、校长焦实斋发生了冲突。他因不服从军训军官对学生们的宣传约束，号召大家与校方对抗，后因参加"一二·九"运动，遭到校方开除与警方通缉。

在上海避难时，他发奋读书，以优异的成绩考上了清华大学地质系。该系由著名地质学家、民国行政院院长翁文灏创办。当时，"地质系只招收两名学生，而报考者多达130多人。拿到录取通知书后，康世恩即告别同学离开上海，只身一人乘船北上天津，转赴北平。在船上，他遇到中共清华大学党组织负责人蒋南翔。蒋南翔早就听说过康世恩参加学生运动被学校开除,并被警方通缉的情况,很喜欢这个血气方刚的年轻人。两人一路谈得十分投机,到了清华大学,蒋南翔帮康世恩办好入学手续"[1]。

在水木清华,如不是因为1937年7月7日爆发"卢沟桥事变",华北沦陷,日军占领北平后,华北之大已如《清华大学救国会告全国民众书》所言,"已容不得一张平静的书桌",康世恩就可以无问西东,从此走上凿壁偷光、手不释卷的学术之路,成为致力于石油地质勘探事业的栋梁之材,而大时代却将他推上了参加中国共产党,致力于民族救亡图存和推翻国民党统治的职业革命家道路。虽然康世恩在清华地质系没有完成全部学业,但在中共军政干部中,其理工科基础知识背景还是少有人能够相比的,所以西北野战军占领兰州、解放玉门后,他从北平中学到清华地质系的早年经历,便成了组织挑选"懂地质"人才的重要依据。

康世恩的职业革命家身份从清华学生救国会常委,转为晋绥八分区的年轻专员后,分到八路军一二〇师民运队工作,他在完成第一项任务时,就显示了非常人能及的组织动员能力。

师民运部部长罗贵波,让他到一个村子去动员群众参加八路军,结果他穿上军装,没多久就拉回一支百人队伍,当上了连长兼政治指导员。随着革命形势的变化,当康世恩将身上的八路军灰布军装脱下,换成解放军的黄军装时,身份又从晋西北行署专员转换成西北野战军第三纵队许光达司令员麾下的一名师政治部主任。也许正是因为军政素质过硬,当中央指示一野选派得力干部去玉门油矿任军事总代表时,时任二纵司令员兼政委的王震因对康世恩印象不错,才毫不犹豫地推荐了他。

康世恩作为从西北野战军一路摔打出来的政工领导,对调动群众

---

[1]《康世恩传》编写组:《康世恩传》,当代中国出版社1998年版,第9页。

的积极性很有一套经验和办法。他在群众中威望很高，非常尊重知识分子，善于向他们学习。

对玉门油田实行军管后，他通过围绕达布斯热裂化装置开展群众工作，工人已经不把自己当外人了，献身新中国石油事业、当家做主的意识越来越强。钻井工人为了多打井，改变以往冬天不握刹把子的习惯，主动向军管会提出冬天打井的建议，室外气温动辄零下三四十摄氏度的环境，给他们带来的挑战是不言而喻的。

冷硬如铁的冻土被他们钻开，能够找到又黑又亮的"大金娃娃"吗？

每个钻井工人都在思考这个问题。

全矿四部钻机开足马力，轰鸣声响彻了大雪覆盖的荒原。

以郭孟和为代表的一批优秀钻工脱颖而出。他们响应玉门"石油"的召唤，登上了新中国石油工业发展史上群星璀璨的时代舞台，也改变了以往钻井队队长必须由工程师担任的行规和历史。

郭孟和后来成为"铁人"王进喜的师父，当上了全国劳模、人大代表。紧随他们之后，在同样名垂石油工业青史的张云清、马德仁、段兴枝、薛国邦和朱洪昌——这些日后驰骋各大石油会战疆场的"标杆队长"身上，也无不传承着"石油时间"的铁血基因。

在发展生产的过程中，康世恩还带着几位地质师到矿区的周缘实地考察，他们坐着一台美式吉普，天天跑野外，熟悉油矿的地理环境和地质情况，观看油苗出露和沥青砂分布。这使他开阔了眼界，学习和丰富了石油地质知识。他问身边的同志，为什么老君庙油田的地下油层分别叫作K、L、M油层呢？陪同的地质人员解释说，这是由于老君庙油田发现的油层，和干油泉出露的油苗同属一层，"干"字的英文KAN，第一个字母是K，故取名K油层，以后又在下面发现两个油层，按顺序取名为L、M油层。听到这里，康世恩说:"有道理,取名还有学问,便于理解和工作,我也顿开茅塞。"[1]

玉门"中国石油时间"的内涵,之所以积淀了代代相传的血脉基因,是因康世恩领导的军管会做到了以下几点:在思想上,将一个时代难以绕过的阶级意识,作为油魂注入了石油工人的头脑;在生活上,处理大家的利益关切时,公道正派,一心为工人着想;在组织上,及时建立了党组织,充分发挥了其战斗堡垒和先锋模范作用。

1987年10月的一天,康世恩从石油部长、国务院副总理的领导岗位上"退居二线"后,以中顾委常委的身份莅临成都,就大气区建设问题与四川石油管理局领导和地质勘探人员进行座谈。他回顾玉门往事时还说——

"我们接管玉门油田时,遇到一个棘手的问题,就是如何处理'四五事件'。"康世恩日后回忆说。

玉门地处祁连山北麓,往东50余公里就是举世闻名的嘉峪关城楼,往北、往西,都是戈壁荒滩。这里海拔2400余米,交通阻隔,气候寒冷。石油工人本来生活十分艰苦,到了1949年,由于国民党滥发纸币,物价飞涨,工人们原来那点少得可怜的工资,此时就只能维持最低生活了。

按照惯例,玉门油矿是每个月的第一天发工资。可是4月份,到了4号仍未发工资,工人们都十分焦急。因为按照每天都在变化的纸币与银元的兑换率计算,再拖下去,纸币就是一堆废纸一钱不值了。于是,工人们自发地组织起来,到油矿去找代经理(邹明此时在上海)戈本捷要工资。[2]

---

[1]《康世恩传》编写组:《康世恩传》,当代中国出版社1998年版,第33页。

[2] 同上,第29页。

因此工人头一天去要钱扑了个空，4月5号上午，炼油厂的工人就集合起来，又去办公楼继续要钱。

马路上开来一辆小车，戈本捷和矿警大队大队长范冠一坐在车里，工人将他们拦下。工人代表与戈本捷对话时，提出三个条件：首先，4月份的工资要按1号那天的兑换率计发；其次，强烈要求增加工资；第三，普通工人和技术工人在待遇上必须一个标准对待。

戈本捷只是临时代行经理之职，无权也无能力回应工人的诉求。工人们愤怒之极，冲上去揪住戈本捷的衣领要他答复。范冠一见阵势不好，掏出手枪试图威胁工人，结果也被工人按倒在地。

当晚矿警在全矿工人宿舍外架起了机枪，玉门油矿戒严，随后国民党酒泉河西警备司令部介入，出动军警逮捕了欧阳义、肖化昌等32名工人，将他们关在河西警备司令部，并对欧阳义等4名工人判处6个月徒刑。

这个事件的影响很大，被称为"四五事件"。

康世恩、焦力人和张俊接管玉门后，工人依然在等待他们的处理结果。

军管会成立了"四五事件"调查组，掌握详细情况后，康世恩派军代表赶往酒泉，将被关押和判刑的受难职工接回玉门，并组织全矿职工欢迎他们回家。重回玉门油矿的工人表示，能活下来，"都是托了共产党和解放军的福！"

军管会调查组经过艰苦的工作，形成了《四五事件参考资料》《四五事件真相》等文件，搞清了事实，辨明了真相。康世恩将此事件定性为"油矿工人反压迫、反剥削的正义行动"，对责任者本着"分别主次，分别轻重，区别检讨是否诚恳，有无悔改"的原则进行处理；主要责任者戈本捷随国民党政府去了台湾，而玉门新旧更迭前后，协理邹明等管理人员因做了不少好事，护矿有功，则不予以追究。

军管会对该事件的尺度把握得很准：既要"着眼于发动群众，提高工人阶级觉悟，使他们切身感受到翻身解放，当家做主的主人翁地位，同时又要保护知识分子，贯彻执行党的政策"。

康世恩身处没有硝烟的石油战场，依然把他当政治部主任时提炼总结的"两忆""三查"经验运用到军管玉门油矿的实际工作中来，在全矿开展了以"谈身世、吐苦水"为主题的群众性自我教育。普通工人，甚至包括不同家庭出身的知识分子及技术人员也被发动起来，纷纷"控诉旧社会的阶级仇和民族恨，以及国民党反动派的种种罪行。有的职员也诚恳地检讨了自己过去侵犯工人利益的行为。一批苦大仇深的工人，提高了政治觉悟，初步懂得了工人阶级的使命和地位，紧密地团结在共产党的周围；一些知识分子和矿上负责人从中受到深刻教育，放下了准备挨整的思想包袱"[1]。

新中国成立之初，经玉门军管会的不懈努力，油矿职工的精神面貌和各项工作出现了惊人的巨变。

1950年1月，全矿三千多名职工自愿申请，经群众评议加入工会组织；2月9日，油矿党总支委员会成立，康世恩任总支书记，焦力人、杨华甫、刘兰等任总支委员，首批40名优秀职工加入中国共产党；5月2日，油矿召开立功庆祝大会，500名职工立功受奖；8月，军管会接管原油矿创办的学校，工人有了自己的子弟学校；8月5日，玉门矿务局宣告成立，西北军将领杨虎城之子杨拯民任局长，康世恩宣布玉门油矿国民党"甘青分公司"的时代结束，中共西北石油管理局的时代开始；9月，油矿技校开学，235名青年进入采油班学习；9月3日，王日才、王宝山当选劳动模范，其中王日才因对电测仪进行技改，投入使用后效果很好，当选为全国劳模，赴京出席了相关庆祝活动；10月12日，老君庙油田以东14公里三橛湾I-29探井喷油，使老君庙油田的面积成倍扩大；12

---

[1]《康世恩传》编写组：《康世恩传》，当代中国出版社1998年版，第30页。

月,"铁人"王进喜的师父郭孟和在司钻岗位上被提升为钻井队长,郭孟和带领井队进入青草湾探区,首开冬季钻井的先河。

1951年4月17日,玉门矿务局颁布《奖励发明改进合理化建议试行条例》;6月8日,玉门抗美援朝分会成立,发出捐献"石油工人号"战斗机倡议后,职工及家属省吃俭用,踊跃捐款,支持中国志愿军空军与美远东空军激战,几天后捐款总额高达15.7亿(旧币);8月30日,在苏联专家莫谢耶夫指导下,玉门矿务局成立了作业大队,这是中国石油史上首个修、固井作业大队;9月,玉门油矿开始大力开展劳动竞赛,"优胜红旗班组"竞赛评比活动从此形成制度……[1]

面对这些历经岁月打磨的历史样本,我们侧耳聆听,依然可以听到中国石油时间指针的跳动。

经略西北

中华人民共和国宣告成立的礼炮声响过后的第18天,中央政府就开始筹划石油工业应如何立足于满目疮痍的现状之中,如何尽快适应百废待兴的国民经济发展计划。

中国石油工业的柱石,这时是甘肃玉门,陕西延长,新疆乌苏,四川自流井、圣灯山与重庆石油沟的几个油矿在西部和西南地区支撑,产量很低和资源不明等问题十分突出,全国石油年产量仅有少得可怜的12万吨,国家对1950年石油产量满足经济建设需求的预期,也才占了10%的比例。可以说,中央对石油产量满足工业发展需求的估算是谨慎的,这种心态与1938年冬天民国石油先驱们发现老君庙油田之后对未来所做的期许是一样的。

---

[1] 玉门在线:《玉门老照片》,www.yumen.tv/forum/thread-8870607-1-1.html,2015年1月19日。

1938年12月23日，国民政府资源委员会主任翁文灏在从重庆发出的电报中敦促玉门油矿开发筹备处主任严爽、石油地质学家孙健初、测量员靳锡庚，尽快带领邢长仲、宿光远、刘万才等6名工人组成的勘探队，从酒泉启程，向玉门进发。

当时，正值数九寒天，飞雪狂舞。

他们骑在骆驼上，冻得手脚麻木，实在受不了时，就跳下驼峰在雪地上徒步行走，等身体暖和了，又重新骑上骆驼赶路。经过连续4天的跋涉，总算抵达了海拔2400多米的石油河。石油河畔冰天雪地，荒无人烟，只有一座东倒西歪的老君庙迎接他们。

严爽跳下驼峰，吩咐随行的工人将套瑙、乌尼、哈那、门槛等物件逐一卸下，将蒙古包扎好。孙健初、靳锡庚也没顾上钻进蒙古包里暖和一会儿，就忙着招呼大家测量地形、勘探地质，确定探井位置。

严爽是北京大学矿冶系培养的人才，参加老君庙石油勘探开发前，曾在国民政府资源委员会下辖的企业出任过探煤技师、陕北石油勘探处处长、延长油矿矿长等职，对钻井、采油和炼油工作非常熟悉。他还奉翁文灏之命考察过日本、美国的油田及炼油厂，并在诺曼大学进修过一年石油工程专科，因而拥有丰富的工作经验和较高的理论素养。

严爽组织工人将野外生活设施安排好后，便与靳锡庚一起配合孙健初的工作。他们先后勘察了弓形山、干油泉、三橛湾、石油沟的地质情况，制定了包括地质、钻探、器材、费用在内的《1939年度工作计划书》。该《计划书》在"钻探"一节明确写道："拟分石油河、干油泉、三橛湾、小石油沟四区进行"，"暂定石油沟与干油泉各钻井3口；三橛湾2口，均在背斜南翼；小石油沟2口，在断层线南1500米，井深预计500—1500米"。为落实这份计划，他经常在酒泉与老君庙之间往返，组织各项工作展开。

孙健初1926年毕业于山西大学工科采矿系，在中央地质调查所任技正，长期从事野外地质调查，1937年和韦勒、萨顿到石油河进行过调查，对这一带地质情况有所了解。在进一步对玉门石油地质情况调查研究后，他提出："沿弓形山背斜轴心之南，自西而东拟定钻眼8个，再相距200米处，复定钻眼8个，共成南北二排，是为第一期。各钻眼如能多数出油，再于背斜层南翼及两端酌定距离，续钻多眼，以定油层之边际，是为第二期。"为了实现这个计划，他和靳锡庚等在石油河周边的荒山野岭间，反复踏勘，确定井位。

当时的条件极为艰难。若干年后，靳锡庚回忆那时的情形写道：

……向西望去，有一座一百多米高的弓形山，（我们）决定去那里察看，但是找不到路，只好沿着石油河西岸的峭壁向上爬。前面的人用镐挖出踩脚的台阶，后面的人用力把前面的人托上去。费了九牛二虎之力，终于爬上山顶。……玉门的冬季常常刮起六七级大风，山高风大，野外工作，人站不稳。气温降到零下20度，身上穿着又沉又厚的皮大衣，每走一步都气喘吁吁。……每天都在野外午餐，真可谓是"风餐"。喝不上水，只好到山沟里抓把雪吃。带出来的馒头冻成了冰疙瘩，就拔些骆驼草点燃，烤一烤吃。这样的生活持续了好几个月。[1]

随后，从四川圣灯山、重庆石油沟和玉门当地动员、调集和招聘的员工陆续赶到，经翁文灏通过周恩来的协调，从陕北拆卸的国民政府留置在陕甘宁边区延长油矿的钻机和物资，也已运抵老君庙。孙健初、严爽、靳锡庚在庙里吃过晚饭后，同6名工人在蒙古包里像往常一样倒下睡觉。三个人听着近在咫尺、正在解冻的石油河中冰块与冰块互撞时发出的响动，不安的心似乎跳动得更欢畅了。

他们无法入睡，披衣而坐。当然，这并不是玉门的寒夜让他们这

---

[1]《百年石油》编写组：《百年石油（1878—2000）》，石油工业出版社2009年版，第17—18页。

些南方远客无法适应。天当房，地当床的野外生活，寒来暑往的各种气候，对他们来说早习惯了。何况在石油河畔爬冰卧雪，连续苦战了三个多月，大西北的恶劣天气他们早已领教过了！他们之所以悄悄地披衣坐起，没有惊醒身边的工人，是因他们想到老君庙地下的滚滚石油，将要成为各路大军抗击日本侵略者、光复祖国大好河山的力量之源，于是兴奋得实在睡不着了。

他们盘腿坐在被窝里，一起憧憬着老君庙的明天。

"将来，要是能在这里打出一口自喷井就好了！"孙健初望着帐篷里一盏马灯折射的光晕说。

"我看一天能出 50 桶油就不错啊！"严爽说。刘志丹领导的西北红军占领延安后，严爽一度滞留在延长油矿打井，一天只能出油一百多公斤，不足一桶，所以严爽的这个说法，在他自己看来显然是足够乐观了。

年轻的靳锡庚则风趣地说："你们想得美，我看这次定下的 8 口井，每天能出 5 桶油就算烧高香啦！"

作家马镇写作报告文学《大漠无情》之前，对时任中国石油研究院总工程师、副院长的靳锡庚进行了采访，马镇在书里写到，这位中国石油工业发展史上无法绕过的钻井工程专家，忆起当年即将揭开老君庙神秘面纱的那个寒冷之夜，曾对他说："你看，我们当时是多么可笑，干了好几个月，吃了那么多苦，第二天就要正式开钻了，才只有那么一点小小的愿望。唉，中国人盼石油，盼得已经不敢多想了！"

"不敢多想"，在"贫油国"的帽子压得人透不过气的中国石油工业早年，是所有"石油人"的共同心结！

国民党蒋介石败退台湾，中华人民共和国成立。新中国各行各业对石油的期盼，就像战争中深陷敌阵的勇士呼叫统帅部给予炮火支援一样——百废待兴的共和国，四面八方都在请求中央给予石油支援，形势不容乐观。

北京的决策者对石油的期待，与民国石油工业先驱对老君庙的"不敢多想"心结并无二致。继1949年中央成立燃料工业部，1950年春天又组织召开了全国第一次石油工业会议，研究部署石油工业在国民经济恢复期间应该如何发挥作用的紧迫问题。

在玉门油矿军管会办公室，康世恩将工作重点与完成时限对焦力人作了简短的交代后，就收拾行李，带领经理邹明、地质师孙健初、工程师熊尚元等9人，马不停蹄地赶去北京开会。

这次会议结合国家经济重点恢复期间提出的要求和中国石油依赖进口、每年要花数千万美元外汇、进口比重占国家进口物资排名第三的实际，正式提出了打赢一场虽然没有硝烟却注定同样需要付出艰辛与牺牲的"石油战争"——"三年内恢复已有的基础，发挥（当时的）设备效能，提高产量，有步骤、有重点地进行勘探与建设工作，以适应国防、交通、工业与民生需要"的战略目标。为确保这个战略目标的实现，大会还作出决定：在燃料工业部内部组建石油管理总局，由曾在上海接管过国民党中国石油公司的军事总代表徐今强出任总局局长，孙健初因属于首屈一指而且作为可以放心使用的"国民党的石油地质学家"，则从康世恩麾下调往总局出任勘探处处长；总局下辖西北石油管理局，领导玉门、延长、新疆油矿；四川西南军政委员名下的7家石油天然气附属单位，也被划归石油管理总局领导；基于西北已是石油产量不容出现纰漏的重点依靠，玉门油矿便终止了国共更迭时的军事管制，军管会总代表康世恩主政大西北，担任西北局局长，杨拯民、邹明担任副局长。

在这次立足民国石油工业基础，展望年轻共和国石油工业未来发展的大会上，康世恩代表西北石油管理局作了题为《玉门油矿1950至1952年发展计划》的发言。燃料工业部部长陈郁在讲话中说："西北局的发展计划可行性强，燃料工业部，尤其石油管理总局，要协调各方力量大力支持，玉门的产量上来了，我们就能稳住阵脚，在此基础上再向更高的目标迈进，就会大有希望！"

孙健初作为名望极高的石油地质学家，也在会上提出了发展西北石油工业的专家意见。孙认为，中国石油工业的发展仅就西北地区而言，绝对是符合实际的。因此，第一次石油工业会议做出决定，迅速在西北地区部署勘探重兵。

那么，西北石油管理局是如何落实这次会议精神的呢？

康世恩从北京回到玉门，同党总支委员焦力人、杨华甫、刘兰及杨拯民、邹明等人经过研究，决定把突破口选在探索油田开发经验和提高管理经验上。就管理体制来说，他们将民国时期的矿场、炼厂、工务这三大板块，改组成了直接生产与辅助生产的8个厂、队，创造了"前三队，后三厂"（即"钻井队、采油队、油建施工队，管子站、机械厂、预制厂"）模式。

《人民日报》以"祁连山下艰苦奋斗的一面红旗"为题，对此进行了宣传，其经验在四川和大庆推广之后，"在提高生产和管理水平上，见到了很好的效果"。

在紧锣密鼓地筹建西北石油管理局的同时，时年35岁的康世恩根据中央"大力开发西北石油，自东而西，东西并举"的意图，决心在酒泉盆地的勘探开发上有所作为，找到第二个、第三个甚至更多的"老君庙油田"。他在办公室悬挂的地图上，将酒泉东部盆地、潮水盆地、民和盆地和陕北盆地圈为勘探重点。根据他的相关建议，燃料工业部与石油管理总局同意将西北石油管理局机关设在兰州，这样，他就便于协调指挥来自全国各地的勘探队伍了。

南京中央大学地质专业毕业的王宓君，跨过新旧政权更迭的门槛，刚走出校门，就被分配到燃料工业部石油管理总局勘探处实习，参加了"开发西北计划"实施。

2018年3月，王老先生——这位原四川石油管理局的常务副局长，在成都的家中就有关问题接受了本书作者的采访。

要实现第一次石油工作会议之后的"东移计划",当时面临的问题很多,最突出的还是人才紧缺。那时,全国石油职工满打满算,也就一万多人,地质勘探人员就更少,加起来十多二十个人,主要有孙健初、陈贲、王尚文和后来参加我们四川局川中会战,担任总地质师的李德生与司徒愈旺;钻井干部只有刘树人、史久光等十来个人;炼油人才,我记得主要有熊尚元和几个记不起名字的同志;物探和采油技术人才,只有翁文灏的族弟翁文波和童宪章……这些人,都是中国石油工业早年创业的一线专家。

1951年,我从南京赶到北京实习,行李刚放下还没铺床,总局的徐今强局长和孙健初处长就召集我们开会,让我们领受任务之后,立即乘火车去西安。

我所在的勘探队从西北石油管理局西安办事处领到了骆驼和马。

鉴于马匪残余仍在西北活动的实际,他们还联系了一个班的解放军,保护大家的安全,并给我们每人办了一本西北地区的通行证,这样,我们就戴着"捂耳帽",穿着"羊皮板",手握地质锤,背着罗盘、皮卷尺,骑着驼马,浩浩荡荡地"西出阳关"——找油去了。

西行路上风沙肆虐。

好不容易见到一顶蒙古包,出来的当地人又总是吓人一跳。他们穷得没有衣服、裤子穿,就是有穿的,一些男女也是将战争中国共两军遗弃的破麻布口袋捡起,在麻袋底子的中间剪出一个大洞,左右再弄两个小洞洞,然后,头从中间的大洞里钻出,两手从左右的小洞里往外一伸,就被当成"衣服"穿了……

我们沿途所见饿殍不少,心里非常难受,但是,越是看到民生凋敝的那种样子,找油的愿望也越强烈,我们感到要是找不到石油,不说对不起到处都在要油的国家建设,至少也对不起那些"麻袋人"啊!

因此，有了沿途所见受到的教育，我们野外作业没水喝就忍着，夏天衣服汗渍重得掉盐时，就用地质锤刨开沙漠，见有湿气就将衣服埋好，等第二天重新刨开沙子，哗啦一抖然后接着又穿。结束1951年的西北地质勘探之旅，我们返回西安去还驼马，准备回京写总结时，西北局已从兰州搬到西安来了。[1]

正如王宓君老人所言，西北石油管理局原来在兰州西城巷的一个四合院里办公，下辖玉门油矿和陕北勘探大队、永昌探勘队及西安办事处等机构……但是，面对数百万平方公里的西北勘探疆域，康世恩虽然有了运筹帷幄、施展抱负的舞台，但他的确也感到肩上的担子越来越重了。

当时，随着国际风云的变化，美国政府召集"联合国军"介入朝鲜战争。中苏两国首脑经过紧急磋商后，彭德怀带领中国人民志愿军跨江作战，抗美援朝战争即将打响。东北亚的战端一开，无论前线还是国内对石油的需求，对西北石油管理局将意味着什么，康世恩心中是有数的；经历过"一滴石油一滴血"的抗战岁月的副局长邹明，也意识到他们将要承担的任务是何等的艰巨。

为此，康世恩与邹明四处奔忙，甚至晚上睡觉做梦，梦见的也是一望无垠的大戈壁上井架林立、钻机轰鸣、处处喷油的样子！

为了尽快找到原油，从1950年9月至10月上旬，西北局开会研究工作的主题一直是"勘探"二字。通过对前阶段勘探资料汇总的分析，他们决定集中力量，在陕北四郎庙、枣园、马坡塘沟和马栏四个构造开始打探井，并更进一步地考察野外地质情况。

从西北局勘探会议结束到当年的12月，康世恩又率领地质人员考察了河西走廊、贺兰山、阿尔金山。在近千公里的狭长地带，查看亿万年

---

[1] 摘自本书作者对王宓君的采访笔录。

沧海桑田的地质变迁，了解这里的石油、天然气储藏的地质特征及油气勘探远景。他坐在一辆嘎斯69吉普车上，吃的是当地老乡用青石板烙出的大饼，喝的是装在盛过汽油的大铁桶里的、富含盐碱的苦水。白天他贪婪地跑啊看啊，晚上一到住地，就铺开地质图与地质人员研究分析。人们都说：康世恩是个不会休息的人。

基于西北局勘探重点已经移师陕北，为了靠前指挥，早已脱下军装的康世恩，继续保持战争年代解放军指挥员的优良作风，决定将西北局指挥部迁往西安，局机关也于当年的11月1日从兰州搬迁到西安碑林区纸坊巷正式办公。

《百年石油》提供的统计数据表明，从1950年到1952年，随着以石油地质勘探为牵引的建设发展道路越走效果越明，短短两年内，"玉门油田就新增生产井30口。1950年玉门油矿平均日产原油264吨，到1952年平均日产量达388吨。3年共产原油37.54万吨，是玉门油矿1939年至1949年11年原油总产量的74.3%。与此同时，炼油能力也大为增强，到1952年汽油的生产能力达到4.9万吨、煤油1.66万吨，与1949年比，分别提高了3倍和4倍"。

从数字的对比变化中可以看出，自从康世恩、焦力人代表中共接管玉门油矿，尤其是从燃料工业部石油总局成立并召开全国第一次石油工业会议以来，玉门油矿的生产规模和生产能力发生了日新月异的变化。但在当年的国民经济建设中，因石油工业基础薄弱，设备老旧稀缺，人才队伍很难跟上形势，中国石油工业依然是该部最"薄弱的环节"。1952年，石油产品基本只能满足国家建设所需的四分之一。

这种局面，无异给早年中国石油人本来已经很堵的心里继续添堵！

全国第一次石油工业会议召开前后，中央对石油战线核定的任务目标是满足各方需求的10%，通过早年"石油人"扎根西北连续三年的艰苦努力，生产能力和产量都上去了，但石油进口所花国家外汇，还是从全国第三迅速上升到了全国第一的位置。

之所以造成这种局面，除国民经济三年恢复期间各行各业的石油需求大增之外，抗美援朝战争对石油资源的持续吞咽，继而导致石油进口需求飞速增加也是一个重要原因。以中国空军快速成立和介入朝鲜空战的史料为例，"在苏联专家的帮助下，1949年到1950初组建了7个航校。1950年以后又相继成立了7个预科总队（预备学校）。1950年5月到1951年9月，先后把华东、东北、华北、中南、西南、西北等6个军区航空处扩建为军区空军司令部⋯⋯从1951年到1953年7月朝鲜停战的2年半，在'边打边建'方针的指导下，我们连续地、大批地组建了部队。军委先后从陆军调来18个师部、41个团部、4个军部、1个3级军区的建制机构，另外从陆军中抽调了几批干部，以这些机构和干部为基础，组建26个航空兵师、4个独立团、4个军部及相应的场站机构、勤务分队和警卫部队，把原有的6个综合性的航校分别改组成6个单一的飞行学校和3个单一的机械学校，把技工训练大队改组为机务学校，继续组建了2个飞行学校"。[1]

在空军首任司令员刘亚楼撰文记载的这些资料中，可见毛泽东所说的天上飞的，地下跑的，没有石油都转不动的话的确真实不虚；这还不包括苏联一个航空兵军协助中国空军参战，以及朝鲜人民军空军对航油所需形成的战争消耗。

因而，将进口油品外汇开支位居全国之首的压力，完全交给石油工业艰难起步阶段的"石油人"来承担，显然是不合理的。但他们立足西北，还是竭尽全力地挑起了肩上的重担。

面对茫茫大地何处找油的茫然，摆在"石油人"面前的首要任务还是以最快速度和及时有效的办法找到石油，用康世恩的话说就是尽快抱个"大金娃娃"。燃料工业部也对此作出指示："必须把地质工作提高到

---

[1] 空军政治部编印：《蓝天之路》（下册），刘亚楼：《创建人民空军的七年》，第4页。

首要地位，必须采取有效办法，迅速加强地质勘探力量，并做好基本建设工作。"

于是，来自全国各地的30多个地质队以酒泉盆地为中心，在东起甘肃永昌，北至新疆哈密、柴达木盆地，北临中蒙边境近20万平方公里的土地上摆开战场。人们将目光聚焦在老君庙斜背的石油沟构造上，认为这里将会不负众望。石油总局批复了玉门矿务局的计划，希望他们尽快竖起井架，以最快的速度将探井先打出来。经过两年的努力，他们终于在石油沟找到了丰富的储量。石油沟储量的发现，让中央决策者和玉门局的领导倍受鼓舞。他们意识到，在荒凉的黄土下再抱几个"大金娃娃"的日子不会远了。

从1950年到1953年，国民经济在东北亚朝鲜战场的隆隆炮声中，经历了艰难的3年恢复之后，中国社会主义建设开始了有针对性的计划建设阶段，并开始启动了对共和国影响深远的第一个"五年计划"（The Five-Year Plan）。"五年计划"，是中央参考苏共第一个"五年计划"，结合中国政治制度与国情而制订的。

苏联的首个"五年计划"摆脱了落后的农业国家面貌，使他们的现代化步伐日益加快，国民经济体系日趋完善，从而使苏联在全球共产主义国家中一跃成为"红色的工业强国"。因此在东方中国，从中央政府到地方各级组织，乃至各行各业，都对"老大哥"取得的成就充满敬意。

综合当时的各种资料不难看出，"一五"期间，中央赋予民众的愿景是"老大哥的今天就是我们的明天"；具体任务就是集举国之力，在全国集中建设156个重点大型项目。玉门油矿作为中国石油工业的摇篮，自然也在这些重点项目之内。

"一五计划"要求玉门在1953年至1957年，加强区域地质调查和综合研究工作，对储油条件有利地区进行钻探，尽快发现新的石油储量；钻井工程要采用新的工艺技术，提高油井利用率，到1957年达到年产原油100万吨。经过五年的勘探开发和建设，争取把玉门油矿建设成为一个包括地质勘探、钻井、采油、原油加工、机械制造和科研教育等门类齐全的中国第一个石油工业基地，并探索出一套油田开发建设和油田管理经验。

当然玉门"石油人"也不负众望，因连续发现三个油田，继而使原油产量开始猛增。"1957年玉门油矿原油产量达75.4万吨，占全国当年原油产量87.78%。在当时'大跃进'的背景下，1958年玉门油矿的原油产量甚至达到100万吨，1959年更是达到了140万吨，这是玉门油矿的巅峰时期。在1953年至1957年的'一五计划'期间，玉门共生产原油223万吨……"[1] 玉门油田在共和国的发展进步中居功至伟。

岂曰无衣

这天上午十点左右，张忠良乘坐的西安飞往成都的安-26飞机对准凤凰山机场的主跑道降落，经过一段时间的滑行，飞机两个巨大的螺旋桨停止了转动，在停机坪上停下来。等甲板从尾翼徐徐放下，他迅速背上行军背包，像个战士似的向不远处停放的一辆轿车快速走去。四川石油勘探局的副局长何千里站在车边，代表局党委书记李滋润前来迎接张忠良，欢迎他到四川局工作。

两人简单的寒暄结束后，汽车从郊外向成都市区驶去。

窗外是葱郁的田野。坐在副驾驶位置的何副局长回过头，就四川石油勘探局的家底和新中国成立以来的基本情况向张忠良做了汇报。这让他感到这里的气氛一直是热气腾腾的。

四川石油勘探局的成立背景，要从1949年11月30日，即重庆解

---

[1]《百年石油》编写组：《百年石油（1878—2000）》，石油工业出版社2009年版，第29页。

放后，国民政府资源委员会留给新中国的一个庞大摊子说起。这个摊子对什么都缺的新中国，是一份雪中送炭的家底，但就它的资源整合与"一五计划"期间中央赋予四川局的勘探任务来说，由于无法与业已建成的石油工业基地玉门相比，所以，张忠良到任时，它又还像是个"庞大的烂摊子"。

1949年6月，西南军政委员会工业部指派焦益文等7名解放军战士，对国民党中国石油公司设在四川、重庆的四川油矿探勘处和重庆市区的两个营业所实行军管。重庆营业所根据中央部署，主要负责调集、筹措和中转物资，支援玉门的生产恢复和配套建设；油矿探勘处则负责恢复因解放战争停产已经两年多的石油沟气矿——巴–1井的天然气生产恢复。当时，四川油气工业的从业人员，只有区区的663人。但是，尽管以生产规模和从业人数包括社会影响来看，四川局都无法与玉门油田相提并论，不过巴–1井的钻探，还是比玉门油田早了整整3个年头。

简要回顾了新中国四川局"石油人"对国民政府资源委员会留下的家底进行盘存的情况后，何千里说："张局长，趁现在到机关喇嘛寺街的路程还有一会儿，我再把四川这些年开展工作的'点与面'向您汇报一下。"

张忠良的身体在座位上向上直了直，前倾着拉过何副局长的手握了握，说："千里，千万不要客气，别说什么汇报，你继续讲，我在洗耳恭听！"

"好的，那我就继续和您摆摆龙门阵吧。"何千里掏出一个笔记本，翻开某个页面看了一眼，然后停下来说，"第一次全国石油工作会议后，为支持西北局把经略西北的任务落实下去，我们四川石油工业的组织结构，根据中央指示做出调整后，一方面于1950年7月，派出82名技术骨干组成钻井队，带着50型钻机一部协助玉门勘探青草湾构造，后来又陆续三次组织动员了362人，带着美制70型钻机和大量物资参加了西北局四郎庙的勘探；另一方面，在找油未果的前提下，我们在对石油沟气矿井进行生产恢复的同时，还对圣灯山隆昌气矿国民党政府资源委员会下属的四川石油探勘处没钻完的隆-4井进行复钻。这口井于1949年3月28日开钻，四川解放时钻到418.4米停下，我们是在当年的10月28日复钻的，钻到三叠系嘉四段973.63米完钻，这是新中国建立以来我们恢复钻进的第一口气井！"

张忠良饶有兴趣地听着，从口袋里掏出一盒香烟，递给何千里一支，自己又抽出一支，点燃后深吸一口说："圣灯山名气很大，我在玉门油矿学习时，就从燃料工业部的文件中看到过，说你们生产的'圣灯牌'炭黑填补了国内空白。"

"'圣灯牌'炭黑是四川局的骄傲！"何千里将张忠良递上的烟拿在手上，本来并不打算抽，不过，见张忠良吞云吐雾，十分享受，因此，他就要过张忠良正在抽着的烟卷，将自己手里的烟卷噙在嘴里点燃，又将张忠良的烟卷儿还了回去，长长地吐出一口青烟，接着说，"隆昌炭黑厂是西南军政委员会主政大西南时，其下属工业部在两道桥乡建设的一个车间。别看这里用天然气提炼的瓦斯槽法炭黑，都是用简陋的设备和很土的工艺流程生产的，却通过了上海大中华橡胶厂的质量鉴定，在西南工业展览会上获得金奖，而且'圣灯牌'炭黑对打破西方封锁禁运，减少我国对苏联原料进口的依赖，给人民币印刷的关键材料提供了来自祖国大西南的保障！"

汽车开进成都市区喇嘛寺街，在四川勘探局机关的院子里停下。几座红色砖瓦平房和两栋灰色二层小楼，在青翠的竹林和几棵葱郁的柏树枝丫掩映下，出现在张忠良的眼里。

张忠良下车之后，早已恭候多时，与他同样穿着洗得黄里泛白的军装的秘书纪新德赶忙跑上前来，向他敬礼后，动作麻利地从车上拎下背包，同何千里一起领着他向灰楼背后，横卧在竹林里的机关招待所走去。

"张局长，您的爱人和孩子还没入川，住房问题我们暂时还没来得及给您落实，只好委屈您先在招待所将就一下。"何千里回头望着张忠良，然后转身向一栋平房带路前行，充满歉意地说。

"老何，已经很不错了。以后我们在四川局的同一口锅里舀饭，一家人不说两家话，千万别见外！"张忠良对何副局长与秘书并排前行的背影挥了挥手，知足地说。

他望着院子里被临近中午的阳光照得分外通透的竹枝与柏树的枝丫，却有某种从西北高原、戈壁大漠突然走进处处绿色南国的错位之感，而且随着并不确定的一刹那，同样一片蓊郁的汉中记忆的闸门也随之敞开。

汉中，位于陕西南部的汉江上游，地处古益州边陲，西邻甘肃，南靠四川，北屏秦岭，东抵荆襄，群山此起彼伏，汉水横贯其间。地接秦、陇、蜀、楚，路通川、甘要津……从军事地理位置看，汉中"前控六路之师，后据西蜀之粟，左通荆襄之财，右出秦陇之马"……关隘重锁，易守难攻，历有"西陲重镇"之称。

高祖刘邦因此"以成帝业"；张鲁在汉中"断绝谷阁"，以五斗米教"雄据巴汉垂三十载"；曹操征张鲁，留夏侯渊屯驻汉中，图谋西蜀；刘备为攻曹又进军汉中，杀夏侯渊于定军山下……[1]

汉中这块风雨苍黄的土地，对国共结束命运决战后的胜利之师——在此休整的中国人民解放军第十九军第五十七师官兵而言，是一块理想的风水宝地。"但师长张复振、政委张文彬却知道，屯兵汉中，部队不能松懈，因此在上级指示还没明确下来时，就号召我们深入群众，开展

---

[1] 付博：《成也汉中，败也汉中——浅析蜀国的创建与灭亡》，http://blog.sina.com.cn/s/blog_4bb5f5410100anjg.html。

清匪反霸。同时，两位首长一方面动员汉中子弟参军入伍，维护治安，保卫新生政权；另一方面要求我们发扬南泥湾精神，自己动手实现生产生活自给，有效地减轻地方政府和群众负担。我记得大约一年左右，五十七师就开荒四五千亩，修筑水渠四千多米，生产粮食两百多万斤。"

曾任西南油气田输气处党委书记，原五十七师文化教员杨彬老人说："当年，由于我们师积极开展大生产运动，切实减轻了当地老百姓的负担，不仅部队战斗意志没垮，作风纪律没松，而且还与当地群众相处融洽。1949年12月以来，汉中管辖的十多个县区，每个乡镇在我们帮助下都成立了基干民兵团，并且在此基础上还扩建了十多个带有地方武装性质的独立营，基干民兵约八万多人接受军训，三千多人应征入伍……可以说，我们当时不知毛主席的战略意图，是把汉中当'根据地'建设的，只要国家一旦有事，西北军政委员会的首长一声令下，五十七师很快就能在汉中集结一个纵队的兵力开赴战场。"

事实的确正如杨彬所言，五十七师一直是把汉中当成"根据地"的，这样就不难想象他们根据中央军委电令，很快就能组建一个辎重团，由副师长张忠良带领入朝作战，而装备精良的8000余名官兵扼守汉中，枕戈待旦地处于待命状态。但五十七师官兵与家属谁也没想到，他们与汉中的缘分只有一年左右，甚至在从朝鲜奉命回国，必须在存命军旅和转业地方作出选择的张忠良看来，汉中大地，悠悠汉水，父老乡亲与他之间，终也只能擦肩而过。

张忠良从朝鲜赶回汉中，连五十七师告别军旗的"最后一个阅兵式"也没赶上。作为与全师官兵一起经受了生与死的考验，结下了"岂曰无衣，与子同袍"之谊的指挥员，他的遗憾的确是隐忍而又事实存在的，而这种铭心刻骨的遗憾，又与两个原因有关：一是大势所趋，新中国成立之后，国家的用兵计划开始收缩，国防部根据毛泽东、中央军委的意见，拟从中国人民解放军的编制序列中安排41个建制师集体转业，参加国民经济的恢复与建设；二是康世恩于1951年受领燃料工业部之命，立足玉门，将玉门油矿的生产恢复和"东西并举计划"铺开，当他知道部队即将裁军的消息后，立即就为中国石油工业招兵买马，扩充队伍。

1951年8月……在致力于完成西北石油勘探各项工作任务的同时，康世恩把眼光放在石油工业迅速发展的未来上。他认为培养一支石油职工队伍是实现石油工业大规模发展的关键。1952年3月25日，他给朱德总司令和燃料工业部长陈郁写了《关于调拨一个建制师担任第一个"五年计划"发展石油工业基本建设任务的报告》，提出要完成年产350万吨天然油的任务，共需增加职工15690人。请求军委在整编部队时，一次拨一个建制师，加以训练，改编为工业建设大军。以一个团担任钻井工程，一个连可培养三个钻井队，共可培养40个钻井队；以一个团担任汽车运输；以一个团担任300万吨大炼油厂的安装工程。战士可培养成技术工人，干部可成为领导骨干。报告还提出："以解放军的政治思想基础、组织力量和特有的创造精神及克服困难的优良传统，加上工人阶级的领导，和原有的技术人员团结起来，对发展石油工业的'五年计划'就有了可靠的保证。"

1952年8月1日，按照毛泽东主席批准的命令，中国人民解放军第十九军第五十七师近8000人，转为中国人民解放军石油工程第一师。此前，五十七师师长张复振，政委张文彬已在西安就官兵安排问题和康世恩面谈，进行妥善安排。8月1日，五十七师冒雨在汉中召开转业誓师大会。随后一团、二团开进玉门和延长油矿，到钻井、基建等现场进行技术培训，三团与西管局运输公司合并，成立新中国石油工业第一支专业运输队伍——玉门油矿运输处……由张复振师长担任经理，担负起玉门原油东运和各探区的运输任务。[1]

由于没有赶上最后的"向军旗告别"仪式，所以，张忠良对汉中的记忆是刻骨铭心的；对那些像种子一般分散在各大油田，在戈壁荒漠、天山脚下、巴山蜀水开花结果的五十七师战友的情感，是醇厚如酒的。这对一支战功卓著、拥有铁血荣光、一度驰骋西北根据地迎接"朱毛红军"抵达陕北，纵马太行汇入"百团大战"抗日疆场，一路凯歌汇入国共命运决战洪流的英雄部队来说，虽然他们知道"铸剑习以为农器，放牛马于原数，室家无离旷之思，千岁无战斗之患"[2]，是战争对军人告别军旅，安享和平的奖赏，但对集体转业，以分散队形或单兵态势从一个战场走向另一个战场的五十七师官兵而言，其中的况味也许正如杨彬所说：

> 我们全师8000多人以分列式的队形，冒雨集合在汉中北校场的操场，看到师长、政委乘坐的吉普车，在两名护旗兵、一名旗手高举的军旗引导下，从自己的眼前经过时，两位首长在车上每喊一声"同志们好"，我们也憋得满脸通红地大声吼叫着"首长好"……那天，师长、政委和我们以军人最崇高的仪式互相问候，互相咆哮；我们的声音伴着雷声、军乐和风雨滚动……好多人都哭了！来看热闹的汉中群众，也哭了。
>
> 能不哭吗？他们的女儿和兄弟姐妹，好些已和五十七师的干部或结婚，或谈恋爱了。看到我们告别军旗的阵势，当然要哭。
>
> 不哭怎么表达当时的那种感情呢！
>
> …………
>
> "向军旗告别"的仪式结束后，根据毛主席的命令，我们师除了张忠良带去朝鲜的辎重团被其他志愿军部队纳编，所余的8000人被

---

[1]《康世恩传》编写组：《康世恩传》，当代中国出版社1998年版，第37—39页。
[2]《孔子家语·致思》。

整编成3个团,成建制地改编成"石油工程第一师"。刚开始,听到"一师"这个番号我还高兴,心想仗打完了,既然要参加地方建设,只要有番号还可以穿军装,可后来,当我在师机关文化科看到一团编印的一本书——《钻井工艺流程图》,我才意识到,原来战友们放下手里的武器,要去握"刹把子",当工人了,这样我就不乐意了。

但不乐意又能咋整?

用现在的话说,叫军人以服从命令为天职,但当时我不这样想,当时,我们的想法和1962年传唱的《毛主席的战士最听党的话》这首歌的思想比较接近;虽然这首歌当时还没传唱出来,不过,那时我的想法确实是这样的,"毛主席都下命令了",连他都说"你们现在可以把战斗的武器保存起来,拿起生产建设的武器",因此我和战友们,还是只能克服不良情绪,听从他老人家的号召——当了一名石油工人。[1]

张忠良临时住处的办公桌上,中间摆着一个装有红蓝铅笔的笔筒,一部黑色胶木电话和一本薄薄的《四川石油勘探局干部花名册》;桌面左侧是一摞燃料工业部下发的文件;右侧是几份石油总局编印的内部工作简报。望着简洁有序、井井有条的这种桌面资料摆放,他身上穿着洗得黄里发白的军装,虽已摘掉领章、帽徽,但他还是从桌面的物品摆放中嗅出了一种熟悉的"汉中味儿"。这种"味儿",是五十七师离开战场、集结汉中休整以后才出现的。

战争年代,张忠良与张复振、张文彬等首长要么在师指挥所运筹帷幄,排兵布阵,要么遇到战争出现高烈度、白热化的状态时,深入各团阵地与官兵一起作战;那时,上级的指令都是通过电话、电报来传达的,因此他的工作环境只有到了汉中,才开始变得整洁有序的,并在隐

---

[1] 摘自本书作者对杨彬的采访笔录。

约中透露出了特殊的"汉中味儿"。在成都四川石油勘探局招待所,这种陌生而熟悉的气息,将张忠良藏在心里的汉中元素诱发出来之后,他下意识地去拿桌上的干部花名册,他想知道,五十七师的战友都有哪些人入川了。

这时,办公桌上的电话响了。

电话是张文彬从西安纸坊巷打来的。电话中,老政委对张忠良说:"随着'一五计划'的推进,根据中央指示,燃料工业部撤销,在石油管理总局基础上成立中国石油工业部,康世恩离开玉门去当总局局长后,现在又出任了新成立的石油工业部领导,这是其一;其二,随着形势的飞速发展,西安钻探局结束了它的历史使命,他作为西安局的局长,马上就要西出阳关,赶赴克拉玛依——'石油大巴库'——去当局长了!"

从西安到成都,半天时间不到,一下子就突然冒出了这么多的新情况。张忠良面对老首长的"情况通报",情绪也高昂起来,接电话时,他不停用拳头擂着办公桌,大声武气地喊道:"哈哈,政委,这是天大的好消息呀!太好了!虽然,五十七师的汉中老兄弟现已天各一方,但在不同的战区,我们同样可以一起为石油工业崛起的共同目标而战,瞄准敌人打冲锋啊!"

面对张忠良要在四川大干一番的高昂斗志,张文彬在电话里沉默了大约十多秒后,才声音低沉又不无体恤地说:"忠良,加上打宛西战役的重伤,你身上已有七处伤残,胃还不好,干工作一定要悠着点!"

不能离开战场

张忠良出任四川石油勘探局局长时,四川的石油勘探队伍包括分别隶属西南石油钻探处和西南石油地质处的两股力量,约有两三千人。这些人主要分布在七八个钻井队及五个勘探区域。可以说,西南油气田这支早年创业队伍的人员构成是国共新旧更迭之际中国石油工业继往开来的缩影：技术员和老职工，来自国民党政府资源委员会及下辖的中央地质调查所、北碚西部科学院和四川油矿探勘处，包括重庆市的两个营业所；骨干力量则来自石油师转业地方，经过在甘肃玉门、陕北延长油矿培训之后，由燃料工业部统一分配，根据四川工作实际所需的首批入川人员；其余便是各钻井队在探区当地面向社会招收的拥有一定文化知识的青壮年人员。来自新旧两个社会，不同单位、部门的干部职工，为了在十多万平方公里的勘探区内找到深埋地下的"大金娃娃"的共同目标，走到一起来了。

张忠良对人员情况进行了解后，根据燃料工业部石油管理总局的文件精神，及时完善了党委、行政部门、总地质师室、总工程师室、计划财务和生活后勤保障等组织机构，将一揽子事务与党委书记李滋润进行商量后，就由李书记带着副局长何千里、许培德和副总地质师司徒愈旺、副总工程师张江溶等人去逐项落实。

张忠良"到四川的第一件事，就是到各个探区去跑……忙着深入基层调研，了解全局油气勘探和生产建设全面情况，（为）第二件大事，即组织召开四川石油勘探局第一届石油勘探会议、酝酿四川局第二个'五年计划'的勘探方向打下基础"[1]。

这天上午，张忠良将铺在招待所临时住处床上还没睡几天的黄军被和白垫褥一把撩起，动作麻利地将背包打好，顺手关门，向门外的一辆吉普车走去。无论走到哪儿，他都有一个良好的习惯，就是在哪儿工作，就把背包背到哪儿。每到一个地方忙完工作，只要找个遮风避雨之地，打开被包一铺就能倒头便睡。

他之所以保持这种习惯，应与军旅生活的经历有关。

---

[1] 中国石油西南油气田公司编：《中国石油企业文化辞典·西南油气田卷》，石油工业出版社2018年版，第308页。

在中国石油工业创业年代，大家常年在野外生活，风餐露宿，过的也是这种天当房、地当床的日子。

秘书纪新德见张局长向他走来，下意识地双脚立正，挺胸收腹地向他敬了军礼，然后拉开车门请他上车。

望着纪新德良好的军姿，张忠良满意地笑了，不过，见他身上光溜溜地空无他物，没带与他一起准备跑基层的行军背包，眉头不由得一下子皱了起来。

纪新德从张忠良手上接过背包，塞到吉普车的后备厢里，指着另外两个紧紧挨着的背包，说："局长，您看我们的背包打得还可以吗？"

张忠良看过，充满赞许地笑了。他点燃一支烟，深深地吸了几口，然后丢掉烟头，一脚踩灭，走去拍了拍纪新德的肩膀，并对早已坐在驾驶员位置的司机说："都是四川局的好兵！走，出发！"

张忠良这次下基层，对四川石油勘探局的工作进行考察，主要在龙泉山、自贡及威远、隆昌圣灯山、重庆石油沟、川西北海棠铺5个探区陆续展开。

大盆地的田野风光与河流沟渠的纵横阡陌，各探区当地的风土人情、历史掌故，乃至工作中面临的难点与重点，都被他逐一记住。在隆昌两道桥和巴县石油沟，他对"长衫飘飘时代"的翁文灏、黄汲清领导的中央地质所先贤在这里开创的不俗业绩充满感佩；在自贡市和威远县的新场镇，他既被兴于汉代的古老钻井工艺——天然气煮卤熬盐术——折服，也对有机会追寻法国传教士恩伯堤，德国地质学家李希霍芬，美国地质学家维里士、布拉克外尔特，日本地质学家野田势次郎等人的足迹充满兴趣，并对谭锡畴、李春昱两位民国石油地质家在此进行地质旅行后经过科学论证写下的《四川石油概论》描述的前景感到欣慰。

挖井是找不到很多石油的，也许另有可供选择的办法。早在一千五百多年前，中国就有挖盐井的技术，盐井的深度达到三千英尺。1830年左右，中国人的凿井方法就已进入欧洲并被效仿。可能也促进了美国开凿盐井的事业。乔治·比斯尔竭力想把钻盐井的方法用到钻油井上来。1856年，有一天他在纽约，那天天气酷热，在百老汇大道行走时，为了躲避灼人的太阳，他走到一家药店的遮篷下避暑。他一眼看见药店的窗户上有一张为石头油制成的药剂做广告的招贴，广告上画有几座像盐井一样的钻井塔。当时，用来制造专利药剂的石头油是开井采盐的副产品。比斯尔这偶然的一瞥——连同以前他在西宾夕法尼亚和达特茅思学院的偶遇——深刻地印在他的心坎。钻盐井的技术能不能用到找石油上？如果答案是肯定的，那么，他在这里就算是找到了发财的手段。[1]

张忠良来到自贡釜溪河畔，参观了大盐商王三畏牵头组织修建的"王爷庙"——"盐商会馆"；带上秘书纪新德驱车赶到燊海井，观摩了依靠牛拉天车提供动力钻井的、古老的凿井采盐术。由于他从五十七师转业后，一度曾在玉门油矿学习挂职，后来又在西安钻探局和老政委张文彬搭班子，曾经多次在陕北延长油矿检查工作，见识的德式、美式等各种型号的现代钻机不少，因此，他对燊海井的畜力凿井采盐井架装置，不可能像丹尼尔·耶金笔下的乔治·比斯尔一样灵光乍现，并有相应的付诸行动的考虑，不过当他乘坐的那辆吉普车，开出沿途木制井架林立的自贡市区赶到威远曹家坝臭水河[2]边，看到民国时代的威基井已被茂密的荆棘、杂草覆盖时，他心里却突然沉重得有些透不过气。

天色已经越来越暗。张忠良看到曹家坝的农民收工回家后，将铁锅

---

1 ［美］丹尼尔·耶金：《石油风云》，东方编译所、上海市政协翻译组编译，上海译文出版社1997年版，第17页。

2 "臭水河"原本是条季节河，因河道及岸边石缝里冒出的天然气带有硫黄味，故不明就里的当地百姓将这条小河叫作"臭水河"。

端到他们房前屋后的石堆上或土坎上事先挖好的简易灶台上,就近取了井水淘米洗菜,划燃火柴,点燃地下自动冒出来的天然气开始做饭,因威基井的废弃引起的难受,这时已经舒缓多了。纪新德见张局长对农民使用地下天然气,野外取火做饭的景象看得入迷,就问他:"局长,我们在这里搭伙,然后,找一户老乡的空屋休息一晚,等明早天亮后再继续赶路如何?"

纪新德提出就近搭伙,并在老乡家里借宿的建议,是当时甚至此后相当长一段时间之内,四川石油勘探局下属勘探队在野外作业中的生活方式:在哪儿饿了,就在哪儿与当地老乡搭伙吃饭;走到哪儿天黑,就在哪儿的老乡家里借宿,无论是房前屋后,还是竹林中甚至老乡的猪牛圈里,他们都能将就一夜。

总之,只要他们身上带着粮票,背着背包,一旦提出搭伙、过夜的要求,当地老乡一般都不会拒绝他们。

"还是回自贡,到101勘探队沈世昌的营地去看看吧!"张忠良掏出一支香烟点燃,抽着,神色凝重地说。

见张忠良主意已定,纪新德和司机也不好劝说,三人于是上车返回自贡。

自贡从清咸丰年间开埠,很快成为名扬川内外和享誉中国的最大手工业工场,经济地位与商业影响非常显赫,"盐都"之名也被人们逐渐叫响。

李希霍芬在图文并茂的五卷本巨著《中国——亲身旅行的成果和以之为根据的研究》中告诉世界,中国井盐"最重要的产地为自流井",这里"是四川人口最稠密、最繁荣的地区",并以旅行家及地质学家的名义,"奉劝旅行者,从主要公路去参观这些不可思议的古迹!"并提出了"在全世界我们能再找到一个年代这样久远和规模这样宏大的企业吗"的问题。光绪十四年(1888年),美国传教士赫斐秋响应了他的召唤,追寻他的足迹,又对盐都自贡进行考察,并在《自流井考察记》中写道:"这座异乎寻常的丘陵城镇……显示出其他城镇见不到的富裕和商业的繁荣景象……这座城市的重要性是毋庸置疑的,此时这里从山西来的钱商有上千人,有几百商人来自江西,还有数千名做生意的人来自中国其他地方。这些事实充分显示了这里是个巨大的贸易中心。这里有一支强大的军队保卫着政府在盐业贸易方面的利益。"因此这也不难推测,正是要拜李希霍芬和赫斐秋的著述之赐,中国人的凿井方法,可能才会在遥远的美利坚落地生根,开花结果;高高的木制天车才会屹立在西宾夕法尼亚大地,广告图片才会出现在百老汇的繁华街头,不但促进了美国盐业发展,而且还成就了石油大亨乔治·比斯尔的发财之梦。

面对这方热土,大盐商后裔、山西作家李锐曾以影响深远的小说作品《银城故事》《旧址》为其歌唱;在"一寸山河一寸血"的抗战救亡年代,自贡这座西南大后方的商业之都,经"布衣将军"、国民政府军事委员会副委员长冯玉祥之手,为前线募捐了海量金钱——因此,留下了"四川是天下人的盐"的文学美誉;重庆陪都的地质专家谭锡畴、李春昱、林斯澄、黄汲清、岳希新、李悦言、陈贲等先贤,头顶日军零式飞机的轰炸,考察自贡这方稀世之土后,留下了《四川石油概论》《四川卤水矿及岩盐成因讨论》《威远地质旅行说明书》《川鹾概略》《四川盐矿志》等大批丰富的地质勘探文献,为日后自贡、威远名扬中国油气工业青史,留下了精彩的伏笔。

中华人民共和国成立以来,国家地质系统的地质工作者根据前人留下的宝贵资料,又针对自贡、威远区域,进行了地质调查并开展了相关构造的细测,如他们开展的1∶20万区域的地质测量、1∶20万的水文地质测量等,都是非常不错的最新成果。在101地质队的郭家坳营地,队长沈世昌在膝盖上摊开一本笔记,同张忠良在帐篷门外一根竹竿挑起的马灯下相向席地而坐,浑黄的光亮,召来众多的飞蛾野虫,不时落在他们身上,但两人除了偶尔拍打一下颈脖和腿部叮咬他们的蚊虫,许多时候都是一个人详细地汇报解答,一个人认真地倾听,不停在笔记本上飞快地记录着感兴趣的要点。

"我们四川局瞄准1∶2.53万和1∶5万自流井构造、兴隆场构造、邓井关构造的单一构造，在连片细测及地球物理勘探工作上，也取得了历史性的进步……"沈世昌这时要过张忠良手里的本子，用笔在上面画了一个简易地质构造图说。

沈世昌在1955年向张忠良汇报自流井区块的地质考察情况之后，于1966年完成的《四川盆地自流井专题研究》，成了西南油气田打开盐都地下宝藏之门的钥匙，并作为历史文献收录在《自流井气田志》中——

> 自流井构造位于四川盆地川中台隆西南端，自流井凹陷东北部，是个较大的背斜构造。在凹陷四周发育有基底的断裂。东南侧有华蓥山断裂，南西侧有岷江断裂，北西侧有威远断裂。
>
> 这三条基底断裂基本控制了自流井凹陷总体构造格局。自流井背斜构造南与兴隆场构造浅鞍相接，东南隔宽缓的龙爪寺向斜与圣灯山、杨家山构造毗邻。向东平缓过渡为庙坝向斜和双凤驿鼻突，连接黄家场构造。西部倾伏于柳嘉向斜，北侧隔新店向斜与威远构造南翼斜坡相接。
>
> 它的背斜构造走向中段为北东向，向东转北东东向，西倾伏端走向北西西向，为一北缓南陡膝状背斜。地腹从三叠系至震旦系都有背斜圈闭，其形态与地表基本相似，唯地腹高点增多，高点及构造轴位置相对向北偏移，深层尤为明显。根据不同的构造特征可分为构造顶部区、白庙高点（西端）、自东断褶带。
>
> 白庙高点为复杂的断垒构造，三叠系至寒武系均存在圈闭；自东断褶带在茅口组构造发育有与背斜平行的逆断层组系，自北而南构成叠瓦状构造，奠定了构造东段的基本形态；大山铺附近发现的震旦系"东高点"为一北北东走向的短轴背斜。气田自深1井钻遇

地腹最大井深 5533.50m，进入震旦系 268m 完钻。[1]

但实事求是地说，那天晚上尽管沈世昌想尽办法，采用通俗易懂的语言，连写带画地对张忠良进行讲解，张忠良却没真正听进去多少。没听进去是因他的文化程度相对有限，又是外行，要明白相关的专业问题，当时还有差距，再有"找油"是石油工业发展当时面临的当务之急，因此，当他得知自流井区块的未来发展与天然气有关，和他根据石油总局意图要在四川盆地寻找的"大金娃娃"的目的渐行渐远，因此，离开自贡赶往川西北海棠铺继续调研时，他的心情可谓喜忧参半。

喜的部分在于，从重庆石油沟、隆昌两道桥、威远曹家坝到自贡郭家坳，他预感到在不久的将来，这些探区隐含的天然气储量，对国家经济建设发挥的作用将会十分可观；所忧之处在于，时值"一五计划"期间，不说国民经济亟须石油输血，仅就快速组建的人民空军和人民海军而言，他们的飞机、舰艇对石油的渴求，早已到了火烧眉毛的紧要关头，而他领导的四川石油勘探局，却一时无法找到石油，为党中央和毛主席分忧。

汽车从自贡驶向江油的途中，黑云压顶，电闪雷鸣，下起了暴雨。车过贯山时，说来就来、说去就去的暴雨才逐渐下得小了。经过路边一间白墙麦草的农舍前，坐在副驾驶位置上的纪新德吩咐司机停车。他准备下车去找老乡搭伙，和张忠良一起把耽误的午饭吃了，再向永胜公社海棠铺的方向赶路。不过，纪新德看到张忠良背靠在汽车的后座上呼噜震天的样子时，他又不忍心将张忠良叫醒，只能重新回到车上，告诉司机还是赶路要紧。

江油，作为川西北地区一座古老小城的名字，留给外界的印象除了

---

[1] 内部资料：《中国油气田开发志·西南油气区自流井气田卷》。

历史文化典籍中的诗人李太白与其渊源深广,因而得名"诗仙故里",间或还因范长江的《中国西北角》及中国人民解放军版本各异的各类战史,对张国焘、徐向前和陈昌浩领导的红四方面军与其关系的描述,使之获得了"革命老区"的名望,而在此之外,能被世人记住的就是她的地名"江油"与"石油"的传说,乃至江油留给石油工业的偶合和带给人们的无尽想象了。

江油的命名,一说来自《蜀中名胜记》,"是以江水所由之意","由"通"油",故名之;另外就是《郡县释名·卷下》记载,"后魏置江油郡,县名同,以涪江一水萦回清澄如油也",被坊间口传演变成为江油区域内,源自岷山雪宝顶的滔滔涪江流经该地,"常有石油顺水浮游",因"江上有石油",所以就叫作"江油"了。这种说法,虽有依赖西南油气田川西北油气矿在江油开发石油天然气的事功——因而望文生义,其实倒也不是口说无凭。

1929年至1930年,当时供职于北京地质调查所的石油地质学家黄汲清和揭开北京猿人头盖骨之秘的地质学家赵亚曾从北京出发,结伴远征秦岭和四川盆地,在著述中留下了与江油有关的考察记录:

> 从青川镇南行,我们进入涪江河谷到了平油铺,再南行到了旧江油县,这一段路线穿过泥盆系的砂页岩和厚层石灰岩,泥盆系底层最发达,化石最丰富,是中国有数的泥盆系代表剖面,后来经乐森璕等人的研究而中外闻名。旧江油县风景优美,其北的观雾山产雕刻屏风的薄石板,其东的窦团山是武术高强的和尚们隐居之地。[1]

1953年,应中国政府之邀,苏联政府派遣的以特拉菲穆克博士为首的苏联专家组来华,在出任燃料工业部石油总局局长不久的康世恩陪同

---

[1] 黄汲清:《我的回忆——黄汲清回忆录摘编》,地质出版社2004年版,第48页。

下，对四川盆地进行了为期19天的考察。

特拉菲穆克是一位理论素养很好的石油地质家，他为在苏联卫国战争中发现"第二巴库"油区做出了卓越贡献。这位"老大哥"读过黄汲清的文章后，对苏联专家组在四川找到石油天然气的热情很高，在向中国政府提交的考察报告中，他曾写道："四川盆地西北部在泥盆系和石灰系中也有油苗。某些地质人员把这些油苗当作是在海棠铺打4000米深探井的根据……泥盆系中的油苗在三个地区发现：绵竹、江油城的西北及东坝河……有黑色含沥青的石灰岩，裂缝中有硬沥青的分泌物。这些石灰岩的时代可能是中泥盆系仁涅里层，它们上下是与热维特层、叶非尔层和夫拉斯基石灰岩整合成层的。第三个地点是马角坝区，有油浸湿白云岩，厚1米。此地的泥盆系地层逆掩到三叠系的地层。因此就产生了原油从三叠系运移到泥盆系的可能。这样，就可把热维特石灰岩中的硬沥青当作泥盆系的油苗……"[1]

除了国内石油地质专家和苏联专家对江油与石油渊源作出的专业描述，江油石油天然气储量丰沛和开采炼制活动，也有它的乡邦记忆。江油方志部门1985年印制的一份资料表明：清同治末年，永平海棠铺村周边，有多个处于开采状态中的小煤窑。采煤的农民见有"小函浓茶般的石油溢出"，用木瓢舀进水桶，挑回家去取代桐油和菜籽油，用作夜间照明。由于人们从没用过这种灯油，或因炼制方法不当，导致油品质量很差，引发多起火灾，使当地人一听"石油"二字就又怕又爱。人们害怕使用石油，因为不小心会将房舍点燃，使祖传的微薄家业化为灰烬；但他们对石油的喜爱，又因石油对桐油、菜油的替代事实，可以降低生活成本，所以只要掰着指头一算，就知无论如何前者都是很划算的。

"1943年，永平镇镇长蒋冰如与从军队退役回乡的营长贺积海相约赶场，在茶馆里喝茶，经过合计，两人联络江油与邻县梓潼的袍哥大

---

[1] [俄] A.A.特拉菲穆克等：《论中国含油气远景》，李国玉等译，石油工业出版社1998年版，第1页，第71—72页。

爷、乡绅富户凑钱投股，在海棠铺猫儿沟开了一座川西北地区规模最大的煤矿；给他们干活的'丘二'[1]约有一两百人，每天挖出的煤炭不低于一万多斤。"《江油记忆》杂志编辑、诗人刘强说：

但没想到在挖煤的过程中，他们在煤井里发现到处都有原油向外涌冒，后来就在双河镇的一座庙子里，开了一家炼油厂，请人将原油挑进庙里提炼。这个炼厂的厂长也是煤矿的股东，隆昌人，姓唐。炼油的蒸馏酒精锅炉及相应的配套设备，是从成都花大钱买来的。他们在庙里炼油就像在烧锅坊里酿酒：首先将蒸锅沉入事先倒进清水的大铁锅里，再把大约三百多斤的原油倒进蒸锅，加入适量石灰粉作催化剂，然后，像搅凉粉一样用木棍来回搅动，等搅匀了就盖上锅盖进行蒸煮。

为防止进气和锅里的沸水进入蒸锅，他们在锅盖的周围一般要用螺丝钉密封。

等这些前期准备做完后，干活的丘二才在会技术人员的指导下，往灶膛中加煤，将锅里的冷水烧开。水开后，蒸锅里处于密封状态之下的原油，也就被加热、融化，形成油气时，油气会从密封的锅盖中间一根直接朝上、接着朝下弯曲的小铁管里——经历制冷环节的处理，于是茶色的煤油，就能朝事先备好的木桶里流淌。

据一位作者对知情人的采访资料，那个炼厂，每蒸馏一锅原油要花八到九个小时，每次三百多斤的原油，能够提炼九十来斤煤油。别看这个炼油厂不大，4套蒸锅只要每天三班倒，连轴转，仅一天就能生产煤油1800多斤，一年下来，少说也有三十多万斤。由于这些煤油是采用土办法提炼的，因此品质不是太高，市场也只能局限于江油及梓潼周边的一些乡镇。农户用双河镇庙子里的煤油照

---

1 民工。

灯，比用桐油、菜油照明的性价比要高，所以尽管质量并不太好，但也是很受欢迎的。

江油海棠铺原油炼制的煤油与美国18世纪炼制的煤油，对原有照明物质的替代，其性质是一样的：西方人用"煤油之父"格斯纳开在纽约的煤油工厂生产的煤油，取代了大西洋鲸鱼脂肪油和蜡烛用于照明；江油、梓潼两县的村镇，农民们用双河镇的煤油，取代了桐油和菜油用于照明。[1]

后来，海棠铺小猫儿沟的煤矿出石油、提炼煤油形成气候的情况，引起了省参议员、江油县临时参议长塞幼樵的重视，经过上下沟通，塞联络一批议员向省参议会联署提案，吁请四川政府组织人财物力，对海棠铺的地下石油资源进行工业开发。

1945年3月，省政府批准了塞幼樵的提案，从省石油钻探大队驻隆昌两道桥四队，抽调一百多人，开赴海棠铺新隆坡开始平整井场，竖起了井架。据诗人刘强介绍：钻探四队，从隆昌探区带来德式93马力的柴油机两台，钻井深度可达1200米的钻机一部，并于当年秋天在隆隆的马达声里正式下钻。

次年某天，钻井队在作业中，发生了钻头牙轮断落井底的事故。牙轮断落井底之后，只有用特制磁铁打捞器才能将其捞起，但当时，海棠铺的钻井队却没这样的专业工具。工人们在工程师王显文的带领下，通过反复琢磨，才从当地幼童玩耍的竹筒水枪中受到启发，利用真空吸水的原理，将地层探测器送入井底，经反复试验，最终才将断落的牙轮"吸捞"出来，使中断多日的钻井作业得以继续进行，外聘的美国工程师还拿出5美金，送给聪明的工人以示赞赏。

四队钻井两年后，海棠铺的掘井深度达到了1100米目标层，但最终

---

1 摘自本书作者对刘强的采访笔录。

由于资源分散，试油效果不好，加之国共政权更迭，残酷的战争不断吞噬着巨大的物资资源，致使物价飞涨，工人钻井的薪酬难以为继，故而只能于1948年6月拆架封井，于万般无奈中，大家返回川南隆昌县两道桥去了。

1949年，中华人民共和国在北京成立，借助1950年全国第一次石油工业会议的东风，根据西南军政委员会首长刘伯承、邓小平的指示，一度低调、近乎隐身的大地质学家黄汲清正式到西南地质勘探局主持勘探工作。他联络国内外的石油地质人才，从为石油工业效力的幕后走向台前。

黄汲清的工作步入正轨的次年，他对灌县、江油、梓潼的地质情况进行综合研究之后，对海棠铺构造给予了很高评价，提出了积极钻探的相关建议。

于是，海棠铺成了四川油气地震勘探的发源地。

为此，中央决定从重兵云集、兵强马壮的西北石油管理局分兵，在康世恩的麾下挑选骨干，携带设备，翻越秦岭，沿川陕公路经梓潼入川，以龙门山前山为重点，在江油海棠铺、厚坝构造上摆开战场。

随着1953年中央石油工作会议将四川盆地列为全国重点探区之一，并明确"以勘探石油为主，也要勘探天然气"的任务后，从1948年夏天开始昏然沉睡的海棠铺小猫儿沟，在日夜轰鸣的钻机声和201地震队的隆隆炮声里，又苏醒了。

作为新中国培养的第一代女大学生，浑身洋溢着青春气息的彭克华一毕业就被分到四川，与来自全国各地的52位同学一起，组建了中国第一支油气地震勘探队。他们高举201队的战旗，唱着《地质队员之歌》，从彰明镇乘坐当地的马拉胶轮大车，满怀希望地来到了海棠铺探区。

201队的营地，建在小猫儿沟山顶的东林寺。每到冬天的晚上，彭克华与女伴邓文琼睡在一个墙角旮旯，沟里的山风呜呜吹响山顶，又从山顶呜呜吹到山下，听起来俨然鬼哭狼嚎。山风，在结满蛛网的寺庙里来回穿梭。她们常常冷得裹紧被子，但寒气还是砭人肌骨，冻得她们瑟瑟发抖。

201队唯一的一部老式光点地震仪器车，是康世恩出任燃料工业部石油管理总局局长后，访问苏联时进口的。全部人员都要集合起来，先修一条通往山顶的便道，才能把仪器搬运上去。但仪器好不容易运到山顶，却无法下车，更无法搬运到理想的位置投入使用。没办法时，他们就用胶质线来连接仪器车。为及时整理分析资料，有针对性地做好下一步工作，甚至每放一炮，都要仔细地展开分析论证。

在东林寺，他们每天的工作时间都在十几甚至二十多个小时。加班加点困了，年轻的地质勘探队员就钻进仪器车阖一阖眼；倦了就在山里的岩石上坐下，张嘴呼吸一阵清冽的空气，然后又回到各自的岗位继续工作。

西南油气工业的创业前辈决战海棠铺时，一台钻机单柴油机就重达一千六七百斤，山高路陡，无法动用吊装机械，需要十五六个身强力壮的钻工，一路喊着号子抬着走。而一个立轴，至少也有三四百斤重，工人们硬是把它当作宝贝一样，抬着它沿着厚坝的山间小路、田坎陡坡，到处打井找油。

当时，尽管康世恩一行从苏联购回了一批钻机，但分配到四川石油管理局的钻机却依然短缺，为此，探区工人就仿照老祖先打盐井的方法，学习自贡盐商早年掘井采盐的办法，自制人工顿钻，在川西北的山谷中竖立起高高的脚手架，十几个人一拉一放，艰辛地用人力替代畜力打井。打井作业，几乎全靠人拉肩扛来完成。

四川石油勘探局的钻井总工程师郝凤台、总地质师曾鼎乾，得知张忠良已到海棠铺调研的消息后，将工作向下属作了简单的交代，就从成都匆匆赶到海棠铺，与头戴斗笠、披着蓑衣的各探区领导及工人代表座谈，就有关情况进行了初步的掌握。张忠良穿着一件黑色的胶皮雨衣，带领纪新德赶到小猫儿沟，在一间四周用楠竹支撑，房顶盖着油毛毡的简易工棚里，抹了一把脸上的雨水，见着曾鼎乾就问："老曾，这里的情况怎么样了？"

"局长，情况很不乐观。江油区队海棠铺、厚坝和龙泉山三大湾高点3个探区，十多口完钻井和近20口浅井都是'干眼眼'，没有一口井见到工业油气流。"

"201队，有收获吗？"张忠良充满希望地问。

"201地震勘探队在小猫儿沟，为了寻找适当的地下激发条件，反复实验、单井放炮、组合放炮、河中炮、土炕炮、空中炮、隔山炮、深井炮，各种炮都放完了，虽然已经摸索出了山区地震勘探的最佳激发条件，但距离找到地下'大金娃娃'的时间还很遥远。"曾鼎乾据实回答。

会议的气氛有些凝重。

张忠良听到的情况，让他从威远臭水河边就开始感到沉重的心情，又增加了分量不轻的重压。

他点燃一支香烟独自抽着，足有三十多秒没有说话。望着不远处那被一路泥浆溅得已经成"泥猴"的吉普车，他的目光随后从工棚上不断流下的一排雨帘上收回，停在从厚坝探区赶来参加会议的原石油师一团干部——现任厚坝探区钻井队队长王廷兰的脸上。

"小王，1952年从延安枣园学完钻井，你在玉门没待多久就和一团的一批战友入川——比我早两年，这边的情况你比我熟，尤其你们在厚坝打井都遇到了什么困难，希望你给大家说说。"

王廷兰没想到，时隔三年，当年的张副师长现在与他会在小猫儿沟重逢，而且相逢之后还能一眼就认出他。他摘下斗笠放在脚下，穿着一直都在滴水的蓑衣，赶忙从条凳上站起来向张忠良敬礼。"首长要听，那么，我就把我们队打厚6井遭遇的情况叨咕叨咕！厚6井遇到的问题那可不是一般多啊！"

张忠良见工棚好多地方都在漏雨，又将王廷兰的斗笠捡起来，替他戴上，示意他坐下讲话。然后，他从身上掏出一盒烟卷，撕开封口后，依次给大家散了一圈，自己也点燃一支，在一张木桌上方的条凳上坐下。

王廷兰依然站着，大声武气地说："首长和各位老总别笑，俺没什么文化，说话太直。但俺们厚6井进入地下砾石层以来，外来人员一到探区，在一里路之外就能听到跳钻声。尤其当俺们打到300至800米的井段，钻杆被打断的问题，就邪了门儿地经常发生，大家把这个井段叫作'三八线'，俺看它比'三八线'都还难打。下午俺和指导员过来开会之前，俺还为当班人员接连打断三次钻杆的事情急得直骂娘呢！所以，刚才首长让俺汇报情况，俺一想起下午的事就来气，就想骂娘！"

王廷兰说完后，大家七嘴八舌地议论起来。

张忠良认真听着，不知不觉天已黑了，但时断时续下着的山雨，依然还是不见要停。江油区队的队长这时走近张忠良，伏身对他耳语，问他是否先吃完晚饭再接着开会，张忠良没有答应。张忠良吩咐区队长在工棚里点燃两盏马灯，又让打厚6井的指导员汇报工作。指导员告诉张局长，他与王廷兰的井队共有70人的编制，全队目前只有十多人在四川打过井，另外20人，是刚从绵阳招来的新人，余下的46人就是石油师一团的同志。一团的同志在延安枣园学习过，也在西北石油管理局的延长油矿工作过，按说技术应该成熟了，但由于大家原来用的钻机是卡姆钻机，所以对厚坝探区使用的钻机性能、零部件及工作原理还不是很熟。

最后，张忠良在海棠铺小猫儿沟的调研会上，就他在四川局五个探区了解掌握的情况，向大家做了开诚布公的介绍。他告诉与会人员："目前，国家需要石油已经十万火急。我们四川局探明的储量却只有天然气，根据专家意见开辟的川西北战场，目前效果又不理想，各井队的技术水平也高低不一，那么，我们怎么办呢？"他又望了望工棚对面的檐溜上牵着直线仍然在下的山雨，将目光落在头戴斗笠、身披蓑衣坐在泥泞中的十多个部下和总工程师郝凤台、总地质师曾鼎乾的身上，说："四川局各井队的领导,一定要清醒认识到四川地质条件与西北地质条件的差异,尽快熟悉装备性能,熟练掌握手中武器,要有敢打大仗、恶仗,最后取得胜利的信心;'一五计划'过去的两年中,四川局完成的任务,与党中央、毛主席的要求还有差距,很快就要到来的第二个'五年计划'的勘探方向在哪?"张忠良站起来,走到曾鼎乾面前,躬身握着曾的双手说:"希望曾老总认真谋划,同时争取得到黄汲清先生和西南地质勘探局的支持,尽快把四川局的首次石油勘探会议开了,尽早把'二五'的努力方向明确下来。既然找石油是一场战争,那么,四川战区就决不允许后退,任何人都不能当逃兵,不能离开这个战场!"

第二章

圣灯之光

喇嘛寺街的雪

1955年，随着春夏秋冬的四季更迭，当一年中的时间还剩最后三十多天时，四川石油勘探局各探区的领导和一线代表云集成都喇嘛寺街，参加了四川石油勘探局的第一届勘探会议。这次会议是张忠良入川后，经过长达半年多时间的调查研究和酝酿筹划，才开始着手的"第二件大事"，即通过这次会议，将四川局接替"一五计划"的下一步奋斗目标明确下来。

新中国成立以来的几年时间中，伴随新中国的隆隆礼炮，四川石油管理局从无到有，迅速建立完善了自己的组织机构。1949年12月，当刘邓大军击溃和瓦解了国民党8个兵团37个军约45万人的兵力后，伴着解放重庆的硝烟散去，国民政府四川油矿勘探处被西南军政委员会派出的军代表接管；1950年，跟随新中国石油工业一同起步的四川的首个石油组织——中央燃料工业部石油管理总局重庆办事处又张灯结彩，在喜庆的鞭炮和锣鼓声中应运而生。此后，四川局跟随'一五计划'砥砺前行的脚步，经历了西南石油探勘处、西南石油钻探处和地质处、四川石油探勘局、四川石油勘探局的组织变迁。其间，四川局的各种勘探队伍也相继组建，勘探开发规模不断扩大。在四川首届石油勘探会议结束后的大约一年时间中，"一个东起重庆，西至自贡，南临古蔺，北到隆昌的含气区被'川油人'高高托起，向年轻的共和国交出了一份合格答卷"。[1]

在共和国成立以来的五年多时间中，根据中央的决策部署，苏联援华石油专家莫西也夫一行抵达重庆，在对国民党政府当政时期的石油地质学家黄汲清、谭锡畴、李春昱、陈赍等先驱们积累的地质文献和历年勘探情况进行系统研究分析的基础上，提出了四川地质形成可以划分为两个部分：一是三叠系以上，包括白垩系、侏罗系的储油层很多，但是缺少结构良好的盖层；二是三叠系以下，包括三叠系、二叠系、石炭系、泥盆系、志留系和寒武系的储油层相对贫乏一些，不过却拥有十分良好的盖层。

苏联专家离开四川前最后做出的结论认为：四川盆地的油气储集并不丰富，要想找到侏罗纪、白垩纪油田，只有川西成都平原和乐山地区的盖层最为完整；因此，可先在隆昌一带开展地球物理勘探，等取得了相关的经验后，再在成都平原上展开工作，然后再扩展到遂宁一带，因为该地区的白垩系地层褶皱平缓，其下部可能出现良好的储油构造；于是，四川石油人就形成了早年的石油勘探思路。

根据这个勘探思路，西南石油勘探处审时度势，根据钻探工作面临的形势和任务之需，果断将1949年后仍然处于私营状态的重庆新民机器厂收归国有。他们将"新民厂"改为"西南石油勘探处成都修理厂"，迁往成都八里庄上涧槽。

根据国家"一五计划"对"川油人"提出的要求，成都修理厂及时承担了勘探工作急需的钻采配件生产和勘探设备的修理保障工作，并经过艰苦的努力，独立自主地建成了钻头车间，可生产刮刀和球状三牙轮

---

[1] 内部资料：《中国石油西南油气田组织史资料（1949.12—1967.3）》（电子版）。

钻头，为形成钻头生产作业线及钻头工艺研究打下了坚实的基础，并为日后系列产品获得美国石油学会 API 质量体系证书，通过 ISO9001 国际质量认证，出口泰国、美国、马来西亚、孟加拉国、德国和挪威等国家和地区创造了条件。

围绕这个勘探格局，1953 年"一五计划"的开局之年，四川组建了首批 7 个测量队，配合地质、地球物理队以测量地形为主，结合实际缺什么就测量什么的原则，截至第一届四川石油勘探会议召开前的 1954 年，队伍经过发展壮大，已经开始进行内部的明确分工，相继组成了 4 个等三角队、4 个地形队、2 个独立图根组，还为每个地质详查队、细测队、地震队、重磁力队、电法队配备了测点组，给地质普查队配备了测量员⋯⋯

但令人沮丧的是，虽然各项工作有条不紊地陆续展开并不断落实，但四川的石油依然像个传说，被深埋于盆地之下，不见影踪。几年来，可以说，"川油人"找油虽然找得身心疲惫，但在中国西南战略大气区的早年发展史上，其可圈可点之处，倒也琳琅满目，熠熠生辉。

1951 年，西南石油勘探处根据燃料工业部大力培养中国石油工业科技人才的指令，在重庆化龙桥黄桷村 4 号，开办了自己的石油工业专科学校。达县、万县、泸州、成都、重庆等地的应届高中生 70 人，考入钻探专科一班；9 月份又扩大招生 147 人，其中 63 人编入钻探二班，84 人编入机械一班和二班。钻探一班于 1952 年毕业，钻探二班及机械班于 1953 年毕业。无疑，西南石油工业专科学校培养的这 217 名毕业生，为四川石油勘探承担"一五计划"期间的开气找油任务提供了保障，当然也使四川依赖中央出面，从西北石油管理局调派石油师技术骨干入川的困局得到了有效缓解。

1949 年至 1955 年，是"川油人"处于"创世纪"发展阶段的"流金岁月"，不仅人才队伍建设因重庆石油工业专科学校发挥作用得到增强,而且还在重庆、隆昌、自贡、江油等探区,重启了国民政府资源委员会留下的"烂尾工程",他们还在短短的五年内,于隆昌两道桥建成了新中国成立后的首条天然气工业集气管道,摸索出了天然气土法脱硫经验,生产出了天然气化工产品"圣灯牌"炭黑。

可这份凝聚着汗水与心血的答卷上交中央后,局长张忠良和党委书记李滋润却依然内心忐忑,因为尽管四川局的"开局工作"堪称稳妥扎实,但距国家"一五"期间以狂飙突进态势向前发展的各条战线、各行各业对石油的需求来说,他们在祖国的大西南毕竟没有找到梦寐以求的"大金娃娃";或者说,在中国石油工业起步阶段,人们心心念念、日思夜想的"中国巴库"毕竟还没有找到。

按照中苏石油地质学家的精心研究和周密规划,中央给予及时立项,并在经略西北、进军新疆的紧要关头,给予了人财物支持的江油海棠铺探区江2井(地震201队1953年开钻,1955年完钻)却付出了"四川油气勘探第一起重大工伤事故"的沉重代价。当时,201队在小猫儿沟海棠铺构造挖取炮井套管作业时,地下突然冒出爆炸余烟,将两名刚出校门的实习生熏翻在地,使其当场中毒身亡。没想到这种牺牲换来的却是"十口探井打完,每口井都是'干眼眼',还是不见一滴原油"的残酷事实!

"江油无油"的现实无情地摆在了国人面前。

1955年11月,群山苍苍,大地莽莽。川渝大地的气候越来越寒冷了,寒风吹在人们脸上,如刀割一般。但四川五大探区摆开的找油战场却热气腾腾。从地质人员到钻井工人和临时雇用的当地民工,伴随机器的轰鸣和阵阵劳动号子,将工作干得十分出色。

相对生产一线的如火如荼,被阴晦天空里开始飘落的雪花笼罩的喇嘛寺街,却行人寥寥。

四川局机关两层砖木结构的楼房,可能要算是喇嘛寺街当时唯一的"雄伟建筑"。当时，局党委和各行政部门的办公室都集中于此。除了局党委书记李滋润，局长张忠良，副局长何千里、许培德的办公室，四川局还在此设立了总地质师室和总工程师室。总地质师室下设地面地质科、地下地质科、地球物理室、测井室和测量室，由曾鼎乾任总地质师，司徒愈旺任副总地质师；总工程师室下设钻井工程室、试油工程室、机械动力室、设计预算科和安全技术科，由郝凤台任总工程师，张江溶任副总工程师，加上党政工团、计划财务、生活后勤等部门，与轰轰烈烈的一线奋战场面相比，虽说相对安静，但随着人员在走廊里的来回进出和办公室里不时传出的争论探讨声，还是够热闹的。

"江油无油"的现实尽管摆在了"川油人"面前，但大家还是不愿放弃希望！从探区一线干部职工到机关领导、工作人员，人们把气都在心里足足地憋着。

在我的印象中，冬天的成都平原，天黑得比任何一个时候都早，还没到下午下班时，整个勘探局的院子里就已灯火通明。在喇嘛寺街的两幢青砖垒砌的二层小楼里，财务科是最繁忙的单位，那里总是忙忙碌碌、人头簇拥的样子。局里的财务工作由副局长许培德负责。这个人也是石油师出来的转业干部，像工资发放、设备购置和劳保用品采购等日常业务，每天多得不得了，接二连三地摆在他的面前。许培德调入四川当副局长之前，在西安钻探处担任计划处的处长，直接领导就是张忠良。张局长特别注重财务工作的严肃性，要求许培德必须节约用钱，把国家划拨的每分钱都用在刀刃上，决不允许在造价环节注水，因此，每个项目他都要亲自把关，通过核算纠正了不少的糊涂账。

许培德对老首长张忠良非常敬重，被组织上提拔到四川任职，走上新的领导岗位后，他也像张忠良一样丁是丁卯是卯地督促计划财务工作的落实。他整天都和那些复杂、浩瀚的数字打交道，几天几夜不睡觉，熬红眼睛都是家常便饭。四川局第一届探勘会议召开后，他肩上的担子更重了。因为会议结束，新项目上报燃料工业部得到批复，很快就要上马。然而"一五计划"过半，第二个"五年计划"即将到来时，全国各行各业都在大干快上，国家投资建设的地方与项目很多，中央划拨给四川勘探局的经费又十分有限，无论怎么计算，经费缺口一直都是明摆着的。[1]

"在四川石油勘探局机关，还有一个地方的工作氛围也很好，这就是曾鼎乾和司徒愈旺两位地质老总领导的总地质师室下属的各个科室。"原四川石油管理局常务副局长王宓君说，"在四川局组织召开的第一届石油勘探会议上，中国著名石油地质学家黄汲清已从西南石油勘探局局长任上调往北京工作，他以地质部核心专家和中国石油工业部总顾问的身份，受部党组委派参加了四川局第一届石油勘探会议……"

在中国石油工业发展史上，黄汲清无疑是个无法绕过的重量级人物。

1904年3月30日，黄汲清出生于四川省仁寿县青岗场一书香之家，祖父和父亲都曾长期教书。幼年时代的黄汲清就在父亲主办的青岗场同化小学学习。1917年，他考入成都四川省立第一中学。1921年，进天津北洋大学预科。1924年，入北京大学地质系，从此开始了他的地质科学生涯。他原名黄德淦，到北大后改名为黄汲清，但发表著作的英文名字仍沿用黄德淦的译音，即T.K.Huang。

大学时期的黄汲清勤奋好学，才华初露。1927年发表了第一篇学术论文《北京西山之寒武纪及奥陶纪地层》。1928年大学毕业，获理学学士学位，随即进入农商部地质调查所任调查员。[2]

---

[1] 摘自本书作者对王宓君的采访笔录。

[2] 黄汲清：《我的回忆——黄汲清回忆录摘编》，地质出版社2004年版，代序第1—2页。

对大自然中石油的生成，国际流行的通用说法是有机成因说，即深埋于地下的石油是由动植物的有机沉淀经过转化之后才得以形成的。因此，国际上的主流油田都是海相沉积生成，据此人们继而得出了"海相生油陆相属于贫油范围"的结论。照此理论，中国大陆的盆地大部分属于陆相沉积盆地，所以，要想发展现代石油工业就不得不面临无油可采的现实。20世纪初，美孚公司与清政府合作，在中国的确也是乘兴而来败兴而去，没找到具有工业开采价值的石油，因此中国从此便戴上了"贫油国"的帽子。

但黄汲清远度重洋，从浓霞台大学（瑞士纳沙泰尔大学旧译名——编者注）获得理学博士学位学成归国，接替翁文灏衣钵，出任民国地质调查所所长后，他与地调所的地质学家尤其反感这样的观点，他们不但坚信上天不会亏待国人，在中国一定能够找到石油，而且还身体力行地跑野外，以甘肃玉门油田的大发现及大开发事实，有力地回击了"中国贫油论"的悲观论调。

1955年2月，对中国石油工业未来发展方向产生重要影响的全国第一次石油地质普查工作会议在京召开。黄汲清作为这次会议的技术总负责，与谢家荣一道召集全国的中青年地质学家，全面系统地研究分析了已有的石油地质文献，通过对各主要沉积盆地和沉积区的油气因素进行了反复对比后，选定五大盆地，并且建议在燃料工业部石油工业总局基础上成立不久的石油工业部，组成五个石油地质普查大队，围绕五大盆地，展开大规模的石油地质普查。

经过两年普查之后，黄汲清在地质部的石油普查专业会议上，向中央首长和全国同行展示了更加精确的1∶300万的《中国含油远景分区图》，并作了题为"我国含油远景分区的初步意见"的专业报告。

黄汲清自1928年山河破碎的多事之秋，毅然踏入中国石油地质领域，就以科学救国理想，毕生致力于中国石油工业的发展。1955年11月23日，他在成都参加四川局的首届勘探会议，作了题为"四川盆地找油找气的方向"的报告。相关内容对四川局酝酿第二个"五年计划",究竟具有怎样的指导意义,无论从其回忆录,还是西南油气田的官方材料里,均无详细记录,但这并不影响身为石油地质学家的王宓君老人对会前一些情况的回顾:

> 1955年召开的勘探会议,一个最重要的议程是,将全局下一步的勘探工作重点明确下来。但是,这个意见必须先由总地质师室领导下的各个科室来提。因此每天下班后,大家也不回家休息,出于尽快在四川找到石油的迫切愿望,大家每天都在办公室讨论来,讨论去,意见无法统一,经常争得面红耳赤。
>
> 按总地质师曾鼎乾和黄汲清的意见,四川石油的勘探方向,首先在龙门山一带,其次是在川南、川西等几个探区深耕细作。但这种看法,却遭到了去川中搞过地质普查的地质人员反对,他们认为:四川局在川中不但发现了蓬溪构造,而且在盐井溪一带的露头还找到了油苗,所以下一步的勘探,要在川中用力。
>
> 然而,总地质师和专家的观点还是不变:尽管川中发现了油气苗,但这并不具有普遍意义,而且川中地质资料不多,含油远景相比龙门山山前带及川南地区依然差得很远……[1]

其实,对四川局"二五"期间勘探方向的酝酿,全局上下最着急的人就是张忠良了。

在大西南找到"中国巴库",既是中苏石油地质学家及中央对四川寄予的希望,也是他身为一局之长无可推卸的分内职责。但像地质构造、钻井原理、油气分布规律等这些接连不断的专业问题,对他这个出

---

[1] 摘自本书作者对王宓君的采访笔录。

身寒微、戎马半生的军事转业干部而言，面对机关地质技术干部们的连日争论，要进行专业判断，及时决策，面临的困难也就可想而知。

自从转业石油战线以来，他就一直绷紧头脑中的弦，因此无论寒来暑往，只要人在局机关，没下去跑基层，即便中午、晚上，他也总在办公室里坚持工作、学习。为了提高专业素养，他在局办公室专门配了专职的技术秘书，以便借助秘书帮助，深入扎实地研究石油地质理论，摸清四川盆地错综复杂的油气储集规律。他对技术干部非常敬重，到探区跑现场，不管下面做了什么事先安排，首先必须要去钻井室和地质室掌握情况；还有就是，凡是到井场，他就必须去看岩芯，录剖面和原始记录。哪怕在机关上班他也总是这样：一听到勘探工作有了新动向，他不是立即放下手里的工作，跑到地质科求证，就是匆匆赶到中心试验室去了解数据，在第一时间听取专业汇报。

川中发现油苗的消息，张忠良不但心中有数，而且技术秘书还向他报告了最新的消息：地震202队的年轻人已完成对蓬莱构造的细测，作出了1955年全国的首张地震反射标准层构造图。在江油探区的找油之战进行得艰苦而迷茫之际，秘书给他带来的是个鼓舞人心的好消息。

而老首长张文彬刚到新疆石油勘探局上任，就传来他们在克拉玛依找到了"大金娃娃"的捷报，更让他倍受鼓舞。

1955年10月29日，位于新疆准噶尔盆地西北缘的黑油山1井完钻出油，标志着新中国成立后，自己勘探的第一个大油田——克拉玛依油田的发现，从而揭开了新疆石油工业大发展的序幕。

新疆有着发展石油工业得天独厚的资源条件。准噶尔盆地南界天山，东北和西北分别是阿尔泰山和西准噶尔山，略呈现三角形，东西长700公里，南北宽370公里，面积约13万平方公里。盆地中央为古尔班通古特沙漠，面积约4.8万平方公里。……黑油山1号井（今称克1井），位于独山子以北约百公里处的黑油山沥青丘西南 5 公里处。黑油山沥青丘,是克拉玛依油田主力油层三叠系石油露头,形成于距今 100 多万年前的第三纪末期。因原油长年外溢,与砂石混杂固化成一群大小不等的天然沥青丘。最大的高约 30 米,面积约 0.2 平方公里,山顶和山坡至今仍然不断渗出原油和水。黑油山沥青丘,是克拉玛依油田的标志和象征。……该井 7 月 6 日开钻,10 月 29 日开始试油,当晚即有石油和天然气随泥浆和水溢出。11 月 1 日计量,10 毫米油嘴 8 个小时产油近 7 吨,第二天产油 8 吨。由此,在克拉玛依发现了工业油流。[1]

也就是说,川中地震反射标准层构造图的完成,表明如果进军川中,四川石油勘探局继五大探区之后,又将开辟新的战场,这个战场对中国石油工业的发展,将会起到影响深远的推动作用;也许继张文彬在"一五计划"快过半时,在新疆天山脚下打了一个漂亮的大胜仗之后,川中这个战场目标的确定,将有可能把四川局带出迷茫,使他们趁势而上,极有可能赶超率先名扬青史的新疆局。

那么,面对地质部门谁也说服不了谁的这场争论,局党委是否信任地质干部们的观点,做出上川中的决定呢?

就这个问题而言,张忠良同总地质师曾鼎乾、副总地质师司徒愈旺及年轻的地质干部们进行了座谈,开展交流对话,跟党委书记李滋润和何千里、许培德两位副局长按党的民主集中制原则,多次会前酝酿,最后才在四川局党委扩大会上,从两个方面开诚布公地阐明了他的观点——

首先,四川石油勘探局面临的形势已经日益紧迫,在举国上下都在千呼万唤地盼石油的大趋势下,四川局的老区勘探却迟迟不见动静,一场志在必得的开气找油之战,打得战线是越拉越长,但没有什么效果,

---

[1]《百年石油》编写组:《百年石油(1878—2000)》,石油工业出版社 2009 年版,第 39—40 页。

长此下去，无论如何都不好向毛主席、党中央及全国人民交代；从他戎马半生的经历来讲，在军队无论是当团长，带领部队打攻坚战，还是给张文彬、张复振当副手，出谋划策运筹帷幄，用四川话说，他从来都没有"拉稀摆带"，现在张文彬的新疆局已在天山脚下立下首功，而他在四川带领"川油人"开气找油，埋头苦干，天然气勘探开发和衍生产品的研发生产虽也取得了不俗成绩，但相对黑油山1号井出油带来的社会影响和成就相比，他感到作为四川战区的一员主将，有负党和国家的重托，而要改变这样的局面，在五大探区找油一时半刻难见分晓时，上川中显然是个不容错过的机会。

其次，四川勘探在继承前人成果的基础上，和全国其他探区一样处于最初的地质普查阶段，主攻目标无法确定下来，因此面对川中问题就不存在该上与否的问题，而是何时上和怎么上的问题。但是要上新探区，最根本的问题其实还是人财物的配置，因而最紧要的问题就是尽快向石油部进行汇报，在得到国家的有效支持后，再将上新区工作紧锣密鼓地开展起来。

党委扩大会最后决定：由副局长许培德带领业务精尖的地质干部，赴京汇报！

四川石油勘探局进京汇报小组临行前，张忠良把许培德叫到办公室再次嘱托，一定要在四川局深入贯彻全国第一次石油地质普查工作会议精神——为"二五"期间明确主攻方向的首届勘探会议召开之前，将李聚奎部长和部党组是否支持四川局上川中的态度搞清楚。他之所以如此慎重，是因为他知道上川中毕竟是在五大探区的基础上另辟新区，兹事体大，非容轻议。

好在1955年11月22日下午下班前，张忠良在左等右盼中，终于接到了许培德从北京打回成都的长途电话。"李部长和部党组不但支持我们上川中，你猜还有什么来着？"平时心直口快、直来直去的许培德，知道张忠良一直在等他的电话，故意卖起了关子。

"别绕来绕去，有话直说！"得知石油部做出的决定后，他心里的石头已经落地。一见许培德有意绕他，跟他磨性子，他就知道进京汇报小组不但圆满完成了任务，而且长期跟随自己的这位老部下，应该还有好消息向他汇报。他一激动，自从转业地方工作后一直都很注意言行举止的他在石油师老战友面前又爆了粗口，又"原形毕露"了。

"嘿嘿！"许培德不以为意地笑了，接着说，"据部里同志的透露，康世恩副部长这次带领的访苏代表团在莫斯科会见苏联专家，苏联专家也很关心四川局上川中开辟勘探新区的问题，'老大哥'看了不少川中的资料。到过咱们四川，参加过康世恩组织的地质考察活动的米尔钦科院士，听说有人不同意我们进军蓬莱构造，感到特别奇怪地说，川中是不是中国的地方？如果是，为什么不去？他还表示，谁说川中没有石油？川中与我们俄罗斯的地台一样！因此，不但部里支持我们上川中，而且'老大哥'也在支持我们，哈哈！"

张忠良放下电话，点燃一支烟，靠在办公桌后的椅子上，舒心而惬意地抽着。局党委书记李滋润的秘书敲门进来，仿佛他与许培德在时间节点上事先"串通"好了似的，给他送来石油部部长李聚奎的"北京来电"——李聚奎在电报中说："欣闻四川局首届石油勘探大会即将召开，望根据部里指示，认真落实苏联专家建议，并着力推广西北玉门油田和新疆克拉玛依油田的先进经验，切实提高勘探工作质量，在巩固已有成绩的基础上，争取新的更大的成就！"

秘书告诉张忠良说，李书记提议四川局第一届勘探会议召开之前，在家的局党委成员立即召开党委会，研究如何贯彻落实部党组对四川局的指示精神。

张忠良在电文右上角——李滋润提议召开党委会的建议处，飞快地签署了附议的意见。秘书离开后，他走到窗口极目四望。办公室外的水泥路面和停放有序的车辆上，已被下午就一直陆续下着的雪花覆盖成了一片苍茫的银白。那些从圣灯山、石油沟、龙泉山、海棠铺、倒流河等各探区赶来开会的代表，他们从机关门口走向招待所会务组报到的足迹，在积雪的映衬下显得格外醒目。

苦涩的笑意

1956年，五一劳动节刚过去还不到两个星期，新华社在北京向国内外各大媒体发布的一则电讯宣称：中国石油工业部的一位领导人，通过全国石油先进工作者代表大会议定的程序，对外宣布，新疆维吾尔自治区的准噶尔盆地克拉玛依地区，已证实是个很有希望的大油田。

当年9月，克拉玛依有23口探井喷出工业油流。

在中共第八次全国代表大会上，从解放军后勤学院院长任上调任石油部部长的李聚奎，在发言中充满自豪地对与会代表们说："新疆克拉玛依油田，目前面积已达130多平方公里，而且随着地质勘探力量的加强，这个储油面积还在不断扩大。据估算，目前它的探明石油储量已在1亿吨以上。可以肯定地说，继玉门油田之后，克拉玛依已取得了我国开发建设现代化大油田的又一重大胜利！"

李聚奎的发言，赢得了与会代表的掌声，成了中共第八次全国代表大会爆出的新闻焦点。

同年10月1日，是新中国成立后的第七个国庆节。在盛大、欢乐的国庆观礼人群中，克拉玛依油田巨大的模型像上天馈赠国人的礼物，在游行队伍中，缓慢庄重地通过红旗招展、人潮人海、万众瞩目的天安门广场，接受了城楼上毛泽东与他的战友和国际友人的检阅。

没过多久，那首一夜红遍大江南北的《克拉玛依之歌》，成了文艺工作者向中国石油工业致敬的第一首壮歌。"克拉玛依"这个名字，俨然一个从茫茫云海降临凡间的精灵，受到了党和国家的关怀喜爱，与其开发建设有关的一切,得到了全国特别是新疆社会各界的支持。

1956年9月5日,《人民日报》发表《支援克拉玛依和柴达木油区》的社论。国务院组织13个部委支援克拉玛依,全国16个省、市、自治区的35个城市为克拉玛依生产设备和器材。新疆维吾尔自治区党委发出指示,要求各级党组织、各级政府和全疆人民支援克拉玛依油田建设。新疆生产建设兵团和有关单位,抽调汽车帮助抢运积压在口岸的器材,动员几千名施工部队官兵抢修公路和房屋。塔城地区组织1000多峰骆驼为油田驮运越冬烧柴,很快建立起商业、粮食、邮电等服务系统,有力地保障了油田勘探开发的顺利进行。

克拉玛依油田的发现,像一曲激越人心的号角,召唤着几万名建设者从祖国四面八方汇集而来。……1958年克拉玛依年产原油33万多吨,1960年达到163万余吨,占当年全国原油产量的39%,是大庆油田发现以前全国最大的石油生产基地。1958年9月,中共中央副主席朱德视察克拉玛依时,高兴地说:"3年时间,在荒凉的戈壁滩上,建立起一座4万人口的石油城市,这是一个很大的成绩,也是一个动人的神话。"[1]

克拉玛依油田在国人的千呼万唤中,以石破天惊的发现,打破了中国石油勘探的沉闷局面。它的发现,首先使1949年之后的中国石油工业,摆脱了对甘肃玉门油田、四川石油沟和隆昌气矿等国民党政府资源委员会留下的"石油遗产"的依赖,成为新中国政府通过与苏联的合作,实现了"独立自主,自力更生"诉求的政治象征;另一方面,也再次印证了"黄汲清们"反对陆相贫油论主张的卓越见识,预示了中国油气开发具有良好的前景,实现"石油梦"指日可待。

---

[1]《百年石油》编写组:《百年石油(1878—2000)》,石油工业出版社2009年版,第43—44页。

因而，借助中国1956年成功开发克拉玛依油田大获成功的春风，四川石油勘探局党委根据石油部党组对上川中决战蓬莱构造的认可，和莫斯科"老大哥"的支持，于是做出决定：在嘉陵江边的古城南充，成立川中石油钻探处。

四川局将隆昌气矿的孙继先矿长从两道桥调往南充担任钻探处长，杨作义任副处长，张载褒、李克秦等一批技术过硬的地质勘探干部，协助孙继先、杨作义，为四川局进军蓬莱构造打头阵。

在上川中打头阵的这个核心团队中，孙继先曾任石油师一团参谋长，通过在隆昌气矿主官岗位上的锻炼，不但培养了作为军事指挥员遇事处理问题时的冷静、坚毅，而且还在开气找油这场战争中具备了一名企业领导日显成熟、驾驭全局的能力；杨作义在石油师后勤部当过科长，由他来给孙继先打下手，为四川局上川中的先头部队筹措粮秣辎重，再也合适不过；张载褒、李克秦是总地质师曾鼎乾、副总地质师司徒愈旺的手下，上川中立项之前，他们就是"主战派"的突出代表……

因此，从钻探处核心团队的人员结构来看，不难发现四川石油勘探局党委试图摆脱"江油无油"的困境，调集精兵强将，拟在蓬莱构造打出一片新天地的良苦用心。

南充，地处四川东北部，嘉陵江流域的中段，因其位于古"充国"之南，故有"南充"之称。充政权大约存在于公元前588至公元前318年，属于四川盆地当时四个最强大的政权之一。战国后期，"巴国"被楚国接连击败，很快将扩充疆域的目标锁定在其西邻蜀国。面对战争，充蜀双方结盟，共同抵御巴国入侵。公元前318年，巴灭充后占其疆域，统其子民，并将国都迁往阆中；秦惠王更元九年（前316年），秦军灭巴国后，古充国的悠悠往事，逐渐被"车同轨，书同文"的中央郡县制覆盖……民国元年（1912年）以降，南充隶属于四川省建制，境内置嘉陵道，下置7县；民国二十四年（1935年），境内置第十一行政督察区，辖南充、蓬安、营山、仪陇、西充、南部6县，阆中被划入第十四行政督察区……1956年，孙继先带领四川局的勘探人员，来到夏代即有"果氏国"之称、商周又谓"梁州"的古南充时，这片皇天后土，已经成为中华人民共和国四川省的省辖市了。

孙继先带领勘探处的先遣队，从南充出发，渡过嘉陵江，来到东观镇。

东观是个不大不小的川东北小镇，竹林掩映的穿斗木质结构瓦房，错落有致地散落在螺溪河畔，南充通往营山县城的一条简易公路直穿东观主街而过，要不是因时有过往的客运班车鸣放的喇叭偶尔响起，惊起路上的行人与鸡犬注意，自觉给车辆让道，东观镇倒也颇有几分世外桃源之感。镇上两条小街位于日夜流淌的螺溪河两岸，连接两岸的河上，有座建在水里的一字石桥，站在高处一望，东观看上去又像个巨型"工"字，而一字石桥两头耸立的两座高大的钦赐贞节牌坊，又让身处世外的东观镇，突然被笼罩在了"天下王土"的阴影之下。

当孙继先他们一路风尘地来到东观镇时，已是黄昏时分，镇上临街的几家茶馆和旅馆，都已早早地亮起了油灯。街上很少见有行人，只有三两个小孩互相打闹着在玩游戏。

在镇公所，镇长看完四川石油勘探局开出的单位介绍信后，见是省城来的稀客，二话没说，就爽快地让人将镇公所的几间房子腾空，见还无法将先遣队全部安排下来，又亲自敲响一面铜锣，喊来镇上的乡亲，要求连夜腾出房子，安排睡房，让孙继先一行先住下来。

但那天晚上，听着螺溪河汩汩的水流声，孙继先却失眠了，翻来覆去地"烙大饼"。

根据局里进军川中的项目规划，他知道，即将开始的工程十分庞大，这一点他从隆昌两道桥赶往成都喇嘛寺街四川局机关受命时就预感到了。工程一旦开始，起码需要一些住房和办公室，将他带来的二十多人首先安顿下来。不然在东观镇，他们连个落脚之地也不会有。他没想到不但时间如此之紧，任务还特别繁重，为了赶进度，现在看来连解决勘探处办公住宿条件的工夫也没有，只有依靠当地政府和纯朴的东观父老乡亲了。

孙继先在战争年代带兵打仗时就养成了一个习惯，当然这也是我党我军的优良传统，即不论走到哪里，遇到什么困难，都很注重依靠当地政府及人民群众，以至于孙继先脱下军装到石油单位工作后，依然还能将其原原本本地继承下来，发扬光大。

去年，孙继先刚调任隆昌气矿矿长时，有一件事细想起来，还让他在这个不眠的东观之夜记忆犹新。

隆昌气矿当时每个井队都有自己的警卫班，井场四周都是用竹编篱笆围起来的。当然，这与当时的社会环境有关，当地老乡对石油钻井队的突然到来感到好奇，三五成群地跑来围观，加之新中国成立之初，社会秩序颇为复杂混乱，井队领导不但害怕工作秩序因人来人往而受到影响，而且还特别担心敌特混入群众中伺机破坏生事，因此，他们才保持了高度警惕与"戒备森严"。

一次，他从局机关驱车去隆昌井队检查工作，甚至还被井场的警卫人员义正词严地拒之门外，后来在隆昌气矿任矿长，在圣灯山探区的其他井队又遇到同类问题。孙继先一看这哪行啊！解放军没有父老乡亲的后方支援，打不了胜仗，陈毅元帅不也说淮海战役的胜利，是支前父老用独轮车"推"出来的，用肩上的担子"担"出来的嘛！同样，四川局的各路石油勘探大军，如果没有当地政府和群众的积极支持，在这场没有硝烟的战争中同样也无法夺取最后的胜利。于是，他将此事和矿上其他的领导进行商量后，隆昌气矿党委及时做出决定：将各井场的警卫班一个不剩地全部解散！

现在，根据石油部的项目批复，要在东观镇尽快建设开发川中石油的第一个基地，仅仅依靠他从局机关带来和各探区抽来的20余人之手，要在短时间内完成这个光荣而艰巨的任务，遇到的困难是可想而知的。

看来只有依靠东观父老的支持，他和他的先遣队在进军川中的号角声中，才可能做到不负众望和"多快好省"。

川中石油勘探处要做的第一件事，是在南充市通往营山县的公路上开出岔道，直穿东观镇通往他们即将筹建的基地去。川中勘探处要修公路的消息甫一传开，东观的父老乡亲都很高兴地参与进来，平路基、挖土方、抬石头、打夯，忙得不亦乐乎。老乡说："这是东观镇有史以来的第一件大喜事！"

谁知公路刚修到一字石桥边，他们就遇到了困难。石桥是要修的公路的必经之处，而桥头的两架御赐牌坊却挡住了去路，只有将它拆除，公路才可能按照规划设计及时修通……这样，问题便出现了。

据说两架牌坊在螺溪河畔已矗立了几百年，上面的文字尽管已被风雨剥蚀，模糊不清，但当地人在茶余饭后却说：两架牌坊从皇宫里修好后，从京城拉到东观镇，当地人的先辈想了很多办法都没办法立起，是一位白胡子道士云游此间，在众人央告下，画了两道纸符，才将牌坊竖起来的。道士临走时还留下话说，牌坊在，桥就在，牌坊倒了，桥也要垮塌。唯恐天下不乱的闲汉、长舌女人就趁机煽风点火，放话说："石油队是来挖地下的'大金娃娃'的，如果保佑一方平安的'大金娃娃'被挖掉，东观的好日子就过到头了！"

其实，"来找地下的'大金娃娃'"这话在石油工业起步阶段，不但康世恩喜欢挂在嘴边，就是稍后取代李聚奎出任石油部部长的余秋里也爱这样说。他们这么说的本意是告诉大家石油是个宝贝，找到它，就像找到地下的大金娃娃一样发财了！用这种通俗易懂的比喻来激励石油师的农民军人和玉门油田的石油工人没有问题，但这话放在四川话的语境来说，由于川中民间本来就有什么地下金娃娃、金蛤蟆、金乌龟守一方风水，佑一方平安的传说，所以孙继先的先遣队来到东观，工人们将来川中找石油说成是找地下的"金娃娃"时，自然就给喜欢搬弄是非的那些人创造了话题。于是，钻探处要在东观镇挖出地下的"大金娃娃"的消息传开后，许多出工出力，参与公路修建的老乡就纷纷离开工地，放下工具回家去了，川中的筹建工作因而受到了严重的影响。

"处长，不管他们那些神鬼、道士和法术，我看还是把两架牌坊干脆拆了再说！"几个心急火燎的工人找到孙继先，快人快语地提出了"个人意见"。也有人以提建议的名义，故意用言语来刺激他："既然区里和镇上两级政府的领导已同意我们拆牌坊了，处长您还怕什么呢？前怕狼、后怕虎那是老娘们儿的性格，这可不是您的个性呀……哈哈哈！"

但孙继先还是不为所动，因为在他心里装着"工农联盟"和"我党我军的优良传统"，所以越到关键时刻，他就越要告诫自己，要沉得住气。他通过会议告诫先遣队的每个干部职工："我们要在川中大地迈开大步，追赶克拉玛依油田的前进步伐，把基地建起来，井架搭起来，石油采出来，首先就要在东观镇把双脚站稳了再说！"随后，他果断下令暂停公路修建，要先遣队每个队员挨家挨户地深入群众中去，宣传政策，开展说服工作。

但是，先遣队的群众工作做了几天，还是不见起色，直到有一天勘探处一名土木建筑队的队长去茶馆里喝茶碰运气，听到一个老汉在跟人摆东观贞节牌坊的龙门阵，川中石油勘探处遇到的困境这才出现了转机。

建筑队长见老汉和众人摆得很闹热，就提了一把竹椅，端着茶碗凑了上去。

老汉说很久以前，东观镇住着一对年轻的"两口子"，他们非常恩爱，但好景不长，男的被朝廷抓去当兵，战死沙场，女的生了娃儿，决心守寡到底，死保贞节，没想到公婆却贪财，非要逼她改嫁，她死活都不答应，结果就遭到了公婆的打骂，那个女的受不了虐待，只能跳进螺溪河寻了短见。后来，寻短见的这个女人的娃娃长大成人，通过十年寒窗苦读，实现了朝为田舍郎、暮登天子堂的抱负，在京城中了新科状元。皇帝得知状元妈妈的感人事迹，就下圣旨，吩咐南充府给状元妈妈在东观立了两架贞节牌坊。老汉摆到这里，揭开碗盖喝了一口茶，叹了一口长气，看了看周围的反应又说：唉，这些都是解放前的老言子了，讲的是圣贤传统，提倡的是好女不嫁二夫的公序良俗，现在呢，现在新社会不兴这个，要讲婚姻自由，妇女翻身做主，哈哈哈！听见老汉爽朗的笑声，十几个茶客也跟着哈哈大笑起来。

见大家都很高兴，建筑队长紧跟着插话说，老人家的觉悟真高，说得真好！在封建王朝的旧社会里，妇女没有一丁点地位，而且受压迫，还不能开腔，那两架牌坊就是压在妇女们身上的石头。现在解放了，妇女翻身做主了，这砣不但压人还挡路的石头，还能要吗？

我看不能要，干脆推倒算了！既然我们新社会的姐妹没得哪个要当贞节烈妇，那还留着它搞啥子呢？开茶馆的老板娘见那个队长说得很有道理，就附和着说。

对，推倒算球！推倒算球！渴望通过川中勘探处的建设来改变家乡面貌的几个年轻人，一见有人挑头，也紧跟着纷纷吆喝起来。

队长一见，觉得更进一步做好群众工作的宝贵时机成熟了，就趁热打铁地说，我们在东观镇为国家建设大油田，的确是来找"大金娃娃"的，但我们找的这个埋在地下的"大金娃娃"，不是你们说的那个"大金娃娃"，我们找的这个"大金娃娃"是石油，是个比"金娃娃"还值钱的大宝贝，连毛主席他老人家都日思夜想地盼望我们找到它呢！只要找到它，咱们的东观镇马上就能楼上楼下、电灯电话，变成现代化城市，而变成现代化城市之前的东观镇，只要有了咱们找到的石油，实现农业机械化，下地干活就用拖拉机和收割机，各位父老乡亲面朝黄土背朝天的苦日子也就过完了！可现在呢，螺溪河两岸的两架牌坊却把咱们东观镇奔向好日子的路给挡了。不推倒它，我们运送物资和钻探设备的汽车就过不去，不推倒它，的确没办法了！至于有人说推倒贞节牌坊，桥就要垮，这是谣言，乡亲们千万不要相信，千万信不得啊！

可能孙继先和杨作义两位钻探处领导都没想到，就是这个能言善辩的建筑队长，竟然通过一番话，就把困扰川中基地建设的头痛问题解决了。因为他的一番话被喝茶的人们带回各自家里，像酵母发面一样，很快就产生了巨大的作用，在镇上四下传开了。纯朴善良的东观镇父老乡亲改变了态度，支持孙继先的先遣队推倒贞节牌坊。

这种变化，依我看，主要在这几个方面：第一，他们心里其实都明白，推倒贞节牌坊只是一种忌讳，现实生活中，不可能出现因拆牌坊就垮桥的问题，再说既然石油单位要拆牌坊，把桥整垮了，他们自己也过不去，垮了旧桥要建新桥，这个是必然的；第二，经那个队长那么一讲，大家也明白了，石油队要找的"金娃娃"只是个比喻，与他们长期在肚子里犯忌讳、瞎嘀咕的种种担心，没有半毛钱的关系；第三，他们一听连解放全国人民的大救星毛主席都在为找石油的问题愁得寝食难安，就觉得自己再阻挠石油勘探处的施工计划，太对不起毛主席了；当然最主要的还是，大家从那个队长的话里明白了，支持孙处长的先遣队，东观镇的面貌就会发生翻天覆地的变化。

在这之后，南充市政府和东观镇的领导又分别出面，向东观群众进行了思想动员。在当地政府的支持下，螺溪河两岸屹立了数百年的两架贞节牌坊终于被拆除了。孙继先派人抬来一些废弃不用的钻杆，让电焊工焊在桥上，刷上油漆之后，两座一字石桥不但没有垮塌，而且还比以前更加美观牢固！[1]

---

[1] 摘自本书作者对龙雏的采访笔录。

西南油气田公司川中油气矿前宣传科科长龙雏先生接着说:"自从推倒两架牌坊,东观镇就开始热闹繁荣起来,每天人来车往,马达轰鸣,镇上因为有了电灯照明,螺溪河的夜晚变得璀璨明亮起来。川中大地的山谷中,开始响起了隆隆不息的钻机轰鸣。当地居民的生活从 1956 年之后,也和西南油气田的石油人结下了不解之缘。"

然而,正当川中石油钻探处在南充打开局面时,石油沟探区东西构造接连而至的"两把火",使四川石油勘探局追赶玉门油田和克拉玛依油田的前进步伐,几近停滞下来。

1956 年 1 月,石油沟探区东溪构造的东 1 井钻至井深 1130.6 米时,突然发生强烈的井喷,钻井队见状强行下钻,关闭封井器,用泥浆压井后,结果导致井下 702 米处的地层发生了憋漏,天然气从近邻东 1 井的綦江河上俨然脱缰野马一般地横冲直撞。强大气流携带硫化氢,致使河里的各种鱼类瞬间鱼肚翻白,飘来荡去,把井队的施工人员和闻讯来看热闹的当地居民都吓坏了!

人们不知如何应对眼前的一切,钻井队一名钻工见状,下意识地从兜里掏出火柴,双手哆嗦着划燃丢进河里,将河里窜至岸边的天然气"轰"一声点燃。綦江河的着火范围迅速扩大到 650 米的长度,火焰高达 7 米到 10 米。一河熊熊的火龙在河上翻滚,导致沿河两岸的铁路、公路交通中断,附近居民的生活陷入严重的混乱之中。

石油沟探区的职工和当地政府派出的基干民兵,经过 11 个昼夜连续奋战才将井漏堵住,然后,又在井深 835 米至 935 米处加注水泥塞,制止了地下井喷,灭火战斗历时 15 昼夜,才将河上烧了半个多月的最后一条火苗扑灭。有关綦江河灭火动用的人财物,西南油气田提供的官方资料《四川石油管理局五十年大事记(1949—1999)》说:"处理(这次)事故,共动用民工 6429 个工日,粮食超支 10759 斤,耗资 4.7 万元。"

由此可见,造成的损失非常严重!

这次事故，使刚成立一年的四川石油勘探局遭到了石油部的严厉批评，党委书记李滋润、局长张忠良向部党组做出检讨后，石油部倒也没将四川局的工作一棍子打死。继川中石油勘探处孙继先、杨作义的队伍在东观镇打开局面之后，石油部批复了四川局关于成立蓬莱钻探队的请示，而四川局的干部职工面对这份沉甸甸的信任，无疑也都知道如何吸取教训，打开被动局面。

根据克拉玛依油田创造的地台找油经验，他们调集各路精兵强将，成立了测量、地质、地球物理、构造制图、钻探等20多支队伍，在四川盆地上，以川中地区3万平方公里的范围为主，开始了艰苦的综合性油气勘探工作。

盆地地台找油不受局部背斜构造的控制，是克拉玛依油田一大发现，在勘探领域是一次思想大解放，对指导新疆及全国"一五"期间的石油勘探工作，具有重要的认识价值和实践价值。因此，这对深受綦江大火之困的四川局而言，一下派出20多支队伍上川中，显然是下了哀兵必胜的决心。

随着川中蓬莱构造第一口深探井即蓬基井开钻，地震测井队用一般光点地震仪，一鼓作气地取得了15口探井的实测资料，威远构造威基井开钻，黄瓜山构造黄1井瞄准寒武系开钻，隆昌探区东溪气田11井20座炭黑火房竣工。而且苏联钻井、地质、地球物理等方面的17人专家组来到四川，帮助四川局掌握气测井、放射性测井、涡轮钻井和打斜井的方法乃至于射孔枪使用方法等，工作陆续步入正轨。尤其川中勘探处和蓬莱钻井队即将揭开各路大军大战川中的序幕，并在《我为祖国献石油》的壮歌里，留下"嘉陵江边迎朝阳"的最强音时，没想到四川石油勘探局下辖的石油沟探区——东溪构造的巴9井竟然又着火了！

用西南油气田一位早年创业前辈的话说："50年代的创业岁月，真是坎坷曲折，各种问题接踵而来！"

1957年2月2日,是我一生中最难忘怀的日子,好像是个星期六的夜晚,人们吃完饭,正在听收音机。大概晚上七点,忽然听到屋外"嘭"的一声,我们跑到房子外边去看,只见南方的天空一片火光,伴随着"隆隆"的声音。大家互相询问着向调度室聚集,听到大队领导在电话上正在大声地询问情况。当班的调度员小声对我们说:"巴9井,井喷着火了。"

　　巴9井是苏联功勋钻井队和中国3297钻井队共同钻探的一口井。1956年10月24日开钻,当时,已钻到1100多米的目的层。2月2日这天是星期六,苏联功勋钻井队的人照例要去重庆市跳舞,3297钻井队的队长有事请假了,巴9井当班的是一名中国副司钻。

　　巴9井钻到嘉四1—嘉三时发生井漏,曾用水泥堵漏三次未获成功,抢钻一米后再堵。2日抢钻至1100.27米时,因泥浆无法返出,决定起钻。共起钻杆35柱,未向井内灌泥浆。此时钻杆内外冒气,工人误认为是井内泥浆冒的热气,又起出一根立柱。此时井内还有9柱钻杆,包括两柱钻铤,长216米。巴9井突然发生强烈间歇性井喷两次,5分钟后,井内有黑色泥浆和天然气混合物喷出,接着井内钻具喷出与井架摩擦起火。十分钟之内井架就全烧毁了。

　　巴9井着火后,大队向重庆市和四川石油勘探局汇报,石油部也知道了。重庆的消防车到了,局领导也到了。这场震惊世界的大火,英国广播第二天就做了报道。可能因巴9井是苏联功勋钻井队钻的,苏联石油部部长米尔钦科[1]携灭火专家4月初也到了现场。由于着火现场人多,保卫科通知我们不能私自去现场。王靖环通知我,叫我搞巴9井的斜井设计,准备在距巴9井219米处打一口斜井,与巴9井在800米相交后,在巴3井压井,以灭掉巴9井的大火。巴3井于4月7日开钻,当钻到129米时,苏联代表团提出爆

---

1 此处所引文献作者记忆疑误,公开资料显示米尔钦科为苏联石油部总地质师。——编者注

炸灭火方案后才停下来。

一天，我到保卫科说："巴9井井喷着火的现场资料要保存，我到巴9井去照相。"保卫科的人说："巴9井着火后，没让一个记者进到现场，你照的相不能交给记者。"

第二天，我到运输队搭一辆去新盛拉货的车，车过巴22井后开始下山，转过一个大弯后，巴9井的井喷轰鸣突然变大，只见一柱火焰冲天，熊熊燃烧。我连忙打开相机准备拍照。汽车过了巴3井，我就连拍了三四张。新盛区队距巴9井不过一公里，巴9井的轰鸣声使我们说话都要大声吼，晚上不用点灯也能看见。新盛场的老百姓经常跑到区队探听消息，一个老头神秘地跟我说："那天刚吃过晚饭，就听到巴9井'嘭'的一声，我一看啊，只见一条火龙从井里蹿出来飞上天了。大火就燃烧起来。"我一听，对呀！巴9井井里的钻具喷出来飞哪去了？我找了几个年轻人和我一起去找。以巴9井为圆心到山上去找，我们找到一个距离巴9井有七八十米的小山包，只见两百多米的钻杆像根面条一样盘在一起，一头还深深地插在了土里。[1]

2017年春节前夕，因之前我们根据知情人提供的线索，拟在盐城自贡，请教原蜀南气矿副矿长曲俊耀——采访他作为"在场者"，对1957年巴9井着火原因及灭火情况的回忆，当时，因曲老先生在女儿陪同下去海南度假了，我们的采访计划无法按期完成。春节后，根据西南油气田企业文化处冯雪梅女士安排，我们在华油公司见到了担任党委书记的曲俊耀之子曲林，我们试图通过曲林，对因身体欠安，无法接受采访的曲俊耀进行间接采访。

---

[1] 曲俊耀：《路——我的自传》，个人印刷物，第63—64页。

曲林介绍说，他父亲的老家在民国时期的山西省五台县，即现定襄县河边村的小堡子，曲俊耀是当地大户"老曲家"的少爷；他奶奶阎爱和与大名鼎鼎的"山西王"阎锡山是至亲，阎锡山很小时就由曲家寄养，16岁才离开小堡子的曲家私塾，出门去闯天下——因有阎锡山这种政治背景，曲俊耀在"文化大革命"中没少吃苦受罪。1955年5月，作为北京石油地质学校的首批毕业生，曲俊耀分配入川，先在龙泉山钻探区队实习，调石油沟钻探大队后不久，就赶上了那场大火。

曲林送给我们两本曲俊耀的自印小册子说："巴9井的着火原因及灭火情况，我父亲当时虽然间接在场，但他只是个年轻的小地质员，看到和了解的情况都写在书里了，更详细的情况，恐怕你们还得去找其他人了解才行。"

在曲俊耀的自传里，我们果然看到了他对巴9井那场大火的记录，但对"烧了78天""损失几亿方天然气和一部钻机"的大火，最终是如何扑灭的，他只说"用200公斤炸药在井口以上5米处爆炸将火灭掉"，详情并没在他笔下合理展开。

后来，从四川石油管理局党委宣传部编印的内部资料《风雨石油情》第54页至第59页署名"陈世良"的文章《第一任局长》中，我们又发现了有关巴9井的一些零碎的描述："巴9井井喷着火，张忠良现场指挥，主动承担责任，许多老石油至今还记忆犹新"——

1957年旧历正月初三，人们还沉浸在新年的欢乐之中，位于长江南岸巴县境内的巴9井突然发生井喷。副司钻立即采取紧急措施关井，打开油管放喷。可是，苏制的4寸闸门打不开，井下的天然气流压力越来越大……轰的一声，强大的天然气流把钻杆、钻铤从井口喷出。

失去控制的6根6.5寸钻杆和4根钻铤像离弦之箭直射井架天车。钻具与天车碰撞的火花，瞬间就把70多米高的天然气流变成了冲天的火龙……巴9井烧起的这把火，把一局之长的张忠良烧得坐卧不安，井喷事故发生的第二天，张忠良就带领专家们从成都赶到现场。

石油部的副部长康世恩和苏联专家闻讯也来到井场。灭火方案中，经中苏专家商定，决定用炸药炸灭，苏联专家建议用150公斤炸药。张忠良立即组织指挥在井口两侧立起爬杆，爬杆顶端安装滑轮，用钢丝将炸药包放到井口。这次起爆失败了，火势依旧。苏联专家走后，张忠良根据在战场上炸碉堡的经验，决定将炸药量增加到200公斤，进行第二次爆炸灭火。

灭火那天，张忠良早早地安排好了现场警戒，并与专家们一起详细地制定了第二次灭火措施。他跑到井场侧面的一座小山头上，指挥解放军战士鸣枪为号，用枪声指挥引爆。"叭叭"几声枪响，一声轰隆的巨响，燃烧了78天的熊熊大火，终于熄灭了。井场上一片欢腾。

通过这条资料的延伸，在《康世恩传》第84页，我们也见到了该书对巴9井那场大火的描述。但因各自所处的角度不同，除了在相关数据、苏联专家人名与灭火细节上，同曲俊耀、陈世良的文章略有出入，涉及这场大火带来哪些损失的记录，三条资料均有语焉不详的共性。不过尽管如此，只要将《康世恩传》和《风雨石油情》收录的《第一任局长》这两条资料综合起来分析认识，倒也不难发现，中国石油工业继克拉玛依油田大发现之后，巴9井这场持续烧了整整两个多月的大火，对四川局上川中士气的影响，造成的压力，还是能够感受到的。

一条资料是《康世恩传》第87页所记："1957年，苏联最高苏维埃主席团主席伏罗希洛夫来到中国访问，在接见苏联专家时问：'你们帮中国找到石油没有？'听到回答'没有'时，伏罗希洛夫很不高兴地说：'找不到，上月亮也得找！'不但苏联在华专家的压力很大，给石油部和康世恩带来的压力也大。"

一条资料是《第一任局长》第59页所述：巴9井大火扑灭后，"张忠良熬红了双眼，脸上露出一丝苦涩的笑意。他两次打电话给康世恩说：'巴9井着火不怪下边，他们都辛苦。这次损失很大，我请求部里给我处分。'"

前者关乎的"压力"，是伏罗希洛夫回到苏联之后，党和国家领导人朱德、邓小平、陈云、叶剑英等陆续赶到玉门油田、克拉玛依油田视察，与其相关的新闻报道形成的全国宣传促动；后者是继东溪构造綦江河大火扑灭，同一构造的巴9井再次起火，而且烧了整整78天，已受处分之后的张忠良，再次请求对他实施处分的事实。

因此，同样已被中央列为重点勘探区的四川局，一边是孙继先、杨作义带领川中石油勘探处，面向蓬溪构造的不断挺进，一边则是同一构造连烧"两把大火"，张忠良带领西南油气田创业前辈逆风而行的异常艰难。他那一双"熬红的双眼"，加之因保护部下、主动承担责任流露的"苦涩笑意"，倒也令人感慨。

四川大有希望

党和国家领导人纷纷视察玉门油田、克拉玛依油田，为中国石油工业题词赋诗、加油鼓劲，全国的报纸、广播对他们的活动进行了广泛深入的报道，将本已全民关注的石油热再次予以浓墨重彩的描绘，形成了声势浩大的热潮。在这种全民关注中，四川石油勘探局党委在喇嘛寺街机关院内的一栋二层小楼里，气氛凝重地开完了1958年的第一次党委扩大会议。

会议中针对国家"一五计划"结束后，"二五计划"即将启动可能出现的难点与重点，张忠良对1958年的任务进行了明确——

"首先，继续加强勘探力量，学习石油部大力推广的玉门和克拉玛依经验，对川中地区进行地台勘探，除了对南充、蓬莱、龙女寺三个构造的钻探继续咬紧不放，还计划挑选7个构造展开预探——这样，整个川中勘探格局，从南到北，由东向西就能形成一个壮观的十字剖面；其次，向川东进军，开辟那里沉睡了亿万年的处女地，四川局虽然人手紧，但也要克服困难，组建队伍在川东的悬崖绝壁下，深山老林里，寻找希望的落点；三是继续探明川南天然气区块的储量，力争选定11个构造下钻。1957年，国人的神经虽然一直被'石油'二字牢牢地绷紧，但我们'川油人'却始终坚信，属于自己的'天然气时代'早晚要来；四是瞄准侏罗系的浅油层，发起大规模全局性进攻，哪怕与侏罗系短兵相接，我们也要放手一搏，只能前进，决不允许后退半步……"

讲到这里，张忠良从座位上站起来，又习惯性地点燃一支烟，没抽两口，又用力掐灭在烟灰缸里。他目光坚定地望着与会人员说："除了前面讲到的四大任务，还有最后一项任务就是，我们要随时做好上贵州的准备，到贵州去开辟战略新区！开辟贵州新区有两层意思，希望各位明白、记住：第一层意思，开辟这个战略区不是我们一时头脑发热，而是因为1929年，年轻的石油地质大师黄汲清与地质学家赵亚曾结伴从北京出发，他们徒步万里，远征大西南。赵亚曾在云南昭通遭遇土匪枪杀后，黄汲清毅然强忍悲痛，坚持一个人走完了由川入黔的学术考察之旅，为我们留下了不少宝贵的石油地质资料。这条前人走过的路，留下的遗产，我们没理由不继续走和继承下来。第二层意思，如果我们明确的四个方向都失败了，那么，我们至少还有贵州的根据地可以发展，在那里我们依然还有继续战斗的机会！"

四川石油勘探局的这次党委扩大会议，在东溪构造连续发生火灾的黯淡气氛中，虽然经历了春节期间的节日缓冲，但还是开得铁血悲壮。没有谁为"五大任务"鼓掌欢呼，各路主将只是静静地来到成都，领受任务后又悄无声息地离开了。

如果说中央首长视察石油工业引发的热潮，让四川石油管理局明确1958年任务的这次党委扩大会议开得有些气氛悲壮，那么，在石油工业部副部长康世恩的办公室，当他望着朱德副主席视察玉门油田题写的、用玻璃镜框装裱并带明显"元帅风格"的那首诗时，他就有些坐立不安了。

玉门新建石油城，
全国示范作典型。
六亿人民齐跃进，
力争上游比光荣。

想到朱德视察玉门油田时，把"荣"当成四川家乡口音"云"来押韵的那种宽厚风趣的样子，康世恩从办公桌上的笔筒里顺手拿起一支红芯铅笔，在当天的台历上写下了下面的话：

不快些搞出石油，真的对不起党中央和全国人民啊！

就在头一年中央组织召开的一次会议上，各部委的部长和负责人在汇报完"一五计划"的完成情况时，总是被会场里不时响起的掌声打断。轮到石油部汇报时，却说"1957年，石油工业部尚差4.2万吨没有完成第一个'五年计划'150万吨的年产量任务。在1957年全国石油消费总量中，国产油只占38%，当年进口石油花了1.34亿美元，占国家进口外汇总额的7%。石油工业是全国唯一没有完成'一五计划'的工业部门"[1]。

面对这份成绩单，不但石油部的领导压力倍增，甚至一些石油战线

---

[1]《康世恩传》编写组:《康世恩传》，当代中国出版社1998年版，第87页。

的英模人物，这几年应邀从各地赶到北京参加国庆观礼时，也私下说："走过天安门，头都抬不起来！"

1958年3月，巴山蜀水经历了整整一个冬天的酷寒后，开始变得一派翁郁。白天春风熏人，但早晚接连不断的霏霏冷雨，还是给行人带来了一阵阵"倒春寒"。

8日至26日，中共中央在拥有"四川国宾馆"之称的成都金牛宾馆，召开了政治局扩大会议。毛泽东、刘少奇、周恩来等党和国家领导人，以及中央部委负责人和各省市自治区的第一书记共39人，云集金牛宾馆，参加了这次将决定中国前途命运走向，事关一个历史时期民生福祉的重要会议。这次会议，据中国共产党新闻网历史频道《中央政治局扩大会议（成都会议）》（1958年3月8日—26日）的资料介绍，主要议题是：认真总结1949年新中国成立以来历时8年的工作，研究了国内经济建设面临的主要问题，并确立了"树立经济建设高速度的思想，确立了多、快、好、省地建设社会主义的总路线"。

会议讨论通过了《关于1958年计划和预算第二本账的意见》《关于发展地方工业问题的意见》《关于把小型的农业合作社适当地合并为大社的意见》《关于农业机械化问题的意见》《关于在发展中央工业和发展地方工业同时并举的方针下有关协作和平衡的几项规定》《关于继续对残存的私营工业、手工业和对小商小贩进行社会主义改造的指示》等37个文件。

会后，有两位能够深刻领会自己思想的地方要员主陪，毛泽东的隆昌气矿之行随员虽少，倒也心情舒畅。

我们在酒城泸州采访，泸州炭黑厂副厂长李启贵向我们简略回顾了毛泽东视察泸州炭黑厂前身隆昌气矿炭黑车间的往事后，又根据他熟悉的资料，对毛泽东视察隆昌气矿炭黑车间进行了讲述：

石油这种珍贵的动力资源，不但是国家工业基础的血液，随时还可以左右我国的政治、经济命脉。尤其在强敌环伺的年代，我们盼石油，盼得心里毛焦火燎时，它更是国家迫切希望拥有的战略资源。50年代的前几年，中国石油严重稀缺，这让毛泽东感触颇深。在正在进行的抗美援朝作战中，美国与其盟友又歪又恶（凶狠），他们的海军、空军更是"打三人，胁五个"[1]的样子，让志愿军拿他们一时三刻没得办法。美军之所以那样，还不是因为他们手里有油，我们这边迟迟得不到石油对战争的支持嘛！彭德怀元帅在前线带兵，火爆脾气比任何时候都更明显。他打电话找朱老总要油，朱总司令也没有油，找毛泽东，毛泽东也急得冒火；但大家手里没油，因此，就是有火你也只能在心里憋着。

那时贫穷的共和国，只能依靠东北的工厂，从页岩中提炼人造油。但这种油的成本很高，比天然油贵了好多倍都不晓得！没办法，国家就只有通过特殊渠道，花费比石油还更短缺、稀有的外汇，从海外进口石油，解决彭老总在前线的用油问题。

毛泽东日理万机，对新中国的石油工业非常关心。

不过这又非常遗憾！因为"石油人"在"一五"期间没能完成任务。好在他"老人家"对石油工业部门保持了足够的耐心，没有过于苛责当时压力不小的石油部领导。毛主席没有过于苛责余秋里和康世恩，是因为他也晓得我们的石油工业的基础实在太薄弱了，而且他还知道，地质情况复杂，采油科技含量很高——这些客观因素一起摆在那里，再急再冒火终也于事无补。

但以1958年春天召开的成都会议为标志，国家在想法解决前线用油问题的同时，又进入了"大跃进"的时代。

在"大跃进"风潮的激荡下，成都会议制定了"多快好省地

---

[1] 形容很猖狂。

建设社会主义"的"总路线"。毛泽东在稍后召开的杭州会议上，又向石油部提了要求：在我们西南地区，不但要"搞点油"，还要"搞点气"，来解决燃料资源匮乏的紧迫问题。

他之所以提出这个要求，我想，这与他此前到我们四川石油管理局的隆昌气矿去视察过有关。

隆昌气矿距成都大概有三四百公里，四川局的这个气矿下边有个圣灯山气田，这在当时非常有名。

这个矿不但是新中国成立后国家最早投资建设的气田，而且在民国政府时期，以及刘伯承、邓小平主政西南军政委员会那会儿，这里就在搞勘探开发了。

毛泽东开完成都会议，基于石油工业和四川局当时所处的被动局面，赶到隆昌气矿视察。我认为，他是来给我们擂鼓助威、加油鼓劲的！

陪同毛主席视察隆昌气矿的地方领导，有时任中共四川省委第一书记李井泉，上海市的"一把手"柯庆施等人。"老人家"叫上他们，有没有其他原因，我不是专家，不好说，但隆昌气矿在四川境内，上海是国家重要工业基地之一，油气又与现代工业紧密相连，从这个角度考虑，也许叫上他们陪同视察，作为理由还是很充分的。[1]

当然，除了李启贵结合泸州炭黑厂保存的档案资料所作的讲述，参考《毛泽东离京巡视纪实（1949—1976）》作者袁小荣的著述，也可使我们对毛泽东视察隆昌气矿的来龙去脉，有更为明晰的认识：

成都会议即将结束，27日上午，毛泽东离开成都，计划经重庆去武汉。[2]

---

[1] 摘自本书作者对李启贵的采访笔录。

[2] 袁小荣：《毛泽东离京巡视纪实（1949—1976）》，人民网2013年12月30日。本书作者结合采访内容作了适当增删。

中午12点左右，毛泽东的专列缓缓驶出了成都车站，随着一声汽笛的鸣响，向盐城自贡方向疾驰而去。

途经资阳站时，毛泽东提出下车散步的要求，随行人员陪他颇有兴致地看了路边的一块长势翁郁的菜地，顺路又到了一名铁路职工的家里坐了大约十多分钟，同他们拉起家常，了解了一些情况，然后从职工家的后门返回站台，上车继续赶路。

离开资阳站后，柯庆施也许考虑到在铁路职工家里了解情况，对毛泽东视察民情很有帮助，让人将参与专列保障的成都铁路局局长胡景祥找来说："车站太冷清了，怎么看不见一个群众的影子？领袖是不能脱离群众的嘛！"

胡景祥面露难色，不过还是如实报告，这个原因不是铁路方面造成的，是地方公安部门按计划作了部署才会这样。胡景祥离去，他又告诉四川省公安厅一位随车护送的副厅长说："你快去，首长要问你话！"柯庆施要副厅长通知前方各车站：不要把当地群众隔在车站的铁门外边，允许他们进站，但考虑到毛主席的安全，可以在专列即将开动时再将群众放进来。

专列经停甜城内江，四川省委第一书记李井泉、上海市委第一书记柯庆施、成都铁路局局长胡景祥及随员，又陪毛泽东下车活动。这对毛泽东消除旅途的枯燥乏味、缓解身体的疲劳很有帮助。

看见不远处有座青瓦泥墙的院舍，毛泽东有些兴奋地向前走去。但扫兴的是，通往院舍两边的田埂很窄，路不好走，随员们一起经过又不便，他只好说："不去了，往回走吧！"

回到专列停靠的站台，胡景祥向毛泽东介绍当地的情况说，内江这个地方盛产甘蔗，产的蔗糖很甜，下一站的自贡不但产盐，那里还有可以填补燃料供应不足的天然气。一听前方有四川石油管理局正在勘探开发的天然气建设工地，毛泽东点燃一支烟，抽了一口，笑着对李井泉说："国家特别需要石油天然气，这个气我还没有见过，让我去看看行不行呢？"

毛泽东此行本来就有预定计划，要到自贡去走走，看看，但在专列运行中，计划因故被取消了，这时如再次恢复原来的计划，对铁路和自贡地方来说无疑将是一件难事。听到毛泽东这么说，李井泉开始紧张起来。

胡景祥见李井泉面露难色的样子，提了一个建议说："主席，下一站的隆昌县不但有您要看的天然气，还有利用天然气提炼的炭黑产品，到隆昌那边去看，应该更好一些！"毛泽东点头应允。

下午，毛泽东的专列停靠在隆昌县火车站。随车人员大约二十多人陆续下车，准备参观隆昌气矿的炭黑生产车间。

但不巧的是，在隆昌火车站，车站站长气喘吁吁地跑来，向胡景祥报告："县委、县政府的领导不是下乡，就是外出开会去了，都不在家。"胡景祥一听慌乱起来，急忙向李井泉报告，但李井泉也没什么办法。李井泉站在毛泽东面前，柯庆施等一众随员也都在一边等候着。从车站到隆昌气矿两道桥，有十多公里的道路急需用车，这该如何是好？

> 隆昌县委、县政府的主要领导都没在家，遇到这种情况，地方政府就是有车也没办法派出。

就在李井泉急得额头冒汗时，从内江方向飞速开来的一辆小车，总算给他解了危。这辆车是省公安厅的一名警察开来的。写毛泽东视察隆昌气矿的一些文章和来自内江方面的档案文献都说，"他是因故漏乘才坐汽车赶来的"[1]，但是我想，这个说法比较含糊。因为作为一名执行毛泽东专列安全保障任务的警察，"因故漏乘"的可能与专列在内江经停，他在车站执行任务，因故耽误了上车时间有关。比如毛泽东在内江车站停留，引起当地群众的欢呼，场面激昂

---

[1] 叶自明：《毛主席深入基层视察隆昌气矿》，《四川档案》2013 年 05 期。本书作者根据相关内容及采访素材，作了相应增删。

而盛大，这位警察要等专列驶离内江站才可能在当地借用了一辆小车，然后"坐汽车（追）赶过来"。

但这名公安带来的小车虽说可以给李井泉解危，不过主要矛盾还是没法解决。

由于这辆小车只有毛泽东、李井泉两人可以乘坐，其他领导，如柯庆施、湖北省委第一书记王任重等领导还是无车可坐。隆昌火车站的站长一见出现这种情况，就小声地向胡景祥报告说："矿上有一辆来车站拉煤的卡车，要不就请首长们将就一下？"胡景祥一听有车，就顾不得那么多了，便赶紧让站长去把准备拉煤的司机和车找来。

拉煤车停在柯施庆、王任重面前。

望着这辆又脏又破的拉煤车，柯施庆、王任重有些迟疑，作为高级领导，他们哪儿坐过这种车呢！可毛泽东将手一挥，喊了一声"柯老，快点上嘛！"柯施庆、王任重便也不好再说什么。他们带头和十多二十个人，一起爬上了拉煤的卡车。

隆昌站通往两道桥的公路是一条黄泥大道，没有现在这么平顺。由于无法从隆昌县调车，毛泽东、李井泉坐在那辆内江开来的小汽车上；柯施庆、王任重他们只好跟在毛泽东的车子后头"飘大厢"，一路尘土地向隆昌气矿赶去。

毛泽东一行正向两道桥赶路时，四川石油管理局副局长同时在隆昌气矿兼任矿长的刘选伍这边，也从接到隆昌火车站打来的电话的秘书那里得知，有中央首长要到矿上视察，让他带上所有的小车，快点去车站接人。

刘副局长一听，用今天的话说，肯定一下就"懵圈儿"了！可是，当他急忙急戳（慌忙）地跑到楼下的停车场一看，又大吃一惊。为啥吃惊？因为矿上的两辆吉普车都被矿领导坐着下井队了，院子里只有一辆美式吉普孤零零地停在那里。[1]

"刘选伍冲向院子里,大声武气地将司机叫了出来,坐上车就往隆昌县城疾驰而去。快到县城时,同迎面开来的一辆小汽车和矿上一辆车厢两边站着人的运煤车相遇。见车上有人不断向他挥手,示意他掉转车头,跟着他们一起往回走,刘选伍这才知道一路紧赶,结果还是动作太慢——迟到了!"李启贵向我们讲述毛泽东视察泸州炭黑厂的前身——隆昌两道桥炭黑车间的光荣历史时,非常自豪,如数家珍地说,"刘选伍和司机将车停在一边,与毛泽东一行见过面后,就让司机立即掉转车头,一路紧紧地跟随着。那时,他还不晓得来隆昌气矿视察的'中央首长'就是毛主席。晚上6时40分,毛泽东与随员来到气矿的机关大院,等毛泽东、李井泉从小车里陆续走出,刘选伍这才晓得,'原来是他老人家来了'!"

天上下起了细雨。等在一边的行管科副科长冯占海也没想到原来是毛泽东来了。他把毛主席一行招呼到招待所的会议室,毛泽东笑容满面地伸出手,紧紧与刘选伍相握,刘选伍激动万分:"毛主席好,感谢您对隆昌气矿的关心!"气矿机关的林国浓、谢奉霞、王大芬等几个年轻人轻手轻脚,将脸贴在会议室的窗户上直往里瞧,被毛泽发现了,招手让他们进去。

他们三人走到毛泽东面前,一起鞠躬问好,毛泽东微笑着同他们一一握手。

刘选伍向李井泉请示,是否向毛泽东汇报矿区的建设情况。

李井泉说:"毛主席是来看气井和天然气生产的,可以边看边谈。"

---

[1] 摘自本书作者对李启贵的采访笔录。

王任重问刘选伍："气井有多远？"

刘选伍说："离这里有四公里。炭黑车间就在后山坡上，不足一公里。"

毛泽东站起身说："走，看看去。"

炭黑车间建设在圣灯山的山腰上。早在1950年春，中央根据化工部橡胶司总工程师林文彪的建议，为了粉碎封锁禁运，满足国家橡胶工业的需要，决定利用隆昌圣灯山的天然气试制炭黑，力争实现自给自足。西南油气田的"老石油"——知识分子周学厚、张铁生等人，经过努力攻关，攻克了不少技术难题。

1951年6月24日，西南化工局303厂筹建了我国第一套利用天然气生产炭黑的槽法装置，并在圣灯山成功试制出第一批天然气槽法炭黑，结束了我国橡胶工业所需炭黑长期需要依靠进口的历史。

1951年10月的西南工业展览会上，"圣灯牌"槽法炭黑荣获特等金质奖。因此，隆昌气矿圣灯山气田的炭黑车间，成为我国炭黑自主研制和生产的发源地。

在去炭黑车间的路上，毛泽东向刘选伍详细询问和谈论着天然气含有的成分。到了炭黑车间，只见浓烟滚滚，前来迎接的车间副主任梁锡远，引领毛泽东一行绕过浓黑滚滚的烟雾，从后面来到火房。上班的工人们见毛泽东来了，激动不已，但他们都坚守在岗位上。毛泽东走近定压储气桶，听到天然气中的硫化氢正在通过脱硫塔脱出，就问："脱出来的硫化氢，哪去了？"

梁锡远说："从再生塔排除，随空气跑掉了。本来可以回收硫黄，但目前还缺少设备。"

到生产炭黑的1号火房前，毛泽东通过开着的小门，弯腰查看，因风雨很大，一时无法看清。

于是，梁锡远引着毛泽东一行来到了露天的第21号火房，这里相对背风一些，看见火嘴密排喷射的黄焰，烧成炭黑黏附火头的移动槽钢上，缓缓被刮板抹下，经螺旋输送器运入到包装车间。毛泽东笑了，在露天坝不顾风雨，索性撩起大衣，蹲下来仔细观察。

毛泽东问一个火房有多少个火嘴，梁锡远回答他后，毛泽东又问："怎么看不出槽钢在移动呢？"

梁锡远说："槽钢走动得慢，10分钟只能走一米八左右，不注意就看不清。"

毛泽东点头说："哦，炭黑年产多少呢？"

刘选伍说："一年有一千多吨，占全国炭黑生产的四分之一。"

毛泽东笑盈盈地说："好！"他慢慢站起来，转向柯庆施说："柯老，你认为如何？"

柯庆施说："看到了，和自流井烧盐一样用天然气的热能烧盐，这里的热能还应该利用起来。"

毛泽东对柯施庆的回答表示满意，说："自流井的天然气烧盐跑了炭黑，这里烧炭黑又跑了热能和硫化氢。我们要破除迷信，解放思想，进一步搞好天然气的综合利用。"说完他又问参与陪同的人员："这个矿是不是外国人设计的？什么时候建设的呢？"时任川南石油矿务局党委第一副书记安增彬挺起胸膛，充满自豪地说："报告毛主席，是我们自己的专家设计，1953年施工建成的。今年我们还准备试制新产品——高耐磨油基炉黑！"

毛泽东听了，连连点头，微笑着说："这很好嘛，四川大有希望！"[1]

"毛主席离开我们厂的前身——两道桥矿炭黑车间时，天色已经很晚了。天空越来越暗，雨越下越大，他身上的衣服、帽子都被纷飞的雨水淋湿了，但他好像还有些意犹未尽，提出还要到圣灯山去看看矿上的

---

[1] 叶自明：《毛主席深入基层视察隆昌气矿》，《四川档案》2013年05期。本书作者根据相关内容及采访素材，作了相应增删。

气井。当时，刘选伍本来想趁机给他讲讲当地关于'孝顺儿子红儿，如何在荒凉的山冈点亮圣灯，自己又变成天然气造福乡亲'的美好传说，但听到李井泉在一边劝告'老人家'，说天不早了，下雨路滑就不上山了，便只好略带遗憾地将话咽回肚子里去。"李启贵说，"毛主席离开矿区时，公路旁两边的山坡上和两道桥的街头沸腾了，人们从四面八方纷纷涌来，不断高呼'毛主席万岁'的口号，夹道欢送'老人家'。19时55分，他的专列即将离开隆昌车站开往重庆前，车站才根据指令开门放人进去。当地群众看见他们的领袖毛主席，激动得眼泪直流，争先恐后地与他握手。为了安全起见，胡景祥站在车厢门前，用身体挡住县城群众和赶往车站为毛主席送行的石油工人。毛主席还是努力从胡景祥背后，尽力将手伸出来与大家相握……"

虽然在西南油气田提供的资料中，我们未曾发现毛泽东视察隆昌气矿所带来的具有影响力的文字题记，也无法看到遥远的1958年，四川石油勘探局党委明确"五大任务"的向前推进，与毛泽东视察隆昌气矿之间有什么必然联系。但在漫长采访之旅的所到之处，无论是西南油气田机关，还是它所下辖的"五矿一厂"，以及众多市场体系完备的二级单位乃至边远井场、站台的企业文化宣传展厅（室）里，我们却都能看见墙上悬挂的毛泽东冒雨视察隆昌气矿的"唯一蹲姿照片"，和"（这是）毛主席唯一视察石油单位的一张照片"的自豪说明。因此我们知道，继1957年党和国家领导人视察甘肃玉门和新疆克拉玛依油田后，毛泽东在成都会议结束的次日，即安排行程视察隆昌气矿，这对鼓舞四川局走出东溪构造连续"两把大火"带来的阴影，继续开拓前行，的确又是一种润物细无声的精神感召。

毛泽东视察隆昌气矿的这份给中国石油工业的"礼物"，将"川油人"从默默无闻的大西南，推向了举国关注的前台！

第三章
战川中

1958 年的石油策

其实在中央召开成都会议，确立社会主义建设的总路线之前，时任中央书记处总书记的邓小平接替中共中央副主席陈云，已在统筹石油战线的全盘工作了。先期抵达成都的邓小平、陈云，为了在即将召开的成都会议上让自己的发言有的放矢，从成都将电话打到北京，要石油部和地质部的领导赶去成都，汇报"一五"期间的石油勘探工作。石油部副部长康世恩、地质部副部长何长工都是军人出身。接到电话不敢懈怠，家也没回，他们就匆匆收拾行李，飞往成都。

1952 年，根据中央政府的指示，从重工业部分设出来的地质部，在中国石油工业艰难起步的日子里，也在开气找油。"上川中"的大会战开始之前，地质部已在岳池县打了一口浅井，每天大约能出两三百公斤的原油。何长工将该井的勘探经过和出油情况作了汇报，地质部对在四川开气找油的前景表示乐观。

邓小平坐在沙发上，抽着香烟沉思了一会儿，望着何长工说："地质部这个油找得好，比克拉玛依的值钱！"

邓小平这样说，也许有些让人感到不解，岳池县一口小小的油井，无论如何也比不上克拉玛依油田的价值大啊！

不过想到国民政府时期的先行者在巴蜀大地找油未果，而新中国成立以后，地质部打的这口浅井，是在四川找到的第一口出油井。因此，也就不难理解邓小平将这口井的意义看得比克拉玛依重要的原因之所在了。

轮到康世恩向邓小平、陈云汇报石油部的工作时，康世恩有些忐忑不安，四川石油勘探工作乏善可陈，对总书记与陈副主席无论怎么汇报，他都有些张不开口，但他迟疑了一下，还是硬着头皮，翻开笔记本，根据事先准备的提纲向两位首长进行了汇报。康世恩的汇报临近结束时，对四川的石油勘探工作做了总结性的陈述：隆昌气矿天然气的生产情况良好，已有过硬的化工产品；川北江油无油探区，深层钻探一时还没得手；进军川中的各项部署，正按计划有条不紊地推进……

听了康世恩的汇报，邓小平显得很不满意，对脸上已经开始冒汗的康世恩皱着双眉，声音略带几分严厉地说："康世恩同志，我不管你在哪里搞油，怎么搞，在四川哪怕搞个日产一吨油的产量，也算四川有了石油。你们要加倍努力才行啊！"

有人对中央成都会议召开前，邓小平就石油部没在四川找到石油表示的不满，误认为这是小平身为四川人，希望石油部尽快在家乡打开局面，好为四川争光的一种愿望；实际在邓小平的内心深处，郁积的并不是为四川争光的愿望，而是在冷静审视中国石油工业的发展形势之后久久无法排遣的"西南石油情结"。

1949年12月，伴随毛泽东在开国大典发出的"中华人民共和国中央人民政府今天成立了"的历史强音，刘邓大军高歌猛进，挺进大西南。西南野战军解放重庆不久，据中央《大行政区人民政府委员会组织通则》的精神，刘邓也在山城重庆对外宣告了西南军政委员会成立的消息。

军政委员会甫一挂牌，立即将饱经战争摧残的中国经济的战后恢复问题提上了议事日程。

刘邓与西北军政委员会主席彭德怀的工作作风不太一样。彭老总只管行军打仗，别的事情当时一般不管。刘伯承、邓小平除了要管部队的作战问题，还要亲自运筹战后经济的恢复重建。为此，西南军政委员会的两位首长求贤若渴，指示财经委员会段君毅、万里和刘岱峰等人，多次拜访原国民党经济部长、行政院院长和地质学家翁文灏的衣钵传人——地质调查所所长黄汲清，就建设新中国，如何在大西南开展石油工业建设的问题，同黄先生进行了开诚布公的谈话。

以财经委员会段君毅、万里、刘岱峰为代表的一帮干才，理解刘邓首长的内心所想，与黄汲清多次进行沟通后，很快安排黄先生和刘伯承、邓小平见面，让他们直接进行富有成效的深度晤谈。

经过深入了解，刘邓任命黄汲清为西南军政委员会委员，同李井泉、于江震、王近山、宋任穷等解放军西南局将领一起平起平坐，共商国是。随后，黄汲清被西南军政委员会任命为地质局局长，承担了团结西南四省（川、滇、黔、康）地质人员，组织统一的地质机构，在饱受战火肆虐的西南大地开展矿产普查和勘探工作的任务。

1945年秋天，日本投降。次年夏天，黄汲清随北京大学教授一起乘飞机到北京，兼任北京大学教授和《中国地质学会会志》总编，与尹赞勋、曾鼎乾、周慕林等一起整理出版了我国一代地质宗师——丁文江博士的遗著。

1947年，黄汲清重返南京，主编中国东部14幅1∶100万国际分幅地质图和1∶300万中国地质图。这是我国地质界首次编制的系统的全国性地质图件，综合了至20世纪40年代末我国地质调查的全部成果，具有重要的科学价值，对50年代全国大规模矿产普查勘探和1∶20万区域地质调查起到了直接的指导作用。

1948年，黄汲清以其卓越的科学成就当选中央研究院院士，时年44岁，是地学界最年轻的院士。

1948年夏，黄汲清应英国文化委员会邀请，赴英国访问，参加了伦敦第18届国际地质大会。随后又访问了瑞典、丹麦、瑞士，年底到达美国，进行了为期半年的学术访问和地质旅行。这次他重点考察了得克萨斯、科罗拉多、加利福尼亚等州的含油区，访问了麻省理工学院、耶鲁大学、哥伦比亚大学、芝加哥大学、加州大学、斯坦福大学和美国联邦地调局、几个州立地调局以及史密斯逊博物馆，并会见了F.Pettejohn, A.L.Levorsen等数以百计的著名地球科学家。

1949年6月，正值中国历史进入一个重大的转折时期，黄汲清由旧金山抵达香港。他没接受台湾大学校长傅斯年电邀他去台湾主持台湾大学地质系，毅然回到四川重庆北碚，迎接新中国的建立。[1]

正是因为黄汲清在职业生涯中取得的学术成就产生的重大影响，以及他将科学报国的根脉牢牢扎在中国大陆的选择，让刘伯承和邓小平深受感动，因此，西南军政委员会成立之初，当各项工作革故鼎新、头绪众多时，刘邓还是抽出时间，态度随和、不摆架子、不唱高调地听取了黄汲清对民国以降西南各省地质事业机构和人才分布情况的专题汇报。

听完汇报，邓小平高兴极了。

为广揽贤士效力中国西南石油工业建设，他意犹未尽地向黄汲清打听：还有没有尚在国外工作的石油地质专家，而且愿意回到中国工作的合适人选？

黄汲清经过考虑，向邓小平推荐了师从著名地质学家王烈、毕业于西南联大的赵景德博士。为此，邓小平批了3000美元，让人汇往美国，交给赵先生作为回国效力的路费开销之用。遗憾的是，这位著名地质学

---

[1] 黄汲清：《我的回忆——黄汲清回忆录摘编》，地质出版社2004年版，代序第7—8页。

家、月球地质学家因故未能成行，一直在美国内政部下辖的地质勘探局工作，直至1994年退休，他也没能回到中国。赵先生虽未回国为大西南的石油勘探事业效力，但邓小平关心西南石油工业、尊重知识、尊重人才的领导作风，却给黄汲清留下了深刻的印象。

以至于许多年之后，黄先生还在他的回忆录里写道：接受刘邓首长的委任后，"我就商同四川地质调查所、贵州地质调查所和西康地质调查所，合并组织（了）西南地质调查所，所址设在四川所内，并与建筑公司签订合同，修建（了）新所"。后来针对当时煤炭、铁矿资源短缺的实际，西南地质调查所的石油勘探工作未能及时上马，为了勘探煤铁矿床，他"把散落各地的手摇钻机集中在重庆附近的中梁山煤田。这些工作在军政委员会、财经委员会秘书长段君毅（的）支持下开展得异常迅速"。黄汲清记得："邓小平同志还设便宴招待我们，由岱峰同志作陪。我不是共产党员，……（只）是国民党中央研究院（的）一名院士，当时46岁。小平同志把我看得过高，我感到名不符实。我的部分朋友，害怕共产党，但我则感到共产党可亲，可爱，可敬。总想如何效力以报国家。另外还有两次和小平同志见面的机会也值得一提：一次北京中央财经委员会派三位苏联专家来重庆，帮助我们搞某项技术工作，刘伯承和邓小平两位首长设宴招待他们，我作为陪客被邀请参加了宴会……另一次是四川起义将领刘文辉、邓锡侯来重庆报到，刘邓首长也设宴招待，参加招待会的人员很多，我是其中之一。"[1]

由于对刘邓的知遇始终充满感激，黄汲清的干劲很大，带领西南地质勘探局陆续完成了西南军政委员会交给他的中梁山煤田勘探、綦江铁矿勘探、贵州水城观音山铁矿勘探、赫章铁矿山钻探、遵义团溪锰矿勘探、云南东川铜矿勘探等重要任务以后，他想：这下，总可以一门心思

---

[1] 黄汲清：《我的回忆——黄汲清回忆录摘编》，地质出版社2004年版，第182—183页。

地投入到石油地质勘探工作中去了!

离开重庆,临去北京燃料工业部石油总局、地质部和石油工业部这些新中国成立之初总是处于不断变化中的"新单位"报到之前,黄汲清除了亲自定下江油海棠铺的勘探井位,对龙门山的山前地带、龙泉山的北部和中部,以及川南邓井关和五通桥进行勘测,测制了1:2万和1:5万的石油地质图,还带上一个石油地质队,以极大的热情在四川盆地开展了异常艰辛的野外工作。

他与随后成为四川石油勘探局、地质领导和专业骨干的曾鼎乾、肖安源、孙万铨、刘向、张云湘、邓克刚、王金琪、李伯皋、张清,包括重庆大学地质系教员吴燕生等西南石油地质精英一起,向他一直坚决反对的"中国贫油论"发起挑战!

他们在川中遂宁附近的磨子桥构造——后来改称"龙女寺构造"的构造带——布置了深钻井位,将川渝两地充满希望的含油区与含油构造,在测制重力、磁力和录制地质剖面图等关键环节,以及后续工作中应该引起注意的事项,写成权威报告,转交给了刘伯承出任军事学院院长以后西南军政委员会的实际负责人邓小平。他们相信,有邓小平亲自运筹大西南的石油天然气工业,在大西南的这片热土上,中国人早晚都会圆了自己的"石油梦"!

在党和国家的重要领导人中,邓小平无疑是接触中国西南石油天然气勘探的"第一人"。对西南地区的石油勘探来说,当时他甚至比石油部部长李聚奎、副部长康世恩都要了解得更多,更加详细。因此1958年,分管石油战线工作之后,在中央确立"大跃进"总路线方针政策的成都会议召开之前,邓小平对四川石油勘探寄予了很高的期望。

因此,邓小平与陈云完成工作交接之后不久,才要何长工与康世恩两人赶去成都,当面向他们汇报四川盆地的石油勘探情况。

当邓小平听说何长工领导的地质部已在岳池县开井见油,所以他才会作出岳池的油井"比克拉玛依的值钱"的评价,所以他才对康世恩汇报的江油海棠铺构造"还没得手"的结果表示他的不满。不过,邓小平虽然对康世恩的工作汇报感到失望,但听到隆昌气矿已有"四川石油人"自己的化工产品的消息时,他还是想趁着成都会议还没开始的间隙,与夫人卓琳一起去两道桥亲自看一看了。

在他的记忆中,自从黄汲清、李春昱和常隆庆发现圣灯山构造,说那里是个很有希望的区块以来,党和国家领导人还没有谁去那里做过实地调研呢!故而,在毛泽东、李井泉、柯庆施和王任重一行视察隆昌气矿之前,即1958年3月8日这天,"中央首长要到隆昌气矿视察"的消息,通过四川局党委副书记王鹤林的电话,就传到了圣灯山下的隆昌气矿机关。

隆昌气矿总工程师周学厚接了电话,王副书记对他说,中央非常关心四川石油天然气工业发展,首长这次来视察,没有带车,要求矿上带车,早些去车站做好迎接准备,"千万不要关键时刻掉链子"。

听到这个消息,周学厚一时半刻没有反应过来。当时,气矿主要领导根据四川局党委机关的部署,都到南充东观镇参加张忠良组织召开的现场会了。不过,当他得知王鹤林也将赶到隆昌县与他一起迎接中央首长时,不安的心这才平静下来。

"那天,周学厚与气矿的组织部长张惠民坐上吉普车,将面包车带上,很早就往隆昌火车站赶去。没想到他们起了一个大早,却赶了一个晚集。他们赶到火车站时,王鹤林与局里的一名主任工程师从成都先行一步,已经到达隆昌站了。"自从大学毕业后分到四川局,一直追随周学厚的西南油气田化工专家、副总工程师张化老人说,"邓小平的专列鸣着汽笛,缓缓地进入隆昌站,站在人群中的周老总[1]与张惠民像两个孩子一样踮起脚跟,伸长脖子想早点看清来视察的中央首长到底是谁。等列车

---

[1] 周学厚,后任四川石油管理局总工程师,所以张化老人称其为"周老总"。

停下，车门打开，他们才知道——哦，原来是邓小平和他的夫人来了！"

周老总和局里的王副书记非常兴奋，他们无法抑制内心的激动。以前大家时常从报纸、广播里看到、听到像朱德啊，陈云啊，邓小平啊等领导人到玉门、克拉玛依视察的消息，学习他们在视察时作出的指示，大家对甘肃和新疆的同行眼热得很，私下里还不太服气地议论："我们四川局隆昌气矿也不错，首长啥时也来我们这里，给我们鼓个劲啊！"

这下子，邓小平与他的夫人终于来了。所以，周老总与王副书记都特别激动，兴奋之情就不难理解地溢于言表了。

邓小平来到隆昌气矿视察，当时他的年龄也就五十来岁的样子。所以，他在周老总和王副书记眼里，应该属于"特别年轻"的类型。他来视察的时候，头上戴了一顶鸭舌帽，身上穿了一件黑呢子的短大衣。

小平同志和夫人下车后，一路随行的人员大约七八个人也跟着他们下车。与邓小平一起来隆昌气矿的地方领导，把周学厚、王副书记向邓小平作了介绍，他呢，就和他们握手，用家乡口音同他们交谈。这让周老总和王副书记感到非常亲切。

简单的互相熟悉之后，周老总就坐矿里的车子在前面带路，领着邓小平和卓琳乘坐的面包车向隆昌气矿开去。

他们走的公路，是一条凹凸不平的碎石路，平时无论天晴下雨，矿上的车子总在路上跑来跑去，因此那条路很不好走，颠簸极了。但是尽管道路很难走，好像从小平同志夫妇到地方的陪同领导，都没有谁抱怨什么。

…………

邓小平视察隆昌气矿的日子，距离毛主席主持成都会议的时间还有二十多天。他的视察是不是给毛主席打前站，由于资料很少，我不好乱说。但邓小平听了何长工、康世恩的汇报之后，他为四川石油勘探工作迟迟无法打开局面着急——和毛主席一样，也被"石油"二字搞得吃不下、睡不好的问题，这个可能是一样的。当然他去两道桥看看，实地见证一下你们认为的——黄汲清给他说过多次的——"很有希望之地"，这种可能也不应该排除。

当时，邓小平要去视察的隆10井，就在他们经过的公路边上。说来也巧，周学厚带路的车子在隆10井刚要停下时，小平同志坐在车上，从窗口一看井场的各种管管，他要求司机赶紧停车，说："先不走，看了这口井再说！"

周老总和局里来的王副书记，将小平夫妇领进圣灯山气田的井场。圣灯山构造，当时虽然还没找到黄汲清、李春昱、常隆庆这些老前辈，也是邓小平主政西南军政委员会时期的老朋友们时常挂在嘴边的石油，但他在举国上下都在盼石油、望石油的1958年春天，还是详细就圣灯山气田的年产量以及这些产量在国民经济建设中将会起到的作用，向周老总和王副书记进行了详细的了解。

周老总呢，在国家"重油轻气"的特定时期，见小平同志认真地询问，也就掰着手指一五一十地向他作了汇报。见邓小平听得很有兴趣，王副书记便向邓小平建议，请他看放喷。小平同意后，正在上班的工人就把放喷管打开，天然气的气流于是喷涌而出，虽然是在白天，但一条欢舞的"火龙"也把邓小平的面孔映得红彤彤的。[1]

"邓小平视察隆昌气矿，对周老总的触动非常深刻。在'文化大革命'中，领导被关进牛棚，很多人都去'闹革命'了，只有他还命令并指导我在威远的老山里苦苦支撑一座净化厂（这座净化厂，容作者在本

---

[1] 摘自本书作者对张化的采访笔录。

书第七章"那些前辈"一节中详述）的建设。这座工厂，是我国的第一套天然气现代化净化装置。我快要坚持不下去时，他就给我讲些邓小平视察隆昌气矿的往事来激励我。"张化说，"那天，小平同志看完天然气放喷过程，又视察了我们当时天然气'土法脱硫'（也叫'黄泥巴天然气脱硫法'）的生产工艺后，按说根据事先的参观方案，他视察到这里就该结束了，但没想到看了'黄泥脱硫'生产工艺后，他却说还要去看炭黑生产车间。这个车间，当时还只有炉法炭黑的试制装置，虽然生产的天然气化工产品'圣灯牌'炭黑填补了国内同类产品的空白，但真要将它拿出来让中央首长特别是像邓小平这种十几岁就到海外留过洋的首长看，这还真的需要勇气。

"尤其在邓小平看了'黄泥脱硫'过程，已经神色凝重的时候，张忠良和黄凯书记这些当年不在场的局领导，我想他们也不愿让邓小平去看炭黑生产车间。这个车间虽然邓小平看过后，毛主席也跟着去视察过，但那种生产环境与生产条件，的确又是不适合让中央首长去视察的。所以，当邓小平提出要看炭黑车间的要求，周老总一下子就有点蒙了。

"人们不知炭黑车间的环境和条件到底差到什么程度，我这么说吧，由于炉法炭黑生产工艺一时无法定型，设备十分落后，尤其那个过滤收集袋，当时是用很薄的一层绸布做的，经常会有破裂的危险。过滤袋如果一破，整个车间的炭黑粉末立即就会四处飞扬，人被笼罩在高温状态下的烟雾中，而且到处还充满怪味——如果小平同志和夫人进去参观，赶上绸袋突然破裂怎么办？

"这种事故可能造成的影响，不是周老总一个知识分子就能承担得了的！

"再一个就是，我们的工人当时在生产中劳保意识不强，车间温度一高，大家爱打赤膊。而且一打赤膊，他们满身沾染的都是炭黑粉尘——这种情况如果出现在中央领导面前，一想就会让人头皮发麻。

"但是，邓小平夫妇提出要去炭黑车间参观，周学厚与局里去的王副书记，他们谁也无法阻拦，他们只能硬着头皮，脑子近乎空白地将小平同志带进了不在参观计划之内的炭黑车间。好在大家也都知道，小平这个中央领导人待人平易，架子不大，让人很容易接近。当然，他对一些原则问题表明的态度，又是有标准的！"

邓小平来到炭黑车间，周老总的心一直是悬着的。炭黑过滤袋虽然没破，没在关键时刻出洋相，但小平同志一进车间，看到那种生产环境和工人们机械的工作状态，脸色还是一下就阴沉起来。

邓小平问："你们知道外国工厂生产环境是什么样子吗？"

"具体环境不熟悉。不过，从我们收集、掌握的一些技术资料来看，国外的生产工艺应该是用电滤加旋风来分离炭黑的。"年轻的周学厚像个做错事的小学生一样，低头望着自己的脚尖说。

"那怎么不把国外的先进技术学习过来？"邓小平语气开始加重了。

年轻的周老总沉默了。

1958年，新中国的诞生虽然已经过去了八个年头，但由于工业基础薄弱，我们这个国家依然没有生产电滤器的能力。当时，西方对中国进行技术封锁，使我们面临的形势非常艰难。自力更生地生产炭黑，是为了打破境外对我国炭黑化工产品的封堵；独立自主地利用土法自制装置，更是为了打破境外对我们的钳制；面对各种无法想象的困难，在石油部和中央有关部门的协助下，我们与一个对中国抱有同情和尊重之心的国家的一家生产电滤器的厂家好不容易接上头，他们表示愿意向我们出口急需的设备。但他们提出条件的局限性太大了！

首先，他们不想得罪美国，要求我们保密，不能说电滤器是从他们国家进口的；其次，他们为了对自己核心技术有所保留，不愿培训我们的安装维修人员，要安装维修，必须由他们国家的工程师来完成；再次，我们的保密意识很强，当年许多单位对外只会公布一个信箱号，比如这个单位的信箱号是"02号"，那么，这个单位就只能叫作"02单位"，这样一来，如果对方不给我们提供本单位场地之外的生产技术人员培训，我们就没法去进口人家的东西了。

由于这些原因，当时不但我们的天然气净化专业采取的是"土法脱硫"，急于打破西方禁运的化工产品炭黑生产也只能用绸袋过滤的办法进行试制。

周学厚硬着头皮，将事情的原委向邓小平进行了简要的报告，小平同志原本阴沉的脸在轻轻叹了一口气后，终于缓和下来。尤其当周学厚汇报说，这个小小车间生产的炭黑占了国内总产量四分之一的比重，"圣灯牌"炭黑不但获奖，名声在外，满足了国内汽车、飞机轮胎和重型卡车生产领域的需求，每年还通过化工部调拨给上海、青岛的橡胶厂投入使用，反应良好之后，小平不但面露赞许，还对周老总和局里的王副书记说："你们在如此艰难的条件下生产国家急需的炭黑，满足工业建设需要，了不起啊！"

后来，邓小平看到车间工人一身乌漆麻黑的样子，便问周学厚是怎么回事。周老总也不再心存顾虑，索性将炭黑车间处在试制阶段，选择绸袋过滤，因滤袋材料选用不过关，温度一高就经常被烫破，车间和工人的操作条件就变得很差的情况，如实地向邓小平作了汇报。[1]

在随后召开的成都会议上，中央首长和各部委的主要领导及各省、直辖市、自治区的第一书记议论石油工作时，因石油部未能完成第一个"五年计划"赋予的任务，经周恩来总理建议提名，毛泽东点头应允，作出了将解放军总后勤部政委余秋里中将与石油部部长李聚奎进行工作对

---

[1] 摘自本书作者对张化的采访笔录。

调的决定，任命余秋里出任共和国第二任石油部部长。

成都会议结束后，邓小平于毛泽东带领李井泉、柯庆施与王任重一行赶到隆昌气矿视察的当日，已从成都飞回北京。也没顾上休息，他就利用27日和28日的两个下午，在中南海怀仁堂听取了石油工业部的工作汇报。

27日下午，李聚奎、余秋里与石油勘探司司长唐克、总地质师翟光明赶到怀仁堂面见邓小平。余秋里因刚履新，对石油战线还不十分熟悉，所以对邓小平的工作汇报就由李聚奎完成。

李聚奎首先汇报了全国各地的勘探开发情况，随后将汇报重点放在1958年至1962年，即第二个"五年计划"期间石油部对全国勘探工作做出的部署上。李聚奎的汇报，贯穿了石油部1957年5月召开的第二次石油勘探会议——预备会的主要精神。在这次预备会上，刚从大西北来到北京的石油部副部长康世恩向大会提交了《按照区域勘探方针展开工作》的主题报告。

遗憾的是，这次指导石油勘探工作大转折的重要会议，因突然降临的"反右"斗争未能如期举行。不过在预备会上，来自全国各地的石油地质专家还是排除干扰，对康世恩提出的"开展区域勘探意见"进行了深入的讨论，各地方勘探局党委也对会议的精神进行了不折不扣的贯彻。

在准噶尔、柴达木、酒泉、四川、鄂尔多斯这些盆地，通过地质调查、地球物理勘探和打井参数等系列措施的加强，石油部对利于油气聚集的地带和新发现的地带，进行了更进一步的了解掌握。在此过程中，克拉玛依开辟了两块勘探新区；玉门油田鸭儿峡构造被进一步探明；在川中蓬莱、南充、龙女寺等构造的探井，也被逐一布置到位。石油地质人员对华北平原，松辽平原，新疆塔里木、吐鲁番，贵州、云南和广西等地，还同时进行了地球物理勘探普查，并对这些地区的大地构造、地层条件、油苗分布等课题，展开了初步研究。当然，作为一项工作重点的明确，石油部还会同地质部汇集了全国石油勘探的骨干人才，对松辽平原启动了专题研究。

据《康世恩传》记载，当李聚奎汇报到"二五"期间石油部如何落实"区域勘探方针"的措施时，刚从成都回京的邓小平虽然还没怎么休息，却也精神焕发。面对李聚奎的汇报，他不但听得十分认真，不时记录相关要点，而且还不时插话，明确指出："发展中国石油工业必须立足在自己力量的基础上，实行天然油、人造油并举（政策），以发展天然油为主；必须加强石油勘探设备制造，（并且）加快石油勘探队伍的建设……"[1]

邓小平对参加汇报的余秋里、唐克、翟光明强调了石油勘探的战略重点与战略布局，提出了石油勘探必须从战略高度进行谋划，切实把战略、战役和战术等各个环节结合起来的工作思路。他说："第二个'五年计划'期间，东北地区找出油来就好。把钱花在该花的地方，是一个重要问题。总的来说，第一个问题是选择突击方向，不要十个指头一般平。"他还要求石油部在经济条件发达、交通条件优越的地方，加大石油勘探力度。他对东北地区寄予了很高的希望，说："就经济价值而言，华北和松辽是一样的，主要看哪个地方先搞出来。""东北、苏北、四川这三块地方（能）搞出来就更好。"

无疑，邓小平的指示已为"二五"期间中国石油工业的发展指明了方向。作为1958年的中央"石油策"，结合毛泽东提出的"给每个县配一部钻机，让他们去钻石油"的主张来看，这时中央对石油工业的高度重视和"石油人"的"集体焦虑"感，也是互为因果，并且显而易见的。

---

1 《康世恩传》编写组：《康世恩传》，当代中国出版社1998年版，第86页。

川中有肥肉

余秋里走马上任后不久，就在北京六铺炕石油大楼主持召开了石油部的党组会议。这次会议的主题是贯彻邓小平听取李聚奎的汇报后所作的指示，对确定石油部在第二个"五年计划"期间的战略重点，堪称承上启下，意义重大。因为这次会议解决了石油部的两个思想问题："一是中国石油要以开发天然油为主攻方向，二是石油勘探向东部转移的思路。"[1]

除了已经具有相当的传播效应——国人几乎人尽皆知的准噶尔、柴达木、四川、鄂尔多斯和克拉玛依共和国石油工业继承民国石油地质基础开发——的五大老区，还将开辟松辽、苏北、山东、贵州及吐鲁番。年轻的石油勘探人员唱着《勘探队员之歌》，迎着"山谷的风"以"火焰般的热情"，"为祖国找出富饶的矿藏"！

于是，石油工业在"二五"期间实际就等于拥有十大战区，而十大战区内，余秋里又把办公室墙上地图里的松辽和苏北划成了重点。

李聚奎去解放军总后勤部政治委员任上报到后，石油部副部长康世恩继续辅佐余秋里。在这次党组会上，康世恩谈了战略东移的客观必要性和可能性。"他认为我国有400多万平方公里的沉积岩面积，有十多个大型盆地，一百多个中小型盆地，石油勘探的领域十分广阔。同时他也指出，东部地区不像西部地区那样，油苗和生储油岩层出露比较明显，要发现深层地下的油层，难度比较大。1957年以后，情况已有变化。勘探队伍有了大发展，技术装备有了提高，也积累了一定的勘探经验。特别是松辽平原等地，地质部1955年开始进行普查，石油部1957年开始进行石油地质调查，已做了不少工作，初步掌握了区域地质、地质构造

---

[1] 何建明：《部长与国家》，新世界出版社2012年版，第28页。

等情况。因此，加强新区石油勘探，把战略重点移到东部地区，争取尽快发现新的油田，条件正在成熟。改变石油工业分布不均的状况，加快石油工业的发展，既是需要，也有可能。康世恩在谈到指导思想和战略布局问题时提出：'评价开展勘探的地区，不能单纯考虑地质条件的难易，而应该将地质条件与经济地理条件并重。'"[1]

"老康，根据邓小平同志指示，现在我们把战略布局和松辽、苏北的战役重点都找到了，接下来，只要在战术层面撕开一道口子，找准一块肥肉下口，哈哈哈，咱们石油部这盘'一五'期间没下好的死棋一下就可以起死回生了。"余秋里是一位从红军时期一路走来的农家军人，虽然身经百战，作战勇猛，以"铁血强悍的独臂将军"闻名于军内外，平时说话喜欢直来直去，但每到关键时刻，却常以智谋示人，以解决各种重大问题，以敢啃硬骨头的能力著称，从而深受毛泽东和中央高层的赏识。

1947年，在第一野战军挺进大西北的冬季整训中，余秋里时任西北野战军第一军第一师政委，同稍后带领装甲团确保玉门油田回到新中国手中的黄新亭搭班子，带部队。针对国民党军起义投诚和被俘人员已占部队大多数的实际，他提出了在整训工作中，以提高解放战士的思想觉悟为重点，发动他们"诉旧社会的苦"和"查思想，查阶级，查斗志，进一步提高部队的战斗力"的指导思想，为部队的发展壮大做出了突出贡献。

"1948年1月，毛泽东同志详细听取了余秋里同志的汇报，充分肯定了他们的这一创造性做法和新鲜的经验。毛泽东同志说：'我们从中央苏区起，就想找到一个教育俘虏兵的好形式，这次诉苦三查的办法把这个问题解决了。'3月7日，毛主席在《评西北大捷兼论解放军的新式整军运动》一文中，高度评价以诉苦三查为中心的新式整军运动的伟大意义。"[2]

---

[1]《康世恩传》编写组：《康世恩传》，当代中国出版社1998年版，第90—91页。

[2] 非常历史：《余秋里同志生平》，www.verydaily.com/history/event-5620.html。

也许正是因为如此,当石油部面临换将之际,周恩来向毛泽东提出余秋里作为候选人,毛泽东在人才济济的军队高级将领中才会看中余秋里。

余秋里上任后的1958年3月,"大跃进"的滚滚风潮波及神州,国人"超英赶美"的步伐开始迈得地动山摇。

开完这次部党组会议后,在号召全国石油工人振奋精神,用科学的态度和革命干劲,按毛泽东主席要求,革命加拼命地投入为国家寻找油气资源的战场时,余秋里因自己平时喜欢吃肥肉的缘故,又用"挑肥肉吃"的口号来激励大家。面对国家缺油的现状,他让大家哪儿有肥肉,就往哪儿冲锋。这不仅让石油部的机关干部们为之深受鼓舞,而且还让此前在石油部有"少数派"之称的康世恩一听就两眼放光,一下子坐不住了。

余秋里上任后,把找到大油田,解决国家石油紧缺问题的突破口称之为"挑肥肉吃",而同属农家军人出身的康世恩,之前则将这种努力比喻为"找大金娃娃",可见他们在认识问题、解决问题的本质上,都有一种抵近事物本来面目的认知,以"美食"与"钱财"调动大家积极性,直接触及人心与欲望。他们不但曾经都是第一野战军挺进大西北作战序列中的师级政工干部,而且还都在1939年八路军一二〇师开辟敌后抗日根据地期间,在为壮大发展八路军的一线工作中英勇战斗,一鸣惊人。余秋里通过不到一年时间的努力,将独立第三支队从300人迅速扩充到了5000人的规模;康世恩经地下党的安排逃出北平后,来到师民运队担任文化教员没多久,也立即拉起了兵员足额的一个建制连;在西北野战军横渡黄河之前开展的整军运动中,部队兴起了改造解放战士的"一诉三查"活动,作为两位"幕后推手",一个以师政委的作为给毛泽东留下了深刻印象,一个以师政治部主任的表现受到了西北野战军司令员彭德怀的褒奖。中央将这两位脾性相投,作风类似,而且从来不做"赔本买卖"的干将放在石油部的正副部长岗位任职，不能不说这种人事安排是种绝妙的优化组合。

中国石油工业也在1958年的"大跃进"背景下，迎来了它的"余康时代"。

见余秋里一脸兴奋，目光坚定地想从十大勘探区的某个点位上寻找突破口，烟瘾很大的康世恩从同样嗜烟如命的余秋里办公桌上一盒所剩不多的"中华"里抽出一支点燃，吐出一口烟直奔主题地说："余部长，别急，我告诉你一个马上能吃到肥肉的地方！"

余秋里一听，单手麻利地顺出一支烟来嘁着，要过康世恩正抽的香烟将自己嘴上的烟点燃，一脸惊喜地说："赶快说。"

"四川勘探区的川中构造应该要有结果了。去年，张忠良他们四川局，东溪构造的两口探井先后井喷，一口井的天然气在河上烧了半个多月，一口井喷出的天然气烧了将近三个月才扑灭。在这之后，他们顶住压力在川中勘探，邓小平书记和毛主席又去了隆昌气矿给他们加油鼓劲，凭直觉，过不了多久，我们在川中就该有大动作了。"康世恩说。

康世恩的直觉是很不错的。他和余秋里部长面对中国石油工业一下铺开的十个探区，将目光瞄准四川盆地，想从我们川中这里撕开一道口子，找到启动"二五"发展规划的突破口，没想到，我们川中油气矿的前辈们竟然特别争气，接连给这位新部长送去"三件大礼"。"三件大礼"对余部长来说，也是令他欣喜的"三块肥肉"；对川中老"石油人"来说，却是一串油香扑鼻的好日子，也是值得大家永远铭记、留名石油工业青史的"三个辉煌时刻"。

1958年3月的一天，天快黑时，川中探区位于武胜县沙溪乡闯家岩的女2井，井场灯火通明，钻机的吼声还像白天一样亢奋，震得闯家岩四周的山谷回音隆隆，像春雷过境一样地震撼人心。

那天夜里，上班的钻工特别小心谨慎地在各自的岗位上坚守、忙碌；司钻更是不敢懈怠，紧握刹把子，眼睛眨也不眨一下，就那么死死地盯着指重表的变化。因为在这之前的当天上午，钻井工程师已经明确告诉过大家：夜间作业，一定要小心谨慎，如果不出意外，就有可能打到事先设计好的目的层。大约凌晨三四点，又困又累的司钻连一个呵欠都还没打利索，就感到突然有股神秘的力量从井下传来，握刹把子的双手开始不停跳动，随后井筒里的泥浆向泥浆池里缓缓涌出，并伴有"咕嘟咕嘟"的气泡。泥浆在池子里慢慢开出星星点点的油花。司钻一看一声惊叫："注意了，要井喷了，手里空闲的快点去拉警报！"

骤然响起的警报声将待岗工人从梦里惊醒，他们披衣冲向井场，听到井筒里传出的"呼呼"啸叫，看到泥浆一刹那喷出一丈多高，随后又有一股又黑又亮的油柱射向夜空，紧接着又"哗啦啦"地落地。不大一会儿，泥浆池里就蓄满原油，并且不断溢出，流到四周的稻田和小水沟里。[1]

西南油气田川中油气矿原宣传科科长龙雏先生说："女2井出油那天夜里，钻台上的钻工被井喷的'油雨'淋得哈哈大笑，个个活像黑得透亮的山魈。井喷见油的电话打到龙女寺钻探区，副区队长徐志安赶忙带人从板桥村冲向现场，一车车重晶石粉源源不断地运来，抢险之战很快有条不紊地展开。压井工人从车上扛着重晶石粉不停地来回飞跑；捞油的用铝盔、脸盆、铁桶从泥浆池、水田里和沟渠中，舀起原油倒进储油罐里，罐子装不下了，不断地向外流淌，可他们全然不顾，还是疯狂地将井喷和溢出罐外的原油向储油罐里回收……忙到天快亮时，直到防喷器材抢装完毕后，工人们不停捞油的机械动作这才停了下来。"

女2井3月某个夜晚的突然井喷，喷出了川中石油人的惊喜，喷出

---

[1] 摘自本书作者对龙雏的采访笔录。

了四川石油勘探局的扬眉吐气和未来的希望！

但也许老天给川中带来希望的同时，还要磨炼川中人的意志吧。女2井在给石油工业增光添彩的那个后半夜，勘探处长孙继先也在蓬基井忙得焦头烂额。

蓬基井，是川中钻探处在蓬莱构造上打出的第一口基准井。1956年3月开钻，1958年2月22日钻至3201米完钻。3月这天晚上的产层打开以后，虽没见到预期的原油，但盐水滚滚，不断喷涌而出，日产盐水两千多吨。盐水流向周围的农田后，绿油油的秧苗马上枯萎，如遭魔咒般地奄奄待毙。蓬莱、中江、射洪一带的农民，听说蓬基井从地下钻出的是盐水，不是要找的石油，心想石油单位要油，不要盐水，就纷纷蜂拥而至，用水桶将盐水挑回家去熬盐，高峰时期竟然多达五千多人。哄抢盐水的农民来来回回，你争我抢之间，开始动起拳头，抡起扁担，继而引起了骚乱，导致孙继先正在指挥的压井抢险工作一时无法正常展开。

面对蓬基井从白天到夜间一直闹个不停的混乱局面，勘探处的保卫人员好几次想掏出手枪，用对天鸣枪的办法来驱离井场的骚乱人群，但都被孙继先处长非常果断地呵斥了。

孙继先一面向局里打电话请示汇报，请求四川石油勘探局通过石油部驻重庆办事处火速协调压井材料和物资驰援川中，一面与地方政府取得联系，希望地方领导务必引起重视，给予支持。结果从第二天早上忙到晚上天黑，绵阳行署会同军分区领导带来5个连兵力维持秩序，抓了一批情绪失控的不良分子，四周农民因抢盐水引发的一场局部骚乱这才平息下来。

孙继先点燃一支香烟坐在井场，大口地吸着。正在歇气时，副处长杨作义的电话就从南充东观镇大本营打到了蓬基井，告诉他女2井已经喷油的好消息。

一听女2井出油了，孙继先浑身一个激灵，像弹簧般地跳起来，将正抽的香烟扔在地下一脚踩灭，大声喊来司机准备直奔东观而去，但车子刚要发动时，蓬基井的一名司钻又飞跑过来向他报告：充3井那边也开始喷油了！

面对好消息的接踵而至，孙继先又仿佛回到了戎马倥偬的年代，赶忙对司机下达了不回东观，改去充3井的命令。

充3井的场面令人振奋，呼啸的原油从半空落下，打得四周农房上的青瓦纷纷碎裂。附近的农民从没见过如此阵仗，一传十、十传百地簇拥而来，一时间充3井人山人海，欢呼声、鼓掌声、口号声起伏交织。

井下喷射的原油越来越多，仅1小时24分，喷出的原油就高达40吨。这时，孙继先忘了自己的指挥员角色，一见如此壮观的场面，立即摘下铝盔，像个冲锋的士兵一样冲入了捞油队伍。

1958年3月的那天，的确是喜讯连连的好日子！蓬莱构造蓬1井钻到大安寨"大三层位"，继女2井和充3井在前面发生井喷，蓬1井又再次夺人眼眸地发生强烈的井喷，仅在13分钟内，这口井的喷油量就达到了让人目瞪口呆的45吨之多。

川中石油勘探局第三次原油的喷出，使张忠良局长和郝凤台总工程师高兴得眉花眼笑，接到孙继先的报喜电话，他们就向建在今属广安市武胜县境内板桥村的苏联专家楼驱车而去。

说到这里，我要插叙一下1958年中苏关系开始交恶的一些问题。

1958年，毛泽东和党中央要求苏联向中国援助事先承诺的核武器和核潜艇，苏联方面则在援助时间落实上，附加了想在中国领土上建设用于军事领域的长波电台，以及在中国领海与中方一起组建联合舰队的条件。在建设长波电台上，毛主席认为苏联已经踩了中国的主权红线，坚决不能答应！他的意思是，中方负责一半资金，苏联人出另一半资金和全部技术，等长波电台建好，主权归属中华人民共和国；苏联方面无法接受。而组建联合舰队一事，已被毛主席察觉到，这是苏军试图控制中国的险恶之处。因为中国海军当时很弱，没有能力与苏军共享一条海岸线。"搜狐历史"的《冷战时期，为什么社会主义好伙伴中国和苏联会对立？》一文，也曾谈过这个问题。这样，面对暗流涌动，暂时还没有公开破裂的中苏关系，隆昌气矿的苏联专家楼已经人去楼空，但武胜板桥村专家楼里的专家还与张忠良一起分享喜悦，作为一种历史背景看似矛盾，其实并不为怪。

隆昌的专家走了，川中的专家没走，其实只是一个先走一个后走的问题。而我们在看待中苏交恶，苏联专家撤回国内的问题时，不是以偏概全，于是就能发现有的苏联专家人家确实在帮助我们！比如和张忠良、郝凤台一起赶去充1井的这位亚·斯拉尔斯基，就是一个很好的例子。

听说充3井又出油了，张忠良对郝凤台说："老郝，这下可够咱们忙了！"

郝凤台与张忠良共事将近三年，对他的秉性为人已有相当了解，笑着回应："这是好事，这些年您带着我们，起早贪黑，顶着各种压力地忙来忙去，等的不就是这一天嘛！"

见四川局的局长与总工程师有说有笑，一路受到感染的苏联专家，一点没受中苏关系即将交恶的气候影响，亚·斯拉尔斯基不停地嚷嚷着："哈拉索[1]，哈拉索！"

到了充3井，川中"石油人"对亚·斯拉尔斯基这些年来真心为帮助四川局找石油所做的一切表示感谢，勘探处的一个漂亮姑娘还给他献了鲜花。

晚上回到板桥村的专家楼，亚·斯拉尔斯基高兴得像个孩子，

---

[1] 俄语，"好"的意思。

自己倒了满满一大杯白酒，然后，给张忠良、郝凤台也照样倒了满满的一大杯，要与他们一起举杯共庆。张忠良、郝凤台一起大笑着，爽快地与亚·斯拉尔斯基一饮而尽，川中醉了！[1]

"川中出油的喜讯，迅速地传遍了大江南北。"龙雏说，"《人民日报》在头版显著位置以"第二个克拉玛依"为题报道了川中的喜讯；上海电影制片厂随后迅速跟进，拍了新闻纪录片，面向全国放映，使'女2井''充3井'和'蓬1井'这些名字像报春的燕子一样，不但飞进了北京中南海的党和国家最高权力机关，还飞入了长城内外的寻常百姓之家。"

首都北京、华东上海、新疆乌鲁木齐、甘肃玉门、天府成都、山城重庆、青海西宁、内蒙古呼和浩特……来自全国各地党政军机关的电报、贺信雪片般地飞向川中。

"北京石油学院的师生们听到川中出油的喜讯，几千人于3月15日到大饭厅召开庆祝大会。地质系应届毕业生代表表示：我们马上就要去石油勘探战线，我们只有一句话：希望能做四川石油工业的尖兵！新疆石油工人在贺电里说：'川中喷油的消息传到我们这里，全体石油工人欣喜若狂。我们在3月16日分别在乌鲁木齐、独山子、克拉玛依召开了庆祝大会，表示"要什么，支援什么；什么时候要，就什么时候到"。'玉门钻井公司在贺电中说：'川中出油，是石油工业跃进声中最响亮的一炮，我们决心全力支援四川石油勘探。'"[2]

听说川中终于打出石油了，而且三口井之间分别只相距100公里，出油量相加，一天就达一百多吨以上，平时一贯安静、肃穆的石油部大楼沸腾了，"川中已经找到大油田了！"的欢呼声和"毛主席万岁！共产

---

[1] 摘自本书作者对龙雏的采访笔录。
[2]《石油师人》四川油气田编委会：《石油师人——在四川油气田纪实》，石油工业出版社1998年版，第44页。

党万万岁！"的口号声，从各个办公室像水一样很快涌向石油大楼各个楼层的走廊里，然后又不断地向大楼门前的广场上汇集。

人们在石油大楼的四周不停奔跑，高声欢笑，敲锣打鼓，燃放鞭炮，"震得四周居民跟着热闹了好几天。那时石油部还有一帮苏联专家，他们同样一个个欣喜若狂。因为在这之前一直没有帮中国人打出油来，很没有面子，连自己国家的部长会议主席都批评了他们。这回四川频频报捷，苏联专家们总算一扫脸上的阴云，他们把康世恩叫去畅喝伏特加酒，把不胜酒力的康世恩灌得大醉，然后抬着他满街跑……"[1]

知道川中有"肥肉"了，见石油部成天比过节还热闹，到处充满了喜庆的氛围，余秋里也一扫平时不时挂在脸上的愁云，一个人走路时乐得笑眯眯的。他将右手背在身后，左手一根悬空的袖管，随着迈得"咚咚"直响的脚步，已经摇摆得"呼呼"风响。对部里的工作稍作安排后，他便吩咐秘书向空军第三十四师申请了一架安–26飞机，叫上康世恩直飞四川而去。

这是余秋里上任石油部长后首次到石油勘探现场。当他看到隆隆的机台和飞旋的钻机，尤其是仍在壮观喷油的景观，兴奋不已。他从一个井台走到另一个井台，见什么便问什么，恨不得把钻井和勘探知识一下全部装进自己的脑海里。

"来来来，抽烟抽烟！"每到一个井台，余秋里便把头上的草帽往旁边一扔，不管脏不脏，一屁股坐在工人的床铺上，毫不见外地盘起双腿，掏出口袋里的"中华"烟满屋子撒……

"这就是部长啊？"工人们用油乎乎的手一边吸着难得见到的"大中华"，一边窃窃私语。

---

[1] 何建明：《部长与国家》，新世界出版社2012年版，第30页。

"啥部长不部长的，到你们这儿，我就是小学生。你们可得给我好好讲讲这儿的油是怎么打出来的。讲好了，我再给你们抽'中华'烟。另外还有肥肉吃！"余秋里一番套近乎的话，说得工人和技术员心里热乎乎的。于是你一言我一语，给丘峦碧野的南充大地带来无限春意。[1]

余秋里一路上听着四川局张忠良的介绍，又在川中各井场进行了深入现场的调研学习后，便叫来康世恩一起商量："把各地的局长、厂长都叫到南充来，一来我和他们见个面，二来咱们好好研究一下，集中兵力，能不能在四川探区打个找油的歼灭战。"

康世恩听了打心里高兴，川中勘探，他与四川局都花了很多心血，虽然现在出油效果不错，但接下来的储量掌握却不敢马虎。因此一听部长要在川中召开南充会议，就让随行的勘探司司长唐克，按余部长指示赶紧筹备落实。

4月的南充，花团锦簇，红旗飞扬，各种渲染会议召开氛围的标语口号贴满大街小巷。当地人突然发现，自己生活的城市街上行驶的小汽车和泥痕斑驳的吉普车比平时多了。那些进出南充地委招待所大院的大鼻子、蓝眼睛的国际友人，令他们感到既好奇又兴奋，他们不知道，中国石油工业发展史上著名的南充会议，很快要在自己的家门口召开了。

4月9日这天，除部分苏联专家，来自全国各地石油单位的代表100多人云集南充。石油部的部长余秋里，副部长康世恩，勘探司的司长唐克，以及国家经济委员会、计划委员会和四川省委工业部的负责同志，四川、新疆、青海、玉门各石油勘探区的局长、党委书记、总地质师和总工程师，玉门局的杨拯民、焦力人、秦文彩、李德生，新疆局的张文彬，四川局的张忠良、黄凯、郝凤台、司徒愈旺……这些响当当的名

---
[1] 何建明：《部长与国家》，新世界出版社2012年版，第30页。

字，这些中国石油工业的奠基者们，在南充会议上，认真学习了3月份召开的中央成都会议精神、邓小平听取石油部领导汇报时所做的重要指示，并听取了康世恩围绕石油部第二个五年规划内容所做的动员报告。

根据会议安排，代表们赶到女2井视察。

女2井自3月份在钻探中发生井喷后，到3月23日才正式完钻，随后进入试油阶段。

从3月31日到4月6日连续几个昼夜的放喷结果看，每个昼夜出油量平均达到了62吨。

张忠良局长下达放喷命令后，一条又黑又亮的"黑龙"携风带力，怒窜而出，各地代表无不为之而鼓掌欢呼。苏联专家米尔钦科院士兴奋地跑到油池边蹲下，伸手沾起一星乌黑的原油放在鼻子下嗅了一会儿，一边点头一边高兴地说："哈拉索！"随后，他又用两指捻起两粒粘在泥浆池边的油砂细细地观察起来。

米尔钦科对中国石油工业的未来发展一直保持了浓厚兴趣，看到女2井放油的场景，井场周边的层层梯田、河水青山，也许他想到了俄罗斯大地的巴库和他家乡的高加索油田，于是，他走向曾与他一起在中国版图上做过多次石油地质旅行的康世恩说："这回找到了！康，我的朋友，真心地祝贺你，川中可能就是'中国巴库'！"他与康世恩拥抱握手后，又走向余秋里，同余秋里拥抱握手，以至于许多年以后，余秋里还在他的回忆录中写道："（那个）苏联专家见到我说：'哎呀！你这个部长真是幸运，刚来不久，一家伙搞了个大油田！'他讲了很多道理，说是找到了大油田，按照他们的习惯，要我请他们喝白兰地。我只好让厨房做了几个菜，请苏联专家吃了一顿饭。那时候，到处都弥漫着乐观情绪……在这种情况下，我也以为，这下子，可能一锄头刨出了一个'金娃娃'。"[1]

---

[1] 余秋里：《余秋里回忆录》（下册），中国共产党新闻网，dangshi.people.com.cn/GB/146570/230723/index.html。

4月21日，南充会议闭幕了。在会上，余秋里针对解决石油勘探方向和加强队伍建设等问题提出了看法：以后的石油勘探工作原则既要照顾全局，又不能千篇一律；既要重点使用力量，又不能忽视其他方面。勘探的原则应该是：点面兼顾，集中力量，解决主要方向的问题，不然就会陷入攻不胜攻、防不胜防的被动局面。

因此，石油部党组作出决定，1958年"加大川中与川南勘探任务，尤其川中的南充、龙女寺和蓬莱镇地区的勘探要当作一个战役来打，秋天基本上要把这三个点拿下来，为下一步的开发准备好可靠资料"。

在强调了会战川中，还要兼顾苏北、松辽、克拉玛依、柴达木和玉门的突击、勘探的同等重要性之后，余秋里对石油部之所以集全国之力会战川中，做出说明："一是条件好；二是价值大。这里交通方便，修路容易，人口众多，用水不难，对经济建设所起的作用、产生的价值，都是突出的。我们钱少要吃肥肉，骨头待有条件再啃，反正跑不了。"[1]

另外，根据南充会议召开前做过的实地调研，余秋里还针对"钻井队的情况与解放军的连队情况一样，常年分散野外，坚持独立作战，条件艰苦，任务繁重"等特点，及时提出了"加强党的领导、加强队伍建设的问题"，乃至发扬解放军把"支部建在连上"的光荣传统，从而为南充会议结束之后，石油战线的"基层生产队（车间），普遍都建立了党支部，设立政治指导员"——石油基层政工干部，带领支部"一班人"，为"建设一支思想、技术素质好，组织纪律性强，艰苦奋斗、能打硬仗的石油队伍"的目标奋斗，奠定了坚实的、影响深远的思想基础。

---

[1] 余秋里：《余秋里回忆录》（下册），中国共产党新闻网，dangshi.people.com.cn/GB/146570/230723/index.html。

火红的记忆

南充会议结束后，为加快四川盆地油气资源勘探，特别是川中油田及川南气田的开发建设，满足中国人民集体"跑步进入共产主义社会"，各行各业对石油天然气储量、产量快速增长的巨大渴求，石油工业部决定将"四川石油勘探局"改组为"四川石油管理局"。从"勘探"到"管理"的字面变化上不难看出，中央对四川盆地油气工业未来的发展寄予了殷切热望；仅从字面角度的理解来说，"勘探"带有"进行时"和"不确定"之意，而"管理"则意味着对地下石油天然气资源的"掌握""控制""开发""生产"和"经营"。

也就是说，川中出油的消息横空出世，经过中央及地方媒体的集中渲染，传遍1958年的中国大地。加之南充会议期间，来自全国石油战线的领导和代表的亲眼目睹，在苏联专家提供的学术支持下，代表们又经过了详细周密的分析论证，石油部对川中地下石油储量充满信心。而且经过康世恩激情澎湃的动员，余秋里基于高屋建瓴的战略部署，人们对川中的石油储量更加充满了信心。就集中力量以举全国之力，拿下川中油田的决心而言，已经从上到下地形成了志在必得的共识。

当四川局完成了从"勘探"到"管理"的改组后，其组织机构又增设了川中矿务局、川南矿务局两个副局级单位和一个旨在继续加强云南、贵州和广西地区油气资源勘探力度的贵阳勘探处。这时，四川局机关的办公地址也从最初的喇嘛寺街，迁到了现在西南油气田公司机关的所在地成都市府青路一段3号。

考虑到川中会战任务重大，而且工作强度十分罕见，石油部基于四川局人手和资源短缺的现状，从"石油工业的摇篮"玉门油田，调集了一批精兵强将驰援川中。置身南充会议精神的鼓舞和"大跃进"的滚滚热潮中，干部职工一听中央要在川中组织石油会战，激情像火一样，一点就熊熊燃烧起来，每个人无不随之兴奋不已。

抢在玉门驰援队伍动身前的头一个星期，四川局时不我待地组织召开誓师动员大会，下达了拿下南充、龙女寺和蓬莱构造的总动员令。

张忠良局长号召全局干部职工，尽管有中央和全国人民的支持，也要树立不等不靠的思想，在各路大军集结川中之前，以饱满的热情、忘我的干劲，率先投入川中会战。四川局要在拿下石油部确立的20口关键井的战斗中先行一步，以大无畏的英雄气概创造成绩，争取在1958年7月1日向建党37周年献礼。

20口关键井的分布情况：南充构造打8口井，龙女寺构造打8口井，剩下的4口井要打在蓬莱构造上。

局里的计划是：每打一口井，用5天时间来安装井架，用40天一鼓作气地打完，这样经过两个月苦战，就能和赶来增援的队伍一起把20口井打完，然后，敲锣打鼓地去向建党37周年献礼。

孙继先处长接到局里的动员令后，共青团组织的年轻人召开了"埋头苦战三年，一定将川中变为大油田"的群众大会。那些年轻人纷纷请战，向组织表达决心："一定当好政治上的红旗手，生产上的促进派"；在完成20口关键井的战斗中，自觉接受组织考验！川中钻探处党委见年轻的职工个个请缨，人人求战，不失时机地发起了"红五月劳动竞赛"活动，要求干部职工人人动脑筋，提倡议，掀起"大摆、多摆、快摆"的劳动竞赛场面，"一鼓作气地拿下20口关键井"。

秦文彩、李德生带领的玉门队伍没到四川之前，川中勘探处的行政级别还没从"处"正式升"局"，但他们没在组织人事的变迁上花费多少心思，而是顺应如火如荼的形势，以誓死拿下川中油田的气势，把打擂比武——这些那个年代的过来人都熟悉的劳动氛围——搞得轰轰烈烈。

蓬莱大队最先站出来，向南充大队和龙女寺大队递交挑战书；南充大队和龙女寺大队不甘示弱，想都没想就慨然接受挑战，并向龙女寺和营山的两个大队发起挑战。可以说，川中油田到处都是你追我赶、不甘人后的景象。

西南油气田的前辈们把"早出工，晚收工，吃了夜饭干到东方红""雨天当晴天，黑夜当白天，一天当两天"的口号喊得惊天动地……是呀，那时也有顺口溜，但那时的顺口溜都是积极向上的，不像现在这么消极，一干活就抱怨"起得比鸡早，睡得比狗晚，吃得比猪差，干得比驴多，压力无限大，收入无限少"。那时整个川中，谁也不发牢骚，人人憋足一口气，就是为国找油！[1]

"这样一来，川中油区的生产纪录就不断地直线飞跃，各种超乎想象的劳动奇迹，就在1958年的那个火红的5月出现了。"胡祖烈老先生拿出一份由他撰写的、曾经上报原石油部某机构存档的《川中会战总结与反思报告》，一份《威远会战总结与反思报告》手稿复印件，翻开关涉1958年5月川中油田开展劳动竞赛的一组数据说，"以往，我们安装一部钻机的时间需要半个来月，一个井架立起来起码要用7天时间；而当时川中摆好一台钻机最快的钻井队，却只用了5个小时零10分，将井架竖起来的过程，工人们只用15小时零10分就能完成。我想，这也是'大摆、多摆、快摆'的竞赛活动，提倡大家节省时间，快点将钻机安装好，把井架竖起来，争取早点把石油钻出来的根本目标之所在吧！到了5月20号这天，随着玉门驰援队伍从祁连山下陆续到来，川中油区就和他们逐渐汇成了一股强大的力量，像打仗一样冲锋陷阵，向川中会战首役设定的目标发起了第一个波次的攻击：南充构造的3口井、龙女寺构造的4口井、蓬莱构造的3口井，共计10口井，就在这天早上迎着太阳，

---

[1] 摘自本书作者对胡祖烈的采访笔录。

红红火火地同时下钻了。钻工们没日没夜地忙碌，钻井纪录很快有了令人惊喜的结果。22日，女10井日进度153.9米；充7井，首日进度170米；随后充8井的井队又将纪录改写成了日进度258.77米。"[1]

胡祖烈说，1958年4月，他们那届大学生正好从重庆石油学校钻井专业毕业。由于川中当时大量用人，他和同学们走出校门那年，连毕业设计都没来得及完成，就义无反顾地投入了轰轰烈烈的川中会战。

胡祖烈告诉我们："中国石油工业的发展史上，石油部先后组织了十次全国会战，有幸的是，我能参加其中的川中会战和威远会战。"

离开校门的那年5月，胡祖烈从重庆赶往川中报到的路上，看见到处都是红旗飘飘的景象，公路两边高耸的绝壁，凡是醒目的位置都已被人用红油漆书写的"川中是个大油海！"和"毛主席万岁！"的巨型标语占用了。

胡祖烈当时21岁，被组织分配到合川龙女寺钻井大队实习。到井队报到没过多久，因替龙女大队的党委副书记马青波撰写党代会报告，显露了会写文章的天分，因而，当四川局总工程师郝凤台被提拔为副局长兼总工程师，需要一名懂钻井专业知识的秘书人员协助其开展工作时，他便受到马副书记的推荐："从吃钻井技术饭的龙女寺钻井大队，调到成都府青路机关办公室上班，开始了给领导当秘书的文字生涯……"胡祖烈还说："川中会战首役第一枪打响后，没多久，全国各地，各行各业就掀起了支援川中石油会战的汹涌浪潮。"

1958年5月中旬，四川局器材运输系统在南充召开现场会，提出用"大进大出"的方针来支持配合油田各钻井队开展的"大摆、多摆、快摆"活动，不断向深入持久的方向发展。

在川中出油鼓舞人心的头一个多月里，成都通往南充的运输线尘土

---

[1]《石油师人》四川油气田编委会：《石油师人——在四川油气田纪实》，石油工业出版社1998年版，第51页。

飞扬，车流滚滚，很难数清的载重汽车和多得不得了的车皮，为川中油区的生产进度日夜奔忙，陆续从新疆、玉门、上海等地运来了大中型钻机77台，器材物资4万多吨，比1957年承担的运输量多出了两倍以上。从这些枯燥的数据中，可以看出有多少供应战线的职工在为之辛劳和无私付出。

重庆九龙坡火车站附近，有片空旷的三角地带。荆棘、巴茅和各种灌木，在这里静悄悄地日夜疯长。但是，川中大地夺油大战开始后，这里的安静就被打破了。各种型号的钻机、柴油机、绞车下了车皮，在这里堆得到处都是，随处可见，而会战前线急需的各种物资器材，还在源源不断地从四面八方，伴随汽笛的嘶鸣，日夜不停地发运过来。有时，一天到达这里的车皮竟然多达86个，从而使这片原本空旷荒凉的三角地，日益显得空间有限和混乱不堪，甚至一些物资器材还被堆在了路基铁轨上，连火车的正常进出都受到了影响。混乱中，各种违反铁路货运规章制度的事情，迫于人手少和车辆缺的现状，也无可避免地时有发生。

为此，分管器材供应的副局长何千里召开了现场工作会议，他要求干部职工："既然铁路上运来的物资器材势头迅猛，那么，我们的运输工作势头就要比它更快一些，只有这样，我们才能既保证物资供应渠道通畅，又能支持油区各个钻井大队多拿进度，把石油从地下早些为国家打出来。这些物资都是全国各族人民响应毛主席和党中央的号召，用极大的爱国热情和实际行动来支援我们四川石油管理局的，因此物资运输系统的每个人，谁也不能在'大战红五月'的热潮中，让这些物资器材躺在荒郊野地遭受日晒雨淋，变锈、变烂、变朽！"

现场会结束后，何千里打电话将局物资供应系统成都库仓库主任廖超调到九龙坡车站出任现场调运指挥；石油师转业成都库的驾驶员傅政被任命为车队队长，夜以继日地投入到物资器材抢运工作中。

当时，车队每天要跑三个单程，风驰电掣地奔驰在700公里长的泥土公路上，掠起的泥烟遮天蔽日，使川中会战的气氛越来越紧张了。

他们天不亮就起身赶往重庆九龙坡，装上物资器材后即向南充飞驰；南充卸下物资器材后，连气都没有顾得上喘，又马不停蹄地返回重庆；遇到车况、路况不好时，两头摸黑地赶到九龙坡已是半夜的情形也时有发生。

傅政作为四川局的抢运队长，受苦、受累比其他驾驶员更多；他既要负责安全，带好队伍，还要协调队员，了解情况，以便及时向调运组进行汇报，还要不差毫厘地负责办理交接手续；苦了累了，他就把司机们集合起来，像在部队一样唱一唱《解放军进行曲》《团结就是力量》这种曲调激昂的歌曲，然后才和大家利用装卸人员上下货物的间隙，脱下工装蒙住眼睛，倒在地上抓紧时间赶忙打个盹儿。

川中会战急需物资器材滞留九龙坡的消息，通过组织渠道反映到了重庆市委书记兼市长任白戈的办公室，这位前土地革命战争时期的上海左翼文人、解放战争时期第一野战军第十八兵团政治部的宣传部长，嗅觉灵敏地闻到了久违了的临战气息，他雷厉风行地召集市长办公会，作出了川中会战是国家大事，无论遇到什么困难，我们都有责任和义务一起解决的指示。

于是，重庆运输公司的124台运输车，解放军总后勤部驻重庆办事处的66台军车，重庆钢铁公司和重庆港务局的15台重型装载车，汇成滚滚的车流开往九龙坡，加上原石油师张复振师长的敦煌运输公司从西北派来的近百台增援车辆，一下汇聚成了一支车辆齐全、装卸工人精干的强大阵容，迅速疏通了九龙坡三角地带的严重堵塞，满足了前方物资器材供应。

1958年5月，川中会战拉开序幕后，车辆和驾驶人员稀缺的问题确实非常突出，不但器材物资口上缺人少车，就我掌握的情况来说，像与川中会战同步建设的南充西南石油学院，开始也是要车没车，要司机没司机。好在那个年代社会上支持川中会战的人不仅有任白戈、张师长这样的领导，还有像我采访过的罗跃福爷爷这样的"小人物"。不过，真的要说现年已九十多岁的罗爷爷是个"小人物"，其实也不正确。为什么？因为，罗跃福是一位富有传奇色彩的抗战老兵，他不仅在淞沪会战结束之后的南京外围阻击战中亲手干掉过20多个日本鬼子，还作为一名汽车司机全力以赴投入川中石油会战，在西南油气田60年的征程中留下了卓尔不群的身影。

罗爷爷1931年跟随川军饶国华的部队出川抗日，先后辗转淞沪会战、南京外围阻击战和远征蓝姆迦[1]等各大抗日战场，留下了奋勇杀敌的英雄传奇故事；后来，他又加入国军二〇〇师戴安澜部的汽车团，成了一名汽车兵，驰骋在滇缅公路上，抢运国际援华物资；抗战结束后，罗爷爷隐姓埋名回到成都；1958年5月，他以一名技术过硬的职业驾驶员的身份参加川中会战，被分派到西南石油学院，成了该学院的第一代驾驶员。

在学院烧锅炉，为陆续报到的师生供应开水，罗爷爷每天往返广安、岳池，往南充拉煤；为了搭建工棚式简易校舍，他又开车到数百里之外的江安山区运毛竹。迫于当时的政治气候，这位国军抗战老兵不顾劳累，又积极主动、不声不响地和大家一起卸货。收车后，他害怕汽车停在露天不安全，担心坏人将汽油放走，或将车子破坏了，自己无法向单位交差，就让他的几个娃娃与他一起轮流守车……总之，罗爷爷尽心尽责，生怕出现任何问题。[2]

5月的川中会战，的确如西南油气田的媒体从业人员范照明先生所言，吸引了不少像罗跃福这样的幕后英雄参与其中。为配合这场举国

---

[1] 蓝姆迦（Ramgarh），位于印度恰纳肯德邦兰契东北部，今天多译为"拉姆格尔"。——编者注

[2] 摘自本书作者对范照明的采访笔录。

瞩目的夺油之战，南充、武胜、营山、遂宁、广安等县的地方政府，以"一万年太久，只争朝夕"的心态，动员了数万民工，抢修公路，平整井场，叫响了"向毛主席保证，请党中央放心，哪里有石油就把道路、井场修到哪里！"的口号。白天，民工们头顶川中的炎炎烈日，开山放炮，轰轰烈烈；夜间，数万人点亮火把，挑灯夜战，气撼巴蜀！

我出生在遂宁市桂花街的一个小巷子里，今年75岁了。爱人何成会从地调处的司机岗位上退休后，没过几年就去世了。我从教师岗位退休后，身体还行，主要负责小区这边退休工人临时支部的支部书记工作。

川中石油会战那会儿，我是"女子钻前团"一员。啥子叫"钻前团"？"钻前团"就是逢山开路、遇水搭桥的民工施工队伍。当时，我被编入的单位是四大队二中队，这个大队由于女娃儿最多，所以我们就打了一面"女子钻前团"的红旗。

我们当时每天要干的活路，主要是修公路、打地基、平井场。每天累得腰酸背痛不说，夜间还要砍几根竹子灌进柴油，用破布烂棉花堵住筒口，点燃火把，插在工地上干活。四大队有十几个中队，一个中队两百多人。我在二中队干的活路，主要是先把炮工中队放炮炸开的石头，用锤子打成手指头大小的碎石，用撮箕担过去倒出来，再用锄头刨开，刨平整了，垫路、垫井场。当然做这些活路之前，要把毛路和井场的地基先用锄头挖好，不然路不平，地基弄得坑坑包包的，垫上碎石也莫用，还是过不了车，井架也竖不起来。虽然我们那时累得不行，但大家一起喊着劳动号子，喊着喊着就不累了。

我们当时的伙食还算可以，至少比在家里吃得好，像苞谷面、红苕、土豆、茄子和莲花白还是能吃到的。那时，主要讲究精神生活，盼望川中油田早些建成，好让毛主席高兴，让国家告别一穷二白的落后面貌，所以吃喝玩乐都还不兴。但是我也说实话，一遇到下雨天就太恼火了。

我记得1958年秋天的雨水多，下了一个多月的"狗毛雨"，工地上的稀泥浆子沾得人脚都无法迈开。我们住在一个毛竹架子盖着牛毛毡、四周呼呼透风的大房子里。一天晚上，我突然有些想家，找中队长请假，然后拦了一辆嘎斯车，准备回桂花街的老巷子看下父母，结果司机要往各个井场送货，一晚上要走五六个地方，到遂宁时天都亮了。结果我连门都没进，就只好站在巷子口望了两眼家门的样子，接着又和那个司机往井场跑。

那个司机就是我后来的爱人何成会，我们养了一男一女两个娃儿。再后来，川中会战结束了，我也被"下放"回家了。今天座谈会的主题是"川中会战的记忆和感受"，我的感受就是，在那段火红的岁月里，参加"女子钻前团"，我能遇到老何，知足了。[1]

从1958年至2018年，川中会战历时60年一个甲子之后，我们造访川中。

我们在遂宁采访，以座谈会的形式与当年参加会战的当事人、民工代表和知情者座谈。除范照明转述的罗跃福老英雄的故事和杨华清阿姨的讲述让人感慨、唏嘘之外，我们还从胡祖烈、龙雏两位老人提供的资料中获悉，自从四川局下达迅速拿下南充、龙女寺和蓬莱三个构造的战前动员令以来，社会各界对川中会战的支持还包括：嘉陵江流域的航运部门为打通长江到嘉陵江的水路，确保向外运输原油畅通，组织一万多名民工，仅用两个月就完成了原本计划5年才能完成的嘉陵江疏浚工程；民航总局协调空军工程和航行调度部门，将建于1941年的南充都尉坝军用机场进行翻修、补建，于1958年5月转为民用，开通了通往全国各大

---

[1] 摘自本书作者对杨华清的采访笔录。

主要城市的空中航线……而且为加强公路勘测，成都工学院二百多名师生来到川中，顶烈日，冒风雨，开展现场勘测。龙女大队党委召开拿下关键井的扩大会，武胜县委李书记代表全县表态："你们有什么困难，尽管提，县委一定帮助解决。"为保障蔬菜供应，南充近郊火花公社，将菜地从7亩扩大到80亩，发动社员每户喂"两鸡三鸭一兔"，种500窝瓜，以满足石油职工的生活需要。南充五中的学生，怀着少年纯真的赤诚，还利用课余时间，修了一段"少年公路"献给油田……

翻开这段尘封多年的历史，我们知道，在那个充满献身精神的火红年代，全社会每个人都把他们对毛泽东、共产党的挚爱，转化成了对超英赶美行动的深信不疑，并倾注到忘了艰辛劳苦的实际行动中，融入了时代的大熔炉里——而这一切，正好又是川中会战将以更大的规模、气势，为这段历史注入最强音的前提。

三千援军出玉门

在祁连山下的玉门油田，这些天人们茶余饭后和街谈巷议的谈话内容，都被来自四川的消息占据了。昨晚工人文化宫的电影正片开始前，刚加映了上海电影制片厂拍摄的川中龙女寺出油的新闻纪录片，高悬在各个家属院的胡杨树上的高音喇叭，早上又在播送石油部南充现场会胜利闭幕的特大喜讯……等人们在《东方红》的歌曲里起床，准备开始一天的工作和生活时，油田机关的两位男女播音员，又轮番上阵，配合默契地念起了由局机关、各钻井大队和各工厂车间的干部职工投上来的广播稿。这些稿子集中表达的意思：一是向四川石油管理局取得的成绩表示祝贺；二是借助川中出油和南充会议胜利召开的东风，一定要促进"大跃进"运动在玉门油田蓬勃开展；三是在向新疆吐鲁番进军的号角中，一定要鼓足干劲，力争上游，为响应"多快好省地建设社会主义"

的号召，再立新功，再创佳绩。

1957年12月份，新华社代表中国政府已向全球发布电讯：中国首个石油工业基地已在祁连山下建成。时间进入1958年1月之后，总地质师李德生带领一支勘探队，已翻越天山进入吐鲁番盆地，将胜1井的井位定在火焰山下的胜金口，等5月天气转暖后就要开钻了。

听到播音员那种言辞铿锵，令人热血偾张的声音，玉门矿务局副局长秦文彩脸上露出了笑容。因为从广播稿里，除人们对"大跃进"运动赋予的政治热情之外，他从播音员属于那个时代特有的腔调中，已听出了玉门人政治纯洁，求战愿望强烈，带着深厚西北底蕴的那股士气。

秦文彩，1925年生于三晋大地，长于匪患猖獗、兵荒马乱的战乱年代。1937年七七事变爆发后，他毅然参军入伍，在抗日战争的烽火岁月里，先后担任太岳军区第二一二旅宣传员、第五十四团政治指导员、根据地敌后武工队副分队长、团敌工干事等职；解放战争时期，历任国民党起义部队第七十二团特派员、解放军第一六九团保卫股长、第十九军五十七师保卫科长兼军法处副处长；1952年，从汉中转业石油战线以来，秦文彩曾在玉门管理局任钻探局副局长、管理局副局长……他浓眉炯目，方脸粗发，中等个头，脸上的直率与豁达，浑身上下充满的果断干练气息，无论在部队带兵打仗，还是转业石油战线担任企业领导，总能为他赢得群众的信任。

秦文彩坐在办公桌前，望着窗外的祁连山雪峰，心里不由得涌起一丝淡淡的难舍难分之情。

4月份，他与局长杨拯民、副局长焦力人和总地质师李德生一起，在四川参加南充现场会时，石油部已在会上作出决定，由他和李德生从玉门带领一支队伍驰援川中。会后，余秋里和康世恩两位部领导已经找他谈过话了。

基于四川人手短缺的现状，秦文彩即将调任四川石油管理局副局长、政治部主任兼川中矿务局局长；总地质师李德生调任川中石油管理局总地质师。他们将与45个钻井队、一个试油处和一个运输大队,告别石油工业的摇篮玉门,奔赴川中前线。调令下来后,对平时不太怎么留意的祁连山,秦文彩一下变得越来越爱看了。

自从1953年3月,根据毛泽东的命令,秦文彩在西北野战军第五十七师和战友一起接受改编,从"小江南"汉中来到长河落日映照的玉门关后,在老君庙这个地方,他已不知不觉地工作生活了5年。这里所有的戈壁荒漠几乎都留下了他的足迹,每个构造不断竖起的钻塔,都凝聚着他的心血。5年以来,秦文彩已从一名生死不惧的铁血军人,磨炼成了业务熟练的石油工业管理干部。他忘不了石油河畔那些师傅、工程技术人员、石油专家同他一起砥砺前行的历历往事。

工作之余,他受素有"五十七师小秀才"之称的战友李敬影响,通过读史,知道了汉武帝在玉门关"列四郡,据两关",抵御匈奴、羌胡,交好西域三十六国的深意;通过和李敬一起读诗,从诗人岑参的《玉门关盖将军歌》"玉门关城迥且孤,黄沙万里白草枯"中,读出了大漠苍凉,也读出了唐代军人在这里守土履职,传递给后人的那份气息。通过这些年与总地质师李德生的交往,他知道了美国石油地质家韦勒和民国先贤顾维钧、翁文灏、黄汲清、孙健初、孙越崎、严爽同脚下这片"老油土"的渊源;在同"铁人"王进喜的师傅"老刹把子"郭孟和的聊天中,他甚至听说了总在石油河畔的老君庙一带精灵般地守望,始终在等勘探人员的那个满身乌黑发亮的"油娃"的传说……想到传说中的油娃,他想,川中应该也有"油娃"在等着他们吧!

"会有的,有石油的地方就有'油娃'在那里等人……"秦文彩提醒自己,"川中出油了,'油娃'早把出油的地方告诉老首长张忠良和四川的战友了,就等我过去和他们好好干了。只是根据南充会议的有关部署,这次川中会战的局面与玉门油田相比,将会更加气势磅礴。作为张忠良的助手,与孙继先一起共同主持举世瞩目的川中会战,肩上的担子肯定轻不了的！"而眼下比川中会战更重要的却是："站好最后一班岗！"

尽快做好入川队伍组建，以及设备、器材和物资的组织筹措工作。当然留下来的职工、家属的思想稳定也是重点，无论如何都来不得半点马虎。秦文彩知道，他带走的队伍是"石油师"一团转业地方后的业务骨干，有的战友能与他和总地质师李德生一起参加川中会战，少数同志则还要留在玉门油田继续战斗。

面对人员去留，对"头戴铝盔走天涯的石油工人"而言，也许不算大事，但对拥有汉中改编共同记忆的五十七师战友来说，但凡事关"聚散"二字的大事小情，往往又非一道命令、一个新战场的召唤来得那么简单和轻松！想到"忙中有序，走得愉快，留得安心"的原则，秦文彩要通了玉门油田钻井一大队的电话，要杨型亮来办公室同他见面。

一支烟的工夫不到，杨型亮穿着一身洗得发白的旧军装，风风火火地赶了过来。这是一条身材魁梧、满脸忠厚的标准壮汉，人还没进秦文彩的办公室，就把"首长，你打电话找俺有啥事儿"的疑问，撂在机关办公楼的走廊里了。

杨型亮站在秦文彩面前，向他敬了一个军礼，转业这么多年，还是那种带兵打仗，见到指挥员受领任务的基层干部样子："首长，有任务吗？"

"对，有任务。你去开个人事协调会议。钻井一大队准备入川，你们是'尖刀连'！过几天带上钻机、设备和人员先走，家属随后起程。"

听说要去川中参加人人向往的大会战，杨型亮浑身一个激灵，忙把笔挺的身板儿，又从上到下紧了一紧，向秦文彩敬了个军礼，二话没说，接受任务后转身就走，小跑下楼，直奔机关门口等他的一辆吉普车而去。

秦文彩点燃一支烟抽着，然后去了与他同在一个楼层办公的总地质师李德生的办公室。

与秦文彩算是同龄人的李德生，在上海的弄堂里度过了少年时光。

初中毕业后，因身逢乱世，遭遇"一·二八"的战火在上海蔓延，他只好转学到浙江丽水联合高中继续读书。1941年5月，日军攻陷浙江温州后，李德生联高毕业，被迫迁往湖南衡阳参加高考。后入重庆中央大学地质系，从经济地质专业毕业后，他便跟随民国石油先驱严爽投身玉门油田的开发，从此便结下了与中国石油工业的毕生之缘。

秦文彩尽管已对川中出油的事实深信不疑，可一想到老君庙石油河边"油娃"的故事，还是想去四川之前，再把四川的地质资料，通过总地质师李德生系统地作一次了解。因此杨型亮前脚一走，他后脚就来找李德生了。

李德生对秦文彩说，川中出油已是事实，至于能不能遇上"大金娃娃""中国巴库"这些大家时常挂在嘴边的"美好东西"，从目前掌握的情况看，暂时还不好说。不过根据历史文献记载，四川天然气发展具有悠久的历史——这是毋庸置疑的！早在公元前53年至公元18年，巴蜀大地上的先民们就在邛崃地区发现，并在生产生活中开采使用天然气了。到公元616年时，政府甚至还在临邛一带设了"火井县"的行政建制。大约公元1041年之后，四川人又创造了顿钻钻井技术，并逐步摸索、总结出了一套独特的开采和利用天然气的工艺方法。鸦片战争以后，西方的传教士和地质旅行家，通过他们的著作，将这些方法、工艺在海外进行传播，为世界石油天然气工业的发展做出了重要贡献。自贡的自流井气田是个古老的气田，很久之前，那里的盐商就学会了开采天然气煮盐的技术。不过，中国石油工业自借助抗战的契机觉醒，到得到初步的发展以来——特别是1949年前，四川一直还没找到具有工业开采价值的油田。1949年新中国成立，西南军政委员会工业部虽在重庆接收了几部钻机和一些相关的石油地质资料，但真正成型和拿得出手的东西还不是很多。新中国成立后，四川局在川西北江油一带找油，可到目前还没见到什么结果。1956年，康世恩带领访问团从苏联考察老大哥的先进经验回国后，结合克拉玛依油田的经验，上川中地台找油，已在龙女、蓬莱、南充三个构造上见到了希望，引起了全国性的持续轰动。至于接下来的川中会战，能否不负中央和全国人民的希望，找到实实在在的大油田，可能还要通过这次会战的努力才有最终结论。

听了李德生的言语，秦文彩从这位年轻的石油地质学家的口吻中，听出了某种与新闻宣传，包括他在南充现场会上的见闻，有些不一样的东西。虽然他感到了此行任务复杂，但这些都是无可名状的一念之想，与他即将带队驰援川中的紧迫性比，也都不是停止行动的理由。

川中石油会战过去已经60多年了。成败得失与是非功过，我不用讲。我想说1958年夏天，我们这些听从党和人民召唤的石油人所具备的党和人民让干啥我们就干啥的那种精神。这种精神放在今天，依然还是一种很宝贵的财富，这个我们不能忘。如果忘了这个，那么"西油"60年的发展也就失去了根本。

张忠良以党委名义，向四川局干部职工发出进军川中的命令后，玉门这边按照南充会议精神的要求，也在召开支援川中会战的动员大会。那个大会开得群情昂奋，锣鼓喧天，歌声、口号声连成一片。这些尽管已经过去60多年了，但现在想起来却还是如同昨日。

玉门管理局、四川管理局虽是两个地区不同的石油单位，但在余秋里将军和康部长领导下，始终都有全国一盘棋的思想，从不考虑单位与单位之间的小利益，大家想的是"尽快把中国石油工业搞上去"的大问题。所以，当焦力人副局长以党委的名义宣布，玉门支援川中的队伍由三千四百多人组成，其中包括45个钻井队、一个试油大队、一个运输大队和可建造一个机修厂的骨干人员、管理干部的消息后，整个玉门局无不欢欣鼓舞，不但没有一人表示不愿参加会战，而且大家还唯恐落后地纷纷请战，主动报名。

像杨型亮、董金壁这两位四川局的老领导，以及后来跟随秦文彩等人走上石油战线副部级领导岗位的李敬等同志，他们在玉门油田工作时都还特别年轻，属于玉门的中青年干部。一听要和秦文彩去支援四川，他们的心里别提有多高兴了！不但他们争先恐后地要来四川，而且还带动身边其他同志紧跟他们，强烈要求参加焦力人宣布的那个"三千四百多人"的队伍。

1202钻井队有个工会主席叫杨润生，听到川中出油的消息后高兴得又蹦又跳，再三要求参战。有个叫陶阿土的副司钻在决心书里表示："四川出油，不能袖手旁观，请组织批准我参加会战！"还有个司钻叫唐广文，本来5月份要和对象结婚，听说要去川中，干脆把婚期也推迟了……这些普通干部职工的事迹，都很突出，在那个时代的《四川石油工人报》上登过，可惜现在，记得这些的人已不多了。杨型亮是1202队的上级，看到在他的影响下很多人愿意去川中，成天乐呵呵的，高兴得很！[1]

"如果我没记错，杨型亮这个人也是贫苦出身，他在河南老家要过饭，好像还流浪到陕西周至县的山里砍过柴。14岁参军后，他当过'娃娃班'的班长。在擂鼓台战斗中，他是他们那个班仅有的三名幸存者之一。"西南油气田输气处原党委书记杨彬说，"由于杨型亮在战争中的表现很英勇，因此受到了师里的通报表彰，后来提拔为干部，当过文化干事和连队政治指导员。从部队转业到陕西延长油矿之后，他先从实习司钻的岗位上干起，后来转战玉门油田，当过钻井大队党总支副书记，技工学校人事科长，钻井一大队的副大队长……"

作为驰援川中的先头部队，杨型亮带着387名首批入川人员，从玉门东站上了一辆闷罐车，随着汽笛的长鸣，欢送的人群、茫茫的戈壁、河西走廊、秦岭已被抛在身后……

---

[1] 摘自本书作者对杨彬的采访笔录。

车从昭化重新开动时，杨型亮打着一把手电，像在部队当指导员那样开始查铺，清点人数。出发前，他将各井队队长、书记召集起来开会，宣布了注意事项和保密纪律后，特别强调每个入川人员，在列车停靠沿途车站时，购买东西和拉屎撒尿，都要动作麻利一些，严格坚持"带好队，看好人"的原则，确保齐装满员到达四川，不能出洋相，更不允许一人掉队。因此，每过一个车站，他都要从昼夜难分的闷罐车里爬起来清点队伍，到各队的宿营点去走走看看。

与杨型亮一起行动的 1202、1208、1215 三个钻井队，在玉门都是素质过硬的队伍，其中 1208 钻井队临出发前，利用 3 天时间，不但清挖了 8 个泥浆罐里的冰块，1 个原油罐里的原油，而且将临时来队的 14 名探亲家属一个不留地全送走了。

杨型亮很喜欢这种部队继承过来的优良作风。来到 1208 队的宿营点时，胸前戴着大红花的队员们却没躺在铺位上休息。他们围着一个戴眼镜的年轻技术员，在听他摆广元、昭化的龙门阵。

"广元这个地方不但地大物博，有梓潼、青川、利州、昭化、朝天、旺苍、苍溪和剑阁这些与三国战场有关的区县，还是女皇武则天的故里，而且这里的昭化镇，因古时商业繁荣，交通便利，晓得吗？这里还有个'到了昭化，不想爹妈'的说法。"讲到这里，戴眼镜的技术员扫视大伙，故意卖起了关子，等大家将"快说快说"的催促叫得震天响了，他才慢条斯理地接着说，"这个说法的意思是，因昭化是进出四川的四条通衢要道之一，久而久之，就有皇帝在这里开科取士，点状元……"

听到这里，杨型亮没有再任由眼镜技术员掰乎（指聊、侃）下去。他用手电筒亮出的一柱光线，从眼镜技术员的脸上开始，在众人脸上挨个"杵"了一遍，随后便亮开嗓门吼叫起来："全体起立，向前向前向前……都有了——预备唱！"

1208 队的一百多号人，刚还沉浸在技术员的掰乎中，不知杨型亮来到了他们身边，因此没想到他会跟大家来这一手，但听到大队长下达口令后,还是条件反射地站起,放开嗓门,大声武气地唱了起来:"向前向前向前,我们的队伍向太阳,脚踏着祖国大地,背负着人民的希望……"

见队员们重新思想集中,把一首《中国人民解放军进行曲》唱得地动山摇了,杨型亮又用手电筒在大家脸上挨个"杵"着,算是"点过名"了,然后,才背着双手,"嘿嘿"一笑走了。

杨型亮将三个钻井队一个不少地带到绵阳,下了闷罐车后,改乘汽车到达南充,受到了四川石油管理局副局长刘选伍、川中矿务局副局长孙继先和南充市彭副市长带来的一千多名当地群众的热烈欢迎。

在东观镇的一间茅草房里,杨型亮将三个井队的人员名单,几份携行的物资清单拿出来交到孙继先的手里,然后在镇上的老百姓家里简单借住了一晚,第二天一早就踏上了重返玉门的旅程。他还要赶回玉门去。因为根据秦文彩的安排,玉门还有不少善后工作,需要他回去和他一起处理。

在玉门油田机关门外的篮球场,杨型亮遇到试油修井处的常务副处长董金壁。他们只是互相点头,打了一个招呼,就各忙各的事情去了。

那些日子,玉门就像是个部队的新兵训练团,去青海、下四川、进新疆和到松辽的人,来来去去地忙作一团。战友、同事们也是分分合合、聚聚散散。虽然大家有些难舍难分,但又没时间打听对方的去向,都忙。说明石油工业战线在1958年5月份发生的事情很多,日子过得红火!如果不忙就不红火,就太冷清。一忙虽然聚散不定,但想到秦文彩事先提出的"在余秋里和康世恩领导下,走到哪里,咱们都是在为石油工业奋斗"的讲话,所以,面对你在"嘉陵江边迎朝阳",我在"昆仑山下送晚霞"这种天各一方的分别之情,大家不但没有因此而产生思想波动,反而还处处可见忙而不乱、积极向上的豪迈之感。

不过董金壁一听说紧随杨型亮的队伍之后自己也要紧跟着下四川，还是很吃惊的。为什么吃惊呢？因为根据石油部下给玉门局的人事计划，他刚组织了一个钻井大队准备去青海民和开辟新的探区。与杨型亮擦肩而过的这天上午，他去向秦文彩告别。我们西南油气田的这位老领导，却将他的肩膀往下按了按，让他先在椅子上坐下来，然后再说话。

秦局长给董金壁倒了一杯水，让他喝着，说：你先在这里坐下莫动！杨拯民和焦力人两位局长，让我去和他们说点事情，等我回来之后我们再谈。

董金壁心里想：啥事呀，弄得这么神神秘秘？想着想着，就忐忑不安了。但领导让他在办公室等，虽然去青海民和的人还在等他回去带队出发，他也只好老老实实地等着。董金壁当时三十多岁，和秦文彩长得就像一个类型，也是浓眉大眼的样子，因为都是战争年代走过来的，身上也有说一不二的那种刚毅之气。

在石油师还没改编前，他是汉中五十七师一团的作战股长……好像是1942年参军的，像上党、平汉、白晋、豫北和豫西这些著名战役，他都参加了。作战股长嘛，当然是打仗打出来的，不打仗，就当不了作战股长，对吧？董金壁参加改编后，在玉门油田当过搞钻探的副大队长、石油沟的区队长、青草湾的区队长。他在这些地方干了几年，后来又当了钻井公司的副经理、试油处常务副处长。在我印象中，他在玉门油田一直干得都很好，很红火。[1]

"那天上午，董金壁在秦文彩的办公室等得有些毛焦火燎，等到中午快下班时，秦文彩才回到办公室对他说，我和两位局长谈工作交接，老董，你久等了！民和你就不用去了，把去民和的井队和试油处的人按这

---

[1] 摘自本书作者对杨彬的采访笔录。

个名单拢一拢。秦文彩从抽屉中拿出两份文件交给他说，你和我一起去四川……见领导将他的去向重新明确之后，董金璧的一脸焦虑消失了。"

曾在第五十七师担任文化教员，后来又在四川石油管理局任过江油青林口探区政治处主任，曾与时任探区总指挥的董金璧一起共事的杨彬老人，尽管已经90岁高龄，但他手里拿着一份董金璧的自传复印材料，对我们讲述董金璧从玉门来四川参加川中会战的往事时，不仅思路清晰，而且涉及的细节还是那么栩栩如生。

杨彬说："我是1958年5月8日和秦局长、李德生、董金璧，还有刘荫藩等地质、工程技术人员一起入川的。"他们那支三千多人的队伍，离开玉门那天，"举着红旗，唱着嘹亮的军歌，就像要到川中打仗一样"。继杨型亮的先行井队入川后，在秦文彩、李德生带领下，余下的人乘坐一辆专列入川创业。"秦文彩一行来到成都府青路，同一直等他的老首长张忠良简单见过面，就马不停蹄地直奔川中战场而去。"

经过简单、仓促的筹备，"（1958年5月）21日，奉石油工业部的命令，四川石油管理局成立了川中矿务局，机关设在南充市，全面负责组织和领导川中油区的勘探、开发和建设。川中矿务局下辖南充、蓬莱、龙女寺、营山、合川、岳池第二及第三等8个钻探大队，一立场、大成、广安、文昌寨等4个钻探区队和广安试采区队，南充机修厂、炼油厂、安装工程处、运输处、测井总站、南充器材总库、职工医院等附属单位"[1]，也如同雨后春笋般地成立了。

由于三千玉门援军的加入，古老的川中大地于是大军云集，旌旗猎猎！

---

[1] 四川石油管理局史志编纂委员会：《四川石油管理局五十年大事记（1949—1999）》，第36—37页。

三三那个尕[1]娃子

董金壁坐了几天几夜火车，从玉门来到南充的第二天，就背着背包赶到东观镇的川中矿务局报到，落实各种手续及组织关系。几排草房、泥墙围拢的一个院子里，就是川中会战时期的川中矿务局的办事机关。

在秦文彩局长的办公室，他还没来得及张口向首长问任务，秦文彩就顺手给他撇去一支烟说："老董，你的任务已明确了，到龙女寺当大队长，马上就去。"

一听要去龙女寺这个川中最先出油的地方主持工作，董金壁知道，如按石油部部长余秋里"挑肥肉来吃"的话说，他去的地方就是川中最有"肉"的地方。女2井喷油，上海电影制片厂拍过新闻纪录片，如以每小时喷油一百多吨的标准来算，他带几个井队在那里安营扎寨，稳扎稳打，打开川中"大油海"的局面只是早晚的问题。但董金壁接过秦文彩的烟，却迟迟没抽，他有些不知所措地说："首长，我三个娃娃，还有老婆、岳母都在镇上的旅馆待着，还没落窝，这可咋毬整嘛？"

秦文彩笑了，在秦文彩办公室与他一起说事的川中局党委书记李滋润也笑了。李滋润说："家属你别管，组织上会做安排。"

董金壁见李书记这么说，就放心了，他将烟噙在嘴里，提起背包出门，正要把手伸进口袋里掏出火柴点烟，秦文彩已抢先一步，将他的半盒烟及火柴塞到董金壁的手里说："动作快点，别磨蹭，赶紧去龙女寺。"

跳上川中矿务局机关的院子里随时处于待命状态的一辆"威力斯"吉普车，司机一轰油门，从院子里的雨后积水中划开几道水浪，拉着董金壁从南充东观镇直奔武胜县板桥村的龙女寺而去。

---

[1] 尕（gǎ），方言中"小"的意思。

板桥村，川中各县民工大军开挖不久的简易公路两边，还不瓷实的黄土、碎石坎上，到处堆放着刚从全国各地运来不久的钻机、器材及各种各样的物资设备。

吉普车在一座山梁前的坡道上吃力地向上爬行，无奈轮胎打滑，司机想了几次办法都无法上去。董金壁索性下车，将司机打发走后，背着背包，望着黑云翻滚眼看又要下雨的天空，向上小心翼翼地攀爬。

在四面挂着稻草、竹篾编制的"毛扇"挡风，屋顶盖着当地人废弃的晒席片子遮雨的"大队部"，董金壁走进自己的办公室兼宿舍，望了一眼四条桌腿陷进土里的办公桌，将背包往办公桌上一放，就从墙上取了一件龙女大队后勤人员为他事先备好的蓑衣穿上，又摘下一顶篾编竹叶斗笠戴着。走过雨后又滑又溜的泥泞土路，在一名机关人员陪同下，终于迫不及待、踉踉跄跄地来到了大名鼎鼎的女2井。

但令董金壁没有想到的是，女2井这时出油已经有问题了：关一下阀门，等好久才像小娃儿尿尿一样地出一点油。

董金壁心情沉重地蹲在储油罐前，边看边问地等了将近两个小时，结果还是那种不阴不阳的样子，与银幕上新闻纪录片里的壮观喷油场面相比，已经不可同日而语。后来，他又去女13井和14井的工地现场，从一座山梁到一个山坳，路途又滑又溜不说，糍粑一样粘在脚上的黄泥，已让他这条西北壮汉开始吃不消了。

回到宿舍兼办公室，已是夜里12点多了。董金壁解开背包，和衣躺在行军床上，嘴里啃着从食堂拿来的馒头，感到身下的行军床正在一点一点地下陷，不过他没去管。板桥村公路边淋在大雨中的物资器材，女2井有气无力滴油的出油管，女13、14井泥泞中仍在冒雨奋战的工人及民工……想到这些亲眼所见的情境和"大上龙女寺"的任务时，咀嚼着的馒头就越来越不是味儿。

董金壁在板桥镇陷入茫然时,西北高原上正在执行秦文彩下达的善后任务的杨型亮,遇到的问题也很挠头。玉门油田全大队的人都已去四川了,连厨房里的锅碗瓢盆——这些过日子的用具,也一样没剩地全部带走了。平时,热闹喧嚣的钻井一大队驻地一下变得静悄悄的。他将先遣队带去川中,接着又重返玉门善后,成天忙得脚跟都不着地。

他一方面要找玉门局办理户籍迁移手续,一方面还得做好干部职工家属的安抚工作。"不能让前方战友为后方的家务事分心",这是秦文彩再三向他强调的问题。可是,一大队干部职工的住房已经向玉门局作了移交,所有家属当时就只能集中在距玉门油田一公里之外的学校,等他将所有的事情全部办妥,才能与他一起南下四川。

在玉门油田忙了将近三个月,他才将一应事务办妥,带着大人小孩一百多人上了火车。

车子越往南开天气就越热,一路上,大人和孩子的吃喝拉撒问题,全由杨型亮和善后组的十多个人负责。杨型亮虽然当过大队党总支副书记、人事科长这些干部职务,可他毕竟也是从战争年代走过来的,而且转业地方后,也是从手握刹把子的生产岗位一路摔打过的,因此,他一想到川中前线那种"革命加拼命"的会战情况,自己却困在走得比老牛还慢的火车上,与一群婆娘娃娃混在一起,心里难免也是有想法的。但他作为善后工作负责人,这种想法却只能独自闷在肚子里,打一打肚皮官司,不能说出来影响大家的情绪,特别是动摇善后组那些与他有同样想法的人的军心。

不巧的是,那辆开往四川的火车开着开着就趴窝了。为啥趴窝?因为火车从玉门开到宝鸡站时,前面传来的消息说,"宝成线"因受连日暴雨影响塌方了。在车上他问过列车长,也到宝鸡站向铁路调度人员打听过,但他们谁也无法给个准信儿。杨型亮急得满嘴冒泡，召集善后组的同志经过合计，决定先在宝鸡找家旅馆，把一百多人安顿下来再说。[1]

"川中会战从它的大局来看，是一幅西南油气田开油找气历史的恢宏画卷。但在这幅画卷的一些局部及细节上，如果对它进行重新打望，往往又会透出一种历史的苍茫。"川中油气矿原宣传科科长龙雏说，"也许正因为这种苍茫可以具体到每个参战人员的身上，他们可以忽略不计，所以，每当我们重新咀嚼1958年的记忆，往往又多了不少'欲说还休，却道天凉好个秋'[2]的况味……""当后方的杨型亮带领入川参战人员家属子女被困宝鸡无法动身时，前方的董金壁经过整整一夜的思考，已将上任之初面临的一团乱麻理出了头绪……俗话说，新官上任三把火，当然，对董金壁这样的中层领导干部，其实也不用'火'不'火'的，在我看来，在当时那样的情况下，他只要根据上级指令，扭住生产进度的牛鼻子就行了。"

董金壁从一个大雨倾盆的不眠之夜醒来。雨过天晴，龙女大队机关院子里的天空，挂着一轮红日。大队党委副书记田鸣岐敲门，进了董金壁的宿舍兼办公室，一是与新来的领导见面，二是将近期的工作向大队长进行汇报。但他们见面、握手之后，董金壁却说："老田，不用汇报工作，咱们早上就开个短会，把各科室干部召集起来，分下工，把局里要求的'大摆、多摆、快摆'活动搞起来再说。"

"好，我去召集大家开会。"田鸣岐迅速跑到院子中央，从口袋里掏出一只哨子"嘘嘘"地吹着，把机关人员一个不落地集合在董金壁的面前。

董金壁简单做了自我介绍，接着开始分配工作："田副书记在负责

---

[1] 摘自本书作者对龙雏的采访笔录。

[2] 辛弃疾：《丑奴儿·书博山道中壁》。

新调入人员接收和机关工作安排的同时，大队的住房施工需要抓紧，不然到了秋季，武胜这个地方的雨水多，到时房子还没修好，大家就要遭罪；李跃山、戴行静负责快速钻进和试油工作，在'大摆、多摆、快摆'活动中，我们见荣誉要争，见红旗要扛，不但要把进尺在全局拿个第一，还必须争取每打一口井都能出油，不然，大家的辛苦就白废了；杜吉祥同志负责与局里和地方政府协调，务必组织民工队伍，尽快把女7、12、13、14这批井的路修通，场建好，路不通，场不整好，大队人马就进不去，物资设备也上不来；王清召负责新运到钻机的配套、验收和物资入库，凡是属于我们龙女大队的设备、物资，哪怕是个针头线脑，你也要管好，并督促大家爱护设备，节约使用……同志们，现在川中局的会战形势喜人，我们面临的任务很重，所有工作都要紧紧围绕川中会战的大局开展！我们抛家舍业地来这里干啥？夺油嘛！"

董金壁的讲话虽然一直带着浓浓的陕西关中口音，不过听起来，却很有针对性和极强的鼓舞作用。

董金壁将龙女大队的工作理顺并进行了及时的部署后，杨型亮与善后组带领的大人小孩也住进了宝鸡车站附近的小旅馆里。时间一天天地过去，铁路塌方问题还是没有得到解决，他们还是只能被高高的秦岭阻挡在四川盆地之外。这时，杨型亮知道急也没用，只好重新使出当年在部队当政治指导员时学会的一身本事，面对大人烦躁和小孩哭闹等问题，做起了思想政治工作。

他及时成立了家属思想工作疏导小组，指定专人负责，每天向他汇报大家的思想动态，组织大家互助互帮，解决大家滞留在小旅馆里遇到的各种困难，像头痛脑热、小孩吐泻、端水送药，以及谁家婆娘心里的疙瘩解不开了，诸如此类的大小问题。他和善后组有针对性地开展工作，组织大家谈心拉话。虽然大家都住在小旅馆里，但也逐渐有了"临时大家庭"的感觉。

这天，钻工王阿毛的老婆抱着家里的二尕子来找杨型亮。

王阿毛的老婆说："我家二尕生下来好几个月了，他爹和秦局长、董金壁一起走得急，连名字都没给取，大队长，您帮俺们给他起个名字吧，这样给他喂奶，俺也好一边叫他名字，一边同他拉话。"

杨型亮看了看王阿毛老婆抱在怀里的那个又白又胖的尕娃，抠着脑袋想了想，说："娃娃是在玉门生的，现在我们要去四川参加石油会战，就叫'玉川'吧！"

"玉川？"哦，这个名字好得很嘛！王阿毛的老婆夸杨型亮"有学问"，给她家尕娃的名字"取得好"，脸上露出了笑容。

可别小看"玉川"这个名字啊！这个在我们西南油气田的川中、川西北、重庆、蜀南和川东北五大矿区及所属18个二级单位的"油二代"中，却是很普遍的名字，其实，就像具有时代气息的一代人叫什么"延安""解放""援朝""抗美""建国""国庆""超英""卫东"一样，我们西南油气田1958年前后出生的那批子女，男娃娃叫"玉川"、女娃娃叫"川玉"的现象，同样也是很有时代特色的！

一个多星期过去了，遭遇暴雨肆虐的宝成线依旧无法通车，杨型亮觉得再这样等下去终究不是办法。眼看天气越来越热，而大家的衣服及日常生活用品又都事先托运到了川中，再等下去对家属子女的身体健康、基本生活都会带来更大的麻烦，因此他决定：通过迂回进川的方式来摆脱困境。

杨型亮到邮电局向川中矿务局党委打电报，汇报情况，得到秦文彩、李滋润的准许之后，便带领大家到宝鸡街上转了半天，买了一些小东小西后，又将家属子女集合起来，取道郑州转车武汉而去。既然铁路不通他们就改走水路，逆长江而上，直抵重庆朝天门码头。

但没想到的是，杨型亮从重庆码头赶到九龙坡火车站的川中会战物资调运中心联系组织车辆，准备将干部职工家属送到南充东观镇时，却没有人前来迎接和安置他们。

1958年，川中会战真的就像打仗一样！男人们都在各战区眼冒凶光地抢进尺、找石油，像家属安置这样的事情，也就忙得顾不上了。

杨型亮和善后组的十来个成员跑前忙后地又折腾了半个多月，先在东观镇一家一家地找房源，然后又一户一户地安排入住。等他将一百多号家属子女一个不落地安置妥当，才舒了一口长气，去找秦文彩复命。秦局长却告诉他："你不用回蓬莱了，马上到合川去！"

尽管杨型亮原计划拟任蓬莱钻井大队的副大队长，可一旦计划没有变化快时，他原本临时安在蓬莱的家也就没法回了。[1]

"杨型亮与妻儿分开已快三个多月！连他们过得如何的消息都没得到，他就根据组织安排，二话没说地去了合川大队。"龙雏说，"'石油男人不顾家！'这种西南油气田的老嫂子们喜欢'唠叨'的陈年往事，在1958年的川中会战中，对杨型亮的爱人来说，如果还只是一种感受，那么，它对董金壁的爱人陈培华医生而言，却意味着难以释怀的切肤之痛！"

经过大队机关人员的齐心努力，董金壁在那天早上部署的工作，很快就已得到逐项、逐条的落实，特别是新到的9台钻机一台台地连续配套，摆上女7、12、13、14井的战场以后，龙女大队的工作秩序已经建立起来，日进尺，在川中矿务局的会战简报上开始一路领先。

这时，已是1958年的6月上旬。川中的天气就一天比一天炎热起来。

---

[1] 摘自本书作者对龙雏的采访笔录。

董金壁心想，自己该理理头发，洗洗衣服，回南充去看看爱人、岳母和孩子了。想到从玉门随他一起搬家来到四川的三个小家伙，用他自己的话说，他就"特别想见三三那个尕娃子。这小家伙当时才一岁多，一见到他爹就哇哇直嚷，爱笑，讨人喜欢！"

他匆匆赶回南充，他的妻儿、岳母已被川中矿务局安排在了靠近嘉陵江边的一间平房里。没想到一进门，屋里静得让他心里发慌，气氛非常沉闷，在川中石油医院上班的爱人陈培华，不声不响地给董金壁端来一盆洗脸水，见到他也低眉垂眼，没了往日久别重逢的惊喜。

"三三呢？"董金壁急着想见自己的尕娃。

"没了，三三没了！"陈医生说完，忍不住大哭起来。善良的老岳母也撩起衣襟，站在女儿、女婿面前不停地揩拭眼角。

原来，这一家人从玉门辗转入川，由于水土不服，三三刚开始轻微腹泻；天太热之后，因吃炼乳引发了过敏性腹泻。陈培华因参加南充石油职工医院的初创，成天忙得不可开交，等发现小儿子情况不对，送进医院抢救时，却为时已晚。

董金壁用双手将脸捂住，靠在椅子上无声地坐了一夜，等他把手松开，放眼去看嘉陵江上的太阳时，却发现《石油工人之歌》所唱的"嘉陵江边迎朝阳"对他来说，已经变得与众不同：别人的朝阳是火红、壮美的，他的朝阳却是黯淡而冰冷的。

将石头咬碎

1958年，"大跃进"之风已在全国各地刮得飞沙走石。当川中会战第一阶段——"大战红五月"的"大摆、多摆、快摆"运动激战正酣时，继3月份的成都会议之后，中央在北京召开了党的八大二次会议，正式通过了3月就在成都开始酝酿的"鼓足干劲、力争上游，多快好省地建设社会主义"的总路线方针。

在此之前,"毛泽东看着冶金部送到他手上的一份《钢铁工业的发展速度能否设想再快一些》的报告,顿时心潮澎湃。因为那报告上有这样一段话:我国钢铁工业'基点是三年超过八大指标(1050万～1200万吨),十年赶上英国、二十年或者稍多一点时间赶上美国,是可能的'。"[1]

因此,毛泽东对时年48岁的冶金部长王鹤寿赞不绝口,另眼相看。也许因王鹤寿这位共和国"钢铁元帅"在革命战争年代中,曾在国统区、满洲里和刘少奇领导的北方局天津市委等部门长期从事共青团工作的缘故,毛泽东对王鹤寿的器重爱屋及乌,才在会议期间的一次即席讲话中,博古通今地一气讲了中国古代历史上的贾谊、项羽、韩信等二十多个年轻有为者的功绩。

毛泽东的意思是,青年人是会超过老年人的,学问少的人,可以战胜学问多的人,不要迷信名人、权威,青年人要有朝气,要勇于战胜他们,不要被他们吓倒。因此,他就提出了超英赶美。于是,自1957年9月党的八届三中全会开始批判"反冒进"后,中央1958年在杭州、南宁、成都、北京召开的会议上,又对"反冒进"的主张进行了日益激烈的批判。蔓延在工业经济领域的"左"倾盲动思想,继而大行其道。"在5月20日的讲话中,毛泽东又提出了'插红旗、拔白旗'的问题。这条总路线的提出,反映了广大人民群众迫切要求尽快改变我国经济文化落后状况的普遍愿望。然而它忽视了客观的经济发展规律,否定了国民经济计划的综合平衡,夸大了主观意志和主观努力的作用。会上还指责当时许多比较实事求是,对高指标、大跃进抱怀疑观望态度的人是什么'观潮派''秋后算账派',说他们举的不是红旗而是'白旗'。这些批评的压力,大大助长了浮夸不实之风,使急于求成的'左'的思想进一步

---

[1] 何建明:《部长与国家》,新世界出版社2012年版,第22页。

膨胀起来。"[1]

为此，川中矿务局根据石油部党组和四川局党委的指示，于1958年6月10日召开了成立以来的第一次党委扩大会，传达贯彻中共八大二次会议精神和石油部党组贯彻中央指示的电话会议精神。这是秦文彩到任四川局副局长兼政治部主任，主政川中矿务局后，在川中油区的大型会议上的首次亮相。

副局长孙继先在会上结合川中当时面临的形势与任务，作了动员讲话；南充大队党委书记储钦坚传达了中共八大二次会议精神；秦文彩传达了余秋里、康世恩在石油部党组电话会议上的讲话精神后，接着对来自川中油区的各地代表们提出了明确要求："在总路线的光辉思想指引下，石油人要摘掉'一五计划'期间，输给各行各业后戴在头上的那顶落后帽子，这已到了紧要关头，势在必行。根据部党组和四川局的指示，我们一定要下定决心改变落后面貌，赶上全国各先进生产工业的前进步伐。1959年，川中必须达到'二五计划'的要求。承认落后，但决不甘心落后。现在，冶金工业部是名气很大的'钢铁大王'，部首长已有赶超他们的信心，川中矿务局更要借助'大跃进'的东风，让部首长放心，为中国石油工业争气，打赢这场举国关注的夺油之战！"

这次会议，对1958年川中当年的生产任务进行了具体部署："进尺24万米，原油12万吨，力争突破15万吨大关"；实现这一目标的办法是"继续实行'大摆、多摆、快摆'与提高速度并举；原油外运与自炼并举"。

会议结束的当天晚上，各大队、区队的领导们连夜返回各自战区。

秦文彩、孙继先站在因灯光映照而产生的纷乱的人影里，神色坚定地与南充钻探大队的大队长李敬、龙女钻探大队的大队长董金壁、营山

---

[1]《康世恩传》编写组：《康世恩传》，当代中国出版社1998年版，第93—94页。

钻探大队的大队长杨作义等人，一一握手，互相敬礼道别。

秦文彩虽感到肩上担子的重量的确与他出玉门之前料想的一样重，而且还有越来越重的趋势，但看到眼前的三员干将不但与他在战争年代一起出生入死，转业石油战线这么久了，每次下达和受领任务时，还都保持了敬礼与握手的军人习惯，因此，心里倒也多了不少迎接挑战的信心。

"关键井、拿油井，大家记住了，这些任务都在我们头上悬着，能不能打赢这场战争，就看你们的了！"秦文彩说。

大约一个星期后，他在办公室收到了机关送来的两份情况简报，两份钢板、蜡纸刻印的油印材料带来的消息，散发着油墨味道无法掩饰的原油气息，让他倍受鼓舞。

杨型亮的合川钻井大队，在开辟新区的工作中，想尽一切办法，克服困难，实现了"快摆硬上"。大队机关三十多人，连办公室带住宿，只有三间茅草土房，晚上许多同志睡在门板、办公桌上。下属三个钻井队的干部职工，因抢任务拿进尺，没时间搭建工棚，夜里就在井场附近老乡家的柴屋、猪牛圈里借宿，打开背包倒头就睡。早上起床后，还像战争年代一样为乡亲们挑水、劈柴、扫院子，军民关系十分融洽。这里的劳苦与艰辛，同1957年就已建成的"中国石油工业基地"——玉门的生产生活条件相比，玉门虽然还说不上尽善尽美，但基本上都能按时上下班，尤其回荡在地窝子、土坯房和青砖平房里的"老婆孩子热炕头"的气息，与合川会战一线的情况相比，真有一个天上、一个地下的云泥之别。

但这种一目了然的落差，并没削弱杨型亮所在大队的士气。3207钻井队为保证合2井及时开钻，平整井场时，没有条石，在"钻前团"民工人力不足的情况下，他们不等不靠，主动联系附近的农业社请求援助，同群众一起开山炸石，拿起铁锤、铁钎不分昼夜地打石条，解决石条紧缺问题；吊车吨位不够，他们采用吊车与平板车联合作业的办法，解决了钻机大吨位部件安装的问题；电焊机电压不够，就把夜间照明的发电机抬到井场发电；为了加快安装进度，工人们还采用轮流交叉作业办法，做到人歇场不歇，使合 2 井终于在 6 月 21 日开钻。

营山杨作义大队的钻井速度一直很慢，川中矿务局党委扩大会议召开后，他和机关人员一起开会研究，寻找迎头赶上的办法，组织工作组深入各井队调查研究，狠抓薄弱环节，收到了明显的效果。

3225 队在营 4 井的钻探中，于 1958 年 7 月 10 日，打响了创川中油区日进尺新纪录的战斗。司钻王廷云班，创班进尺 144.8 米的纪录，消息一出，人心大振。二、三班紧紧跟上，不甘落后，不巧营山县突然电闪雷鸣，风雨大作，高高的钻台上黑云翻滚，时明时暗。但头戴斗笠、身披蓑衣的钻工们没有一人退缩，他们高声大骂"老天爷不落教（不够意思）！"雨水迷住了钻工们的眼睛，他们将头甩一甩，抖下雨水后，接着又干；雷鸣压住了他们的笑骂和口号，他们跺着双脚，等雷声过去后，接着继续笑骂、振臂和高呼……到了晚上 8 点 27 分，他们以战天斗地的英雄气概，终于以 271.33 米的日进尺，刷新了蓬 8 井不久前保持的四川石油管理局最高纪录。

但在成绩面前，"石油战士"并没止步，继续向着新的目标挺进。到了夜间 11 点 30 分时，又以 303.33 米，创造了四川局日进尺高新纪录。

看过简报，秦文彩高兴得连声叫好，他将杨作义大队的钻工们大骂老天爷的句子，笑眯眯地用红笔删除后，在公文呈阅笺上批示道："宣传部：将两份简报转发各大队、钻探区及有关单位。面对总路线方针的指引，借助'大跃进'的东风，川中每个干部职工都要牢固树立合川、营山大队的这种敢想敢干、知难而上的'多快好省'精神，务必加快钻探速度，确保 6 月份党委扩大会确立的任务指标在本年度得到顺利实现！"

见两支"尖刀部队"已为贯彻八大二次会议精神和石油部电话会议精神立下首功，秦文彩摊开办公桌上的一张《川中油区钻探态势图》，又将目光投向南充探区和龙女寺探区。他用红蓝铅笔在南充、龙女两个构造上分别画了一个蓝色的圆圈，然后又在蓝色的圆圈里，用红笔慢慢地打了个大大的问号。

这时，"五十七师小秀才"李敬和他的警卫员"独臂队长"赵怀英的样子就逐渐清晰起来了。

南充东观镇青瓦白墙的川中建筑风格，加之散落在螺溪两岸结满青苔的街巷里的石板路，以及连接两岸的石拱桥，无不处处尽显卓立于1958年的时光之外的古风、古韵。南充钻探大队的机关，就在原川中石油勘探处的那几间泥墙草房内。川中局成立后，这里就成了李敬大队的营地。

自从充3井出油的喜讯拨动贫油时代国人的心弦以来，这里就一天比一天地火红、热闹起来。汽车在黄泥公路上驶来驶去，四面八方运来的钻机也越来越多。南充大队不仅承担了8口关键井的任务，而且钻井任务也成倍地增加了。他们的钻机上了30台，除了老君庙和东观，走马、天峰、二龙、斑竹、小龙等地，也相继布满井位，瞄准余秋里告诉大家的"大肥肉"动手了。

李敬知道他的探区是川中会战主战场，一举一动都牵一发而动全身。因此自从6月川中党委扩大会议召开以来，他就把读书写诗的爱好放弃了，一门心思地将全部精力用在了探区的各个井场。

他白天忙着跑现场，摸情况，抓关键，破难题；晚上听汇报，看简报，开碰头会，落实每个阶段的目标和任务。

四川大地因江河滔滔奔涌，湖泊沟汊纵横，明显与西北祁连山脚下玉门石油基地的干爽、舒适不同。这里天气炎热，湿气很重，无论布鞋还是石油工人的劳保鞋，穿在脚上，没过两天，脚上就生出了水泡，痒得心里发慌。用手去抠，不但耽误时间，而且越抠越痒，直到脚丫烂了，出水化脓。为此李敬让人找来干透的稻草，自己打了草鞋穿上。他知道，这种鞋子，红军穿着它走了二万五千里，自己穿上一试，果然不错，既透气凉快，还爽透舒适，从不湿脚。南充大队下属井队的干部职工见李大队长经常下来掌握情况，解决问题，对人又平易和蔼，就逐渐忘了他的"小秀才"雅号，管他叫"草鞋大队长"。随后，在他的带动下，整个南充探区的石油人，都跟他一起穿上了草鞋。

6月24日深夜，忙了一天的李敬准备摊开笔记本，写下当天的工作日记，忽然听见窗外的螺溪河边，有人假着一副女人的嗓子，唱起了若即若离的信天游。

鸽子高高哩高高哩飞哟过山，
哥哥我包羊肚肚手巾哩走四川……

刚听到歌声，他还想推开窗子吼几嗓子，大骂那个可能在河边搓澡或乘凉的骚情家伙——"这么唱歌，简直就是动摇军心嘛！"但后来他听着听着，竟从这故意扯着的假嗓里，听出了几分高远与苍凉。而且这歌声与他熟悉的"长河落日""大漠孤烟"的唐诗意境，竟有荒诞的异曲同工之妙……

他知道有人在想玉门了。

久违的信天游勾起的乡思，让李敬的思绪飞回了遥远的西北高原，飞回了祁连山下的玉门石油基地。

1952年，他从西北野战军第五十七师党委秘书的任上，和8000名战友一起接受汉中改编后，跟随一团的队伍转业到玉门油矿。他与战友们将一切归零，从头开始。他来到石油战线后，先当钻井队实习技术员，后来担任张文彬、张忠良领导的西安钻探局的钻井室秘书，四郎庙钻探大队钻井室主任；西安钻探局撤销后，根据工作需要，他又辗转重回玉门油矿，在钻井公司生产技术科副科长、钻井第一、第二大队大队长等岗位上任职。玉门矿务局授予他乙级劳模的称号，表彰他在"一五"期间做出的突出贡献。石油部南充现场会结束以后，他所在的钻井一大队，根据余秋里的命令，随同秦文彩一道驰援川中。5月8日这天，在玉门东站，他和秦文彩带走的队伍告别，在想石油部的命令是不是搞错了，大队的人马都被带走了，唯独将他这个大队长留在玉门。他正纳闷儿时，第二天就接到了电话通知，上级让他立即收拾行装，上车去追秦文彩的大部队。消息来得太突然，太让他感到惊喜！可玉门六载，一朝道别，尽管铁血男儿对"头戴铝盔走天涯"已习以为常，但对喜欢吟诗作文的他来说，基于他对玉门这块有着厚重历史土地的热爱和融入，自然难免产生无尽的留恋与缠绵。他写道：

玉门六春一箭飞，
奉命调奔天府归。
渴望参与歼灭战，
难舍戈壁石油城。

战斗的渴望与难舍的离情别绪，激扬着李敬在1958年的川中会战中颇为与众不同的别样情怀。

这时，根据川中矿务局党委扩大会作出的"大摆、多摆、快摆与提高速度并举"指示，李敬所在探区的充10井，同样也掀起了"力争上游夺红旗"的快速钻井浪潮。担任充10井钻探任务的3204钻井队，曾因他们打钻的充3井一天喷油120吨，"一钻"扬名天下。

这天，井队为贯彻落实川中局党委扩大会的指示精神，在充10井又召开了誓师动员大会，他们决定，一定要赶在"七一"建党节之前完钻充关键井充10井，把它当成献礼井打。

充10井开钻后，全队职工本来准备以南充探区日进尺最高的充8井为追赶目标，但得知隆昌气矿的隆20井，已创造了四川局的全局月进尺的最新纪录，他们也为七一献礼在打献礼井，这就更激发了3204队赶超隆20井的雄心壮志。

但令人沮丧的是，这段时间，他们不但钻速慢了下来，钻头的工作效率也越来越有限了。

队长急得满嘴冒泡，钻工憋得心里冒火，直想骂人。但一看他们的草鞋大队长李敬，本来一个书生气息很浓的人，也被急得头上冒烟的样子，因此冒火憋屈的情绪又被克制了下来。在李敬和3204队长一起组织的、集思广益的"诸葛亮会"上，泥浆工雷志贤提出了降低泥浆比重来试试的办法。果然，泥浆比重调整后，关键井充10井的钻速，很快就像夏天的温度计一样，"噌噌"地往上直线攀高。

6月24日傍晚，3204钻井队的钻工们摩拳擦掌，两眼放光，还差5米，他们就要拿下月进尺1465米了。但就在他们要以最关键5米的成绩超越隆20井的纪录时，司钻李相群握住刹把子的双手，突然感到飞速旋转的钻杆，有种马上就要跳出地面的感觉。

"糟了，井下恐怕有情况了！"李司钻叫了一声，心里暗自着急。

这时，柴油司机汪继祥三步并作两步，爬上高高的钻台，不停地耸动着鼻子，将嘴巴凑在李相群耳边，声音盖过了隆隆钻机的轰鸣，大声武气对他吼叫起来："李师傅，你闻闻，这空气里，到底是什么气味呀？"

"啊呀！"李相群惊叫道，"这是原油的味道呢！"

"哈哈，充10井出油了！奶奶的，我们打的井又出油了！"汪继祥欢天喜地大叫着。充10井出油的消息很快传递开来。

充10井出油的消息，迅速传遍了整个南充钻探区。

李敬从生产组的电话里，得知3204队打的充10井既创了四川局的纪录又打出了油的消息后，赶忙合上还没写完的工作日记，给秦文彩局长、李滋润书记打电话报完喜后，便站在大队部的院子里，叫醒已经睡下的司机，驱车就向充10井的方向驶去。

进入1958年8月以来，"毛主席万岁！""'大跃进'万岁！""总路线万岁！"的标语随处可见，各种地动山摇的口号响彻云天。川中会战第一阶段的热潮，随之一浪高过一浪。

一天中午，李敬刚从油区回到机关，准备去食堂里吃饭，生产组的值班人员就跑来向他报告："充83井已见到油气显示了！"

李敬赶忙叫上刚端上饭碗的工程师王任、技术员陈继善："先别吃饭了，走，我们去83井。"

当时大队部的吉普车被宣传科的同志带到南充市去购买办公用品还没回来。一听充83井那边有情况，他们二话没说，就顶着火辣辣的烈日，一口气赶了10多公里，来到充83井现场，已是下午四点多了。

试油队在做试油前的各种准备。充83井钻井队队长陈运凯摘下脖子上的白毛巾，让李敬擦汗。

李敬左手扯起右手的袖口，举起双手揩了脸上的汗水，指了指陈运凯挂在腰间的水壶，示意他将水壶给自己。他靠在井架边，仰起脖子，"咕咚咕咚"地将陈运凯的一壶温水喝完，又让他赶紧给王任、陈继善各自弄了一壶温水喝了。对李敬和他的两位手下来说，这样既解了渴，顺便也将中午没来得及吃完的午饭也"补充"了。

等王任、陈继善喝完水，解了渴，"填饱"肚子后，李敬便对陈运凯说："老陈，去把你们钻井的和搞地质的都叫过来，咱们一起合计下，83井接下来该咋整。"

别看李敬在川中会战的所有参战人员中，是位诗人气质明显的人，但一遇到紧急情况，尤其军情十万火急时，他同样是那种说干就干，干就一气干到底、干出样子的人。

王任、陈继善蹲在地上，摊开图纸资料，开始紧张地查阅核对各种数据，认真地做着各种试油前准备。没过多大一会儿，试油、钻井和地质上的技术员和干部，都被陈继善叫到了李敬跟前。

李敬指了一下充83井南侧一片枝叶扎煞（伸展）的竹林，大家聚过去，躲避着袭人的滚滚热浪，摘下头上草帽或铝盔，用草帽扇着风，有铝盔的，就放在地下，一屁股坐上去，围在相对阴凉一些的竹林里开起了会。

"同志们，83井已经见到了油气显示，无论是站在余部长说的'吃肥肉'的角度，还是基于康副部长常说的'弄个大金娃娃'的美好愿望来说，这都是天大的一件好事儿呀！你们都是年轻人，毛主席在党的八大二次会议上也作出指示，号召我们向贾谊、项羽和韩信学习，你们有何高见，都请先说出来，然后，我们再一起进行讨论。"李敬主持会议的风格，政治站位既高，又很直截了当，因而，充83井的干部职工也对李敬充满了尊重和信赖。

于是，试油、钻井、地质技术人员分别介绍了该井的y测线、井斜测线以及固井、泥浆性能、沙样检测等方面的详细情况，陈继善认真地记录着。

陈继善抬头瞟了一眼李敬，见他也蹲在地上，从从不离身的书包里取出一个工作笔记本，放在膝盖上垫着，也在运笔如飞地记录着。脸上的汗珠不断地淌落下来，他也浑然不觉，没有心思去擦拭。

充83井的试油准备汇报完毕后，接下来开始敲定试油方案，每个环节李敬都抠得很细。一项措施，一个细节，他都翻来覆去地与大家一一分析。比如"油气层漏用什么办法补救""试油中遇到井喷如何应对""卡层的时候操作人员该怎么想办法解决"，等等，这一揽子事先预想，他都要和大家共同找到最佳的方式方法，直到大家认为切实可行了才会过关，进入下一道程序的研究。

方案过完之后，李敬满意地说："细节不抠不行啊！试油试不好，关系到出不出油的大事，如果因为我们的责任心不到位，在试油过程中把油层破坏了，那就是在对党和人民犯罪啊！"

李敬的"细"和赵怀英的"严"，秦文彩心里虽然还算有数，但在"大跃进"运动的狂飙突进中，他又不得不常在头脑中想起他们，掂量他们的特殊存在。他一方面担心南充和龙女寺,因这两个人的细致严密,影响到川中在1958年底算总账时,无法兑现"进尺24万米"的目标;另一方面,他又想,如果他们也一味拼进度,放松了认真细致的作风,在标准制度面前打马虎眼,那么即使在川中大地到处都打满那种滴油不出的"干眼眼",或者出现了伤亡情况,局里制定的"确保年产原油12万吨,力争突破15万吨"的总任务,到时难免也要放空炮了。"五十七师小秀才"李敬的充10井,既出了原油,又创造了四川局月进尺新纪录;进入四川后,打第一口井充70井时钻杆掉在井里后,因打捞钻杆工具公锥紧缺的问题,通过充35井的调用也解决了。那么赵怀英呢?"独臂队长"赵怀英在五十七师改编前,一直给他当警卫员。赵怀英的性格脾气他最了解,他在龙女油区董金壁大队下面当副队长——他们在既赶工作进度,又必须严格执行规章制度上,能保持步调一致吗?

女19井,1211队打响了来川的第一仗。

副队长赵怀英今夜值班。星光灼灼,暑热阵阵。他沿着井场走了一圈,场地,清清爽爽,器材,摆放有序,席棚值班房里,新制定的管理制度、岗位职责也上了墙。见此,赵怀英颇感欣慰,他自言自语道:"严是爱,松是害,这话不假。抓和不抓大不一样。"

到了龙女后,有件事给他印象特别深。那是大队召开各基层队干部参加的紧急会议,传达上级精神。赵怀英和队上的干部赶到了板桥,点名时,董金壁发觉1211队技术员没来。"赵怀英,你通知到了吗?"

"他正在上班,我没通知他。我把精神带回,可以吗?"

"不行,全体干部都得参加,你跑步给我叫来!"董大队长显得声色俱厉。

赵怀英深知军人的脾性,说一不二,他向董大队长说了一声:"是!我马上叫来。"硬是连跑带赶,来回十一二里地,同技术员一道赶到了会场。[1]

之后,一个"严"字在赵怀英的心里,又多了不少铭心刻骨的意味。

他走出1211井队值班室,经过井场工人在浮土上踩出来的一段硬路,爬上高高的钻台后,看到司钻高文祥正埋头一点一点地在加液压。一见到控制钻头的刹把子,赵怀英觉得心里又痒痒的了,他对高文祥说:"小高,你一边歇着,让我来干上一会儿。"

1211队的人谁都知道赵副队长有手绝活,从心里对他佩服。高文祥将刹把子交给赵怀英后,像个小学生一样站在一边,点了一支烟在嘴里抽着,饶有兴趣地看着。

没想到赵怀英一扶上刹把子,简直就跟变了个人似的。他神色专注,很快进入了角色。在近似物我两忘的境界里,他甚至发现,自己的心智都跟着飞速旋转的钻杆一起,汇聚到地下攻坚啃硬的钻头上去了。钻头经过松软的底层,他的心就随之欢呼;碰上坚硬的岩层挡路,他就皱着眉头,咬牙切齿地摆出一副狭路相逢勇者胜的样子。尽管他只有一只手在战斗,他也紧紧地握住刹把——哪怕用牙去咬,也要将挡路的石头一口咬碎。在这种全神贯注的对决中,他的手法既是那么稳重,又是那样轻松,仿佛随时随地都在感受大地深处的那些微妙变化。他的眼睛始终都没离开仪表,耳朵也在隆隆机声中不断捕捉着各种可能出现的杂音。

突然,赵怀英双目圆睁,看到仪表上的指重表的指针开始一点点地往下掉!

他侧过脸,大声喝问高文祥:"钻杆入井前,都检查了没有?"

高司钻说:"查了。"不过尽管他是大声回答的,但在钻机的轰隆声中,还是显得有些底气不足。

"起钻,快点起钻!"

---

[1]《石油师人》四川油气田编委会:《石油师人——在四川油气田纪实》,石油工业出版社1998年版,第72—73页。

随着赵副队长的两声吆喝，1211钻井队的工人们将钻杆一根接一根地从地下陆续起了出来。

钻工们将钻杆一根根擦洗干净后，发现其中两根出现了刺滑问题。

赵怀英气呼呼地甩着一根空空的袖管，冲到高文祥面前，用仅剩的左手将他拖到一新一旧两根钻杆前。

高司钻羞愧地低下了头。

"这件事情，我们1211队每个人都要引起重视，人人都要从中吸取深刻的教训。从今往后，小高更要记住，而且一辈子都不准忘，咱们吃打井这碗饭，随时随地都要讲个'严细准狠'，谁要吊儿郎当，水裆尿裤地整出事情来，损失虽是党和国家的，但痛苦却是自己的！"

赵怀英强调的，既是石油行业对钻井工人在开展工作时的具体要求，又是该行业不容轻视的行规。

站在夏夜飞蛾蚊虫不停飞来飞去的灯光下，赵怀英举起右手，袖管倒垮在手腕上。他高举着露出已经失去了手掌的右臂，等工人在身边都围坐好了以后，才语速缓慢、心情沉重地给1211钻井队的夜间当班工人，讲起了他在玉门油田鸭2井亲身经历的一次事故：

1957年冬天，祁连山下的朔风，刮得"呜呜昂昂"的，真是烦死人了！那天下午，邪乎的黄沙飞得到处都是，让人的眼睛都无法睁开！鸭儿峡原定要打三千四百多米的2号井，在那种鬼天气里，打到两千九百多米的时候，卡钻出问题了。

事故通过总地质师李德生向上级及时汇报后，迅速引起了玉门矿务局的高度重视。

为了排除事故，恢复生产，我奉命担任事故排除现场的正司钻，给我打下手的是一名苏联"老大哥"。李敬大队长和玉门的苏联专家一听到鸭2井出了问题，也坐车迎着朔风、黄沙从基地机关赶了过来。五台大马力柴油机发出的叫唤，把鸭儿峡天上飞的老鹰、地下跑的兔子都吓傻了。我站在钻台上，为了安全起见，双手紧握着刹把子，背向苏联"老大哥"，将可能出现的危险尽量给他挡着。当时，钻机泵压已经升到极限，启动提升系统一次两次，接二连三地搞了几回，但钻具就是卡在地下，丝毫都没松动一下的意思。钻台上烟雾腾腾，刹带磨出了一股接着一股的焦煳气味；钻台下的李敬大队长、苏联专家、地质师李总和局机关的领导们，都把心提到了嗓子眼上。但我年轻气盛，见提升系统没有反应，还是不愿松手。

鸭2井的四周，天上地下浓烟滚滚。自从握住了刹把子，我就血脉偾张，须发倒竖，天不怕地不怕的，像个张飞一样，要和排故过程中随时可能出现的种种险恶去较劲儿。后来，我在钻台上突然感到天晕地转，等脑子短路结束后，我听到了"铮铮"两声脆响，意识到井架的钢索断了。我的刹把子呢？这个念头涌上来时，我又习惯性地用右手去扶刹把，可是那天的刹把子太重了，我拼了26岁大老爷们吃奶的劲儿，也没将它重新再扶起来……[1]

"为什么扶不起来？"赵怀英满脸是泪地说，"因为我低头一看，右腿的裤子上沾满了正在随同很脏的油污一起由红变黑的鲜血。原来，我握住刹把子的右手，手腕上的手掌已被飞起的钢索硬生生地切了！直到第三天，鸭2井的卡钻事故排除后，大家才在值班房背后的沙丘上，找到了我那只已经变得乌漆嘛黑的手掌……"

高文祥眼泪汪汪地哭了，坐在赵怀英四周的工人们也流下了眼泪。

高文祥揩去泪眼说："队长，你的经历对我们的教育意义太大了，没说的，以后我们坚决按照规章制度办！"

其实大家心里都像明镜似的，赵怀英之所以旧事重提，并不是他对自己失去的那只手掌耿耿于怀。从玉门来到川中以后，他身残志坚，

---

[1] 摘自本书作者对赵怀英的采访笔录。

非常刚强，不但学会了用左手写字，练习握刹把子，一样走上钻台，一样与大家扛晶石粉，平井场，挖泥浆池；而且在工余参加像打篮球这样的集体活动，他用左手带球、运球、投篮也能玩得像模像样……他之所以抓住高文祥在钻杆入井前因没详细检查导致钻杆刺滑问题出现的失误，以血的教训现身说法，是因为他知道，预防伤亡事故与拿进尺并不矛盾，如个人疏忽大意，流血事故随时都可能发生！这也是他作为副队长，对大队长董金壁和川中局秦文彩乃至1211钻井队每个钻工生命和国家财产负责的根本所在。

没有退路

1958年10月，金秋的新疆克拉玛依油田，旷野里的胡杨树满枝金黄，迎风而立。落日的余晖中，油城瓜果飘香，夕阳将高高耸立的井架和俗称"磕头机"的采油树，慢慢映照成了戈壁滩上的辉煌剪影。

当月，中国石油战线的现场会在克拉玛依基地的一栋俄式建筑——中苏友谊馆中召开。"在会议之前和会议中间，余秋里、康世恩等石油部党组成员专门听取了川中会战第一阶段的情况汇报：原定20口关键井中，钻完了19口。在钻井中有6口井发生井喷，但喷油量相互之间差距很大。最高的南充8号井一天喷油110吨，最少的喷油后，只捞得8公升油。有的在钻井过程中发生井喷，等完钻后试油却不出油。没有发生井喷的井中，有的从洗井液中循环出少量的油，有的却只见油泡和气泡，有的只是取出岩芯孔隙中含油，再加上原来3口喷油井的'昙花一现'，使得余秋里、康世恩的心情很是沉重。会议气氛也更加凝重，大有山雨欲来风满楼之势。"[1]

---

[1]《康世恩传》编写组：《康世恩传》，当代中国出版社1998年版，第94页。

川中会战第一阶段的汇报,显然不是石油部的领导想要的结果。因此,克拉玛依10月的瓜果飘香,带给四川"石油人"的却是无法回避的满嘴苦涩。这时,想起7月上旬石油部在玉门油田召开的现场会,对身处川中会战风口浪尖的秦文彩来说,更有无可名状的五味杂陈之感。

7月上旬的现场会既是总结1958年上半年全国石油勘探开发工作的会议,也是将与冶金部打擂前后,根据余秋里、康世恩两位军人情结浓郁(凡事都得不争馒头争口气)的情况而组织的一次现场交流、互相学习,旨在促进石油工业适应"大跃进"风潮的誓师动员大会。四川局的张忠良、局党委副书记欧阳天、副局长刘选伍、总工程师郝凤台、总地质师司徒愈旺、总机械工程师任康生、川中矿务局党委书记李滋润和副局长孙继先,参加了会议。

代表团住进玉门石油管理局招待所的当天晚上,吃过晚饭不久,余秋里部长就背着右手,"呼呼"甩着左臂悬吊的一根空空的袖管,满脸是笑地过来看望大家。当时,张忠良和代表们在地上摊了一张川中油区勘探态势图,正在谈论川中的钻探进度。

简单的客套结束后,余秋里以他惯有的风格,给四川局抽烟的代表散了一圈香烟,然后自己点了一支抽着,坐在沙发上问张忠良:"今年时间过半了,交个底,年底你们四川局到底能搞多少?"

余秋里的开门见山,让张忠良和代表们开始窘迫不安。

"余部长,我们工作没有做到家。目前,川中油区第一批井还没搞出来,地下的地质情况很复杂,一时无法做到心里有数,不过,我们会尽最大的努力,争取短时间内把产量搞到30万吨的指标。"张忠良硬着头皮说。

随着余秋里从满脸期望到突然严肃起来的神色变化,房间里的空气变得格外沉闷起来。

过了大约一分半钟,余秋里将吸得"哧哧"作响的香烟用力在烟灰缸里掐灭,说:"这个指标,是否再议一下?眼下,全国上下都在看着四川局,巴望我们在川中吃上一块大肥肉……希望大家鼓足干劲,早日拿下川中油田,关键时刻别给石油部出洋相啊!"说完,余秋里背着右手,将背影甩给大家,头也没回地走了。

第二天上午,现场会开得异常火爆。东道主玉门局介绍了大搞群众运动,依托郭孟和、王进喜、傅积隆、任荣堂、姚福林等一批俨然宝石一般质地过硬、形象闪光的典型,通过大搞群众运动,在老君庙、鸭儿峡、石油沟、白杨河、单北和青西等油田发展石油工业的经验;3219钻井队孙德福队长,介绍了他们作为全国知名的标杆队,在戈壁滩上多打井、快打井的做法。

新疆、青海、延长油田的代表一见玉门油田的发言赢得了满堂喝彩,坐不住了,纷纷涌上主席台发言席,抢过话筒,唯恐落后地踊跃表态。这些气冲霄汉的声音,将各自的任务指标喊得越来越高。人们唯恐落后地互相挑战,放起"卫星",谁也不会将谁放在眼里。

余秋里、康世恩充满赞许地望着大家。他们要的就是这种士气!

没有这样的士气,石油战线要扔掉"一五"期间戴在头上的落后帽子,就会成为空谈;"二五"期间要赶上农业部、冶金部这些"卫星部",也就失去了可供依靠的群众基础,更与"全民跑步进入共产主义"的社会风气格格不入。

在会场已被"石油工人一声吼,地球也要抖三抖"的气概大肆渲染的氛围里,张忠良感到浑身燥热,嗓子发紧,心里也被一腔闷气满满地堵塞着。

他知道四川局因步子不快、产量不高、成绩不显等问题,在石油部四大局中排在最后一名。所以,带领四川局的代表进入会场时,他就和大家找了几个不靠前、不靠后,也不靠边的不显眼的位置坐下。

玉门局的经验介绍完后,新疆局、青海局开始汇报,这是大会事先议定的程序。

轮到张忠良汇报上半年工作与下半年的打算时，他的发言就像一匹牦牛突然闯进瓷器店里，引起了阵阵惊愕与"嗡嗡"的私语。

他的汇报让人不解之处在于：一是原油产量还是头天晚上向余秋里报告的30万吨，报纸上报道的湖北某人民公社粮食亩产都达三万多斤了，而四川局一年才搞石油30万吨，无论如何这都是说不过去的。因此，他的发言给会场带来了困惑。在其他兄弟局的发言稿上的每一个字，说出来的每句话，都闪烁着又黑又亮的原油光芒的时刻，四川局简直太保守，太可笑了。二是他提出，为了调动基层工人的积极性，实行打井任务承包、费用节约、个人分成的主张，比刘少奇提出的"三自一包，四大自由"遭到举国批判的"封资修黑货"还早了一年，因而不合时宜。他太让人感到不解了。

因此，张忠良在玉门会议上的发言，不断被领导打断、斥问，也就一点不奇怪了。

"川中3口井已喷油了，就是偏拿不出东西，为啥？你们说这是地质问题，我不能同意，关键在于发动群众，你们发动了没有？"

"有些人把油田看得冷冷清清，我看不是的。群众没发动起来，工作潦草，措施贯彻不下去，再好的办法也不行，再好的油田也不出油。"

"你说说，你那个四川局是咋回事？"

在近乎连珠炮一般的质问中，这位在战场上流血不流泪的张忠良不知从何说起，哭了！

西南油气田健在的"老油人"几乎人人至今记得，老局长"张大个子"那天的汇报发言连话都还没有说完，就被领导轰下台了！

张忠良回到四川代表团的座席上，浑身无力地靠在座椅靠背上，任凭眼泪无声地流淌，很久他都没有去擦一下。

"遇到这种情况，他能不伤心吗？南充现场会结束后的短暂时间内，为了拼出20口关键井，从他这个四川局的局长，到秦文彩、孙继先他们那些川中局的局长、副局长，以及董金壁、杨型亮、李敬、杨作义、赵怀英这些个大队长、钻井队副队长，还有四川局的广大干部职工，川中参与会战的好几万服务钻前工作的地方民工，谁个不是头脑里紧绷着'我为祖国献石油'这个弦的？大家起早贪黑，没日没夜开足马力地干呀，苦呀，累呀。可是，当时的条件就是不允许，川中那个地方的井就是打不出速度；地质情况也不是事先想象的那么乐观，有些地方紧挨着出油井再打也打不出油。因此，在这个意义上来说，张忠良伤心是为当年几万艰苦创业的四川石油工人在伤心。上面的压力和不被理解的痛苦，似乎都包含在这条 1.81 米高的汉子的眼泪中了！看到张局长在哭，四川局的代表心肠柔软些的也跟着他一起抽泣，性格刚强些的，则只能从包包里掏出香烟来抽着，越想心里越不是个滋味儿。"一位知情者这样对我们说。

这时，从不抽烟的总地质师司徒愈旺向刘选伍副局长要了一支烟点燃抽着，辛辣的尼古丁味儿呛得他咳嗽了好几声，好不容易才忍住。

司徒愈旺祖籍广东，1917 年 6 月出生于韩国汉城（今首尔）。1928 年，中国军阀混战以张学良发表"拥蒋通电"、东北易帜而宣告结束。当"青天白日满地红"的中华民国国旗飘满天津大街小巷时，他从汉城毅然回国，考入了天津南开中学求学。1942 年从西南联大毕业后，司徒愈旺正式投身于中国石油工业的发展事业，在业界拥有"中国八大石油地质家之一"的美誉。

20 世纪 50 年代初，国家决定在巴蜀大地开展地质调查、地球物理勘探和钻井工作。根据当时燃料工业部石油勘探局的安排，司徒愈旺奉命从北京带领一支由 14 名专家组成的队伍入川，负责打开西南石油地质勘探工作的局面。

那时，"他在四川石油勘探处担任副主任地质师，全面负责地质队和测量队的技术、行政与后勤管理工作。一切都是白手起家。在司徒愈旺的带领下，13 支石油地质勘探队驰骋于巴山蜀水 10 万平方公里的广袤地域。他们为新中国勾画出一幅幅储油构造的圈闭图，一张张地层界限分布图，在尚无设备能力去获取地下地震资料的那些年月里，这些图成了四川盆地定井位的主要依据和一些院校的石油地质讲义及一些学生实习的材料范例。1951 年，司徒愈旺参与新中国石油勘探技术规范的草拟工作，在苏联专家的帮助下，与包茨同志一起，编制中国石油工业第一部野外地质勘探操作规范，这个操作规范成为中国石油地质工作的第一部技术基本大法"[1]。

司徒愈旺一边琢磨石油部领导对张忠良和四川局的批评，一边在头脑中梳理 8 年以来四川石油勘探工作经历的坎坷曲折。虽然从 1954 年开始，他根据燃料工业部、石油部和石油地质大师黄汲清的意见，一直在带队开展自贡自流井气田解剖及江油海棠铺构造的储油性质研究，将精力用在"嘉陵江组碳酸岩和香溪群碎屑岩具有裂缝性特点"这一课题的认识上，在学术上动摇了中国和苏联许多专家"纯孔隙性储油"的论点，为四川石油地质工作者向"四川是裂缝性油气藏"的方向探索，已经开拓了初步的路径。

司徒愈旺对时任总地质师曾鼎乾与年轻的石油地质人员之间就上川中一度产生的争论保持中间立场。但自接替曾鼎乾出任四川局总地质师以来，他又无不为川中石油地质勘探工作殚精竭虑，与玉门石油基地调来川中石油管理局负责川中石油地质勘探的地质家、校友李德生频繁沟通，重点研究。

认识川中地下情况的复杂性需要时间，因此想到地质人员无法为作为一局之长的张忠良提供清晰的决策和地质认识依据，让他在全国石油工业代表面前挨了部首长的批评，受了委屈，司徒愈旺越想心里越不是滋味。不知不觉间，司徒愈旺的眼睛也潮湿了。

晚上聚餐，四川局代表团围坐的餐桌显得格外清冷，大家等了很

---

[1] 中国石油西南油气田公司编：《中国石油企业文化辞典·西南油气田卷》，石油工业出版社 2018 年版，第 307 页。

久，张忠良也没到场。他们心情沉重地胡乱吃了几口，就匆匆离开了四下欢声笑语的会议餐厅。

欧阳天副书记将司徒愈旺拉到一边说："司徒，你去找一下张局长，根据部首长派人传达的指示，晚上我们几个还要一起开会，把上报部里没通过的产量再研究一下。"

司徒愈旺在玉门石油管理局招待所的院子里没有找到张忠良，便径直出了院门，右拐走了大约二十多分钟，才在戈壁滩上看见了张忠良迎着长河落日，一个人踽踽独行。

祁连山下窜来窜去的晚风，吹得他的风衣起落不定，头发时而倒伏时而竖起；夕阳打在脸上，显得忧郁而苍白。

司徒愈旺怔忡地望着张忠良，想到几年前他背着背包，穿着一身洗得发白的旧军装从西安石油钻探局来成都喇嘛寺街四川局机关报到上任的那天中午，那时他是何等的中气十足、神采飞扬呀！而眼下，张忠良40岁出头，竟然头发花白，疲惫而又憔悴。

司徒愈旺的声音有些哽咽地说："张局长，你多保重！都是我们没把工作做好，害得你在会上挨了部长的批评！"

张忠良见司徒愈旺过来找他，领了他来安慰自己的一番好意，说："四川局工作让首长很不满意，主要是我的责任，让你和同志们受委屈了！"他理了理头上被风吹乱的头发，在荒原上挺直腰，然后接着又说，"不过，司徒你也放心，我张忠良不是熊包，我们四川局一定能够突出重围！"

重新讨论四川局1958年上报石油部产量的务虚会，连夜在玉门招待所召开，欧阳天主持会议。

秦文彩知道，四川代表团参加三个月前的玉门现场会，其实每个代表心里都清楚：在四川石油工业举步维艰的创业阶段，川西北江油海棠铺的勘探无法得手，虽已面对"江油无油"的现实，却迟迟无法作出结论；川中的地下情况非常复杂，各方地质家的意见又不统一；要在当年实现30万吨的目标，已属于"牯牛下儿——不可能"了！然而就是这个30万吨，以当时的生产条件和产量来进行估算，至少也要20年才能完成任务。张忠良大着胆子上报后，却还是无法通过。于是他知道，那天晚上的讨论会，他的领导和同事如再不说些报纸广播天天宣传的"人有多大胆，地有多高产""不怕做不到，就怕想不到"的漂亮话，是无法过关的。

事实也的确如秦文彩在现场会上所想，那天晚上，四川局讨论会一开始，大家没办法，就只好顺应"大跃进"潮流，跟着当时的风气往前跑了。

30万不行，那就加到50万吧。50万？不行，不行！你没见到会上是啥形势？同志，我们总不能犯右倾保守的错误吧。加到100万吧。不成，不成！同志，大家都在放卫星，夺高产，看人家新疆、玉门是啥气派！我们能落后吗？

时间，在理智与盲从的交锋中过去。张忠良明白，这种不切合实际的高指标，只会助长浮夸的不良风气，挫伤职工的积极性。他没有表态。问他的意见，只是说："我们要对上级负责，要对四川石油职工负责，实在做不到，就不要勉强。光喊口号，做不到有啥用？"

指标像跳高运动的横杆，一格格往上挪，似乎没完没了。东方既白，当大家脸色灰白，睡意深浓的时候，终于在300万的刻度上定格。张忠良心头更添一份沉重。明知是谬误，只能默认；明知是荒唐，却不能改变。他感到深深的悲哀，极度的痛苦。[1]

自从接受汉中改编，转业石油战线从事企业领导工作以来，秦文彩

1《石油师人》四川油气田编委会：《石油师人——在四川油气田纪实》，石油工业出版社1998年版，第79—80页。

知道，他们这些脱下军装的石油人，无论自己在工作中经历了多少荣辱起伏，依旧还是"本色没变，军心不改"。在石油战线工作，待人接物还是和在部队带兵打仗一样踏踏实实，不来任何虚假；个人在事业上能否取得成功，领导的单位是否创造成绩，依然要取决于自己的率先垂范，乃至人格魅力对干部职工的感召。他的老首长张忠良就是这样的人！他脚踏实地地跟随中国石油工业一起挣扎沉浮，用他后来去世时西南油气田官方对他作出的评价说，他"一心为公，事业至上；深入实际，实事求是；尊重科学，爱惜人才；忍辱负重，不计得失……"

秦文彩与张忠良不仅拥有战友之谊，而且更有一种作为企业领导的惺惺相惜之感。他们是军队这所大熔炉锤炼出来的"一类人"，因而想起玉门现场会期间四川代表团经历的林林总总，他与康世恩从川中一起登上飞机飞往新疆克拉玛依油田前，他已做好了"继续挨收拾"的心理准备。

自从他与李德生带领队伍，千里迢迢地来到川中参加会战以来，虽然成天生活在革命加拼命的气氛中，不断地将工作向前推动，可打井时所遇到的问题却一个都没减少，成天都是那么磕磕碰碰，从来都没顺过。一口井好不容易完钻，不是不出油就是少出油，想起这些他就感到窝火。原因在哪里？他与总揽地质工作的李德生及工程技术部门的人都分析过了：地层硬，地质情况复杂！然而这些情况，他和张忠良都向上级反映过，却没得到认可，而川中的实际情况又是，不认可的问题还是始终存在，最终不因人的意志而转移。

当时，川中已没人愿意扎扎实实地干工作了，言必称"大跃进"和"超英赶美"，但落到实际工作上，又一个比一个追求形式上的轰轰烈烈，结果导致了蛮干代替科学，打井掉齿轮、断钻具的事故不断发生。

在极左思想左右下，川中一批技术干部受到了各种各样的冲击。李德生、司徒愈旺提出的地质"裂缝论"，被人以"学问少的人，可以战胜学问多的人,不要迷信名人、权威"的"正确思想"和"阻碍多快好省的绊脚石"的名义,进行了严厉的批判。想起这些,秦文彩就有一种从未有过的剜骨挠髓之痛。面对形势的变化,作为四川局的副局长和领导川中的局长,他发现川中的勘探工作已被一种无处不在的内耗所左右,各项工作正在滑向严重的失控状态。

以党委的名义对秦文彩进行的批判,是康世恩副部长在1958年9月29日的会上定下来的调子。那个会是以川中矿务局党委的名义召开的,各探区的党委书记和总支书都参加了。

但实事求是地说,自从秦文彩带领三千多人从玉门来到川中参加会战以来,在深入基层、一线蹲点和"快摆硬上"这些具体的环节上,又的确没有多少失误授人以柄。因此,那个会议尽管对他进行了严厉的批判,但他想到自己可能在工作中会有这样那样的缺点,主要思想还是和中央的"多快好省"精神合拍,而且出发点还是为了早点拿下川中的大油田,因此他面对批判又很坦然。在他看来只要能拿下川中油田,个人就是受点委屈,也没什么大不了的。

当时,石油部有的领导误认为,川中初战效果不明显,是右倾思想在作怪,是群众工作没像玉门一样发动起来。因此秦文彩说,通过克拉玛依现场会,一定能将四川的工作促进上去。

那时,石油部对我们四川局的看法简直糟透了,从平时的言语中你就能看出一些名堂。比如,1958年10月6日到23日的克拉玛依现场会召开期间,一天晚上,一位部领导散步时遇到我们川中的钻井总工程师刘荫藩,就问:你说说,川中为啥不出油?刘荫藩说:报告首长,目前说不清!结果部领导就火了,对刘荫藩说:为啥说不清?说不清还要你们干啥![1]

---

[1] 摘自本书作者对龙雏的采访笔录。

其实，接受采访的这位老人在告诉我们，因川中会战前期失利，张忠良、秦文彩作为四川局领导，分别在玉门油田、克拉玛依油田现场会上遭到批判，继而给川中石油会战带来被动时，石油部的领导余秋里、康世恩也很窝火，他们同样也被"大跃进"的风潮推向了风口浪尖。

在中国西南油气田公司主编的《中国石油企业文化辞典·西南油气田卷》第226页有这样的记载："1958年8月7日，《人民日报》第六版刊发时任石油工业部副部长李人俊的署名文章《石油工业能够跟各兄弟战线一起'大跃进'》。文章以大量事实驳倒了'中国贫油'的错误结论，详细阐述了四川发现的油田的特征及产油情况，提出南充、龙女寺、蓬莱镇三个构造及附近的广安、营山两个构造是一个大的产油区。同时四川还是个大气区，根据现有资料储量有几百亿立方米。"那么，跟随这段文字，结合报告文学《部长与国家》，就不难看出其中的庐山真面目了：

> 石油系统无人不知"余康"二人。"余康"二人在石油工作上几十年如一日的默契配合和互相支持，以及彼此的互补，使他们承担的共同事业也变得完美。余和康两人可称得上中国政界双雄和中国经济战线上的两面鲜艳旗帜。
>
> 中国石油工业因"余康"而光芒四射。共和国五十年的经济历史，也因"余康"而光彩夺目。
>
> 现在我们回到余秋里让李人俊上中南海八大二次会议上发言的事。就三千来字，余秋里和李人俊整整折腾了五个晚上，而且也让康世恩等另外好几个副部长讨论了好几回。石油部的人都知道，余秋里虽说没上过几天学，算上后来抗大里学的时间加起来也只能算马马虎虎的"初中文化程度"吧，可他写起文件来，能把大学中文系的高才生都折腾死。为了一个字、一段话，他能让你推敲几天几夜。

"文件、决议可不是闹着玩的。不是像吃饭那样少一口多一口没关系,文件、决议可是关系到大局的事,少一个字、多一句话都不行。那会把路走歪的!"余秋里这样斩钉截铁地说。

　　…………

　　李人俊的此次发言,意义重大。尤其是对上了"黑牌"的石油部来说,这既是在全国人民面前"改过自新"的一个机会,也是余秋里上任石油部长后在石油系统外的一次亮相。但余秋里把机会让给了李人俊。

　　李人俊知道肩上的担子。将军给他撑腰:"没啥怕的。你只要记住:我们石油部首先承认落后,但我们不甘落后。我们要在毛主席面前保证:我们誓在第二个'五年计划'里赶上钢铁大王,他们一吨钢,我们一吨油!""一吨钢,一吨油,我们行吗?"李人俊底气不足。这底气不足是有道理的,因为当时"钢铁大王"的冶金部已经实现了年产530万吨,而且他们的口号是要在"十年之内赶超英国",比毛泽东提出的"用十五年左右的时间赶上英国"还要提前了几年指标。

　　当然行嘛!他冶金部是人,我们石油部就不是人啦?他能搞一吨钢,我余秋里就不信我们搞不出一吨油来!他娘的,我们总有一天要掘穿地球,抱几个大油田出来,让石油"哗啦哗啦"地涌!将军给李人俊打足气。

　　中南海的"打擂"开始了!

　　主席台上,坐着毛泽东、刘少奇、周恩来、朱德、陈云、邓小平……他们笑容满面地看着台下1360多名代表和列席代表。而台上的代表们则被主席台上的领袖们一次又一次赞许的目光调足了情绪。

　　…………

　　冶金工业部代表的发言,把会议上的激情推向了波峰浪尖。他宣布,今年的钢产量坚决达到850万吨,七年赶上英国,第八年最多第十年赶上美国！

…………

按照会议程序，下一个发言的是石油工业部的代表了。

李人俊走上主席台。……余秋里直起了身板，紧紧地盯着主席台。

"主席，各位代表。"李人俊口齿清晰，声音雄厚。

一千多人的会场，寂静得犹如旷古空壑，只有李人俊的声音在嗡嗡轰鸣，似乎要震落这古老屋梁上的每一粒尘埃……

突然，李人俊的嗓门犹如天崩地裂："我们打擂！我们和你们冶金部打擂！"李人俊唰地戟指着台下冶金部的代表，却像是指着整个会场的，"你们冶金部产一吨钢，我们石油部，坚决产一吨油——"

这是掌声吗？听不出是手掌拍出来的声音。山呼，海啸，雷鸣等，小学生做作文都是这么形容的，可见这些形容词是多么幼稚。但可以肯定，这种令余秋里耳膜涨疼的声音，很难相信是两片骨肉制造出来的。

…………

李人俊把双手举过头顶，频率很高地拍击着，如被捆着手腕吊着一般。

会场终于平静下来。李人俊拿起讲台上的发言稿，正要讲话，一个湖南人的声音突然出现：

"你们行吗？"

李人俊一怔。

余秋里也一怔。

毛泽东，笑容可掬地望着李人俊。

余秋里唰地站起来……

"行——"

人们听到的是李人俊的声音。因为他对着麦克风，或者，余秋里根本就没说。

毛泽东鼓掌了,而且是号召性地示意台上台下的人们陪着他一起鼓掌。[1]

也就是说,通过这两条资料可以看出的问题有:

第一,李人俊发表在《人民日报》上的这篇文章,是余秋里上任石油部长之后,与李人俊和其他部领导反复酝酿推敲的一个结果。

第二,文章是李人俊代表"余康"及石油战线在中共八大二次会议上所作的发言——这个发言,可以看成余秋里作为一部之长,坚持"承认落后,但不甘心落后"的指导思想,力图寻求突破,摘掉"黑牌",下给王鹤寿领导的冶金部的战书,而冶金部"一五"期间位列榜首的成绩,乃至人家超英赶美的那股冲天豪气,又使这份战书带有某种哀兵必胜、背水一战的悲壮意味。

第三,李人俊下给"钢铁大王"的这份战书,是当面向毛泽东等党和国家领导人以及全国1360多名代表宣读的,引起强烈反响之后,又通过《人民日报》刊布——实际这就等于石油部已在国人面前立下了军令状。

第四,这份战书在松辽油田开发还没出现明确进展的前夜,说它是石油部的工作重心也好,说它试图给深受贫油之苦的中国经济和全国人民一个交代也罢,总之,川中会战都承担了不可抗拒的重任。因此,当余秋里让李人俊抛出这份战书后,时局已让张忠良、秦文彩感到毫无退路可言,无疑也就在情理之中了。

余秋里八大二次会议上出头露面,是有他的深思熟虑的。他是想日后在中央领导和那些"打擂"的兄弟省长、兄弟部长面前打个出其不意。这是军人惯用的手法。你嚷嚷时,我默不作声;你取小

[1] 何建明:《部长与国家》,新世界出版社2012年版,第25—27页。

胜时，我依然默不作声；你欲取之大胜时，我则来它个惊天动地。这才是英雄本色，将帅之气。

多少年过后，我们再审视一下余秋里上任石油部长时的形势，就会看到一个事实：这位独臂将军部长其实一上任就被推上了一匹飞跑的战马。你不快跑是不行了，你不飞奔也是不行的，你只有豁出命乘势飞跑才行。[1]

于是，1958年10月6日至26日，克拉玛依长达20天的现场会，就被开成了旨在快马加鞭，要求川中会战取得重大突破，以宽慰毛泽东、党中央及"一个时代的全国人民"的促进会。

在全民高举总路线的旗帜"超英赶美"的1958年秋天，将军部长余秋里在中苏友谊馆作了重要讲话。他强调指出："必须加强思想政治工作，大搞思想革命和技术革命。为此，需要做到'三破'与'三立'，即破见物不见人的庸俗观念，依靠职工群众办好企业；破单纯技术观点，政治一定要领导技术；彻底从事务主义和教条主义的数字中解放出来，又红又专，当好革命的促进派。"[2]

为了响应余秋里提出的"三破""三立"主张，他一讲完话，兴于玉门现场会的"打擂比武"就开始了。

新疆、玉门、青海等单位的代表介绍了各自的先进经验，紧随其后，各路"打擂英雄"以各自的"跃进指标"，摩拳擦掌，纷纷表达了坚决响应余部长的号召、在总路线方针的指引下大显身手的决心。

玉门乌5队队长王进喜、克拉玛依1237队队长张云清，几乎同时冲上发言席，开始打擂比武，一决雌雄。

---

[1] 何建明：《部长与国家》，新世界出版社，2012年版，第27—28页。

[2] 《石油师人》四川油气田编委会：《石油师人——在四川油气田纪实》，石油工业出版社1998年版，第83页。

王进喜握住话筒刚铆足劲地大声喊完了"玉门人是好汉,标杆永立祁连山"的行动口号,张云清就一把推开还想继续占用话筒喊话的王进喜,声如炸雷地振臂高呼"新疆人是好汉,保得标杆插天山"……

口号与决心在余秋里、康世恩不时带头鼓掌、叫好的鼓动下,呈现出电闪雷鸣、地动山摇之势。

因此,克拉玛依现场会,逐渐开成了各路钻井队队长们和试油队队长们的"铁血嘉年华"。

玉门贝乌4队副队长郭寿发,提出要以泰山压顶的气概击败新疆的张云清队,表示今年打井3.5万米,明年打井7.5万米;青海油泉子1201钻井队队长万方荣提出明年一定要创月进9千到1万米纪录,全年打井10万米,并向12万米的目标奋进;克拉玛依青年试油2队队长张慧林提出,1958年4季度创月试油100层、明年创月试油150层的新纪录。

大会比干劲,比指标,处于莫名的极度亢奋状态中。

这一切,造成了一种强大的舆论压力。所谓"右倾保守""走专家路线"的秦文彩自然受到了批评。"我们的领导干部中,不少人思想还落后于群众,对党一再教导我们,一切工作必须走群众路线的重大意义认识不足。错误地把群众工作、大搞群众运动与生产对立起来,怕影响生产。有少数人到了企业后只片面地钻研业务技术而不学习政治理论。因此,思想上右倾保守,不合总路线精神要求。也有个别的学得了一点技术,'妄自尊大',不依靠党,不依靠群众。这些人在接受任务时,讨价还价,信心不足,在执行任务中,不是依靠党的领导,依靠群众的伟大力量克服困难,而是只相信少数工程技术人员,在困难面前束手束脚。这在川中矿务局领导干部中以及在大(区)队某些干部中表现得较突出。"

批判秦文彩"不搞群众运动",那是因为他反对"大轰大嗡"虚而不实的做法;说他"妄自尊大",那是因为他对某些领导人

"瞎指挥"的话不听；说他"片面地钻研技术不学习政治"，那是因为他身负重任，面对川中复杂的地质情况，不得不刻苦钻研，研究生产中的问题，反对空喊政治口号的人；说他"右倾保守"，那是指他反对脱离生产实际和"天天放卫星"，完不成"高指标"。[1]

后来，根据克拉玛依现场会的议程安排，四川局党委书记黄凯带领四川代表团去新疆局、全国知名的"卫星"钻井队张云清队学习取经。

返回住地后，大家坐在一起开始交流参观学习张云清队的心得体会。

这时，余秋里专程来到四川代表团住地，一见面就对所有抽烟的人又散了一圈香烟，以消除这些日子以来他因批评四川的同志，大家与他无形间拉开的距离感。他要求每个人在讨论中坚持做到知无不言、言无不尽，为此还一改会上批人、训人的作风，多次轻声细语地插话，要求四川局的同志放下思想包袱，轻装上阵，务必把四川的石油产量搞上去！

但是，当代表们都站在服从大局的立场，做完批评与自我批评的开场白，开始发言谈感受时，唯独只有秦文彩还是精神委顿，坐在一边的角落里埋头抽烟，始终一言不发。

余秋里见状，就说："秦文彩，你可不要让我失望啊，会上批评你也是促进你，川中不出油我们都有压力！干工作不快马加鞭是不行的。你我他，我们每个人，谁也不准后退——因为我们没有退路！"

秦文彩望着身着一身中山装的余秋里，听他这么说，似乎又看到那个一身军装，会做思想政治工作的余政委的清晰面容，"唰"的一下站起，双脚并拢，挺胸收腹地说："余政委，哦不，余部长，我一定……！"

余秋里一见他那个样子，笑了；秦文彩也跟着笑了。

---

[1]《石油师人》四川油气田编委会：《石油师人——在四川油气田纪实》，石油工业出版社1998年版，第84—85页。

落日照耀嘉陵江

余秋里认识到他在会上批评秦文彩——"批错了",已是1959年秋天川中会战结束之后的事了。

而在1958年10月26日的克拉玛依,余秋里在历时20天的现场会闭幕的总结报告中,宣布石油部党组关于进一步加强川中石油会战的决定时,依然信心满满,坚信一定能在四川找到举国期盼的大油田。余秋里指出:"今年最后两个月,必须拿下川中油田!"并且还将石油战线的精兵强将全部集中川中,打起了气势如虹的"攻坚战"。他要求玉门、新疆、青海石油管理局,每个单位组织一个"野战营",而且这个"野战营"还必须包括一到两个"卫星"钻井队和试油队,由所在局的局长亲自带队,11月中旬到达现场,再战川中。

克拉玛依火药味越来越浓的现场会上,针对秦文彩在汇报中一再强调的地下复杂情况等问题,人们对川中油藏的认识经过争论,最终形成了两种不同的意见:一种意见认为,川中是侏罗系地层的砂岩孔隙出油;另一种意见认为是裂缝出油。

多数地质技术干部包括在四川参与会战的苏联专家持第一种意见。他们持乐观的态度:在川中地区内,侏罗系地层具有区域含油的性质。依据这一情况,可以把川中地台的大部分地区列为具有高效含油远景的地区。

只有少数地质干部认为川中属裂缝油藏,代表人物就是川中矿务局总地质师李德生和南充队地质师李克勤。他们认为,由于川中盆地储油层主要是侏罗系凉高山砂岩和大安寨灰岩,这类油层岩石致密,渗透率低,但裂缝发育,油、气储存在孔隙、裂缝、溶洞里,其结构十分复杂。因此应先搞清裂缝的分布规律,采取相应的技术措施。

针对两种互不相让的观点，余秋里、康世恩与石油部党组成员在肯定大战川中第一阶段取得的成绩之后，讨论他们遇到的问题时，认为川中尽管地质情况十分复杂，然而从已经出现工业油流的情况看，还是一致认为，川中依然是能够找到大油田，同冶金部进行打擂，在产量和规模上一见分晓的"最有利""最现实"的地区。而且面对两种川中地质结构争论，他们更倾向并且希望地下是砂岩孔隙性出油，不愿相信寄托了国人太多希望的川中油区最终只是"裂缝性出油"这样的结果。石油部党组会议认为："李德生等人的意见只是根据少数探井、少数资料得出的。"为此结合"大跃进"的澎湃浪潮和中央1958年的政治运动号召，大家将李德生、李克勤的意见定性为：糟糕的悲观论调！克拉玛依现场会原本高度紧张、严肃的氛围，处处更是散浸漫溢着剑拔弩张的不安气息。

会议不但对李德生和秦文彩进行了严厉批判，还上纲上线地在政治上对一些持有不同意见的代表进行了严厉的批判。

将李德生、秦文彩提出的"川中地质复杂论"进行集中批判后，被他们"一度动摇的军心"，随着余秋里宣布的再战川中的决定，很快又情绪饱满、战歌嘹亮地重新凝聚起来。

1958年11月18日，南充军分区礼堂红旗飘飘，标语满目。会场主席台左侧"学先进，赶先进，同心合力，拿下川中大油田"，右侧"跨长江，越秦岭，会战川中，嘉陵山水共欢腾"的大红标语悬挂着；经历了长达20天的持续争论，笼罩在黯淡气氛中的川中大会战拨云见日，洋溢着欢迎新疆、玉门战友重聚，会师"比武打擂"的喜庆。川中三千多名干部职工接到开会通知后，脱下满是油污汗渍的衣裤，换上整洁干净的工装，头戴闪亮的铝盔，脖子上挂着雪白干净的毛巾，喊着响亮的口号，从各探区连夜赶往南充，参加了万人誓师动员大会：

上午10点，川中会战誓师比武大会正式开始。

川中矿务局党委副书记田野夫致欢迎词，南充、绵阳地委、专署代表，南充、蓬溪、遂宁、合川、武胜、营山等县党政代表讲话，希望川中石油工人"插红旗寸土不让，'大跃进'分秒必争"。新疆、玉门野战营的代表们表示：并肩战斗齐跃进，团结友爱共促进，要把四川变五川，红旗招展胜利归。黄凯书记代表四川石油管理局作了"加强党的绝对领导，坚决拿下川中油区"的讲话。他强调"川中是我国内地最大最好的油田，许多条件都比较好，我们一定要把川中油田拿下！"

誓师比武开始，报名发言表决心的人们排着长串。从上午10点到下午5点，大会开了7个钟头，中午只休息了30分钟。会一完，各路人马星夜赶回，新疆、玉门两支井队分别安排在龙女、蓬莱大队。

川中会战，真正开始。

1958年11月29日，川中会战指挥部成立。石油工业部副部长康世恩任总指挥；四川局党委书记黄凯任副总指挥；石油部勘探司司长唐克任参谋长；石油部供应局周鉴局长任后勤指挥。新疆石油管理局局长张文彬，玉门石油管理局局长焦力人，四川管理局局长张忠良、副局长何千里、副书记王合林分别担任龙女、蓬莱、合川、营山、南充探区的指挥，秦文彩为南充探区副指挥，分片包干，指挥战斗。

会战指挥部下设建设生产部、后勤部、政治部、办公室等办事机构，一律对内行使职能部门的职权。[1]

应该说，这是中国石油工业有史以来最坚强有力的指挥阵容。

---

1 《石油师人》四川油气田编委会：《石油师人——在四川油气田纪实》，石油工业出版社1998年版，第86—87页。

这个阵容的成员既是阅历丰富、胆识过人的领导者，又是知识过硬、经验丰富的实践家。

在他们身边，集中了国内当时首屈一指的大批钻井、地质、试采、炼化等专业的技术人才。

从这个阵容的形成与集合中，可见石油部党组为攻下川中油田，在打一场夺油歼灭战上所下的决心。

因此采访中，那些亲历者和知情人每当谈起川中会战的遥远往事，总是忘了那个时代的苦涩与艰辛，压力和沉重，充满激情与怀念地向我们表示：那是中国石油史上震古烁今的一次辉煌、勇敢的创举！当大庆油田、胜利油田、大港油田等赫赫有名的"十大石油会战"还在国家的开发规划蓝图上酝酿论证时，它的会战模式已在人杰地灵的川中大地所向披靡地进行了。

诚然，大庆、胜利、大港、辽河，乃至波澜壮阔的塔里木会战，海洋石油勘探成就辉煌，彪炳史册，而川中会战积淀的那种一往无前的铁血精神，充满悲壮的史诗情绪，则同样堪称历史的绝唱。

张文彬率领新疆局根据石油部的指示快速组建起来的野战营，参加完誓师动员大会后从南充赶到龙女寺时，龙女大队的董金壁已带人候在板桥场的公路边，在敲锣打鼓地迎接他们了。

张文彬、董金壁见面后非常亲热。

董金壁说："首长，早就盼望你们来咧！26个井场的公路现已修好，就等你带着新疆的战友过来一起干了。"

张文彬也没客气，转身对新疆野战营和龙女大队的同志们讲起了话，他说："同志们，从今往后咱们就一起打井找油了。参加会战的人，大多数都是五十七师的老同志，咱们一家人不说两家话。大家要互相学习，取长补短，团结一心，多打快打，早点把龙女油田拿下。"

张文彬的讲话在大家的掌声里结束后，董金壁就指挥大家唱起了

《战友之歌》。

这首军歌也许因很久都没唱了,所以新疆野战营和龙女大队的会战队员在板桥场会师后,一唱这首久违的队列歌曲,许多人都感动得流下了眼泪。

等一首荡气回肠的《战友之歌》唱完,张文彬又将一直跟在他身后的张云清拉到野战营的队员们面前,大着嗓门说:"新疆来的张云清钻井队到龙女寺以后,要虚心学习,多向董金壁他们大队的战友们请教,在新疆你们是'卫星队',到了川中的夺油战场,你们可不能在这里当软蛋,也在这里多放几颗卫星。你们有没有信心啊?"

"坚决完成任务,誓死拿下大油田!"张云清攥紧右拳不断地高举,又不断地放下,带领野战营以整齐划一、惊若炸雷的口号回应了张文彬的问话。

他们的回应,伴随龙女寺油区 11 月的秋风,将他们的队旗似乎也掀了起来。

他们的队旗红底白字地写着:"越长城,跨长江,不拿下川中油田决不回新疆!"

张云清原来是五十七师的一名警卫排长,他的钻井队是以他的警卫排为班底,集体转业后,在玉门油矿组建而成,1955 年被张文彬从玉门要到克拉玛依,一去就在那边的大戈壁上创下了月进 5000 米的惊人纪录,从此便在石油战线一炮走红。

他们来到龙女后,同期参战的边铁军队、燕金水队、伍振义队、宋天德队、史敬礼队,这些队伍就和张云清"髌"上了劲儿。以前,他们都在玉门钻井公司一起接受训练,在西北高原和戈壁滩上交手,彼此的作风都很了解。这样,整个川中大地就在"放卫星""创标杆"的竞赛中,呈现出了烽烟滚滚之势。

"竞赛中,他们彼此激励,佳话不少。我当宣传科长时,带人整理川中油气矿的历史资料,梳理川中会战的脉络时,发现 1246 这个队很有代表性，给我留下了很深的印象。"龙雏告诉我们，1246队的队长叫王世亮，指导员叫周志超，他们是根据会战指挥部的调遣，从川南赶来增援龙女的。在龙女打的第一口井是女13井，第一天就创下了四川旋转钻日进尺153.88米的纪录；随后在女33井虽然遇到事故，但仍然打出了月进尺1173米的龙女地区的最高月速度。"

龙女会战第二阶段伊始，王世亮、周志超的1246队就提出了要"放"搬家安装、班进尺、日进尺8天上千和月上"双千"的"卫星"。结果这支钻井队在几十个参战井队中俨然一匹黑马，说做到，他们果不其然就做到了。该队以5小时50分刷新了搬安小罗马钻机的新纪录。钻进中，队长王世亮吃住都在井场，担任现场指挥，和工人一起倒班，像现在习主席提倡的那样"捋起袖子加油干"！小班司机李云斌为抢修一台柴油机，连续16个小时奋战在机房；从延长油矿过来参加会战的钻工乔志国，脚指头砸伤了也坚持不下火线。全队拧成了一股绳，团结成了一条心，结果就在女1004井上实现了月上"双千"的目标。1246队在龙女寺战区一战扬名，现场表彰会上，许多参战队都向他们表示祝贺。川中矿务局的党委副书记田野夫还为他们即兴赋诗一首：

东风劲吹红旗飘，
龙女英雄铁肩摇；
一二四六破双千，
鲜花初放艳且娇。[1]

面对1958年11月川中会战的火红往事，1246钻井队指导员周志超

---

[1] 摘自本书作者对龙雏的采访笔录。

还在他的回忆文章《我所经历的川中会战二件事》里不无深情地写道：

> 为了拿油，再难也难不倒石油汉。我是1246队的指导员，队长王世亮是部队转业到石油系统工作的，他是一位1942年就参加革命的老同志，在战争年代曾经多次光荣负伤。尽管这样，他坚持和我们几名队领导一起吃住在井场。队领导既当指挥员，也是普普通通的工人；职工三班倒，我们也坚持跟班作业；工人身上有多少泥，干部身上也不少一点；工人身上淌多少汗，干部身上也淌多少汗。那时干群关系非常融洽，干群之间只有分工的不同，没有情感上的鸿沟，就是一门心思地打井，多找油。（我们的）口号挂在井场上，"不怕筋骨断，也要上双千"……非常醒目地激励职工奋力拼搏创高产。职工带病坚持工作，家有急事，搁置一边是常有的事。全队职工拧成一股绳……硬是在20多个钻井队中最先创出了月上双千的纪录。因为这个（事）……我作为1246队的代表北上北京，出席了全国复员退伍军人社会主义建设积极分子大会，受到党和国家领导人的接见……几十年过去了，许多事都忘记了，但会战中自己亲身经历的两件事却至今难忘：
>
> 第一是在会战期间，大约是在1958年12月8号，我在参加龙女大队党委召开的紧急会议，得知了我爱人难产的消息。她当时在水电车间当充电工，怀孕已临近产期，一个人还拖着12伏、好几十斤的充电瓶去充电。由于用力过猛，还没到充电房，就把肚子里怀的娃娃的一只小脚憋出来了。她一下倒在血泊中，人已昏迷，在场的职工见状把她送到医务室去进行抢救。大队的医务条件很简陋，医个头痛脑热和红伤挂彩还行，像抢救妇女早产这种情况就不行了。医务室向领导请示后，就派车把我爱人往南充的石油医院送去。
>
> 我得知这个消息后，就赶忙跑到医务室去看，对昏迷中的她叮嘱了两句，又匆匆地跑进会场继续开会。后来我才听说，我爱人

是下午6点钟从板桥送到石油医院去的,医生一看她满身是血的样子,感到情况危急,怕刚创办的医院治不了她,又赶忙将她送到南充人民医院妇产科抢救。直到晚上9点多钟,难产的娃娃才终于落地,昏迷了6个小时的爱人才苏醒过来。

瘦小的娃娃出生后温度不够,被医生放在电暖箱里7天才取出来。半个月后,娃娃大人平安出院,我一直悬着的心才终于落回了肚子里。但因井队要抢进尺,"放卫星",我因工作很忙也没顾上去接爱人、娃娃出院,因此,现在一想到这件事我还感到非常内疚。

这期间因为忙工作顾不上爱人、娃娃,我还闹出了一个笑话。娃娃出生后,有人从南充给我带信到龙女,说我爱人生了个"女娃娃",因此我就给广安老家写信报喜,说老二在南充出世了,是个女孩儿。结果老家的三伯背上酒米,抱着老母鸡坐车来送月礼,一看是个男孩,就怪我"乱写信",陪我三伯说话的工友一见,都大笑起来,就给我家老二起了"二丫"这个小名。

第二件事是川中会战就要结束了,我家里从广安让人到井场来给我报丧,说我母亲去世了。当时,我们正将队伍拉到桂花一带,准备继续战斗,那里距离广安也就100多公里路,每天都有班车,要赶回去应该是有条件的,但看到川中会战即将结束时的那种情况,队干部又少,我就把回家为母亲奔丧的念头压在心里,让报丧人带回30元钱,嘱托兄弟姊妹费心料理母亲的后事,然后我让人到板桥镇供销社扯了三尺白布,朝头上一包就又忙起了工作。

这两件事与川中会战大局无关,写出来仅作个人纪念。[1]

当1246队周志超的头上裹一匹白色"重孝",带领队伍准备去桂花新区继续打井找油时,新疆局的张文彬局长也决定去南充构造看看,一

---

[1] 此处据周志超的回忆文字手稿复印件略作引申。

来他想去看"五十七师小秀才"李敬，从新疆带领野战营入川以来，他成天忙着在龙女战区协调各路人马攻坚克难，还没与这位汉中改编前他就器重的年轻人单独说过话，了解一下部队转业后，他的工作干得怎样呢；二者龙女寺的攻坚战打了近两月了，还是没有见到具有工业价值的油流，下一步新疆的队伍根据总指挥康世恩的安排，要从龙女搬到李敬那边去，集中力量解剖南充构造。在龙女寺构造，十几个成天嗷嗷叫的钻井队，互相"打擂比武"，进尺虽然拿上去了，结果却不尽如人意，留给石油部领导的失望比希望还大。先去南充摸一下底，但愿会有柳暗花明的结果吧！

新疆的张云清标杆队拼尽力气打出来的那口井，结果是个滴油不出的"干眼眼"。

张文彬知道，自从张忠良入川主政四川局以来，平时的电话里，没少向他说过四川的井很难打的问题；克拉玛依现场会挨批的秦文彩，在会议期间也对他说过，在四川打井要"过六关""斩七将"，没有比"关二爷"还大的一身本事，四川的井就很难打。

入川之前，他对他们的说法还半信半疑，现在虽然攻克了种种困难，终于在龙女构造把井一口接一口地打了出来，但这种付出了艰辛与泪水的结果，摆在他面前的却是冷冰冰的"无油"两个字。因此，他一想到这些，心里就有一种锥心之痛。

他告诉自己：你带队伍千里迢迢地进川，不只是来与兄弟局比进尺、争高低的，而是要来夺油的啊！

张文彬双眼微闭，头脑中一会儿是张云清和工人们围着自己打出来的"干眼眼"的一脸苦笑，一会儿又是头上包着孝布的周志超对工人们进行动员的一脸豪迈……

不知不觉间，司机就将车开到了南充市区。

落日照耀着嘉陵江，天已悄无声息地黑了。

驶出市区大约20分钟不到的样子，路边的一处高坎上出现了一排昏暗的灯光，凭直觉，张文彬知道，那里应该是南充战区的一个井场。

"走，咱们过去看看。"张文彬对司机说。

车子沿着一段狭窄的井场公路，颠簸着朝前吃力地爬行。车灯照亮的前方，道路已被重车碾压出了两道深深的沟壑。车在两道沟壑中加大油门前行，将四股泥浆从车轮两边溅出很远。车子停下后，钻机的轰鸣俨然川中各个战区随时都能听见的战鼓，但这声音进入耳膜之后，前方的井架、钻台和工人却被隐匿在一片灰黑之中。

"到底怎么回事？"张文彬感到太蹊跷了，便高一脚低一脚地朝着钻机轰鸣的中心位置摸索过去，近了一看才发现，原来钻台上站着五六个工人，他们借助手电筒的光亮，正在挑灯夜战，加班加点地打钻赶进尺。"你们这是干什么呀？"张文彬想发火，想想还是忍住了，冲着正在加班的工人大声问道。

但他的问话被钻机的轰鸣"吞咽"了，干活的工人没人理他，于是他放开嗓子声音更大地又问了一次，一个工人举起一根手电筒的光芒在他脸上晃了几下，随后才向他讲明了事情的原委。

原来，这个钻井队因防爆灯泡全烧坏了，为了与兄弟井队打擂比武，没办法，他们才出此下策。

"这样干容易出事，很危险，你们知道不知道呀？！"

"你是谁，是局长吗？哈哈哈！"钻工们放肆、野性地大笑起来。

在他们眼里，这个披着雨衣、一身泥水的中年人怎么会是局长呢！

"先别管我是不是局长，你们赶快停钻了再说！"张文彬不容商量地怒吼起来。

当工人们将钻机停下来时，他和司机已经跳上吉普车离开井场直奔东观镇的南充指挥部而去。

李敬从低矮的院子里跑出来迎接张文彬，张文彬一把抓住李敬，将刚才路上看到的情况说了，嘱托他赶紧派人将防爆灯泡送上去，去晚了，那个井队要是又打着手电开钻抢进尺，情况就麻烦了。

李敬一脸惊愕地说："好，我这就让人马上去办！"说完就飞跑进屋，赶紧去打电话。

张文彬环顾了一下这间大约20平方米的简易办公室，里面最醒目的就是挂在墙上的那一排长长的数据报表。李敬办公室旁边，是一道半掩的篾片横竖互咬、紧扣的竹门，他走过去推门一看，里边的双层铁架上下铺位和办公桌上都躺满了极度疲劳的钻工。他们铝盔没摘，衣服、鞋子没脱，浑身上下泥水滴答，就那么呼噜震天地睡着了。

屋里两张临时拉开的行军床上，竟然横躺着泥猴一样的四个工人；靠墙的办公桌上，一个戴着深度近视眼镜的青年，将头歪在桌子上也睡了。青年贴近桌面的脸颊下垫着一张地质剖面图，一只手握着钢笔，笔尖触在一个印着毛泽东语录的牛皮纸封面的笔记本上，笔尖触在"鼓足干劲，力争上游，多快好省地建设社会主义"的仿宋字体上，墨水已将本子的封面染出了一团深深的蓝黑。

张文彬将笔从青年手里轻轻地抽出，帮他将笔帽拧上后，又把办公室的几床被子给睡下的钻工们一一盖上。

出门之后来到外屋，张文彬无声地叹息了一声，对刚打完电话的李敬说："大家已经累趴下了！衣服、鞋子都不脱，被子没打开就睡着了。眼下，天已冷成早上都快结冰了，这样下去早晚要生病啊！"他说话的口气已经略带责备之意，似乎没把南充战区的李敬当成外人。

李敬一听，双脚下意识地并拢，挺直身板儿说："姜汤伙房准备了。可他们从下边井队回来，倒头就睡，我不忍心叫醒他们。这些人是康副部长从焦力人局长带来的玉门野战营抽来支援我们的，累了三天三夜，钻机故障排除了，吃晚饭前他们才回来，想回蓬莱战区路又太远，我们就把床铺让给他们，让他们先休息一晚再走……首长，我这已没地方住了，可您大老远地……"

张文彬知道，为焦力人那边派来援助的人有个地方住下，李敬今夜已经没地方住了，而在这样的情况下，他原想和他好好聊聊的想法已不现实，于是将身上紧裹的黑色雨衣又紧了紧说："你忙吧，我好办，你别管了。"

见自己的老政委执意要走，李敬知道留也没用。

临上车时，张文彬一脚踩在地上，一脚踏在车里，突然回过头来笑眯眯地问道："秀才，日记还在写吗？"

"写，一直写。"

"哦，那就好，好好写吧，不管川中会战的结果如何，失败也好，成功也罢，今后这都是一笔宝贵的财富。"

张文彬走了，李敬鼻子一酸，向开出院子、融入夜色的那辆吉普车慢慢地抬起右手，敬了个军礼。

第四章

隆桂的底色

无眠的川中之夜

气势磅礴的川中石油大会战的第二阶段，从1958年克拉玛依10月现场会开始酝酿，到1959年3月正式落幕，先后历时5个月之久。

会战期间，共钻探井81口，完井76口，根据钻井、试油、试采结果和岩芯、电测等资料，康世恩逐步了解到川中含油部分基本上是凉高山层致密砂岩和大安寨层介壳灰岩，有细的裂缝和小的晶洞，孔隙度、渗透率都很低。这些来自川中的第一手资料，已无可辩驳地告诉人们一个事实——川中油藏属裂缝性油藏。

1959年1月中旬，石油工业部党组召开扩大会议，传达党中央武昌会议精神和毛主席关于"压缩空气""冷热结合"的讲话。[1]

武昌会议是中央贯彻郑州会议精神，于1958年11月在湖北武汉组

---

1 《康世恩传》编写组：《康世恩传》，当代中国出版社1998年版，第96页。

织召开的一次政治局扩大会议。会议在对四下蔓延的"共产风"进行纠正的同时，还围绕1958年出现的"高指标、浮夸风和1959年国民经济计划的有关问题"展开了讨论。

毛泽东在会上发表了重要讲话，在对"破除迷信，保护科学""必须老老实实，不要作假""集体所有制向全民所有制过渡的问题"进行强调时，重点以要"压缩空气"的比喻，对冶金部提出了批评，指出要以冶金部为例，"各部门的指标，都要相应地减下来""把盘子放低一些，很有必要"[1]。

余秋里面对来自全国各石油厂矿的主要领导特别是四川局和其他川中会战参战局的负责人，结合毛泽东的指示，组织大家专题讨论了川中会战面临的各种问题，冷静地分析了川中面临的局势后，他又当众抬起右手，向秦文彩郑重地敬了一个军礼，然后在众人的掌声结束后朗声说道："过去批评你们，批评错了！"

康世恩在这次会上提出了自己的观点："川中地区大面积含油，但地质情况非常复杂，需要收缩力量，下功夫去寻找地质规律和高稳产地区。"余秋里同意康世恩的意见，对大家说："有油要找到答案，没有油也要找到答案。花了钱，花了时间，总得有收获，在复杂的地质情况下，真正学到本事。"

会议结束后，康世恩作为川中会战总指挥，家也没回就带着黄凯、唐克、张文彬、焦力人、张忠良、秦文彩和李德生一行，匆匆返回川中前线。随后，在川中地区又组织人员对油层性质和产油能力进行研究，在完井作业上进行裸射孔等不同方法的对比实验，在试采过程中开展了酸化、压裂等改造油层、提高产能的现场试验。

川中会战的第二阶段进行得有些骑虎难下时，大家的心里都不

---

1 百度百科：《武昌会议》，baike.so.com/doc/25857471-27004659.html。

好受。那时，我有二十六七岁的样子，在四川局总地质师司徒愈旺的领导下工作。此前，我一直在米仓山、石油沟、青龙场、邓井关这些区块跑野外，做井位的设计工作。到司徒老总手下工作，主要任务就是围绕地质构造，开展"构造排队"的科研工作。参加1958年川中会战时，我是综合研究大队副大队长。大队长由川中矿务局副局长孙继先兼任，他主要负责我们的"吃喝拉撒"保障。

一天，康世恩派人把我叫到川中会战指挥部他的办公室。他一边皱着眉头大口大口抽烟，一边给我下达了去找华蓥西的地质标本的任务。当时，他见南充、龙女、蓬莱这些构造上都打不出工业油流，还是不死心，想找大油田，他正考虑要不要将会战队伍拉到华蓥山地区继续再战。

他对我说，你带上石匠、放炮工去把华蓥山那边的疏松砂岩弄回来，有急用！当时我不知道，他是通过我们背回指挥部的岩石标本来决断川中会战第二阶段是否再继续进行下去。他的这个想法，我是看了他的传记和《百年石油》之后，才有所了解的。

他是副部长、总指挥。领导交代的任务到底是什么用意，当时我也不好去问，也没有多想，就带人上路了。我们从渠县朝着重庆方向一直向北走。那十多天里，从合川往渠县走，全靠两条腿"当家"。走了好几天才走到渠县。我们一个剖面一个剖面地找，遇到表面风化中间是新鲜石头的地方就放炮，从炸开的石头中寻找砂岩，结果一块砂岩都没见到。

随后，我们弄了不少石头，用背篓背到广安去赶开往南充的班车。

康世恩将我弄回去的石头，一个剖面一个剖面地用放大镜反复地照着看，看完后一直没有说话。其实，这些岩石标本都是石匠用大锤从放炮炸开的那些新鲜石头里一块一块地敲下来的，剖面结构非常致密，根本没有我们期望的"洞洞缝缝"——这样，川中会战的队伍要上华蓥西就不可能了。[1]

学生时代的康世恩曾在清华大学地质系求学，当日军侵华战争的狼烟燃到古老的北平城下，"偌大的清华已摆不下一张书桌"时，他脱下学生制服，毅然投笔从戎，穿上了八路军的灰布军装，随后成长为西北野战军的一名副师职政工干部。没想到1949年新中国呼之欲出时，他在清华地质系求学的这段经历，却成了他作为军事总代表接管玉门油矿不可或缺的专业背景。川中会战中，面对1958年复杂的政治环境和比政治环境还更复杂的川中地质情况，他进入了寝食难安的状态。作为余秋里的副手，他的肩上不但压着缓解中国原油紧缺的重担，而且在1958年松辽石油大会战即将开始之前，他还身为干系人，要为李人俊副部长代表石油部与王鹤寿领导的冶金部打擂——就石油部如何向毛泽东等党和国家领导人立下的"军令状"给出一个"说法"——为此，他以川中会战总指挥的身份，奔忙于各大战区，视察战况，如履薄冰。

夜深了，川中石油会战指挥部里，只有康世恩一个人还在挑灯夜战。他拿起放大镜，又将原四川石油管理局常务副局长王宓君在采访中告诉我们的那些他"用背篼背回来的石头"，又一块一块地逐一看了一遍，发现华蓥西的石头还是岩体坚硬，岩粒致密，孔隙度很低，找不出任何储存原油的有效依据。

康世恩挠了挠头，长长地叹息了一声。他点燃一支香烟，坐在椅子上味觉麻木地抽着。

川中油区的南充构造、蓬莱构造、龙女构造喷油的记忆还是那么真切，丝毫没变。因此，尽管有王宓君背回南充来的石头在不断提醒他石油部组织的川中会战即将落幕的事实，而他依然坚信，川中地下应该有油；有余秋里告诉毛主席、周恩来等党和国家领导人的"大肥肉"；有他

---

[1] 摘自本书作者对王宓君的采访笔录。

常和会战大军的指战员时常挂在嘴边的"大金娃娃";有从石油部的高级智囊到川中会战总地质师李德生、综合研究大队副大队长王宓君这些中青年知识分子心心念念的"中国巴库"——只是条件还不具备,还没摸准川中的"脉搏"而已!

1959年3月,余秋里动身赶往上海参加中央八届七中全会之前,已在北京电报大楼组织召开了石油部的电话会议,他声音沉重地宣布:新疆、玉门的野战营由张文彬、焦力人各自带回,归还原建制!但为了摸清川中的脉搏,在中苏关系交恶,苏联专家纷纷回国时,石油部经过不懈努力,还是促使苏联专家在川中尽量多待些日子。康世恩奉余秋里之命,带领川中局的干部职工,配合苏联专家继续开展工作,对川中油区进行了综合性的诊断、评估。

1959年5月,苏联采油专家莫拉托夫和地质专家先后在蓬莱、南充等地开展了为期两周的工作。通过观看14口井的岩芯及正常钻进的井,参加了蓬40井固井工作,肯定了两个油田的工作成绩,指出了存在问题,提出了改进建议……6月,苏联米尔钦科通讯院士在川中了解勘探情况,在现场听取了详细汇报,研究了实物资料……1959年6月25日,莫拉托夫和布朗金,先后到南充、蓬莱、合川、龙女大队检查工作,对油井压裂、修井、试采等提出了许多见解……1960年1月2日至11日,由康世恩副部长率领的苏联专家依·彼·祖包夫、格·阿·布朗金、尼·德·依萨夫、瓦·普切林采夫、格·依·塔玛佐夫等人参加的工作组,在蓬莱钻探大队开展了10天工作,到油井现场检查了解情况后,专家们根据提交的课题,分专业展开了研讨,发表了意见。[1]

---

[1]《石油师人》四川油气田编委会:《石油师人——在四川油气田纪实》,石油工业出版社1998年版,第104—105页。

康世恩的办公桌上，根据他的授意，由秘书起草的上报给石油部党组的《川中会战总结报告》两天前就已打印好了。他拿起放大镜，又反复看了一遍王宓君从渠县背回来的石头之前，已一字一句、一个一个标点符号地仔细看过了，但他还是迟迟没有签发。他觉得报告对川中会战的全面评估、川中地质条件的认识结论和今后川中的工作方向，仍然需要斟酌，于是坐立不安的他又点燃一支香烟，重新坐下，开始去梳理脑子里的那些略为显得纷繁无序的思路。

正如何建明的《部长与国家》所言，自从康世恩给余秋里打下手，石油部开始步入"余康时代"伊始，在石油工业发展史和中国政坛上，他也是"枭雄"和"两面鲜艳的旗帜"之一。尤其担任会战总指挥以来，他就一直抱着不拿下川中油田誓不罢休的决心。然而尽管他在玉门油矿军管、玉门石油基地打造、国家石油勘探谋划、克拉玛依油田建成投产等重大工作上，向来都所向披靡，一路凯歌，可这次在川中却要"走麦城"了。

因此，面对这个不眠之夜，他不但觉得担子压人，而且一想到1958年的国内国际形势，心里也不由得一阵怅然。

1958年2月，毛泽东发起"除四害运动"，麻雀被列为"四害"之首，全民围歼麻雀运动先从四川开始，"全省消灭麻雀1500万只，毁雀巢8万个，掏雀蛋35万个"；5月，新疆和田维吾尔老人库尔班大叔，因为想念毛主席，骑着小毛驴，弹着冬不拉，在和田地委人民政府关心下，最终放弃了走40个沙漠、40个戈壁、40条河的"骑行之旅"，改乘汽车、火车如期来到北京；7月，在美、英等国出兵黎巴嫩、约旦之际，台湾当局宣称加速进行反攻大陆准备，并令陆海空三军处于高度戒备，连日组织大规模军事演习，出动飞机、舰艇对大陆沿海地区进行侦察挑衅，以至于"金门炮战"即将一触即发；10月，印度政府因受所谓"中国威胁论"影响，向中国政府提交备忘录，对华主张新藏公路通过的阿克塞钦地区若干世纪以来就是印度拉达克地区的一部分，导致中印边境纠纷，冲突愈演愈烈……康世恩将心思从《国内动态清样》刊载的内容里游离出来，用笔在一张白纸上写了一个大大的"油"字，不安的心，似乎才慢慢平静下来。

他总是这样，每当心里遇到无法迈过的沟坎，难以蹚过的大江大河，他总要习惯性地来写这个"油"字，甚至在他即将撒手人寰的1995年4月21日，面对和他来作最后告别的中石油、中海油和中石化三位总公司的领导，在生命停止呼吸前，他写下的依然还是这个"油"字：

> 4月21日上午，康世恩已在弥留之际。连续几次大出血使他经常处于昏迷状态。忽然，身边护理人员看到他的手在微微抖动，知道他想写字，赶紧拿来纸和笔。康世恩这时身上和口鼻插了几根管子，不能动弹，写字十分困难。他双眼望着屋顶，但紧握在手中的笔歪歪斜斜地在纸上写下了他最后的心愿——"油"！这个歪歪斜斜的、需要仔细辨认才能认出的"油"字，竟成了康世恩的绝笔和最后的嘱托……身边的亲属和工作人员再也抑制不住自己的感情而痛哭失声……[1]

《康世恩传》在第566页，描述了康世恩在生命垂危之际再写这个"油"字的细节后，接着又说，"他把自己大半生的心血奉献给了中国的石油和石化工业"。其实根据该书的记载，他不但在去世之前的头一年，即1994年的5月下旬还在四川局的川中油气矿考察调研，而且考察调研期间，还因病住进了华西医院，并检查出了癌症晚期的病情。他耗尽半生心血，为中国石油、石化工业发展壮大做出的功绩，究其根源，这难写的两个"油"字，传达的石油情怀，冥冥中或许还是与川中会战第二阶段的鸣金收兵有关。

---

[1]《康世恩传》编写组：《康世恩传》，当代中国出版社1998年版，第566页。

但在那个令他心情抑郁的不眠之夜，最终他却没有被川中会战的失利情绪所左右，除了为部党组留下了一份弥足珍贵的会战总结报告，而且还给玉门、新疆队伍撤走归建后，注定要在川中继续战斗的四川石油人明确了一个堪称柳暗花明的突围方向。

有关康世恩给石油部党组的报告，原件的内容看过的人可能不多，但《康世恩传》《百年石油》和你们提到的《部长与国家》都有一些大同小异的披露。

我记得的情形是，支援川中的会战队伍撤走后不久，他在南充主持石油部地质勘探和基本建设的一个会上，曾对川中会战进行过全面总结。

康世恩在讲话中对大家实事求是地承认，石油部组织的川中石油会战，原来大家期望的一些目标在会战中没有实现得了；大油田最终没到手，当然，短时间内也不可能急于求成；川中会战久攻不下，原计划的速战速决，打成了"消耗战"。

作为川中会战总指挥，康世恩与四川局的工程技术人员一道，会同还在川中指导工作的苏联专家，对川中会战进行总结。大家围绕"为什么3口井同时出油，再打的时候怎么又不出油了，地质上这种现象到底该作何解释"这个核心问题进行了严肃认真的分析。

有的苏联专家提出："在川中4万平方公里的土地上，地下的油田正在形成，原油就像散兵游勇一样，在川中地区还没集结完毕。"显然，这种说法无法取信于人！

康世恩、秦文彩、李德生等领导和专家们当时提出的观点是，川中的侏罗系油层非常致密，岩石的孔隙度非常低，"洞洞缝缝"都不发育；南充、蓬莱、龙女3口井喷油高产，碰到了地下的大裂缝，由于地下油源无法通过发育良好的"洞洞缝缝"进行接替，所以才会产量下降，给川中会战带来了无法跨越的技术障碍。地下岩石的孔隙度不够，像我带人从渠县带回来交给康世恩的华蓥山岩石标本也能说明问题，这是川中地质结构上一个比较普遍的现象。我记得，我们的专家还打过一个比喻说：就像豆子、高粱、小米这些粮食混杂一起，如果都是颗粒很小的小米，那么孔隙度就会高一些，但川中侏罗系油层从地质上讲偏偏又是沙石风化，加上地下泥土再充填石英，所以就对储油条件的形成很不利了。

但是川中地下有油是客观存在的，只要我们能够抓住大缝隙，尽量在"洞洞缝缝"发育完好的地方用力，还是能够找到高产油田的。只是在川中这种复杂地质结构面前，需要找到一套对付裂缝油气藏的特殊工艺技术，而石油部组织会战的"大跃进"背景，又对工艺技术形成构成了难以超越的制约。所以川中会战就像个果子，还没成熟，就被我们满口苦涩地吃了。[1]

王宓君老先生用"没熟的果子"比喻的那种"满口苦涩"，在康世恩传记组写作人员涉及川中会战经验教训的笔下，在肯定成绩的同时，也散浸漫溢在字里行间："历时 10 个月的川中会战，虽然以遭受挫折而告结束，但它是从实践到认识，从无知到有知的一种必然过程。在石油工业转战 10 年即将面临大突破的前夜，它留下了不可磨灭的印迹和宝贵的经验。首先是这次会战找到了蓬莱、桂花等 7 个油田，初步控制了桂花地区 42 平方公里的大安寨油层的稳产面积，形成了年产原油 10 万吨的生产规模，从而结束了四川和大西南无油的历史，实现了邓小平的愿望。其次是发现了裂缝性油藏这种特殊的地层，并把它作为石油工业科学研究的一个重大课题，不断研究认识，丰富了中国石油地质理论和实践的宝库。第三是锻炼了队伍，找到了一条集中优势兵力打歼灭战，用大会战的方式拿下大油田的经验和途径。更为重要的是，人们对石油勘

---

[1] 摘自本书作者对王宓君的采访笔录。

探的复杂性从认识上大大深化了一步,懂得了取得第一手资料的极端重要性,懂得了一切从实际出发,坚持实事求是,注意留有余地的重要意义。"[1]

康世恩在经历了这次实践之后,也更加成熟沉着,他敢于面对挫折,勇于承担责任。在1960年召开的一次(全国)局、厂领导干部大会上,他坦言:"从部里来说,有一些问题,不是党组的责任,也不是司、局的责任,从我自己来检查,应该负更多的责任。特别是在四川会战问题上,我应负主要的责任。当时主要是在油层情况没有彻底搞清楚以前,就做了过高的估计、判断,会战没有取得预期的结果。"[2] 川中会战碰了钉子,康世恩的心情非常沉重。川中地层的复杂,已是客观事实摆在面前,但问题就出在脑子发热、过于乐观、不愿承认这个现实上,结果交了昂贵的"学费"。更为让他难过的是,当有的地质人员实事求是地指出这个问题后,不但没有被接受,还错误地遭到了批判。后来余秋里代表党组织向受到批判的地质技术人员和领导干部道歉。康世恩警钟长鸣,多次向干部讲四川会战的经验教训,反复宣传实事求是是发展石油工业的灵魂。这些成为他后来指导大庆会战的宝贵财富。

康世恩撤离川中指挥部之前的那个夜晚,具体是如何度过的,这个因大家都不在场,不好多说。有人说他遇到问题喜欢下意识地用笔去写一个"油"字,将这个"油"字与他最后一次视察川中查出病情后回到北京住院临终前写下的那个"油"字结合起来,讨论他在川中会战问题上寄托的石油情怀,作为文学想象与历史研究的结合,这也不会存在问题。

没有石油情怀,这位川中会战的总指挥就不可能产生"打野猫

---

[1]《康世恩传》编写组:《康世恩传》,当代中国出版社1998年版,第97—98页。

[2] 同上,第98页。

子井"那样的想法。但在回答你们关于"打野猫子井"与隆桂会战的关系前,我想就川中会战的总结补充点看法。

川中会战除了各种书籍总结的经验,我认为还有一些认识问题可以进行补充和讨论。

第一,通过这个会战磨合了石油部和地方局之间的关系,尤其是部长与地方局的领导之间,大家在一大堆问题的事实面前,最终能够一是一、二是二地看到问题的存在,并在基于中国石油工业未来发展这样的大前提下,上演"将相和"的喜剧——这就很不容易了。可以说,这种关系磨合,也为川中会战之后开始的那些全国会战提供了一个处理类似问题的经验样本。

第二,川中会战锻炼、培养和壮大了人才队伍,像张文彬、焦力人、唐克、黄凯、秦文彩、李敬,这些地方局的领导、石油部的司局级干部、地方局二级单位的领导和一线井大队的大队长,像受到批判的李德生、李克勤,乃至从渠县把石头大老远背回南充的王宓君这些技术干部,他们在川中会战中经过"淬火",成长为石油部的副部和部级领导与中科院院士及知名石油地质专家;像董金壁、杨型亮这些身处攻坚克难一线的基层干部,也走上了四川局的局长、副局长领导岗位。这批人都是石油工业的顶梁柱,是驰骋了大半个世纪的风云人物,因此在看到川中会战存在这样或那样的问题时,我们还要看到它对石油人才队伍的历练。

补充这两个不成熟的个人看法后,我再谈谈"野猫子井"与隆桂会战的关系问题。

这个问题就与康世恩离开川中前的那个不眠之夜有关了。以前参与《石油师人——在四川油气田纪实》这本书的编写时,因时间仓促,当时我们可能也没意识到这个问题,没把问题脉络理清。按川中会战"历时三个阶段"的时间划分来说,隆桂会战虽是我们四川局自己组织的,这个会战的艰苦、艰巨并不比川中会战逊色,但这依然是川中会战的第三阶段，不能剥离开来。这个第三阶段确定下来后，张忠良、孙继先和秦文彩带来的三千多人搞的会战是第一阶段；克拉玛依现场会之后，各地方局带来的野战营与四川的队伍一起，在康世恩的协调指挥下拉开的那些大场面，打下的那80口井，就是川中会战的第二阶段了。[1]

经过龙雏这位川中"老宣传"的点拨，理解隆桂会战与川中会战之间的关系就很容易了。

经过了一个漫长不眠之夜的思考，天亮的时候，康世恩的手夹着一支香烟，将目光久久地停在墙上悬挂的一张川中石油地质勘探图上。

自从去年11月会战指挥部成立以来，无论有多忙，这张图他都每天坚持必须要看，至此已经不知看过多少遍了。但在他深陷冥思苦想中，重新再次来看这张凝聚了石油人太多的希望与失望的勘探图时，却有一种"再看最后一眼"的悲怆之感。

香烟在手指间一点一点燃尽，剩余的部分烫到了手指，他不由得微微地颤抖了一下。

这时，康世恩突然想到1月中旬，石油部党组传达毛泽东在武昌会议上所作的"压缩空气，冷热结合"指示时，他在会上所说的那句话，脑子忽然被一道充满灵光的闪电击中，兴奋得几乎要大叫起来。

他在那次会议上结合川中复杂的地质情况讲过，只有"收缩力量，下功夫去寻找地质规律和高稳产地区"，也许才是川中会战的最好结果。"既然川中地质结构很怪，那么何不把眼光放开一点，胆子再大一点？……蓬溪、南充、龙女既然已经无油可打，在焦力人、张文彬将队伍撤出川中之后，为什么不让张忠良、秦文彩的留守队伍，干脆甩开三个构

---

[1] 摘自本书作者对龙雏的采访笔录。

造，在它的周边、外围甚至更远的地方去打它一个'野猫子井'呢？"

度过了会战指挥部艰难异常的最后一夜，康世恩以面对问题积极向上的创造性思维、强烈的个人主观能动性、持之以恒的进取态度、切中问题要害的职业石油地质勘探家的良好素养，终于找到了川中会战的突围方向。

他打电话将跳出川中继续再战的想法，分别与张忠良和秦文彩进行了沟通。

四川局和川中局的两位领导，因为川中会战失利也是一夜没睡。他们听了康世恩在黎明前打来的这个电话都很高兴，表示一定积极贯彻，马上行动。

康世恩推开办公室关了整整一夜的门，在秘书的陪同下，如释重负地乘车前往都尉坝机场。当他乘坐的安–26飞机滑过跑道腾空而起时，川中战场仍在各自营地待命的队伍，在张忠良和秦文彩的带领下又重新集结起来了。

我们的会战

1959年9月26日下午4点左右，这无疑又是一个留在石油青史上的"中国石油时间"，因为就在这天的这个时刻，黑龙江大庆油田的发现井松基3井出油了。

松3井出油的消息俨然一声春雷，给经受了漫长贫油之寒的中国石油工业带来了万物复苏、春色满园的景象。中国石油人不但将贫油的帽子"一举扔到了太平洋里"，还由此迎来了自己的光辉岁月。

之前，中国石油工业的先进代表每年应邀参加首都国庆游行观礼活动，路过北京天安门时，连头都羞于抬起；石油部家属院里的孩子们与别的国家部委的子女玩闹时，每次都因自己是石油子弟而常有矮人三分之感。

随着松3井带来的石油大发现、大开发，一度消失的中国石油工人的形象宣传海报又齐刷刷地出现在了全国各地的大街小巷；刘秉义演唱的《我为祖国献石油》大气雄浑地响彻大江南北；"石油诗人"李季的诗歌、"铁人"王进喜的歌谣还由此进入了大中小学的课本，给几代国人的历史记忆抹上了"又黑又亮"的石油底色。

根据余秋里和康世恩的命令，合川、龙女、南充大队抽出精兵强将，集合起来，被南充大队的大队长李敬、党委书记李镇静带领，北上驰援松辽。这给枕戈待旦的川中石油战士的心里隐隐带来了一股凉意。

好在共和国对川中的关注，没因石油部组织的川中会战的结束，康世恩从都尉坝机场乘飞机离开川中会战指挥部而停止。党和国家领导人多次踏上川中大地，给仍在苦苦坚守阵地的"石油川军"加油鼓劲。根据《四川石油管理局五十年大事记（1949—1999）》记载：

1959年6月4日，中共中央政治局委员、国务院副总理贺龙元帅视察川中。贺龙参观了井场设施，观看了放喷，听取了秦文彩关于川中生产形势的汇报后，还把一个个又红又亮的广柑逐一分送到井站职工的手中。临别时大家与他挥手道别，贺龙说："同志们不要送了。希望你们多辛苦一些，多搞几个5千吨，搞个年产原油三五百万吨吧！"

1960年1月，全国人大常委会委员王维舟、熊克武、邵力子、卢汉到南充油田视察。

1960年3月9日至12日，朱德、贺龙、聂荣臻、李井泉、罗瑞卿、肖华等党和国家领导人视察川中油区。朱德委员长先后到充12井、充西1井视察了出油情况，到南充炼油厂、南充热电站工地视察了基建施工情况；到四川石油学院会见了全院师生；在川中矿务局机关听取了石油勘探成果及今后勘探部署的情况汇报，接见了部分先进生产者代表，并和矿务局机关部分职工合影留念。视察中，朱委员长作了重要讲话。他鼓励川中职工："你们在川中钻油，碰了几个钉子，是否把劲松了？困难是有的，决不能松劲，要继续鼓足干劲，不要受投资的限制。特别是你们这一行，很难按投资办事。……要采取多种多样的办法把油搞出来，现在到处有油，你们要大胆搞。虽然花钱打一些井没有油，（但这个钱）也要花。我们的祖先都能打自流井，利用天然气，（难道）现在我们连自己的祖先都赶不上？"

1960年3月12日，朱德挥毫题词："鼓足干劲，把川中石油迅速大量地开采出来！"

1960年5月18日，中共中央委员、共青团中央第一书记胡耀邦视察南充油田。参观充3井后，在机关听取了矿务局局长秦文彩关于开发川中油区的汇报后说："川中油区是有成绩的，有前途的……在新的问题，新的困难面前，重要的是群众路线。具体地讲，就是发动大家综合观察，大量地收集材料、认真研究，找出规律。要大胆试验，采取小型多方面的经验（指导工作），（争取做到）'东方不亮西方亮'。我们是无产阶级，试验不成功还是无产阶级。小型的多方面的试验就是贯彻了多、快、好、省这一条……第二条是生产上搞低成本高功效，这是社会主义经济学问题。低成本、高工效是无止境的，这一点要使每个干部都明确。"[1]

1960年，公历闰年，农历庚子年。这一年非洲有17个国家宣布独立，因而本年被称为"非洲独立年"；这一年中国研制的第一套1000门自动交换机在上海吴淞电话局开通使用；这一年越南战争爆发，美国宣布3500名士兵入越，中国政府继"抗美援朝战争"之后再次派出部队

---

[1] 四川石油管理局史志编纂委员会：《四川石油管理局五十年大事记（1949—1999）》，第44—52页。

深入越境，开始"抗美援越"；这一年伊拉克、伊朗、科威特、委内瑞拉、沙特阿拉伯等第三世界产油国，为维护本国石油利益，在伊拉克首都巴格达开会，成立了石油输出国组织；这一年全国工业战线因贯彻"压缩空气，冷热结合"的"最高指示"，全国工业纷纷"下马"之际……共和国在松辽大地摆开战场，向"贫油国"的落后面貌宣战。

即使如此，党和国家领导人也没有忘记巴蜀大地上仍在苦苦死战的川中油区，用西南油气田官方文献的话来说："这无疑是激荡人心的关怀，复苏希望的春风，再战川中的号角！"

其实，再战川中，以响应康世恩号召的"打野猫子井"的序幕，从1959年石油部川中会战指挥部撤销后的第二个月就再次如火如荼地开始了。

当年4月，川中石油战士贯彻"勘探与生产并举"的方针，开始向隆桂进军，陆续在隆盛、桂花、大石、充西地区，甩开川中南充、蓬溪、龙女构造进行勘探，先后在蓬40井、大石1井、充西1井、合20井获得了期盼已久的高产原油。这个勘探发现，印证了川中油区是不受局部构造控制的裂缝性油田的惊天之论。

从1959年4月到1960年7月，不足一年半时间，川中矿务局就在隆盛地区完钻的14口井、大石完钻的2口井中，取得了13口井日产原油20～40吨的不俗成绩；在充西地区完钻的8口井中，均见到了良好的油气显示，其中西1井投产后，日产原油20吨以上；于是，从蓬莱构造以东的隆盛至桂花，再从桂花到大石桥，大约两百到三百平方公里的一个有利含油带，日益清晰地呈现在了中国石油地质学家们的眼前。

隆桂油田的发现，算得上是千呼万唤、苦苦奋斗的一个结果。石油部的会战队伍撤走后，我们川中能够找到这么两三百平方公里的一个富油区，用文学语言来说，这就像沙漠中的旅人突然见到了清泉，像茫茫大海中漂泊的孤帆见到了给它指示港湾的灯塔。因此，说它是川中这方西南油气田的"老娘土"，赐给我们珍藏在60年一个甲子岁月里的珍贵礼物，一点也不为过。

为了迅速打开隆盛、桂花、大石地区的石油开采局面，1960年春节过完没多久，川中矿务局组织的隆桂会战就轰轰烈烈地开始了。

在隆盛指挥部组建的当天，秦文彩对川中矿务局全部到场的"四级干部"说："同志们，隆桂石油会战从今天起就正式开始了。国家特别需要石油，四川建设也很需要石油。我们每个共产党员，广大干部都要积极争当会战的尖兵，夺油的模范。同志们，毛主席、党中央都在看着我们，会战考验我们的时刻已经来到了！"

随后，秦文彩神色庄重地宣布了成立三个战区指挥班子的决定，并给这三个战区下达了详细、具体的任务：第一，根据李敬、李滋润带走南充大队的大部分人马北上松辽，参加大庆石油会战的实际情况，在所余人员和设备的基础上组建充西大队，担负充西地区作战任务；第二，蓬莱大队的人员和设备，迅速向隆盛、桂花的涪江以西地区集结，在那里重新开辟战场；第三，以第一钻井大队为主，其他补充力量为辅，向涪江以东地区靠拢，争取尽快打开局面。

涪江的发源地在四川松潘县境内的岷山主峰雪宝顶东北坡的三岔子。雪宝顶藏语叫作"哈肖冬日"，意思是"东方的海螺山"。据《蜀水考》记载，涪水出自松潘卫风洞顶的兴龙泉，松潘卫这个地方就是现在的松潘县，因此，涪江这条嘉陵江、长江的支流的源头就在唐代八百多个羁縻州府之一的松潘卫这个地方。这条江从松潘、平武、江油、绵阳一路流到遂宁射洪县，出了唐代大诗人陈子昂的故里射洪后，流到了现在遂宁市的船山区，又经桂花镇过蓬溪才一路直奔重庆而去。所以说1960开始的隆桂会战，除充西地区之外，其中有两个战场是围绕川西北和川中遂宁人民的母亲河——川中涪江以西及以东地区而进行的。

秦文彩对隆桂会战的部署是：开展高速优质的群众性钻井运动，既然川中会战的第一、第二阶段打出来的八十多口井与原定的目标相差很远，那么，就干脆在第三阶段再打31口井，尽快把"A加B"这样的连片产油面积按预想目标突击出来。为了确保这个"A加B"目标的实现，秦文彩还在会上要求大家，在会战中要认真学习石油部总结的大庆经验。

这个经验的主要内容，因时间关系我记得不是很清楚了，查了资料才知道，20世纪60年代之初的大庆经验与隆桂会战结合的具体内容是，以二十多项资料、七十多个数据为核心依据，采用"四全四难"标准，以"铁人"王进喜提出的"宁可少活二十年，拼命也要拿下大油田"口号为行动纲领，大搞基础资料的群众运动，切实摸清地下油层情况，精确算出原油储量，为开发大油田打下牢固基础。在加大勘探力度的同时，还要千方百计地增产原油，逐步把川中的原油生产水平提上去。秦文彩说的这个"群众运动"，主要是指生产领域，与政治运动基本没有什么关系。

秦局长在那天的动员讲话中很动感情，讲到最后含着泪水说："这次会战，是以我们四川局，特别是我们川中的队伍为作战主体的，因此，这是我们自己的会战。在会战中，川中矿务局的主要领导，全体行政、政工、工程技术人员，要以饱满的政治热情，自己给自己争气的思想，全心全意地投入到会战中去！虽然咱们四川局从川南矿务局、有关气矿及成都的试验研究所、勘探设备修理厂、地调处、职工学校等二十多个单位抽调了精兵强将来支援我们川中，但是川中的干部同志，一方面要与支援单位的人员同心协力，团结奋战，并肩战斗，另一方面还要模范带头，以主人翁精神引领参战人员，确保隆桂会战取得圆满成功。"[1]

龙雏回顾了秦文彩对隆桂会战所作的动员情况后，接着告诉我们：中国石油工业的一盘棋思想，无论在余秋里、康世恩主政石油部的"余康时代"，还是在从四川石油管理局向现在的西南油气田公司六十多年的辉煌迈进中，这个传统尽管一直没变，但在隆桂会战时，当秦文彩提出了"我们自己的会战"这个任务定性以后，参战人员的确是既着眼于"我为祖国献石油"的大局，又背着川中会战前两个阶段失利的包袱，以强烈的自尊心不断激励自己，大家都是自己和自己较着劲儿来干工作的。

会战中，一是不少干部职工在"文化大革命"即将爆发的前夜，始终以大干快上的本色、本分为主，人心并没随着社会风气和政治气候出现变动，未见任何非生产因素介入会战之中，继而影响到会战的最后结果；二是隆桂会战是大家忍饥挨饿，一边饿着肚子，一边艰苦奋斗，依靠顽强毅力才夺取的实属来之不易的一个伟大胜利。

蓬莱大队副大队长何文堂，跟随大队人马来到涪江以西地区后，负责整个战区的后勤保障工作。为解决支援大庆石油会战后器材、物资一度紧缺的问题，他组织职工回收各种废旧物资，将修旧利废作用发挥得淋漓尽致。继蓬莱大队回收修复组成立后，紧随其后的机修、运输、试采队的废料回收以及修复组也闻风而动。

何文堂戴着草帽，穿上垫肩，扛着打杵[2]，带着工人像收荒货的荒货贩子一样走乡串队，动之以情，晓之以理，动员说服农民将川中会战第二阶段结束后隆桂会战开始前"顺走"，弄回家去搭猪圈、盖草屋的钢管、铁管还给他们。他们到各施工井场清理、回收废旧钻杆、油管一万多米。

---

1 摘自本书作者对龙雏的采访笔录。

2 打杵是四川的一种抬重物、支撑重物换肩或者中途歇息的劳动工具。

一天，何文堂陪同张忠良到所在战区的油井、机修、运输、供销等科室检查工作，来到蓬54井、蓬46井和桂9井等几口高产井时，见井场、蓄油池里到处都是原油，尤其桂9井的井场散开的原油经过太阳的照耀，看上去如同一个又黑又亮的湖泊。

张忠良心疼极了，他弯下腰去，伸手沾了一手指原油，举在太阳下看了看，口气严厉地说："这样下去怎么能行？要尽快想办法解决！这是大家辛辛苦苦地从地下打出来的油，这个问题如不及时解决，把油弄得到处都是，既污染了土地，被风吹掉、太阳晒干了也很可惜，而且还容易着火，很不安全！"

见何文堂一脸尴尬，张忠良的语气转低，又恳切地说："你们大队应该好好研究一下，看看如何解决井场的原油集输问题，既然现在条件有限，不能实现长距离输油，也要把短输问题想法解决掉，确保油罐车向南充炼油厂拉油期间，不再存在这种浪费和安全隐患，你看如何？"

何文堂的脸上开始淌汗，表示一定将张局长指出的问题在日后的工作中坚决解决掉。

来到供销科，看到地上撂了几十张铁皮，张忠良眼睛一亮，将跟在身后的何文堂拉到他前面来，指着地下的铁皮说："用这些铁皮焊个油罐，尽快将井场的原油浪费问题解决了吧！"

送走张忠良的当天晚上，何文堂就在机修车间召开了动员会，很快一个由大队干部、工程技术人员和老工人组织的临时小组便成立了。他们设计出了土油罐、土分离器、土锅炉的图纸，说干就干，很快就叮叮当当，弧光闪闪地将这项日后将在隆桂会战各战区推广的"三土"制作工艺摸索了出来。

没过多久，喜欢跟踪问效的张忠良又来检查，见到蓬莱大队遍布涪江西岸纵深地区的战场，每个井场都已整齐划一地安装上了高架罐，装上了自制的分离器和土锅炉，为生产建设发挥了立竿见影的作用，便高兴地哈哈笑了，对何文堂跷起了大拇指说："何文堂啊，真有你的，现在你已成了川中矿……哦，不，你已是我们四川局的'三土专家'了！"

蓬溪大石桥乡的男人妇女们的日常活动，从1960年3月份开始，就被令他们感到惊奇的那些陆续到来的外来者打破了。穿场而过的一条土街上，晴天时过车就尘土飞扬，下雨时过车就泥泞四溅，原本人迹稀少的乡场突然变得热闹无比。太阳下营山大队石油战士们的头上戴着闪光的铝盔，脖子上挂了一根白得耀眼的毛巾，身上穿着干净中透出一股淡淡肥皂味儿的蓝色劳动布工装，引得姑娘妹儿热辣辣的眼神随着他们的出现而不停地转来转去；落雨中的他们却和当地农民一样头戴斗笠、身披蓑衣地早出晚归，惹得同样还是喜欢打望他们的那些姑娘妹儿不时地嘟着小嘴，心怀怜惜地独自站在一边，悄悄地为他们摇头叹息。

营山大队的部分人员根据秦文彩的命令来到这里，组建川中矿务局的第一钻井大队。大石桥区公所给会战人员让出的20多间房屋，成了大队生产、行政、财务等机关科室的办公室。生产调度室到得晚了一步，办公和住宿就只好临时安在民国时期还可以不时唱些戏文，1949年以后就已无戏可演的荒废不用的戏台上了。

钻井一大队的生产生活条件是艰苦的。机修车间借住在当地人打米磨面的作坊里，车、钳、锻、焊等工种的师傅们挤成了一团；开来40多台汽车的运输队的驾驶员们占用了公路交通部门提供的100平方米左右的一间道班房；基建队利用街上公路两边的空地搭起了临时工棚。一大队的双职工和随队家属因忙于隆桂会战的大局，没有办法，只能自己挤时间到大石一带的老乡家里自己花钱找地方住了。

一般来说，老乡家院子里的牛棚、猪圈、茅厕边就是他们的栖身之所。

大队长董中林的一间20平方米不到的小屋除了用于日常办公，许多时候还要承担会议室、接待室、临时来队家属的探亲房的职能。虽然他知道，基于会战下达的作战任务的需要，职工的生产生活条件只能立足当时的现有条件，宜粗不宜细，差不多说得过去就可以了，但他又清楚地意识到：要打好这场"我们的会战"，不将全大队所有人员的精神振作起来，士气鼓舞起来，那是完全不行的。

在大队机关干部会上，董中林、杨作义组织大家就如何做到工作、学习、劳动"三不误"的问题进行讨论，明确要求机关干部在地方民工钻前团人员严重不足的情况下，坚持半天平井场、修公路，半天办公，晚上集中精力搞好政治业务学习。

杨作义的爱人闫玉梅在大队机关当出纳员，为了避免"干部老婆坐办公室享清福"的——自己想象的——"群众议论"，她白天戴着草帽，操起铁锤，蹲在地上砸碎石，扛起锄头挖土方、平井场、修公路，晚上一身汗水一身泥地回到机关加班做报表，每月1日到25日就会熬夜直到后半夜，甚至到日出大石桥的黎明时分。

一天夜间，闫玉梅加完班，回她和老杨租住在老乡家猪圈上方木板隔层空间里的那个"家"时，已经凌晨4点多了。她走过小麦正在扬花的田野中的一条田埂，突然看到两个小小的黑影正向自己走来，她想起钻前团民工边干活边摆龙门阵时给她讲的，如果运气不好，走夜路时往往会碰到来自另一个世界的"那些什么"，她心里一惊，"该不是真给碰到了吧？"她的脊梁上冒出了阵阵虚汗。正感到害怕，两个小黑影的其中一个却冲她十分惊喜地叫了起来："妈妈，妈妈，是你吗？"

原来两个小黑影不是别的，而是她和杨作义的两个宝贝孩子——女儿羊羊与儿子黑子。

"深更半夜的，咋不在家里睡觉？"她有些生气地责问道。

羊羊牵着弟弟黑子的手，瘪着小嘴，带有明显的哭腔说："妈妈，你和爸爸都不在家，我们饿了！"

听到女儿说饿，闫玉梅心里涌上阵阵痛楚，她流着眼泪，随后眼前一晕，跌坐在地上，过了好一会儿，才掏出两个捂在怀里的、还热乎着的馒头，给孩子每人分了一个。

两个馒头是她在食堂吃饭时特意省下的。见孩子开心地吃着，她才发现，自己也饿了！

她踉跄着站起来，望着田野四周灯影中隐约可见的那一座座井架，她对丈夫杨作义似乎涌起了一丝隐隐的埋怨。

杨作义在哪儿呢？在距离她和孩子半里路程不到的石13井。

石13井的施工进度自开工以来就不顺利，开钻那天钻铤掉了，固井那天，值班工人们因不小心又把水泥车烧了，还差一点闹出人命。拖拖沓沓，水裆尿裤的一番折腾，井的设计进尺好不容易终于打完。

那天晚上，杨作义下班后原本可以回家，替要加夜班的妻子照看一双儿女，但想到石13井还要连夜试油，因此和董中林打过招呼，就带着大队的工程技术人员赶去石13井试油去了。

杨作义一行到达石13井时，参与试油的各种作业车已经严阵以待。一个钻工见到他，扯着大嗓门在隆隆的机声里吼叫道："领导来啦，13井今晚就不敢不出油啦！哈哈哈！"

杨作义走上去，一手伸出勾过那个钻工的脖子，一手从劳动布工装口袋里掏出一个"解刀"（螺丝刀），在他已被油污浸染得乌黑的铝盔上，不轻不重地敲打了一下，然后笑着说："别废话，干活！"

通井、洗井、射孔等试油程序有条不紊地进行着，观察岗上的一个工人见井下情况有异，又大声武气、骂骂咧咧地吆喝道："不得了哦！压力上得太凶火了！"

终于放喷了，没少给钻工和第一钻井大队的领导董中林、杨作义找麻烦的石13井，喷出了一根压力十足的油柱，它直指夜空，大约有二十多米高。

全场为之欢呼雀跃，直到人们的欢呼声消失数十年后的20世纪90年代末期，该井还是产量很高的明星井，累计产量已达7万多吨。

相对涪江西岸地区的蓬莱大队和东岸地区的董中林、杨作义大队机关的办公条件而言，隆桂会战的川南指挥所无疑要好多了，因为川南指挥所设在桂花街头一座民国时期的小砖楼里。那是当地一名乡绅的房子。那乡绅为了躲避人民民主专政，新中国成立时就逃跑了，砖楼也就弃之不用了。

支援隆桂会战的四川局3216、3217和3215钻井队赶到此地，向原隆昌气矿矿长、现四川石油管理局副局长、川南会战指挥所总指挥刘选伍报到时，刘选伍把担子压给了3216队，要求这支士气高昂的铁血队伍，把日进尺争取到500米，给川南战区放放"卫星"，将整个战区的会战气氛尽快带动起来。

3216队是一支以作风顽强、技术精湛而享誉四川局的知名模范钻井队。1958年7月底，接到对沙1井进行加深施工的任务后，在施工中突然遭遇了含硫大然气强烈井喷的重大险情，全队职工立即舍生忘死地投入抢险战斗，在关闭封井器，确保气井最终安全无损的关键时刻，副司钻陈超和韩友生壮烈牺牲，献出了年轻的生命。1959年打沙4井时，他们创造性地采用了清水钻井新工艺，受到四川局和所在气矿的隆重表彰，并在沙4井召开了现场会，向来自巴蜀大地各钻井大队的领导及井队代表介绍了他们创造的先进经验。

隆桂会战打响后，指导员赵德、队长郭靖海又带着经历了血与火考验的队伍征战隆桂来了。

会战的环境同样艰苦异常，全队上下七八十号人，借住在老乡家的偏房和猪牛圈里。井队队部的办公室设在了一家农户猪圈上方的地楼上，队里开会、办公时，不时会有猪粪的气息连同嗡嗡乱飞的苍蝇一起窜来窜去。但最让指导员赵德感到挠头的，还是队里的一日三餐已开始面临断炊之险。

三年困难时期，国家供应逐渐紧缩，食物越来越少，饥饿带给人们的水肿病开始蔓延，赵德竟然也未能幸免，腿肚上伸手一摁一个深坑，好久都恢复不了。但他身为井队政治指导员，是3216队的灵魂人物，根本无法顾及这些。

队伍开到桂花乡的第二天，从川南指挥所刘选伍副局长那儿领受任务回来之后，他就和队长郭靖海爬上空气污浊的队部办公室，放下草帘，"关上门"，开始合计起了如何"给川南战区放卫星，带动会战气氛"的具体落实方案。两人形成了统一的意见后，吹响哨子，把队伍集合在老乡家的院坝里，进行了动员部署。

第二天早上天还没亮，赵德拖着一双走路有些发飘的腿，将睡眼惺忪的工人们集合起来，布置当天的任务，向他们提出工作中的各项标准及施工过程中的安全注意事项。见队伍中有些五十来岁的老大哥的双腿已在打颤，赵德知道，饥饿与水肿病继他之后，已悄悄地袭击了3216这支以敢打硬仗著称的队伍，但他依然没就饥饿与水肿病的事在会上提醒大家保持警觉，引起注意。因为他知道，这个问题一旦由他提出，不但会扰乱军心，还会触碰"给人民公社运动抹黑"的政治红线。再说，就是不怕触碰政治红线又能怎样？水肿病不是病，只要吃饱肚子，跟上营养就没问题。但粮食在哪里呢？

他们借住的这家农户家里，锅台上的锅已被砸烂炼了钢铁，平时囤粮的木柜和竹囤已空无颗粒，院里的猪牛猫狗已经不知去向。一家人参加生产队的劳动，无论出工还是收工，都是那种偏偏倒倒、走路无根无底的样子。

所以，赵德知道饥饿与水肿病的问题说不得，也没办法可说，说了也根本没用。

他拖着浮肿的双腿将队伍带出院子时，还是特意走到年纪稍大的工友跟前，伸出手去，一切都在不言中地挨个拍了拍他们的肩膀。

3216队安装钻井设备时，因战区摊子大，吊车少，忙不过来，吊车成了最棘手的问题。

没有吊车怎么办？9月16日天快黑时，大家盼星星盼月亮，好不容易盼着的吊车像个摇摇晃晃的巨人一样开过来了。但吊车刚把绞车送上高高的钻台，装完的"三大件"还没有搬运到位，结果司机就接到指挥部刘选伍打来的一个执行紧急任务的电话，司机便又将刚吊起来的"三大件"放下，在众人的骂声中小成一个黑点，匆匆忙忙地开进了暮色之中。

队长郭靖海一脸铁青，将抽得都快烫到嘴皮的香烟"呸"的一声吐在地上，好像要把心里的沮丧与气愤，全都集中到烟头上去踩出来似的。他支起前脚掌将烟头摁在地上不停地旋转着，见天色越来越暗，考虑到大家都没吃饱，加班夜战已不现实，就说："收工，明天一早咱们用手摇绞车拖！"

第二天早晨天还没亮，郭靖海就从队部兼队长、指导员宿舍的地楼里爬了下来，冒着夜里不知何时开始下起的狗毛秋雨，来到油毛毡搭建的临时伙房里。见炊事员煮的一锅红薯稀饭稀得不粘筷子，能够照出人影，依他平时的脾气他想骂人，但他还是忍住了。

想到上午一班的工人们要下力气摇绞车，他便从堆在木架上已经只有小半袋的粮袋里挖出了一大水瓢玉米面。

他突然想起去年川中会战时，那些当地民工传唱很广的一首歌谣，不知不觉地就哼出了声来：

小姑娘快快长，
长大嫁给石油郎。
天天穿皮鞋，
月月都发饷。
…………

他一边唱，一边用手抓着玉米面，朝煮得汤水翻滚的锅里扬撒，然后用一双长长的竹筷将浮在大锅里的玉米面迅速搅开。坐在灶前烧火的炊事员想对郭靖海"不当家不知柴米贵"的行为冒火，不过一听他在这个早上唱起这支歌，眼睛一红，竟然忍不住地掉下了泪。

一班司钻黄德昌与十七八个工人吃早饭时，见炊事员舀在他们碗里的红薯糊糊比平时干了不少，便满心欢喜地带领大家吃了。吃过早饭后，他们不但要喊着号子，用手摇绞车将昨日吊车放回原处的"三大件"，穿好钢索摆放到位，还要将重达二十多吨的钻塔，在1960年秋天的川南落雨天里尽快竖起来。

经过大约一个星期的钻前准备，9月18日这天，桂14井终于人喊马叫，钻机轰鸣。

日上500米进尺的战斗终于在3216钻井队打响了！

随队干部傅文凯守在机房里的一台大马力柴油机前；钻井工程师钟德金守在钻台前，手里抱着一个硬壳本子，看着钻速表在记数据；刘选伍一会儿爬上钻台，一会儿钻进值班房问这问那——他一早就来到井场，在饿得人放屁都有一种饥饿气味的川南战区，铁血的3216钻井队，还能担负"放卫星"鼓舞士气的重任，所以桂14井一开钻，这对阅井无数的他来说，依然是天字第一号的头等大事。

一个多小时之后，下井的钻杆连续接了两次单杆，一切都按预期顺利地进行着，但随着一声沉重的闷响，"空气包"在现场每个人眼里都快喷火的神色中，还是不争气地憋爆了。

关键时刻掉链子，屋漏又遭连夜雨！刘选伍、赵德、郭靖海他们越是担心的事，在我们自己组织的会战中，还是不以人的意志为转移地发生了。继空气包憋坏了之后，3216队在打桂14井表层的时候，又碰到了严重的垮塌问题。这个垮塌是由于地表松软才发生的。严重到什么程度呢？严重到一起钻地下的井壁就会垮塌的程度。那时，每个人都饿得没力气了，这个井壁也没力气，站不稳嘛！刘副局长和川南指挥机关的人都气得够呛，但是没有办法。

看到钻进速度上不去，这个队的队长和指导员就带领大家开起了鸡一嘴、鸭一语的"诸葛亮会"，想了很多办法，主意都挑明了，最后他们决定，一边打钻一边下"鼠洞管"，同时将泥浆比例不断地加大。没想到，这两招还真管用！

说起那个年代的群众运动，现在想起来大多都是一些不好的记忆，但是呢，这下面还是有些好的东西。3216队通过发动群众能够找到对付井壁垮塌的办法就是例子！

当然了，他们也都有"我们自己的会战"这个意识！

克服了井壁垮塌的问题后，这个队虽然没有放成"卫星"，但经过两个多月的艰辛努力，还是打到了设计的目的层，每天产油六七吨左右。

3216队取得了成绩，这个成绩来得不容易，因为是他们饿着肚子为四川局取得的。

后来，郭靖海到成都去参加一个四川省委组织的干部学习班，川南指挥所就安排了何克勤去和赵德搭班子，带领3216队的人一起继续干。这个何克勤也是汉中五十七师出来的，是个实干家，爱动脑子，因此他与赵德配合得很好，把一支缺粮少吃的队伍带得嗷嗷叫。[1]

"何克勤接替郭靖海以后，3216队又去钻横1井。但这个井具体在什么位置我就不记得了，我只记得隆桂会战，是按康世恩离开川中时，提出的'打野猫子井'的办法，以川中为中心到处找地方来打井的。"西南油气田输气处原党委书记杨彬老人说，"打横1井，队里的老技术员被调配到别的战区技术薄弱的队去帮助工作，新来的女技术员对生产不熟，和一帮饿得东倒西歪的大老爷们关系也不太好处，何克勤怕出问题，干脆就吃住都在井场，每项措施和要下达的作业计划他都要亲手制

---

[1] 摘自本书作者对杨彬的采访笔录。

订，像为了保护油层采用的油基泥浆、长筒取心这些技术工艺，都是他琢磨出来的。"

那天，横1井在钻进过程中发生井喷，地下的泥浆携带原油疯狂地喷了十多米高，方型钻杆被冲击得来回摇晃，钻工们想了不少办法都接不上。就在井喷导致失火的严重事故眼看就要发生时，何克勤沉着冷静，灵机一动，指挥钻工用悬绳将方型钻杆拴住，距离钻盘稍远些，两边力气相对大些的钻工用钢索拴住钻杆，防其来回晃动，司钻配合着快下快放，很快就将方型钻杆接上，避免了恶性事故发生。

闻讯而动的蓬莱大队党委书记刘忠来到横1井，见事故避免了，松了一口长气，给何克勤扔去一支烟说："小何，你们干得好！为国家人民避免了财产损失，我代表大队谢谢你们！"

"谢啥子啊，打自己的井，您不用谢哈！"何克勤轻描淡写地一笑，用他已经变得流利的四川话说。

随着口音的改变，何克勤他们这些跟随秦文彩一起驰援川中的"玉门外省人"，已经对四川局和巴山蜀水打心里产生了外人不易觉察的认同感。

横1井事故消除后，3216队更是如临深渊，如履薄冰，他们从此没再组织快速钻进活动，彻底告别了一度大红大紫的"放卫星"那套钻进模式，取而代之的是"合理安排，均衡钻进"的方式。

到1961年底，横1井以1629.48米完钻，历时四个多月打完的这口深井，日产原油1.9吨。

紧随3216队之后，与他们同期来到川南指挥所战区的3217队和3215队也如期完成了会战任务。他们挥舞着铝盔，拖着疲惫而饥饿的身体，与川中大地作别时，落日已将他们的身影铸成了一尊尊黄昏的雕像。

吃饱肚子的政治

以 1959 年的下半年为分水岭，四川石油管理局职工的口粮供应开始急剧减少，各种副食更是一天比一天稀缺起来，到了三年困难时期的关键之年——1961 年，甚至每月按时供给职工一斤肉、半斤油也无法实现了。

原四川局常务副局长王宓君老人接受我们采访时说："除跑野外的地质人员能够勉强吃饱之外，其余的干部职工和地方上的老百姓一样，也都处于饿肚子的状态。"

来自西南油气田川中矿务局的统计数据也表明："干部（的粮食）定量压减到每月 19 斤，营养不良。据不完全统计，1962 年初，川中矿务局患水肿达 2482 人，占职工总数（的）11.5%。"

四川石油管理局组织隆桂会战时，正是那些面色蜡黄、腿脚浮肿的创业者，迈着蹒跚而坚定的步履，肩负着发展大西南油气工业的历史重任，在忍饥挨饿地慨然前行。

西南油气田输气处原党委书记杨彬回忆起那段往事，仍然不胜唏嘘：

隆桂会战刚开始没几天，我们就过上了吃了上顿没下顿的那种日子。那时，干部每个月 20 斤粮食不到，职工的口粮也比干部多不了多少。对肚子里没多少油水的人来说，就是吃完这点口粮不干活也不够，躺在床上不做事都会饿得前胸贴到后背。何况我们搞会战，找石油，那些工作强度还那么大，不少一线工人要凭体力才能将任务完成呢！

我在川南指挥所当政工干部，起初饿得路都走不稳，后来连站也站不起来了。

我在办公室刻钢板，印刷会战简报，突然眼前一黑就人事不省了。机关的领导和同事，好多是从"汉中改编"时一起来到石油单位的，他们对我很好；地方上的领导、同事对我也不错。大家一看我这个样子，也没告诉我爱人，就凑了一点钱还有一点粮票，想办法买了一只山羊，把我放在一个老乡家里就走了。

他们把我放在老乡家里，继续搞会战去了。这个作风是五十七师的光荣传统，部队要打仗，对伤病员也是这种处理方式，给你弄点吃的和钱，然后把你交给老乡，如果你的伤病好了，你就去赶队伍，假如挺不过来，那就没办法了……所以我很感谢领导和同事，在搞会战遭遇饥饿袭击时，还能给我这份仁至义尽的关照，不是他们，我是挺不过来的。

我在山上的老乡家里养病，刚开始凭粮票和钱还能弄到一点吃的，加上那只山羊每天挤出一点羊奶可以喝，所以我的病没看医生没吃药，也慢慢好转起来。

但后来粮票突然作废，钱也买不到议价粮了，我就和老乡商量，干脆把羊杀了。从羊皮到羊肉还有内脏，我们都一点不剩地弄来吃了。我们用羊骨熬野菜吃，熬到最后，野菜汤里连一星油花花都看不到了。

可以说，要不是那只山羊，我早就饿死了，也活不到今天这么大的岁数了。

不过，我的一些领导、战友和同事，他们虽然忍饥挨饿，但依然要在涪江东西两岸和西充一带找油，他们就没我这么幸运了。[1]

已调任西充钻探大队副大队长的杨型亮与几位技术人员从井场回到

---

[1] 摘自本书作者对杨彬的采访笔录。

大队部时，夜已深了。

尽管累了一天，大家还是饿得睡不着，有人对他说："大队长，我们还是想点办法，弄点吃的再睡觉吧！"

杨型亮说："好，弄点吃的再睡。"

于是，大家跑到外边的院子里，把空地上的几个拳头大的嫩南瓜、几窝牛皮菜弄回来洗净，又用脸盆在水缸里舀了半盆水，往电炉上一坐，撒上一撮盐煮开了，就狼吞虎咽地吃起来。

第二天一早，保卫科科长一看他们科室种的瓜瓜菜菜少了不少，就在院子里大喊大叫，说是阶级敌人搞的破坏，一定要追查到底！

杨型亮听见他气疯了一样地站在院子里吆喝，便让人把他叫进来，笑着指了指自己的肚子，事情才算摆平。

杨型亮和大家都饿坏了！他的体重从一百三十多斤饿得只有九十来斤，双腿又软又肿，得了水肿病。开生产会时，一句话还没讲完，眼前一黑，就倒在了地上。

充9井的队长张玉发下班后赶来看他，见他躺在床上爬不起来，就把一小袋黄豆放在屋角说："大队长，这点东西给您，肚子饿了时，放在火堆里，烧了吃点，还能顶一顶。"

"这咋行呀，你老婆娃娃也饿饭，他们吃啥呀？使不得，快拿回去吧！"

"我老婆小孩子已送回老家去了。这20斤黄豆，是她在四川粮票没作废之前给家里买下来的。没事，你吃了这些，好歹能把身体弄得管事儿一些，我们还巴望你们这些领导带着大家拿油呢！"

杨型亮鼻子一酸，眼睛一热，哭了。

饥饿的魔鬼不断地折磨着会战中的每个干部职工，也无时无刻不在磨炼着他们的意志。

杨型亮在床上躺了几天，吃了张玉发送给他的那点比药都还管用的黄豆以后，爬起来又开始上班了。

这天，他带着试油工程师张伯英、张春发去充83井搞酸化，临近中午歇工时，不见了张伯英的人影。吃午饭的时候，也不见他到食堂里来。杨型亮感到不对劲儿，就到处去找他，结果在井场背靠的半山坡上，大家发现戴着一副深度近视眼镜的张伯英蹲在一棵树皮已被附近农民剥掉吃光了的柏树下，弄了一堆柴草正在烧火。

杨型亮过去一看，只见三块石头上，一个被柴火熏黑的饭盒里，水刚被他烧热。杨型亮急忙拉过张伯英，揭开他的书包一看，原来里面全是葛根、干红薯藤子这种东西。

"小张，你咋吃这些？"

"已经吃了好几天了，我爱人，下个月在成都要坐月子了，不省点口粮咋办呀？"

"你每月只有19斤口粮，怎么省呢？"

"嗯，我不吃，就能省呢！"张伯英说完背过身去，摘下眼镜，揩起了眼泪。

"走吧，和我一起买饭去！"杨型亮拿起饭盒，将水倒掉，两脚将张伯英点燃的柴火踩灭，望着张伯英清瘦、虚脱、疲惫的书生样说，"以后我们一起吃，有事你要说，你们这些知识分子就是脸皮薄！"

杨型亮与张伯英一起下山，在去饭堂的路上，杨型亮感到心里太憋屈了，既想骂娘，又想与张伯英说点什么，但他一路啥也没说，他也不知道该说什么。

饥饿，俨然是蓬莱会战期间人们遭遇的一场瘟疫和病毒！风一样吹向哪个战区，哪个战区的石油战士就被饥饿的瘟疫、病毒左右和控制，谁也无法抗拒它对自己的影响与传染。

在蓬莱大队领导干部集体宿舍里的人，他们饿得像西充大队的干部一样睡不着。

夜间，大队长张钦、副大队长何文堂饿得毛焦火燎，点起火把与大家去住地的河沟、水田里捉鱼、摸黄鳝。何文堂一无所获,十分沮丧,一身泥水地回来后,将自己"哐当"一声撂在了行军床上。隐约中,他听见有人在欢天喜地吆喝:"领导们,起来起来,起来吃鱼了!"

何文堂一听"吃鱼"的吆喝,也不知哪儿来的力气,一个鲤鱼打挺坐了起来,只见大队长张钦、副大队长顾汝杰、华光兴也和他一样,个个都两眼放光地坐了起来。

何文堂原以为他们几个领导折腾半夜,一无所获,大家吃鱼时不会叫他们了,结果起来一看,那些收获颇丰的机关干部把鱼打整好后,还是给他们一人盛了满满一碗的"白水鱼汤"。

这碗热腾腾的鱼汤,尽管没有任何佐料,只搁了少许盐,却让蓬莱大队饥肠辘辘的领导们,感到鲜美无比。

"趁热,快点……凉了,鱼会腥,不好吃了!"一个年轻的小伙子不断地劝着自己的顶头上司。

"没想到就那么一人一两条小鱼,一碗鱼汤,不但香了蓬莱的一个夜晚,还香了大家一辈子的共同记忆。"半个多世纪以后,杨彬老人回想隆桂会战的饥饿往事时,对我们说,"在隆桂会战中,面对饥饿,大家都是同甘共苦的,干群关系特别密切!"

我在山里的老乡家里待了一个多月之后,就下山回到川南指挥所去上班了。自己身体恢复了就该去找队伍,也是汉中五十七师的一个传统。战争年代部队打仗,不能出现非战斗减员,隆桂会战是我们的会战,也在"打仗",大家都在前线挨饿受累,我也不能躲在山里享清福!

回到桂花镇的那座小楼里,我继续和科里的同志一起跑井队,编简报。因此,你们问大家是如何挺过饥饿关,最终拿下隆桂油田的,对于这方面的情况,我还算多少知道一些。

面对大饥荒的袭击,会战期间的干群关系的确比任何时候都好。不仅体现在基层的井场、井队和战区的大队，也不仅仅体现在四川局的机关，即使在石油部也有非常良好的体现。

比如，1961年春节前夕，五通桥一个盐厂到成都四川石油管理局机关拜年，给局长张忠良送了不少吃的东西。四川局的这位首任局长从外边回到办公室，看到办公桌下一个竹筐里盛满了七七八八的食品，一看就诱人得很！但张忠良看到这一筐东西，就问秘书怎么回事，秘书把这个盐厂为了感谢咱们四川局对他们的支持，过年了，给张局长送点年货来表示一下心意的意图对他说了。

张忠良一听，就很严肃地对秘书说：你给我记住了，第一，你马上把这些东西送到幼儿园去，给咱们的孩子们吃，他们比我更需要吃饱肚子；第二，今后凡是有人再送东送西的，你要学会谢绝，实在推托不了的，你就带上他们直接往幼儿园送！

又比如石油部在北京召开全国厂矿干部会，川中矿务局局长秦文彩双腿爬楼梯的时候，挪动得非常吃力，余秋里看到后，感到非常震惊，就抓住他的胳膊问：秦文彩，你咋搞成这个样子了？你都搞成这样了，隆桂会战那还怎么搞呀？

秦文彩装着没事地笑了笑说：这不是国家有困难嘛！

不行不行，开会期间你每天到部领导的灶上来，陪我和康世恩一起吃饭！

在克拉玛依现场会上，因川中会战第一阶段搞得不合他和部党组的意图，余秋里曾对秦文彩指名道姓地批评，批得很严厉，但一见他搞成这副样子，却心疼得不得了。他接着又说，你身体不能垮，你垮了，把队伍也带垮了，那还如何搞生产呀？

会议期间，余秋里把秦文彩专门叫到他的房间谈话，告诉他，四川到处是大江大河，还有数都数不过来的水库、稻田，那些鱼虾、黄鳝、泥鳅，为啥不组织职工利用工余时间去捕捉？我看除充分利用节假日向水资源要吃的之外，你们还可以组织生产队种粮，组织打鱼队打鱼、打猎队打猎，尽快组织生产自救嘛！

听了余秋里的这一番话，秦文彩的心里已经有了主张。

他知道余部长说得非常正确，因为只有组织生产自救，隆桂油田才有最终拿下来的可能。以前，他与张忠良局长、黄凯书记也谈到过这个问题，但四川局的两位党政一把手不敢擅自做主，一是怕违反有关政策，二是担心这样会影响企业与地方的关系。

那时，四川石油管理局接受石油部和四川省委的双重领导，没有大领导的支持，许多事都不能做。[1]

秦文彩回到川中，陪四川局党委书记黄凯到隆盛油区下基层。中午吃饭时，隆盛油区接待两位领导的午餐，只有一人一小碗红薯叶稀饭和一小碟酸萝卜丁。说是稀饭，还不如说是米汤更准确一些。两人埋头在碗里找来找去，筷子上沾着的米粒也就七八颗的样子，不由得同时抬头，四目相对地一阵苦笑。

下午开会时，秦文彩问道："同志们，中午饭都吃饱了没？"

会场静得出奇。

素以走南闯北、敢说敢干著称，同样有"石油工人一声吼，地球也要抖三抖"的冲天豪气的隆盛石油人，这时竟无一人接话。

秦文彩知道，一个接一个的运动，已让川中这支具有战争基因传承的队伍发生了前所未有的变化。人们说话办事，已开始瞻前顾后、缩头缩脑了！想到这里，他心里一阵隐痛来袭，于是干脆提高嗓门说："说实话，在座的都在饿肚子，对吗？"秦文彩站起来，捞起衣服将自己的肚皮对着主席台上的话筒拍得"啪啪"直响，接着说，"我也没有吃饱！我们这里如果一直这么瘪下去，干活就没力气，没有力气，我们用啥去支援国家的建设呀？"他望了一眼台下的会场，见人群中已有人开始交头接耳

---

[1] 摘自本书作者对杨彬的采访笔录。

了，干脆将话筒从桌子上提在手里，大声武气地对大家吼叫起来，"现在不是讲政治挂帅吗？什么叫政治，我看吃饱肚子就是政治。从今天起，我们一方面积极开展形式多样的生产自救，一方面还要继续搞好会战，坚决把隆桂油田这块硬骨头啃下来！"

黄凯将余秋里在北京找秦文彩谈话时作出的"生产自救两不误"的指示，乃至秦文彩已对基层干部职工作了传达动员的情况向张忠良作了通报。两人经过会前酝酿后，组织召开了全局党委扩大会议，就如何发动干部职工开展一手搞生产、一手抓生活的工作作出了安排部署。

党委发出号召，要求数万石油将士首先行动起来，开展每人种10窝南瓜、100窝红薯的群众运动，争取短时间内，先往肚子里填进一些食物再说。

应该说，在四川局接受石油部与四川省委双重领导的年代，他们根据余秋里的指示，开展"两不误"工作，在四川实际是一种承担政治风险的逆风而行。

在这样的政治气候中，看过反映石油人在三年困难时期为石油工业的崛起而付出艰辛努力的纪实电视剧《奠基者》的人都知道，因新疆石油管理局的局长只顾搞石油，对"全民大炼钢铁运动"不上心而被地方停职反省，玉门局长因莫须有的问题也被地方批斗，可见各地方局与地方政府尤其主要党政领导的关系相处有多艰难……

但是有余秋里的支持，加上秦文彩已在前方，"将吃饱肚子就是政治"的"炮"已当众放了，因而四川局向荒山要粮、向吃饱肚子进军的号角，还是在中国大西南义无反顾地吹响起来了。

四川石油战士除了留下精干力量坚守一线，其余的纷纷扛起了开荒的锄头，操起了打猎的鸟铳，撒开了捕鱼的渔网，饿得眼冒金星，拖着比铅都重的步履进了荒山，下了江河。

实在没吃的了，川中矿务局的领导都去了开展生活自救的一线，与职工一起开山、修路、造田，他们钻进山里，割了大捆的茅草和巴茅秆秆盖房子，还挖了不少可以食用的根根苗苗来当粮食。南充大队党委书记董金壁带队，一两百人开进了苍溪的荒山老林，用柴刀砍开荆棘灌木，等这些柴柴草草晾干后，就将它们全部点燃，等大火熄灭，下过一场透雨之后，就开始播下种子；副书记罗万、马家见老董都在刀耕火种地玩命干了，也不甘心示弱，就跑到南充地区人口稀少的那些边边角角里，想法办农场，很快也打整出大约一千多亩土地。

蓬莱大队周边地少人密，他们跑到北川一个叫邓家园的地方，开了几百亩地，建了个在四川局很有名的川北农场。北川那个地方，是河西走廊的古羌人南迁后的生息繁衍之地。这个地方，北周武帝四年就有政权存在；1935年的时候，张国焘、徐向前、陈昌浩的红四方面军赤化全川，还在这里建立了两个县级苏维埃政权。这个地方大山很多，境内因长江的支流岷江过境，所以，在大山与岷江两岸，过河过桥问题就很困难。

蓬莱的垦荒队去了以后，为密切他们与被称为"云朵上的民族"的羌藏群众的关系，就与当地政府一起商量，给他们架了一座在有一百多米长、两三米宽的钢索上铺设木板的渡桥。这个桥经历了2008年的"5·12"地震，到现在都还没垮。前两年，我家的孩子开车带我和老伴出去旅游，我看到邓家园的那个桥还在，还能过人。1962年的时候，由于蓬莱大队与北川的关系搞得非常密切，他们又在当时的复兴公社开了一个面积一千多亩的第二农场。[1]

根据杨彬老人的讲述，结合西南油气田官方提供的一本内部自印图

---

1 摘自本书作者对杨彬的采访笔录。

书的记载，我们得以知道：1961年3月，川中矿务局组织了一支四十多人的打猎队，经雅安、康定、石渠等地，远征四川与青海交界处的巴彦喀拉山南麓，在清水河一带安营扎寨，同时还派了七八支队伍，分布于涪江、嘉陵江流域撒网捞鱼；1961年6月，又安排了9支队伍从川中出发，奔赴大巴山、华蓥山、金城山、文昌寨，挖采可以食用的野生植物811643斤，加工淀粉36143斤……

可以说，为了生存，在隆桂会战期间，西南油气田的创业前辈们，付出了今人无法想象的奔波与辛劳。

在北川县的一个山谷里，3206钻井队钻工张功元被分到放羊班放羊，羊羔缺奶饿得咩咩直叫，他就用自己平时省下的饭票换回一些大米，用老乡的石磨磨成米粉，然后用开水冲成米浆，像喂孩子一样喂养小羊；晚上因担心像人一样忍饥受饿的羊羔受冻，或遭遇山里豺狼、豹子的袭击，他就烧着一堆火，一个人躺在羊圈边独自守候着。经过精心饲养，50多只山羊活了下来，无一中途死亡，出栏时个头又肥又壮。

打猎队爬上了海拔五千多米的康藏高原无人区，顶风冒雪，战胜了强烈的高原缺氧反应。他们每天早上都扛着猎枪，带上猎狗出猎，一旦中午天气暖和时还跳进河里摸鱼，晚饭前后还在宿营地四周，通过开展采蘑菇及其他野生菌的竞赛活动排遣野外生活的孤寂。

有一次出猎，一个名叫卿安材的工人与另外7名队员遇上一头两百多斤的大黑熊，他吩咐队友一起开火，原以为黑熊已被他们打死，便兴奋地跑上去拖黑熊，没想到没死利索的黑熊挣扎着跳起来，竟然一口就将卿安材的头皮血淋淋地撕扯了下来。要不是队友连夜驱车将他送到康定人民医院住院治疗，可能他连熊肉的味道还没闻着，就已经命丧康定了。

康定，古为西羌南下的居留地之一，是三国时期蜀汉政权的管辖之地，被称为"打箭炉"。康定具有灿烂悠久的地方历史文化，乃川藏之咽喉、茶马古道之重镇。一首《康定情歌》经女高音歌唱家喻宜萱于1947年在南京首唱，更将康藏风情与跑马山的爱情传说名扬天下。

但康定留给卿安材的记忆却不是那儿的文化风情，也不是女高音歌唱家的甜美歌唱，而是他在康定人民医院治疗期间的四十多个日夜的惊魂不定。当然还有半年时间中，他们猎获黄羊、盘羊、野牛、野马、黑熊——这些今天属于国家级的野生保护动物，当年却是隆桂会战前线急用的干肉。他们共计收获了六万多斤干肉、四万多斤干鱼、四百多张皮毛的生活物资补充。

就南充油矿的两个农场来说，1961年收获了55万斤金灿灿的比黄金还要珍贵的稻谷，而且到了1962年，川中矿务局的农场的规模已扩大到44个，耕地面积已达14143亩。除了放羊队、打猎队、捕鱼队等几十支队伍，他们还成立了7个挑着鸭棚、赶着鸭群到处寻找水田、堰塘放鸭的放鸭队，以至生于七八十年代的四川小说家王刊在成都同我们喝茶，谈到绝迹于20世纪90年代中期的"到处有放鸭人"的乡村记忆时，还对我们说："吆鸭儿这个行业，可能是你们写的那些石油人当的'大师傅'，地方上的放鸭人都是跟他们学的。"

经过两年的春种秋收，以四川石油管理局下属的川中矿务局为例，就能给干部职工补助自产粮食每月人均60斤，自产肉每月人均0.8斤，蔬菜每天人均0.6斤。

曾任四川局局长的董金壁，被西南油气田的"老油人"在回忆往事时，亲切地称为"粮食书记"。他当年在苍溪的荒山老林里带领队伍垦荒播种，第二年就迎来了一个金色的秋收，产量达到了60万斤。

1962年国庆节后的第二天，随着一阵似乎带着喜气的汽车喇叭的鸣响，川中矿务局机关大院的宁静被打破了。

秦文彩从楼上的窗口探出脑袋，正要看个究竟，只见董金壁脚上穿着一双解放鞋，边走边摇着手里的一顶草帽，敞胸露怀地闯进了办公室，直杠杠地杵在他的面前说："首长，我来向您汇报工作！嘿嘿！"

顺着董金壁手指的方向，秦文彩看到窗外楼下几个工人正变戏法一样，从车上将一麻袋一麻袋的大米、花生、面粉、菜油和几扇猪肉往机关食堂里搬运着。

秦文彩眼里的董金壁，这时肤色粗黑，一脸憨厚，俨然像个与土地打了大半辈子交道的庄稼汉了。他不由得对董金壁赞叹道："老董，你可真有两下子啊！"

四川局在开展生产、生活自救的同时，隆桂会战也堪称成果喜人，足以告慰中国石油工业的"石油人"！

1961年9月，隆桂会战结束了。来自西南油气田官方提供的总结文字表明："四川局先后动用钻机24台，在会战区域内开井36口，完钻38口，获取油井18口，成功率达到50%。以上（生产）工艺水平明显提高，固井合格率达到了80%。试采上，逐步明确与贯彻了分层试油，15井次系统试井，33井次定期测压，取得了比较系统的资料数据，获得了21口稳产井。地质上，进行了27650多次分析研究，基本摸清了会战地区的地质情况及变化规律。推广应用了涡轮钻井、微电位测井、早期裸眼完井、混油泥浆、超声波洗井等系列先进工艺技术。"

隆桂油田被四川局稳稳地拿在了自己的手中，而且还深化了他们对川中地质条件、油藏规律的认识，为四川石油管理局包括后来的西南油气田在追求真理，通往光明之境的征程上，迈出了至关重要、尤其可喜的一步，并积累了用之不竭的精神财富。

常天尧与42名壮士

气势磅礴、异常艰辛的川中会战，以隆桂一役的结束而宣告落幕了。那么，它给它的亲历者，乃至后人，留下了怎样的思考与记忆呢？

何建明在《部长与国家》中写道：

川中啊川中，你这个狡猾的敌人，我余秋里记你一辈子！……这场"遭遇战"后来真的让余秋里记了一辈子。在1994年出版的《余秋里回忆录》上他这样说："川中石油会战，可以说是我刚到石油部后打的一场'遭遇战'，也是转到石油工业战线后的第一次重大实践。在这次会战中，我碰上了钉子，也学到了不少知识，得到了有益的启示，对我以后的工作大有好处。通过川中找油，我进一步认识了石油工业的复杂性。……总之，川中会战的经验教训是深刻的。我曾对四川石油管理局的同志说：'感谢你们四川，川中是教师爷，教训了我们，使我们学乖了。'"

……几个月后，余秋里真的在大庆会战中，把川中"教师爷"一直请在自己的身边，每逢重大决策之前，他都要默默地请教一番川中"教师爷"，然后再决定千军万马是进还是退。[1]

康世恩一个人度过了"川中的最后一夜"，除了给四川局留下"甩出去，打它一个野猫子"的思路，在川中会战又燃起隆桂之役的战火后，还给川中石油矿区留下了"一朵小白花的故事"。

康世恩在一次讨论会上激动地说，现在川中地区一年产油10万吨，什么时候你们通过新技术，征服低渗透层，把年产量搞到30万吨，你们要向我报喜。如果我看不到这一天了，你们要在我墓前放上一朵小白花，我死了也才瞑目。总工程师马兴峙激动地说，川中石油职工没有忘记康老的嘱咐。由于提高了钻井成功率，1996年川中石油产量将超过20万吨，再过一两年将达到30万吨。到时候，

---

[1] 何建明：《部长与国家》，新世界出版社2012年版，第49—50页。

川中的采油女工将每人做一朵小白花，精心编成一个花环，派代表送到康老的灵前，表达四川10万石油职工的心意。[1]

在西南油气田纪念川中会战的一部电视纪录片中，有一段解说词说："六十年过去了，包括1966年会战在内的川中大会战，作为石油人开拓进取、征服自然的壮举，永远彪炳史册，激励来者。今天，我们可以自豪地说，会战是创业篇，经过会战，川中有了一个初具规模的石油天然气基地；会战是练兵场，它造就出了一支思想好、技术精、纪律严、作风硬的石油职工队伍；会战是大熔炉，在会战中形成的川油精神，是人民军队优良传统和作风植根于石油工业这片沃土所绽放出的第一朵报春花，是一代川油人无私奉献的历史见证和精神财富……铝盔战士的风流，心怀祖国的追求，定格了世纪风云的历史镜头，川中会战永远不朽！"

龙女寺出油不久，上海电影制片厂派出拍摄团队赶赴川中，拍摄了新闻纪录片，片中女解说员向国人报告川中出油的消息时，按捺不住她的一腔喜悦，将川中出油的消息迅速传遍了华夏神州，随之而来的是，川中承载起了贫油中国对川中会战寄予的殷殷热望……

青年技术员胡祖烈大学毕业后，从重庆赶往川中，路上那漫山遍野的红旗、标语让他感到震撼，以至于许多年以后，当他白发满头时，还记得刻在悬崖上的那几个字是"川中是个大油海"……

西南油气田新闻从业者范照明讲述的抗战老兵、驾驶员罗跃福在淞沪会战中，曾亲手干掉二十多个鬼子，后来加入中国远征军，但在川中会战中，因担心坏人破坏车辆，夜间他带领一双儿女，专心看护着一辆嘎斯车，显然他的川中会战或有如履薄冰之感……

---

1 《康世恩传》编写组：《康世恩传》，当代中国出版社1998年版，第512页。

钻前团民工杨华清日夜埋头苦干，与大家一起呼喊"向毛主席保证，请党中央放心，哪里有石油，就把道路井场修到哪里"的口号。她古稀之年回望川中，表示能在会战中找到她的爱人老何，从不后悔，她的川中会战是火热而浪漫的……

时任龙女大队大队长的董金壁忙完工作，兴冲冲回家看望妻儿，得知儿子尕三因水土不服不幸夭折后，独自望着窗外的嘉陵江，别人看到的是一轮朝阳，他所面对的却是一轮冰冷的落日——从个人记忆的生命缅怀来说，他的会战融入了历史的苍茫……

副大队长杨型亮带领一百多号石油工人家属，从西北高原的玉门石油基地出发，因洪水冲垮了宝成铁路，滞留宝鸡多日之后，取道武汉水路入川，千里辗转，将人一个不少地带入川中，他的会战诠释的是责任和深情……

张忠良由于坚持实事求是，在玉门召开的全国石油工业现场会上受到严厉的批评后，一个人站在戈壁滩上，满腹委屈，只能遥对祁连山迎风而泣，这一切除了他所坚持的真理，还有为了节约成本，提高工人打井的积极性，头脑中已形成了超越时代的"承包"意识……

带队参加玉门现场会的那名政工领导，因迫于"大跃进"的形势与石油部党组对四川局工作不满的压力，在招待所里，连夜组织四川局代表团，根据要求，将川中的石油产量指标，从年产30万吨到300万吨的标准不断地层层加码，这一切已超越了是非对错的二元概念……

玉门局局长焦力人、新疆局局长张文彬带领野战营鏖战川中，面对那些打得满山遍野的"干眼眼"，拼了一身壮志豪情，留下一段如火如荼的年代记忆后，铭心刻骨的还有"闻令而动"与"奉命归建"……

钻井队的指导员周志超经历了爱人的难产，又要面对母亲的亡故，头上裹着一匹"重孝"，对井队人员的思想政治工作常抓不懈，尽心尽责，令人感佩……

"五十七师小秀才"、南充大队大队长李敬，一边听着女里女气的假嗓在深夜螺溪河畔唱出的信天游，一边写着被张文彬认为"将来有用"的会战日记，而这份日记在之后的岁月里，相关内容却与岁月一起尘封了……

当川中会战第二阶段临近尾声时，青年地质家王宓君从华蓥山构造背回南充指挥部的那些石头，留给总指挥康世恩的，一方面是结束会战的警醒，另一方面又是重新燃起隆桂战火的方向突围……

秦文彩、李德生在克拉玛依遭到严厉批判三个月后，独臂将军、石油部长余秋里庄严地抬起了仅剩的右臂，当众向他们敬礼、道歉，一出"将相和"的重演，足以洞见时代的碾压与人心的柔软……

以"打野猫子井"为思想指导，艰辛异常的隆桂会战开始前后，在以朱德为代表的党和国家领导人对川中进行视察的背景之下，国务院副总理贺龙元帅送给川中干部职工的那一个个色泽红亮的广柑，除了广柑本身，或许传递着关怀与接受关怀的喜悦与动力……

副大队长何文堂的妻子闫玉梅，作为机关出纳人员白天干活，晚上修路，深夜回家的路上，递到女儿羊羊和儿子黑子手里的那两个尚有余温的馒头，除了传递母性的善良、坚毅，又无不包含着"干部家属"这四个字在川中会战中具有的标准与严苛……

在领导和同事的关心下，川南指挥所政工干部杨彬得益于一只黑山羊对他的救助，雪鬓霜鬓之际，回首"老油人"叫出的"吃饱肚子就是政治"的口号，最终拿下隆桂油田的历历往事，林林总总皆与石油工业亦步亦趋，而在川中会战的舞台上，留下的却是沧桑正道的完美诠释……

"但是，除了你们说的这些方面，还有常天尧与42名壮士！"龙雏在采访中一脸肃然地告诉我们，"从1958年到1961年，川中会战中还有42名壮士壮志未酬，轰然倒下……"

1959年，时年28岁的常天尧从黄瓜山气田调往川中参加隆桂石油会战时，已是中国石油战线赫赫有名的救火英雄了。来到川中之前，因多次出生入死鏖战火海，他的知名度很高。

1958年秋天，应该是8月份的样子，黄19井发生了强烈的井喷，一股强大的天然气气流，像脱缰的野马一样冲出地表，撞上天车，气流裹挟的砂子与石块，将天车、井架敲打得"噼里啪啦、丁零咣当"地直响。遇到这种情况，远离危险的意识和求生本能，是人都会躲得远远的，但常天尧并不是这样，他先后三次甘于冒着生命危险，冲上钻台查看情况，想尽办法将方型钻杆提起，有效地避免了一场重大事故的发生。这应该是常天尧履险克难的第一次。

第二次，据相关历史资料记载，时间是1959年2月24日大约12点的样子。那天，龙坪1井又发生井喷起火，钻台上下成了一片火海。那时常天尧还没当干部，从事的是跟刹把子打交道的司钻人员的工作。龙坪1井起火时，他与副司钻林伯群正在操作刹把子，没注意到危险的降临。

钻台下的工友一看情况不妙，扯起嗓子大声吆喝，让他和林伯群快点下来。可常天尧这个人非常执拗，天生有种敢把生死不当一回事儿的个性。当时他的眉毛、头发都着火了，但还是与林伯群一起坚持，要将钻杆取出来再说。等他们动作麻利地上完卡瓦，跳下井台时，井架都已经被烧红了。他跳下来后，看到所在井队的队长带着队友正在抢关防喷器，好几次前冲都没冲上去，都被气浪推了回来。

无论打井钻油还是开采天然气，遇到着火的情况，关防喷器都是制止事故扩大的必不可少的关键措施。

常天尧一看，将队长一把推开，一下子跑进钻台下的火海去了。他的背后，是消防车上的几条高压水龙头的强烈喷射，面前是越烧越旺的熊熊烈火。等他竭尽全力将防喷器关好之后，人也昏倒在了大火扑灭后的现场的泥泞中了。

常天尧不惧危险、舍身救井的事迹引起了强烈反响。

1960年国庆节，是新中国成立后的第一个十年大庆。当上蓬莱钻探大队2503队副队长的常天尧，同南充钻探大队1250队的副队长夏松俊、南充钻探大队1250队的试采技师刘公之，作为四川石油管理局的代表，出席了在首都举行的"全国群英大会"。

参加完"群英会"回来，常天尧投身隆桂会战时，就和好多名字都无法叫上来的人一起长眠在了川中的这片地上。[1]

2017年11月，与我们一起走在遂宁市船山公园里的龙雏先生说："与常天尧一起倒在川中这片土地上的石油工人，根据我查过的资料来看，最少有42人。这些人，好多人的名字对今天的人来说，都是陌生而模糊的。因政策的原因，加上会战高强度、高烈度造成的局限，他们在这场没有硝烟的战争中'阵亡'了，却无法评为烈士，进入烈士陵园，受到后人的缅怀与纪念。"

龙雏指着船山公园半坡上那在薄雾中若隐若现的一座凉亭说："前些年，我从川中油气矿宣传科退休之后，常来这里晨练。一次，在亭子背后的山坡上，我发现了一座坟墓。这座坟是汉中五十七师的张来忠的，他和常天尧都是从战争年代过来的人！得知张来忠埋在这里之后，我就去查了他的资料，对他是如何在会战中倒下去的，有了一定程度的了解。"

1960年8月28日，是蓬48井就要开井的头一天。3213钻井队的搬家安装工作，随之进入了越来越忙的最后时刻。"快摆硬上"——抢进度嘛！那时，川中到处都像他们这里这样忙。但没想到就在搬家安装快结束时，3213队的队长张来忠和一个叫"刘大

---

[1] 摘自本书作者对龙雏的采访笔录。

班"的人却在马家沟翻车了。"张来忠"这个名字好记,"刘大班"这个名字不好记,一般不太容易找。前些天,你们开座谈会的时候提出想采访川中会战中大家看露天电影的情况,有人提到了"李电影"和"赵电影"这两个人,结果找起来就太费力了。所以,一个人的姓加上他从事的工种,在涉及数十万人的川中会战中,要找到他们,简直比在沧海中找"粟"都还难。然而幸好,"刘大班"是和张来忠一起出事的,因此他还能留下"刘大班"这么一点个人信息。

人们一听他们的队长和"刘大班"牺牲了,蓬莱构造48井的安装现场当时就炸开了锅,一些工人当时还"哇哇"大哭起来。常天尧一听这个不幸的消息,也像遭到五雷轰顶一样,整个人一下子愣在那里,傻眼了。早上,一起喝那种照得出人影的稀饭时,他们一起"碰工作"时,还互相鼓励。尽管大家当时都饿得东倒西歪,但作为干部,他们还是要以身作则,一起带领3213把隆桂会战的第一口井打好……没想到他和"刘大班"却出事了。

常天尧控制住了自己的情绪,吩咐大家手脚麻利点,争取尽快将各项工作弄利索了,以便开井工作能按计划如期进行,然后就带上几个人飞快地向马家沟跑去。

两人被常天尧和几个工人放在从老乡家里借来的两架梯子上,盖了两床洗得发白的军被,就抬了回来。灵堂设在距离井场不远的竹林里,大家根据川中风俗,从山上砍来一些柏树枝丫,给张来忠和"刘大班"煨了火。用柏丫给死者煨火,按四川民间的说法:一个意思是,一个人死了煨个火,一些他们认识的人要来和他们一起烤火,大家边烤火,边摆龙门阵,一起热闹;第二个意思就是,火是一种很清洁的东西,死人又是不吉利的,有火就能把一些污秽和不好的运气冲喜一下。当然大家下班后给张来忠和"刘大班"煨火,更多的是天冷了,煨一堆火给他们守灵,围着火堆陪他们说说话，也算最后告别。[1]

"张来忠好像出生于1920年，"龙雏说，"这个人在五十七师下边的一团当过炊事员、炊事班长。1954年前后，他到延安钻井教导队学习，结业后被分配到陕北张家山当钻工。1956年四川石油钻探处升为四川石油管理局时，张来忠就来到了四川局的3213队。先从司钻干起，后来就当了队长，与从2503队副队长任上调来当指导员的常天尧搭班子。张来忠在2503队干得很好，年年都被评为川中矿务局和四川局的先进工作者和劳动模范。1956年在石油沟大队，他还作为先进代表出席了四川省的一个先进工作者大会，并被推荐为四川代表，参加了全国总工会在北京召开的先进生产者代表大会。"川中会战时，大家饿得快不行了。不过，大家办黑板报的热情却很高，队里的"笔杆子"宣传员，还写了一首快板诗来表扬他：

张来忠，是模范；
永不褪色好党员。
劳动生产他带头，
工作学习他领先。
上班未见他休息，
下班也没一刻闲。
室内室外地脏了，
他就常常来打扫；
厕所清洁没人管，
是他包干来效劳；
带领全班到大队，

---

[1] 摘自本书作者对龙雏的采访笔录。

抬回黑板办板报；
俱乐部里做书架，
同志看书兴趣高；
房前屋后种瓜菜，
为的大家生活好。
早晨总是他先起，
洗脸水给大家准备好。
若有同志生了病，
饭菜都要亲手送教道……

"第二天出殡，送葬的人群浩浩荡荡，前面四条壮汉用两架木梯抬着他们上山，后面的人跟着把用白纸叠成的'馒头'撒得满地都是！大家虽然不讲迷信，没有给张来忠和'刘大班'撒'落气钱'，但想到他们在三年困难时期，死的时候连顿夜饭都没吃上，大家就用白纸给他们叠了很多'馒头'，一路抛撒，让他们到那边去慢慢吃，这份情谊是很实在的！"

常天尧从川南黄瓜山气田来到川中参加隆桂会战，当了3213钻井队的指导员以后，各项工作开展得都不怎么顺利。打蓬48井的时候，发生了翻车亡人事故，死了队长张来忠和"刘大班"，打蓬57井，即1961年，又发生了烤油箱失火、烧毁柴油机的严重事故。烧毁一台柴油机，在那个年代是不得了的！这叫什么呢？叫"给国家财产造成了重大损失！"因此，常天尧受到了会战指挥部"存在严重的右倾麻痹思想和消极畏难情绪"的通报批评，还受到了记过处分。因此，根据川南指挥所的命令去打桂31井时，常天尧和全队人员不敢有一丝一毫的大意，成天都是小心翼翼的。但在生产条件、生产环境和安全管理体系还都不具备的那个年代，许多事故还是没有任何办法避免,事故说出就出了,让人防不胜防,措手不及。[1]

根据《四川石油工人报》当年的一篇报道记载,3213队打桂31井发生事故的时间是1961年5月6日晚上8点左右。常天尧所在队刚钻进油层,桂31井就发生了井喷,原油喷出二十多米高,井场上,原油挟裹的天然气的气雾弥漫其间。当时,在油机房检查工作的队长朱国藩一听井喷的警报拉响了,立即命令柴油司机杨玉柱赶快关机,结果还是猝不及防,空气一样无孔不入的天然气钻进了气缸,2号柴油机"呜哇"一声怪叫,飞车了。一团火球从排气管里喷吐而出,眨眼之间,桂31井的井场就陷入了一片火海之中。朱国藩协助柴油司机杨玉柱试图关机,没来得及迅速冲出机房,逃离死神,结果他们就像在战场上突然遭到了敌人的火焰喷射器的袭击一样,随着两声惨叫,活生生地被烧成了两具焦黑的尸体。

距头一场事故才刚刚结束8个月,继3213队原队长张来忠和"刘大班"出事之后,现在新来的搭档朱国藩和战友杨玉柱又倒在了火海中,常天尧一声大骂,接着就往火海里冲。几名钻工一见常天尧的举动,吓得扑倒在地,伸出双手将他的双腿紧紧地抱住了。

天空乌黑的晚云被地上的火光映成了大片大片的乌红,地下的火光中,常天尧的脸上露出极度的愤怒。也许常天尧想到的是救井要紧,也许这个脱下军装多年的钻井队指导员,一看战友倒下了,就必须继续冲上去的那种铁血之勇,告诉了人们一个事实:脱下军装的常天尧骨子里还是一名军人!凭着一份井队政工干部的责任与使命,一份石油战士的铁血之勇,常天尧佯装答应了将他双腿死死抱住的钻工,不再做出冲进火海的举动,没想到大家刚松手,他还是义无反顾地冲了上去!

一看指导员嗷嗷地大叫着冲上去了,当天上班的9名钻工、蓬莱大

---

[1] 摘自本书作者对龙雏的采访笔录。

队生产科的副科长及闻讯赶来援助的十来个工人，也嗷嗷呐喊着冲入了火海！

他们中的大多数人，最终都倒在了桂31井的茫茫火海中。

大火越来越肆虐凶猛！烧了大约1小时35分后，俨然铁骨巨人般屹立在桂花油田的井架，向着泵房的方向开始"体力不支"地慢慢朝下倒塌。

大队领导得知火情，组织了五百多名抢险人员投入灭火战斗；四川局局长张忠良、川中矿务局副局长孙继先闻讯赶来，像指挥打仗一样指挥灭火战斗；3296、3236钻井队的100名壮汉火速驰援，争先恐后地组织了灭火突击队；遂宁县党政领导闻讯而来，组织群众维持秩序，协助抢险，用手提喇叭大声地当众宣布："遂宁人民是石油工人老大哥的坚强后盾！抢险灭火要人出人，抢救伤员需要输血，要血有血。"并于当晚在县委、县政府机关干部中组织了40人的献血队，还就400人的献血预备队做出及时安排部署……

面对大火，张忠良满脑子都是问号。龙雏说："20世纪50年代到60年代中期，四川局每年都发生井喷，烧毁不少钻机，造成了不少人员伤亡。为什么从巴15井、19井到川中的充西1井、合20井、蓬7井、充176井一喷就着火，一着火就井毁人亡？我们的井控措施、队伍的素质是否一时还无法适应这样的情况？还有当时'边喷边钻'的技术措施，是不是应该好好地认真总结，并且作出必要的调整？……张忠良尽管一方面坚持实事求是，一方面又思想超前，但在桂31井的灭火现场，他也一筹莫展。"

桂31井的那场大火，经过大约一周的日夜奋战，才终于被扑灭。

现在的绵阳市，当时的绵阳专区第二人民医院，安排了最好的烧伤科医生，对常天尧等15名严重烧伤的"石油勇士"进行了夜以继日的持续抢救。最好的医生、最好的药品、最好的护理，各种主意都打明了，办法都想尽了；为了将他们从死神手里挽救回来，直升飞机送来了第四军医大学的烧伤科权威，运来了血清和当时国内难得见到的药品。为了挽留他们的生命，我们川中矿务局在既要开荒种粮解决吃饱肚子的问题，又要面对隆桂会战任务日益紧迫的问题的时候，还特意成立了一个专门的领导小组。但是无情的死神，还是一个接着一个地夺走了他们的生命。

这些无法成为烈士，但绝对可以被我们当作"壮士"看待的前辈，有的入院后一个小时多点就撒手人寰了；有的挺了五六个小时便告别川中隆桂会战，魂归故土；有的三天之后还没度过生命的危险期；有的咬紧牙关地挺了八九天，最终还是没能挺过烧伤重度感染的鬼门关！

常天尧的烧伤面积达到了76%，三度烧伤大约23%左右。他躺在病床上，仍然以他执拗、顽强的性格和伤痛展开了搏斗。半夜醒来之后，他最关心的问题依然是询问陪护人员："桂31井的大火灭了没有？跟我一起深陷火海的同志都安全了吗？"

常天尧这个人非常有血性。三国的曹孟德论人有"三勇"的说法，一说"血勇"，二谓"骨勇"，三是"智勇"；这"三勇"他占不上"智勇"这一条，但"血勇"和"骨勇"却都是占得上的。"血勇"体现在一遇险情敢往上冲，根本不怕死；"骨勇"体现在他在绵阳专区二医院住院时，别人醒来后一看自己满身缠满绷带，加上伤口感染后又疼，因此就常常"哇哇"大叫，他却从不这样——他一直都没大喊大叫，疼得实在剜骨挠髓了，最多也只是轻轻地哼哼两声。

常天尧的妻子袁秀友赶到绵阳医院来看他，一见他疼得龇牙咧嘴的样子，哭得眼睛又红又肿。这时，常天尧反而又轻言细语地安慰妻子："你莫哭！我会好的，哭坏了身体还不是自己遭罪啊！"[1]

一个星期过去了，人们开始为龙雏先生所言的"血勇"与"骨勇"同在的常天尧感到庆幸，因为他已度过了令人揪心扯肝的生命危险；又是10天过去了，竭尽全力的医护人员一直严肃的脸上，终于露出了一丝难得的笑意。但令人疼惜的更是谁也不愿看到的事还是发生了：常天尧开始出现高烧持续不退的情况，烧伤处重度感染，创面肌理坏死的趋势越来越明显了！

常天尧时而清醒，时而昏迷，一条"血骨双勇"的隆桂战场上的好汉，命悬一线，跌入了黑暗的惊涛骇浪中。

1961年5月20日——这是3213队指导员常天尧生命的最后时间！

妻子袁秀友来到绵阳专区第二人民医院，她伏在常天尧的病床边上，见自己的男人俨然船已下滩，眼看就要一头扎进生命的黑洞时，悲从中来，哭得惊天动地，撕心裂肺。

袁秀友是川南矿务局的一名总机班长，共产党员。为支持常天尧放开手脚，一身轻快地投入隆桂会战，她不但在三年困难时期独自承担了全部家务，拉扯了三个孩子的艰难成长，还在工作上一步不拉单位的后腿。她从不叫苦叫累，只一心盼望饥饿的年代早点结束，川中大地早日见到每个石油人乃至国人都在盼望的"油海之光"，然后等儿女长大成人了，他们能有个吃穿不愁、日子平安的晚年……

但一切却被终止在了5月20日这天的21时50分！

常天尧没有看到隆桂会战迎来最后胜利的曙光，时年30岁的他便抛下妻儿独自西归。

同他在桂31井的大火中一起罹难的还有8名四川局的石油战士，他们是：朱国藩、陶代荣、陈显泽、刘德树、康元郎、胡忠武、彭义、彭

---

[1] 摘自本书作者对龙雏的采访笔录。

邵武！

加上此前罹难的钻井队长张来忠、"刘大班"，3213队遇难的11人虽然是不幸的，但与长眠川中的那另外的31人——这个尘封在历史中的、也许并不一定准确的数字比，无疑又是十分幸运的。

因为与他们相比，他们11人毕竟留下了各自的姓名所能承载的生命信息，而另外的31人却在这场没有硝烟的战争中，无名无姓、不知埋骨何处地倒下了！

如果引用历史学家黄仁宇的"数目字管理"（Mathematically manageable）概念加以引申，无名无姓的这31人与3213队有名有姓的那11个人，二者相加共计42人——他们长眠川中的真实存在，却又事关42个家庭的破碎与哀恸，而所有这些，又与余秋里写进回忆录中的"教训"、康世恩留在川中的"小白花故事"、西南油气田关于"思想好、技术精、纪律严、作风硬"的队伍锻炼的总结，乃至经历了60年的沧桑巨变，川中油气田党群科干事张丹向我们提供的"隆桂油田的桂24井、蓬54井至今仍然还在出油，每天还有7.7吨的产量"，无疑又是一个无法分割的整体。

第五章
七十亿的集结号

用你们的时候到了

1965年5月的杭州,西子湖畔的垂柳刚在晚风中舒展开它的绿色枝条时,中央就在这里召开了著名的杭州工作会议。谈到第三个"五年计划"的制定情况时,毛泽东将刚从石油部调任国家计划委员会第一副主任的余秋里从座位上叫起,语气轻松,又带有某种严肃地说:"在西南地区光搞煤炭不成,还要搞点石油,搞点天然气!"

作为中国共产党领袖毛泽东的指示是有着深刻的政治背景的。1965年初,美国从太平洋那边出兵侵略越南,战火又一次在中国的大门前燃起。中共中央于1964年4月12日发出了关于加强战备的紧急通知,号召全党、全军和全国人民准备应付最严重的局面。基于这个原因,提出第三个"五年计划"的总的指导方针是"以国防建设为第一,加速三线建设,逐步改变我国现有的工业布局"。按照战备的要求,第一线主要指沿海地区;第二线主要指华中广大地区;第三线主要指大西南地区,是全国的战略大后方。

毛泽东作出指示不久，中央有多位领导先后8次谈到关于在四川找油找气的问题。中央书记处书记邓小平在全国工交会议报告上专门讲道："从战备的角度看，我们的石油和钢铁的形势都不行，特别是石油。大庆、东营虽然有油，但位置都处在一线。真正的三线地区油很少。"他还宣布，"你们石油部不在四川找出油气来，以往的工作都不算数。"

主管工业的国务院副总理彭真专门派人请去了新任石油部党组书记康世恩，详细地询问了1958年川中石油会战的情况，他说："四川搞不到油是不行的，毛主席睡不好觉。"当听说四川的油是贫矿，单井产量很低时，彭真问："具体讲一口井产量有多少？"康世恩说："一天一吨油可以维持三年，一天三吨油可以搞一年。"彭真说："必要时，一天一口井三吨油维持一年也得干。不过，你们还要两手抓，一手抓贫矿，一手积极想办法找富矿。"

1965年2月26日，党中央、国务院发布了《关于西南三线建设体制问题决定》，并于3月底组成西南建设委员会。李井泉为主任，程子华、阎秀峰为副主任。同年9月，毛泽东又特别委派彭德怀任副总指挥参加大三线建设，国务院二十几个部（委）都派一个副部长任委员会委员。张文彬副部长作为石油部的代表参加了三线建设委员会。[1]

从毛泽东对因拿下大庆、东营油田有功，升迁国家计委第一副主任的余秋里提出要在四川搞油、搞气的要求，到国务院副总理彭真将石油部党组书记康世恩叫去谈话，把在四川找油、找气与一国领袖"睡不好觉"的极端重要性联系起来的形势来看，艰难前行的四川石油工业继川中会战之后，又将再一次引起国人的瞩目。

---

[1]《百年石油》编写组：《百年石油（1878—2000）》，石油工业出版社2009年版，第116—117页。

根据中央领导的指示，石油部党组认真进行研究后，提出了"上山、下海、战平原"的口号。上山，当然是指要集中优势兵力再搞一次四川会战。石油部党组同时决定，于1965年6月1日成立四川石油会战领导小组，由张文彬任四川石油会战领导小组组长兼指挥，副组长由黄凯、张忠良等人担任。张文彬当即从东营前线赶往北京。与此同时，在大港油田挂帅的杨文彬也接到命令，调任四川石油会战领导小组副组长、副指挥。抽调渤海湾勘探前线的两员主帅出征四川，表明石油部党组决心已定，再战四川的战斗意志非常坚决……离京前，康世恩与张文彬谈了很长时间的话。

康世恩找张文彬谈话，一般不会超出哲学家康德在《纯粹理性批判》中提出的"是什么（what），为什么（why），怎么办（how）"这三个问题。

是什么？根据毛泽东在杭州会议上通过余秋里对四川石油工业作出的指示，加上邓小平、彭真等党和国家领导人为强调在四川找油、找气的重要性，把话说得再也明白不过的分上，从交代任务的角度来说，康世恩找即将奔赴四川出任会战总指挥、已被提拔为石油部副部长的张文彬谈话，应该对此有个明确的交代。

为什么？这要涉及1965年前后的共和国往事，"康张"的长谈应该涉及当时的国际国内形势，而这些形势，又是为什么要在四川再次组织大会战的主要原因。

我不了解石油工业的具体情况，但既然涉及国家"大三线建设"背景下的历史往事，这方面因为我在绵阳九院采访过一些老领导、老科学家，又对那段历史作过梳理，倒是可以说点自己的看法。这些看法，对四川第二次石油大会战的背景，也就是"康张"谈话涉及的"为什么"，或许能够有所帮助。

1965年，中国面临的国际国内大事很多，但像原国民党代总统李宗仁归国、西藏自治区人民政府成立、批判《海瑞罢官》、批判翦伯赞、共产风过度、阶级斗争扩大化这些事他们谈不谈，我们不好妄加揣测，但有三件事，我认为他们应该谈到：一是以中国人民解放军陆军为主体的抗美援越斗争；二是与海军有关的崇武海战；三是因意识形态发生分歧的中苏关系恶化——这几个问题，应该是1965年的主要问题。

这三个问题，可能也是让"毛主席睡不好觉"的根本问题，采访中国核工业的风云往事，一些老同志曾经与我谈过。

先说抗美援越，这是个涉及中越历史的"老问题"，同时又是一个涉及中国与第三世界国家特别是亚非拉社会主义兄弟国家，因意识形态相同继而结成的友谊的"新问题"。越南，从古代起就视中国为宗主国，后来他们视法国为自己的保护方，到1945年9月，越南人经过抗争才成立了他们的民主主义共和国，这期间越南也分裂成南越与北越。北越属于社会主义阵营，南越属于资本主义阵营。

1960年，因南越人反抗美国与南方政府，美国成立了驻越军事援助司令部，一方面对北越进行轰炸，一方面向北推进，不少飞机一度进入了我国的云南、广西和海南岛。这样，中国就发起了抗美援越战争。陈毅代表毛泽东、党中央表示，中国人民是越南人民情同手足的兄弟，美对越南的侵犯，6亿5千万中国人不会坐视不管！1965年，美国政府宣称，同中国存在发生战争的危险；中国政府在表示不会主动挑起对美战争的同时，也针锋相对地回应说，中国人历来说话算数。如果亚洲、非洲，或世界上任何国家遭到以美国为首的帝国主义侵略，中国政府和人民一定要给予支持和援助！

中央很快作出指示，号召全党、全军和全国人民在思想上、工作上准备应付最严重的局面，要发扬爱国主义和国际主义精神，尽一切可能支援越南人民的抗美救国斗争。从1965年10月，应以胡志明为首的越南政府要求，中国向越南派出了地空导弹、高炮、工程、铁道、扫雷、后勤保障等支援部队，截至1968年3月，总计已达32万余人，最高年份达17万余人。中国援越物资总价值达200亿美元。还为越南培训了军事、政治和技术人员6000余人。这是1965年中国局势最为值得关切的一个方面，"康张"谈话，我想可能会涉及这个问题。

还有一个问题是，台湾那边，国民党军队的舰艇"永昌"号和"永泰"号，给滞留福建南部岛屿的国军残余运送给养后，对我崇武渔场正在捕鱼的福建渔民进行骚扰，解放军海军"江南"和"上海"等五艘炮舰接到敌情后，迅速对敌舰咬住不放，并且开炮，将其中一艘击沉。《人民日报》宣布：中国人民取得了粉碎"台湾国民党当局配合美帝国主义扩大侵越战争"阴谋的伟大胜利！这两处战火引发的一些问题，康世恩与张文彬估计也会谈到。另有一问题就是，随着中苏关系因意识形态交恶，苏联开始索要中国政府在抗美援朝战争期间购买苏联军火的巨额欠款，并在稍后发生的"珍宝岛自卫反击战"爆发前后，已在我国东北及新疆的中苏边境陈兵百万。这两个问题，也是1965年国际国内形势的重要组成部分。

我们所说的四川"大三线建设"，就是在这种背景下开始的。张文彬来四川组织第二次石油会战，我估计这个背景康世恩应该会给他交个底吧。[1]

作家郭同旭，写作过反映中国核弹、氢弹、导弹发展雄伟壮阔历程的无场次话剧《国魂》，对"大三线建设"做过宏观研究，并对相关历史细部进行了钩沉核实。在核工业单位采访，他也听说彭真讲过"毛主席睡不好觉"之类的话，因此认为："真的要让'老人家'睡个好觉，只有把以四川为中心的大西南'三线建设'涉及的各行各业搞上去，等各行

---

[1] 摘自本书作者对郭同旭的采访笔录。

各业都能应对1965年的国际国内形势,可以适应随时爆发大规模战争的时局的需要时,他就会感到踏实、放心,也能睡得着了。"为了支持他的这一观点,郭向我们亮出了一张他在九院采访时于该院荣誉馆拍摄的照片。照片上,有毛泽东对"两弹一星"的前辈们说过的话:"四川有7000万人口,40万平方公里幅员,为什么刘备能在这里立国?蒋介石也能退到重庆,为什么?总有个道理嘛!"因此,从毛泽东的这个谈话片段中,我们不难看出,四川不但是"大三线建设"的中心,也是可为战争提供纵深支持的大后方,当然还有毛泽东从西蜀政权及重庆陪都的历史启示中,对应了他的"最坏打算",并以四川作为战略基地,在国家遇到外敌入侵时,与北京形成区位空间的互补之势。

但四川究竟将扮演什么角色,从毛泽东对搞油搞气的要求,到康世恩与张文彬离京前的谈话,与"大三线建设"同步的四川石油会战关联的"为什么",也就能够找到不可或缺的答案了。于是,继1958年那场没有硝烟的战争在川中大地上演后,四川局在承担"康张"谈话涉及的"怎么办"赋予的任务时,又将在石油工业青史上留下令人惊叹的一笔。而且面对严峻的形势,"怎么办"关联的一切,《百年石油》说得已经很明白了:

(他们)由国际形势谈到国内形势,又具体谈到石油战线,主要话题就是搞好三线建设,以适应国家经济建设和备战的需要。康世恩说:"三线建设,目的是备战,准备打仗。西南三线重点在四川,一是能源,二是交通。四川煤的储量很少,所以勘探开发石油和天然气是关键。"对四川开气找油会战,康世恩又做了具体指示:要采取两手策略,一手抓中上部油层的分析研究,一手抓深部地层的勘探;要征服复杂地层,搞清楚复杂地质条件下的油气聚集规律,掌握一套对复杂油气层的勘探和开发的方法;要油气并举,大搞天然气。[1]

据四川石油管理局编印的《四川石油管理局五十年大事记（1949—1999）》记载，气势恢宏而又引人思考的川中石油会战结束后，四川局就在四川盆地的东南地区进行了天然气勘探，陆续在现今重庆境内卧龙河，包括自贡富顺地区的邓井关等7个构造的三叠系，相继发现了工业气流，同时还在自流井、沙坪坝等4个构造的二叠系，也发现了工业气流，天然气年产量已达到1.5亿立方米左右。

从余秋里升迁之后、全面负责石油部工作的康世恩办公室出来的第二天，张文彬副部长就将部里熟悉四川情况的专家召集起来，利用三天三夜的时间，分析了四川石油天然气的实际情况后，制订了四川第二次石油会战的总体方案。他将这个方案向部党组作了汇报，康世恩等领导表示同意，尤其对二次会战，在适应西南"大三线建设"的头等大事上，争取在第三个"五年计划"内，把四川天然气产量搞到70亿立方米，对"同时找到几个油田"也充满兴趣。

张文彬带着人从北京飞往成都。

他将毛主席亲自下达的光荣任务带到了成都。张文彬与四川局党委书记黄凯、局长张忠良会面后，对外宣布了四川石油会战指挥部成立的消息，接着在成都召开了第一次会议。会上，张文彬组织大家学习了毛泽东对在四川搞油、搞气的指示，提出了一个至今仍让西南油气田的干部职工印象深刻的行动口号："一切为了开气找油，一切为了七十亿！"

第一次会议结束后，张文彬组织北京、成都两地的专家围绕会战方案进行讨论。经过深入分析和研究，会战领导小组做出了"攻克八大技术，打开五朵金花井"的决定。"攻克八大技术"，是针对四川裂缝性油

1《百年石油》编写组：《百年石油（1878—2000）》，石油工业出版社2009年版，第117—118页。

藏的特点提出的，即攻克打水平井、钻探浅气层、边喷边钻工艺、低压低产井开发、制造金刚石硬钻头、用地震法寻找裂缝和断裂带、酸化压裂、深井注水机械化等技术；"打开五朵金花井"，即攻克大安寨油化压裂，解放川南潜气层，完善川南及川西南探井，钻探川中和川东北深部油藏，完成川中部分油井的补孔和加深井。"攻克八大技术"是手段，"打开五朵金花井"才是目的。

  总指挥张文彬在成都的活动结束。四川继川中会战之后，又一次形成了轰轰烈烈的大场面。

  中国的"十大石油会战"，我有幸参加了其中的两次，张文彬担任总指挥的这次石油会战，是我参加的第二次会战。

  这次会战的场面，因有1965年我们国家面临的战争阴影，所以规模上比第一次川中会战要大很多。

  会战刚一打响，石油部就从西北、东北和华北的十多个石油单位陆续调集了四五千人，浩浩荡荡地举着红旗，开进了四川盆地。

  但是，会战的中心战场定在哪呢？

  张文彬经过与黄凯和张忠良分析，决定将队伍投入到内江与自贡交界的威远构造和泸州古隆起这两个构造上。所以，今天谈到四川石油人与四川二次石油会战，大家还喜欢说"三上威远"和"大战古隆起"，就是这个意思。

  威远这个地方，与我现在所处的成都这个位置，约有一百五六十公里的距离，这条路参加会战时我没少跑，所以比较熟悉。

  在距离威远县城北边大约二十多公里处，有一个小坝子名叫曹家坝。根据资料记载，这里的农民使用天然气的历史很早，也很方便，还是中华民国时，大家用个竹筒筒往地上一插，就有天然气冒出来，可以烧水煮饭。大约1938年，民国政府资源委员会的专家们来过这里。经过勘探，他们认为曹家坝的地下有一个典型的地质构造；1938年到1941年，著名石油地质家黄汲清带领队伍在这里钻过一口井，这口井当时属于国内的"最深井"，即威1井，有一千二百多米深，结果呢，他们只钻出了一点点的天然气和大量的地下水；1956年到1958年，我们在川中搞石油会战时，川南气矿又在同一井场，钻了威远基准井，深度有二千四百多米，到达了寒武系的层位，遗憾的是还是没有结果；1964年至1965年，又有队伍来到曹家坝，大家瞄准原来的威基井继续下钻，钻到古生物系、最古老的地层震旦系时，结果便发生了奇迹，原钻机试气当天，就有了7.8万立方米天然气的成绩。

这个发现，要算石破天惊！因为这个发现，等于让我们从此揭开了四川盆地特大整装气田的奥秘！[1]

一头银发的胡祖烈老人，向我们讲述1965年开始的四川第二次石油大会战时说："各路队伍达到四川后，毫不犹豫地就在曹家坝的威远构造部署了会战的首井——威远2井。"

1965年7月，四川省会城市成都大街小巷的墙壁上，到处都刷满了"抓革命，促工作，促战备，促生产"，乃至"深挖洞，广积粮，不称霸"等诸如此类的标语。那些面露菜色，胳膊上戴着鲜红的袖章，手里握着排刷，提着石灰桶，肩上扛着竹梯刷标语的"时代青年"，冒着酷暑，走街串巷，目光坚定，精神亢奋。

中共中央西南局第一书记李井泉在成都利用两天时间，主持召开了三线建设工作会议。这次会议的一个重要的主题就是，立足准备打仗的前提，如何解决大西南地区煤炭日益紧缺的问题。

---

[1] 摘自本书作者对胡祖烈的采访笔录。

通过计算分析，会议认为"三五"期间，整个西南地区的煤炭缺口数量达到了 300 万吨。如果全部通过国家其他地区集中调运，当时的铁路、公路、车辆构成的运力又捉襟见肘。

李井泉坐在数面红旗背景衬托的主席台上，望着台下与会的党政军企人员，扳着手指无声地算了一会儿，然后提高带有江西临川口音的声调继续说：煤炭的缺口一靠天然气，二靠水电，西南地区尽管大江大河、湖泊沟渠很多，水利资源丰富，但搞水电的时间太长，国家打仗的时候靠不住，成本还高得吓人。所以，希望石油部带领四川石油管理局和参加会战的同志，在四川多搞天然气，也好让我们敬爱的领袖毛主席放心，让伟大的党中央放心！

黄凯和张忠良将张文彬送到机场。后者回到北京后，在石油部办公大楼的会议室里，将成都三线建设工作会议的情况向部党组做了汇报。

余秋里虽已升任国家计划委员会第一副主任，但涉及毛泽东在杭州会议上通过他对石油战线所作指示的落实，因而他也赶来听取张文彬的汇报。

听完汇报，余秋里给大家散了一圈香烟，脸上露出满意的笑容，对张文彬说："部里的方案和井泉书记的重视，对四川开气找油，具有很强的操作性和指导性，希望你们把事办好。张文彬，回四川以后，请你转告黄凯和张忠良，大敌当前，用你们的时候到了！"

康世恩从脸上摘下方框眼镜，掏出手帕擦了擦，又重新戴上，对紧随余秋里身后正要离开的张文彬高声嘱托道："这次会战，关键是天然气，天然气产量搞上去了，大西南的什么问题都解决了，这是当前的大局！"

张文彬停下脚步，转过身，面向康世恩立正，敬了一个军礼，以示自己将康部长的嘱托记下了。

井喷就是命令

四川第二次石油会战情况汇报会结束后，张文彬没再逗留，从石油部机关出来就直接去了机场。他知道因职务提升，家已从新疆克拉玛依搬到北京了。但那个家是什么样子，他却没有什么印象。因为自从出任石油部副部长的任命下达以后，他忙得一次都没回家去过。这次汇报结束，本来准备回去看看的，但想到云集四川的千军万马正在等候他的指令，因此汇报之前他就让秘书把车备好，汇报一结束就去机场，登上了北京返回成都的飞机。

安–26从沙河机场一起飞，他的心已经离家而去，在7月大盆地的成都先落地了。

1958年川中会战的朝朝暮暮，张云清与新疆野战营在川中大地上打出了许多"干眼眼"；萨尔图野狼出没的北大荒，每次下钻就像把"针"扎在了地球的"大动脉"上，每口井都有又黑又亮的原油喷薄而出；黄河三角洲的东营石油会战前线，营2井试油的当日，就以555吨的高产油流雄居中国单井日产量之冠……通过对三个地方的对比，加上近10年的工作经验，张文彬知道这次代表石油部出任西南大三线建设委员会的委员，在国家四周战云密布的紧急关头出任石油会战的总指挥，"搞点石油，搞点气"这个"最高指示"，"打800口井，确保70亿，力争100亿立方米"天然气——这一切对他来说，既是光荣而神圣的任务，也是他与各路人马即将遭遇的残酷战斗。

任务光荣！对张文彬而言，无论是在战争年代指挥五十七师与日军和国民党军队进行的战斗中，还是在克拉玛依油田的建设中，乃至川中、大庆、东营的一系列石油会战中，他都觉得能为"新中国的诞生"而战，为"贫血的共和国输血"而战，是一种"舍我其谁"的荣耀和自豪。

这是残酷的战斗。无论是打仗还是开气找油，对他而言，一旦无法完成任务，就等于被强硬的敌人打败了，而且作为败军之将，这是非常丢人的事情！

那么，这次入川，还会遭遇1958年的那些像"狡猾的眼睛"一样一直"瞪"着他，似乎在对他报以冷笑的"干眼眼"吗？

北部边境的百万"苏修"大军，他们真的会在某个时候对我们的国家动手吗？西藏自治区的中印边境线上，1962年的"自卫反击"作战后，一度惨败的印军还会卷土重来，再生事端吗？云南、广西、海南岛，继中国人民解放军进入越南参加抗美援越战争后，这些美丽的南方边境线是否安全，能够免除战火的蹂躏吗？东南沿海前线，继金门炮击、崇武海战后，一直叫嚷"反攻大陆"的蒋介石集团，趁着国际风云变幻，还会再有新的小动作吗？去年新疆罗布泊腾起了震惊世界的蘑菇云，那么，我国的第一颗原子弹爆炸实验成功，作为克敌利器的氢弹研制得如何了？服务经济和国防建设的人造卫星，还能再上天吗？……

太多的问题纷至沓来，一时让他无法理出头绪。

想到康世恩部长给他交代任务时，原话向他转述了中央书记处书记彭真对在四川找油的种种关切，他知道在四川找油依然是个无法回避的致命难题，但是一想到这次会战的任务是油气并举，尤其是想到那一串又红又亮的"糖葫芦"时，张文彬坐在飞机上，先他一步已经落地四川成都的心，这时又重新回到了他的体内。

那次在四川局川南矿区小招待所的会议室里，听取张忠良汇报四川局的天然气勘探成果，康世恩部长也在场。张忠良的脸上露出了难得一见的笑容，指着会议室墙上的一张勘探图让大家看。

那张川南地区的三叠系古侵蚀图，是泸州气矿的绘图员李忠廉花了三天三夜时间，在工作组到来之前加班加点地赶绘出来的。

康世恩一见，非常喜欢，惊呼道："这可是一串很诱人的糖葫芦啊！"

想到糖葫芦，张文彬心里的思考与重压一下倒也轻松了不少。因为这次会战的任务虽有"搞点石油"的前提，但石油部党组基于四川油气资源的实际和西南建设委员会主任、西南局第一书记李井泉提出的天然气对"300吨煤炭缺口的补充"，已将会战重点放在了天然气上，而他根据平时与石油地质学家黄汲清乃至在川中会战中崭露头角的中青年地质家李德生的交流，基于"四川盆地是个大气盆"的认识，无疑也就坦然形成。

第二次石油会战最终将天然气作为重点，补充"大三线建设"燃料的不足，这是个比较符合实际的决策。当然也昭示着四川局的石油人由此开始了国家"西南战略大气区"建设的征程。这个决策的转变，是非常英明的！当然，这也与毛泽东在杭州会议上的指示有关。

张文彬返回成都后，正式组建了四川石油会战指挥部。在这之前，根据石油部党组决定，除他当总指挥外，黄凯、张忠良和当年与康世恩一起接管玉门油矿的军代表杨文彬担任副总指挥。这样，一个会战领导班子的基本框架算是搭建起来了。张文彬与他们几个人进行商量后，报请石油部党组批准，又吸收了陈李中、秦文彩、孙继先、郑浩、刘荫藩、夏云昌、郝凤台、刘选伍、杜志富、关跃家和当时刚从部队转业，分配到四川石油管理局来担任副总指挥工作的马文林。

这个人事补充，主要是考虑到了这些人在四川局都是分管某个方面的领导。他们加入进来，对会战的组织领导能够起到十分有利的作用。像我当秘书服务的对象——郝凤台副局长，他之所以被吸入为二次会战的副总指挥，其原因就是他要负责二次会战中的工程施工问题。

在我的记忆中，1965年六七月份的天气十分闷热，按说那个时节四川的天气不会那么热。以前的夏天张文彬是在北方过的，四川石油会战领导小组开第二次扩大会时，他热得把手里的纸扇摇得"哗哗"直响，身上的白衬衣都紧贴身上，渗出了汗。

二次扩大会议形成的决议，在认同四川局提出的"攻克八大技术难关，打开五朵金花井"的前提下，大概有这样几个方面：第一，进一步明确四川二次会战在准备打仗的紧张形势下进行的极端重要意义。第二，通过总结经验教训，对部党组"三五"指示中的石油工作者的岗位在地下、斗争的对象是油层进行了强调。这个说法，让与会人员感到很形象，很亲切，大家认为立足于地下的那些缝缝洞洞，一切为了要油、要气，才是我们开展工作的根本目的。第三，非常务实地进行了开气找油的方法革命，进一步统一了只有掌握一套对付缝缝洞洞的有效手段，才是解决四川油气资源，尽快满足西南三线建设需要的思想认识。[1]

"张文彬对如何打井的问题特别重视，他参加了钻井组的小组讨论会。"作为二次会战领导小组在成都召开二次扩大会议的参与者、亲历人，胡祖烈老人至今还对当年已升任泸州气矿矿长的董金璧的发言记忆犹新，他说，"董金璧的那番话，切中了要害，只有他才敢说。"

董金璧见自己在部队时的老政委张文彬当了副部长后，又来四川领导大家搞第二次石油大会战，心里感到很高兴，觉得机会十分难得，因此就把这些年一直憋在肚子里的话，全部对张文彬毫无保留地说了出来。

董金璧说："这些年，我们找油找气的思想不明确，有问题，成天忙得昏头昏脑，就知道如何拿进尺，完成所谓的任务。这个问题，在领导干部身上是这样，在井队的工人身上也是如此。比如3214队的一名司钻

---

[1] 摘自本书作者对胡祖烈的采访笔录。

就曾向我反映过，他们打阳 13 井的时候，因为已经出气了，但没完成任务，结果连一点奖金都没拿到。后来他们又打另一口井，根本没有打到气层，就因为已经完成了进尺，他们索性停下来，不再继续往下打了。另外大家开足马力地为了抢进尺，对设备的维护保养环节不重视，损坏设备的问题也突出。我们这都成了什么了？"董金壁说到这里，十分生气地站起来，见张文彬坐在对面的沙发上，目光从正在记录的笔记本上抬起，向他做了个示意他坐下来说话的手势，他就只好坐下，但还是大声武气地接着刚才的话说，"我们成了'杀害'油层的'土匪'，成了毁坏设备的'败家子'！……还有另外一个队在打阳 9 井时，原来计划打到气层的时候要取芯，因为他们害怕影响到进尺任务的完成，刚打到气层的顶部，就借口去拿岩芯筒，把队上的一名女地质技术员骗走了，随后一鼓作气地把气层打完了。等那个年轻的女技术员反应过来，跑回来一看，结果岩芯已经取不成了，气得人家一个女娃娃蹲在地上哇哇大哭。这个因拿进尺而影响地质技术员取岩芯的恶劣问题，我在玉门油田工作时，就听说康世恩在当西北局的局长时，亲自抓过这样的反面典型，当时影响很大，没想到这么多年，我们还没克服，这简直就是耻辱！"

等董金壁把心里一直憋着的话对大家一鼓作气说完后，张文彬"哗哗"地摇着手里的纸扇，似乎要将从未遇见的酷热驱散，他站起来，激动地说："小董说的这些问题，一定要引起我们的高度重视。在今后的会战中，我们要及时奖励那些打油、打气多的井队，衡量一线井队能不能得奖，具体奖励多少，不能只单纯看进尺了，还要看他们到底成功地打了多少口井，为国家打出了多少油气，对西南"大三线建设"作出了多大贡献，光靠拿进尺，不能评奖。评功摆好，要和打出多少油气紧密地联系起来。对社会主义事业、对'要准备打仗'的毛主席、党中央的指示忠实、任劳任怨地开展工作，就叫思想好。'思想好'不包括那些汇报好、不扎实工作、不动脑子的人。一定要奖励那些踏踏实实干工作的，不奖励干表面活的那些人。"

四川会战领导小组二次扩大会议开完，大约又过了几个月，成都的天气在早晚期间已经变得凉快了。这时，我们就接到了会战指挥部下达的搬家命令。往哪儿搬？往自贡与内江之间，距离威远县城不远的曹家坝的一个山头上搬。

　　那个地方，我们都把它叫作"红村"。

　　红村这个地方，现在是西南油气田进行优良传统教育的基地，好像四川省人民政府已将那里列为文物保护单位了。红村你二位采访中去看过，站在曹家坝的山上，往山上看，说那里"看上去，特别像西藏拉萨的布达拉宫"，其实红村在当时来视察的党和国家领导人的眼里，看上去特别像革命圣地延安的样子。

　　延安的战略意义是，当年中国共产党在那里艰苦奋斗，壮大队伍，一边投入伟大的抗日战争，一边等待机会，战略转移，最终打败了国民党政府的 800 万军队，建立了中华人民共和国。我们当时也在威远距离曹家坝不远的那个山头上，一边背靠川中，一边面向川东重庆的卧龙河、川南泸州的古隆起地区发展，不等不靠地建立了自己的根据地，逐步实现了从最初的以找油为主，到从那以后开始的以找气为主的战略转移，并开始了从 70 亿，到现在的 300 亿和未来争取达到的 800 亿油气当量的奋斗历程。这是红村与延安在精神实质上比较相似的地方。

　　还有一个方面就是，延安当时为了丰衣足食，毛泽东、朱德、周恩来都带头参加了大生产运动。我们搞第二次石油大会战的前线指挥部，也是张文彬、张忠良还有郝凤台他们这些领导，带领大家开山炸石，用黄泥和石块，一点一点地建起来的。这种房子，很像参加大庆会战期间住的那种"干打垒"。

　　那时，大家白天在战区打井找气，晚上和节假日，就人人投入到建设红村的义务劳动中。这些，好多老同志和一些上了岁数的"油二代"都还记得。

红村还有一个在精神内涵上与延安比较接近的地方，就是延安中央政府当时与驻地百姓的党政、军民关系搞得很好，像"三大纪律，八项注意"都落实得很严格。我们以威远为根据地，在川南和川东北地区搞会战，与当地群众的关系也处得不错。我们把指挥部建在一座荒山野岭上，没占当地农民一分一厘的耕地。

距离红村不远处，有座山叫"三多寨"，那上边有很多大盐商在抗战时期修建的好房子，就是今天去看，也能发现那些房子非常气派，不比上海和广州一带的民国时期的西式建筑差。但我们的会战指挥部，却没有设在"三多寨"这个地方。

因此邓小平视察威远气田，登上会战指挥部的山头，听了情况介绍后，就对张文彬说："以后，你们这个地方就叫'红村'吧！"这样，四川二次会战指挥部就有了"红村"这个名字。

我们搬家的时候，有个"靠前指挥"的要求，因此把四川局机关大约百分之八十五的力量都集中到红村去了。

当时我给主管工程机械方面的郝凤台副局长当秘书，是和他一起过去的。那天晚上吃过晚饭后下起了雨，机关除了加夜班的同志还在工作，大多数都回家或回宿舍休息了。但这时让搬家，我们谁都没说二话，赶紧忙活起来，将文件资料、个人日常生活用品，往开进机关院子里的七八辆卡车上装。那种忙而不乱的景象，现在想起来，还真有那个时代的一些样子。中央提出的"全党全军和全国人民要在思想上工作上准备应付最严重的局面"，我个人认为，应该就是我们当时连夜搬家的那种状态。等东西都装上了大卡车，我和郝凤台就上了一辆吉普车，带着十几辆大卡车，从成都往威远赶路。成都到威远县城的交通条件那时没有现在这么好，路是土路，尽管只有一百多公里，我们还是走了整整一个晚上。

我记得，那天晚上给我们开车的小伙子，由于日夜都在跑路，睡眠不好，因此开车时，车子在那种黄泥、碎石公路上不停地左摇右摆，像刚学自行车的人把握不好龙头，一会儿左，一会儿右，感觉车子随时都有可能出现危险。但郝副局长竟然坐在车上闭目养神，一句话都没批评司机。我们最终在天亮时平安到达了红村会战指挥部，没有发生任何安全问题。[1]

"会战指挥部的条件，因一直还处于建设之中，所以还非常简陋。不过再简陋也比川中第一次石油会战时的条件好多了。"胡祖烈说。

当时，胡祖烈和另一位领导的秘书一起住，分到了一间墙缝里的黄泥都还没干利索的、大约有十多个平方米的"干打垒"小屋。在这间小屋里，他与那位领导的秘书一人分了一张办公桌、一把椅子和一张行军床。这也是他认为条件比川中会战时要好的一个根本依据。

胡祖烈的宿舍兼办公室，距离张文彬的指挥部办公室只有大约二十步之遥。一天早上，他听见张文彬在办公室里大声说话的声音。

原来，这天早上有人来向会战总指挥张文彬报告，说山下的威2井发现了天然气显示。那是位一线领导，他做好试气的各种准备之后，就跑了七八里路，上山来向会战指挥部报告情况。

张文彬一听，高兴极了，爽朗地大笑起来，接着扯开嗓门对那个干部说："这威2井还真争气啊！以后你记住了，遇到显示就是命令，你们井队的领导是最前沿的指挥员，只要遇到显示就和遇到敌人一样，请示也好，不请示也好，你们就有权决定冲锋，有权决定试气！"

"那就太好了！"那个干部高兴地说。

"所以说，井喷就是命令。不管你是哪一级，只要一喷就有'敌情'，就要赶紧测试。能尽快消灭'敌人'，搞出油气，不需要再大老远跑来请示了。油要喷了，气要喷了，你还来请示汇报，等我告诉你们

---

[1] 摘自本书作者对胡祖烈的采访笔录。

试不试油，试不试气，这不就来不及了吗？所以以后遇到这种情况，遇到显示，你们就让它直接喷出来，喷得不多，采取措施后，继续再往下钻，喷得要是多了，你就直接完钻得了。"张文彬见自己把威2井派来报告情况的那名干部说得有些不知所措，走过去将洗脸架上的一根白色的毛巾递给他，让他将脸上的汗水擦了，继续说，"可能你还不知道，井喷就是命令的问题，从成都到威远我已说过四五次了。只要一见井喷你们就上，不要贻误战机。作为会战最靠近前线的队伍，这个问题，你们都要记住，别忘了！"

"永志不忘！"

大炮都打不垮

红村会战指挥部的基础建设，从1965年夏季就开始动工了。四川石油管理局传达石油部党组关于落实毛泽东在杭州会议上的指示，提出"上山、下海、战平原"的口号、决定集中兵力在四川再搞一次会战的任务后，经张忠良向总指挥张文彬请示，得到许可后就轰轰烈烈地行动起来了。与会战指挥部同时纳入基建施工的，还有新成立的川南矿务局机关驻地。

修建红村会战指挥部的重任，毫无悬念地落在了时任四川局副局长兼会战副总指挥孙继先的肩上。川中会战时，孙继先曾带领先遣队，在南充东观镇建立了川中会战的根据地。这次让他负责红村指挥部的建设，也算张文彬对他之前工作的一种认可。

孙继先去面见张文彬之前，张忠良已陪张文彬和石油部的领导及专家们到威基井和威2井去视察过现场。

张文彬对大家说："指挥部距离前线越近，争取胜利的希望越大。"

因此，四川局建议将指挥部的地址定在距威远气田发现井不远的曹家坝山头，张文彬欣然应允。

张文彬对孙继先说："打仗的时候你当过团参谋长，知道指挥部的重要意义。搞川中会战，康部长当总指挥时，你也给他修过指挥所，因此如何建设指挥所的问题我不和你多讲，但我向你强调一点，施工中一要多为驻地的群众着想，建设咱们的指挥所，要尽量做到少占或不占用公社的良田熟土。"

孙继先从张文彬设在成都的临时办公室出来后，与局长张忠良告完别，就带着基建队伍向曹家坝的那座事先定好的山头匆匆赶去。在最初的施工建设阶段，从山下的小坝子通往山上的简易公路还没有修通，汽车还不能将各种建筑机械设备送上山，他就迫不及待带着大家到了山上。

头顶炎炎烈日，孙继先挽起袖子，"呸"的一声往手心吐了一口唾沫，双手合拢用力一搓，然后就甩动大锤，同荆棘、茅草丛里那些坚硬的岩石较上了劲。

那时，孙继先还不到50岁，是一名年富力强、精力旺盛的壮年汉子，浑身上下好像总有使不完的劲。

天上的太阳晒得人们的脸上已经冒出了豆粒大小的汗珠，一抡大锤汗珠子就直往下掉。为了让大家集中精力，不被烈日的暴晒所左右，将修建会战指挥部的干劲都晒蔫巴了，孙继先就放开嗓子，带头在曹家山上喊起了即兴的劳动号子："同志们呀，甩一锤来喊一声呀，嗬嗨！一锤砸开石包筋呀，嗬嗨！"

在他的带动下，甩开大锤砸石头的工人与从地方招募的民工们见副总指挥一直是"雄起"的，干活的气氛更加高涨，士气很快为之大振，纷纷跟着他在前面起好的调子，在后边俨然"歌唱"般地合了起来："要球得嘛，用力砸来大声吼呀，嗬嗨！二锤砸烂癞疤石呀，嗬嗨！"十多二十斤重的大锤被数千名赤裸上身的精壮男人握在手中，随着劳动号子的节奏上下飞舞起来。大锤砸在曹家山黑皮白心的癞疤石上，火星四溅。

顽劣而坚硬的石头被孙继先的队伍砸开以后，他们又将大锤甩在一边，顺手更换了劳动工具，蹲在地上，一手握着铁锤，一手扶着铁錾，叮叮当当地打出了修建指挥部急需的条石、方石。当上山的公路修通以后，汽车将石灰、木料、青瓦源源不断地运上山来，孙继先又带领工人与民工开始平整土地，夯实地基，开始修建指挥部的辅助设施、机关宿舍和办公室。

通向各个山包与点面的石梯在曹家山的半山腰上四处延伸，大约有三百多阶。再往后，以半山腰的一块平地上修建的千人大礼堂为中心，一幢幢既有松辽平原"干打垒"建筑风格，又结合了四川南部民居及现代建筑特征的石房、石楼，半年时间不到，就已变戏法般地修建完毕。

1965年9月4日至9日，四川石油会战指挥部机关和四川局机关利用5天时间搬往红村。

> 为了实行面对面的领导，加强重点地区的工作，促进会战的迅速开展，会战领导机关及四川局各部门、所、院按照"要准备打仗"的指示，迅速搬出了成都市，迁往西南会战前线。
>
> 在搬迁过程中，机关干部职工发扬了雷厉风行、坚决迅速、说走就走的战斗作风。搬迁的号令一下，大家很快及时清理了文件资料，安排好了家务，准备好了行李，冒雨连夜从成都出发。在短短的5天内，大部分处室就已十分顺利地搬迁完毕。临行前，领导小组的负责同志亲自前来指挥搬迁，机关的家属们也敲锣打鼓，欢欢喜喜地（来为大家）送行。
>
> 许多干部职工一到前线驻地，不顾长途跋涉的劳累，一不问吃，二不问住，行李也没有摊开，就投入了紧张的战斗。驻地的生活条件虽然比城市艰苦，住得也比较（拥）挤，但大家都表示：为了会战的需要，越是艰苦越光荣。机关正式开始办公的第一天，各处室就抽出大部分人员分头前往各井队了解情况，帮助（基层）解

决问题，受到了井队职工的热烈欢迎。[1]

原本籍籍无名的曹家山，经过孙继先与工人及民工们的日夜奋战，变成了四川石油第二次会战的指挥中枢。

1959年5月26日成立的川南矿务局机关的选址及办公用房等问题，很快也随之尘埃落定了。

四川石油管理局成立川南矿务局时，中央关于组织四川石油二次大会战的指示还没传达下来。四川局成立川南矿务局的目的在于：在继稳住隆桂会战的"川中成果"的同时，及时将黄瓜山气矿、泸州气矿、纳溪气矿和隆昌气矿的勘探开发工作进行集中管理。这四个气矿在威远气田还没惊艳亮相之前，一直是西南油气田的"母亲矿"，除了隆昌气矿是从民国石油工业先驱们的手里继承下来的，其余的三个气矿均是四川石油管理局成立之后，西南油气田的创业者们，在竭尽全力投身川中石油会战时，调整分配精干力量，立足四川天然气资源十分丰富的实际，不声不响地打出来的。

这样一来，当四川石油会战理清了"油气并举"的思路，尤其是当石油部明确提出了"确保70亿，力争100亿"的具体目标后，总指挥张文彬与会战指挥部的领导及专家们这才意识到："好家伙，原来川南泸州矿务局一成立，就已经有了四个产量稳定、工艺成熟、技术过硬的天然气矿区了！"

川南矿务局的组织机构被确定下来，随着党委书记和局长任职命令的下达，寻找矿务局的机关驻地也就成了当务之急。

受命为川南矿务局机关驻地选址的董汉炳、冯希珍、龚自善一行从成都出发，首先驱车前往隆昌气矿进行考察。他们认为尽管那里是四

---

[1] 四川石油会战指挥部主办，内部油印资料：《会战通讯》，1965年9月10日。

川石油天然气工业的摇篮,毛泽东和邓小平还亲自去视察过,但考虑到隆昌气矿地处内江之南和自贡之西,与其余三个气矿之间的距离非常遥远,因此,他们认为隆昌气矿不宜作为川南矿务局的机关驻地。

既然隆昌气矿不宜作为川南矿务局的驻地选择,那么又该到哪儿去找合适的地方呢?

几个人在旅馆里苦苦地思索着,一时陷入了茫然。

四川局负责后勤工作的副局长董汉炳说:"西南军区在蓝田坝有一块不怎么使用的驻地,也许可以考虑选择这个地方来作川南矿务局的机关驻地。但那是部队军产,能不能让给我们使用还不一定。不过,明天你们还是不妨去西南军区碰碰运气,看贺炳炎司令员能否站在"大三线建设"的全局考虑,支持我们。"

冯希珍与龚自善尽管已经离开部队很多年了,但是为了去见贺炳炎将军,第二天一早还是将一直保留在行李箱里洗得发白的旧军装拿出来穿戴整齐。他们觉得去见贺司令,哪怕已经摘下了领章帽徽,但还是应该有个"兵"的样子。

他们之所以如此慎重,是因为他们知道,贺司令员从16岁参加红军到当上中国人民解放军上将,一直身背大刀转战南北,右臂由于受伤被锯掉以后,依然以"独臂刀王"的美名誉满全军。他不但是一位战功显赫的"开国上将",还是一位性格耿介、脾气火爆,敢和西北野战军司令员彭德怀直接在电话中互相骂娘的传奇人物。

去拜见这样一位英雄,一位共和国的将军,穿上军装既是尊重对方,也希望自己的一身军装,能让首长不会将他们当外人,能把事情十分顺利地办了。

他们带上四川石油管理局的介绍信,忐忑不安地接受了门岗的问询与检查,随后进入了西南军区的大门。但没想到贺炳炎将军看了一眼介绍信,见他们穿着洗得已经发白的军装,军姿良好地站在他的面前,满怀期望地望着自己,二话没说,非常爽快地答应了他们的请求。

冯希珍与龚自善也许并不知道，贺炳炎与同为西北野战军作战序列中的独臂将军余秋里一直都有惺惺相惜之感，他们去找他解决川南矿务局的驻地问题，贺司令员已将他们视为余秋里的"战士"了，因此事情才会办得出奇的顺利。

冯希珍与龚自善两人一时有些受宠若惊，本来想把一路商量的说辞，比如"希望司令员在百忙之中，抽时间关怀支持一下我们四川石油管理局"等诸如此类的漂亮话，拿出来对贺炳炎说一说，岂知贺司令员得知他们的来意后，想也没想就拿起钢笔，在办公桌上的台历上写道："将蓝田坝移交给川南石油矿务局！贺炳炎。"写完，贺司令员将台历顺手撕下来，交给龚自善，让他们拿走，赶紧去办交接手续。

看着手里的台历纸，他们似乎有些放心不下。

冯希珍问道："首长，我们是否需要办理一个正式的手续？"

贺炳炎一挥独臂："这个就很正式啊！"

龚自善赶紧说："司令员，您这条子是否需要盖个公章？"

贺炳炎见他们"婆婆妈妈"的样子，笑着说："别磨蹭，你们就拿这张条子去办，有问题再来找我！"

冯希珍与龚自善同贺炳炎告别，向他敬了一个没戴领章帽徽的军礼后，迅速回到旅馆与董汉炳会合，接着又马不停蹄地直奔泸州而去。

泸州位于长江上游，古称阳江，地处川、滇、黔、渝的结合部，自古就有"江城"和"酒城"之称。因明代著名文学家、思想家和学者杨升庵的一首《临江仙》，泸州这座"青山依旧在，几度夕阳红"的文化名城，更是广为世人所知。

在泸州蓝田坝，董汉炳一行三人见到了军分区司令员。他们将遵照毛主席指示，四川石油会战要"解放川南的潜气层"，以及贺炳炎对四川石油管理局的支持的来龙去脉向他作了汇报。

这位司令员没想到，自己的营盘会被三个从天而降的地方群众"接管"，但看了贺炳炎写的那张"白条子"，倒也二话没说，表示一定执行首长的命令。

川南军分区司令员说："为了帮助石油工人'老大哥'早日完成'70亿'的光荣任务，让毛主席睡个好觉，一个星期后，我们一定搬迁完毕，将蓝田坝营区移交你们。"

办事的过程也超乎想象地简单顺利。

七天时间很快到了，川南矿务局的接收人员来到蓝田坝，被眼前的一切迷住了。整齐干净的营盘背靠着一座蜿蜒起伏的山梁，营区正门对着滚滚长江的浩渺烟波，加之掩映在桂圆树与芭蕉丛林里的一座座红砖营房……这一切让他们几乎不敢相信，好事竟会来得如此突然。

想到不久后，蓝田坝营区将成为川南矿务局的机关驻地，尤其是作为支撑第二次四川石油会战的川南指挥所，将与威远曹家山的红村会战指挥部遥相呼应，互为支撑，他们不由得在心里为孙继先与贺炳炎竖起了大拇指，并且发出了发自内心的、由衷的赞叹。

川南矿务局搬迁到蓝田坝以后，川南指挥所也建立起来了。虽然泸州那边的具体情况我不是很熟悉，但红村指挥部这边的情况，我倒还是比较了解，可以给你们摆一摆。就摆一些让我印象很深的龙门阵吧！

1965年秋天以后，一些"贵客"就陆陆续续地来到了红村。

最先来的是党和国家领导人邓小平。

邓总书记是上午九点多来的。那天，我正好在威基井帮他们检修通信线路。当时，我的脚上戴着两只脚扣爬在一根电线杆上，正准备用电话单机的两个夹夹去夹备负线，一下子就看到臭水河边有十多辆汽车开了过来。

我知道这是大领导来了，就翘起双脚，两只手抱住电杆"哧溜"一声滑下来，迅速解下脚扣，从地上爬起来，规规矩矩地刚站好，邓小平就下车了，跟他一起从车里下来的还有李富春和薄一波。

三位中央领导在"毛主席的好学生"李井泉、西南三线建委副主任程子华和四川石油会战总指挥张文彬的陪同下，一起来威基井视察，看望大家。

见到一下来了这么多大领导，早就等得望眼欲穿的威基井的干部职工，一个比一个热烈地拍起了"巴巴掌"——也就是鼓掌的意思，而且还不停地欢呼起来。他们一欢呼，邓小平就笑眯眯地走过来，与井场道路两边站在前排的工人握手。有的人当时也不自觉，站在后边连干活的手套也没抹下来，就把手伸得老长地想和邓小平握手，邓小平也不嫌弃他们手上的油污，和他们一个一个地去握。

那天上午，我记得好像是威基井的指导员陪同邓小平等去参观的机房。他们在前面参观，我们就在后边跟着。那天，他们还看了钻台和一些钻井设备，然后就穿过井场，顺着放喷管线边上的一条小路去看威基井放喷。

也不晓得那天是哪个下达的放喷命令，我只听到有人吆喝了一声"放喷了"，随后耳朵里就有"轰轰隆隆"的天然气喷射的声音传来，接着就有一股火舌"呼哧"一声蹿起好几十米高。放喷口距离邓小平有八九十米的样子，火光把他还有李富春和薄一波的脸都照得红扑扑的。

邓小平一见威基井很顺利地把气打出来了，就高兴地对我们说："同志们，你们在祖国大西南地区发现了大气田，以后还要为伟大的三线建设开发更多、更好的大气田！"

他讲完话之后，张文彬就把他带到了"地宫"里接着参观。啥子叫"地宫"？"地宫"就是"备战备荒为人民"的时候，为了防止敌人搞破坏，当时参加会战的工人们挖的一个地下室。

邓小平同志走进"地宫"的那天，门口还有两个持枪的武装民兵在那里站岗。为啥子要站岗？你们不了解情况才这么问。因为那个大地下室装满了二次会战的各种地质资料，还有岩芯和不少的气田构造图。这些都是当时最机密的东西，没人站岗放哨是不行的。

和国务院的两位领导，还有随行人员与看热闹的工人们走进"地宫"后，邓小平又高兴地对大家说："好得很！你们要快点把威远和泸州那边的气打出来，有了天然气作保障，就能更好地建设社会主义，建设大三线，我们也不怕'美帝'和'苏修'来和我们打仗了！"[1]

四川石油第二次大会战结束许多年以后，2018年3月，我们登上威远县新场镇的曹家山，造访闻名遐迩的红村，钩沉与第二次石油大会战有关的尘封往事。

在辉煌不再、人去山空的红村，我们遇到了1965年9月"自从上了曹家山，就没准备活着离开这里"的廖宣州老人。

廖老爷子是红村的"最后一个坚守者"。他住在一排面临陡坡的石头房子里，当年种植的树已有参天之势，他养了一只狗、几只鸡，种了些蔬菜，与老伴相依度日。

自从上山以后，无论是千军万马鏖战威远的火红年代，还是因随后的"文化大革命"的原因，乃至四川油气发展方向变更，会战大军与干部职工陆续离开之后，数万人中只有他独自一人还在这里守望，抱着"离开的队伍早晚还要回来"的信念，他依然还与曹家山为伴。

他的儿子死了，就埋在屋后，他说，"这个地方对我太重要了，我不想走，以后死了，就挨着儿子的坟墓，埋在红村。"

从他的眼神与言语中，我们能够读到一位西南油气田的"老石油"的坚持。

不过在他接受我们采访的最开始，谈得更多的却是当时中央首长及

---

[1] 摘自本书作者对廖宣州的采访笔录。

地方领导这些"贵客"视察红村的往事。

廖宣州说，从部队复员回乡后，能被组织上安排到石油工业战线工作是他的幸运。当时，他在会战指挥部机关负责通信线路的维护与保障，见过不少"贵客"。他说："除了邓小平，恐怕就要数彭德怀与贺龙这两位部队的首长给我留下的印象最深了。"

邓小平离开红村之后没过多久，曾任国防部部长的彭德怀又来了。

那时，廖宣州还不知道彭德怀因庐山会议向毛泽东上了"万言书"已被解除军职，来威远视察时已经不是"部队的首长"了。当时，彭德怀以三线建设副总指挥的身份来到红村，几乎没有前后簇拥的陪同人员随行，只有近乎"微服私访"的四辆小车与他一起上山。

廖宣州说："'彭大将军'来视察之前，住在自贡的一个宾馆里。我们四川局派了副局长兼政治部主任秦文彩去给他汇报工作，然后才从自贡经大山铺到威远方向，来我们的会战指挥部视察。他来的那天穿了一身深灰色的中山装，在威2井的井场转了一圈，就在秦文彩的陪同下走进值班房，翻阅了值班工人所做的生产记录，表扬工人的字写得好，很工整。然后，他任何多余的话也没说，就背着双手默默地来，又安安静静地走了。"

廖宣州告诉我们，彭德怀当时来去匆匆，让他为之深感热血沸腾。因为根据他曾在陆军服役的经验，首长越是话少，就越有重大的事情要发生，而四川石油第二次会战又是在全国要准备打仗的氛围中开始的，因此他认为彭老总来四川红村，说明中国真的要打仗了。他是来检查战备工作的。他虽然当时已经脱下了军装，但想到能在石油战线立足本职，为打倒美帝、苏修贡献力量，还是很值得自豪的。

1965年"贵客"莅临红村的热闹场面过去后，是1966年的2月22日下午，中共中央书记处书记彭真在中共西南局书记处书记阎秀峰陪同下，又来视察红村了。这一情况再次引起了廖宣州的注意。

彭真看到孙继先带领数千名工人和地方民工修建的"干打垒"房屋，非常高兴，不停称赞道："你们这个房子冬暖夏凉，好得很啊！"说完，他还要陪同人员和他一起站在会战指挥部的一幢石头房子跟前合影留念。

临走的时候，彭真又对会战总指挥张文彬再三叮嘱说："四川石油会战要在大庆的基础上发展，要搞出新大庆，搞出经验来，我给你们负责推广。"

彭真离开红村后，会战指挥部组织机关人员在曹家山的千人大礼堂里开会，传达彭真的指示。廖宣州说："在大会上，我们又听到了彭真的指示，他说，三线建设搞不好，毛主席睡不好觉。我们大家都要尽心尽力，搞好三线建设。我们少睡觉，让毛主席多睡觉，睡好觉。"

彭真的这个指示让廖宣州再次预感到真的要打仗了。毛主席连觉都无法睡好，怎么可能不打仗呢？

但真让他感到在"大三线建设"的背景下，全力搞好石油大会战的极端重要性的时间，还是在两个月之后的4月3日。那个春寒未消的上午，国务院副总理贺龙元帅、铁道部部长吕正操、云南省委第一书记阎红彦等一行党政军首长，在李井泉、阎秀峰、黄新亭和陈李中、郑浩、马兴崤等陪同下，再次登上曹家山会战指挥部所在地红村视察。

贺元帅有着高大魁梧的身材，戴了一副具有招牌识别性质的墨镜，尤其是他平整浓黑的八字胡和他挂在手里的一根拐杖，在青年廖宣州和指挥部机关干部职工的眼里，比平时他们在《解放军画报》和报纸上看到的"贺龙形象"还要威风。

贺龙在陪同人员的搀扶下来到威2井。他看到工作生活在山沟里的井场工人，条件艰苦却精神面貌良好，很是感动地说："在你们这里，我又看见了大庆人，看见了大庆精神。"

登上曹家山视察会战指挥部机关时，贺龙看到到处都是石头与黏土垒砌的房子，深有感触地说："这就是延安精神！你们这里很像当年的延安。延安是窑洞,这里是石头房子。这些石头房子建在这里,敌人的大炮都打不垮!"

廖宣州老人说,当年他刚脱下军装不久,也就二十一二岁的样子,满脑子都是"要打仗"的感觉。他说那时广播报纸天天不断地报道要准备打仗的消息和首长们隔三岔五地来视察——尤其当贺老总说指挥部的房子连大炮都打不垮时,看到没日没夜不停工作的人们,作为机关通信班的一名通信保障人员,他真有一种身临其境的"打仗感",而随时保障指挥部通信线路的畅通,对他来说,"头脑中的这根弦"直到现在一个人守着这片山头,都还没有完全放松。

战区秋点兵

暂别红村"最后一个留守者"廖宣州老人后,我们来到西南油气田的档案馆里,试图从那些尘封的档案中去钩沉第二次四川大会战的遥远往事,就像从历史粗粝的墙壁中打开一扇窗子,去发现那场"一切为了七十亿,力争一百亿"的"开气找油之战",在蓝天丽日下或雨霾风障中,究竟有着怎样的格局与细部!

1965年的《会战通讯》合订本第55期,一条名为"战区首届技术座谈会隆重开幕"的资料引起了我们的兴趣。我们之所以对这条资料充满兴趣,无疑是因为它的"技术"二字。在那个运动连连,"石油工人一声吼,地球也要抖三抖"的年代,这两个字在发黄的卷宗里显得是那么卓尔不群,而且这种发现对于我们对红村作为一个时代样本的观察,还有某种非同寻常的惊喜。

确切地说,这次技术座谈会是1965年10月16日在川南矿区拉开帷幕的。会议展示了各单位的生产成就、技术革新和技术革命的成果,以黑板报、墙报等形式开辟了"会战园地",还对会战形势勘探图乃至各先进单位的模范事迹进行了展览。尤为重要的是，为配合这个持续进行了29天的会议，红村会战指挥部还下令各片区指挥所、各单位组织了技术练兵表演活动。

在竞赛场上，3299钻井队一班青年工人的技能表演吸引了众多观摩代表的目光。仅拿检查钻头这个项目来说，在具体的操作过程中，在他们手里就要经过10道以上程序才能完成。有的代表看完这个项目的表演，充满敬佩与感慨地说："真没想到3299队认真细致的功夫，一点不比绣花描红的大姑娘差啊！"

当表演的青工们将表演进行到正式操作与放喷的环节时，头戴铝盔的小伙子们又像久经沙场的战士一样矫健敏捷，身手不凡。这时，他们与此前检查钻头时的表现已判若两人。推内钳的如转风车般快速到位；打大外钳的每次出手都能获得成功；拉锚头绳的一招一式都是那么干脆利落，不带任何拖泥带水的痼癖动作。尤其当放喷警报拉响后，3299队一班的参赛代表更是龙腾虎跃，二层钻台的钻工刚出现在大家眼里，沿着扶梯"哧溜"一声就滑向了钻台，代表们还没看清他是怎么从高高的钻台下到地面来的，他的身影又出现在了正在抢关防喷器的队友之中……

技术表演赛的主场设在付家庙气田，付1井热闹非凡，同时作为分会场的付5井也是气势如虹。全战区罗马钻机的技术能手们在这里相聚，同台竞技，一决高下。平时，战区的青年钻工嘴上爱说一段顺口溜："罗马、罗马，敲敲打打；不敲不打，不是罗马。"因此罗马钻机与乌得钻机、贝乌钻机相比，就格外显得"傻大黑粗"，笨拙不灵，操作困难了。但是3263钻井队队长王本茂这位选手冲上钻台时，手扶刹把子将气门一合，"哧"的一声就将游车平稳上升，而且不摇不摆，接连换挡三次将游车下滑，吊车上事先放上去的一碗水竟然一滴也没因受到晃动溢出。可以说这个难度很高。王本茂成了耀眼的一颗技术明星，受到总指挥张文彬和副总指挥张忠良的高度赞扬，夸奖他为战区树立了标杆样板。

回到老翁场1号井的当天晚上，王本茂回想起白天战区总指挥与副总指挥给他颁奖时，对他提出的表扬，翻来覆去地难以入睡。就在他越想越高兴，躺在床上"烙大饼"时，井场上尖利的警报声像锋利的刀子一样突然划破了夜幕，1号井在钻探中井喷了。他迅速翻身下床，奔向井场，指挥全队职工安全控制了井口以后，立即点火。

火光映红了夜空，就像黑夜里的火炬。

1965年8月，王本茂的3263钻井队在川东接到会战指挥部的命令，要求他们火速前往江城泸州参加会战。

王本茂带领队伍从川东辗转重庆，接着从重庆朝天门码头上船，抵达泸州时天已黑了。矿上派来两辆大卡车，将他们直接拉到了老翁场的1号井。

当晚全队几十个人，在井场的露天坝里支起简易炉灶，煮了一大锅面条吃下，就在值班室和堆材料的临时库房中和衣而卧。

第二天太阳刚从东边露出一抹若有若无的暗红，他们就迅速起床，开始安装设备。经过夜以继日的埋头苦干，3个月不到，他们就在老1井率先打出天然气，这无疑为战区技术座谈会的召开增色不少。

"同志们，王本茂的队伍已从川南地区三叠系古侵蚀图的那串'糖葫芦'上第一个尝到鲜了！"会战总指挥张文彬接到报喜电话后，立即驱车下山，直奔川南，途中，他又高兴地叫上杨型亮，匆匆地直奔老翁场而去。

在现场研究完井措施的会上，张文彬特别指出："既然老1井是三叠系的第一口发现井，那么在完井过程中就要做到压而不死，活而不喷。"

为了达到这个标准，杨型亮被张文彬任命为老1井的现场指挥组组长。会后，杨型亮立刻调集钻前工程三团两个中队大约二百多人，来到老1井加强配置泥浆力量。经过七喷、七漏、七堵，历时四十多天的艰辛奋战，终于完井。

西南油气田的一份官方资料说，1965年10月16日开始的战区技术座谈会与岗位技能表演活动的背景，与1964年2月1日《人民日报》发表的社论《全国都要学习解放军》有关，而且还与会战总指挥张文彬的领导艺术关系颇深。

中国人民解放军为了促进部队的军事训练，在推广南京军区某部二连"郭兴福教学法"的基础上，中央军委决定在华北某地举行一次全军性的军事表演活动。毛泽东在观看表演时，不但通过摄影记者的镜头留下了一生中唯一一张举着步枪瞄准的照片，甚至还挥舞拳头，对画有美士兵漫画像的沙袋打了几拳，并和刘少奇、周恩来、朱德、董必武、邓小平等党和国家领导人及他们的夫人一道，兴致勃勃地检阅了北京军区和济南军区部队，观看了这两个军区的军事尖子及民兵们的军事比武汇报表演。毛泽东对汇报表演给予了高度的赞扬。于是，一个学习解放军的运动便在全国迅速开展起来。

石油师的官兵集体转业到石油战线，把解放军的作风带到了石油部门，在大学解放军的运动中，推动了四川石油战线的革命化、军事化和正规化的建设。

由于战争年代和转战石油部各大会战战场的特殊经历，在张文彬的身上，充分体现了浓郁的军人作风与大庆精神，在他的领导指挥艺术中，军人作风和大庆精神相得益彰。

第二次四川石油大会战以"打800口井，确保70亿，力争100亿立方米"为作战目标，更是将张文彬的领导艺术体现得淋漓尽致。受命担任总指挥来到红村，他决心学习解放军大比武的经验，搞一场轰轰烈烈的技术练兵、技术比武，推动群众性的学习技术运动，以便提高四川石油职工的技术素质，增强其战斗力。

其实，关于对第二次四川石油会战中1965年的那场学习解放军运动的背景追溯，根据署名"于卫星"的文章披露的消息看，这次令人眼睛为之一亮的技术比武活动，严格说来还应该"另有背景"。

1963年12月9日，在全国工业交通工作会议召开前，毛泽东收到了冶金工业部部长王鹤寿的《为了加强思想政治工作，提议在企业里学习解放军》的报告，报告提出了学习解放军政治工作的建议。毛泽东将这一报告批给了时任国务院副总理兼经济委员会主任的薄一波，批示中说："此件你看一下。别的工业部是否也抓起了思想政治工作，请你告诉我。看来学习解放军，并且调一些解放军干部到工业部门工作，是一个好办法。"12月15日，薄一波致信毛泽东，肯定了在企业里学习解放军的政治工作经验的办法。薄一波的回信使毛泽东对在企业中学习解放军政治工作的想法变得更为坚定。

1963年12月16日，在收到薄一波回信的第二天，毛泽东就致信林彪、贺龙、聂荣臻、罗瑞卿等军队领导人，向他们正式提出了工业部门学习解放军的问题，并提出了工业部门和其他部门派人到军队学习。毛泽东试图通过工业企业学习解放军政治工作的优势，来达到工业企业提高效率，加快发展的目的。

1964年1月7日，毛泽东在听取全国工业交通情况汇报时，指示报纸要报道学习解放军的问题。在毛泽东的高度重视下，全党、全军和国务院对于学习解放军的问题高度重视。1月16日，中共中央、国务院在批转总政治部和国务院财贸办公室《关于从军队选调10万转业军官到商业部门完成情况的报告》的批示中指出："商业部门必须学习解放军加强思想政治工作的经验，要千方百计地把几百万商业人员的革命精神振作起来。"

1964年2月1日的《人民日报》头版发表整版社论《全国都要学习解放军》……当年12月21日至1965年1月4日，第三届全国人民代表大会在北京举行。周恩来总理作政府工作报告时，向全国人民发出了"工业学大庆，农业学大寨，全国学人民解放军"

的号召。[1]

基于此，西南油气田档案馆里保存的1965年会战指挥部编印的《会战通讯》第55期，关于"首届技术座谈会隆重开幕"关涉的真实背景就有可能是——

一、经冶金工业部部长王鹤寿倡议，毛泽东批准的这次"全国学人民解放军"的群众运动，根本目的是"学习解放军政治工作的优势，来达到工业企业提高效率，加快发展的目的"。

二、就"学习解放军"的政治优势而言，在中国石油工业的余秋里、康世恩时代，早在川中石油会战时，根据中国共产党和中国人民解放军的政治传统"将支部建在连上"，已在各单位坚持了政治指导员制度，成了"全国学人民解放军"运动的先行者。

三、就落实中央文件《关于从军队选调10万转业军官到商业部门完成情况的报告》时，无论是石油工业战线还是具体到第二次石油会战，由于有中国人民解放陆军第十九军第五十七师继"汉中改编"之后，集体转业参与其中的"垫底"，因而更加具有了学习解放军，以政治工作促进"提高效率，加快发展"目的落实的先天优势。

四、为了响应"工业学大庆，农业学大寨，全国学人民解放军"的号召，摆在会战总指挥张文彬面前的学习贯彻措施，就可能面临"作为工业学习大庆精神，作为人民学习解放军"的问题。因而结合四川石油会战面临的形势与任务，学习大庆精神就应学习其为国争光、为民族争气的爱国主义精神，独立自主、自力更生的艰苦创业精神，讲究科学、"三老四严"的科学求实精神，胸怀全局、为国分忧的奉献精神；学习解放军就应按照《人民日报》社论提出的"全国各条战线上的同志学习解放军，就应当更高地举起毛泽东思想红旗，用毛泽东思想把自己武装

---

[1] 于卫星：《毛泽东号召"全国学人民解放军"运动的由来》，《红岩春秋》2014年第3期。

起来，坚持以毛泽东思想为指导原则，经常检查自己的思想、工作和行动，研究和处理实际问题。只要活学活用毛泽东思想，我们就能立场坚定、目光远大、生龙活虎、智勇双全、生机勃勃、顺利发展。"

——于是，当各路会战大军正在陆续南下四川的途中时，张文彬基于政治形势的要求，结合战区将会迎来的"一切为了七十亿，力争实现一百亿方"天然气的恶仗大仗，便在战区发起了这场历时将近一个月的、轰轰烈烈的"战区秋点兵"运动。这场围绕"技术"二字狠下功夫的运动，往大处说是为了紧跟形势，不落人后；往小处说也无不带有"是骡子是马，先拉出来遛遛"的意思——将各路人马的精神面貌与技术水平进行摸底和集中促进之意。

历时29天的战区技术座谈会落幕了。会议不但进行了技术、战术表演，座谈讨论和大会专题发言，检阅了会战以来取得的各种成就，同时还在此基础上，认真学习了毛泽东的认识论、方法论，武装了干部职工的头脑，提高了大家的思想觉悟和认识事物的水平。

技术座谈会的金风吹遍了巴山蜀水，四川石油职工掀起了技术练兵、技术比武热潮，地质调查、打井技术经历了一次技术淬火，各井队推广用大钻具、高压泵、大排量和涡轮强化钻进，大幅度提高了钻井进度，呈现了优质、快速、安全钻进的好形势。

为了认识缝缝洞洞的客观地质规律，地质部门的职工坚持严谨的科学态度，遵照会战指挥部的部署组成了研究队，从地面到地下，大搞调查研究。

他们为了摸清地下储集层的裂缝连通情况，组织了一次缝缝洞洞大调查。在威远的范店乡，修铁路挖通的一个隧道暴露的地层正好是找油找气的目的层，他们抓住这个难得的机会，与铁路施工单位联系后，组织了近百名地质人员深入隧道，绘制了1∶1的素描图，对缝洞的连通情况进行专题研究。

为了认识缝缝洞洞的客观规律，张文彬、张忠良还亲自抓地质研究工作，带领地质人员进隧道、下煤洞，先后进洞人数多达4850人次，集全战区之力，绘成了275米长的大素描图，画出了44条裂缝十多万个洞孔，形成了一个直观的缝缝洞洞素描。

中梁山山脉位于现重庆市主城区西部，为华蓥山余脉，北起渝北柳荫镇附近，南至江津西湖镇近旁，南北长约100公里。中梁山中部的歌乐山，因"大禹治水功成，召集众宾歌乐于此"而得名，除此还因抗战时期陪都遗址及白公馆在此而蜚声中外。刘伯承、邓小平主政西南军政委员会时，石油地质大师黄汲清受命组织筹建西南地质调查所期间，曾亲自担任勘探队长，用三年时间在此完成了勘探任务，回击了"重庆附近早有天府煤矿，增加一个中梁山煤矿是多余的"[1]的片面认识。时至西南"大三线建设"鏖战正酣时，面对"'三五'期间，整个西南地区煤炭缺口数量达到了300万吨"的日益紧迫之需，石油部组织四川二次会战时，煤炭部也在中梁山摆开了战场。

张文彬派出的地质调查队来到中梁山。队员们为了核实一个数据，冒着掉下山谷的生命之险，爬到没有护栏，坡度达到60度的一个"人行眼"上去测风量；他们还钻进瓦斯集聚较多的一个溶洞里去调查断层情况。范店乡的隧道检查队在风镐下争时间，在炮眼下抢面积，吃在洞里，住在洞里，连续工作，不搞出结果不出洞，掌握了大量的第一手资料，加深了对气田储集层的认识。

川中吉祥实验区职工为搞清地下缝缝洞洞的油层地质情况，开展了目的层的取芯竞赛活动。队队力争高标准、高水平，"誓把油层岩芯全部搬到地面""在战略上藐视百分之百，在战术上重视每公分"。1813、1811、1810等队相继创造了取芯平均收获率达98%以上的空前最好纪录。实验区平均收获率达到了90%以上，对认识大安寨油层提供了宝贵

---

[1] 黄汲清：《我的回忆——黄汲清回忆录摘编》，地质出版社2004年版，第185页。

的资料。

地震 207 队进行普查工作时，遇到一座被当地老乡说成"九道拐上天，九步三歇气，一步两寸半，空手难上去，摔下尸不全"的险山。工人们完全不在乎，表示："干革命见困难要上，那才称得上石油工人硬骨头！""砸断骨头，砸不断革命意志。"他们就是以这样的革命英雄气概，全队四十多人，肩抬背扛，硬是将 2105 型柴油机抬上了群山之巅，获得了可靠的第一手资料，没让他们的地质图在该地区留下一个令人遗憾的空白点。

这是一种高度的敬业精神，也是一种严谨的科学态度。川渝两地的"石油人"，就是在这种艰难危险的环境条件下，在同四川盆地极其复杂的自然条件、极其艰苦的生产条件的斗争中，最终形成了自己的企业精神。

川油精神的核心是"艰苦奋斗、求实创新"，内涵包括"艰苦奋斗、坚韧不拔的创新精神，尊重客观规律、讲究科学的求实精神，胸怀祖国、献身石油的奉献精神，攻坚啃硬、争创一流的拼搏精神，独立作战、勇于探索的进取精神"。而西南油气田在诠释他们的企业精神时认为，"川油精神"与"石油精神、大庆精神一脉相承"，始终是"推动西南油气田高质量向前发展的坚韧力量"。

对此，我们深有同感，认为"川油精神"的根脉，或许就蕴藏在 1965 年"战区秋点兵"的这段记忆所赋予的、让今天的人无尽感慨的厚土之下。

上了战场就会死人

1966 年，中央"五一六通知"系统提出了"文化大革命"的观点、方针和政策，以此为起点，中国进入了长达 10 年的内乱时期。尤其当毛泽东《炮打司令部——我的一张大字报》发表后，随着中央文件《关于抓革命、促生产的十条规定》的推波助澜，"文化大革命"的惊涛骇浪，便由此及彼地波及了企业与农村。

《十条规定》指出："八小时工作以外的时间，除了每周一次讨论生产问题以外，都由群众自己商量安排，进行文化大革命。""工人群众在文化革命中有建立革命组织的权利。""可以在业余时间，在本市进行革命串联。学校可以有计划地到厂矿，在工人业余时间进行革命串联。工人也可以派代表到本市学校进行革命串联。"

这个文件的出台，使"文化大革命"波及了全国工业交通财贸各部门的基层单位。但在"确保70亿，力争100亿"的石油会战的战区，张文彬、张忠良等"当权派"还没被人戴上"高帽子"靠边站以前，这里的生产秩序与石油战士的生产积极性都没受到"文化大革命"的冲击影响，以至于人们一度乐观地认为，这是一片还没受到污染的净土。

在四川石油会战的各大战场，一座座钻塔高耸入云，一个个井场星罗棋布，一辆辆卡车翻山越岭。经过几个月的艰苦努力，会战的目的与任务已经深入人心。在参战干部职工心里，通过开气找油弥补西南"大三线建设"燃料的严重不足，与"为了让毛主席能睡个安稳觉"二者之间没有什么本质区别，大家都在无怨无悔地为此奋斗。继张文彬与张忠良组织的战区技术座谈会带动的岗位技术大练兵活动之后，会战指挥部的机关人员根据总指挥张文彬的要求，按照"运用典型推动工作"的思路，深入川南、川中、川西北和川东北，培养树立了一大批素质过硬的先进单位和个人。

战区无论在思想上、组织上和技术上均已做好了战斗准备。

就在张文彬站在曹家山翘首以盼，1966年的春风将红村指挥部四周山坡上的花草唤醒，枯草从冬日的焦黄中醒来长出新芽，山花在乍暖还寒中露出笑脸时，根据石油部党组下达的入川作战命令，松辽平原的大庆石油战士，举着猎猎红旗参战来了；克拉玛依油城的石油战士，掠起戈壁风沙参战来了；祁连山下的玉门石油战士，一路高歌地参战来了……

一周不到，4000名石油尖兵，42台功勋卓著的大中型钻机，200辆转战南北的重型卡车陆续入川，给四川石油大会战注入了新鲜的血液，带来了蓬勃的生机。这些人和物齐装满员地云集在了张文彬麾下。

召开誓师动员大会那天的情况，虽然过去都五十多年了，但我每次回想起来，简直还跟昨天一样。

我记得，那天是红村有史以来场面最大也是最热闹和最红火的一个日子。那天的天空很蓝，用你们文化人的说法，这应该叫"晴空万里"，用我的说法就是"那天总之是个好天气"。那天曹家山到处张灯结彩、锣鼓喧天、人喊马叫，鞭炮放得震天响。那天从山下的新场镇到我们现在站立的这个地方，来开会的人无论是坐车来的还是走路来的，都牵着一根直线往这里赶。

这些来参加誓师大会的地质勘探人员主要有云贵高原、重庆华蓥山和泸州古隆起那边的人，还有江油厚坝石油钻探区以及各矿区、厂矿的一线代表。那天来开会的人，恐怕有八九千人的样子。许多人从早晨两三点就开始往会场赶路，如果加上电话实况转播的分会场到会人员，参加会议的人数至少有六七万人的样子。当时，领导给我下达的任务是负责会场音响设备。由于头一天已把高音喇叭在礼堂前面的几棵柏树上架好了，通过总机与四川局各单位的电话会议分会场的机线设备也已调试完毕，因此开会的时候，我就搬了一把椅子坐在主席台的边上，一边照看扩音器，一边看起了热闹。

来自八个片区的钻采队伍进场时，前面有四个小伙子像抬滑竿一样抬了一幅很大的标语，上面写的字好像是"凿空地球，降龙伏虎"；井下作业的队伍进场时，也有四个小伙子抬着标语，写的字也很大，好像是"看透底层，擒龙驯虎"；基建的队伍、科研队伍、后勤队伍进场时，他们的队伍前面，还是各有四个小伙子抬着标语，标语的内容都是像"为气虎油龙开道""向三个裂缝进军""一切为了前线生产"这些由战区宣传部门事先备好的标语口号。这些口号真带劲儿，也很漂亮。各路进场队伍，要数东北、西北和新疆来的那些人最威武了。为什么威武呢？因为他们打着红旗，背着背包，而且每个人都戴着毛毛帽子（栽绒帽），队伍走得非常整齐，一看就有参战队伍的样子。

队伍通过主席台时，每个人能都看到"四川石油会战指挥部誓师比武大会"的横幅，两边标语写的是："苦战恶战六六年，勇于实践奋勇向前""一切为了七十亿，一切为了找大油田"。这些横幅和标语内容，为什么我能记得清楚呢？因为那是我和机关放电影的"董电影"与"马电影"两个人，根据宣传部门拟好的内容，用排笔写在纸上，然后用别针别在红布上，搬来梯子，费了很大力气才亲手挂上去的。

那天，红村会战指挥部四周、"干打垒"建筑的墙上画满了巨幅的宣传画，一些平时默默无闻的单位与个人的名字，因他们的先进事迹，于是有了得到人们学习的机会。那些因为工作需要常年住在老乡家猪牛圈里、房前屋后街沿上，常常在油水泥浆里摸爬滚打的男同志，那些常年在深山输气小站奉献青春、过日子的女同志，他们都换上了干净的衣服：男的穿着黄毛皮靴、"劳动布"工作服，戴着亮晃晃的铝盔；女的穿着白衬衣，蓝色工装裤。每个人都干干净净，像过节一样脸上都有笑容。他们排着整齐的队形入场，昂首挺胸地进入会场后，根据事先划分好的位置席地坐好，等待大会召开。[1]

---

[1] 摘自本书作者对廖宣州的采访笔录。

廖宣州老人告诉我们，誓师比武大会召开那天，战区标兵除了傅文凯代表战区外出开会去了，余下的七名标兵，人人披红戴花，乘坐五辆敞篷车入场，参加了会议。拉着标兵进入会场的汽车前面，都挂着白底红字的木牌牌，上面分别写着"大庆标兵魏光荣""战区标兵王信武""战区标兵王芝顺""战区标兵闵志荣""战区标兵陆隆年""战区标兵史秀才""战区标兵封大华"的文字，使人一眼就能看清和明白他们的身份。在他们后面两辆扎满彩色纸花的敞篷车上，是大庆职工家属革命化宣讲团的全体成员。当标兵与大庆宣讲团的车队进入会场时，整个会场立即沸腾起来，人们不断为他们欢呼，他们也站在彩车上挥手向人们致意。高音喇叭适时响起了《听话要听党的话》的歌曲。喇叭里一唱"戴花要戴大红花，骑马要骑千里马，唱歌要唱跃进歌，听话要听党的话"，整个会场都跟着合唱起来。拉着标兵与宣讲团的车队绕场一周，在主席台前停下，指挥部的总指挥与副总指挥张文彬、黄凯、张忠良、陈李中、杨文彬和秦文彩等人一起走下主席台，为他们打开车门，将他们请上主席台。

张文彬站在主席台上，这样的场面在他的职业生涯里，无论是部队还是转业到石油工业战线，他都没少经历。他像个将军一样神色严肃地注视着会场，台下好多熟悉的面孔令他感慨不已。

自五十七师在汉中接受改编以来，无论是在川中会战，还是松辽平原与山东东营，他都见过他们。此刻，当杨型亮、董金壁、李敬、许培德、崔元贵、靳学礼、杨作义、华光兴、李星斗、何灿堂、苏秦杰、宁继忠、纪新德、樊培烈、郑宗南等人又出现在眼前时，一想到全国各地都在大搞"文化大革命"群众运动，如同堕入梦魇一样的社会乱象，他不由得眼睛为之一热。

这些人，有些是在西北战场上认识的，有些是在中原战场上认识的，有些是转业石油战线后，在延长、玉门、克拉玛依、川中、萨尔图、黄河三角洲的开气找油的会战中认识的。这些人都是他的旧部，现在国家虽然已经陷入内乱，但他们却还是一如既往地与他站在一起，为了"确保70亿，力争100亿"的目标在战斗。

张文彬望着黑压压的会场，开始宣布了战斗动员命令："四川石油大会战的各级指挥员、战斗员、同志们：为了完成党和人民赋予我们在四川找油找气的光荣任务，为了积极准备打仗，为了加快社会主义建设步伐，为了反帝反修，为了坚决支援世界革命，现在，我们根据石油工业部党组关于在四川组织开气找油大会战的重要指示；本着少花钱、多办事、保质量、争时间、抢在敌人前面的指导原则；在经过一年多的充分准备后，特别是经过了冬季技术训练，大力宣扬了来川参战的大庆标兵魏光荣同志的先进事迹，大树了王信武、王芝顺、闵志荣、陆隆年、史秀才、封大华、傅文凯等7名本战区标兵的先进样板后，我们全体职工早已革命精神焕发、斗志昂扬、摩拳擦掌地开始请战了；大家纷纷向党组织表决心，一定苦战1966年，积极响应'一切为了70亿，一切为了大油田'的指挥部号召……各级指挥员、战斗员、同志们，今天，你们已经整装待发，即将出征。伟大而神圣的时刻开始了，在此，我谨代表会战指挥部党委向各路队伍发布誓师战斗动员命令！"

张文彬将一份文稿念完后，稍作停顿，等台下和电话会议分会场的数万石油战士精力都更加集中了，似乎所有的呼吸都停止下来，出现了一种庄严肃穆的期待时，他才放下讲话稿，拿起桌子上的话筒，开始大声发布命令："泸州气矿！"

"到！"会场的正中位置，森林般地站起了一块方阵，刚劲有力地向总指挥张文彬予以回应。

"完成任务有没有信心？"

"有！有！有！"排山倒海的连续三声回答，将现场气氛推向了让人血脉偾张的高潮。

"接令！"

泸州气矿副矿长杨型亮跑步上台，立正之后，从张文彬的手里接过了命令书，向他敬了一个只有在誓师比武大会这样的场合才适合敬的军礼，然后，干脆利索地向后转，跑步回到了台下泸州气矿的方阵中，双腿一盘，席地坐下。

"隆昌气矿""川中矿区""石油沟矿区""基建指挥部""井下作业指挥部"……随着张文彬一声声的呼叫与台下海浪撞击礁石般的回应，转眼间，1966年2月21日召开的誓师比武大会，就把千军万马集结完毕，形成了一支兵锋犀利的大军。

张文彬发布战斗动员命令完毕后，又到了自余秋里、康世恩当轴以来的"余康时代"每有集会就会出现的、最热烈的"打擂比武"环节。

这个环节曾在祁连山下的玉门油田掠起过阵阵西部狂风；曾在克拉玛依油田唤醒了西域大漠的黄沙戈壁；曾在川中油区沐浴了嘉陵江上的血色朝阳；曾在萨尔图荒原上撞开了洗刷石油工业之耻的荣耀之门。现在，随着会议主持人张忠良将这个环节的闸门再次打开，来自各个指挥所统领的各路大军的代表，又俨然滚滚洪流一般，开始向着主席台上汹涌而来。

张忠良副总指挥刚一宣布"打擂比武开始"，他的声音引起的回音，在我斜对面柏树上的高音喇叭里还没完全消失，台下坐在地上等待发言的代表们就像弹簧一样，"嗖"地弹跳起来，呼呼啦啦地涌到主席台左边，就在我负责会议音响的那个方向排起了长队。

那天，大庆的参战代表最先上台发言，报他们的工作目标。照理说，大庆的人表完决心后，就应该是克拉玛依和玉门油田这些"远客"上来发言，可是大庆的魏光荣刚一讲完话，表完决心，下边排队的代表们，就急着涌上台来抢话筒了。

不过呢，那天也有一个人没有与钻井、机修、地质和南充炼油厂这些单位的代表抢话筒，把口号喊得震天响地表达他们的决心。

这个人就是泸州气矿的杨型亮。

杨矿长等大家发言结束，都下了主席台，才从下边带着两个人来到主席台上。

杨型亮走在前面，一个姓冯的干部和一个职工，四只手捧了一个一公尺见方的红色信封跟在他的身后。当杨型亮在发言席站好，将弯曲的话筒拉直以后，冯干部才和那个职工将那个大得不得了的红纸信封当众撕开，将决心书递给杨型亮去向大家宣读——

"我们川南矿区全体职工，坚决响应会战指挥部的号召，困难再大，我们也要迎着困难上，下定决心，不怕牺牲，不完成光荣而神圣的作战任务，誓不罢休！"

唉！但是……但是什么呢？没想到杨型亮和冯干部他们表的决心，后来就在32111钻井队接受了考验。[1]

被廖宣州老人叫作"冯干部"的这个人，经过我们在泸州气矿采访时多方打听，才知道他叫冯学铭。

冯学铭与杨型亮私交很好，工作上也堪称配合默契。为了贯彻石油部对二次会战作出的"油气并举"指示，四川石油管理局从川中矿区抽调了一批干部支援泸州矿区，杨型亮被任命为泸州气矿副矿长兼生产办公室主任，冯学铭也随之从川中赶到酒城，出任矿上的泥浆工程师。他们两家一共六口人，带着两个军用背包，几个行李卷，乘坐一辆卡车从涪江岸边的遂宁出发，沿江而下，直奔长江岸边的泸州方向而来。经过一路尘土飞扬的颠簸，终于到达了泸州。但是为了去蓝田坝泸州矿区机关，他们一行六人站在江边的太阳下等船，一等又是四个多小时。拖家带口的泸州之行是艰辛的，但等待他们的工作与任务，却比这一路的艰辛不知强了多少倍。

---

[1] 摘自本书作者对廖宣州的采访笔录。

从遂宁赶到泸州报到后的第四天，冯学铭被派到打鼓场2号井处理井漏事故，不分昼夜地连续奋战，一去就是一个多月。冯学铭回到蓝田坝没过几天，杨型亮又接到通知，去大庆参加石油部党组召开的全国厂、矿长会议。会议期间，他被派往大庆油田3矿4队蹲点学习，利用一周时间，零距离地接受大庆人"三老""四严"作风的熏陶。回到泸州气矿后，杨型亮活学活用，将"大庆经验"运用到生产指挥的实际工作中，建立了以生产调度为牵引的指挥系统。

当时，刚成立不久的川南矿务局因故撤销后，很多原班人马中的处长、副处长，只能改任泸州气矿的科长与副科长，由间接指挥变成了直接指挥，不少人难以适应，管理工作甚至出现脱节，官僚主义、"老爷习气"开始滋长。杨型亮根据矿务会议作出的决定，明确要求生产、行政、政工与生活后勤四个板块的机关科室，每天都要参加由他组织召开的生产调度会，将问题拿出来当面锣对面鼓地进行解决。

这样的工作方法，直到20世纪的80年代末期至90年代中期都还得到了延续和坚持。

一次，一名科长端着茶杯，摇摇晃晃地来到会场，杨型亮当即让他端着茶杯站在门口"听会"，直到会议结束才让他进屋。

明白了"严"字当头、新来的副矿长不好糊弄后，泸州矿务局的生产调度会再也无人迟到早退、阳奉阴违。由于会议面对各种问题敢于碰硬较真，生产质量开始越来越好。

杨型亮站在发言席上最后一个发言，反而比刚才那些代表一窝蜂地抢话筒，争先恐后地发言、表决心的效果好。见大家对他的发言不时报以热烈的掌声，他讲完泸州气矿在会战中将要努力实现的奋斗目标后，索性将决心书塞给了站在身后的冯学铭，干脆用简洁明了的方法，振臂高呼起来："一切为了七十亿，力争实现一百亿！泸州气矿全体参战人员，不拿下大气田死不瞑目、誓不罢休，就是死也要死在气田里，埋也要埋在油田中！"

他的振臂高呼俨然呼啸而至的强大气流，落在群情激昂的干柴烈火上，整个会场于是被点燃了。

到四川局体验生活，应邀出席誓师比武大会的天马电影制片厂与成都歌舞团的文艺人员，受到眼前热烈气氛的感染，在杨型亮的发言结束后，也派出代表冲上主席台的发言席，现场即兴赋诗一首，献给总指挥张文彬和战区的石油战士：

> 从哪里飞来的彩霞呀
> 染红了万里晴空
> 从哪里传来的春雷呀
> 震撼着万岭千峰
>
> 向前看，八名标兵花里笑
> 抬眼望，红旗红村漫山红
> 革命烈火映长空
> 时代惊雷山摇地动
>
> 为祖国开辟新的油气田
> 地球在你们胸中转动
> 是刀山敢上
> 是火海敢冲
>
> 胸前的红花
> 革命的火种
> 戴着花牢记毛主席的指示
> 戴着花笑望前进道路上的峻岭险峰

为了七十亿

为了找到新油田

带上党和人民的期望

又将去伏虎降龙

但没想到，会战誓师比武大会结束后的第四个月，当威远、泸州两个战区战旗如画、捷报频传时，泸州气矿的塘1井却发生井喷，引起了特大火灾。

1966年6月22日凌晨，位于四川合江县和江津县（今重庆市江津区）交界处的塘河1号井，在进行钻井试压过程中，防喷气管破裂，强大的气流呼啸而出，在击碎井场上的防爆灯后，引发了一场冲天大火，钢制井架烧垮了，钻机、柴油机熔化为铁砣砣，整个气田面临毁灭的危险。

那天，杨型亮在打鼓场气田忙了一天，刚回蓝田坝的办公室，一天的劳累已经让他筋疲力尽，连满身泥浆与油污的衣裤都没脱，一进办公室就倒在简易行军床上呼呼大睡。

凌晨1点多钟，塘1井的告急电话就打了过来。

由于战区的第一口高压气井塘1井气压骤升，井口2号放喷管线油管短节破裂，高达170多个大气压的天然气流卷起岩石、泥土汹涌喷发，形成了宽50米、高30多米的一片火海，井口、柴油机立即被烈火吞没，5分钟之后，40多米高的井架轰然倒塌，即便是在20公里以外都能听见爆炸声，都能看见熊熊的火光，塘1井已经危在旦夕，周围群众的生命财产也已受到严重威胁。

杨型亮得知这一情况后，吃了一惊，马上按照火灾特情处置程序打电话通知各有关单位，调集水泥、重晶石粉、井架和灭火器材等物资，以最快的速度向塘河镇赶去。

杨型亮叫上与他同住的司机冲出门外，拉上冯学铭等几位工程师，马不停蹄地赶往塘1井。在赤水河渡口，遇到钻前工程四团的领导带领一队民工正在挑灯夜战，修筑公路。

他吩咐司机停车，给四团领导下达了立即停止筑路，将队伍带向塘1井抢险的命令。

钻前团的领导面露难色地说："没车咋去？"

杨型亮愤怒地甩下一句："跑步去。"

说完，就让司机加大油门，继续赶路。

他的"大道奇"在前面飞跑，工程四团的民工们举着火把也紧随其后，飞跑起来，驰援塘1井的火灾现场。

塘1井32111队的一名副队长一见矿上领导来了，"扑通"一声跪在地上，双手捂住面孔，号啕大哭。

杨型亮望着火焰越蹿越高的现场，对副队长吼叫道："你快给我站起来，哭什么哭？这里是战场，既然上了战场，就会死人！"

虽然他觉得那名副队长哭得有些丢人，不过当他沿烈火熊熊的井场转了一周，然后站在距离井场不远一个树木已被烧光的小山包上，看到工友的尸体被随后赶来的民工冒着生命危险，一具接一具地从火海里抬出时，最终他也蹲在地上，无法控制住内心的悲伤，难过地哭了。

杨型亮擦干眼泪，来到山下，站在牺牲的钻工们的遗体前低头致哀，然后猛然转过身来，望着已被烈火炙烤得露出半边乌红的夜空大声地说："我们一定要把夺取了战友生命的'气老虎'降服，一定要把塘河气田稳稳地拿到手里，向伟大领袖毛主席和党中央报喜！"

最后，在32111钻井队全队职工和家属，以及增援的后续力量的抢救下，烈火终于被扑灭，四川省第一口高压深气井保住了。在这场生命与烈火的较量中，32111钻井队的张永庆、王平、罗华太、吴仲启、王祖民、邓木全等6人壮烈牺牲，另有21人被烈火烧伤。

倒下的和站起的

1975年1月，四川石油管理局首任局长张忠良身患胃癌，在成都病倒后不久，匆匆转院北京，住进中国人民解放军第301医院。

躺在安静的病房里，他知道病魔的突然附身，对他来说，是一场正在经历的没有硝烟的战争，过不了多久就要临近尾声了。

胃里的痉挛与绞痛已经将他折磨得四肢瘫软，冷汗淋漓。但自从他与战友根据毛泽东的命令接受改编，集体脱下军装转业石油战线，承担为新中国开气找油的职业使命以来，他所经历的二十多年的风雨征途，在他的潜意识中，依旧历历在目。

1952年2月，百废待兴的中国石油工业亟待人力资源为之"输血"。根据毛泽东的命令，他所在的五十七师由此脱离西北野战军的编制序列，获得了"中国人民解放军石油工程第一师"的临时番号。

秦岭以南的汉水河畔，8月1日的天空，蓝得像块透明的水晶，"八一"军旗在一名旗手与两名胸前挂着冲锋枪的士兵护卫下——鲜艳如画。西北野战军五十七师的8000名官兵在驻地举行了盛大的阅兵式。

阅兵式上，张复振宣布了毛泽东关于将第五十七师改编为石油工程师的命令。那时，新中国刚建立不久，各行各业虽然蒸蒸日上，却又举步维艰。

得知中央拟调拨20个建制师集体转业，参加国家经济建设的消息后，卸任玉门油田的军事总代表、正在石油管理局局长任上经略西北的康世恩，通过燃料工业部陈郁部长并报请朱总司令，向军委递交了请求调拨一个建制师与他一起完成为国家输送350万吨石油的艰巨任务。

毛泽东在康世恩的报告上签字，将五十七师转入石油工业战线，希望他们立足大西北继续战斗，为完成石油工业建设任务再立新功。因此，不但师长张复振宣布命令的心情是复杂而振奋的，政委张文彬在动员讲话时，他的心情也是复杂而振奋的。

复杂是因为他们知道，这个阅兵式是五十七师官兵最后一次向军旗敬礼，等仪式结束后，"中国人民解放军第十九军第五十七师"这个经历了战火洗礼的光荣番号，就将永远不存在了；振奋是因为补充了处于起步阶段的西北石油工业领导干部、技术干部、技术工人、普通工人共一万五千多人的缺口，他们已被共和国率先派上了用场。为此，8000 名官兵集体眼含热泪，面对军旗依依惜别，庄严敬礼。

张忠良作为五十七师的一名副师长，虽然没有赶上向军旗告别的阅兵式，但从朝鲜战场回国，他还是放弃了留在军队工作的机会，毅然加入了为新中国开气找油的大军。自 1955 年由西北石油钻探局副局长调任四川石油勘探局局长以来，他与川渝"石油人"经历大战恶战无数，而且无论是"攻坚战"还是"遭遇战"，每次都打得异常艰难。

1955 年至 1958 年，由于圣灯山、石油沟、蓬莱、龙泉山、海棠铺和倒流河探区找油未果，四川局面对石油部因没完成"一五计划"的压力，作为地方局必须分担的任务正在与日俱增，这时，又遭遇了东溪构造的东 1 井、石油沟气矿巴 9 井这两场令人震惊的大火的碾压。巴 9 井大火刚灭，张忠良和党委书记黄凯请求石油部给予处分的报告还没批复，1958 年 9 月 23 日，纳溪气矿又打来了长 1 井发生特大井喷的告急电话。

张忠良刚来四川当局长的头几年，开局工作非常不顺，因地质认识与钻探技术十分薄弱，井喷事故引起火灾的问题时有发生。川南长 1 井发生特大井喷时，四川局"五好钻井队"的队长杨长富，刚从北京参加全国先进生产者表彰大会载誉归来。川南纳溪气矿的领导们在一个简陋会议室为杨长富召开了一个小型表彰会。

听到值班人员冲进会场，报告长垣坝发生恶性井喷的消息后，纳溪气矿的矿长赵志华将荣誉证书往杨长富手里一塞，就按程序向局领导报告，接着就带上十几辆卡车，载着矿领导和与会人员及抢险器材、物资，向长垣坝事故现场赶去。

抢险车队距井场大约一两公里时，就能听到气流从井下喷出来的尖叫。那种尖叫像妖怪的叫唤声一样，听起来不但讨厌而且还很吓人。灰褐色的气流与泥浆腾空而起，把好好的晴天遮掩得又灰又黑。不过，这种景象还不是最可怕的，最可怕的是四根放喷管被强大气压憋成了扭曲的、不停挣扎的弹簧形状。钻台周围地层被释放的气流憋破了。周围的荒坡、农舍及田野裂开大缝，不断地向外喷吐着刺鼻的气流。这时，不论是长1井的井场，还是附近的山坡与农舍，只要有人抽烟或一不小心将火星弄出，就可能引发特大火灾，造成无法估量的损失。

张忠良接到赵志华的电话后，对救援工作提了三条要求：一是尽快关掉封井器；二是迅速拆除容易着火的设备；三是将重达一吨左右的柴油机抬出井场。随后，他向黄凯说明长1井的险情后，就叫上总工程师郝凤台与两名苏联专家，从成都向川南赶去。

赶到长1井已是夜里八九点了，他连夜饭都没吃，就组织钻前团民工和探区干部职工三千多人，迅速投入抢险战斗。张忠良用一个电喇叭对工人、民工和驻地群众喊话："同志们，我们要用打败日本鬼子和国民党军队的狠劲，来降服'气老虎'，保卫长1井和井场四周群众的生命财产安全！"[1]

西南油气田输气处原党委副书记胡祖烈说："长1井是杨长富他们队在川南打的第一口井。在张忠良的现场动员下，杨长富发现井口的封井

---

[1] 摘自本书作者对胡祖烈的采访笔录。

装置刚固定好，没多久又被气流冲坏了，立即招呼五六个钻工与他一起冲上去抢险。为防止抢险工具和井口设备在碰撞中起火，他们就用棉布将工具十分细心地缠好，然后让十多名消防队员，举着高压水枪在身后不停地喷射着，为他们的冲锋打着'掩护'。"

"9月份，川南山区的夜间已经寒气逼人。杨长富与钻工们一连十几天，在高压水枪的'掩护'下反复固井，汗水泥浆沾满全身，冷得直打哆嗦。尽管他们咬紧牙关地坚持着，但每次固定井口装置时，他们每个人的嘴里，还是就像关了一群不断撞击牙关的耗子，上牙与下牙之间不停地发出'咔咔'的磕碰声。每天，他们虽说都从卫生员那里开了感冒药吃下，但血肉之躯最终还是不敌寒冷与高强度的抢险，最终都因感冒引发了高烧。"

长1井抢险最关键、最棘手的要算压井环节。

井口与井场四周，到处都是触目的裂缝，每个缝口都"哧哧"地向外冒着天然气。赵志华带着一批人在老乡家的院坝里抢险，发现一个直径长达两米的喷气裂口。他们用麻袋将泥土、沙石装袋，用骡马拖拉以及人力肩挑背扛地运到现场，刚将大量沙土倒入裂口，可是刚过了一两分钟，倒下去的沙石和泥土又随气流一起被喷吐出来。气流挟裹的泥沙、碎石冲击着抢险的队伍，赵志华和工人、民工的脸上，被撞得青一块、紫一块的。

面对气流的啸叫，从长垣坝前来参加抢险的青壮年男子脸上流露着惊恐，谁也不知要灌入多少泥浆才能将"气老虎"贪婪的肚皮填满。

时间的流逝，每分每秒都像凌空落下的重锤，一次次地捶打着张忠良的神经。

张忠良将郝凤台、苏联专家、赵志华与杨长富召集起来，经过短暂的讨论，最后做出决定：配置大约两千多吨重泥浆，再加两百多吨重晶石粉和一百多吨水泥，从四个管口与"气老虎"打"攻坚战"！

三千多人的队伍，于是开始"开山造浆"。

但是天公偏又从中作梗，"开山"次日，长垣坝下起了瓢浇桶倒的大雨。暴雨中的山土又黏又滑，一锄头挖下去，将付出比晴天还要多出两倍的力气。作业过程中，大家的鞋子被稀泥牢牢地粘住，无论左摔右蹬，依然无济于事。

张忠良看到眼前的情境，指挥大家唱完了《咱们工人有力量》，然后，他也脱掉鞋子，挽起裤腿，抓起锄头，加入了抢险的劳动队伍。

有道是"人心齐，泰山移"，在大家的共同努力下，两座山丘的泥土很快就被挖光了。在"开山造浆"过程中，不少人的脚板被碎石磨破，荆棘扎进肉里，出血化脓，又痒又疼，手心被磨出了血泡，然而，却没一人叫苦、喊疼。

接下来的工作异常艰辛。1958年，在设备落后、条件简陋的情况下，仅凭三台搅拌机，他们要把三个两三亩面积大小的泥浆池里的泥浆搅拌好，并将长1井的这次特大井喷事故平息，实在有些令人无法想象。

但困难没有难住张忠良与纳溪气矿的"石油人"，大家争分夺秒，都想在短时间内将泥浆配好。

制服长1井"气老虎"的战斗，越来越白热化了。

当时，川南山区秋去冬来，寒风凛冽。但杨长富与一百多条"五好钻井队"的好汉，索性脱光上衣，从张忠良、郝凤台、赵志华手里，依次接过一大碗苞谷酒，喝完后嘴巴一抹，将土碗"咣当"一声当众摔碎，就像赴死的"敢死队员"一样，义无反顾地跳进泥浆池，手脚并用地用力搅动起来。

寒风中，一些体质较弱的钻工，难以抵御寒冷，从泥浆池爬上来，见井场四周因天然气没有得到控制，不敢生火取暖，就满身稀泥地披上大衣暖和一会儿，又"扑通"一声跳进泥浆池里，与大家一起接着又干。

张忠良流泪了。接连三个月的抢险"遭遇战"，在山里的雪花一片接着一片地落下来时，他们才终于取得了最后的胜利。长达三个月的这次抢险之战，不分昼夜地坚持下来，其艰难与危险，并不比张忠良曾经历的抗日战争、解放战争、朝鲜战争轻松。

在20世纪50年代至70年代中期，面对一个接一个的运动，张忠良——用今天的话说，显然是个不合时宜、敢于坚持原则的领导干部。在制服长1井"气老虎"之前的1958年6月，后来成为纳溪气矿矿长的赵志华当时还是纳溪探区的一名区队队长，他正在一个井队蹲点。

两个多月，赵志华白天与井队的工人一起上钻台打井，晚上就在简易草棚下的办公室里挑灯夜战，帮他蹲点的钻井队总结生产技术和业务管理经验，显然，这与当时如火如荼的"插红旗，拔白旗"运动很不合拍。为此，隆昌气矿组织召开千人大会批判赵志华。

赵志华接到通知没有到会，他知道去开会意味着什么。

矿领导气得够呛，要给他实施处分，他索性不管，就在所在区队的基层单位待着。

张忠良带领一个工作组到两道桥检查工作，开会时没有见到赵志华，便派秘书四处找人，找不着时，才知道赵志华当时躲在长9井处理井喷事故，已在现场坚持一百多天了。

回到成都，张忠良与局党委书记黄凯进行了沟通，然后以党委的名义派工作组去调查赵志华的情况。工作组回来，将职工们哭诉的"区队长是党的好干部，批判他是错误的"的呼声，向他和黄凯进行汇报。

张忠良内心极不平静，对黄凯说："赵志华以前和我一个部队，战争年代英勇杀敌，立过战功，对党十分忠诚。这次，处理长9井的井喷事故又不计个人得失，虽然代职留任，却坚守岗位，脚踏实地，无怨无悔，一干就是一百多天，并将事故处理完毕，保住了长9井安全。这样的同志应该是四川局的顶梁柱，我们不能让他陷入

'白旗''红旗'的旋涡，应该让他去挑更重的担子。"

黄凯同意了张忠良的建议，与局党委成员碰头，统一意见后，责令隆昌气矿撤销对赵志华的处分，行政上晋升一级，调任新成立的纳溪气矿矿长。

张忠良对下坚持原则，敢于提拔使用赵志华这样的干部，在对上问题上，在一些人的眼里，也留下了敢于"犯上"的印象。

比如当川中会战进行到攻坚克难的关键时刻，石油部党组在玉门召开现场会，张忠良面对第一个"五年计划"未完成任务的压力，加之受到"大跃进"亩产万斤带来的浮夸风影响，面对部领导的不解与责难，同行的起哄及呵斥，他也坚持从实际出发，坚持只报30万吨原油的生产计划。

由于四川局的这个计划未能过关，张忠良委屈得伫立荒原，迎风而泣，即使后来参加四川局的重报生产计划讨论会，面对大家迫于形势不得不将生产指标不断拔高的情况，他也不置可否，坚守了自己的底线。[1]

胡祖烈说："张忠良虽然敢于坚持原则，经常'犯上碰硬'，但他对群众却很小意[2]，生怕自己作为一局之长，在工作生活中辜负怠慢了大家。比如，川中会战告一段落之后，各路会战大军归建，我们又搞了隆桂会战，会战进行到节骨眼上，许多干部职工因为饥荒，吃不饱肚子，得了水肿病。当时，他在川中矿务局隆盛指挥部蹲点，与大家结下的深情厚谊，一想起来，还是那么令人感慨。"

胡祖烈记得，那天晚上，张忠良将次日的活动议程用钢笔在台历上写好、备忘后，正准备睡觉，突然听见院子里有人边跑边喊。他意识到肯定又出事了，就迅速披上衣服，快步跑出门去。只见一名穿着白大褂

---

[1] 摘自本书作者对胡祖烈的采访笔录。

[2] 方言，指细心。

的医生,带着两名工人,抬着一个病号,从张忠良身边跑过。医生跑过他身边时,叹了一口气说:"局长,又倒了一个!"

"怎么回事?"

"发电工得了水肿病,还要坚持上夜班,结果人刚下班回来,刚上街沿准备回寝室休息时,脚下一软,就一头栽倒了。"

"又是水肿病,又是水肿病……"张忠良望着医生和工人抬走的发电工喃喃自语。他心里一沉,站在空空无人,重新宁静起来的院子里,不言语了。

当时,隆桂会战面临的形势非常严峻。大半年时间,由于缺粮少菜,一日三餐食不果腹,不少人都生病住院了。这是很让四川局从局机关到川中矿务局机关各级领导感到揪心,却又一时无法解决的痛心之事。

张忠良在战争年代体会最深的是,带兵的不能光考虑怎样指挥打仗,还要关心战士生活。行军中每到一地,他要做的第一件事就是到各个营地、各个炊事班去转,去看战士住得怎样,吃得怎样。只有吃得好,休息得好,行军打仗才有力量。在他看来,这些都是再也简单不过的道理!

秦文彩从北京开会回来,传达余部长关于"发动群众、依靠群众挺过这一关"的指示后,局里立即行动起来,组织力量到西昌一带狩猎;各单位办农场,组织几千人上山开荒种地;发动职工业余时间搞"九摸"[1]活动。这些措施落实下来,真的解决了不少问题。

"前几天,他到几个基层单位的井站去看,发现了两个问题。一些间隙井每天出油不多,好几天运油车才过来运一次,原油从井下抽出来,储存在井场的土池里,碰上下雨天,原油四处外溢,甚至流到农田里;再就是一些井站,大家对炊事员很有意见……回来后,他和矿务局的领导一合计,又到材料库房摸了摸底,决定发动职工,用废旧材料做

---

[1] 即摸鱼、摸虾、摸鳝、摸蟹、摸蛇、摸蛙、摸蛤、摸瓜根、摸鱼草。

成土储油罐和土油水分离器，这事得到大家支持后，问题很快解决了。那么，炊事员的问题怎么办呢？他也征求了不少同志的意见，最后在矛盾比较突出的井站搞了民主选举炊事员的试点，大家都很赞成。选出来的炊事员以三个月为限，以后是继续干还是换人，将根据多数人的意见来决定去留。这下各个井站的炊事员就来劲了，互不示弱，想方设法也要把伙食尽量搞好一些。他们上山寻找野生的金刚豆、葛根，还（从河边、池塘里）捞来鱼草，做成'营养馒头'，个大又香……想到'营养馒头'，张忠良的肚子便'咕噜咕噜'地响起起。"[1]

想到"营养"二字，张忠良失眠了。自从这次深入隆桂会战的探区之一的隆盛指挥部蹲点以来，他已无法记清他的肚子已有多久没沾着"营养"的边了。

在这之前，他去川南检查工作，顺便去一个钻井队看了他在战争年代的警卫员王秀生。宛西战役中，王秀生这个憨厚老实的农家子弟，在他当团长打淅川、率部担负主攻任务时，在战场上与他结下了过命之交。

当时，张忠良被敌军一门战防炮射出的炮弹爆炸后飞起的弹片击中，但身材矮小的王秀生，却背起他的"张大个子"团长，一口气跑出好远，直到脱离敌军的炮火射程，才气喘吁吁停下来。

后来，张忠良无论是在五十七师当副师长，还是入川当石油管理局局长，一直都将王秀生带在身边。

但王秀生随张忠良来到四川，进入没有硝烟的另一场战争后，由于首长已不需要警卫员了，加之他的文化程度不高，只能被分配到川南去当一名普通的钻井工人。

因此，只要想到王秀生对他的救命之恩和他对王秀生的"亏欠"，张忠良每次去川南，无论有多忙，他都要去看看已经成家立业的王秀生

---

[1] 里戈：《长城，从这里延伸……》，四川石油管理局党委宣传部内部印刷物《风雨石油情》，第19—20页。

两口子，问问他们的日子过得如何。

他这次去川南，王秀生和妻子将张忠良送出家属区的院子之后，趁他不备，在他车子的后座上悄悄放了满满一篮鸡蛋。

回到成都，秘书纪新德将鸡蛋送到他的家里。

张忠良难受极了，五味杂陈的情绪一冲头脑，常年将他折磨得痛苦不堪的胃疾又犯了。

五十七师战友自从转业石油战线以来，不少人都已有了成长进步，当了领导，有了前程，王秀生却一直默默无闻地在川南待着，何况他一家的妻儿老小，饥荒的日子，过得有多艰辛，他一想就会知道。而这一筐鸡蛋，无疑将要花费他好几个月的积蓄。

张忠良没有责怪一脸茫然的秘书，等纪新德走后，就让爱人立即赶到邮局，将五十元钱给王秀生一家寄去。

张忠良靠在床上抽完一支烟，刚要接着再抽第二支烟时，一个戴眼镜的技术干部手里端着一碗鱼汤，敲门进屋，打断了他对川南王秀生的牵挂与回忆。戴眼镜的技术干部兴奋地说："局长，晚上我们从涪江里用曲蟮钓了一斤多鲫鱼，烧了一锅鱼汤，您和我们一起，也趁热喝几口吧！"

技术员走后，望着放在床头柜上的鱼汤，张忠良下意识地将碗端起，放在鼻子上美美地嗅了嗅，他又开门去了住在隔壁的纪新德房间，叫他将这碗鱼汤给晚上那个因水肿病摔在院子里，已被送进医院的发电工人快些送去。

张忠良闭眼躺在床上，突然不停地咳嗽起来，咳着咳着，竟从嘴里咳出一团又浓又红的血痰。

恍然间，他以为自己还在1960年代隆桂会战期间隆盛指挥部院子里的木床上躺着，挣扎着想要坐起，但他用尽力气，瘫软的病体终也只在床上略有反应地动了一下。

他才想起自己已在北京，躺的是解放军301医院的病床。

一名坐在床边陪护的护士见状，用一团雪白的棉花将他挂在嘴角边的血痰轻轻拭去，在一个脸盆里倒了热水，濡湿毛巾，拧干，擦了擦张忠良蜡黄的病脸，然后将一瓶输尽液体的空瓶取下，拔出针头插入另一个瓶口挂好，替他将身上的被褥掖紧，轻声叹了口气，又在他床边的椅子上坐下。

张忠良不知在病床上躺了多久，睁眼醒来后，那名护士仍然守在他的身边。他说不出话，只感到身上越来越没力气。胃里翻江倒海，疼痛难忍。战争年代留下的伤痕，在全身更是剜骨挠髓，疼得他连呼吸的力气也快没了。

护士知道他很难受却又爱莫能助，见他黄如金纸的脸上，不断渗出了豆粒大小的汗珠，只能用手里的毛巾帮他分外小心地揩拭着。也许因为疼得太久，身上的神经都已麻木了吧，当病房里临近晚上的灯光亮起，窗外的一声惊雷，将1975年北京的第一场春雨引下来时，已被晚期胃癌折磨得面目全非的张忠良，终于安静下来。

当第二声春雷响起，将雨水招引到病房对面的玻璃窗上时，他闻到了白雨打尘的春天气息。

"张忠良，对西南油气田60年的风雨征程而言是引路人，是功臣和英雄，对中国石油工业从无到有的发展壮大来说，也是功臣和英雄。虽然他生前吃了太多苦，受了不少委屈，遭了很多罪，但他积劳成疾，在北京301医院逝世后，倒也极享哀荣。"胡祖烈说，"1975年春天的某个晚上，张忠良永远离开了我们！"

"他逝世后，党和国家在八宝山革命公墓为他举行追悼会，他身上覆盖着中国共产党党旗。石油工业部部长康世恩，副部长周文龙、唐克，国务院天然气办公室的领导，四川石油管理局党委书记黄凯率领的四川局代表，原解放军第十九军军长刘金轩，大庆油田、玉门油田、克拉玛依油田、石油部机关的代表和张忠良的亲属及生前的好友王秀生等数千人参加了追悼会。张忠良倒下了，但他留下的未竟事业，却正在顽强地站起来。"

1979年秋天，离开劳改农场回到石油部，在副部长岗位上恢复工作的张文彬，在四川石油管理局党委书记杨型亮的陪同下回到红村。坚守红村的原通信班职工廖宣州知道总指挥回来了，早早就在山上的高音喇叭里播放起了粉碎"四人帮"的革命现代川剧《大快人心》，可总指挥一行的脸上却泪光闪闪。

曹家山一排排简陋的片石房子，经历了十年内乱，已经破旧不堪，到处伤痕累累，裂开了触目惊心的口子。倒是摇摇欲坠的红村礼堂四周，他们当年栽种的万年青和香樟树已枝繁叶茂，随着凉风的吹拂，"哗哗"直响，将列队迎接的掌声一次又一次地送给了他们。

张文彬对杨型亮等人谈起了当年与他一起在这里被迫低头"认罪"，然后又在四川战区各井场游斗示众的助手张忠良：这位对党和国家忠心耿耿，对石油工业建设竭尽全力的难友，在301医院弥留之际，还对前去看望他的石油部副部长唐克说："四川天然气资源是丰富的，只要我们能够认识它，掌握它，就能拿下除了威远气田、黄瓜山气田、川南古隆起气田之外的更多气田。只要多为党的事业着想，不计个人得失，四川石油工业一定是有希望的。"

杨型亮听到自己的老首长、昔日的总指挥再次讲起张忠良局长的临终之托，非常理解老局长的心情，和他将整个生命寄托于四川石油工业上沉甸甸的这份石油情怀。他无法抑制自己的情绪，转过身去，面向山下的新场镇，先是无声抽泣，最后竟然号啕大哭。

十年内乱中，他在泸州也被多次批斗游街，后来在牛棚里待不下去时，就索性躲到黄瓜山气田一个钻井队去当了一名钻工。在黄瓜山，泸州的造反派要去抓他，井队的队长和工友们将他送入了林海山谷之中。

他是泸州气矿最先"解放"出来的领导干部，面对错综复杂的局势和四分五裂的局面，他带领重新回到生产岗位的干部职工，抓住川南勘探开发的关键，向缝缝洞洞进军，没过两年就在找油未果的古隆起，柳暗花明地发现了一批新气田，使其成为四川局天然气生产的主战场。

"文化大革命"结束后，杨型亮从泸州气矿奉调成都，走上了局党委书记的领导岗位。在新的岗位上，工作千头万绪，但他坚持以生产建设为中心，与党委一班人依靠各部门，依靠科技人员和广大中青年知识分子，组织精干队伍，瞄准新的探区强攻猛打。

1978年，在他被任命为局党委书记时，与他一起同样深受老首长、老领导张文彬、张忠良培养的董金壁也被任命为局长。当时，四川局已向石油部党组上报了川东发现石炭系储存的喜讯。

在正式上川东，主攻即将彪炳中国石油工业青史的石炭系之前，四川局已在川东部署了五条地质剖面，上了多个队伍，摆开了数十台钻机。因此，当他陪同张文彬副部长重返红村，共同追忆老局长张忠良时，如果说他的迎风而泣是无言的大悲恸，那么，他的号啕大哭也是基于四川石油即将迎来一个崭新时代的大欢喜。

第六章

出三峡

石炭系之光

四川东部有一条年代久远的大河，它波涛汹涌，日夜奔流。这条河应该是长江上游水系发达、支脉众多的基本河流之一。

与这条大河有关的一个民间故事说，很久以前，这条大河的沿河两岸常有妖魔贻害人间，玉皇大帝心系下界苦乐，就派了一条神龙降临当地护佑一方平安。但这条昼伏夜出的神龙，不知是因它的个性原本顽劣，还是来到人间一时无法适应下界的凡尘污秽，总之每当黑夜降临，月亮升空时，它就会从蛰伏的洞里梭入大河，游进长江戏水，怀念它在天庭一度拥有的清洁和自由。

时间一长，玉皇大帝见神龙并不安分守己，怕它开小差溜回天庭生乱，就悄悄派出雷神对它进行监督。

一天夜间，神龙又钻出山洞，顺着大河梭入长江，正在戏水，雷神就尊奉玉帝之命，接连劈了三个轰隆作响的炸雷，警告神龙及时收敛个性，毋忘护佑一方百姓的本职。神龙听到三响炸雷的警告后，吓得在长江里一连三次跳得很高，并把烟波浩渺的江水搅动得浊浪滔天，周边的山体也被无穷的力量撼动得分崩离析。

神龙退回大河回到山洞以后,就在长江里留下了俨然鬼斧神工开凿的三道痕迹。这三道令人触目的痕迹,据说就是神龙留下的"证据"——当然,它也正是"长江三峡"由来的一种传说。

于是,神龙从大河返回山洞,再也不敢去长江里戏水,给当地留下了卧龙河的久远传说。

或许这也为历史学家唐德刚提出"历史三峡论"的"中国问题"隐喻,提供了一种令人遐想的契机。

那么,关于卧龙河和关于"历史过三峡",留给经历了气势恢宏的川中会战、艰辛异常的隆桂会战、铁血强悍的威远会战三大战役然后来到新时代的"西油人"这样的遐想,又意味着什么?

据清代嘉庆年间刊布的《巴县志》所记:卧龙河边的巴县水口庙附近有一股油泉,常年顺水流淌,可供一方居民取之供灯。光绪二十六年(1900年),巴县穷人杨峻清来到这股油泉的源头,凿土成池,深达四到五尺,油泉于是从砂岩的裂缝之中淌入池内,10天左右可以采油一次,每次获油约有五六十斤的样子。杨峻清于是开始挑上担子卖油,供巴县境内的居民点灯照明,日子很快富裕,逐渐成了富甲一方的财主。

又据《四川石油志》的一条文献介绍:清朝末代皇帝溥仪被赶出皇宫之后,长寿县(今重庆市长寿区)旦渡乡有当地人发现,有油苗从该乡一座高山半山坡的岩缝里向外冒出,有识之士因已知道巴县人杨峻清的发财故事,于是也联合起来向他学习,虽然依旧采用土法开采,但每天的油获已经超过一担。

因此综合两条资料,我们不难发现,从20世纪20年代末期以来,不少先驱就开始围绕卧龙河的地质构造,开始进行了四川东部地区的油气勘探工作,到了30年代翁文灏主政民国政府资源委员会时,政府又组织人财物力,在石油沟钻探了巴1井,取得了日产天然气1.5万立方米的历史成就!

刘邓大军挺进大西南，迅速占领重庆。

西南军政委员会协同石油地质宗师黄汲清等社会贤达，将川东地区的地质勘探工作迅速提上了议事日程；1955年初，全国第六次石油勘探会议又及时作出决定，恢复国家对川东石油沟构造的油气勘探工作，并将甘肃玉门的永昌大队调入四川，改称石油沟区队，由王合林、董中林担任正副区队长之职，集合各方力量，对石油沟构造进行了勘探开发；截至1957年临近"一五计划"收官时，王合林、董中林的区队已在石油沟打井16口，获得5口天然气井，其中的巴9井日产天然气已达148万立方米，成为新中国石油工业战线上声名远播的一口天然气井。

历史之所以生生不息地向前演进，也许在于它与历史学家唐德刚的研究类似，为了一个美好愿景，总要始终如一地寻自身的出口。"60多年以来，西南油气田的勘探者先后在盆地东部的二叠系、三叠系、阳新统等地下层位发现了天然气储量资源，上报中央后，又在卧龙河、石油沟、东溪、相国寺等构造上，钻获了一批天然气工业气井。这些气井具有高产、高压与高含硫等特点；一方面它的资源的确非常丰富，另一方面又因当时的设备技术落后，存在不少开采难度很大、一时难以得手的问题。那么，面对这些特点与难点，我们能不能找到新的含气构造与地下层位？立足当时的'现有资料'，能否再找出一些曾被我们忽略的构造？石炭系这个层位是否存在？它会不会就在那条龙从长江梭回山洞必须经过的卧龙河地区？"曾长期在石油院校和川东矿区工作的老专家刘云鹤接受采访时，围绕石炭系大发现，作为当事人之一的他话刚拉开，就向我们连续抛出四个问题。

  其实根据我的理解，石炭系就像一部古老厚重却又充满了瑰丽想象的大书。早在两亿五千万年之前的上古生代中石炭系，我国的南方地区，就一直被一片蔚蓝色的大海覆盖。

  蓝天下自由飞翔的鸥鸟，温暖的气候，繁茂的生物，大片的海藻和一个连着一个的岛屿,将那时的南方地区装扮得非常迷人。那里的海潮一度浸漫了现在的四川东北地区。由于该地区北部、大巴山西侧的乐山结合部,龙女与东部的黄陵形成的阻隔,川东北当时就形成了一个巨大的海湾。在这个海湾地区,由于海水沉积着含有巨量海藻的白云岩与石灰岩,大量的沉积物在地下三四千米深处,不知不觉地沉睡了亿万年之后,就形成了我们急需的石油天然气储层。

根据国内资料的记载,这个海湾地区的储层不但分布广阔,而且它还具有油气源头多、储集层孔隙度高、可供钻探构造难度大的特点。当时海外的资料也表明,全球约有四分之一的大油田,就是出自我们所说的这个层位。所以,我们说石炭系是当时世界上认定的最佳目标储气层,一点也不为过。

因此,在石油勘探开发向天然气勘探开发转型的威远会战因十年内乱被迫终止以后,我们当时的心态一方面有一种如释重负的感觉,一方面的确也想把"解放川南潜气层,完善川南和川西南探井"的重点,向川东北的勘探开发上作出一些转移。

不过要真正认清这个地质构造,争取抱个"大金娃娃",把"一切为了七十亿"的接力棒往下传,在我看来,我们就必须从这样几个方面来做工作:一、必须认识到四川东部地区的理论与实践,要和我们能在川东地区找到石炭系,而且它就是我们需要的稀缺资源的出发点挂钩;二、必须向地下层位的深部作出努力,无论再苦再累,要以毕其功于一役的劲头,去发现石炭系,揭开石炭系之谜;三、从川西北、川中一路走来,我们已经打了很多硬仗,在川东这一仗还打不打,能不能赢,从四川石油管理局到我们川东气矿的领导都要下个决心![1]

---

[1] 摘自本书作者对刘云鹤的采访笔录。

刘云鹤说，好在他向我们先后提出的这些问题，在1977年10月27日12点左右，均已得到了堪称圆满的阶段性解决。这个圆满解决以中石油命名的"功勋井"，即相18井加深之后喷水几分钟后，强大的气流磅礴喷涌为标志，将他们的努力目标，很快就要变成令人惊喜的成果！

川东气矿矿长边铁军接了刘云鹤从山上的井喷现场打到办公室的电话后，气也没喘一口，又通过总机要通了成都杨型亮的电话。

"杨书记您好啊！"

"我是杨型亮！"

"嘿嘿！我是边铁军，有个好消息给您报告一下！"

"啥子好消息？"

"我们川东矿的相18井，井喷了，以后咱们四川的工农业发展看来有指望了！"

"相18井真的井喷了？有多少？你们在哪个层位试气的呀？"

"现在还说不准，不过据我估计，可能这是一个了不起的新发现，说不定咱们四川局这下真的要抱一个'大金娃娃'了，嘿嘿！"

"太好了！边铁军你听着，一定要将具体情况摸清，我在成都等你的好消息啊，哈哈哈！"

放下打给四川局党委书记杨型亮的电话后，边铁军尽管兴奋得无法自抑，但他点燃一支香烟吸着，坐在办公室还是努力将自己平静下来。

1974年底，为了扭转北煤南运的被动局面，解决沿江沿海地区燃料紧缺的问题，改变我国能源结构的比例，康世恩向国务院提出了开发四川天然气和川气出川的方案。这个方案设想的主要依据是四川天然气探明储量。

四川油气勘探开发，对康世恩来说一直压力很大。四川是战略大后方，党中央一再要求要在四川搞出油气来，少了还不行。

1965年6月，毛泽东主席在杭州会议上特别提出，在四川一定要搞点油，搞点气。当时主管石油工业的邓小平在60多天时间里接连做了3次批示。其他中央领导也专门为四川找油问题做过7次批示。

1965年康世恩从大庆抽调拔尖队伍组织了第二次四川找油会战，由张文彬任指挥。1965年和1966年，在威远、泸州打出了一批高产气井，在川西北、川东相继发现了10个气田，在川中发现了两个小油田。由于"文化大革命"内乱，会战被迫终止，影响了四川油气勘探步伐。[1]

1971年，康世恩主政石油部全面工作以后，立即恢复了四川地区的油气勘探工作。得知这个好消息，四川局的各大矿区都铆足了劲，人人都想在石油部党组对四川盆地的重新关注中勇拔头筹，然而在过去的两年中，第一名的红旗，还是被川西北气矿以中坝、河湾场构造等19个气田持续发现的优异成绩，当仁不让地扛过去了。至于川东气矿能否在康世恩的"川气出川"构想中占据一席之地，边铁军的认识也和刘云鹤一样，认为这要取决于石炭系勘探开发的最终结果。

边铁军本来想让自己的情绪尽快平静下来，但凭直觉他又的确意识到，一度被川西北气矿扛走的红旗，这回一定会被川东气矿夺回来，因此，熬过这个对他来说实在有些漫长的午休后，他一看办公室对面墙上的挂钟，时针已经指向下午两点多时，于是，他又迫不及待地要通了四川石油管理局局长董金璧办公室的电话。

"董局长吗？我是边铁军啊，我们这里有个好消息要向您报告！"

"哈哈，边铁军啊，你的好消息，杨书记中午已经电话里给我说了，局领导都为你们高兴啊！"

"谢谢，谢谢！"

"谢什么呀？边铁军你听好了，当务之急就是上好酸化措施，同时一

---

[1]《康世恩传》编写组：《康世恩传》，当代中国出版社1998年版，第305—306页。

定要搞清相18井在什么层位产气，各项环节你都不能马虎！"

相18井试气的那天下午，从川东矿区到成都的四川局机关上上下下都在关注的盼望中，我们在现场经过下尾管酸化措施的落实，相18这口石油部的功勋井，果然不负众望，试气之后，一下就获得了日产59.9万立方米天然气的工业气流。

这个消息让我们非常振奋！

可是，尽管相18井在钻探中已钻穿了厚达12.5米的白云岩，可由于当时的认识能力不够，我们谁也不敢因此就下结论，说我们已经找到大名鼎鼎的石炭系了。当时，我是川东矿区的地质师，总地质师名叫李安静。见我们这些地质人员无法作出结论，边矿长就给我们下了一道死命令，让我们在一个星期以内，最多不超过10天这样一个工作期限，必须无条件地将相18井出气层段的归层摸清。

这样我们就关起门来，经过大约一个星期的苦战，终于把这口井的产气层就是石炭系，它不仅是多产层而且还属于大面积分布，具有很好储气层的特点，可能还是四川石油管理局自组建以来（仅限于当时）的一个重大发现的结论，向川东矿区党委进行了书面汇报。

李安静是新中国成立后可以挑大梁、独当一面的石油地质家，当时在川东北矿区一线工作，他在带领我和陈寿先这些中青年地质人员开展工作时，已有20多年的从业资历了。为慎重起见，在向党委提供初步报告后，他又让我和陈寿先背上砂样，到上海、南京等大城市去找有关专家鉴定。我们跑了不少地方，最后才在地质部第二普查大队的化验室，和他们的专家一起通过标本化验，作出了相18井的产气层位就是石炭系的最终认定。[1]

---

[1] 摘自本书作者对刘云鹤的采访笔录。

"相18井产气层就是石炭系的消息传开以后,川东矿区四处蔓延着欢天喜地的气氛,同样也在等待具体消息的四川局党委书记杨型亮、局长董金壁他们那边得到准信后,也高兴极了。"刘云鹤说,"当时,四川局的干部职工几乎全被这个好消息感染了!这个石破天惊的发现,不仅决定了四川局的工作重点即将开始转移,也给川东气矿这片中国天然气工业的沃土,带来了一段令人难忘的火红记忆!"

边铁军看到川东矿区的机关人员,每天都在议论石炭系的短长,嘴上虽然很少参与其中,但他却同样喜在心头,甚至连晚上躺在床上睡觉,也兴奋得几乎整夜失眠。在办公室,他经常站在墙边的一幅川东地区勘探开发图前,一直想在那些"大炼钢铁"期间曾被当地群众砍光烧光的勘探区域内,将"四川石油人"的钻塔像森林一样高高地树立起来。

"边铁军,你们川东如果再不把石炭系快点搞出来,四川局就要出洋相了!"他的目光离开墙上的勘探开发图,思忖着康世恩在向四川局的领导、专家及各矿区主要负责人阐述"川气出川"方案的战略意义时,单独将他叫起来明确的这个重要任务。

现在,千呼万唤的石炭系就像一个婴儿,眼看就要呱呱坠地了!

这时他下意识地抬起双手,做了一个类似广播体操的扩胸运动姿势后,长长地松了一口气。边铁军在心里对素以严厉著称,甚至对一位局领导说过"拿不出300亿立方米天然气来,就把你装进输气管里吹到上海去"[1]这种过激狠话的康世恩充满感激,心想要不是他以雷霆重压的口吻,给川东矿区下达了这样一个非常人可以接受的任务,那么,寻找石炭系和揭开石炭系之谜的愿望,也就变得遥遥无期了;当然,他在感激康世恩的严厉时,也在心里对手下的李安静、陈寿先、尚兴德和刘云鹤等地质工作者充满了由衷的敬意。面对来自石油部和四川局的压力,如果没有他们的极力相助,要想挑动这副重如千斤的担子,无疑是难以想

---

[1]《康世恩传》编写组:《康世恩传》,当代中国出版社1998年版,第307页。

象的。

边铁军记得,3月份他从成都开会受领任务回来后,他将自己一个人关在办公室抽烟,机关人员感到气氛不对,但没什么紧急事儿谁也不好来打扰他。然而,一天上午,刚上班没多久,他办公室平时一直关着的门,却被地质科的几个中青年技术干部推开了。

他们是地质科的科长尚兴德、地质攻关队的队长陈寿先、地质师刘云鹤。

他们每个人的怀里都抱着一卷图纸,一起来找边铁军汇报工作。

"尚兴德是一位技术过硬的石油师人,他19岁从学校参军,转为石油师后,由于文化层次高,分配到地质室学习地质专业技术。1955年3月,他奉命到了黄瓜山,后又到川中。这时,由于他刻苦钻研业务,已正式通过国家考试,获得了五级地质技术员资格……他在钻井一线一干就是9年,后来又成为拔尖的地质师。"[1]

陈寿先,这位攻关队长不仅是个人很实在的知识分子,也是一名理论修养、实际工作能力都很过硬的人才。由于在"文化大革命"岁月中曾经遭遇不幸,重新获得工作机会以后,他坚信川东地区会有大家盼望的石炭系,从卧龙河到三峡早晚将有大场面,上班时他就把自己关在办公室、化验室。时间长了,熟悉他的人就觉得,陈寿先这个人的屁股稳,坐得住,还有一些令人不易接近的"清高"之感。

刘云鹤是在燃料工业部组织召开全国第一次石油工作会议之后,由北京石油管理学院培养的、首批具有本科学历的石油地质专业人才。大学毕业后,他先在重庆石油学校教书育人,后来又来到川东气矿从事地质勘探工作。"文化大革命"期间,刘云鹤与妻子一道,为保护川东地区的石油地质资料,一度曾在重庆与泸州之间,用箩筐挑着一双儿女及地

---

[1]《石油师人》四川油气田编委会:《石油师人——在四川油气田纪实》,石油工业出版社1998年版,第265—266页。

质资料，像难民一样东躲西藏。在他看得几乎和儿女生命同等重要的那批资料的帮助下，他与尚兴德、陈寿先在川东矿区总地质师李安静的带领下，形成了探寻石炭系之谜的勘探开发思路。他们一起来见边铁军，一是汇报地质攻关队的前期工作，二是请示能否再打一口勘探井，将工作继续向前推进一步。

"都来了？来了好，来了就别在我面前像个门神一样杵着，都坐吧！"边铁军一见攻关队的主力全来了，敏锐地察觉到了他们的来意，将几把椅子"噼里啪啦"地围绕办公桌拉开，招呼大家坐下说话。

尚兴德坐在边铁军的对面说："老边，赵代禄他们的32526队在相18井二叠系底部，已经钻出了新的岩屑。前些天，他们井队的地质技术员从山上下来，把岩屑砂样送到地质科。李老总带领我们经过反复研究，认为32526队送来的就是白云岩，赵代禄他们钻的可能就是一个全新的层位。所以，我们建议接下来在相国寺构造的顶部再打一口井，专门勘探白云岩的目标层位，无论它是啥子东西，都有必要将它搞懂弄清。"

"这个白云岩，赵代禄他们不是已经打过了吗？"边铁军说。

"打是打过了，但是矿长，你听我说……"陈寿先与刘云鹤站起来，将卷成一卷的一张图纸在边铁军的办公桌上慢慢摊开，随后招呼大家都站起来，围绕图纸开始详细介绍，"相18井二叠系底部发现了白云岩屑，这使我们可以联想相8井、蒲1井在二叠系与志留系之间同样出现的那段白云岩。根据这个思路，我们预感川东地区的相国寺和卧龙河构造，可能还有更多的白云岩层在等我们。这些日子我们反复查证对比资料，发现在华蓥山三百梯的柱状剖面图上，二叠系与志留系之间的确还有一段白云岩，它的时代标志应该也是石炭系或者志留系。可是在川东北地区，权威的教科书却已断定了没有这个层位，因此我们认为矿上就有必要下个决心，切实把这段白云岩的来龙去脉摸清。"

听完我们那天对他所作的汇报以后，边铁军当时沉默了好一会儿都没说话。当我们都以为这个建议可能他不同意、已经没戏了时，没想到边矿长点了一根香烟抽了一会儿，然后才慢条斯理又显得十分慎重地对我们说出了他的意见，他对我们说："你们的意见好是好，可是要重新再布一口新井，肯定要按程序向局里头上报，局里有可能还要向石油部党组上报，万一审批的速度不够及时，或者上边的领导不批这个计划，那么我们的心血白费了不说，甚至连寻找石炭系的正事也要受阻。我看咱们不如这样，相18井既然已经打得快要接近相国寺的底部，赵代禄他们的进尺已经到了2000多米，我看咱们就来探讨一下是否还可以让32526队继续再往深里打，向你们期待的那个目标层继续挺进。如果这个办法是切实可行的，那么，我们一是可以为国家节约一笔再打一口新井的资金，二来还可以暂不请示先干起来再说，这样我们害怕耽误工作进度的担心也避免了……"

应该说，边矿长这个人是个不错的领导，他既能紧密联系工作实际，对我们这些专业人员提出的建议非常重视，同时也有担当意识。

第二天，老边说干就干，将我们的想法同川东矿的党委书记冯希珍作了沟通，冯书记十分爽快地同意了"让32526队继续加深相18井"的构想。冯希珍这个人好像也是石油师出来的一名领导，人很正派，也是敢作敢当的人，因此他对边铁军表示："'加深'这个事是我们川东矿党委自己作的决定，让赵代禄他们注意安全，只管好好干，到时真的有了什么问题，老边我们一起承担责任！"

边铁军和冯希珍的意见统一后，他们便来到地质室，和李安静一起又带着我们没日没夜地干了几天，最后就把加深相18井的相关计划都做好了。早在山上等得心急火燎的32526队拿到计划以后，也没什么二话可说，加班加点地干了起来，并很快在10月27号这天顺利地打到了目的层，实现了点火放喷的预期。[1]

刘云鹤的话让人振奋。

1978年，是中国历史上最光辉的一年，具有划时代意义的党的十一届三中全会胜利召开，成为党和国家历史发展的重要转折点。粉碎了"四人帮"，结束了"文化大革命"十年动乱，党的工作重点转移到社会主义现代化建设上来。

1978年3月5日，第五届全国人民代表大会决定撤销石油化学工业部，分别成立石油工业部、化学工业部，康世恩被任命为国务院副总理，宋振明被任命为石油工业部部长、党组书记。10名副部长中，有6名老革命干部，他们都来自油田，既有驾驭全局的本领，又有丰富的基层工作经验。特别是有4位专家进入领导班子，他们分别是中国石油炼制工业主要开拓者、中国科学院学部委员侯祥麟，勘探地质专家阎敦实，油田开发地质专家闵豫，石油机械专家李天相。为此，《人民日报》曾发表评论员文章《专家当部长》，肯定了石油部的重大举措。[2]

由四川局党委书记杨型亮主持的四川石油管理局的局务会，传达了党的十一届三中全会会议精神和石油部与化工部业务分家文件及相关的人事任命后，又听取了边铁军对川东发现石炭系的相关情况汇报。边铁军带领川东矿的地质人员李安静、尚兴德、刘云鹤和财务处的负责人钟登盈、运输处的负责人刘元清赶到成都，除了汇报工作，他们前来参加会议还有一个最终目的，那就是听取上级指示，并准备接受"向石炭系

---

[1] 摘自本书作者对刘云鹤的采访笔录。

[2] 《百年石油》编写组：《百年石油（1878—2000）》，石油工业出版社2009年版，第182—183页。

进军"的光荣任务。

杨型亮坐在主席台上，将目光停在川东矿区的几位与会代表身上，放下手里的讲话材料，直接脱稿，简洁明了地对他们指出："四川局党委正式决定，全局工作重点今后放在你们川东矿区，继川中会战、隆桂会战、威远会战之后，我们马上就要发起川东北会战了！关于这次会战，局党委将分两个阶段加以实施：第一阶段就是对相国寺构造进行更进一步的详细勘探，彻底搞清石炭系的分布面积、含气量和地质储量；第二阶段，我们要在川东北地区摆开全面战场，会战期间无论要人、要钱和要物，局党委都将给予优先满足。总之，局党委号召大家为全局开辟勘探开发新战场，找到新的接替气田，摆脱四川盆地勘探开发徘徊不前的被动局面，立即行动起来，用实际行动支持康世恩副总理拟订的'川气出川'计划！"

毫无疑问，这次会议决定了川东矿区的发展命运，也给川东矿区带来了一个前所未有的发展契机。为推进"一切为了七十亿"的未竟之业，加快揭开石炭系之谜的步伐，事实上早在1977年5月的川东工作会议上，局长董金壁就代表局党委宣布了将川中矿务局当时正在相国寺执行任务的三支井队及时移交到边铁军和冯希珍的手里，以响应川东矿决胜石炭系的重要决定。但经过历时近一年的攻坚啃硬，川东矿区虽然已经拿到了打开"石炭系之门"的钥匙，但要真正打赢这场硬仗，却仍有不少环节需要固强补弱。

考虑到川东北会战一旦全线展开即将面临的勘探开发态势，杨型亮在讲话结束以后，还是将成立川东北会战指挥部的决策进行了部署。四川局决定，川东北指挥部负责川汉公路以北地区的勘探开发，在基地、设施条件尤其欠缺，各种条件还不怎么成熟时，先由川南矿区派出人员及钻机，赶往川东北地区开展工作，形成相对独立的川东北会战的一个方面军。这样，一方面就能及时增强川东矿区的后援力量，而且开展工作还能做到有条不紊，在"又快又好"上取得显著成效；另一方面也能和边铁军的川东主力拉开架势，互摆擂台。

杨型亮与董金壁这样部署的意思是，既然这是一场大会战，那么，不管在哪个时期，就像以往大战川中、攻克隆桂的劳动竞赛场面，乃至敢冲敢上的铁血作风，该有的时候，还是必须得有。

这天，四川局石油管理局《关于组建川东北指挥部的命令》如期下达川南矿区。党委扩大会上，四川局副局长兼川南矿区党委书记党万廷、矿长沈国福先后站起来表态，表示川南矿区党委无条件服从四川油气工业的发展大局，坚决执行四川局党委的命令。随后，他们立即召集劳资、人事和干部部门的负责人开会，研究部署了奔赴川东北、决战石炭系的专项工作。

干部部门负责人燕金水，这位上过战场、立过战功的急性子，一听"川南石油人"要上川东北，就像闻到火药味一样地抢先第一个站起来发言："既然川东那边现在成了四川局落实'川气'过江战略的主战场，局里让我们上川东，我们就该挑选最有战斗力的队伍，将最好的设备全部拿出来，不然到了那边，一旦面对独立作战和战线过长的实际困难，搞不好就会出洋相，让别人看咱'川南石油人'的笑话！"

"既然杨书记、董局长和川南矿区党委的各位领导信任我，让我书记、指挥'一肩挑'，带领一支川南队伍支援川东矿区，虽然感到肩上的这副担子的确不轻，也特别害怕应人事小，误人事大，不过我也认真想了，这应该也没有什么大不了的。过去在战争中，大仗恶仗我没少打；转业地方后，川中会战、松辽会战，每次咱'殷大炮'[1]一次也没落下。因此，这里也请各位领导把心好好放回肚子里去，我'殷大炮'这次川东战场，就再给你们放它一炮！"川南矿区副矿长殷宗才因事先得知他将带队上川东北的消息，所以特意将多日不穿的一身旧军装翻找出来穿

---

1 川南矿区干部职工给殷宗才取的一个外号。

上。见他一副披挂即将出征，表态时又是那种志在必得的样子，大家也都哈哈大笑起来。

"川南石油人"这种爽朗而豪迈的笑声，是他们彼此之间的会意与信任，也是大家对殷宗才即将出任指挥这个职务的一种认可。

经过党委研究决定，川南矿区驰援川东北的队伍组建计划很快就被明确下来。这支队伍以川南矿区江南指挥所[1]一大队为主力，下辖6个钻井队、1个运输队和1个外修队，加上矿区抽调的一批机关人员，计有1122人。

根据一份档案资料的记载，川东北指挥部的主要负责人除了"一把手"殷宗才，还有川南钻井3大队的党委副书记彭兆申，出任川东北指挥部党委副书记，川南2大队大队长丁明礼、矿区调度室副主任李文德、办公室主任任述文、子弟校校长赵元生担任副指挥，主任地质师、政治部主任这两个职务，则分别由川南矿区副总地质师魏邦棋及1大队党委书记王文杰担任。

担任川东指挥部主要领导职务的这些人，虽说平时都在党万廷与沈国福领导的川南矿区工作，不过由于他们大部分都当过兵、打过仗，或有参加过川中、隆桂、松辽、威远等历次大会战的经历，因而，他们在四川局党委书记杨型亮和局长董金壁的眼里，也算是些知根知底的"能干人"了。由他们带领川南矿区的驰援队伍征战川东北，当然也是个顶个的！

川东大会战与以往历次会战的性质，看上去没有什么特别不同，其实详细琢磨起来还是有区别的，甚至可以说区别还非常大。这次大会战，以主攻天然气石炭系的勘探开发为主，不但具有事先明确的主攻层位，而且以这次会战为分水岭，它还标志着四川油气工业今后的发展方向实现了从石油勘探开发到天然气勘探开发的战略转移。

由于时间紧，加之任务又是一个相对陌生的领域，因此，殷宗才带

---

[1] 威远会战时期的一个组织机构。

领的这支"川南援军",虽然求战心切,士气旺盛,实际上他们面临的困难依然不小。然而,根据四川局石油管理局党委的命令,在短短一个月里集结的这支1000多人的队伍,携带6部钻机,还是如期向着川东北的陌生战场开去。在从川南到川东北500多公里征途尘土飞扬的黄泥公路上,这支队伍昼夜兼程,日月的光华连同并不遥远的石炭系之光,将他们映照得既是那么影影绰绰,又是如此一目了然!

川东的基业

在进入耄耋之年,早已看淡生死、泰然自若,但却仍然精神矍铄的刘云鹤老人眼里,决战川东北石炭系的两支队伍,一方面为"西油人"奠定了西南油气工业过长江、出三峡的基业,另一方面自从川东石炭系勘探开发伊始,至今仍在这片土地上存命守望的"西油人",又是一种随时让他念兹在兹、释兹在兹的情感存在。

1978年,农历新年过完不久的二月初二这天,一辆从泸州川南矿区开出的黄色面包车,引领一支队伍及钻机装备,风尘仆仆地来到了现在的川东小镇云台。刘云鹤站在当年云台公社[1]的所在地、一个U型布局院子的大门口,看见10多个头戴铝盔,身着蓝色劳动布工装,胖瘦各异的中年男子陆续下车,他们身后紧跟的队伍,也以一字长蛇阵的队形停下,他走过去面对迎面走来的殷宗才说:"领导,川东矿区欢迎你们!"

"客气话就免了吧!你是……?"川东北指挥部党委书记兼指挥殷宗才果然是个炮火性子,一见文弱书生样的刘云鹤,就直截了当地问。

"我姓刘,是川东矿区地质室的地质师,边铁军矿长让我来接应您!"

---

[1] 当时尚未撤乡建镇,故称"云台公社"。

"哦，地质师呀？太好了！那你给我说说川东地区的地质特征吧！"

刘云鹤于是从三个方面向殷宗才作了简要的基本情况介绍："首先，咱们这里与你们川南那边的情况有些不太一样，川东这边数千公里陡峭逶迤的地表下面的地下构造十分险恶；其次，地下构造的褶皱非常强烈，断层特别多，断层之间的岩石结构由于不够紧密，所以又处处显得软硬不一；第三，根据前面两点，我们这里搞不好容易出现井下事故不说，而且井队作业时，还非常容易把井打斜。"

殷宗才在川南矿区虽有"殷大炮"的名声在外，这时听了刘云鹤并没对他藏着掖着的直言相告，脸上还是露出了一丝常人不易察觉的不安。不过他见这个书生模样的地质师三言两语就将川东的地质特征给他说明白了，对刘云鹤不禁另眼相看起来。

"你是来我指挥部当地质师的，对吗？"殷宗才一脸是笑地问。

"哦，不是，边矿长让我来帮你们协调暂住云台公社的临时营地，等将你们都安置好了，我还要立即赶回去，我们的战场在相国寺构造带上。"

一听刘云鹤不能为己所用，殷宗才倒也干脆利索，不再多言什么，一挥手就让地质主任魏邦棋立即去院里的云台公社值班室打电话，向四川局副局长兼川南矿区党委书记党万廷要人，让党委书记将川南最好的地质师给他挑选两个，火速送往川东北前线。

等魏邦棋从云台公社值班室打完电话出来之后，殷宗才走到刘云鹤跟前，伸手在他肩膀上拍了两下。不知是他不领边铁军让他在云台公社扎营的盛情，还是因刘云鹤谢绝了他的好意，他刻意想让刘云鹤不大不小地难堪一下；或者他仅仅只是为了继续赶路，争取早日到达目的地。总之，他回到那辆已被泥浆沾满几乎看不出颜色的黄色面包车上，带领队伍头也不回地离开了这个 U 型院子，继续向张家场与福成寨构造所在地大竹县方向进发。

殷宗才带领川东北会战指挥部的先遣队，在大竹县城郊接合部一个名叫"东风旅社"的旅馆中放下行李，忙得脸也没有擦上一把，就安排人员随他一起上街，然后分头行动，给即将来到大竹的队伍寻找住处。然而，他们在街上跑了不少路，当地政府领导和热情的群众推荐的地方，都无法满足他既能充作临时营地，也可将来作为基地建设之用的具体要求。

眼看天色已晚，寻找营地的时间已经越来越紧。同他一起出门，满城寻找地方的人仍没回东风旅社，他也不愿继续再等下去。

殷宗才让两个人留在旅社，继续等候上街寻找营地的人员返回，并与随时都会到达的后续队伍保持联络。

随后，殷宗才叫上副指挥任述文和一名背着电台的通信员一起上车，直奔川东北重镇达县而去。但是，由于达县县城地势偏狭，人口稠密，依然无法为一支携带6台钻机、数百台重型车辆的千人队伍提供方便。殷宗才吩咐通信员使用电台与后续队伍进行联络，得知后边的人马已有3支井队不顾长途跋涉，穿过夜色，向张家场与福成寨的井场开拔，另外3支井队已在大竹东风旅社停下，并以这间旅社为中心，分散在大竹县城关镇的街头巷尾，借用当地群众街前屋后宿营。这时他才意识到，自己试图通过一次努力就能既找到临时营地又可以把将来的建设基地场所确定下来的初衷，在川东北地区远比预想的还要困难。

午夜零点左右，由于电台受城内磁场的干扰，通话效果时好时坏，殷宗才于是被迫爬上达县城外一座山头。他以向6支井队主官轮流喊话的方式，下达了就地宿营、等待命令的指令后，才与任述文一起上车，向着万县北部的大池干构造继续赶路。

4月中旬的一个早晨，大竹县早起的城乡百姓被眼前的景象惊呆了。他们看到500余台载着钻机和各种天然气勘探开发设备的重型卡车，在县城通往四周山谷的简易公路上，正在艰难而缓慢地向前蠕动，百姓们脸上的神色显得兴奋而又疑惑。

川东北指挥部滞留大竹的3支井队，天还没亮就已开始行动了。成9井、张4井、张5井，在当地群众组成的钻前团的帮助下，已经修建完毕。

参加川东北会战的石油人在3个井场开始对位安装，仅用5天时间，他们就将高高的钻塔在山谷里竖立起来了。

而在距离梁平县城关28公里处，即七间桥一处四面环山的洼地里，四间草房环绕的黄泥院坝中央，殷宗才与川东北会战指挥部的七八名成员一起，围着一张木头方桌也在开会。他们脸上的沮丧这时已然退去，不知不觉地露出了久违的笑意。

七间桥位于川东地区高陡构造的中部，扼守川东、川中和川东北交通要冲。殷宗才的指挥部在这里安营扎寨，无论去往大竹、垫江、长寿，还是前去达县、万县、忠县办事，只要坐上指挥部的212吉普，仅用半天时间就能如期抵达。所以，七间桥不但便于生产运输，而且还拥有极好的扩充余地，建设指挥部和生活基地都很方便。因此，这里算是殷宗才的一块"风水宝地"了。

不过，最让殷宗才与他的助手感到高兴的是，四川局的董金壁局长为了支持他们在这里安家创业，已经带领工作组协同万县地区的政府领导，经过多次召开联席会议协商，用270万元、200吨水泥和一批钢材，将七间桥临近的一所五七干校校址，和干校所辖农场耕地390余亩的产权置换过来，作为一份沉甸甸的大礼，送给了他们这些为西南油气田奠定了川东基业的创业前辈。

不过，殷宗才他们从川南泸州来到川东北的荒山野岭，早年的创业之路，却走得并非一帆风顺。

为什么不顺利呢？

这个问题，要从1979年临近1980年元旦的时候说起。那时，根据四川局党委的部署，虽然他们已经完成了"搭架子，铺摊子，上队伍"的任务，1000多名职工家属也陆续从泸州及川渝各地来到这里，可七间桥这个地方，到处都是临时搭建的油毛毡和茅草棚，煤块及柴柴草草的生活燃料，不但让平时用惯了天然气，一下改用这些东西的家属们很不习惯，十分苦恼，而且，如果谁家生火做饭，一不小心失火，那种随时存在的"火烧连营"之危，想想，其实也是极可怕的！

生活上的燃料和用水问题，通过上山捡柴，和从附近的堰塘里抽水进行克服，倒也不是很难，关键是200多个跟随父辈一起来到七间桥的孩子，他们的读书问题，要通过在基地四周村里的学校插班解决，这个就非常麻烦了。指挥部将生产生活基地刚建起来，就赶上了热血病肆虐。

当时，像乌云一样笼罩在川东北上空的瘟疫，已使指挥部正值壮年的一名办公室主任不治身亡。给这个主任举行追悼会的那天，川东矿的党委书记冯希珍带领我们，一起去送花圈，哎呀，那个主任的老婆孩子披麻戴孝，在会上哭得撕心裂肺，那种场面真的好惨！

你说大人赶上热血病都没办法躲过，要是那些小娃儿、小女子也遇上了，那就不得了了！[1]

刘云鹤说："热血病的蔓延，尽管让殷宗才的队伍时常感到口干舌燥，眼睛干涩，性子急躁，脚心发烫，不过，在严格按照局里的指令加强各项防疫措施落实后，瘟疫却无法动摇这些'狠角色'为国争气和将那200多名孩子进行妥善安置的决心。"

热血病肆虐期间，殷宗才考虑如何解决200多个孩子的防疫问题，这时，他才明白了四川局副局长兼川南矿区党委书记党万廷、矿长沈国

---

[1] 摘自本书作者对刘云鹤的采访笔录。

福将成天戴着一副眼镜的矿区子弟校校长赵元生给他派来当副手的用意所在。

"赵眼镜,这热血病弄得人心惶惶,你当过泸州子弟校的校长,你说我们应该如何安排200多个活蹦乱跳的小崽儿呀?"

"让各家各户的女人先把自家娃娃关在屋里,不准乱跑,然后我们办个学校就可以了。"赵元生说。

"说得轻巧,吃根灯草![1] 莫得老师怎么办学?"

"我们在随队家属中挑选教师,这样既能解决她们的就业问题,也可以弥补师资不足。"

"校舍呢?"

"五七干校不是有一栋废弃的两层楼房吗?让分管基建的副指挥任述文带人在上面再操一层就行!"

川东指挥部将基地的第一栋3层楼打整好,并将子弟们的就学问题安妥下来后,已是秋天。田野稻谷金黄,瓜果飘香。他们从干校农场手里接手的300多亩稻谷,在大疫退去之后,也已到了收割之时。

指挥部集中力量打谷子这天早上,殷宗才将6个井队当天没上班的干部职工通知到七间桥集合,随后又带着机关人员及随队家属,同他们一起卷起裤管跳进田里开镰割稻。二十多架拌桶[2]被拖入稻田,随后"砰砰咚咚"的声音连成一片,听上去就像七间桥生活基地到处已经响起了秋天的战鼓。

仅用一天时间,参与收割的人就将20多万斤颗粒饱满的谷子在拌桶里脱粒完毕,挑进基地房前屋后的院场倒下摊开,经过几个太阳一晒即可尽悉归仓。

从农田回到井场的石油汉子,很快变回了每天要和相国寺构造另一

---

[1] 四川话,意为"哪有那么容易"。

[2] 川渝两地农村常见的一种四方形木质农具。

支鏖战正酣的队伍拼进尺的战士!

由于他们在进尺数字上彼此较劲,川东会战指挥部各个井队到基地调度室领取钻杆、油料、工具和配件的次数越来越多。其间,由于车辆少,运距远,路况差,负责运输的司机天天绷紧神经,没日没夜地赶路,手里扶着方向盘,脚下深浅不一地踩着油门。殷宗才一看运力如此之紧,一声令下,将指挥部的小车全部"吼"趴窝了——所有小车司机都被他撵去运输队上班,开起了货车。

一次,张5井的小技术员来领打捞钻头的工具,从库房办好手续出来,由于基地当时没车帮他送货,急得直在院子里转圈,快要哭了。负责后勤工作的副指挥李文德见状,向他问明缘由之后说:"娃儿,莫急,你跟我来!"

他们来到运输队的停车场,碰上平时给领导们开面包车的老黄。当时,老黄跑完七间桥至万县北部大池十构造的险恶山路刚回来,已经两天两夜没合眼了。不过,一见李副指挥领着张5井的小技术员向他走来,老黄还是二话没说,一头扎进一辆"大解放"的驾驶室里,将汽车发动,招呼小技术员赶紧上车,去仓库装好东西,就向大竹方向的张5井驶去。

从七间桥基地到大竹张家场井队的山路非常陡峭,爬坡上坎是家常便饭,平素还好,如果赶上秋天下起雨,车在半山坡上熄火,上不能上下不能下的时候,这就既麻烦又危险了。

这天下午,杨型亮和秘书从成都来到川东北检查工作,对殷宗才说:"'殷大炮'啊,你工作干得不错,我给你们指挥部配几辆面包车要得不?"

殷宗才说:"要得铲铲![1]"

"为啥?"

---

[1] 根本不行的意思。

"面包车中看不中用，没有一点劳力[1]！"

"你是嫌车不好，对吗？那好，我就给川中、川东、川南这几个矿区配上，他们不会嫌我给的车子莫劳力！"

见杨书记说完，头也不回就要走人，殷宗才三步并作两步，赶紧蹿到杨型亮跟前，拦住他说："书记，您难得来，莫要急着跑嘛！"

"'殷大炮'，给你车子你都嫌弃，现在却来挡道，怎么，你是要当'棒老二'[2]吗？"

"嘿嘿，不敢，您可别生气呀！我想请局里给我配几台丰田工具车，这个车跑山路不仅劳力好，而且还能拉人、带货！"

"哈哈！哪个会生你'殷大炮'的气哦！"

"那我的工具车，您应了吗？"

"好说！不过，这要等我回到成都后，同局党委研究一下，然后才能给你结果。"

1980年春节前后，川东北地区天寒地冻，滴水成冰。那些穿着鞋帮里衬有羊毛、棉花的劳保皮鞋的创业者，浑身冻得也像猫啃脚趾一样浑身难受！农历大年三十这天下午，灰白的天空即将暗下来时，落了一月有余的飞雪依然在下，不见任何停下的迹象。在七间桥基地的简易饭堂里，一顿年夜饭虽然简单，倒也有鱼有肉。殷宗才向干部职工挨个敬酒，祝贺新年。

大家借助节日会餐的热闹气氛，唱起了《石油工人之歌》和电影《归心似箭》中的插曲《雁南飞》之类的歌曲，这种从高亢豪迈到如泣如诉的歌声感染了每一个人，使他们冻得僵硬的手脚逐渐地活泛了起来。

吃完年夜饭，人们回到各自简陋的家中或者冷得很少见有热气的宿舍，望着窗外零点时分昏黄灯影里的飞雪，度过了在七间桥的第一个

---

[1] 四川话，马力。

[2] 土匪。

春节。

川东北会战的物质文化生活与一线工作条件，虽然经过了历次石油会战的促进和改善，但对从川南泸州来到川东北的这些创业者来说，各种差距还是超出了他们的想象。但是，他们仍用创业者不可或缺的吃苦忍耐精神，创造了一连串的闪光奇迹。

经过没日没夜的连轴苦战，很快又有两台钻机宛如参天大树一样在黄泥塘井场及梁平的向斜构造带上拔地而起。由于他们初来乍到，川东北地区险恶的地质特征，正如两年之前川东矿区地质师刘云鹤站在云台公社的U型院子里介绍的那样，没过多久就给川东北地区的天然气勘探开发人员带来了十分严峻的考验。随着各种险情不断发生，殷宗才与他的助手常有如履薄冰、如临深渊之感。

真正给他们下马威，让他们一时难以招架的是成9井顿钻、张4井遇卡、梁1井大漏等一系列生产事故的陆续爆发。

为了处理现场事故，会战指挥部的告急电话一个接一个地从一线打来。为了处理突发事故，指挥部的那些书记、指挥、工程师与政治部主任们，无论白昼还是刮风下雨，在杨型亮书记专为指挥部配备的两辆丰田工具车忙不过来时，他们就逮住运输队的卡车、吊车上路，甚至连卡车、吊车也不赶巧时，就是见到基地门外机耕道上正好路过的手扶拖拉机，也会冲过去拦下，与开拖拉机的农民谈好价钱，拉上他们抄近道赶往事故现场去解决问题。到了一线工地，由于井场的房间和床位实在紧缺，他们就睡门板和桌椅板凳。赶上实在没有东西可以拼凑成一个临时铺位时，他们就整宿整宿地猫在井台，瞪大眼睛干熬着硬撑。只有把有关问题和一线人员共同设法解决后，心里才会稍感踏实些，才会半身泥水、满身疲惫地回到七间桥去。

黄泥塘背斜构造的第一口预探井快要钻到计划中的目标层时，经过多次放空却还是出现了大漏。情况报到七间桥指挥部，大家经过研究，决定采取清水强行钻进的措施跟进，然而，要落实这个措施却需要井场附近具有充足的水源，可事不凑巧的是，井队的队长和指导员组织工人在附近分头寻找，最后只在距离井场3公里处找到了一条令人哭笑不得、干枯得只剩一条水线的沟渠。

井队的指导员打电话将情况报完之后，问殷宗才："咋办？"

"凉拌！""殷大炮"的炮火性子又上来了，一下呛回指导员，挂了电话，气呼呼地背着双手从办公室冲进院子，边跑边将地上鸡蛋大小的几块零星石块一阵乱踢。分管教育的副指挥赵元生一见殷宗才气成那样，于是过去劝他，帮他"灭火"。两人在院子里边走边聊。赵元生告诉他，一次他陪当地教育局一名领导在距离黄泥塘15公里之外的城南公社钓过鱼，那儿有座大水库。殷宗才一听，这才哈哈大笑起来，决定立即组织一支突击队，带着大家从基地的仓库里拉上抽水机与水管，直奔城南水库而去。

经过两天两夜的突击，黄泥塘预探井的用水问题终于得到了圆满解决。殷宗才高兴地叫来房东老汉，从怀里掏出15元纸币递给他，让老汉赶紧给他杀鸡买酒，他要好好犒劳和他连续两天一起抬水管，累得没了人形的突击队员们。他们夜间在老汉家的街沿上打地铺，由于蚊虫叮咬，已经被叮出了满脸"大红麻子"。

川东北地质构造的复杂与险恶，是当时我们这些搞地质的一种共识。他们那边分管生产的一个副指挥叫丁明礼，是从川南矿区2大队的大队长任上提拔上来的。这个丁副指挥在川南矿区的技术比武中是个风云人物，吃的是"手握刹把子"这碗饭，算个狠角色。

他和殷宗才来参加川东北会战，许多事都身体力行，一直在井场一线稳扎稳打。一次，梁平向斜构造的探井梁1井钢丝绳跳槽，丁明礼和一个工人爬上天车，为了不把两股钢丝绳硬生生地全部绷断，就要将钻具慢慢提出来，然后卸压，重新将钢绳倒换上去。

结果他嫌这个工人有些碍手碍脚，和他干活不"扣手"[1]，当然他也害怕钢绳绷断了把人打倒，因此就将工人撵下去，由他一个人来排除这个危险事故。从半夜干到天亮，井场的人心都提到了嗓子眼上，为他捏了一把汗。没有谁去帮他，他自个儿就将隐患排除了。

但是，在复杂构造的易斜井段，他就遇到了麻烦，没有办法了。

为了把井打直，殷宗才让丁明礼带领6个队长来过川东矿区，学习借鉴我们用轻压吊打技术去解决问题的办法。结果，有一次四川局会战检查团的领导和机关人员来到川东北，发现几个井场为了把井打直，钻压根本没有到位，于是就发了很大的火。

回到七间桥讲评川东北会战工作时，领导又严厉地将丁明礼叫起来问话，问他：下面的井队为啥子要吊起打，晓不晓得速度和进尺对会战工作的促进有多么重要？丁明礼被问住了，委屈得当场掉下了眼泪。

第二天，殷宗才给他派了车，让他回家一趟，休息几天。他家属还在川南合江那边。结果老丁回到合江仅仅吃了午饭，想到川东北这边的工作很难，就和司机又马不停蹄地赶了回来。[2]

"川东北会战受制于地质条件的局限，尽管他们每向前走一步就要付出脱一身皮、掉几块肉的代价，不过他们还是很快就在那边的处女地上创造了成绩，把好消息传给了大家。"刘云鹤说，"他们的张5井、成9井钻到石炭系的目标层，都同时获得了非常不错的油气显示。梁1井这口出现大漏的事故井，经过措施完善后，仅用7个月就钻完了5158米的进尺，创下了当时全四川局同类钻机的最高纪录！"

川东北指挥部在殷宗才的带领下，士气越来越旺。

一个井队下套管，按照正常的作业标准，需要48个小时才能下完。

---

[1] 配合不好。

[2] 摘自本书作者对刘云鹤的采访笔录。

党委书记彭兆申赶到这个井队去作动员讲话，他面对整齐排列在他面前的七八十号人大声宣布："你们当中成绩最好的班组，不会白干，将会得到指挥部提供的12斤猪肉的奖品！"结果工人们一听"有肉吃"，个个都两眼放光，手脚出奇地麻利，16小时就将套管全部下完，作业中连一根麻丝都没掉下。

固井这天，殷宗才将在基地工作的100多号人全部集合起来，用卡车将他们依次投放到有关井场，动用40多吨水泥、6台水泥车，同时参加一线施工。上至书记指挥本人，下到风华正茂的学徒女工，扛水泥的时候人人都你追我赶，干得热火朝天。男同志几乎全部肩扛一包，腋下还会紧紧地夹上一包；女工们力气小，只能扛起一包，在奔跑中弄得头发、脸上全是灰尘，只剩一双明亮的眼睛还在转动，她们中却无一人叫苦喊累！

1980年这一年，也许应了瑞雪兆丰年的那句老话，年前下了几乎足足一个月的大雪，在春夏秋这三个季节过去后，很快又在是年冬天重新落下来。

根据四川石油局党委的部署，川东北会战指挥部"已经完成了调整班子，充实力量，完善机构，建立正常的生产、生活秩序等一系列工作，并对川东地区高陡狭长、褶皱强烈的地下构造进行了研究探索，摸索出了采用新式扶正器、改变传统钻具结构、灵活调整钻井参数等一系列钻井新技术，坚定了寻找新气区、新阵地的信心"，收获了令人惊喜的好成绩。到1981年，川东北又下了足足一个多月的大雪，终于停下来时，他们"已在方圆数十公里范围内摆开战场，在高峰场、沙罐坪、亭子铺、雷西井等四个缺少地质资料、沟壑交错的构造上，布野猫子井[1]，甩开膀子钻探，辛勤的劳动和艰苦的付出"[2]，不但使他们收获了丰收的喜悦，也使他们在并非坦途的创业之路上，越走越信心坚定，脚步铿锵！

---

1 该布井和打井方法，是川中会战结束后，康世恩回京前提出的一个思路。
2 《石油师人》四川油气田编委会：《石油师人——在四川油气田纪实》，石油工业出版社1998年版，第281页。

威远会战提出的"一切为了七十亿"这个口号，和康世恩副总理拟定的那个"川气出川"构想，实际是中央从第一个"五年计划"到第六个"五年计划"在四川作为生产任务的实际体现与动态延续。当然对我们川渝两地的石油人来说，更是一个需要持续不断地去实现的梦想。

这个梦想有源于中央的国家意志，当然，它也包含我们这个油气工业集群在那个并不遥远的时代，为改变、丰富国家能源战略格局，使我们这个总被贫穷落后困扰的民族的物质文化生活能够得到有效的改观，从而付出了宝贵初心与艰苦的努力。

更具体一些地说来，即当殷宗才他们在川东北地区终于打开局面并且频频得手的时候，我们川东矿区这边作为这次会战的主战场，同样也是不甘人后，一点也不出人意料地行动了起来。[1]

"当然，为了打赢这次会战，没有一个坚强有力的领导班子是不可想象的，俗话不是说'兵熊熊一个，将雄熊一窝'嘛！"刘云鹤概括了川东北会战和6个已成历史的国家"五年计划"的关系后，又话锋一转，回到平实如初的讲述中，"杨型亮、董金壁两位老领导，将川南的'狠角色'殷宗才派到川东北会战中去的同时，也对我们这边的领导班子进行了必要的调整。"

川东矿区党委书记冯希珍年纪大了，局党委考虑到他几十年如一日地辛苦工作和所作的奉献，加之当时他又体弱多病的实际，认为川东北会战打响之后，再让他去带队伍，既不适应形势与任务的需要，也不忍心让这位兢兢业业的老同志倒在阵地上，于是，经过研究，将他调往成都的局机关工作，担任局党委委员，由当时正年富力强的政治部副主任王志民来接替冯希珍的工作。

---

[1] 摘自本书作者对刘云鹤的采访笔录。

王志民从成都临来重庆之前，心里一时不太怎么有底。川东矿区是这次会战的主战场，头上俨然悬有"达摩克利斯之剑"，因此，他担心自己难以挑起肩上的重担，有负局党委的重托和川东干部职工的厚望。

临行前，局党委书记杨型亮将他叫去谈话："到了那边以后，一定要大刀阔斧、放开手脚地开展工作。"

"我们是主战场，只是……"王志民欲言又止。

"只是啥子？王志民，你去川东北没有啥子'只是'可言，你的任务只有两个：一是主攻石炭系，二是争取探明二叠系储量！"

"书记，我记住了！"

"还有到了重庆之后，你和边铁军要好好商量一下，把机关后勤人员优中选优地排个序，摸个底，然后再将你们认为可以重用的人带到云台公社去。到了云台，等你们靠前指挥的组织机构、工作制度建立起来时，就按'情况明，指挥灵，行动快，办事准'这'十二字'要求去开展工作。"

"好，到了那边，我们马上落实您的指示！"

"你和边铁军先把相国寺的石炭系攻下来再说，探明二叠系储量的事可以稍后一些，但是不能不办。再有这次你就不要搬家了，先在一线阵地沉下去，干上一年再说。"

1978年元旦之后没过多久，王志民事先没向川东矿区打过任何招呼，就轻车简从地冒着小雨雪，来到了长寿县的云台公社。他下车后，既没召集任何人来见他，也没组织会议传达局党委的指示，在会上发表他的"就职演说"。他在一条小街上不声不响地走着，貌似在熟悉这里的环境，又像一个人在心里筹划，接下来的工作该从什么地方着手。

王志民继续向前走着。给他开车的司机胳肢窝下夹着一把雨伞，不远不近地跟在后边。

由于他来上任的这天，正好赶上一个持续不断的雨雪天，因此，在这条叫"牛屎街"的泥水街上，他与司机踩着脚下间隔不一的一段石板路时,"牛屎街"上的泥浆子就会裹挟隐约可闻的牲畜粪便气味,不时溅起,又隐约散去。

王志民将一条越走心里就越感到艰辛不易的土街走完,来到牛屎街尽头一座土山半山坡上的职工生活区。虽然一路走来,他对云台的艰苦条件已有预感,可他还是没有想到,出现在眼前的茅棚瓦舍竟是如此简陋破败,川东矿区参加会战的一线干部职工的生活条件会是如此的艰苦。

几天后,王志民从云台公社回到四川石油管理局机关。他回来的消息很快像风一样在大院里传开了。董金壁听到王志民"从前线擅自开小差跑回来了"的消息后,吩咐秘书将他叫到办公室里,劈头就问:"王志民,你搞啥子名堂?"

"局长,我来机关办手续,我把爱人也调到那边去!"

"开啥子玩笑,她在机关不是好好的吗?"

"那边太艰苦了,她去了,我们与大家一起努力,可以稳定军心,提升士气!"

"娃娃的上学问题咋子办?"

"我看川东的会战不是一年两年就能'杀割'[1]的,娃娃也和我们一起走。"

"你们一家,难道要在云台安家落户吗?"

"是的!"

王志民一家从成都搬到云台公社安家不久,川东矿区与川南矿区党委书记党万廷、矿长沈国福采取的办法类似,也将全矿最好的钻机、最能干的"狠角色"都集合到了相国寺构造带上。截至1978年4月,相国寺光秃秃的荒山坡上已摆上了7台钻机。这7台性能优良的崭新钻机像树一样从山上长出来时,相国寺的荒凉历史就宣告结束了。

---

[1] 西南、陕北地区方言,"结束"之意。

会战开始后，川东矿区采取了占领制高点，沿长轴布井钻探，接着向构造两翼扩展，逐步推进，步步为营的办法。

可是，会战既然已经正式开始，那么用当时一些干部和职工的话说，"我们就要打冲锋了！"而要"打冲锋"，建设一个基地来做后勤补给，已势在必行。

于是，王志民和边铁军经过商量，安排副矿长任家林带了一支队伍去抓紧落实。

任家林身体强壮，完成领导和大家交给他的任务时说一不二，从来不讲价钱。川东矿区这片正在苏醒的热土对他来说太熟悉了。自从军队转业到石油战线，被组织分配到川东矿区，20多年来他一直都在这片土地上奔波。他熟悉川东的山谷河流，起伏奔腾之间，无不激扬着他"我为祖国献石油"的无限情怀。在川东矿区他曾多次参加井场抢险，完成了不知多少充满艰难困苦和生命危险的打井任务。

自从任家林接受建立后勤基地的任务伊始，他就在矿区和重庆市之间来回奔走，协调关系，找人办事，经过多方周折，最后找到地方政府的一名副市长，顺利地在江北县（今重庆市江北区）的沙坪公社买到了一个寸草不生的山包，和一片该公社的一个生产队结束了"吃大锅饭"[1]之后遗弃不用的猪圈。别看这片猪圈灰尘乱飞，蛛网密布，四下都是猪粪和尿骚的污浊，但为了赶时间，抢进度，经过任家林与沙坪公社请来的临时工的努力，很快有了焕然一新的"生活基地"的模样。

任家林找人用撮箕、粪桶，一挑一挑地将猪粪、猪尿挑进附近的农田倒掉，又从山上担来一担一担的黄土垫好、夯实，再将原来的圈舍清理、打扫、消毒，然后用江北街上购来的篾席一间一间地隔好。于是，原来的猪圈就变戏法一样地变成了一间一间的川东会战指挥部的办公室；原来的一间大土灶、高烟囱的宽阔煮料间，搬来桌椅板凳一放，

---

[1] 泛指十一届三中全会召开之前的农村社会经济形态。

再用石灰水把四周的墙面连续两次粉刷，就变作了一线干部职工就餐的食堂。

会战基地建立起来以后，任家林被任命为会战前线指挥所的指挥，其指挥所设在沙坪乡，他带领7支钻井队不分白昼地主攻相国寺；王志民、边铁军则在云台公社坐镇负责统筹谋划、下情上报和上情下达。川东矿区组织的川东会战和川南矿区驰援的川东北会战，虽在不同方向作战，但仍以"川东北会战"为战役代号，在四川石油管理局党委历时两年的全力推进下，按照会战部署目标，取得了决定性的胜利。

"据统计，整个战役打井30口，钻获石炭系的井24口，占完钻井的80%。其中，相国寺战场打探井8口，获高产气井5口，获井口测试日产气量465.25万立方米，储量40多亿立方米，控制了含气面积28.7平方公里，基本弄清了相国寺气田石炭系气藏的分布面积。另外在卧龙河、张家场、福成寨等构造上对石炭系的预探，也取得了高产工业气流的喜人成绩，同时还钻获了5个高产工业气流的二叠系裂缝系统。"[1]

2017年冬天，我们在重庆气矿采访，对参加川东矿区地质攻关队为揭开石炭系之谜作出了贡献，亲历了川东会战的重要当事人老专家刘云鹤的第一次访谈即将结束，刘老说："川东北会战初战告捷，标志着四川局立足石炭系的主力气层，找到了着眼未来的发展希望，虽然当时取得的成绩距离实现'川气出川'的奋斗目标仍还处于爬坡上坎的阶段，但创业者们毕竟已在西南油气田60多年的发展壮大中为后来的'西油人'创下了一份不易的家业！"

---

[1]《石油师人》四川油气田编委会：《石油师人——在四川油气田纪实》，石油工业出版社1998年版，第284—285页。

穿越生死线

"从上世纪70至80年代勘探开发石炭系以来，川东矿区不知不觉地已被改称'西南油气田重庆气矿'了。这种名称的置换，虽对横跨川渝两省市24个县（区、市），勘探开发总面积达28.7平方公里，具有丰富的天然气资源，历年累计开采大约接近千亿立方米天然气的四川东部盆地来说，一时难以看出它的'川东脉络'与'西南增长极'的渊源究竟有多深，不过，我一说支撑'西南增长极''全产业链'发展的根基，是在我们那一代也包括你们还要采访的那些人在这片土地上奋斗出来的，想必这就不难理解了。"刘云鹤老人的感冒还不怎么见好，这天上午的说话声，还不时带有"嗡嗡"的鼻腔回音。

在这位老专家看来，从天然气开采到天然气产品进入工业用户、寻常百姓家的"全产业链"发展，其中包括的生产、勘探、开发（打井，建集输管道、集输站、净化装置）输供、销售天然气——这些属于现在才有的产业元素，自20世纪70年代的川东北会战以来，它在川东矿区也就逐渐形成了。

刘云鹤说："目前，重庆气矿已有32个气田，10个含气构造；拥有在册工业气井277口，生产单井站290座，日生产能力2000万立方米；脱水站20座，日处理能力2540万立方米；集输气、配气站173座，增压站16座，污水处理站14座，单井脱硫装置136套。经过几十年勘探开发，虽然这里的优质圈闭越来越少，待发现的地下目标更加复杂隐蔽，资源接替矛盾日益突出，但我们向川渝及西南地区100余家大中型企业和数百万居民家庭提供工业原料、燃料生活用气的任务，却一分一秒也没改变。"[1]

按理说这个"全产业链",在石油部副部长张文彬和四川石油管理局首任局长张忠良遵照毛主席、党中央命令,组织威远会战的20世纪60年代中期就能完成。但由于受到十年内乱的冲击,威远会战以解放川南潜气层、大战古隆起为主。会战发起"一切为了七十亿"的强烈猛攻,在川南斩获了一批高产气井。如自2井自1960年4月18日出现井喷,截至2016年,已单井累计生产50亿方天然气[2];如会战期间勘探开发的威远气田,为国防工业崛起,始终向军方供应提氦原料气,至今仍在发挥不可替代的作用。会战中涉及"全产业链"发展的基础元素,如上马土法脱硫,进行天然气脱硫的东溪脱硫厂、半机械化脱硫的威远脱硫一厂;尤其还在天然气管网的建设上,显露了规模化的苗头。

1963年年底,全川投产气田9个,分布在自贡、泸州、重庆三个地区,平均日产气270万立方米,建成输气管线328.5千米,配气站4座,主要用户集中在气田附近。

1965年10月,纳溪气田开始向位于纳溪县的泸州天然气化工厂供气。为增加泸州和重庆气源,油建指挥部[3]首次采用管道预制防腐作业工厂化和管线组装焊接"对号入座"的流水作业法,建成输气管线总长65千米,贯通6个气田,日输气能力170万立方米的长纳输气管线及配套工程。

1965年12月,建成管径为245毫米,长29千米的东石输气管道和国内第一座管径219毫米,长1056米,跨越长江茄子溪的空中悬缆式输气管桥,以及日处理能力达80万立方米的国内第一座东溪

---

[1] 刘老所作介绍的数据,参考了网络资料,见360百科《西南油气田分公司重庆气矿》,baike.so.com/doc/1363377-1441278.html。

[2] 见罗卫东、杨琨等:《50亿方:一口单井的传奇》,《四川石油报》2016年12月10日,第4版。

[3] 该指挥部应该是威远会战指挥部的下属机构。

乙醇胺脱硫车间，形成泸州和重庆地区供气系统。

1966年12月，又建成管径为630毫米，长146.4千米的威成输气管线和日处理能力达140万立方米的威远脱硫一厂。该管线起于威远气田，终于成都赖家坡，实现了向四川省会城市供气的构想。[1]

然而，由于深受"文化大革命"梦魇的影响，威远会战却在持续向好时被迫中断了。它的中断对国计民生的维持与发展，不仅是一种非人力因素能够左右的迟滞，而且对西南油气工业"全产业链"效应的形成，也是一种无法估量的破坏。

"文化大革命"结束后，面对这个损失，康世恩还在主政燃料化学工业部全面工作时，就以有所作为的姿态，决定予以及时恢复和弥补，曾"多次组织地质专家对四川盆地天然气储量进行分析，认为四川天然气资源丰富，具有'一大、二多、三高'的特点。'一大'主要指生储油条件好，后备储量大。四川盆地23万平方公里，根据世界含油气盆地相关统计数据类比分析，全盆地天然气资源量在10万亿立方米以上。'二多'主要指产层多，构造多。从最下部的震旦系到上部的侏罗系，已证实的含气层有14套，每个气田至少有3个以上的主力气层，卧龙河等高产气田有5个主力气层。全盆地被地震证实的有利构造有257个，还有潜在的有利气区，构造内溶洞、裂缝发育充分。'三高'主要指气井产量高。百万立方米以上的高产气井有46口，占了总井数的18%以上，14个工业气层中9个层有高产气井"[2]。

"文化大革命"结束后的头几年，燃料化学工业部和石油部还没

---

[1]《西南油气田输气管理处——50年发展之路》编委会：《西南油气田输气管理处——50年发展之路》，石油工业出版社2018年版，第5页。

[2]《百年石油》编写组：《百年石油（1878—2000）》，石油工业出版社2009年版，第180页。

"一分为二"；康世恩还在燃化部当部长，没去国务院当副总理。但他一是想把"文化大革命"耽误的石油勘探开发工作尽快恢复起来，二是由于他当石油部副部长、部长时，在川中和威远组织的会战都不成功，因此，他对四川盆地的油气勘探及开发工作，有种欲罢不能、愈挫愈勇的英雄情结，所以，还在燃化部当部长时，他把组织专家对四川天然气储量进行论证并带人到国外考察的事情办妥后，好像他已经找到了实现"川气出川"的理论依据。

这时，他将"川气出川"计划上报国家计委。

他在这份雄心勃勃的计划里，提出从四川架设一条直径大约一米左右的超大输气管线，等一期工程结束后，就将它铺设到武汉去；二期工程开始后，还想将这条管线从南京铺到上海去。国家计委批准了他的计划，向中央各部委下发了《关于开发四川天然气和铺设川汉输气管道的通知》。

而且，根据这份中央文件的指示精神，湖北、四川省委还立即就以天然气为能源的经济发展格局，展开了规划部署，上马了一部分前期工程，像大型钢材制管厂的建设，与管线建设有关的修建公路等方面的配套建设，一下也轰轰烈烈地搞起来了。[1]

由于"川气出川"的"通天工程"，需要四川局每年给予300亿立方米天然气的产量保障，因此，全国上下都在看着康世恩，也在盯着四川"石油人"。在刘云鹤看来，"伴随其间的这10年，从中央到地方各级党政部门、社会各界都在盼望我们为国争气！所以这10年，也是一条无法绕过的'生死线'"。

为了跨越这条"生死线"，在开发石炭系的共识即将形成之前，四川局党委书记、局长的"接力棒"，还没传到杨型亮和董金壁的手里。那

---

[1] 摘自本书作者对刘云鹤的采访笔录。

时，刚从红村会战指挥部陆续撤回成都的局领导、专家、机关干部，刚经历了诀别首任局长张忠良之痛，前行的步履也还难免显得沉重。

但在四川局的机关大院里，当人们得知"开发四川天然气"的中央文件正式下发的消息后，还是在心里松了一口长气。决策者的脸上，也从往日的阴晦与肃然中，露出了几丝笑意。

这天，局机关二楼的会议室静悄悄的。局长马文林、党委副书记杨型亮、副局长董金壁和机关领导、专家陆续进入会场。事先坐在会议室抽烟，凝神思考的党委书记黄凯，将烟掐灭在烟灰缸里，望了一眼与会人员说："开会！"这种简短的语句从黄书记嘴里说出，也使大家感到了分量。

会议的主题还是没变，传达学习中央和石油部的文件后，面对"川气出川"计划赋予的每年产气300亿立方米的重任，继续研究围绕中心任务，搞好勘探开发工作。此前，他们已就该问题进行过多次研究，不过结论依然没有石油部专家估算的乐观。四川盆地资源储量虽然已达10万亿立方米，但川南矿区继威远构造、古隆起构造形成主力气区后，产量逐年递减也是不争的事实；川西北矿区自中坝气田发现之后，一时难以再有突破；接下来的勘探开发重点，唯一可指望的只有川东矿区相国寺的石炭系与卧龙河的二叠系了。

可是，川东矿区能将300亿的指标承担下来吗？卧龙河神龙出没的大河底下，真有"3到5个主力气层"吗？

带着这些疑问，黄凯一直没有停止思考。俗话说，家家有本难念的经。对黄凯而言，"300亿"这本"经"的难念之处，何止是在"川气出川"立项之后才开始的呢？大家从川中会战、隆桂会战、威远会战一路走来，四川"石油人"苦过累过，牺牲过。黄凯眼里的四川油气工业，早已像一列不堪重负的列车，现在鸣着汽笛，拉着白烟，却仍要继续翻山越岭！

面对这种现状，负责勘探开发全局的马文林、董金壁也有难言的苦衷。从70亿到300亿，他们又何尝不想带领10万职工，以羚羊挂角的姿态，去实现惊人一跳呢？但要找到新的资源储量，他们面临的问题是，不仅缺少现代化设备和科学技术支持，资金也是捉襟见肘。

长期的闭关锁国，使我国工业生产技术水平与发达国家相比，落后了几十年。如何改变这一局面，更好地贯彻党的十一届三中全会精神，是康世恩主持国家经委工作后始终关注的一件大事。

康世恩对引进国外先进技术和装备一直很重视。早在1972年主持燃料化学工业部工作期间，他就积极主张引进30万吨乙烯装置……这是我国第一套大型化工原料生产装置；他还主持引进数字地震仪器和大型计算机，13套大化肥生产装置……到国家经委后，他提出经委工作要实现的重要转变之一，就是要从闭关自守的状态，转变到积极吸收国外先进技术，利用国外资金，大胆进入国际市场的轨道上。[1]

马文林、董金壁面临的设备落后与资金短缺问题相当严峻。在康世恩领导中国油气工业的特殊十年里，站在国家层面，他也的确做了不少富有前瞻性的工作。但根据他的传记记载，川局的困难有的是在"300亿"任务下达以后才着手解决的；有的问题由于我国幅员辽阔，油气工业涉及的领域多而鞭长莫及。因此，四川"石油人"承担"川气出川"任务之初，尽管上面已经意识到设备落后与资金短缺的问题，中央也找到了解决路径，但由于时间上无法与马文林、董金壁面临的问题对应，所以，多少还是让人觉得棘手。

---

[1]《康世恩传》编写组:《康世恩传》，当代中国出版社1998年版，第348—349页。

黄凯召集的会议上，结束传达学习文件的议题进入讨论环节后，沉闷的气氛变得活跃起来。

"在座的各位，不少人在战争年代都有带兵打仗的经历，和平时期在四川搞石油，我们同样也是好样的，那么，这次面对'川气出川'的任务，我想还是应该有个正确的姿态吧！"黄凯说完，从兜里掏出一盒烟自己点燃一支，又向距他座位较近的马文林、杨型亮、董金壁等人抛去几支。

"打川中会战和威远会战这两仗，最初我们的情绪总的来说是乐观的，结果却没实现毛主席、党中央的预期目的，关键时刻掉链子了！所以，这次面对'300亿'的任务，我们一方面要勇于接受挑战，不能让中央觉得我们认怂了；一方面也要把困难想到前面，不能盲目乐观，一接受任务就不管三七二十一地硬往前冲……"马文林抽着烟，接过黄凯的话，一气讲了十多分钟。

杨型亮从脸上摘下一副"招牌式"的墨镜，先在手里把玩着，然后又将墨镜重新戴上说："同意马局长的意见。咱们川西北的开发还没见到效果，目前仅靠威远会战夺下的泸州气田吃老本，要是再没新的资源接替，先不说这'300亿'的任务能否完成，恐怕弄不好又打败仗，我们还会无脸去见部里那些老首长啊！"

"对嘛，我看今后就把勘探战场转移到冯希珍、边铁军的川东矿区吧！从现有的地质资料看，川东应该还是有希望的。如果不将川东地下情况摸清，我们以后见到康部长，肯定是要挨批的！"董金壁见大家面对"300亿"的任务，提出以川东勘探来作支撑的建议，他也积极附和道。

这次会议开得清醒而热烈，面对困难，大家都有足够的认识。四川局机关从书记、局长到副书记、副局长和各部门老总，在会上都发表了看法。当时，面对任务人们都很谨慎，当然，同时也对

"300亿"的任务充满了渴望。这种复杂的心态表现出来就是大家都恨不得在三五天内就能找到石破天惊的重大发现。

没有资源储量发现，大家都意识到这将无法扭转当时面临的被动局面，盆地油气工业的未来发展也就无从谈起。

会议形成的决议是，等康世恩到成都部署"川气出川"计划时，也将川东矿区的两位"一把手"叫去开会。

这样做的明显的目的是向首长表明，四川局受领任务不但不含糊，而且连完成"川气出川"任务的前沿阵地和打头阵的"尖刀部队"都明确了！

这次会议将穿越"十年生死线"的方向与目标确定下来之后，李安静就带领我们将决战石炭系的地质攻关队也在重庆成立了。冯希珍与边铁军去成都，在会上接受了康世恩的问话和他对川东矿区下达的勘探任务。

关于那次会议，康世恩严厉批评四川局的传说有很多，相关档案也有记载，但具体情况由于我不在场，所以不好多说什么。不过，那次会议结束之后，没过多久边铁军就带领我们去成都汇报工作，石油部党组为了实现"川气出川"的目标，对四川局的领导班子进行了调整，这个印象我倒还是有的。

…………

黄凯书记和马文林局长，同时将"接力棒"传给了杨型亮与董金壁。

部党组的这个决定，一方面考虑到了两位老领导的年龄与身体原因，在四川局即将穿越"十年生死线"时，让他们带队伍怕他们吃不消；再有就是杨型亮、董金壁当时正值年富力强，又有带兵打仗的经历，也比较适合挑起这副重担。何况自从共和国石油工业从无到有地发展起来，历次大小会战他们都参加了，并在会战中还经历了从一线大队长到会战指挥员的历练!"[1]

刘云鹤说,从1976年到1978年,持续三年之久的"川气出川"工程,虽然最终下马了,但四川局要穿越"十年生死线",则还有最后两年,最艰难的道路依然要走。

"康世恩对早日实现'川气出川'的宏伟规划……缺乏周密的思考,特别是对储量缺乏严格审核,使这项宏大工程在天然气资源尚不落实的情况下就仓促上马……经过三年的天然气勘探开发,情况比预想的要差。由于四川气田主要是裂缝气田,对这种复杂地层的勘探技术没有过关,所以不少探井落空了,有的虽有气但产量很低。加上气田的勘探和开发投资没有增加,许多该钻的井并没有钻,产能上不去。因而远远达不到外输所要求的天然气生产能力,'川气出川'的计划难以为继。……1978年6月,国务院果断决定,'川气出川'工程全部下马,已建工程停建并着手善后处理工作。"[2]

然而,"川气出川"项目被中央叫停之后,川东北会战中,基于川东矿区地质攻关队和赵代禄32526钻井队对石炭系的勘探发现,四川局在"川气出川"的余绪里,依然按照石油部"大搞勘探,狠抓开发,猛攻科研,钻井翻番"[3]的指示,将川南矿区的殷宗才、丁明礼任命为川东北会战指挥部负责人,将川东矿区的王志民、边铁军任命为川东指挥部负责人,命令他们在七间桥和云台公社建立指挥部,靠前指挥。经过几年的艰辛努力,终于在四川盆地以东地区,收获了探明储量40多亿立方米,控制含气面积28.7平方公里,日产天然气465.25万方的成绩。

这份成绩的取得,虽然距离威远会战提出的"70亿"和"川气出

---

[1] 摘自本书作者对刘云鹤的采访笔录。
[2] 《康世恩传》编写组:《康世恩传》,当代中国出版社1998年版,第307—308页。
[3] 四川石油管理局史志编纂委员会:《四川石油管理局五十年大事记(1949—1999)》,第130页。

川"要求的"300亿",都有相当差距,但它对四川10万"石油人"穿越"十年生死线"的奋斗,却是一份沉甸甸的回报。为了取得这份成绩,川东北会战付出的代价,相比以往历次会战,依然不小。川东北会战虽然没有隆桂会战中常天尧等42名烈士书写的悲壮,但川东北线战场指挥、副指挥殷宗才与丁明礼的辞世,却依然令人唏嘘不已。

殷宗才那么刚强的一个"角色",平时看起来身体壮得像水牛,但说病他就还是病了。

他的肺部经过石油总院的检查,有块吓人的黑疤,诊断结果是肺癌晚期。但是,尽管他被判了"死刑",在医院拿了些药后,他还是回了川东北的七间桥前线。临走时,主治医生说:"殷宗才,你都病成这样了,就莫回去了!"

"要回去,我不回去不行。"殷宗才说。

"为啥呢?"

"我不回去,七间桥要乱套。康部长下达的'300亿'任务,现在上面虽然追得不再筋绷火扯[1]了,但我们还是不能松懈,还要继续搞!"

殷宗才不听劝阻地回了七间桥。他回去后,为寻找更大的勘探领域,就同副书记彭兆申、副指挥史新权这些人,带领地质人员开始在川东北的山川河流之间奔波。

1981年,春节过完没两天,殷宗才对基地医务室的医生和在家的领导说,要去城里看医抓药,其实他是让司机将他拉到雷音铺构造去了;1982年,沙罐坪构造的第一口探井即罐1井出现井喷,听到这个消息,他高兴极了。

这个让他几乎忘记病痛的消息预示着,川东北会战又收获了一

---

[1] "十万火急"之意。

个新的气田。川东矿区虽有28.7平方公里之大,但要找到新的能源接替却非易事。这像猎人扛着刷子枪[1]搂草打兔子一样,要一座山一座山地去找,一个草窠[2]一个草窠地去寻,一枪接着一枪地去打,否则你就不会有所收获。

殷宗才病得快不行了,人一劳累就会吐血,可他一听罐1井有情况,还是从养病的床上一下跳起,赶过去了。许多人想把他按住,结果却拿他没办法,最终只能由着他去。不过,别人虽然制服不了殷宗才,但杨型亮、董金壁却能将他"吼拾"[3]得了!董金壁让司机和秘书将殷宗才像押犯人一样,开车弄到石油总院,让他在成都医院一边当领导,一边治病,结果他的病还是就像船已下滩,没有回旋余地。他在总院待了一年不到,54岁就去世了![4]

殷宗才前脚刚走,川东北会战的副指挥丁明礼也因患有癌症,后脚紧跟着随他走了。丁明礼虽然没有什么文化,可从部队转业分配到四川石油管理局工作,经过一番刻苦努力,不但成为生产骨干与技术能手,而且当了领导,给殷宗才当副手也同样游刃有余,群众威信极高。

丁明礼的诊断结果出来之后,指挥部党委决定让他离职治病,但老丁和殷宗才一样也犟得不行,哪也不去。他舍不得七间桥,坚持上井场指导工作,到最后病得实在动不了了,他也还是一个人坐在基地单身宿舍的一间草棚门口不走。他48岁去世。四川局给他举办了追悼会。他独自坐在门前不愿离开的样子,还让不少人觉得他一直都没离开七间桥。

"不仅当年的人忘不了丁明礼,这些年参加川东北会战的老人每次搞聚会活动,大家也都记得他!"刘云鹤说,"丁明礼去世之前,经常披着

---

1 川东北猎人用的火药枪。

2 "草丛"的意思。

3 "收拾"的意思。

4 摘自本书作者对刘云鹤的采访笔录。

一件军大衣，守住一个火炉，眼睛眨也不眨地望着基地的大门发呆。别人问，老丁你在看啥子，他也从不回答，因此，'老丁到底在看啥子'这就成了无解之谜！"

刘老说完这些，背着双手走了，夜色中，他的一头白发和消失在灯影中的背影，依然像个"传说"。我们知道他走以后，川东矿区石炭系的故事并没结束。在我们对川东矿区的持续打望中，应该还会有人如期而来。

一块好钢

中国石油集团公司副总裁李鹭光在他作为资深"石油人"的职业生涯里，有31年是在四川盆地度过的。他从大学毕业后来到四川盆地，个人际遇可谓纷繁，不过，有两个记忆每当向人提及，就会让他觉得如同昨日。

这两个记忆，一个是女歌唱家朱逢博唱红大江南北的歌曲《年轻的朋友来相会》，一个是四川盆地天然气工业发展历程中的第二阶段，即川东矿区石炭系发现之后的大发展时期。他说，朱的这首歌收在一盒名叫《燕南飞》的卡带里，不但大学校园里的青年学子会唱，30多年以前，他来到四川盆地，不少井场的年轻工人无论上下班，有事没事的时候也喜欢哼唱。而关于石炭系大发展，在他的记忆中，又是和朱逢博歌曲引领的风潮联系在一起的。

李鹭光告诉我们，四川盆地天然气大发展历程的五个阶段，他经历了其中的"石炭系发现""飞仙关和长兴蛟滩发现""须家河三叠系发现""寒武系龙王庙和震旦系灯影组发现"四个阶段。早年的"川南二叠系发现"，他虽然没能赶上，但在四年的大学校园生活中，他从参加威远会战的老英模、老劳模的事迹报告会带给他的耳濡目染中了解了不少，因此一点也不陌生。他对西南油气田的历史发展，可谓了然于心。

李鹭光来到川东矿区，在承担了"川气出川"重任和引领四川油气工业穿越"十年生死线"的这片土地上，川东矿区和川南矿区的两支会战队伍，根据石油部党组的意图，已于1983年10月重组，分别以"四川石油管理局川东钻探公司"和"四川石油管理局川东开发公司"的名义挂牌。

两个新成立的公司，同为四川石油管理局的局属二级单位。

他分配到四川局参加工作，最初是到川东钻探公司担任实习技术员。这家公司虽然地处云台乡一隅，当年却是中国石油工业第一家经过专业化重组的最大也最专业的油气钻探公司。川东钻探钻的气井，不但在四千到五千米左右，属于全国井深最多的油气探区，而且川东钻探的设备当时也是国内最先进的。他记得"这里的40多台大型钻机，都是从罗马尼亚进口的，简直棒极了！"

从李鹭光时隔30多年仍然充满自豪的讲述中，我们发现作为一名实习技术员，那时他对川东钻探装备的满意度，已和四川局承担"川气出川"任务时的装备不一样了。这种区别，除了时间带来的客观事物之变，还与中国石油按"四三方案"引进国外先进技术的背景有关。

进入70年代，国际形势发生了根本变化。1971年10月，我国在联合国的合法席位得到恢复。1972年2月，美国总统尼克松来访，开始了中美关系正常化的进程，两国政府签订了《联合公报》。同年9月，日本首相田中角荣访华，宣告两国正式恢复邦交……国门的打开，使我们有条件开始了解国外石油化工的最新动态，引进先进的设备和工艺技术。

…………

毛主席、周总理先后指示，中国要引进建设一批石油化工、化纤、化肥装置，以解决人民群众的穿衣、吃饭问题……

1971年底，李先念副总理在国务院主持会议，听取了康世恩的汇报。当时，国务院的许多领导第一次听到国外石油化工发展的近况，以及乙烯装置这个概念，都非常高兴。原油出口增加后，外汇收入迅速增加，周总理提出，要拿几十个亿的外汇出来，从国外引进一批先进的技术设备，推进我国工业、农业的现代化进程。他把编制计划的任务交给了负责计委工作的余秋里。余秋里深知国家拿出几十个亿美元的外汇不容易，必须要把好钢用在刀刃上。他召集有关部门反复研究、论证，最后编制了一个引进技术设备的方案，这个方案共用外汇43亿美元，因而，被人们通俗地成为"四三方案"。[1]

因此，通过李鹭光提到的"40多台大型钻机"，结合《百年石油》的记载，不难看出，经过20世纪70到80年代的发展，四川石油管理局挺过艰难的十年岁月之后，随着中央"四三方案"在四川的落实，仅川东矿区的钻机数量与钻机的先进程度，就已经发生了翻天覆地的变化。

这种变化体现在：一是，川南矿区派出的川东北会战队伍，6支钻井队当时拥有6部钻机，川东矿区组建的川东会战队伍，7支钻井队当时拥有7部钻机；二是，无论川南还是川东矿区，在支持会战上，无论基于文献记载，还是结合当事人刘云鹤的讲述，都提到两个矿区均拿出了各自"最好的钻机"的事实；三是，李鹭光在川东钻探公司担任实习技术员，参加川东石炭系后续开发时的钻机数量，比前十年已多出27台；四是，川东石炭系勘探开发第一阶段，钻井队使用的钻机品牌不明，而李鹭光被分配到川东钻探公司时，他见到的钻机"都是从罗马尼亚进口的"。

---

[1]《百年石油》编写组：《百年石油（1878—2000）》，石油工业出版社2009年版，第177—178页。

这种变化可以说明的事实还有：一、川气出川这项"通天工程"虽然被国务院叫停了，但因该工程赋予的形势任务带来的后续促进，即紧随川东石炭系大发现之后，川东的勘探开发不但没有因此而受影响，反而还可从机构重组与钻机数量及先进性提高上，看到川东石炭系勘探开发的持续升温；二、通过钻机数量增加、公司制建立与专业化细分，不难看出川东勘探开发对企业发展的促进，已和以往的企业发展模式形成了明显的差别。

这一切的变化，也许还与党的十一届三中全会召开带来的中央将"人民群众的吃饭穿衣问题"视为工作重点有关。

农业是国民经济的基础，中国一直以7%的耕地面积养活着占世界人口近四分之一的人民。化肥对于农业的增产作用十分明显，可以达到30%以上。因此大力发展化肥工业，关系到以农业为基础、以工业为主导、发展国民经济的总方针。13套大型合成氨、尿素装置，分别安排在四川泸州……大庆等地，还从美国、荷兰、丹麦、日本引进成套设备和技术……

余秋里、康世恩对这些重点引进项目的工程进展情况非常重视，提出"管理要严，质量要好，速度要快，投资要省，标准要高"的要求……

"四三方案"引进的技术设备，不但增强了中国基础工业的力量，增添了新的工业门类，提高了现代化技术水平，而且培养了一批能掌握现代化先进技术的工人和管理人才。

从经济效益上看，也取得了令人瞩目的成果。1978年6月，已经建成的7套大化肥装置累计生产尿素361万吨，如果进口同样数量的化肥，按照当时的国际市场价格需要5.2亿美元，超过进口装置所花外汇的一倍……1977年，第一座引进的大型化纤装置在上海金山石油化工总厂建成投产，每年可向全国每人提供一米的化纤织物，解决了人民"穿衣难"的问题，结束了纺织品凭票供应的历史。[1]

因此，李鹭光来到川东钻探公司，赶上的时代是一个好时代。这个时代因有化肥对五谷丰收的保证，和"全国人均一米化纤织物"，将国人拾掇得有模有样，虽说距离丰衣足食的日子尚远，但也已明显与他的前辈——石油地质专家、原四川石油管理局副局长王宓君参加工作之初的时代不一样了。

王宓君走出大学校园，在西北戈壁滩上找油，四处可见的那些"麻袋人"[2]，在李鹭光来到云台乡川东钻探公司机关报到时已经绝迹。尽管云台乡那条叫"牛屎街"的土街一下雨，还是十多年前川东矿区党委书记王志民到任时赶上的那种泥水汤汤的样子，但一遇周末或天气晴好的休班日，钻探公司的男青工手里提着一台收录机，已将邓丽君的《甜蜜蜜》连同20世纪80年代中后期的风潮，"甜蜜蜜"地荡漾在牛屎街；一头秀发烫成"上海式"[3]，穿着喇叭裤、左肩右斜地背着小坤包的女青工，她们摇曳多姿的身形随着邓丽君歌声的牵引，也在牛屎街上"风吹杨柳"起来。

李鹭光在机关办完人事交接后，和一名工农兵学员一起去井队。不但他作为一名石油学院的本科生受到了大家的欢迎，就连与他一起上路，感觉自己的文凭没有李鹭光过硬而略感羞愧的工农兵学员，也受到了队长、指导员老远伸出双手主动来握的礼遇。他和工农兵学员在井队报到后，经常被通知去机关参加各种培训。由于培训要与评定职称挂起钩，所以李鹭光要参加的各种考试，一时让他有点应接不暇。

---

1 《百年石油》编写组：《百年石油（1878—2000）》，石油工业出版社2009年版，第179页。
2 见本书第一章《经略西北》部分。
3 20世纪80年代中期，女青年中比较流行的一种发型。

他的头上虽还戴了一顶"实习技术员"的帽子，但实际工作需要却将他推上了"独当一面"的位置。

当时，川东钻探的青年知识分子一般由中专生和大专生构成，像李鹭光这种本科生少之又少，因而他被领导重视一点也不奇怪。

虽然衣被天下、吃饱穿暖的中国，正在经历从"四个现代化"[1]到"市场经济"的巨变，但相对李鹭光求学期间的城市生活，早年"西油人"四处为家的生活，却依然非常艰苦。他到井队，没多久就遇上了转场。这种从上一个井场到下一个井场的颠沛动荡，对深受"哪里有石油，哪里就是我的家"之熏陶、教育的老同志来说，倒也不算什么，不过对李鹭光而言，却还需要一个适应过程。

机关运输部门接到井队需要转场的电话后，就派一辆"老解放"去完钻井场的附近停着。井队的百十号人，一见车子来了，条件反射一样地抢着向上攀爬。等人像土豆一样装满车时，司机就拉着大家，或在车后扬起一串泥烟，或者掠起一股泥浆，向新的井场疾驰而去。那时，由于李鹭光除了身上背着的铺盖卷儿，手里还多了一个装满业务书籍的木箱，所以他的行动显得要比别人迟缓。等新井场到了，别人不管不问地争着下车，他却又像上车之前一样躲在一边礼让，等大家一窝蜂地全下完了，他才在人们异样的打望中，有点"另类"地搬着书箱，最后下车。

井场四周还不瓷实的一片浮土上，搭满大小不一的席篷。夏天，又闷又热，蚊虫也来叮咬。冬天，由于四周的竹编篱笆加上稻草围栏并不御寒，因此，住在篷里的钻井工人往往冷得手脚冰凉。一线井场的工作及生活用水，是用抽水机从附近堰塘里抽过来的。钻台作业用水，煮饭、洗脸、漱口用水都一个样，其中滋味，自然也就显而易见。

刚参加工作的头两年，野外生活的艰苦，的确让人感到吃不

---

[1] 最初由毛泽东在读苏联《政治经济学教科书》时提出，演变至1989年前后形成的"邓小平理论"，已经泛指工业、农业、科技、国防领域的"四个现代化"。

消。那时，我甚至有点想打退堂鼓，怀疑自己是不是高考前选错了专业，分配时来错了单位。好在这种不适应很快就被我给克服了。

当然，我能克服野外生活的困难，并不说明我的素质有多好，而是主要源于三个方面的自省对这种"不适应"的自我纠偏。

第一，公司落实中央关于重视人才的文件精神很好，我一来就让我挑大梁，让我觉得这里需要我，我呢，觉得无论再有什么困难，至少应该咬牙坚持，不能当逃兵。第二，我们井队无论队长还是指导员，他们都很关心我这个"知识分子"，随时在生活上关心我。就拿晚上睡觉来说，大家睡的是通铺，一个班、两个班甚至三个班挤在一个篷子里，就像西部电影里的骆驼客一样，而我与那位工农兵学员，由于我们是井队实习技术员——"准干部"，所以，享受的待遇要比别人好出很多，不但我们两人一个篷子，而且我们还有床，其他同志则挤在一起，睡在木棒加铁丝捆扎、铺着稻草的架子上。你说受到这样的照顾，我还能再打退堂鼓吗？第三，一到晚上，只要不上班，我们就将煤油火把插在井场上跳舞。这个舞和现在的广场舞有点一样，只是我们跟着一台录音机，踩着朱逢博歌声的旋律和啥子"阿里巴巴是个快乐的青年"的节拍，跳的是交谊舞、迪斯科；她们现在跳的是什么"鬼步舞""豪横舞"……哈哈！一跳舞，队里的司钻、炊事员、卫生员、水处理工、泥浆工还有油机员都很高兴。我们一跳舞就忘了劳累，跳成了"快乐的阿里巴巴"！

于是，这种艰苦火热的生活过了一阵子以后，我也能走出自我，把自己融入集体，实现了从一名大学生到一个一线钻井工人的角色转变！[1]

---

1 摘自本书作者对李鹭光的采访笔录。

在川东石炭系发现之后西南油气工业的大发展时期，李鹭光当年所在的钻探公司在卧龙河打了不少气井，至今他还记得，他们打的"处女井"是卧91井。这口井，上级没说这是勘探井还是开发井，大约有5000米的深度。他说，卧91井打了将近10个月，结果放喷后产量却并不高；至于有人说石油工人打井就像医生打针一样，能将钻头"一针扎在地球的大动脉上"，还能"见油见气"，其实这是不太准确的文学表达，与实际工作差得很远。

卧91井的成绩尽管不太理想，但它并没影响云台基地派出的"老解放"，又将李鹭光他们从卧91井向充满希望的邻水县拉去。

到了邻水县的井场，他的师父跟着"老解放"回云台，去参加四川局举办的业务学习班，他的实习阶段这时虽然还没满期，不过，自从队长找他谈过话后，队上还是给他作了技术员的定岗安排。这样，李鹭光的工作性质就发生了变化，就是说，他要给全井队的100多人写任务书了。

他所在井队的大致情况是，每天3个班连轴轮岗，一个班工作8小时；如果第一班从早8点开始轮换，那么，他就必须在7点之前将任务书提前写好，明确这个班在8小时内该干什么；又如从早8点到下午4点的班，任务是钻井还是起钻、下钻，包括其中的辅助工作，甚至像"接防喷器"之类的细节，李鹭光也要在任务书中不容半点马虎地写清楚。

李鹭光的师父在云台基地培训结束之后，队长、指导员一起向机关反映，说"这个大学生业务能力很强"，机关也没在乎他实习期没结束，就把他作为技术骨干，放心大胆地抽调到邻水县板桥河边的板5井救急。

板5井发生井喷需要撤钻，原技术员应对不力，组织上坚持能者为上的原则，及时换人，就将李鹭光顶上了。

他去板桥河面临的任务并不轻松。他说，板5井在钻探中卡钻，钻具如不及时捞起，就要侧钻另外再打新井，这在当年算是一种令人惊叹的新技术。该技术的关键之处，就是需要精确定向。钻头在地下不停工作，人在地上作业，既看不见，也摸不着，而钻头在地下，还处于涡轮高转速状态，仅一分钟就能达到几百钻的钻速。滑动轴承钻头不行时，就必须改用滚动轴承钻头，于是，钻头使用时间就只能工作两到三小时，最多不超四个小时。

"为什么钻头在地下工作时间不一样呢？"李鹭光说，"这要取决地下层位的松软度，遇到软层，钻头工作时间就长，遇到硬层，使用时间就缩短了。"

钻板5井，我们最先采用的是弯接头，这个弯度不大，在2到3度之间；随后是把握定向，将弯接头与动力钻具联系起来。

那么，这就有个问题需要弄清，即你一次朝某个方向去钻，怎么保证下一次下钻后，还会朝着那个方向去钻呢？

所以，我们每次都是将钻头一点一点地下，每次钻头只能工作一两小时，而且还必须将速度降下，又不能因为降速将工作停了。所以，打板5井的司钻在操作上都很用心。我写任务书，要将底层一个小格一个小格地画好，他们工作时，每次就只能一个小点一个小点地往下钻。

我们用的动力钻头，是靠泥浆泵带动涡轮转的。就是从井壁弄出一个全新的钻孔，然后再侧钻过去，整个过程复杂而又专业。那时，打井不像现在有地质导向的辅助，完全依靠手工。因此下钻前，要在弯接头上做个基准。9米多的钻具，假如你要钻2000米深度，那么，你就不仅需要动用200多根钻具，而且还要在每根钻具上打上与之适应的角差。

这样一来，就需要人在钻具两头去打钢印。比如原来的井斜度是30度，反向测试，就要朝着210度的方向定位，同时还要根据地层倾角去作定位，即参考综合因素，然后选择打井的方向。所以，我们要在靠近钻具的公口端打上钢印，母口端也要打上一个钢印。这些都是由人力手工来操作的。

因此打板5井，从下钻到起钻，全过程我都要在钻台坚守，不敢随意离开，连上厕所也提心吊胆。

井钻得深，起钻时间就会长些，休息时间就多一点。如果井浅，只钻一千多米或几百米，那么休息时间就短了。因为起钻后，司钻还要继续下钻，所以一天24小时只能连轴转了。还有，从钻具准备到正式下钻，每次都要历时10到20天。如遇到地层需要慢慢形成井眼，时间就会更长一些。[1]

李鹭光在板5井当技术员，与一线钻井工人一起兢兢业业地打井。当时他们采用的这种精准定向术，直到四川局后来从美国进口了单边测斜仪，他们下钻前坚持"打钢印"这样的纯手工活才算正式退出历史舞台，但这是许多年之后的事了。

石炭系大发展之前，四川局为已被中央下马，但基于生产实际仍需继续坚持的目标而奋斗时，川东的气井由于地下构造险恶，一般都很难打。川东地层出现断层的现象非常普遍，司钻根据计划打的点位，打到最后，往往打到另一点位去了。有的井队如果运气不好，遇上断层，这就很麻烦了。你辛辛苦苦地干了八九个月甚至一年多，最终却没遇上天然气或者打至目标层，这给国家带来巨大损失不说，而且你还总是打些"干眼眼"，对大家的积极性也是极大的挫伤。

"所以针对这种情况，我们在钻台就要采用提钻侧钻技术，想法将遇到的地下断层让开。但采用侧钻技术，一旦将井打得太斜，也是不允许的。所以，在用打斜井的技术对付地下断层时，还要对纠偏环节保持足

---

[1] 摘自本书作者对李鹭光的采访笔录。

够的重视。"李鹭光说,"1993年,中石油在西安召开中部油气储量预审及圈闭评价大会,我在会上做了专题汇报,可以说,我们在打侧井技术的摸索与积累上,还是在中石油开了历史先河的!"

在这次会议上,不但李鹭光介绍了经验,将川东钻探打侧井的技术与同行们作了分享,四川盆地爆出的"四个大发现"与"两个进展"的喜讯,也无不让人倍受鼓舞——

> 1993年,是我国天然气储量增长最多的一年。其中四川气田取得四个重大发现,两个重要进展,探明储量和控制储量分别以111%、128%完成了全年任务。
>
> 新发现的南门场构造带,有望像大天池那样形成整体含气带。最近完钻的门3井,获得日产118万立方米高产气流。七里峡构造带胡家坝构造较高部位的七里24井,是川东地区产量最高、储层最厚的一口井,日产天然气高达232万立方米,说明七里峡构造带还可向南延伸……两个重要进展:一是大天池构造发现5个含气构造,已完成的17口井中,获得气井12口,义和场、五百梯等构造上也打出了高产井;二是川中八角场气田经过深井射孔与压裂测试,储量和产量都有大幅度提高。[1]

经过几年的摔打与磨炼,现在看来,李鹭光当初在川东吃过的苦,对他来说已经不在话下。不过当时他在川东山区作业遭遇的寒冷,却是铭心刻骨的。那期间,李鹭光上的是下午2点之后的班,他站在钻台上,中途除了被人替下去吃晚饭,其余时间就在钻台上站着,迎接肆虐的风雪,集中精力,将钻具不断提起,又不断放下。手指与钻具产生接触,尽管戴着劳保手套也有明显的黏贴之感。他在钻台坚守了一个通宵,直

---

[1] 胡德沛:《岁月的痕迹》,《1993年四川气田四大发现》,石油工业出版社2003年版,第22页。

到第二天早上 8 点有人来接替时，才能脚步跟跄地离开钻台。他说："由于那段时间总上夜班，人与风雪经常要在夜间保持持续的对抗状态。我们这种工作环境，行业之外的人，没有几个能够承受。"

为了打好定向井，李鹭光将关注的问题放在对"打井过程中，打不到目的层如何打好侧井"的摸索上。他们打池 39 井的时候，没有到计划的目的层，就利用打侧井的技术打池 39-1 井，结果该井完钻后，获得了高产气流。四川石油管理局根据李鹭光摸索总结的技术经验，乘着盆地油气工业 20 世纪 90 年代中期"四个大发现""两个进展"的东风，又在石炭系大池干高陡构造进行推广，并获得了整体性的突破。局领导夏鸿辉陪同总部一位领导到川东检查工作，听了李鹭光的现场汇报，总部领导说："老夏，小伙子是块好钢，是搞技术的好料啊！"

早在 1977 年 5 月 24 日，党和国家领导人邓小平就曾指出："一定要在党内创造一种空气：尊重知识，尊重人才。"从而拉开了人们对"文化大革命"期间极左思潮盛行时的"知识越多越反动""知识分子是臭老九"等害国误民谬论的抵制。但李鹭光刚到川东钻探时，"知识分子是臭老九"的意识一时还没根除，因而，尽管当时的四川石油管理局、川东钻探公司和他所在的井队，各级领导对人才都很尊重，但很多时候一些"工农兵"干部还是对他们这些大学生不太待见，还抱有抵触情绪。不过，随着大环境对小气候的改变，这些还是很快就像风一样地过去了。

所以，李鹭光在井队待了两年不到，钻探公司党委在研究干部使用时，就将他从基层调到了机关的钻井科工作。到了钻井科，李鹭光一下有海阔天空的感觉，从此有了施展个人能力才干的舞台。那时，40 多台罗马 6500 大型钻机，在川东大发展的热潮中日夜轰鸣，每月开钻的井场很多。钻井科的领导觉得李鹭光既然是一块好钢，那么就该毫不犹豫地将他用在刀刃上——让他单独负责事故处理。一接告急电话，他也乐意去跑一线。

一年300多天，李鹭光从机关所在地云台乡出发，下基层、跑井队的时间就有270多天。这项工作，比他在井队当技术员还要显得辛苦，不过却非常锻炼人，因为李鹭光每次在基层遇到的问题都不一样，因此处理事故的针对性也得到了很好锻炼，技术经验一天比一天丰富了。

云台乡，这个老一代创业者开辟的生活基地，一条牛屎街像根扁担一样横挑东西两头。当街上走过20世纪80年代的"喇叭裤青年"之后，90年代由于市场经济大潮的汹涌，务实淳厚的市井民风，已让这里的物质文化生活变得日益单调乏味。钻井科、地质科、调度室等机关科室的干部、技术员，中午及晚上在食堂吃过饭后，没事一般不回家和宿舍，他们饭后爱往办公室跑，到了晚上10点钟之后才会陆续离开。这在当时确实是一种很好的风气。

一个大办公室，待着八九个人，下班以后和节假日，除了值班的人，其他人也喜欢在办公室窝着。这样也好，遇到有事的时候，人家马上就能凑在一起商量。当然，实在没事的时候，他们也会在办公室下下象棋、打打扑克、摆摆龙门阵，这样，也算就将娱乐活动搞了。

有一次，开江井场给钻井科打电话，要这边送个弯接头去。云台到开江有300多公里，当时，川东钻探的各路人马在这里云集，正按地质学家藤耀坤、冉隆辉等人编制的《四川盆地大天池构造带石炭系气藏开发设计方案》，寻找盼望已久的"大场面"。由于通信设备很差，电话信号不好，接听电话时，需要一站一站地通过总机转接，遇到雷雨天，因外线接地[1]发生故障，还要由话务员来进行人工传话。

李鹭光不停地拍打座机，将话务员"拍"出来后，让她并线传话，去问开江井队是不是要一个弯接头。由于这位话务员是个四川人，"弯"在四川话里常被读成"歪"，因此，她就根据李鹭光的提示，不断去问开江那边的技术员：你们是不是要"歪接头"？李鹭光一听话务员将"弯

---

[1] 指被复线破损裸露，或被复线接口黑胶布脱落产生的线路触地现象。

接头"说成"歪接头"了，由于他是重庆人，当时还听不太懂四川方言，就急得大叫起来：是"弯接头"不是"歪接头"！加之受话器里全是"喔啰喔啰"的噪音，因此，他在电话里冲着话务员喊了将近半小时，直到声音都喊哑了，话务员还是无法听清，虽然他气得不行，却没有任何办法。后来，他就找一个工人出身的副经理，让他用四川话跟话务员交流，才将开江前线急需的"弯接头"确认下来，让处于待命状态的司机立即开车送去。

李鹭光说，在云台基地，每天夜里 10 点之后，等办公室的同事都陆续离开了，他才去写那些貌似永远也无法写完的技术材料。那些材料领导和上级机关每次都要得很急，都有时间节点的具体要求。比如局里要开技术座谈会，石油部的有关部门要求上报材料；比如川东地区的每一口气井都要撰写一份专业技术报告；等等。由于这些材料单位都交给他写，因此熬夜对他来说，既是工作，也是家常便饭。如果熬夜太累，需要休息一会儿时，一般他会去洗一把冷水脸，清醒一会儿接着又干；或者打开抽屉，拿出 CD 机去听一会儿朱逢博唱过的歌儿——《年轻的朋友来相会》；这首歌，因有"再过二十年，我们来相会"和"回首往事心中可有愧"的歌词，因此某种程度而言，实际也是一首属于李鹭光和他们那个时代的励志歌曲。

春风谣

如果说从朱逢博到总政文工团歌唱家董文华的歌曲蕴含了一个时代的情绪及情感的密码，那么，这个前提无论用在李鹭光，还是用在夏鸿辉身上，应该都不至于离题太远。李鹭光听着《年轻的朋友来相会》，实现了他从一名大学生到一线井队技术员的角色转变。然而夏鸿辉呢？比如在他主政西南油气田的时代，听着已在耳边响彻整整 7 年、此后或许还要继续传唱下去的董文华唱红的《春天的故事》，他又作何感想？

"夏鸿辉，生于1943年，1965年毕业于北京石油学院勘探系。担任过基层技术员、处长等职；1985年至1996年任四川石油管理局副局长；1996年到1999年任四川石油管理局局长、党委副书记；1999年担任西南油气田公司党委书记、总经理。系第九、第十届全国人大代表。"政治比较学博士、学者王林先近年从事"中国领导人思想与国企经济学及西南区域经济发展"研究，曾对"西油工业集群"与"川渝经济增长"进行观察，谈到夏鸿辉与西南油气田的改革问题时说：上世纪60年代以来，夏一直在西南油气工业地质物探一线工作，不但对巴山蜀水每片土地的地质结构了然于心，还是四川盆地勘探规划部署、重大技术问题研发的主要组织者、决策者和推动者。在夏老的职业生涯里，他曾根据改革开放"总设计师"邓小平的理论，组织西南油气田的专家学者、科研人员，对四川盆地进行过正反两个方面的总结，提出了勘探工作要结合历史、认清现实、务必实现的"三个转变"：

首先是勘探目的转变。以大中型气田为勘探开发目标，他坚持把层状孔斜性储层列为重点。自四川石油管理局首任局长张忠良奉命入川，组建、领导大西南的石油队伍，在川渝两地开气找油以来，四川盆地从20世纪的50年代到80年代，无论石油部组织、四川局配合，全员全程参与的川中会战、威远会战，还是"西油"自己组织的隆桂会战、广宁会战及川东会战、川东北会战，基本都以缝洞型气藏，即大家常说的洞洞缝缝为主，他和"西油"专家重新规划勘探思路时，将旧有做法及时调整到裂缝孔隙的目标上，这样一来，勘探开发的指导思想就与过去不一样了。

第二个转变，是勘探战略转变。夏鸿辉在当副局长和局长期间，对勘探领域做了不少建章立制的基础工作。比如在他领导下，西南油气田进行了地质勘探的综合研究。特别由于他们注重盆地油气分布规律的研究和对勘探领域的事先准备，把握了重点勘探、深化勘探和战略勘探三个层级的决策重点，在加强新区块和新领域勘探开发力度时，"西油"在接受"川气出川"任务时，遭遇的那种储量不足的压力，就能因气量增长而得到缓解。

第三，对地质勘探工作采取的管理方式转变。在夏鸿辉继杨型亮、董金壁、史兴全、蒋长安之后，接任党委书记、局长（总经理）之职的"新西油时代"，伴随市场经济的潮起潮落，四川盆地的勘探管理也和国内大型国有企业一样，随着中央领导人思想的时代演变，开始在国有大型企业的经营活动中发生了深刻的变化。这时，他们在勘探管理中引入市场机制，建构了勘探项目管理机制，即勘探公司和勘探事业部，就像《春天的故事》这首歌曲刮起的阵阵春风，吹开了笼罩世道人心的迷雾，继而打破了原有的计划体制为主、勘探力量分散的被动局面。[1]

在夏鸿辉领导四川盆地勘探工作时，西南油气田先后发现天然气探明储量4700多亿立方米，是1985年之前30多年探明总量的2.4倍，为实现企业的跨越式发展打下了基础。比如他们先后发现的潼南磨溪气田、邛崃平落坝气田、垫江沙坪场气田等30多个大中型气田，特别是在四川开江县与重庆开县境内于1980年发现的五百梯气田，2000年在川东北宣汉县发现的罗家寨气田，这两个合计储量上千亿立方米的特大型气田，无疑为四川盆地拥有全国首屈一指、"最大的天然气产销基地"之誉创造了条件。

1996年底，夏鸿辉全面主持企业工作后，"西油"提出了油气勘探开发注重经济产量、提高开发建设水平的思路，将提高天然气产量以满足社会需求作为重点，从资金、管道和净化等方面，逐一打通了制约天

---

[1] 摘自本书作者对王林先的采访笔录。

然气产量提高的"瓶颈",大大提高了四川盆地天然气的输送和调配能力,释放出了天然气的生产潜能。2000年,"西油"天然气产量登上80亿立方米的台阶;2002年,达到了87.6亿立方米。2003年的一次党委扩大会上,夏鸿辉对资料、市场等客观因素进行综合分析之后,又提出了五年迈出三大步的发展战略,即2003年天然气产量突破90亿立方米,2005年天然气配套产能达到110亿立方米,2007年天然气上产125亿立方米,使企业跻身"中国石油"千万吨级大油田的行列。[1]

2018年冬天,我们在成都府青路的石油小区,见到当年叱咤风云的这位改革家——现已退休的夏鸿辉时,发现他的气质与我们事先所想的很不一样。我们对夏老的想象是:作为一位长期深受邓小平理论熏陶,听着《春天的故事》,对五大矿区分布川渝各地、员工多达十几万人的大型国企,大刀阔斧进行改革的企业领导,他的体貌特征,或多或少应与蒋子龙的小说《乔厂长上任记》描述的改革英雄类似,哪怕不对他们进行详细对比,但至少在夏鸿辉的身上,也应该有几分言语粗犷、神色凝重的"改革家气质",来应和变革时代的人们对"公众英雄"身上那种"狠劲儿"的向往吧!或者说,出现在我们眼里的夏先生,虽然他已须发皆白,步态迟缓,但他脸上的神情,至少也有几分"当年的形影":比如"矿石般颜色和猎人般粗犷特征的脸:石岸般突出的眉弓,饿虎般深藏的双睛,颧骨略高的双颊,肌厚肉重的润脸——一切就是力量的化身"[2],等等。

然而,我们带着被虚构放大的"改革家"的"脸谱"记忆,面对西南油气田现实生活中的改革家夏鸿辉时,却没发现他与"乔厂长"之间有什么可以产生联系的蛛丝马迹。在我们眼里,夏鸿辉不仅与《乔厂长上任记》的主人公即乔光朴的人物样貌相去甚远,甚至连与他同样曾为

---

[1] 西南油气田办公室内部材料:《川渝油气工业的领路人夏鸿辉》。

[2] 王如青:《用多种手法刻划人物形象——和运用白描的写作技巧》,《天津师范学院学报》1981年第3期。

"西油"老领导的局长董金壁的严肃认真、说一不二比照,也并不相像。

夏鸿辉退休后,除了偶尔以中国石油学会天然气专业委员会主任的身份离开成都外出参加学术活动,其生活与一个成都"邻家老伯"的日常已没什么区别。他同我们谈起当年面临的各种问题,其实远比乔光朴面临的问题还更宏大、复杂,只是这些在他看来,却早已云淡风轻——

1996年到1998年,具体说,有大约一年多,西南油气田的一些事情与我有关。其他时候的一些事与我也有关系,但那不是重点。我们就在这个院子里边走边聊,把这一年多的一点事和你们说说,也就差不多了。

先说高兴的。

1996年10月,国庆节之后没过几天,当时,国务院总理李鹏视察三峡工程,路过重庆,把我们四川石油管理局的领导班子叫去谈话。到了谈话时,他单独接见了四川局当时的局长袁光明,我们另外几个班子成员在一个大房间边上的一个小房间里等候。

老袁笑眯眯地走出来,我们就忙着去问:"谈什么了?"他说:"谈化肥了!"我们又问:"咋谈的?"老袁又说:"总理问,西南地区的'大化肥'是不是吃饱了?我就对他说:吃饱了!"

袁光明这么一说,我们几个都很高兴。为啥高兴?因为这一年,四川局下边的6个气区、大小82个气田储量,具备了每年72亿立方米的产能,占了国内陆上天然气每年产能的43%。有了这些储量和产能,我们还建了8000多公里管线和600多个集、配气站。

我们修建这些管线和站点,是为了向四川、重庆、云南、贵州的700多个化肥厂输送原料气,这些厂用我们的天然气生产化肥,源源不断地送到农民手里,粮食的丰收就有指望了。

所以,我们当时采取了多产多销、增收增效的办法,去保供化肥厂,这样,我们的日子就开始好过,化肥厂也有钱赚,农民也丰收了，这个当然是一件高兴的事。但是，两个月之后，袁光明卸任局长，根据中石油党组的安排，由我来接替他，主持全面工作。

时任国务院副总理吴邦国到重庆主持产业结构调整会议，又把我和党委书记陈应权喊去谈话。这次谈话，却让我和老陈喜忧参半，感到不是滋味。[1]

时任国务院副总理的吴邦国见夏鸿辉和陈应权向他走去，和善地站起来，同他们一一握手，然后，让两人在他左右的沙发上坐下，怀着歉意地说："这次太忙，没到你们川东气田走一走，等下次再来，一定要去看望大家！不过，这次到重庆来，你们中石油的领导倒是一路讲了不少，川东气田的情况我也听了不少。从目前全国天然气的产量来看，你们四川和川东的气田还是很不错的！"

吴副总理说："我这次来重庆，是因为这里很快要改中央直辖市，从产业结构看，天然气化工是重要的支柱产业。接下来，重庆第一要新建几十万吨的化肥厂，几十万吨的合成氨厂；第二要利用天然气制造甲醇、生产乙烯。中央担心的是，重庆一定要有原料气，没有原料气，这就不好办了！"

夏鸿辉、陈应权立即站起来，一个说："请副总理和中央放心！"一个说："我们的资源储备好了！"

吴邦国环顾左右，招手示意他们坐下，继续说："川东气田的产量据说是40多亿立方米，四川局目前一年的产量是70多亿立方米，'九五计划'期间，你们的增产计划、重庆的经济规划是按全四川增加30亿立方米做的，如果这30亿无法落实，那么，后面的工作就有些不好开展。"

夏鸿辉说："您放心，这个没有问题！"

陈应权说："我们一定完成中央交给我们的任务！"

---

1 摘自本书作者对夏鸿辉的采访笔录。

吴邦国笑着说:"好啊,这件事就拜托你们,这对重庆来说是至关重要的,你们做好了,他们以后的工作就好开展。这既有利于重庆的发展,也有利于你们的发展,我就拜托你们了。"

"还有一点就是,你们四川局是个老区,不同于塔里木那样的新区,新区是新体制,老区有老传统、好传统,石油战线好传统很多,但也有个问题,就是老区人多,你们是11万职工吧!这还不包括退休人员,我看,在调整产业结构上,你们要抓重点,多搞一些产业,多减一些人员,11万'子弟兵'——不得了呀!要把生产成本降下来,减员增效,这是重要的一条。所以,一要做到多元开发,二要搞好人员分流。只有把成本降下来,效益才能提高,企业才会发展。"[1]

吴邦国离开重庆3个月之后,八届全国人大五次会议通过了设立重庆直辖市的议案。重庆当时属于四川石油管理局所辖的钻探公司、开发公司、测井公司、运输公司、仪器厂等二级单位,共有大约3万名职工,根据中石油党组的指令,在重庆改为中央直辖市之后,这些单位仍由四川局统一管理。

刚才,我讲了我在四川局主抓全面工作之后的两件事,一件事可以算喜事,第二件事,算是半喜半忧。

重庆改直辖市后,中央要在那里建化肥厂、合成氨厂、制造甲醇乙烯的工厂,这是喜事,但减员增效这个事,一听就让我和陈应权感到难受了。

四川石油管理局11万人走到当时的状态,很不容易!

关于减员增效,我们面临的问题是"怎么减?"和"手心手背都是肉"的问题……还有"两个会"和"一件事"也是半喜半忧,我也顺便说说。

---

[1] 胡德沛:《岁月的痕迹(新闻作品选集)》,石油工业出版社2003年版,第45—46页。

头一个会是四川石油管理局改称四川石油公司不久，我们根据中央的文件，把我们这个公司从四川划转到中国石油集团公司去；第二个会是我们四川"石油人"搞的成立40周年的庆典大会。根据时间顺序，我就先给你们讲讲第一个会和那"一件事"，纪念建局40周年的这个会，我想还是放在最后再讲。

四川石油公司划转中石油的大会，是香港回归祖国之后第二年的5月份召开的。当时，根据国务院的14号文件——当然，也是为了中石油、中石化这两个集团公司在这一年继续加快组建的步伐，四川、重庆、内蒙古、辽宁、吉林、黑龙江、西藏、陕西、甘肃、宁夏、青海、新疆等12个省市自治区的石油公司与吉林的两家石油、石化集团公司，转划给了中国石油集团，其余像北京、上海、江苏、江西、海南等19个省市自治区的石油公司，被划归中国石化集团所有。

我们是全国12家石油公司中，被率先划归中石油的首家公司。

中石油现在有如此之大的规模，想想，我们在众多分公司中，也算最先进入的"老大哥"了。

在划转中石油的签字仪式结束后的几个月，我们正为11万职工办理他们与中石油的劳资关系转隶时，一天，时任四川省省长宋宝瑞突然叫我去省政府见他，听我汇报天然气的勘探与营销。

我告诉他，四川盆地的含气面积有18万多平方公里，根据当时的资料评估，天然气总量有7万多亿立方米，每年产量即将达到80亿立方米，还有20亿到30亿立方米天然气，正在寻找新的买方市场。这位省长听了我的汇报，当时讲了三个意见。他说：第一，四川的天然气该输出就输出，以前省里不让外输不对。现在省里的观点是，只要能保证四川所需的天然气，你们输到哪儿四川都没意见，都支持，只有这样才能充分地利用资源，才能搞活企业。第二，四川的天然气，不能总把资源窝在四川，把钱总是埋在地下。你们往外输气，我们收税，这是何乐而不为的好事。第三，你们外输天然气之前，还要下功夫做好四川的管网建设，并把发展民用气当成大事来办。这件事，是为四川父老乡亲谋福利，让大家丢掉煤炭灶，扔掉蜂窝煤，煮饭烧水时，不用再用烟熏火燎的柴柴草草。把这个事办成，你们石油公司就算立大功了！

于是，我们就按宋宝瑞省长的指示，对11万川渝职工提出了"气化全川"的口号。这个口号，是从当年红四方面军提出的那个"赤化全川"的意思中借鉴而来的。这样来叫这个口号，就显得很有气魄，也对应了我们在四川经营发展几十年，用一个具体行动回馈四川人民的决心。

为了"气化全川"，我给大家提出了"勘探、开发、消费"的理念。

这个理念是说，根据四川经济建设和社会生活的需要，我们要加强宏观调控，按当时吴邦国副总理的指示，及时调整产业结构，在稳定化工原料气供应的基础上，大力发展民用气和车用燃料气市场。随后，我们就对全川21个地、市、州，除了攀枝花和"甘阿凉"[1]这些边远地区，进行了民用天然气的全覆盖，就连当时还没改名、升格的阿坝州的著名景区九寨沟地区，也用上了天然气。

为让九寨沟这种距离气源很远的地方用上天然气，我们想了不少办法，最后决定用"非管网"的方式来为它供气。"非管网"就是无管网的意思，具体说，就是它不是通过常规的输气管道接通气源，送往终端，而是将矿区的小产井、报废井里存留的少许天然气，经过分离、脱硫、压缩、储集，然后装车，送往远离输气管网的城镇及乡村，再经过调压计量之后，按需供给千家万户。

这项既节约能源又解决边远、分散地区用气并造福一方人民的

---

1 甘孜、阿坝、凉山。

技术，在解决九寨沟用气的同时，还获得了四川省十大科技成果奖和三项国家专利技术的资格认证。

所以，"气化全川"这项任务的完成，对我们 11 万职工队伍中的每个人来说，都是值得自豪和高兴的！[1]

但关于 1998 年 10 月 28 日纪念建局 40 周年的庆祝大会，夏鸿辉却貌似不愿谈及。不过，我们和他边走边聊，等他最终将这次大会的前因后果都说出来时，我们发现他的讲述虽然风起云涌，语气语速却已波澜不惊。

参加这次纪念大会的来宾有四川局的老书记、原石油工业部副部长黄凯，四川局历届党政领导代表，老红军、老八路及老同志代表和原四川局属成都地区各单位、机关处室领导，以及川渝 26 个电视收视点的干部职工。

纪念大会通过电视，向 11 万干部职工进行直播。

在低缓、雄壮的《石油工人之歌》的旋律中，老书记黄凯一行来到会场，发表了热情洋溢的讲话。黄凯说："1958 年，四川石油管理局成立。1978 年 7 月，我与老局长马文林将肩上担子同时交给了杨型亮、董金壁，到这次见到四川石油公司的领导陈应权与夏鸿辉时，前后两个 20 年相加，正好 40 年。"

"前 20 年，四川石油职工在荒凉大盆地里创业，初步建成了中国的天然气工业基地；后 20 年，四川石油职工依靠改革开放的政策和日新月异的科技，奋发进取，使四川油气田跨入了增储上产的高峰时期。40 年的成绩，使我这个四川石油老兵感到无比欣慰。我向全局 11 万干部职工表示热烈的祝贺和亲切的问候！"

黄凯说："回顾过去，四川局取得了突出成就：一是大家胸怀国家发

---

[1] 摘自本书作者对夏鸿辉的采访笔录。

展大局，大力发展四川油气事业；二是坚持科技兴业，丰富发展了四川盆地的油气勘探开发技术；三是依靠改革开放，积极参与市场竞争，取得了明显的经济效益；四是坚持'两个文明'一起抓，形成了具有厚重底蕴的'川油精神'！"

那天的纪念大会，气氛庄重而热烈，黄凯讲话结束后，当场为四川石油公司题词："四十年艰辛铸就大气伟业，十万人壮志再创新世纪辉煌！"

黄凯1915年3月出生于四川省通江县，1932年加入中国工农红军。转战石油工业战线后，他除了曾在四川局和石油部担任领导职务，还出任过中央纪律检查委员会驻石油工业部的纪检组长等职。

当他将饱蘸石油情怀的题词一挥而就，并在工作人员帮助下通过电视屏幕向26个收视点的观众进行展示时，川渝两地的11万"石油人"纷纷起立鼓掌，将纪念庆祝大会推向了高潮。

夏老原来不想谈起，终又言语平静地向我们道出实情的这次大会，是四川局自建立以来属于11万干部职工最隆重的一次纪念大会，当然，这也是他们从四川石油管理局根据中央文件更名"四川石油公司"、划转中国石油集团之后的第一次集会。

当然，对11万干部职工来说，无论回顾历史还是展望未来，这也属于他们齐装满员的最后一次集会了！

因为根据国务院关于加快国有企业改革的指示，1998年和之后的两年经济体制改革赋予他们的任务，他们要争取到20世纪末至21世纪初叶蜕变为国有大中型骨干企业，以适应2001年9月中国即将以正式成员身份成为世贸组织大家庭一员面临的形势与任务之需。简而言之，四川石油公司的任务，对总经理夏鸿辉、党委书记陈应权来说，这就意味着：一是带领大家完成时任国务院副总理吴邦国交代的支持重庆新建化肥厂、化工企业，为这些工厂提供大量原料气任务；二是继续推进"气化全川"工程的深化完成，以实际行动回馈巴蜀父老的厚爱和支持。在完成两项任务的同时，还要带领川渝石油工人去完成一项前无古人、后无来者的任务，即利用3年时间，通过改革、改组和改造，使四川石油公司作为国有大中型骨干企业的样板，尽快建立一套真正的现代企业制度，参与全球化的油气工业竞争。

从计划经济到市场经济的转型，对夏鸿辉与陈应权来说，加强工作的"两个针对"，已经成了当务之急。

第一个针对，即针对企业规模大、冗员多、机制僵化、效益差的痼疾，使企业甩掉连续7年亏损的落后帽子，在1997年至2001年的几年中，实现利税40多亿元。

这几年中，夏鸿辉、陈应权带领班子成员，针对企业通病，开展了解体"小而全"的工作，积极推行工效挂钩办法，实行了调整队伍结构和减员增效举措。1997年，根据中石油重组改制的要求，领导四川石油公司完成了重组方案编制、资产评估、主辅分离，以及资产、人员划分及交接等工作，使一个拥有11万职工的大型国有企业，在不到半年时间中实现重组，并且保持了平稳运行。

第二个针对，是针对老区天然气产量递减、成本逐年攀升的实际，夏鸿辉带领班子成员，对川南、川西南进行了组织机构调整和人力资源整合；启动了建设川东北新区等一系列工作，实现了劳动组织从低效区块向高效区块的快速转移；对化工系统进行了组织结构和产品结构调整，关停了经营困难、亏损严重的一批厂子；建构了以业绩考核为基础的激励机制，积极推行经营管理人员职务竞聘，建构了新型人才选拔机制；推行成本分级负责制，建构了生产成本控制机制；全面启动了 ISO 900 系列标准的认证，完善了天然气气质产品的检测手段、工程技术监督体系和工程监理制度，并构建了质量管理机制；推行了以精简机关人员、强化气田管理为手段的机构扁平化改革；充实了一线技术力量，构建了员工队伍优化机制。

新的管理模式和运行机制，促进了企业经济效益的持续增长。2000年至2002年，西南油气田共实现利税16.6亿元，但这些改革措施的形成与重大成果的获取，却是在11万川渝职工共享的庆祝建局40周年庆祝大会之后形成的。

虽然面对黄凯寄予四川油气工业"十万人壮志再创新世纪辉煌"的热望，夏鸿辉内心酝酿着改革的风暴，在黄凯与"11万手足"之间，心里产生了太多的不舍与惋惜，但为了能让大家尽情地享受这个"为了告别的聚会"，在讲话中，他却始终未将改革减员的意图、情绪流露出来。

他一切照旧地围绕"过去与现在"的工作主题，对川渝两地的干部职工说："四川局的前身是中央燃料工业部和石油管理总局的重庆办事处，始建于1950年。在过去的40年中，曾先后更名为西南石油勘探处、西南石油钻探处、西南石油地质处、四川石油勘探局、四川石油管理局和四川石油公司。"

"四川石油公司40年从无到有、由弱至强的发展历程，经历了探索、奠基、成长、曲折、发展等五个历史阶段。"

夏鸿辉说，40年来，我们取得了8个方面的成就：一是通过在四川盆地18万平方公里的范围内开展全面勘探，对盆地地质特征和油气富集规律，产生了基本的认识，获得了可观的储量；二是在川东、川南、川西南、川西北四个气区和川中油气区，建成了连接川渝主要城市的南北环形输气干线与集输网络；三是勘探开发水平不断提高，形成了一套适应四川盆地碳酸岩裂缝性气藏的工艺技术；四是对外开放进一步扩大，对外合作的步伐日益加快；五是多元化开发形成规模，产业结构得到改善；六是取得了良好的经济、社会效益，为中国西南地区发展做出了贡献；七是职工收入有了较大提高，生活水平已经得到明显改善；八是培育了一支思想好、技术精、作风硬的干部职工队伍。

党委书记陈应权对11万油气产业工人说："40年来，我们凭着坚定的信念，执着追求，冲出困境，赢得了胜利。特别是党的十一届三中全会，为四川油气田带来了生机，注入了活力。各级党组织坚持党的基本理论、基本路线，以经济建设为中心，用邓小平理论作指导，把'三个有利于'[1]的标准牢记心间，解放思想，深化改革，依靠科技，促进了生产建设的迅速发展……我们永远不会忘记老一辈无产阶级革命家毛泽东、朱德、邓小平、贺龙等中央领导莅临四川油气田、关心盆地'石油人'的感人场景，和给我们带来的巨大鼓舞；永远不会忘记石油工业战线的老领导余秋里、康世恩等同志，对四川油气工业发展作出的贡献，奉献的智慧；永远不会忘记四川石油公司的老领导张忠良，好战友常天尧、殷宗才、丁明礼、李昌全等数十位前辈及同事，在血与火、生与死的路上，献出了宝贵的生命！"

"陈应权那天的讲话极富感染力，他提到老局长张忠良和在火海里牺牲的战友及倒在工作岗位上的同志的名字，并号召11万职工'高举邓小平理论的旗帜，贯彻十五大精神，按照集团公司的战略部署和四川气田的发展目标，埋头苦干，开拓进取，以豪迈的步伐跨入新世纪，再创新的辉煌'[2]时，我感到十分难过。"夏鸿辉说，"那天，40年庆典大会结束后，当陈应权搀扶老书记黄凯在《春天的故事》这首歌曲的旋律中，慢慢离开会场时，我一个人留下来没走。当时，我一个人坐在主席台上，望着空荡荡的会场，为大家送行。这个大会开完，我们的11万职工，将有一多半就要离开我们这个光荣集体了。我知道他们看完实况转播，会在26个收视点上各自散去，但我还是想以自己的方式送送大家。当然那时我也明白，在中国加入世贸组织的历史背景下，企业改革的真髓，关键还是在于新陈代谢。该去的，不以人的意志为转移地要去；该来的，早晚也要生机勃勃地再来！"

---

[1] 面对东欧剧变、苏联和南斯拉夫解体，世界社会主义遭遇严重挫折的历史背景，邓小平在"视察南方"的谈话中指出："要看姓'资'还是姓'社'问题，判断标准，应该主要看是否有利于发展社会主义社会的生产力，是否有利于增强社会主义国家的综合国力，是否有利于提高人民的生活水平。"因此邓小平理论中，有"三个有利于"之说。

[2] 本章黄凯、夏鸿辉、陈应权在建局四十周年庆典大会上的讲话，参考借鉴了胡德沛的新闻作品《四川局：不惑年 从头越 40年岁月艰辛 40年业绩辉煌》。

晴川历历汉阳树

随着国务院批转国家经贸委《关于1997年国有企业改革与发展工作的意见》在西南油气田的深化落实，四川石油公司将"二次创业"仍无起色的川西南矿区与川南矿区合并，伴随宣汉县罗家寨高含硫气田的发现，又组建了川东北矿区。在川西南威远会战指挥部旧址，只有廖宣州老人与儿子的一座孤坟还在红村留守时，时年35岁的钻探工程师李鹭光，也带着"最年轻的副处级干部"的传说，带着塔里木盆地的征尘，回到了成都府青路的机关大院。

李鹭光刚到机关，生活条件依然艰苦，但再苦也无法苦过给家属子女在成都上户口。

他在机关的等待即将迎来第四年时，家属与孩子的户口终于可以进成都了。但由于住房问题无法解决，一家人还是只能挤在机关小招待所里。

后来，随着川渝油气工业效益的好转，"西油"也在机关大院的空地盖了两栋家属楼。这两栋六层小楼，在人们的眼里"漂亮极了"！不少"老机关"每当想起这两栋由一个名叫汪福的后勤处长带人修建的"汪福楼"，眼里还会闪过一丝令人不解的艳羡之光。

谈起"汪福楼"的往事，中国石油集团公司副总裁李鹭光早就心如止水，但他却记得因为分房子的事，他与妻子当年还曾闹过一次别扭。

那时，李虽然年纪很轻，却因已经评上教授级高工，所以在分房标准的套用上，可以享受到"副局级"待遇。结果有一位离休多年的"老革命"，住在一栋旧房六楼顶层，由于年龄大了，上下楼梯都不方便，新建的"汪福楼"虽然没有电梯，但他想借助分房的机会换房，调到新楼的一层去住。"老革命"找到正被各种企业事务缠身的总经理夏鸿辉，夏鸿辉对牵涉干部职工利益"按下葫芦，又浮起瓢"的状况，感到也很难办。

下午下班之后，李鹭光回到招待所，将"自己不一定分到房子，如果能分到也可能和'老革命'调换"的情况，一五一十地对妻子说了。妻子在招待所的走廊里，用煤油炉做好简单的饭菜，端进三口之家蜗居的小房间里，不动筷子，也不说话。

李鹭光去劝，妻子依然不语。

妻子生气了，他也不知该说什么才好。川东钻探自1993年迁至重庆大庆村，由于住房同样困难，加之李当时在塔里木执行任务，没法找领导提出要求，所以，妻儿只能住在云台乡的牛屎街，其间，无论住宿还是孩子上学，都有常人难以想象的困难。妻子没想到，丈夫从塔里木盆地回四川后，调到成都，她与孩子在荒凉的云台等了几年，结果等来的还是"悬"在招待所，过着双脚无法"落地"的日子。

他无法安慰妻子。第二天是星期天，李鹭光早饭也没有吃，就从成都先上公共汽车，后来又坐火车去了重庆。

也许是机缘巧合，也许这是冥冥的天意安排。李鹭光刚到大庆村，还没在招待所登记住下，就从老同事的嘴里得知，他的恩师——川东钻探的总工程师李昌全已在万县医院人事不省的消息。

关于李昌全以身殉职，《中国石油报》前四川记者站站长胡德沛的新闻作品《老总，在井场倒下了》曾有记述，李昌全"56岁人生旅途，33年钻井生涯。这位西南石油学院的首届毕业生，为四川增储上产，为给祖国开气找油，作出了杰出的贡献。从钻井技术员到总工程师，他起草、审定钻井设计数百井次，组织指挥钻井抢险数十井次，堪称身经百战，屡建奇功。他和钻探公司的干部、技术人员一道，齐心协力，每年完成的进尺是全局的三分之一，探明储量占全局三分之二，因而使川东钻探获得了'全国地质勘查功勋单位'称号"。

在胡德沛笔下，李昌全这个人首先是一位"拍板老总"。"云安6井的井口阀门盘根刺漏，造成井口失控，注入30立方大密度钻井液也没压住，只好放喷，硫化氢气体大量弥漫井口，5个同志避闪不及，已经中毒休克。"

"李老总赶到井场，戴上防毒面具靠近井口，仔细观察，然后召集技术人员商讨对策。最后，李老总做出'带压作业，更换盘根'的决定。带压作业，在四川乃至全国都无先例，技术人员都为李老总捏了把汗。然而，在他的指挥下，18分钟就结束战斗。这次抢险，抢了一个百万级的大气井。"

其次，李昌全是一位"前线老总"。"对李昌全来说，他的事业在井场。他像上满发条的钟表，始终不停地在前线奔走。卧龙河、相国寺、黄草峡、沙罐坪、云和寨、大天池……这些气田，到处都留下了他的足迹……卧34井有情况，小车全开走了。李老总叫上一辆卡车赶赴井场，几百里路，迎着寒风而立，到了井场时，左脸颊冻得已经抽筋，可他还是先工作，然后再去治疗。直到去世，也没治好面部的痉挛。"

李昌全除了是单位的顶梁柱，还是一位"家庭老总"。"在隆昌黄家场，人们经常看到一条小路上走着一个女人，背上背着一个婴儿，双手牵着两个幼儿，呆呆地朝小路的尽头遥望。这个女人是李老总的妻子。炭黑车间紧张、繁重的工作，家庭繁重的日夜操劳，使她不堪重负。一天，她下班后拖着沉重的步子，带着三个孩子回家，突然精神垮了。"之后，"李老总不出差的每一天，一般是在家里这样过的：早晨5点起床，看书学习，收拾屋子，买菜做饭，叫醒孩子吃饭上学。晚饭后到钻井科、调度室走走，看有没有需要让他去解决的问题"。

然而，"在茨1井的大型堵漏施工现场，当注入井内的30立方钻井液，还剩最后1立方时，（站）在钻井液罐上担任总指挥的李昌全，向钻台上的工人发出'关泵'命令时，却意外倒在了药品处理罐的底座上"。

李鹭光赶到万县中心医院,"重症室的李昌全已经做完开颅手术,头上缠着厚厚的纱布,医生从他的头颅中,抽出了135毫升瘀血"。医生告诉李鹭光:"就是这135毫升瘀血,使李昌全的中枢神经衰竭,呼吸停止了循环!"

这个消息无疑是个晴天霹雳,想起此前自己的不少学术论文都是在李昌全的悉心指导下才顺利完成的,特别是《川东高陡构造钻井工艺技术》《川东高陡构造钻井中靶技术》这两篇文章,一些术语和标点符号,还凝聚了李昌全的不少心血,李鹭光已潸然泪下。

川东钻探的年轻技术员从各基层井站陆续赶来,为一位灵魂级师者的离世失声痛哭。李鹭光带着这些小师弟,向李昌全的灵柩深深鞠躬。由于他在重庆无法滞留太久,所以在恩师的告别仪式上,他在留言簿上写下"昌全老总您未完成的事业,我们来继承。您的学生:李鹭光",然后就走了。

李鹭光这次到重庆,并非为了与妻子置气,他是来取东西的。大约四年前,由于工作出色和科研成果丰硕,他被提拔为川东钻探的副处级干部。过了半年,又被四川石油局派去塔里木盆地当副经理。离开云台乡之前,李鹭光将平时积攒的资料装满三个木箱,放在钻井科的资料室,嘱托专人帮他好生照看,但没想到这次川东钻探因从云台乡搬迁去了重庆,他的三个木箱已在搬迁中不知去向。他说:"以现在的技术工艺发展来看,那批资料的价值并不一定还有多高,不过那毕竟是我早年的心血,而且里边还有不少手稿是昌全老师帮我修改过的,因此丢了还是感到非常可惜!"

那些资料中,除了一些还没发表的论文,还有他从板5井当技术员开始,就坚持边看书边积累,一直记了多年的读书笔记。

当年,云台的住房条件也很紧张。从一线井队来到川东钻探机关报到时,他连一个单身宿舍也没摊上。好在那时云台还有三个招待所,其中的两个小招待所留给上级领导与兄弟单位的出差人员住宿，一个很大的招待所有五个楼层。李鹭光当时就住在大招待所二楼的一个房间，每晚需要支付4毛钱的房费。

那时，一个帆布提包上面印着首都天安门的图案，他在包里装了两件换洗的衣服，因此，这个提包与一个搪瓷碗、一双筷子，就是他的全部家当。走到哪儿，李鹭光就将这些东西带到哪儿。不出差的时候，提包与碗筷就在大招待所二楼的住处放着。从井场带到机关的专业书籍和资料，由于装在三个木箱里实在很沉，无法随身携带，只能放在钻井科一间大办公室的墙角。

每次出差，李鹭光拎着提包就能直接出门，碗筷有时可以留在招待所不带，结果等他出差回来，此前他曾住过的房间，已经被人住过好几次了，没有带走的碗筷也就被人用过并带走了。

碗筷丢了，他还可以重新去买，资料丢了，却实打实地再也找不回了。

他说，能被评上教授级高工，连他也感到意外。不过，他在思想上却始终告诫自己，个人得失要看轻点，一切应以事业为重。他知道他的成长进步源于总工程师李昌全的影响。在李昌全身上，他学会了有事没事跑基层，喜欢围绕生产一线的实际问题有针对性地撰写文章；另外他看得开，没把个人享乐太当回事，下基层遇到没地方住时，睡泥浆车和蹲井场的值班房，对他来说这些都没关系；回机关有时遇到招待所人满为患，他就去办公室写东西，累了将两张桌子一并，爬上去放松四肢，照样扯噗打鼾[1]，呼呼大睡。也许正是由于他能笑对常人无法面对的艰辛，他才能将心里的灯盏越点越亮，并且随他一起响应远方的召唤。

1995年春节之前，李鹭光从塔里木盆地回到成都，根据组织的任

---

1 "呼噜打得很响"之意。

命，去四川石油管理局钻井处担任主任工程师，分管全局钻井技术安全工作。他所在的处室共有四个编制：一名处长、两名副处长，加上他，就是钻井处的全部人马。

当时，中国石油工业与国内其他工业战线一样，正处在领导干部新陈代谢的关键时刻，尤其需要能独当一面的年轻人才，于是，李鹭光得以拥有脱颖而出的机会。在这期间，中国石油继宣布对外开放海上、陆上油气资源开采权不久，又在党和国家领导人胡锦涛视察青海炼油厂前后，一是与美国埃克森石油公司在北京举行了合作勘探大庆油田以西、以北地区的签字仪式；二是与美国科麦奇能源开发公司签订了合作勘探开发渤海石油资源的协议；三是1949年以来，海峡两岸"石油人"隔海相望的僵局破冰了，大陆石油代表团赴台湾，参加了第一届海峡两岸石油研讨会。

因此，针对国内海上、陆上油气田，到处都有全球石油公司的身影，中石油基于请进来、走出去的发展形势需要，对自己的钻井队及人员素质提出了新的要求。

面对中石油提出的钻井队资质认证要求，李鹭光像个军队的特战指挥员一样：一是奉命对川渝两地五个矿区钻井队的情况进行全面掌握，协助各矿区的党政领导，抓了五个资质过硬的样板队，接受总部专家组的考核验收；二是在各矿区优中选优，打造了一个局属钻井队，即"长城钻井队"。

他对长城钻井队的队长、指导员、技术员和主要骨干的外语基础及等级与个人第一学历，都提出了明确的要求。长城钻井队的工程师必须要助理工程师以上才有任职资格，而当时根据政策规定，只要是大学本科毕业，一旦转正以后就能评上助理工程师，可实际情况却是全局各井队助理工程师的学历基本都是中专文化，他们如果要评上助理工程师，则要付出至少四年的不懈努力才行。显然，这就给他组建长城钻井队带来了难度。

李鹭光将遇到的困难向夏鸿辉进行汇报，夏让钻井处牵头，各个处室给予协调配合。尽管四川局根据中石油的指令更改隶属关系不久，机关工作千头万绪，但人事处管干部协调，机动处给予设备支持，劳资处负责人员调用，教育处负责岗位培训，所以，一支队伍终于也红红火火地组建起来了。

"在国营企业做事，需要服从组织安排。这与军队的性质一样，有些'革命战士像块砖，哪里需要哪里搬'的意思。"李鹭光说，"我刚把五个矿区钻井队的资质认证工作理顺，长城钻井队正跃跃欲试地准备出川执行任务时，组织部的一纸任令，又将我安排到钻采院去当院长了。"

钻采院原来叫作钻采所，是从资中搬到广汉来的，其中还有从威远搬来的机械厂。四川局这样做，主要有两个想法：一是想在广汉建立一个基地。因为川渝的矿区太分散了，一些矿区将要退休的老领导、老专家身居"二线"，组建基地后，好让他们集中到广汉来发挥作用。二是将科工贸一体化，把钻采所和机械厂两个正处级单位合并，迎接市场经济的挑战。结果这种合并非常困难，两个单位之间矛盾很大，到最后连坐下来开个交心会也开不下去。

此前，李鹭光虽是一名行政副处、教授级高工，按待遇可以享受副局级待遇，但到一个问题较多的单位任主官，负责全面工作，这还是第一次。

我去钻采院上班，院里退下来享受处级待遇的干部有20多人。为了支持我的工作，党委书记陈应权和夏鸿辉商量，将地调处副处长刘定国调来担任党委书记。原来的老院长、老书记一个57岁，一个58岁，他们就正式退休了。没过多久，跟我曾在塔里木前线一起摔打的南充机械厂的一个厂长，也被安排到钻采院任职。这样一来，我们就组成了一个"9人班子"。他们的年龄在50来岁，都比我大，不过，他们都很支持我的工作。

所以，钻采院这个新班子的凝聚力、战斗力就很强了。

当时，四川石油公司很穷，川渝两地11万职工一年成本开支需要18亿，而那时我们的天然气产量，每年只有50多亿立方。这样，钻采院面对差额拨款政策，一旦出现超支不补问题，就要我们那个"9人班子"去想办法自求平衡。

我在钻采院干了一段时间后，就和书记刘定国商量，将原来的组织机构分成一个院、一个厂；后来又根据人员分流的实际，搞了一个基地服务中心。钻采院一共831人，科技人员仅有243人，上面拨款依然严重不足。作为院长，想到这800多人的吃饭问题，我就每晚都睡不着了。

正没办法时，我发现塔里木油田的市场机制很灵活，已经形成了市场，而四川当时又依靠世行的贷款，进口了不少先进的钻探设备；由于部分设备在各个矿区一时派不上用场，长期处于闲置状态，我便萌生了使用这些闲置设备组织队伍"再闯塔里木"的想法。后来，这个想法得到了夏鸿辉与陈应权的支持，结果我带人去那边给甲方打水平井，第一年就为钻采院挣回1000多万，用于经费不足的补贴，及时解决了大家的吃饭、穿衣问题。[1]

1998年，由于深受亚洲金融危机影响，国际油价最低时降到10多美元一桶。这一年，是全球石油企业将要面对的严冬，而中国石油天然气企业的日子，似乎比国际石油企业还更不好过，多少有些"雪上加霜"之意。当时，中石油准备进入全球资本市场，即将挂牌上市。

中石油要发行股票，那么，就必须对自身的机制进行改造，这也是当年国家经济形势的大势所趋。

为使国有企业与市场经济接轨，提高国际竞争力，国务院总理朱镕

---

[1] 摘自本书作者对李鹭光的采访笔录。

基对央企上市公司通过裁员降低成本、增加效益作出了专项指示。

于是，重组后的四川石油公司跟随中国石油总公司一起上市，上市的这一部分职工有5千多人，面临工龄买断的问题；没上市的那一部分职工约有3万6千多人，也需买断工龄。结果没想到刚开始，没有买断工龄的见买断工龄的一次性拿一大笔钱，感到心理不平衡，很有意见；后来买断工龄的人创业失败，或者很快将钱用完，看到没有买断工龄的工资及福利待遇都上去了，也开始闹起了意见。因此，在李鹭光看来，深化国企改革是个非常深刻的课题，至今仍需好好研究。

中国石油集团公司实行股份制以后，"四川石油公司"更名为"中国石油西南油气田公司"。1999年9月，李鹭光升任西南油气田公司副总经理。

2000年4月5日至7日，中石油分别在香港、纽约证券交易所上市。看到中石油的股票看涨，川渝未上市的企业人员很有意见，而西南油气田党委班子当时只有6名成员和员工26000多人加入上市公司；其余的党委成员则与未上市的8万多人一起，被划归了"四川石油管理局"名下。

所以客观地说，四川油气工业由于当时工作量总上不去，年产量只有70多亿立方，这个矛盾又是很尖锐的。

2003年，中石油改制两年后，李鹭光根据中石油党组的人才培养计划，离开矛盾与希望同在的西南油气田，告别党委书记、总经理夏鸿辉，作为中石油首批派往海外的中青年干部，飞越太平洋，到美国斯坦福大学去做访问学者。

斯坦福大学是一所全球知名的私立研究性大学。李鹭光抵达这所著名学府之前，它已有80多名校友、大学教授获得了诺贝尔奖，诸如惠普、谷歌、雅虎、耐克、思科等全球著名公司的创办人，多在这里留下了他们的种种佳话。因此，作为中石油的公派学者，他在这里无论作为学术带头人接受斯坦福的培养，还是就中石油关切的课题进行学术交流，个人收获无疑是显而易见的。

李鹭光一年访学期满，于 2004 年 3 月回到成都，接替夏鸿辉出任西南油气田党委书记、总经理。

这时，中国经济体量和发展势头均已不可同日而语。这一年，中国股市各大板块不但一路飘红，而且劳动从业人员已达"74432 万人，比上年末增加 692 万人，其中城镇就业人员 25639 万人，增加 859 万人，年末城镇登记失业率为 4.3%"，"全年全国城镇居民人均可支配收入为 8472 元，比上年实际增长 9.0%，农村居民人均纯收入 2622 元，实际增长 4.3%"，"其中第一产业：17092 亿元，第二产业：61274 亿元，第三产业：38886 亿元，人均 GDP 9030 元"[1]。

随着中国经济的日新月异，市场对天然气的需求日益强劲，供不应求！

然而，西南油气田面临的问题，却是发展不平衡的"老问题"。基层一线点多面广，高度分散，员工的生产生活条件在经历了几十年的发展后还是依然艰苦。尽管康世恩、余秋里主政中国石油工业期间，带领大家为之奋斗的"川气出川"工程未能成功，但 2004 年"川汉管道"建成后，中石油党组领导到成都主持夏鸿辉与李鹭光的任免交接，在宣布李的任职决定时，还是当着各二级单位领导及机关处室负责人，向他们下达了"52135 任务"。

此前，"西油"每年的天然气储量约有 200 多亿到 300 多亿立方，要达到任务所需的 500 亿立方目标，就需要在原基础上翻一番。因此，谁都觉得这个任务无法完成，而且以每年增产 4 亿～5 亿立方的产量来看，两年内就必须从 90 亿立方增产至 100 亿立方，到 2010 年还要实现 150 亿立方的产能，这又怎么不让大家在心里犯嘀咕呢？

---

[1] 网易经济数据，http://money.163.com/special/00253L8T/econdata.html。

不过李鹭光却不这么想。在他看来，既然要解决发展不足、不平衡的"老问题"，那么，就必须将"52135"的"硬骨头"啃下来。

"发展，就是直接面对困难、问题与矛盾，就是作为国企，应严格按党和国家领导人的思想引领，为川渝两地及全社会做出贡献，创造价值。"王林先博士说，"在一次党委扩大会上，李鹭光告诫大家，务必扎实做好三件事：一、立足发展基础，保证每个员工都有活路；二、改善无论上市还是未上市企业所有员工的生活和工作条件；三、进一步提高员工队伍素质及形象，以时不我待的忧患意识，争取赢得社会对企业及员工的理解、认可和尊重。"

当然，李鹭光提出的"三大目标"，紧扣"52135任务"的牵引，最后都逐一地实现了。在他担任党委书记、总经理的11年里，"西油"党委给川渝两地的干部职工——包括四川石油管理局后来移交给"西油"的员工，以集资建房的方式，每人解决了一套宽敞、舒适的住房；为五大矿区按"统一设计、统一规格、统一施工"的原则，修建了办公楼；并抓住"5·12"汶川地震灾后重建的契机，通过"以旧换新"的努力，为川西北矿区整体建设实现了更上一层楼。这对李鹭光着力解决企业改革的遗留问题，使企业内外矛盾得到缓解和企业社会形象的进一步提升，都起到了直接的促进作用。

"52135任务"这个目标，可以说凝聚着历代"西油人"的共同理想：这是他们回望20世纪60至70年代，康世恩提出的"川气出川"构想，实现四川盆地油气工业跨越式发展的又一个战略抉择；也是以"川气"通过"出川"得以突破唐德刚"历史三峡论"的时代命题。

"历史三峡论"的理论表述是，唐德刚将社会政治制度的变化作为历史发展的特征和标志，当然，这也是他立论的前提；唐先生将历史的发展视为"过三峡"，认为在历史的滚滚浪潮中，前后两个社会政治形态的转变必然面临一个无法回避的转型期，这个转型期就是制约历史发展方向终又无法阻挡的"三峡"。

　　唐德刚认为：中国四千年社会，形成了"封建""帝制"和"民治"这样三个阶段。第一次历史转型，是从"封建"到"帝制"转型。这次转型，始于公元前4世纪——秦国商鞅变法的中期，终于公元前86年左右，即商鞅变法二三百年之后的汉武帝至汉昭帝之间。此后两千多年，"百代均行秦政法"。第二次历史转型，是从"帝制"到"民治"的转型，即从第一次鸦片战争开始，迄至当下……因此，"历史过三峡"既是唐先生的一个历史理论描述，也是关乎一个朝代更迭及转型和国家变革的历史预言。

　　在唐德刚看来，从"帝制"到"民治"的转型之所以漫长艰难，是因历史本身的体量太过庞大纷繁，而可供转型的通道（即"三峡"）却又实在太逼仄了，所以，从"帝制"向"民治"转型，虽然经历了近两百年的沧桑巨变，但人们至今却仍难一睹"晴川历历汉阳树，芳草萋萋鹦鹉洲"的美景，实现"我们在喝彩声中，扬帆直下，随大江东去，进入海阔天空的太平之洋"[1]的愿望，但"历史出三峡"的天下大势，浩浩荡荡，谁也无法阻止。

　　那么，从张忠良奉命组建四川石油管理局到李鹭光主政川渝油气工业的半个多世纪，"西油人"经历了"江油无油"的风雨，接受了川中会战的考验，积淀了隆桂会战的底色，正视了威远会战的现实，厘清了卧龙河与三峡传说的渊源，奠定了川东的基业，夯实了"气化全川"的基础，沐浴着改革开放的阳光之后，他们筚路蓝缕，盼望日久的"川气出川"，结合"52135任务"，能够通过对他们来说不可回避的"出三峡"之考验吗？

　　中石油党组将"52135任务"以正式发文的方式确定下来，虽然此前在夏鸿辉与李鹭光的任免交接中，总部领导已给大家下过"毛毛雨"，不

---

[1] 参见唐德刚：《晚清七十年》，中国文史出版社2015年版。

过当李鹭光将文件精神向大家进行正式传达以后，结果还是在"西油"上下引起了震动。由于这个数字关涉的工作都很具体，因此每一个数字都不至于让人感到轻松。李鹭光说："我们用半个多世纪的艰难发展，才在2003年迈上了年产量过90亿的台阶，当时，如要重聚'川气出川'的梦想，去'过'唐德刚预言的'历史三峡'，这就意味着从接受任务之日起，我们就必须用7年时间把油气产量实现翻番，力争在2010年达到年产量180亿这样的规模。"

让大家十分担心的，还有对勘探开发局面是否与"52135任务"匹配，能否跟上"川气出三峡"的形势心里没底。要知道，经过几十年的勘探开发，五大矿区的主力气田产量正在递减，稳产难度不断加大，勘探工作重心也从盆地中心开始向盆地周边拓展，而且地质条件日益复杂，勘探工作已经难上加难。

然而李鹭光说：我们党委班子在认识到各种困难即将迎面而来时，也深知"西油人"肩负的"52135任务"，不但是个经济责任，而且还是一种历史责任。我们大概是从这样几个方面去完成"52135任务"，最终实现"川气出三峡"的：

首先是解放思想，直面任务如何实现的路径问题。"心有多大，舞台就有多大"的电视广告，说的也是这种意思。在"西油"官方提供的资料中，以2005年1月召开的年度工作会议为例，李鹭光在这次报告中，对"解放思想"的提出频率，就达31次之多。

在会上，他对100多名中层管理人员强调的是：解放思想，关键在于领导干部带头，要敢于跨越；在管理工作中解放思想，要以实际行动战胜自我，超越极限；对员工层面而言，从2004年开始，他们就已广开言路，在企业局域网上开设了"52135任务大家谈"BBS板块，尽量让大家参与进来，避免了"沉默的大多数"在面对"52135任务"时，依旧摆出"事不关己，高高挂起"的姿态。

其次，认清"困难"与"办法"的辩证关系，将"办法总比困难多"的共识凝聚起来。重庆忠县净化厂提前竣工,常被"西油人"认为这是他们解放思想的一种完美体现。当然,就完成"52135任务"的关键来说,许多"重中之重"的工作重点之一貌似也在这里。"川气"能否"出三峡",没有忠县净化厂这个"桥头堡",和"忠(县)武(汉)首站"的连接呼应,将是无法想象的。

四川盆地天然气的硫化氢含量很高。"川气"要想"过长江""出三峡",那么,在临近三峡库区腹部位置的忠县境内,建立一座大型净化厂,零距离支撑"忠(县)武(汉)过江管道"就已势在必行。但是,在引进外资的谈判一时难有进展,眼看"出三峡"支撑的天然气供需矛盾一天比一天突出,将为"52135任务"的完成带来不良的连锁反应,人们正为"西油"高层捏一把汗时,没想到"西油人"这时却集体"雄起"了!

他们自筹资金,自己设计,仅用一年零一个月,就将原计划需要33个月才能完成的忠县净化厂施工任务提前完成了。

当然,解决了"忠县净化厂"与"忠武过江管道"互为支撑的问题还远远不够,因为没有资源储量,不但无法完成中石油党组下达的任务,要让"川气出三峡",最后"出"去的那也不是"川气",而是令人十分担忧的"空气"!

康世恩雄心勃勃地主持"川气出川"工程,那时就想通过"川气出三峡"去改变中国面临的能源战略格局,但最后还是被迫下马了。当年的"川气出川"工程,半途而废的原因很多,除了政治经济、科学技术、企业机制等方面的原因,主要还是资源储量的缺口实在太大。

因此,"52135工程"上马之后,资源接替不足的问题同样存在。好在有了当年"川气出川"的前车之鉴,因而李鹭光在运筹任务完成计划时,就已按照解放思想的立足点,将川渝两地的所有区块纳入了关注视野。

"西油"高层决定从重点勘探、深化勘探、准备领域这三个层面来部署工作。新区、老区、丰度大的与低丰度的气区，乃至取得进展的区域和一时难见分晓的区域，凡与"西油"矿权有关的区域，都被全部包括进来。

一是在勘探禁区找气。北起广元南至雅安龙门山，群山巍峨，石油地质学家将这一地区命名为"龙门山推覆体"。由于地质结构复杂，勘探专家们将这里视为"禁区"，一般不涉雷池犯险。但西南油气田和四川石油管理局的勘探家却在这里组织地震攻关，查明了龙门山推覆体地质结构的分带性，找到了有利气层和二叠系气藏的目的层，并通过矿1井的预探，发现了具有重大突破意义的工业气流。

二是再硬的骨头也要啃。提起罗家寨气田，人们总对"3123事故"记忆犹新，谈虎色变。但这块硬骨头他们这时也要去啃。在自身开发由于令人震惊的事故而陷入僵局时，他们却借助外力，重启了一度终止的这个高含硫重大项目，并且不畏坎坷荆棘地蹚开了对外合作之路。

除了在思想上转变观念，为完成"52135任务"注入活力，为"川气出三峡"转化动力，"西油"在资源发现上依靠科技进步力量的提速，在承担任务上形成合力，这也是西南油气田最终实现"川气出三峡"的成功经验。

有了龙门山二叠系目的层的突破性发现，加之依托对外合作盘活的罗家寨气田资源，想到此前"川气出川"遭受的诸多储量不足之苦，李鹭光与决策层将"避免无水之源"列为"川气出三峡"的风险管控。因此每次部署资源储量工作，总有一种如履薄冰的感觉。

"飞仙关"，这是一个在资本全球化时代更能激发人们关于东方想象的名字。对"地质学ABC"稍有了解的人也都清楚：自从1866年德国人李希霍芬在广元建立三叠系地质剖面，正式启用这个充满魅力的地质命名以来，多少人为了心中的"油气梦"，试图闯"关"成功，不惜耗尽了毕生心血。

但李希霍芬走了，西南油气田的科技工作者面临的"川气出三峡"历史使命又紧随其后地来了。

他们通过重新认识和评价飞仙关气层，终于发现了有规模的鲕滩气层，接着又采取地质、地震和测井相结合等办法，充分应用先进处理解释技术和分析实验等手段，破译了飞仙关地层的一个又一个"密码"，最终在川东北发现了潜力巨大的含气构造。仅罗家寨构造，新探明储量就达581亿立方米。

"（地质勘探处）沈平处长在办公室……介绍了川西侏罗系勘探的重大进展，川中凉高山、沙溪庙砂岩油藏等新领域取得的突破……沈平说：依靠科技进步，西南油气田的勘探工作（已让他们）尝到甜头……取得了广安构造须二气藏等5个重要的新发现，磨溪构造嘉陵江组气藏等8个重要最新进展，还有1个重要的新苗头，也在地质勘探专家的集中关注之下。"[1]

自四川盆地以川中会战首开中国石油工业以"会战模式"完成党和国家赋予的任务先河以来，"会战"这个军事用语，注定和石油工业的发展壮大息息相关。对李鹭光履新之际完成于2004年11月16日的"川气出三峡"任务来说，"会战"二字，依然是个无法绕过的关键词。

在李鹭光看来，"52135任务"之所以完美收官，除了西南油气田的自身努力，四川石油管理局的鼎力襄助也是功不可没的。

这种从不隐瞒他人功劳的说明，按《中国石油石化》杂志记者王春枝的说法是：看似一个简单的说辞，实际却阐明了深刻的道理，即目标是大家的，责任是大家的，效益是大家的，并且还是说明了——大家在完成"川气出三峡"的壮举时，谁也没忘记李鹭光强调的"解决发展不足问题"的初心。

因此，四川石油管理局为了"川气出三峡"，与西南油气田"一家

---

[1] 王春枝：《西南油气田雄起——访中国石油西南油气田公司总经理李鹭光》，《中国石油石化》2005年第19期。

人不说两家话"。2004年3月,双方签订了五年内的《关联交易总协议》,用制度保证了一起承担"52135任务",一起携手共谋发展。于是,这就意味着川渝两地"石油人",将以6万人的联合军团去实现"川气出三峡"。李鹭光将西南油气田的接力棒传到继任者马新华的手里,然后到中石油总部任职,大部分时间与精力已经放在塔里木油田,但每当有人与他谈起"川气出三峡"的往事,他就还是记得2004年11月他与四川石油管理局的局长,陪同北京、湖北等各方面的领导、嘉宾亲手打开输气阀门的那个寒风凛冽的上午。那天,他们一起打开阀门,四川盆地的天然气就像一条挣脱了千年桎梏的历史血脉,通过忠武过江管道狂涌而去!而这种盆地往事,既是中国能源革命不可阻挡的天下大势,同时也是"晴川历历汉阳树,芳草萋萋鹦鹉洲"的美景对他30年石油情怀的激扬与告慰。

第七章
头顶的蓝天

攻关与体系

"张化老人是西南油气田天然气净化专业的权威人物之一，1965年从武汉大学化学系毕业，被分配到当时的四川石油管理局。从那一年开始，他一直就在川渝两地辗转，从事中国西南石油天然气工业净化专业体系的建立与完善的工作。1999年，张化虽然从四川石油公司副总工程师的岗位上退休了，但截至2018年的冬天，他始终还在参与西南油气田包括中石油天然气净化专业的项目论证、科研成果和课题开题论证这些领域的专业工作。"

未见张化老人以前，我们通过对中国石油集团公司副总裁兼勘探与生产分公司总经理、党委副书记李鹭光的访谈，涉及"西油"的净化专业体系时，已对这位颇有名望的老专家的基本情况拥有大致如上的了解。

张化人虽然已从专业技术领导岗位退了下来，但他的工作性质却还始终处于一种"退而不休"的状态。这种状态，在许多情况下让他甚至比在职在岗的时候还要忙碌得多。在成都府南河边公园里的一张木条椅上，我们与张化老人并排而坐，让他用一句话来概括一下他在西南油气田所从事的工作。他望着一河从高山峡谷中来到成都的岷江水，略微沉思了一会儿，说："我这一辈子都在攻关！"

1965年草木皆黄的秋天，他在四川局机关办完人事关系手续以后，就被四川局时任总工程师的净化专业老前辈周学厚下派到基层一线去当实习技术员，同时又将他作为纳入四川局"脱硫技术攻关队"的"唯一新鲜血液"，让他与局里的许多"老同志"一起，从头至尾地参加了东溪气田净化厂的开发建设。

那时，川东矿区东溪气田的各项建设已经临近尾声，解决脱硫技术的瓶颈问题于是一下子成了各项配套工作的重中之重。

这个集中了四川石油管理局全部净化专业精英的"攻关队"，是在1965年夏天奉命组建的。张化正式成为其中的一员时，东溪气田净化装置车间四周的田坝里，颗粒饱满的稻谷业已泛黄，正在随风吹送果实的芳香。"攻关队"主导的一系列脱硫工艺实验这时也已临近尾声。当附近生产队的农民将田里收割的金黄稻谷晒干，即将人挑马拉地向政府送公粮时，"攻关队"已经完成了它的使命，在各地建设者的支持配合下，建成了中国天然气工业的第一套脱硫装置。

这套每天产气15万方的装置，像个喷吐白烟的钢铁巨人一样屹立在重庆綦江县（今重庆市綦江区）的土地上。"攻关队"带有实验性的各项工作陆续完成后，"老同志"也一个接一个地离开，回到川渝两地各个矿区和成都的局机关去了。张化向周学厚打听接下来自己的工作去向，周学厚说："小伙子，你就暂时留在东溪净化厂干，哪儿也不用去！"

于是，张化将工作关系正式落在东溪气田的脱硫装置车间，在实习技术员的岗位上班。

周学厚临回成都以前，专门让张化去给西南油气田早年净化专业的灵魂人物之一范恩泽当徒弟，打下手。范恩泽的年龄应该比张化大不了多少，当张化被周学厚领到他的面前，开口对他叫"老师"时，他却早已是个可以独当一面的技术员了。但后来这位"年轻的老师"，并没给张化交代什么具体工作，只是让他成天帮他整理技术资料，或者在办公室与生产现场之间来回跑腿。在东溪脱硫厂净化车间，张化不知不觉地干了一年左右。一天下午下班后，厂里的有线喇叭播放的《万岁！毛主席》歌声又按时响起来时，范恩泽将张化叫出厂区，让他陪自己到厂外的田埂上一起散步。他们一起转着田坝，范恩泽突然回过头来，望着一脸朝气，嘴里嚼着一根稻草的张化说："小张，周老总给我来电话了，他让你明天就结束实习，收拾收拾，尽快赶去威远气田报到。"

"让我去威远搞啥子？"张化的湖北口音，通过一年来的水土及工作环境熏陶，这时不知不觉地已有了四川味。

"威远在石油部组织的第二次四川石油会战中，气田正在一个接着一个地形成，你去那边，负责建设脱硫一厂。"范恩泽的手里夹着一支香烟，笑着说。

"老师，您也去吗？"

"不去，我还留在这里。"

"您是说……周老总让我一个人……去建……威远一厂？"张化愣在范恩泽面前，一时语塞，有些不知该说什么。

威远气田的勘探开发情况，每过一两天，几乎都以"红村战报"的名义，通过有线广播对外公布。这些张化已经时有耳闻，并对那里的火红场面也曾充满了发自内心的向往。不过，当他从范恩泽的言语中听到周学厚让他以四川局生产一线唯一技术储备人员的资历去那里独当一面的决定时，还是难免感到吃惊。

当然，要说威远一厂当时的生产工艺配套，还要先简单介绍一下綦江脱硫"攻关队"的基本情况。也就是说，从"一五计划"到"三五计划"期间，西方各国对中国的天然气脱硫技术工艺，同其他工业领域的工业技术工艺一样，一直实行技术封锁。所以，綦江脱硫车间的建成，标志着中国天然气工业的净化脱硫之路，经过艰辛摸索，已经有了蹒跚前行的起点，和大致成型的一些技术工艺。

綦江东溪气田脱硫车间，无疑堪称中国的第一套天然气脱硫技术装置。

这套装置，一方面担负着东溪气田的脱硫净化生产任务，一方面由范恩泽带领张化等技术人员，还要不断摸索天然气脱硫工艺继续前进的方向。当时，他们集体摸索总结出来的脱硫工艺，被现在的教科书称为"天然气氨法脱硫"，或者用一个化学名词来讲，应该叫天然气"MEA脱硫法"。

威远脱硫一厂的项目建设，规划目标是日产140万方天然气，而脱硫"攻关队"在东溪气田攻下的这套实验装置，只有日产3000到5000方的规模。因此，如果按东溪装置15万方的规模来进行对比，那么威远脱硫装置的生产规模，一下就比綦江脱硫装置的生产规模扩大了整整10倍。

所以，威远一厂这套天然气净化装置，又属于中国第一套大型天然气工业化脱硫装置。当然，这也是张化听范恩泽说起周学厚让他去建这套装置时感到非常吃惊，并预感压力即将随之而来的一个主要原因。

经过沧海桑田的几十年变迁，当年青涩的"小张"现已满头华发，变成了精神矍铄的"张老"；威远一厂装置除留下几张泛黄的"历史照片"之外，随着西南油气田天然气净化专业体系的日新月异，实物装置也已不复存在了；但张化却清晰地记得："东溪装置是1965年10月22号投产的，威远一厂是1966年11月23日投产的！"

威远脱硫一厂和"威成管线"输气管道，这两项在西南油气田60多年发展史上极具标志性的荣耀建设项目，都是在威远大会战期间建成的。那时，石油部副部长张文彬、四川石油管理局首任局长张忠良等人负责的领导小组和总指挥部，均设在威远县新场镇的曹家山上。常被西南油气田的"净化人"在进行传统教育时念念不忘，不时提到的威远一厂，当时的确只有张化一个人在距离曹家山即红村总指挥部不远的山里负责筹建。尽管只有这个走出校门满打满算才一年多点的年轻人独自在工地上负责技术层面的支撑，但实际上遇到脱硫工艺技术的各种疑难问题，他同样也要想尽一切办法进行"攻关"。

威远一厂在建设中遇到的问题有：一是在工艺上，威远气田群在勘探开发中遇到的天然气含硫量，要比东溪气田装置车间的含硫量高出不少，这样就会时常出现技术难关，比如硫黄回收环节说不正常就不正常，在脱硫的过程中极其容易起泡。二是生产一天比一天被动，因为当时正值"文化大革命"的狂潮席卷全国，工人的心思都用在"闹革命"上，认真工作的主动性、积极性和责任心都要因此大打折扣。三是当年的净化工人素质普遍不高，会战指挥部让张化在自贡、内江等地招来"合同工"，尽管他在招工之前，开宗名义地提出过"必须达到小学及初中文化水平"的具体要求，实际按照"矮子里边拔大个"的办法招来的工人，还是文盲或者半文盲居多。在他们当中，许多人都不识字，想要熟练掌握操作设备的岗位技能，胜任本职工作，可谓困难重重。四是组织会战的主要领导张文彬和张忠良等人，已被打成"走资派"，被"造反派"押送到川渝两地的偏远山区蹲牛棚了。因此，威远一厂在生产中遇到困难，张化想直接去找领导汇报，已是一种不切实际的奢望。作为威远一厂建设工地的唯一技术骨干，他也只能在周学厚陪"革委会领导"，从成都来到威远"检查革命工作"时，趁着四下没人时，悄悄跑过去请教一番。

威远净化一厂的建成，是为了通过"威成管线"，实现从威远向四川省会城市成都供气。

当时，四川与全国其他省份一样成立了"革命委员会"，四川石油管理局也紧跟形势成立了"革命委员会"。平时，"革委会"的头头脑脑虽然喜欢根据上峰的指示，到威远气田"指导革命工作"，督促大家努力学习"中央文革领导小组"的指示精神，包括在工作岗位开展"斗批改"等方面的情况，但是，到了"威成管线"必须向成都实现供气的节骨眼上,"革命领导"还是一下都急眼了,几乎天天都要派人到张化负责技术工作的威远一厂工地督战。

张化老人至今仍还记得,当年面对铺天盖地的革命标语,他还"毛起胆子"[1],在黑板报上写了一首促生产的标语诗:"威成一条线,连着成都一大片。咱们一厂是咽喉,净化脱硫是关键。"在最艰难的那些日子里,他以这首标语诗来激励自己,也去鼓励那些字也不识几个的工人。

"革委会"领导给张化提出的明确要求是,等威远气田群的天然气全部集中到威远一厂之后,"你要和革命工人一起,将硫黄全脱干净后的清洁气,通过'威成管线'及时送到成都的工矿企业和革命群众的家里!"

张化说,由于周学厚领导的"脱硫攻关队"发挥了主力作用,中国已经有了自己的一套脱硫技术工艺标准。东溪脱硫装置的诞生,等于中国在大西南拥有了自己的脱硫生产实验装置;威远一厂的建成,标志着中国突破西方国家的技术封锁,独立自主地建成了第一座脱硫生产厂,并具备了比较完备的生产能力!

自从石油部党组意识到在四川盆地找石油,建设大西南"中国巴库"的理想已与现实相距甚远时,中国天然气工业开始在川渝两地迎来了它的黄金年代。1971年,根据威远气田群相继开发带来的任务变化,西南油气田早年的"净化人",又在威远的山地密林中将威远一厂一分为二,迅速建成威远脱硫二厂。

这时,周学厚告诉张化的工作思路是:"首先,稳扎稳打地在脱硫一厂组织生产;其次还要分出时间精力,到脱硫二厂去确保技术攻关工作的有效落实。"

1973年,伴随石炭系大发展的脚步,四川石油管理局的天然气勘探开发开始向卧龙河区块转移。张化离开威远二厂,被组织安排到卧龙

---

[1] 鼓起勇气之意。

河气田，去那里参加一个脱硫厂的建设。这个脱硫厂，是中国的第一个高含硫天然气引进设备脱硫厂。开厂时，天然气原料气的含硫量竟高达4.5%以上。该厂的技术装置相比綦江东溪厂和威远一厂、二厂又有较大幅度的提高，每天已能达到250万方天然气的生产能力。由于含硫量太高，卧龙河脱硫厂在天然气的净化过程中还需要开始增加脱有机硫的工序。随着厂子装置规模的扩大，卧龙河净化厂的硫黄产量也跟上去了。此间，川西北矿区中坝气田也与川东北矿区的卧龙河气田遥相呼应，在三叠系雷口坡组三段，打出了一批令人惊喜的工业开发井。

中坝脱硫厂于是在这种历史背景下应运而生。

张化从威远去往卧龙河净化厂报到时，四川石油管理局已经正式建成了威远脱硫一厂、威远脱硫二厂、中坝净化厂、垫江净化厂等一批天然气净化厂。

伴随"大开发"带来的"大建设"，中国西南地区的油气工业脱硫技术工艺，已经一天比一天成熟了。在原本一无所有，白手起家的历史条件下起步，经过艰辛创业，已能满足四川石油管理局当时的勘探开发形势所需。张化与他的同事们在四川局副总工程师周学厚的带领下，经过十多年的摔打磨炼，不断"攻关"，开始信心十足地面对各种生产问题。然而尽管形势发展不错，四川石油管理局的天然气脱硫技术水平同国外发达国家的脱硫技术水平相比，差距还是一目了然的。

1972年9月25日，日本内阁总理大臣田中角荣应周恩来总理之邀，第一次访问中国。两国政府立足着眼未来的外交原则，就日本1894年、1931年、1937年发动的三次侵华战争赔偿问题进行了谈判，以发表《中日联合声明》为标志，实现了中日两国的邦交正常化。尤其以首届中国商品交易会在广州成功召开为契机，根据周恩来总理的指示，要认真组织外贸出口货源的落实，以满足外商需求，石油部每年向日本出口100万吨原油，为国家出口创汇的计划，也被提上了党和国家领导人的议事日程。

中日关系正常化的缕缕春风，吹遍了川渝两地的大江大河，巍巍群山。

为了祛除"文化大革命"之魅，突破西方技术封锁的瓶颈，踏踏实实向国外领先同行学习，四川石油管理局及时把握中日关系正常化的大好时机，向石油部党组提交了《关于引进日本先进脱硫装置的申请报告》。这份报告从成都像春天的小鸟一样飞到北京，很快就带回了令人惊喜的消息。"卧引装置"，即四川石油管理局卧龙河气田引进日本净化设备装置等一揽子问题，很快摆上了局党委办公会的议事日程。这套日本装置的主要特点是：它的装置配备十分齐全，配套设备也特别完善，自动化水平更是高得超乎了"西油""净化人"的想象。

这套日本装置的及时引进，为提高中国西南油气工业的净化水平带来了一次跨越式发展的机会。

张化老人告诉我们："这套装置是我国第一次成套引进的天然气高含硫脱硫装置。我记得'卧引厂'是70年代末至80年代初建成投产的，日处理天然气是400万方，而且这还仅仅只是它的单套装置。所以这个建设规模不但在我们这个国家，就是当时在亚洲地区，我想它也是数一数二的！"

卧龙河引进装置建设落地期间，为铭感并方便日本专家对西南油气工业的"净化人"进行培训，实现手把手的"传帮带"，四川石油局在经费十分紧缺时，还专款专用地拨出一笔经费，让工程队在卧龙河净化厂附近的田野上盖了一幢别具风味的日式小楼。来自川渝两地"净化人"的父辈、祖辈，不少人是"川军出川"后曾与侵华日军血战到底、舍命相搏的铁血之士，面对同样无法排除有可能也是当年侵华日军后代的日本专家，他们却一笑泯恩仇！

"西油""净化人"坚持能者为师的思想，抱着认真刻苦的态度，积极向他们的"日本老师"学习。

张化坐在府南河边，生怕我们记录不准，掰着手指介绍完西南油气田历史上的"四个净化第一"，即东溪气田是"中国天然气的第一套工业脱硫装置"，威远气田威远一厂是"中国第一个高含硫天然气脱硫厂"，威远二厂是"中国第一套脱硫生产实验装置"，卧龙河气田是"中国第一套成套引进的天然气高含硫脱硫装置"，然后他又非常自豪地告诉我们，前些年，在重庆净化总厂组织召开的建厂50周年纪念大会上，他作为"西油"的一名"老净化人"，被作为贵宾邀请到会。净化总厂的厂长喻则汉让他给现在年轻的"净化人"讲传统，他说，他讲的也是西南油气田的净化专业在体系形成中无法绕过的这"四个净化第一"。

他还说："具有里程碑意义的'四个净化第一'建立完善以后，我们的净化事业从此开始遍地开花，结出了累累硕果。像渠县厂、长寿厂、大足厂、垫江厂，为了适应中国西南油气工业的发展形势，也如雨后春笋般地相继建立起来。当然，这还只是西南油气田净化专业体系形成的一个基础，只是60年发展的'第一阶段'！"

当我们让他介绍这些净化厂的具体技术工艺时，他说："这些厂的标准各自都不一样，但最有特色的还是要数垫江厂和卧引厂。这两个厂由于需要净化的原料气含硫量都很高，所以以前采用'MEA法'脱硫，效果和效益就很差，无法适应生产形势的需要。于是，我们就用'萨菲诺'这样的工艺来改进。这个工艺是由一名外国人发明的。我们面临高含硫和采有机硫的技术难题时，就在这两个厂同时采用了这种工艺方法。"

但在接下来的20世纪80年代，面对实现"四个现代化"的社会共识，西南油气田"净化人"的主要"攻关"方向，还是更进一步地放在对卧龙河净化厂这套日本引进装置技术的消化、吸收与推广上。

川西北中坝厂的含硫量也同样很高。

这个厂，建在江油市区东面的一座山坳里，建厂时间几乎与卧引厂同步。但由于卧龙河气田引进的日本工艺技术比较完善，因此在中坝厂的脱硫、脱水、硫黄处理和尾气处理等环节，在努力开发研究自己的工艺技术时，他们便自然而然地接受了来自卧龙河气田的"不少的外来因素"。

原来，西南油气田自己独立建设的东溪脱硫厂、威远一厂、威远二厂，一般只有脱硫和硫黄回收的两套装置，通过高含硫原料气脱出的硫黄产品回收率一直很低，尾气污染的问题也很严重。尾气污染给当地的生态环境带来十分不利的影响。先不说环境被污染到什么程度，就是每个净化工人在车间里上班，他们头上的天空也一直都是灰蒙蒙的。厂区绿化带上的花花草草，一年四季也总是一种病恹恹的样子。所以在建设卧引厂、中坝厂这两个新厂时，他们便增强了环保意识，加上了尾气处理装置和脱水装置。"西油"的净化专业体系，于是就普遍增加了脱硫、脱水、硫黄回收和尾气处理装置的工艺配套。

中坝厂最初的建设规模，是按日产100万方天然气的要求进行设计的，后来在建设中又被改造成了200万方的装置规模。

这个厂在建设中出现了不少波折，最开始，设计人员由于没有规划脱水装置的环节，因此建成后的脱水装置是在建设过程中追加上去的。尾气装置当时是设计了，可张化与他的同事们却万万没有想到，到了开厂试产的关键时刻，中坝厂却突然"掉链子"了，遇到了无法开机的技术难题。

中坝厂的设计，是由四川省化工设计院来完成的。他们的设计人员想搞尾气生产硫酸这种技术工艺，没想到这个看上去很美好的想法，在中坝厂的建设实践中也同样遇到了挫折。为此，周学厚将范恩泽、张化等一批中青年骨干人员召至成都，对中坝厂无法开机等问题集中攻关。他们打算借鉴卧龙河净化厂的引进技术，加上一个"还原吸收法"——具体就是"斯科特法"（SCOT）措施，来解决中坝厂面临的问题。这个措施经过论证后上马，由于中坝气田的产量这时出现明显下滑，因此中坝厂的日净化处理量，无法达到200万方这样的规模，只有100万方天然气。因此，周学厚组织的"攻关队"，就没再坚持搞"斯科特法"改进方案。为此，他们向领导提出建议，从国外引进一套MCA技术装置，然后对中坝厂的设备进行及时优化。

这套国外进口装置追加上去之后，中坝厂的顽固问题得到了圆满解决，硫黄回收率也从此直线上升。

时间的年轮匆匆滚过20世纪80年代、90年代，即将进入21世纪的时候，西南油气田的净化专业体系迎来了它的第二个发展阶段。这个高峰阶段，"西油""净化人"除了开发研究、完善自身的技术工艺，还注重吸收、引进了国外的先进技术工艺。他们的技术更新开始得到更加合理的完善。净化生产日新月异，走向正轨。

第三个发展阶段是进入21世纪以后的事。在21世纪他们极为重视科研经费的投入，增强了自我研发力度。以天然气研究院为主导的多个配套科研院所，围绕专业体系更加完备的新目标，开展了一系列天然气净化专业的工艺技术研究。设备开发配套、安全环保等领域，一直是西南油气田经费投入的重点。随着一批课题的完成，他们的天然气净化工艺出现了质的飞跃。在这个历史阶段，"净化人"除了扩大内外业务交流，继卧龙河气田成功引进日产净化装置之后，他们又根据西南油气工业勘探开发的任务之需，及时引进了一批西方发达国家的天然气净化工艺装置。

所以，从20世纪90年代末期进入21世纪之后，这既是天然气净化工艺历史发展的第三阶段，也是一个全面体系创新、成绩斐然的特殊阶段。在此期间，一个接一个的新技术不但被及时开发出来，特别值得一提的还有，在安全环保这个领域，他们集中解决了一系列重大问题。如建成了安全环保，净化规模每天超过千万方天然气这样的生产装置。龙岗净化厂上千万方的装置共有两套，每套每天可生产清洁气600万方；两套装置相加每天就有1200万方的规模。如被视为业内样板的龙王庙气田净化厂，它每天的生产总规模是3000万方，其中一期三套分别为600万方、四套300万方；二期建设又上马了每天1800万方的装置。

用张化的话说："这个局面，我们将它叫作'二龙腾飞'！"

第三个发展阶段的特点一是规模庞大，二是设施齐全，三是安全环保配套更加完善。这时，他们的工艺技术已经多种多样，琳琅满目，不但可以适应不同气田、气质的复杂变化，还能适应无论规模大小、无论净化指标有多精细、无论有多严格的具体要求，都能从容应对低含硫、中含硫和高含硫等原料气的净化处理。

西南油气田当下的生产规模体量，可用相关数字来说明天然气净化生产形成的良好趋势：张化老人1999年退休时，当时的天然气年生产规模是50亿方；我们采访他的2018年上一个年度，净化生产规模总量就已达到了140亿方。在取得净化生产140亿方的成就时，还收获了年产硫黄18万吨的硕果。仅川中遂宁一个龙王庙净化厂，2017年就处理了89.85亿方原料气，生产硫黄8.14万吨，而在张化退休的1999年，"西油"全年的净化产量却只有50.67亿方，硫黄产量只有6.43万吨。因此，张化老人认为，"二龙腾飞"带来的巨大变化，不但是看得见的，也是实打实地摸得着。

当然，张老在谈到龙岗净化厂由于上游原料气的供给不足，生产出现了"大马拉小车"的现象时，他也难免为之一叹。

那些前辈

"天然气净化，以前干脆直接的说法名叫脱硫；现在的工厂叫净化厂，以前则称为脱硫厂。现在大规模的净化厂总厂，我们以前叫它脱硫总厂……"西南油气田对外合作事业部副总经理汪忖理说。他1982年在四川石油管理局参加工作时，去的单位就是四川局的脱硫总厂。之前，他在课堂上了解到的情况是，四川油气工业的"净化人"创业之初，采取的脱硫方法，被命名为"黄泥脱硫法"。这个脱硫法因缺少现代工业技术含量，所以又被称为"土法脱硫"。

我们采访净化专家张化老人，他没向我们介绍土法脱硫的情况，到了采访汪忖理时，汪说，他也只是听说过这种脱硫法，是由净化专业的权威周学厚当年带人在隆昌气矿两道桥搞的，至于"黄泥脱硫法"如何将天然气的原料气变成清洁的产品气，他也并不清楚具体的操作过程，他只知道有此一说，而顺便给我们介绍一下。

汪忖理这位教授级工程师到对外合作事业部履新前，也是净化专业的一名资深专家。当年他到脱硫总厂担任实习技术员，听人说过净化专业此前除"黄泥脱硫法"之外，还采用过其他一些脱硫法进行天然气的净化生产，比如属于"干法脱硫"范围的"氧化铁脱硫法""铁锈脱硫法"等。

他在净化专业领域工作的30多年，天然气脱硫采取的都是"湿法脱硫"，比如像"溶剂法""单一生产""二一生产"等，诸如此类。

他说，西南油气工业的第一套严格意义上的脱硫装置，是建设在泸州那个地方的。那里，有座从隆昌气矿炭黑车间分离过去的炭黑厂，即直到现在仍然还在坚持生产的泸州炭黑厂。这家厂生产的炭黑产品因上游供给的天然气含有硫化氢，因此无法生产出合格的炭黑。

而在西方世界对中国实行技术、商品封锁禁运的时代，中国橡胶工业、军工领域和人民币印刷，都需要四川石油管理局生产的炭黑来填充国家工业建设急需的炭黑，因此它一直都是国家层面的战略产品。

面对这种情况，净化专业的创业前辈在"为国争气"的火红岁月中，为支持泸州炭黑厂生产"中国人的炭黑"，继隆昌两道桥时期运用"土法脱硫"对天然气原料气进行脱硫之后，又在泸州郊外"叮叮当当"地建了一套脱硫装置。这样，汪忖理向我们介绍的泸州净化装置，如果从时间上追溯，显然它又要开中国油气净化工业的历史先河。因此，

"泸州净化装置"与此前张老提到的"四个净化第一",或许就可以互为补充。

丰饶肥沃的川渝大地诞生了"五个第一"时,它还更有理由接受"中国天然气净化工业策源地"这一地标性称谓对它的加冕!

汪忤理告诉我们,中国的第一套湿法脱硫装置是建在綦江县的东溪化工车间的。这个车间,一般又被人们叫作东溪脱硫厂,他在30多年里时常面对的"湿法脱硫",便是从这里起步的。因此,在张化将东溪视为中国净化装置史上的多个"第一"之一时,无独有偶,与他并非同代人的汪忤理也将这里看成"西南油气田天然气净化工业的发源地"。他说:"东溪车间,真是一块中国天然气净化工业的风水宝地!"

他还说,东溪厂的净化装置尽管不是很大,但它像是个坚守阵地的士兵一样,在东溪默默坚守了几十年,直到2016年才宣告停产,"退出阵地"。一些很有名望,独步西南油气田甚至中国净化工业领域的高端人才,都是从东溪厂走出来的。他们曾在这里工作生活,像周学厚前辈精心培养,十分器重的范恩泽、张化、孙世军……这些如雷贯耳的名字,都与东溪脱硫厂的这方热土有关。

因年代久远,资料匮乏,汪忤理谈起"净化人"的师者与前辈时,对周、范、孙等人的情况并不了解。不过,在我们已对张老作过采访、以为对他已有足够了解后,听他说起张化的情况,才知我们对张化的传奇经历乃至他在"净化人"创业之初的事迹,还是知之甚少。

张化原是荆楚大地的农家子弟,在他老家,许多年以来,十里八乡就出了他这么一名大学生。1949年前后,少年张化人很机灵,是一名儿童团长。他与土改工作人员的关系,处得十分融洽。那时,张化经常与解放军一起开会,像"敲锣打鼓""站岗放哨"这些带有历史印记的活儿,他都干得非常出色。

但是很快，以解放军带领民兵将张化老家的一名地主在张家祠堂"就地正法"为标志，从那以后，他就无岗可站、无哨能放了。

于是，张化开始跟在大人的屁股后边，和他们一起参加扫盲夜校，学习识文断字。在这之前，他不但一天书也没有念过，而且连学校的门是向哪个方向开的都不知道。

他大概是1938年出生的，到了能认几个字时，已经十二三岁了！张化准备上小学的那年，可能是1952年或1953年。

他去小学报名读书，属于插班生，所以，他需要接受入学考试。考语文，学校方面难不住他，不过，考算术就难免让他抓瞎了。因为除了为土改工作队站岗放哨和随后跟着大人一起上过几天扫盲夜校，他对十以内的加减法的算法，整个脑子都是一片空白。

"好在他从小是受共产党教育成长起来的！"汪忖理说，"因此，他从小就不怕吃苦，很有志向，一次没有考上，他又准备接着下次又考。"

考试成绩下来后，他接受了自己考得很差的现实，去找当地的小学校长想办法，校长很忙，没有理他。校长的爱人一看这个农家少年老老实实，就不想为难他，问了些比考试还要简单的算术题，但少年张化还是答不上来。校长爱人见他确实很想读书，于是答应他先来学校读着，看是否能跟上，等他实在跟不上了再说。结果，张化从三年级开始插班上学，上了几个月，由于读书期间经常要帮母亲下地干农活，结果小学三年级的课本他只学了半年，就因成绩太差而退学了。第二年农闲了，他又去考试，成绩依然还是不行，算术方面简单的加减法，还是没有算出来。

结果还是校长的爱人找到校长，替他好话说尽，校方这才让他继续插班试读。然而，读了半年以后，还是由于家里的农活太多，张化又被迫辍学了。等农活忙完后，张化第三次去找校长的爱人，请她务必帮忙再作通融，但这次无论校长的爱人怎么说，校长却坚决不答应了。

一次机会没把握好，二次机会也没把握好，接连两次插班读书，他都没能坚持下来，因此怎么可能还有第三次呢！

所谓事不过三，说的也是这个道理。

既然乡里的小学已经将他拒之门外了，那么他就只好去另外的小学。这个小学是区里的，他在这里遇上了一个好老师。这位老师见他成绩虽然不行，但考虑到他曾经当过儿童团长的"政治表现"，所以又想尽办法，帮他在区公所的小学办好了插班试读的所有手续。张化在区公所读书，读到五年级下半年，家里的农活虽然依旧很多，但无论如何这次他再也不敢三天打鱼两天晒网了。这时，他只想一门心思地读书。区里的小学离他家有七八公里路，无论上山过河，路有多远，他都会背着书包，风雨无阻地天天来回奔跑，读到1954年终于将小学读完了。

张化的初中和高中是在宜昌县（今湖北省宜昌市夷陵区）读完的，县城距他老家有40多公里。这时，他的学习已经开始走上正轨，各门功课均出类拔萃。

他的学生时代，之所以能在宜昌县一中，那所县里最好的中学读书，主要是因小学临近毕业时，他就开始住校。而且，从小学到初中、高中，他把自己的心思完完全全地放在学习上了！

张化从宜昌县一中考上了武汉大学化学系。那一年一中的升学率很低，只有百分之十几的样子。他从一字不识的儿童团长，能够实现考入高等学府求学的目标，而且分配到四川石油管理局，还实现了从一名普通技术员到国家级专家的巨大跨越，在我们眼里，这简直就是一个令人惊叹的传奇！

不过汪忖理却不这样认为，他说："张老他们这些前辈，职业生涯很有建树，其实并不是什么传奇，因为在我看来，这是他们对人对事诚恳认真，从不虚头巴脑，遇到问题敢于知难而上的一个必然结果。"

汪忖理告诉我们，张化人生经历中最艰难的时期，还不是读书求学时期的"那一段"，而是"文化大革命"期间的"这一段"。

那是张化参加工作之后的第二年，即他根据周学厚的安排，离开东溪净化厂，告别范恩泽去威远参加威远一厂建设的那个时候。这个厂是石油会战指挥部为落实毛泽东在杭州会议上提出的"搞点石油，搞点气"的指示，伴随威远会战解放川南油气藏的脚步，作为配套工程来修建的。但没想到，参加会战的建设者把一座厂子即将建好时，"文化大革命"却突然爆发了。

当时，张化参加建设威远一厂，正好处于开厂试车的关键时刻。但四川石油管理局抽调过来的会战人员，却要忙着回成都去"闹革命"；石油部直属的第五石油大队作为威远一厂建设的主力——他们的原单位在东北大庆——接到上级命令后，也要急着回去"闹革命"！于是，原本敢打硬仗、敢啃"硬骨头"的一支会战队伍，在组织管理上就这样分崩离析了。迫于"革命风潮"的形势及压力，所有建设者几乎都像树叶一样，被一阵突如其来的"大风"裹挟而去！空荡荡的威远一厂工地，当时只有两个女同志——一个叫沙银河，一个叫周耀华——还与张化一起留守。这两名设计人员之所以没有跟风而去，是因为她们也像张化一样，服从了四川局总工程师周学厚对她们作出的"特别安排"。

成天望着一套计划日产140万方天然气的净化装置，就这样孤零零地撂在威远县一座山头的密林中，张化的心里还是很难受的。一天，两位女同志下山，去附近的乡场上购买生活日用品，当他突然意识到整个净化专业原来只有他一个人还在坚守时，便有点坚持不住地跑进值班室，给时任四川石油管理局总工程师的周学厚打了一个电话。

"老总，净化上，好像只有我一个人留在这里，您说，这该怎么办呀？"张化望着窗外空落落的工地，心里空落落的。

"啥子怎么办？'凉拌'啊！哈哈哈！"周学厚见他说话有些心慌意乱，就对他打了一个"哈哈"，来调节他们的通话气氛。

"真的……只有我一个人了！"

"我知道！小张，哪怕只有你一个人，我也希望你把威远一厂守住！

记住了，守住！最迟一个星期，我就会过来找你！"

大约七八天后，周学厚果然如期而至。他背着双手转了一圈工地，然后出现在张化坚守的一个看似可以遮风避雨，实际只要一股大风吹来随时就会被卷走的席棚棚的门外。

"小张，你给我说个实话，面对这个有可能半途而废的装置，我们到底怎么办？"

张化当时在山上坚守，面临的各种困难太多。他知道这套国家在困难时期投入巨资建设的天然气脱硫装置，如不及时开厂试车投入运行，那么过不了多久，经过日晒雨淋，就会变成一堆分文不值的破铜烂铁。但想到当时会战总指挥部已经瘫痪，各路会战者均已归建；川南、后坝、华蓥西等战区，只有极少的"川油人"还在坚持；威远一厂也只有他与两名非净化专业的女同志，还在不知何去何从地守卫。因此面对事关"一厂"生死存亡这样的重大问题，又岂是他一个小技术员就能回答得了的？所以面对周学厚充满期待的询问，他一时有些不知从何处说起。

见张化一脸迷茫地站在棚子里，愣在原地半天没有言语，周学厚一脸凝重地又问："小张，我们能不能鼓个劲，想办法把威远一厂开起来呢？"

"我们？我和您……吗？"张化瞪大了眼睛，有些不敢相信自己的耳朵。

"是的，你和我……当然，说得更具体一些，除我们之外，还有沙银河、周耀华……包括许多其他的人！"

"嗯……我懂了！"

周学厚离开即将半途废弃的威远一厂，回到成都不久，便通过向四川局"革委会"的负责人所作的汇报请示，很快给张化下达了三条正式指令：一是设计上的后续调整与完善，由沙银河、周耀华两位设计院的同志负责；二是尽快去附近招收一批文化程度较高的合同工，由他们来填补威远一厂开厂投产期间面临的工人短缺问题；三是以张化为净化专业技术骨干，配合即将到任的两名行政领导，带领招来的工人试车，争取通过"威成管线"早日实现向成都供气的目标。

周学厚是那种业务扎实，对复杂的政治关系能够保持距离的知识分子，加之毛泽东、邓小平视察隆昌气矿时，他曾亲自参与陪同，并且做过当面汇报。基于这样的原因及背景，他与"革委会"上层和基层群众的关系处理得相对单纯，还不至于随着"文化大革命"形势的变化受到什么冲击，所以，在决定威远一厂是否坚持开厂的关键时刻，通过他带领的张化、沙银河、周耀华，包括招来的合同工的努力，才使威远一厂躲过了一场浩劫。

然而，重启开厂试车程序的威远一厂，在1966年至1967年期间面临的各种问题，却更让张化感到举步维艰了。

刚招上来的合同工上了一两个月班之后，由于每天参加听广播、读报纸的"政治学习"，竟也纷纷提出了要"闹革命"的强烈要求。因此，面对这种情况，张化作为一名生产一线的技术员，要按照周学厚的三条要求，如期实现威远一厂的开厂试车目标，无论如何都是很困难的。

在这一年中，他在威远一厂可谓吃尽苦头。工人这边，由于文化基础知识的先天性薄弱，根本不懂工业生产是怎么回事，脑子就像一张白纸，更别说明白天然气脱硫的工艺技术与他们有什么关系了。面对这种情况，就意味着张化要把每个工人必须掌握的岗位技能手把手地教会。在他这边，其实当时也没有什么书本知识之外的实践经验。走出校门被分到四川局，在东溪化工车间，他也只给范恩泽打过下手，跑了几个月腿。技术工艺方面的书本知识对他来说这是他的专业，真要用于实践，通过努力最终不会存在太大问题；但设备装置尤其是各个岗位的操作技能，就让他常常抓瞎了。遇到这种情况，他一是需要依靠责任和胆量，想尽办法去克服困难；二是要靠周学厚在四川局机关用电话来对他进行遥控指挥。

于是，张化和周学厚通电话的时间越来越多。

遇到各种生产上的紧急问题，周学厚就在精神上鼓励张化，给他讲毛泽东、邓小平视察隆昌气矿时，他在毫无准备的情况下，顶住压力战胜自己，和隆昌气矿的领导一起参加现场汇报，并且取得成功的感受，反复告诫张化遇到天大的事，都要不慌不忙，脚踏实地地勇于面对；对待具体业务无论从早到晚，哪怕是在深夜的一两点钟，只要张化的电话从威远打到成都，周学厚也会毫无怨言，满是耐心地将各岗位操作要领说给他听，让他知道哪些地方应该如何去做。他们每次通话都是四五十分钟，有时长达一两小时。和周学厚的通话中，遇到关键问题，张化会一字不落地记录下来，然后，经过简单的消化，在感到自己大概有把握时，才把有关岗位的工人召集起来，向他们传道授业。

经过努力，厂子终于开厂试车了。

但没过多久，威远一厂涉及的问题还是又像水缸里的葫芦一样，这边刚被张化摁下，那边又一下浮出了水面。设备问题、建设完善问题、工艺问题、操作问题……各种问题在一方面既想好好上班，另一方面又想根据上峰指示去内江、自贡搞"串联"的工人身上集中爆发了。

比如需要启动一台泵时，如果张化当时不在现场亲手将工人的手拉到按钮上去，"革命热情"很高的工人就动也不敢去动一下。面对工人心神不定的这种工作状态，汪忤理说："那时，张化常有一种心力交瘁之感。"

我们问他：我们在采访张化老人时，他都没说过这些细节，你是如何知道的？

汪忤理说："净化总厂50年大庆的时候，曾经搞过一个电视片，其中有一集是说张老和周学厚他们那些老前辈的，我看过很受教育，所以印象很深。"

这样，随着汪忤理的介绍，张化在威远一厂的林林总总，便在我们对他的认识中逐渐完整起来。

比如那时，张化一般都在中控室待着，不敢离开半步。中控室那时的条件不像现在这样好，非常简陋。他在里面一边看书学习，一边等待各种问题的出现，一听有人向他报告哪儿出问题了，他就放下书本，立即跑过去想法解决。这样，威远一厂的"五个台阶"，随时都能看到他上上下下的身影。

当然，他在"五个台阶"上上下下，除了要随时解决生产中出现的各种问题，还有一个可能就是，他怕上班的工人将手里的活儿突然放下，丢下工作不管，私自跑下山去"闹革命"了，如果发现这样的问题，那么，威远一厂就无法正常运转，他也无法向周学厚作出交代。

那时，威远一厂有90多名净化工人。一些文化程度较高的工人，见张化成天像个羊倌一样，总是瞪大眼睛地将他们像羊群一样盯着，就给他贴了一张错字连篇的"大字报"，批判他"以生产压革命"的"滔天罪行"，然而平时一副书生模样的张化，遇到这种情况他也根本不怕。

他不怕那些"造反"的工人的原因有三：一是遇到他们闹事时，他会把四川石油管理局"革委会"要求威远一厂对成都实现供气的指示拿出来，对他们进行宣读；二是对那些在他面前爱摆"贫下中农"和"工人阶级""老资格"的闹事者，他会告诉他们"我比你们'革命'资格还老，12岁就当过儿童团长了"；三是听到闹事工人背地里骂他"臭老九"时，他就将"抓革命促生产"的"最高指示"写成标语，贴在车间的各个岗位上去震慑他们。

自从张文彬、张忠良、秦文彩这些领导被打倒，下放到边远山区去蹲牛棚以来，被"川油司"控制的会战总指挥部，当时距威远一厂并不遥远，骑上自行车十多分钟就能跑个来回。"川油司"的"造反派"夺权后，发现威远一厂还在坚持生产，"革命形势"很差，很生气地喊出了"踏平脱硫厂"的口号！他们认为脱硫厂的"革命形势"之所以处于低潮，都是由于张化和工人"还在为走资派卖命"才引起的。

一天，脱硫厂工人队伍中的"保守派"拖了十几根皮管放在威远一厂的门口，张化一见这种情况，去问工人这是要干什么。工人告诉他说："只要他们敢来捣乱，我们就用酸气'哧哧'他们！"张化明白工人的真实用意后，吓得一阵头皮发麻。因为他知道酸气一喷出去，那是要出人命的！所以从这以后，张化每天在带领工人搞生产的同时，还要随时留意工厂门口的动向，防止红村的"造反派"与一厂的"保守派"发生冲突。

汪忖理说："1966年至1967年，张老在周老总支持下，依靠工人坚持生产，不但克服了难以想象的困难，完成了开厂试车任务，而且通过'威成管线'向成都输送的清洁天然气，还有最初30万方、中期70万方和后期100万方这样的生产规模。"他认为，"威远脱硫一厂是西南油气田净化厂的'种子厂'，后来建设威远脱硫二厂时，一厂工人作为骨干，有一半被分到了二厂；比如一厂分到二厂去当厂长的刘忠明、副厂长吴光荣，都是张化根据周学厚要求，从农村招来的合同工中挑选的突出代表。刘忠明也是西南油气田一名'老脱硫'，他在那批工人中只有初中文化程度；吴光荣虽然没有什么文化，但是经过后来的历练，也是一位很有知名度的'老脱硫'。这些前辈都是从威远一厂和张化老人一起走过来的"。

在路上

在我们不算先入为主，根据历史代际规律形成的事先印象中，张化这代人显然要被归为"特别能吃苦"的一代。他刚参加工作的20世纪60年代中期，当时，中国石油工业战线虽还笼罩着"文化大革命"的阴影，不过就西南油气工业面临的一个时代来说，处处还是昂扬着"艰苦奋斗"的主旋律。

当然这也正如前述，张化走出校门，一来到四川石油管理局参加工作，就和许多"净化人"一样，一方面要面临脱硫攻关的各种难点课题，一方面还要白手起家，从无到有地去建设那一套接着一套的净化装置。当时，张化们的工作时间基本没有上下班之分，就是到了晚上，也很少回到宿舍放松手脚地睡个好觉。无论是建东溪净化厂也好，还是建设威远脱硫一厂和二厂也罢，他们基本上都是连轴转。太疲倦了，张化就在值班室或工地上眯上十多二十分钟，然后根据个人生物钟的"按时反应"醒来，"一咕噜"爬起，拍打几下身上的泥灰，接着埋头又干。那时，西南油气田"净化人"的创业前辈，几乎每个人都没什么昼夜概念，只要睁着眼睛，他们就会一刻也不停止地干活。他们的工作生活场所——比如像建设威远脱硫一厂时——都以搭在工地火机边的竹席棚棚为中心。每个人吃住都在棚子里，一遇火机放空，硫化氢便开始四下蔓延，张化与设计院的几个技术员就会在棚棚里边中毒。

那时，净化厂工人中毒的问题也很普遍，不过相对来说还是张化和设计院的技术员在席棚里中毒的次数比他们要多一些。

张化在威远脱硫一厂工作，当时，百废待兴的净化专业只有他这么一个大学生，被四川石油管理局的副总工程师周学厚安排在威远的大山里当技术员。

好几次，他都被火机放空带出的硫化氢熏了，不过，每一次好像又没出过什么大事。中毒后不用吃药，不用打针，也不用休息，只要伸伸脖子，再转几下脑袋，接着双手高举着将身板儿往直挺几下就算扛过去了。不过，那年冬天，他在工地上遇到的那场大火，就没让他轻易"过关"了。

那场大火，烧毁了工地上的所有席棚。

当时，西南油气工业净化专业的最初体系还没成型，对不少装备的自主设计还不十分完善。高压放空管、低压放空管都被连在同一管线上边。由于"大三线建设"正如火如荼，按照"大厂上山，小厂进山"的指导原则，为"威成管线"供气的净化厂也要严格按照"五个梯次"结构，建在威远县境内的一座山头。

这个结构是这样的：脱硫环节在第一个台阶，回收环节在第二个台阶，放空环节在第三个台阶，相关工序及工艺就这样人为地被分隔了。那么，脱硫这道工艺就形成了一种高压状态，回收酸气放空就处于一种低压状态。两种压力不同的放空管被同时接在一根水封管上，水封管正好又是低压的状态，那么只要高压阀门一放气就容易把水封管突然撕裂。水封管一旦撕裂之后，酸气就会无法阻挡地向外"哧哧"喷射。

这天，张化突然听到工人跑来向他报告："张技术员，你搞快点哦，水封管又在冒酸气了！"

他赶忙冲出值班室，飞跑上去处理险情，结果当他正要关掉阀门的时候，身上不但突然着火了，烈火还蔓延到了工地上的其他易燃附着物上。

满身是火的张化迅速将阀门一个一个地关好，然后才从高高的台阶上直接往下滚。滚下山坡，他在平地上又翻滚了几个来回，好不容易才将棉衣上的烈火滚灭。

这次火灾将张化的脸烧得脱了一层皮，一头乌黑的头发在"滚火"的过程中也被大火燎得没剩多少了。"完了，张技术员这回肯定遭球了！"几个工人将他抬上一辆人力"板板车"[1]，边跑边喊，一路向医院狂奔。

设在红村石油会战总指挥部的石油医院，条件和军队战时野战医院一样，简陋极了。但张化没死！躺在一张铁床上，输了两天液，他就趁医生不在时跑回正处于开厂试产节骨眼上的"威二厂"上班去了。

他的脑袋、脸部全被纱布严严实实地捂着，但还是硬撑着摇摇晃晃地在建设工地上跑来跑去。

有人说："您应该在红村多住几天，等伤好了再回去嘛！"

---

1 20世纪六七十年代，四川随处可见的木板两轮人力工具车。

"不行的，厂里只有我一个技术员，我不回去就有可能要出问题。出问题了，真没哪个负得起那个责！"张化道。

"您当时的样子，要是拍成纪录片一定很'拉风'哈？"有人故意和他开起了玩笑。

张老哈哈一笑说："拉个啥子风哦，那种样子，跟个伤兵一样，说是看上去很狼狈倒还差不多，哈哈！"

"建设威远气田的两个净化厂时，我们除不时在施工中受伤之外，工作中毒的现象也极为普遍。"张化说，"威远净化厂的第一批脱硫工人，是我从秀山与荣县等地招来的……"他招来的这批人，其实大部分人没有什么文化，有的人甚至连斗大的字也认不了几个。

由于当时净化装置的自动化程度几乎是空白，所以，到了他让工人们控制阀门、看好压力表控制仪的环节，他拿着手里的教科书也不免感到沮丧，不知该拿什么办法来教他们。后来，他终于摸索出了一个不是办法的办法，即为了让工人学会控制压力表的技能，张化就只好用红油漆"画线线"的办法，来对大家进行培训。具体办法是先在仪表压力高的高处画出一道醒目的红线，然后又在压力低的地方画出一道同样醒目的红线，接着他就告诉工人们脑子清醒一点，一定要记住：一是有的阀门只要看到压力接近红线线时，就必须把阀门开一点；二是到了压力接近低的红线线时，大家就要往回关一点点。

然而这些起点很低的"净化人"，虽说只能用抛开教科书的土办法来教他们，但是有一句说一句，他们在张化的眼里，责任心与个人接受能力最终也不一定都很差。所以，由于工人的文化水平普遍很低，加上自动化水平几乎没有等方面的客观原因，大家就只能老老实实地待在山中干活，遇到管线发生泄漏，出现中毒的问题，大家也没什么切实可行的办法进行及时躲让，或者拿出什么有针对性的管理措施对它加以及时改进。中毒对张化和两个厂子的工人来说都是家常便饭。

中毒了，笨一点的就只好跑到墙边一个人去蹲一会儿，或者"长日日"[1]地倒在地上躺一会儿；脑子稍微灵光一点的就懂得跑到风向口去，张大嘴巴用力呼吸几口新鲜空气，或者冲到水池边上，扯下脖子上的毛巾用水浸湿，赶紧捂住嘴巴。等感觉差不多缓过气了，这些中毒者又会自觉跑回岗位，争分夺秒地接着干。

张化老人说，那时他的身体一直很好，中毒了他从来都不把这当回事儿。在他当时看来，有人把中毒说得有多么厉害，说啥子中毒了肯定要得后遗症，会脑壳疼，睡不好觉等，其实大家睡不好觉，长期失眠，应该只有两个方面的原因：一个是硫化氢进入人的呼吸系统，确实让人无法忍受；二是那时候大家每天都在没日没夜地干活，成天在五个台阶跑上跑下，都在学习"王铁人"，生物钟乱了，睡不着应该也是很正常的。但有时候事实好像又并非如此，因为大约过了三年多时间之后，即1974年，他从山沟里来省城成都，工作环境和工作方式都发生了变化，这时他才有所醒悟，原来大家对硫化氢中毒的那些议论，也不全部都是"瞎吱吱"的。

完成了在基层的几番摔打磨炼之后，周学厚通过四川石油管理局的分管领导，将张化这个可以独当一面的年轻技术员调到机关。这样，张化每年在机关工作的时间就有半年左右，下到基层去解决问题，和一线生产技术人员一起"攻关"的时间，也有大概半年左右。工作生活从此不再昼夜不分，不再与硫化氢和烈火为伍。他说，由于泄漏中毒和那次烧伤留在脸上的伤痕，也就慢慢地缓解和逐渐消失了。

现在，张化每当与人谈论硫化氢中毒给人带来的伤害问题时，观点与年轻时相比已经发生了颠覆性的转变。当然，他现在的这种变化，除了随着时代进步，人们的安全环保意识越来越强，也与当下川渝两地天然气原料气的含硫量已经超出了人们的想象有关。张化说："现在，我们

---

[1] 四川方言，"直挺挺地"之意。

的净化工人,一线技术人员,要是不幸中一次毒,那肯定就要完蛋的!"

他说:"现在与上世纪70年代四川石油管理局时期的原料气比较,早已不是硫化氢高不高和高多少的问题!威远气田群,当年的含硫量大约是20克左右,只有1%;现在龙岗气田的含硫量已经是20到40克;龙王庙气田甚至已高达30克;最高的还是川东北罗家寨气田、铁山坡气田,这两个气田的含硫量已经达到10%不说,甚至还引发过令人震惊的重大亡人事故;而中石化在临近罗家寨、铁山坡开发的普光气田的原料气的硫含量,更是高得离谱,有的时候竟然达到了14%。

"中石化建设净化厂,无论建厂还是开厂都要来成都,请我去帮他们作些工艺技术上的指导,但每次去普光气田,我头脑中那根弦——对如何避免高硫化氢对人和动物的伤害,以及对环境带来的灾难性后果避免等问题——始终都是绷得紧紧的。我虽然从事了大半辈子的天然净化专业'攻关',但每次遇到实际问题,哪怕这些问题我都能够给出解决办法,但自己从来也不敢有丝毫的懈怠!"

张化1974年从基层调到机关生产技术处任职,负责天然气净化脱硫研究和相关的组织领导。从1983年开始,他当了大约8到9年技术处长。在建设"卧引装置""中坝装置""渠县装置""长寿装置"这批净化厂时,大多数的时候,根据领导指派,他都在基层一线的建设现场忙碌着。

那时,川渝两地的公路交通没有现在这么发达。技术处有一辆"北京212"吉普,经常停在技术处楼下院子里的一棵柏树下待命。在张老的记忆中,这辆车总是拉着他与技术处的同事,在县、乡、村的黄泥大道或机耕路上飞驰。车子在赶往建设现场途中,尘土飞扬地飞跑着,常给他留下一种"骨头都要跑散架了"的感觉。

从成都府青路机关到垫江净化厂的建设工地,道路远不像现在这样近便,只用半天时间就能抵达。那时,他们坐上那辆"212"吉普,路上要跑三天三夜才能到。从成都到内江的路要走一天;第二天急赶慢赶才可以赶到重庆；第三天从重庆起个大早上路，赶到目的地时太阳就已快落坡了。去垫江净化厂的次数一多，他们就把从长寿到垫江的那条无名机耕路叫"长颠路"了。车子在路上活像一只得了瘸病的"癞格宝"[1]，爬行得又疲又慢。天一落雨，路上到处都是大小不一的水坑水沟槽。当"212"快要爬上一条泥泞陡坡段时，同张化一起下基层的机关知识分子们自然都要下车，挽起袖子，弯腰弓背地向山上一起用力推车。等大家都累得气都喘不匀时，他们才有可能将车推上山顶。然后，他们又十分享受地上车，沿一条又长又滑的下坡，坐在车上画着大"S"形，有说有笑地继续前行。

"长颠路"的沟槽又深又多，张化们当年奋力推车的时候，当地群众，站在路边笑嘻嘻地看着他们，一般不会上前搭手帮忙。群众之所以爱看他们"笑事"，张老说："这也不能责怪人家！因为'长颠路'之所以那么烂，全是因为我们的重车往垫江厂的工地运料，常在路上来回奔跑，把人家原本极好的路碾坏了！"

张化下基层，生产技术处和其他处室的机关同事有时和他同去。但在天然气脱硫这个专业，许多时候基本上还是只有他一个人"跑单帮"。刚开始去卧龙河引进厂，他像学生一样一直陪着周学厚，帮他提着一个塑料黑包一起下去。周是西南油气田所有"净化人"都很尊重的权威，张化说，在"卧引厂"项目建设上，他与周老总一起去工地的次数最多，待在现场，他们从来都不是"点火吃烟"、来去匆匆的漂浮作风，而是一去就会十天半月，扎下来，认真与基层的同志一起研究问题。那时，他每陪周学厚去一次现场，都能从他身上学到不少东西。

"卧引厂""綦江厂"这两个净化厂建完，各类技术人员在生产技术处均已编齐到位，分管脱硫设备、脱硫工艺的人员开始逐渐多了。于是，遇到再下基层，他这个当处长的也就不是一个光杆司令了！生产技

---

[1] 蛤蟆。

术处兵强马壮，川渝两地的各个净化厂一到每年一次、两次的大修，下面单位一个电话打来，他们就闻"令"而动，说走就走。去了现场，他们就和基层的同志同吃、同住、同工，实现了"三同"，把各种技术工艺遇到的所有疑难问题都摆出来，在现场集体"攻关"，直至圆满解决。

从那以后，"每年至少就有半年时间跑一线"，与基层科技人员"三同"。这个传统自"始作俑者"周学厚带领范恩泽、张化等人挑大梁的时代伊始，历经岁月的更迭，直到2018年冬天，还在众多后来者身上，依然历久弥新，得到了很好的传承。现在，西南油气田虽然已将东溪厂、长寿厂关停，承担了中石油赋予的"全国净化专业培训基地"的职能，原来的12个净化厂只有10个还在生产，但"净化前辈"当年走过的路，许多后来者却依然在走。

这几十年来，西南油气田净化专业从无到有，积累了一套从工艺到技术的底蕴，在国内甚至国际上一路领跑，都是一代人接着一代人，坚持理论联系实际，以基层出现的生产问题为牵引，在路上通过不断地"跑路"，然后慢慢"跑"出来的。

张化说："这些成绩，不但归功机关生产技术处的每一个人，而且，天然气研究院的专家们从中发挥的作用也是摆在那里的！西南油气田的'天研院'，在全国学科建设中，独此一家，别无分店。他们是唯一的，也是最专业的！他们为净化专业积累的不少成功经验，也是从实验室到现场，几十年坚持不懈，一路'跑'出来的。"

西南油气田净化专业60年以来的技术工艺，通过几代人的努力，形成自己的独立体系之后，他们基于"献石油"的情怀，还在20世纪的90年代，对中石化的不少项目作过专家保障。中石化建设川东北普光气田，从气田开发到天然气净化，从做方案设计到组织国内外专家座谈，从环评、安评设计到通过国家验收，所有的过程，可以说都不难从中看到"西油"联合专家组介入的身影。近几年，中石化川西北的元坝气田建设，也是西南油气田的专家团队在为他们提供"一条龙"服务。本来中石化找的是北京一家石油公司服务，但遇到净化这个环节却无法过关，因此，最后还是只能邀请张化与西南油气田的专家介入。

当"西油人"的勘探业务走出四川盆地，跟随中石油海外团队一起远征哈萨克斯坦时，张老由于年龄和身体原因，未曾远征中亚，但在相关净化业务国内定方案，搞设计和制定安评、环评措施的环节，他却一样也没落下。张化的名望与资质，至今还收录在国家石油天然气专业的专家库里。

所以，但凡遇到西南油气田、中石油、中石化、中海油，乃至国家安监总局、环保总局组织开展专业活动时，只要能够参加，他也不让邀请方失望，尽量按时前往。

已将他乡作故乡

汪忖理与他十分敬重的净化前辈张化一样，也是一名农家子弟。在他位于安徽庐江县岱鳌山的家乡，曾经出了不少历史文化名人，如以谦让邻里，曾在庐江留下了"六尺巷"的古迹及传说，以官风纯正而著称的康熙朝宰相张英，如在甲午战争中壮烈殉国的北洋舰队将领丁汝昌，等等。他从庐江县这片人杰地灵之地出发，虽然他的求学历程没有张化那样艰辛，富有传奇色彩，但他在西南油气田净化专业的骨干人物谱系中却与张化老人一样，具有脚踏一方厚土，继而找到自己的事业坐标，并通过不懈努力去实现个人价值的共同之处。

汪忖理是中国结束十年内乱，恢复高考之后的第二年考上大学的。那时，应届生汪忖理到县城参加高考结束，正要回家的时候，广播里正在播报一条华北任丘发现古潜山油田的新闻。这条新闻像是汪忖理的"引路人"，不知不觉，水到渠成地就把他"领进"了西南油气田，以至于30多年以后，他还记得当时的央广新闻在说："潜山油田开钻以后，原油滚滚直往外冒，钻井工人连抽油机都用不上了！"

最后一科考完，汪忖理就觉得自己肯定考上了！

"为什么对自己的成绩这么有信心呢？"我们问。

他说："因为和我一起参加考试的同学，离开考场的时候，他们都是一种垂头丧气的样子。我回想自己那天的化学、数学两科考试经过，却觉得一身轻松。"

"很有把握是吗？"

"是的，化学、数学是我最有把握的两门功课！"

汪忖理从庐江县汽车站买好车票正要上车回家时，就听到了那条华北任丘发现潜山油田的新闻，他一边听着播音员用"黑色金子""滔滔油海"这样的词语描绘潜山油田的美好前景，一边在心里暗想："我的化学、数学既然很好，那我为什么不去石油院校读书呢？！"

于是，高考成绩一下来，当汪忖理发现他的化学成绩以98分位列庐江县应届生榜首，意识到自己能上重点大学时，他就在高考志愿上二话没说地填报了华东石油学院。他的化学老师知道情况后也很高兴，十分支持他的志向选择——"完成学业后，到华北任丘去，到潜山油田去！"

汪忖理虽然是从农村考上大学的，但他的化学老师杨老师水平非常高。这位杨老师是一名"右派"，虽被下放到汪忖理老家的乡镇上教书，却有国家高教部任职这样的职业资质背景。因此，学生时代的汪忖理能遇上杨老师，这和张化能遇上让他插班去读小学的那些老师一样，这是他们的幸运。

杨老师告诉汪忖理，自己非常赞同他填报石油院校的志愿，但作为学生对他的"回报"，必须选择一个与化学有关的专业，而"石油炼制"这个专业正好也是汪忖理所喜欢的。当然，汪忖理选择这个专业，也是他和杨老师经过一番慎重考虑的结果。他们认为，学成这个专业后，哪怕去不了潜山油田，至少可以争取分配到安庆炼油厂工作，这样不但可以实现投身"我为祖国献石油"这一美丽行业的理想，而且安庆距离庐江也近，可以照顾父母。

但是，汪忖理告别华东石油学院虽然冷清孤寂却极为适合读书用功的大学校园时，他却既没去成任丘的潜山油田，也没去成安庆的那家炼油厂。

1982年，汪忖理毕业后，被分配到了四川石油管理局，报到后，四川局又将他分配到了川东矿区。这个分配结果虽然出乎他的预料，但看到领导对他很重视，特别欢迎他们这些大学生，因此虽说心里有种淡淡的遗憾，但看到领导和同事们发自内心地欢迎他们，他也抱着"既来之，则安之，来了就好好干"的心态，很快沉淀下来。川东气矿一看汪忖理的毕业成绩和校方鉴定，认为这个年轻人很不错，一合计就将他安排到脱硫总厂去任实习技术员。

让他去干天然气脱硫，汪忖理嘴上没说什么，其实心里还是很纳闷儿的："我学了整整四年的炼油，咋就让我去净化厂了呢？"

在成都报到时，人事处的一位领导问他："小伙子，说说，你都有一些啥子具体想法呢？"

汪忖理说："我是学炼油的，只要有炼油厂的地方，领导您让我去哪儿都行！"

从成都来到山城重庆的川东矿区，得知矿上有个虽然很小但也可以年产几万吨的炼油厂之后，他还是想到那儿去："去这个厂子，搞炼油！"

但川东矿的领导经过研究后，认为将汪忖理放到净化总厂去接受锻炼更合适，所以，在"一切服从组织安排"的那个年代，他就别无选择地去了净化总厂。汪忖理读了四年石油炼制专业，天然气净化专业的书本知识只有"一个页码"那么多。虽然当时他"愉快地服从组织安排"了，但如今他说："细心一想，其实当时我还是很茫然的！"

在一辆插着彩旗，贴着标语的送大学生到新单位报到的卡车上，汪忖理"飘"了将近一天"大厢"，天快黑时，才知道自己被分配到了卧龙河引进厂。这时，他才知道组织上对他的确是很关照的，因为他要去的

"卧引厂"是个很不错的好地方！

在川东气矿机关组织的大学生与领导见面会上，一位矿领导在介绍情况时，就对汪忖理他们这批大学生说过："卧龙河引进厂的设备是国内最先进的！自动化程度是最先进的！工艺也是最先进的！"

这样，当"卧引厂"的技术领导范恩泽又把矿领导曾对汪忖理说过的那些"先进"重复了一遍时，汪忖理就更愿意在"卧引厂"干了！

当时，他说他"不但决定就在那里好好干，而且一想到'卧引厂'不仅有那么好的设备和技术，还有范恩泽那么热情的技术领导，就是实习完了之后，我也不走了！"

卧龙河引进厂的环境，相对汪忖理求学时代的华东石油大学校园四周黄河岸边的盐碱地，可谓花红柳绿，十分漂亮。但这只是相对的，因为20世纪80年代之初的"卧引厂"，以今天的眼光来打量，始终还是"孤零零"的。现在的卧引厂四周，已经形成了一个繁华的小镇，但在当时这座曾在中国西南油气工业发展史上留有颇多可圈可点之处的工厂四周，却是一片稻田，而且住家人户也很少。

汪忖理被范恩泽安排到引进车间上班，一开始就是三班倒。大学生虽有干部身份，但在当时同样也要倒班，和普通净化工人没有任何两样。

于是，汪忖理就开始在"卧引厂"熟悉环境、熟悉流程、熟悉操作，像种子一样把自己从此埋进了西南油气田净化专业的一方厚土之中。

那一年，汪忖理刚好20岁。

汪忖理加入西南油气田的时间，已有30年左右，其中8年的青春时光，是在"卧引厂"的净化车间度过的。他在"卧引厂"度过了每天三班倒的实习期，接受了三个多月的岗位历练以后，被"卧引厂"从车间安排到厂部去当技术员。次年五一劳动节，这位年轻技术员得到了一个施展个人才干的绝好机会，使他在同期分到四川局的大学生中得以脱颖而出。

那时，卧龙河引进厂十分重视知识分子队伍建设。

五一劳动节那天，厂里组织大家去旅游，为照顾老知识分子，面对名额十分有限的问题，作为年轻知识分子的汪忖理便"发扬风格"，没有去成。当时，他二话没说地服从了范恩泽代表组织告诉他的这个决定，留在厂里"看家"，和工人一起坚持生产。卧引装置却因暴雨来临之前的接连打雷，突然出问题了。

老同志不在家，如因技术原因致使装置无法恢复，那么将对整个重庆地区的天然气供气产生严重的影响。

不但民用生产用气停供，即将波及千家万户的生活，而且由于设备原因停供天然气，无法为化肥厂提供生产必需的原料气，还将影响到农业生产急需的化肥供应！

厂领导说："小汪，这种时候要看你的了，你行不行？"

"应该……没问题吧！"汪忖理想了一会儿，最后初生牛犊不怕虎地拍着胸脯，表了态。

厂领导和"卧引厂"的工人束手无策，十分焦急地把全部希望寄托在了汪忖理的身上，连川东气矿的老矿长、老书记这两位走过二万五千里长征的"老红军"闻讯后，也来督战。

当年21岁的汪忖理，把自己关在车间一角的那间小小的技术室里，毫不怯场，他连夜作出了解决问题的方案，经过与生产骨干和厂领导进行讨论、上报，老矿长、老书记同意执行后，厂子重新开起来了。

大家把汪技术员像个英雄一样地不断抛起，久久地欢呼着！厂领导也在一边站着，笑眯眯地看着这一切。

那时，"卧引厂"的领导都是搞行政的，特别喜欢能干的年轻知识分子，所以都对汪忖理十分器重。而且五个多月后的10月份，"卧引厂"党支部研究提拔年轻干部工作时，就将刚满22岁的汪忖理上报为拟提拔车间副主任的人选。川东矿的老矿长、老书记不但十分赞同地认可了"卧引厂"党支部的提拔意见，而且还一起联名向四川石油管理局党委推荐汪忖理，使他年纪轻轻就当了四川省的"新长征突击手"！

那时，脱硫厂由川东气矿进行直接管理，净化作为一个专业，还不像现在一样被列为二级单位的编制，而是被单列出来进行独立发展。五一节参加旅游的工程师、技术员从涪陵回来后，一看汪忖理处理雷击事故制定的措施和启动重新开厂方式是科学的，也佩服地对他跷起了大拇指。于是，在汪忖理当车间副主任的任命宣布后，大家一致同意，把"卧引厂"的全部技术工作交给这个令他们刮目相看的年轻人来负责。

技术副厂长范恩泽上调四川石油管理局，去成都上班了。

厂里一些经历了"上山下乡"运动的工农兵大学生，和经历了1949年中国政权新旧更迭的老知识分子，都很愿意配合汪忖理的工作。虽然日本专家在专家楼院子里的那棵樱花树开过两年樱花后，也陆续回国了，但大家在汪忖理的带领下，还是克服了技术力量青黄不接的难关，将"卧引厂"的技术支撑建设了起来。

汪忖理来到卧龙河气田引进厂的第三年，时年23岁就当上了车间主任。

他像个战争年代的"指挥员"一样，统领着一支由300多名脱硫工人组成的生产队伍，一步一个脚印地干到1987年时，石油部党组给他颁发了"全国优秀车间主任"的荣誉证书。

汪忖理在"卧引厂"一共工作了9年多，经历了不少的摔打与磨炼。他完成了从实习技术员到优秀车间主任的蜕变之后，一直对他另眼相看的老矿长、老书记，见汪忖理勤学肯干，群众基础很好，经过研究，将他调到矿机关的生产技术科去当副科长。

两位老领导的意图十分明显：应该为汪忖理提供更加广阔的锻炼空间！

这次调动除因为他们对"小汪"个人印象很好之外，还要得益于汪忖理在这9年多的时间中，在"卧引厂"学到的东西和昔日在大学课堂中学到的知识已经水乳交融。在这期间，他多次代表川东气矿、四川石油管理局，根据石油部有关单位和机构的安排，以专家的身份去给扬子石化等化工厂讲课，帮助他们开厂试车，解决各类技术工艺难题。

扬子石化，这个庞大的乙烯工程是国家"六五""七五"计划期间的重点建设项目，10多套大型化工生产装置都是从德国引进的，早已不是汪忖理十分熟悉、天天都与之打交道的"卧引厂"的日本装置技术。但面对一个几乎全新的装置技术领域，年轻的汪忖理却一点都不怯场。

那个年代，中青年知识分子的目标是：一切为了实现"四个现代化"。因此，无论作为"八十年代的新一辈"也好，还是处处彰显"攻城莫畏坚，攻关莫畏难"风采的四川省"新长征突击手"也罢，总之车间主任汪忖理在扬子石化的项目建设中形成了自己的影响力，而且随着"四川汪主任"这个名声的日渐响亮，在广东茂名等地的国内石油炼制厂硫黄回收和尾气处理的关键环节，也不难看到他来去匆匆、风风火火的身影。

随着川东气矿勘探开发事业的发展壮大，1995年，汪忖理离开川东矿机关生产技术科，被组织派到长寿去，以专业技术骨干的身份，加入了长寿净化厂建设的项目组。工厂建成投产之后，矿领导找到他，说："小汪，你以后就留在这里干，不用回机关了！"于是，同样具备了净化前辈张化老人一样服从意识的他，就根据领导和组织安排，在长寿厂当上了独当一面的厂长。到1997年，由于工作出色，汪忖理已被提拔为净化总厂主管生产的副厂长。

净化总厂是1986年从川东气矿作为一个专业体系，被西南油气田独立、单列出来的。他当总厂的副厂长时只有35岁。两年后，他又当上了净化总厂的厂长，成了"西油"当时最年轻的一名正处级干部。

汪忖理出任总厂厂长兼党委书记的时间，前后加起来约有10年。这10年的工作性质，用他自己的话说就叫作"党政同兼，一肩挑了！"这10年，是中国从计划经济向市场经济转型的特殊时期，无疑也是汪忖理作为一名企业领导在事业上干得最为风生水起的"黄金十年"。

当然，细数这10年的历史过往，汪忖理在净化总厂"一把手"的位置上，对西南油气田净化事业最为尽心尽力的作为，还要算他在整体技术上带领大家一起奠定了专业体系的牢固基础。

随着国家以经济建设为中心的发展方向带来的一系列形势产生的变化，社会各界对环保意识的重视也越来越高，这样"西油"原有的一些装置显然无法适应形势发展的需要，它们该被结束使命，退出历史舞台了。

在采访中，我们通过张化、廖松柏、郑东、罗斌等生于不同年代，在不同岗位上工作的"净化人"了解到，西南油气田的那些名声在外的先进装置，乃至自成体系的工艺技术，都是在汪忖理担任净化总厂厂长兼党委书记的这10年陆续引进并逐渐建设起来的。

所以，这10年既是汪忖理个人事业发展的"黄金十年"，同时也是"西油"天然气净化体系得到全面巩固提高的"黄金十年"！

汪忖理主政净化总厂期间，对一批老厂采取了技术改造措施。

垫江净化厂和渠县净化厂这两个厂在安全环保上不达标，因生产过程中的尾气排放太重，以至于两座工厂的四周污染严重，天空总是灰蒙蒙的一副样子。于是，他们便从一家德国公司及时引进了SDP生产装置，来处理天然气净化生产脱硫环节中尾气排放的问题。选择这家德国公司，是因为他们的技术处于国际领先地位，当然，这也符合20世纪80年代中期至90年代中期中国工业生产领域引进国外设备及配套技术的风潮。

西南油气田党委同意了净化总厂引进德国SDP的报告，上报中石油党组获得批复认同后，就让汪忖理组织一个专业班子飞赴德国，去和这家国际知名公司进行谈判。诸如设备引进、设备安装、按照计划开厂这些环节，乃至派出"种子员工"前去德国厂家，接受工艺技术培训等，他们都搞得红红火火，热气腾腾。

虽然那时引进德国设备与技术是一个历史时期的风潮，但由于渠县净化厂和垫江净化厂在技改工作中面临的问题并不一样，因此在技术引进上，他们又把目光转向了荷兰的一家老牌石油公司。

垫江厂采取的是克劳斯（Kraus）脱硫法，也被叫作"传统克劳斯法"。这种工艺发明伊始就成了硫黄回收工艺的标准流程，也是西南油气田净化总厂一度应用最为广泛的硫黄回收工艺之一。既然借助国家经济建设形势一片大好的东风，需要进行技术工艺升级，那么，着眼操作更为灵活方便，硫黄回收更为优质高效，装置适应性更结合生产实际和投资操作费用等目标，他们就只好选择荷兰方面的"超级克劳斯工艺"（Super Claus）了。

汪忖理说："由于'超级克劳斯工艺'是在中国经营时间长达百年，而且还与西南油气田一直进行业务合作的那家荷兰公司的产品，所以在立项、组织、建设、开工等各个阶段，这套脱硫方法在祖国大西南进行得比德国SDP那套生产装置还要顺利。"

他们在对两个老厂进行升级改造的同时，"西油""净化人"伴随"川气出川"的脚步，又建立了一批工厂。继位于长江岸边的忠县净化厂之后，他们在大足、万州两地，建起了安全环保措施更为科学合理的几座净化厂。并且，他们根据面临的不同形势与问题的需要，还将不同的工艺技术与陆续建立起来的工厂进行了配套。

在大足净化厂与忠县净化厂的技术工艺配套上，由于这两个厂的原料气含硫量居高不下，他们均采用了与之相匹配的"超级克劳斯工艺"，还把这些工艺技术的基础在这10年中奠定了下来。

这10年之所以会被人们称为"黄金十年"，客观地说，这也与中国经济的一个时代本身和江忖理本人当时所处的具体位置有关：一是西南油气田在这10年的飞速发展中，需要及时跟上突出安全环保意识的设备工艺升级步伐。二是汪作为党政全权负责的净化生产战略发展执行人，他可以随时向上级党委和企业高层领导建言，为他们及时提供决策依据。话语权多了一些，受到重视的程度也就多了一些，而净化专业体系的蓬勃发展，无疑也迎来了它的最好时光。

"汪忖理主领西南油气田净化总厂工作的那10年，其恪尽职守、勇于开拓进取的精神动力，也许拜1992年的一次'睁眼看世界'之赐。

"1980年5月，中国作为世界银行的创始成员国之一，恢复了自己在世界银行的合法席位，截止到统计资料显示的2003年上半年，世行已为中国的254个项目提供贷款计约366亿美元。世界银行作为中国在国际资本市场的重要融资来源之一，在支持中国经济建设和促进社会发展上，起到了巨大的助推作用。"

学者王林先谈到汪忖理"睁眼看世界"的心路历程时如是说，并对世界银行支持西南油气田企业发展的背景作了介绍——

西南油气田当时争取世行贷款的项目叫"四川天然气开发和节能项目"，这个项目上报中石油党组和中央批准后，得到了2.5亿美元贷款和1000万等值美元赠款的支持。

项目在1994年正式列入世界银行的年度贷款计划。1月下旬，由财政部组团，中国石油天然气总公司、四川石油管理局派出人员，代表中国政府到华盛顿世界银行总部谈判，经与世行官员磋商达成了四个协定，通过了一个备忘录及一个报告。"四个协定"是《中华人民共和国与国际复兴开发银行贷款协定》《中华人民共和国与作为全球环境信托基金受托人的国际复兴开发银行全球环境信托基金赠款协定》《国际复兴开发银行与中国石油天然气总公司和四川石油管理局项目协定》《国际复兴开发银行全球环境信托基金与四川石油管理局赠款项目协定》；"一个备忘录"和"一个报告"是《全球环境信托基金赠款执行董事备忘录》及《四川天然气开发与节能项目世界银行评估报告》。

2月下旬，这些"协定""备忘录"和"报告"在成都经四川局当时的局长袁光明签字，然后由财政部转呈世界银行。3月下旬，世行官员及董事会抱着对中国改革开放的积极支持态度和美好期待，顺利通过了贷款期限20年（包括5年宽限期）的全部文件。[1]

在这之前，世行还为"四川天然气开发和节能项目"组建了一个由8名专家组成的评估团队。这个团队的大多数人对中国抱有好感，喜欢东方文化，于1993年6月份在北京、成都两地进行了为期三周的评估。他们与中石油和四川局进行了反复的论证，测算出了启动这个项目的经费预算，当然根据中方合情合理的要求，他们也对费用给予了必要的上浮和调整。

该项目大致包括川东地区13个气田和含气构造的评价开发，像川中磨溪、八角场气田的低渗透改造，现属于"西油"输气处业务范围的管网系统改造、扩充与相应的环境保护措施，还有与上述项目有关的技术援助和人员培训，乃至中石油系统的人员培训及相关机构建设，这些部分也被包括在内。

所以，根据中石油及四川局党委的安排，汪忖理、熊建嘉和当时西南矿区一个副矿长，组成一个6人小组到美国去接受半年培训的事，就是在这个背景下展开的。

那时，汪忖理还在"卧引厂"当车间主任。由于他是国家恢复高考后的第二批大学生，加之他在车间主任的任上已获得了石油部的"全国优秀车间主任"荣誉，因此，一直对他栽培、提携有加的川东气矿的老矿长、老书记，再次将这个十分难得的培训机会交给了浑身充满朝气的汪忖理。

---

[1] 摘自本书作者对王林先的采访笔录。

在美国的半年中，第一个任务就是去一家国际石油公司，以普通员工身份参加跟班学习，对怀有强烈民族自尊心和特定时期国营企业"官本位"思想的一些人来说，这可能是个需要"降低身份"的考验，但对汪忖理而言却不存在完成学习任务给他带来的思想障碍，因为他是抱着归零的心态和睁大眼睛看世界的目的去的。

因此面对第一个任务，无论是跟班学习计算机绘图、微机数据的处理方式方法，还是进入第二个学习培训任务，亲眼见证那些美国公司的科技研发能力，还是接受第三阶段任务，到几家天然气净化厂、炼油厂接受岗位轮训，他一律像个实习生一样白天不耻下问，夜间整理学习笔记，学到了不少国际同行的卓越经验和处理各种问题的先进方法，从而为他回到四川盆地投身中国西南战略大气区建设打下了十分牢固的基础。

在帕森斯石油公司，汪忖理对他们先进的控制方法和DCS方式尤其着迷。当时，他总认为自己工作的"卧引进"是世界上最牛气的工厂，生产中使用的日本装置和配套的相关工艺也是世界上独一无二的，结果看了这家美国公司的装置和工艺后，就有些傻眼了。

国际同行的发展状态和发展方向，给6人小组带来的震撼是不言而喻的。大家都是西南油气田从各个专业领域抽出的精兵强将，不是技术水平、科研成果独树一帜，就是在不同岗位上独当一面、一呼百应。但大家聚在洛杉矶的一家华人旅馆里，交流学习心得时却沉默了。

那时，汪忖理在6人小组中只是一名资历不高的车间主任，根据年轻时的处事风格，他不会率先打破沉默，也没在汇报会上，面对中石油党的带队领导"夸夸其谈"。直到许多年以后，在西南油气田国际合作事业部他的办公室接受采访时，他才向我们谈起了那次赴美学习的个人感悟——

我们西南油气田前后相加起来已有60多年的发展历史，一直在四川盆地发展中国大西南的石油天然气工业。从地理文化和企文化积淀的角度来说，当年，我们的确是很封闭的，平时除了埋头苦干，把活儿干好，一般不太喜欢去看外面的世界。就是对"世行贷款"相关项目带来的学习培训，不少人最初也不怎么买账，认为"你给我贷款，我到时给你还钱就行。至于我拿到钱，怎么搞，这是我自己的事，你凭啥让我学这学那，胡乱干涉一气呀？！"

不过，我不这样认为，我觉得世界上的任何事物都有它本来的面目。既然世行官员要求我们"应该这样做，不该那样做"，中国作为世行组织成员国，我们大西南地区的石油工人，按照世行要求去做，这是天经地义的事！所以，有了这个认识前提，加之的确是抱着"向人家好好学习"的态度去参加培训的，因此，我对那半年的学习体会是非常深刻的。[1]

汪忖理出国培训回来以后，整个中国都在极力追赶现代化的工业文明浪潮。应该说，从石油部到四川石油管理局，都很理解汪忖理他们这代"净化人"的工作思路和具体行动，并给予了十分宝贵的支持。所以，当时西南油气田的净化专业，无论是装置设备和工艺标准，的确都是先向国际一流标准看齐，然后才结合自身实际，因地制宜地来建设、改进的。通过十几年的艰辛努力，他们与西方发达国家之间的差距已经不是当年那么明显了。

汪忖理在西南油气田净化行业工作了30多年，人生的黄金岁月全部倾注于此。但是，真正让他全面主导一线净化工作的时间，应该是从国务院批转国家经贸委《关于1997年国有企业改革与发展工作意见的通知》的那一年才正式开始的。

1997年以来，汪忖理作为净化总厂的当家人，面临的主要任务有三：一是引进设备，二是更新工艺，三是对净化专业的人员岗位进行合

---

[1] 摘自本书作者对汪忖理的采访笔录。

理设计。他告诉我们，完成这三大任务以后，他们才慢慢地打磨出了一套属于"西油"净化总厂的发展模式。

而支撑他在尽心打磨净化总厂的发展模式期间，面对国企改革的攻坚课题，坚持以人为本的思路显然又是一个无法绕过的话题。"对企业改革的问题，我当时的一个直观感受是，像我们只有2000多人这样规模的一个工厂，要被人为地分为两个部分，的确十分困难，当时心里很矛盾，也比较难受。总觉得心里不是滋味，预感到有些地方可能不怎么对劲。然而，正因为我们是国营企业，国家出台了新的政策法令，从石油部到四川石油管理局都作出了重要指示，因此，我们也没任何理由不执行啊！"

1997年春天，重庆大雾茫茫。

这种悬在半空，缭绕在城市与村庄之间的大雾，显然比以往任何一个时候都更浓，更稠。主事西南油气田净化总厂的汪忖理，如果严格按照上级意图，直接大刀阔斧地将净化总厂一分为二，当然不会出现什么问题，但他从成都开会回到长寿区净化总厂当年净化厂的机关所在地时，因为想在坚决执行上级指示的同时，又将他"两边都必须发展，两边工人都要有饭吃"的原则渗透到净化总厂的具体改革方案中，于是，他的心情俨然也被这场毫无来由却又让人习以为常的大雾笼罩着，或多或少都有一些茫然。

就像四川石油管理局被拆分为西南油气田和川庆钻探公司一样，汪忖理的所在单位——净化总厂，在国企改革的大潮汹涌中，谁也无法阻挡地被分成了两个单位。汪忖理继续主政的单位名叫"中国石油股份公司西南油气田重庆天然气净化总厂"，被分化出去了的那一部分人，由他原来的直接上司、一位老领导担任负责人，被叫作"四川石油管理局川东天然气净化厂"。

面对这样的结果，汪忖理的心里难免有些难过。因为老领导负责的公司名字虽然还被叫作"天然气净化厂",但事实上已是一个没有天然气净化业务可以开展的"净化厂"了。他们的日常业务和那个时代国企改革一样被分流出来然后新成立的公司类似,主要从事"多种经营",即负责车辆服务、后勤管理,和汪忖理这边净化总厂的装置设备的大修及检修。

当时,面对新厂将与老厂分家底的事实,许多单位为此闹得不可开交,但同样面临原来的家底需要一分为二的难题时,汪忖理与老领导之间,却没发生类似的问题。

"分家"的事即将摆上桌面的头一天晚上,汪忖理去找亦兄亦友的老领导喝酒。

"除了上面划定的天然气净化业务,余下的,你们川东厂都拿过去吧!"汪忖理说。

老领导说:"都拿去,你那么多人,还不去喝西北风呀?!"

"没事,我们跟着中石油一起上市,应该不会存在太大的问题。"

"算了,不说这些,我们……还是喝酒吧!"

由于汪忖理主动摆正姿态,事先与老领导作了推心置腹的沟通,所以,第二天正式进入分家程序时,重庆天然气净化总厂和川东天然气净化厂没有出现任何争议与磕碰。从人员、资产、办公楼这些常见项目的具体分配来看,他们之间的公平、公正,不但给成都前来主持人员分流和资产重组工作的一位领导和工作组留下了十分深刻的印象,而且还使正在重庆采访的《中国石油报》记者周泽山深受感动。周泽山与王艳合作的长篇通讯《气冲霄汉》在《中国石油报》发表后,引起较大的反响,对西南油气田的改革工作起到了积极的推动作用。

被分流的"川东厂"虽然没被纳入中石油的上市公司之列,但他们在后来的日子里却发展得依然很好。他们主要开展重庆净化总厂的检修、维修基础业务,包括从事后勤和土地、房地产领域的多种经营,收益也是很可观的。不但"川东厂"的效益得到保障,汪忖理与老领导的私人关系，也没出现因改革触及的利益问题产生矛盾与隔阂。老领导原是净化总厂的厂长，汪忖理给他打下手、当副厂长，改革前，两人关系一直相处得不错，改革后，他们之间无论在工作上还是私交上，都还依然如初。

回首当年国企改革的风雨历程，人已离开净化专业领导岗位，在对外合作事业部任职的汪忖理，除了心系净化，仍以一名"老净化"自况之外，还不胜唏嘘地说："国企改革最难，最敏感的是工人工龄的买断问题，这个问题如果处理不好，将会影响国营企业的党群关系不说，而且还会导致企业发展受损，甚至引发在相当长的时间内都无法得到解决的社会安全隐患问题。"

好在他深度参与的国企改革不但没有遗留隐患，而且还为国企的改革朝着一流企业的目标迈进，整合了不可或缺的力量基础。

当时，工人买断政策文件下发后，汪忖理就在净化总厂党委中心组的一次专题学习中提出了"坚决反对把生产骨干列入裁员名单"的主张，提出了"无论遇到多大难题，总厂党委成员都要统一口径，谁也不能答应生产骨干的工龄买断要求！"

他之所以如此严厉地强调这样的原则和要求，是因当时"西油"净化岗位上的十几个专业人员，看到厂里收入不高的人都有"买断工龄，拿上一笔钱去做生意，去实现发财梦"的冲动，也不禁心动。汪忖理把想走的骨干全部召集起来，和他们进行开诚布公的座谈，明确告诉他们："西南油气田只要还有我们这个净化专业存在，就一定会有你吃、我吃的'那一口'，因此，希望大家不要随随便便就把自己的工龄卖了！"

为了稳住技术骨干，同时尽可能地保护每个员工的切身利益，他与党委成员经过研究后制定的一条改革措施，甚至还受到了上级的批评。

该措施的核心内容之一是明确提出在净化总厂"决不允许两口子同时买断工龄的问题出现"。因此，在汪忖理主政的重庆天然气净化总厂，出于职工切身利益的维护，没有发现一起因双职工工龄在同一单位被组织同时买断，继而引发下岗职工生活无以为继的问题。为了统一党委"一班人"的思想，他用一个例子阐明了一个朴素的道理，收到了很好的效果。他说："我们从重庆坐飞机到成都'西油'机关办事，一个小时多点就到了；坐火车同样去成都'西油'机关办事，过不了多久也能到；如果从单位自己开车过去办事，慢是相对慢了不少，但我们毕竟最终还是会到达目的地，去机关将该办的事情办了！"他这个"去'西油'机关办事"的逻辑，当时有人并不赞成，认为他这是放着捷径不走，贻误了改革时机，但他顶住压力仍然坚持了这个"办事"逻辑。

汪忤理的职业生涯获得无数荣誉，除了青年时代的"全国优秀车间主任"，还有中年时代因扭亏增效成绩突出，两次被四川省授予的"优秀企业家"称号，以及一次西南油气田的"劳动模范"称号和中石油及国家有关部门评定的教授级高工荣誉。他说，这些成绩只能说明他"在净化专业工作，一些自身技术和管理方式得到了领导和大家的认同"，真正让他倍感欣慰的还是"从安徽庐江来到大西南，我在这片丰饶的土地上扎下根脉，已将他乡作故乡了！"

兵王是怎样炼成的

郑东是一名每月都能按时享受国务院专家津贴补助的"净化人"，他在西南油气田从事天然气净化工作，不知不觉已快 30 年了。他与张化老人、汪忤理先生类似，都同样来自农村，但他回顾自己的青少年生活时，却不是难忘的求学经历，也不是发奋读书的记忆。

因为他的记忆与饥饿连在一起，充满苦涩。他至今记得，"晚上吃不上饭，睡在床上，胃里总是毛焦火燎，非常难受！"

郑东是 20 世纪 70 年代出生的，他对参加工作之前的饥饿记忆一直刻骨铭心。他的父亲是一名 1958 年参加工作的"石油人"，要不是因为中石油的前身——石油部到他老家招工，这个"油二代"幸运地被西南油气田录用，可能至今他还在老家生活。

郑东在老家生活了 18 年。由于学习成绩一般，高考时英语才考了十几分，所以，大学梦从此与他无缘。他说："如果 1987 年出来参加工作，我就不能在西南油气田干净化工作。根据石油部当年的招工意向，我有可能去青海油田当个石油工人。"

当时，想到青海路途遥远，不便以后照顾父母的晚年生活，因此，尽管在老家随时还要面临饥饿的折磨，他还是愿意等等，看父亲的单位是否会到他老家招工，这样他就可以离家近便一些。

结果证明，一年等待是值得的。

1988 年，西南油气田果然去他老家招工。他的父亲是"西油"的一名汽车修理工，1958 年川中会战结束后，从钻前团数十万民工中得以幸运地转正。老人家做梦都没想到，在西南油气田辛辛苦苦干了快一辈子，临退休前还能给他儿子创造内部招工的机会。因此，他一知道这个消息，就喜泪涟涟地给儿子写信，叮嘱郑东"莫乱跑，好好把功课温习一下！"

这一年，西南油气田面向内部子弟计划招收 10 名工人，郑东父亲的单位分到 4 个指标，但这 4 个名额又被一分为二——家在农村与家在城市的子弟各占 2 个名额。

面对这种招工形势，郑东知道，他作为农家子弟，直接接班的可能性为零。因此，在对自己的文化水平没把握时，他几乎不抱希望地参加了考试。没想到最终他却以第一名的成绩在西南油气田的内部子弟中拔得头筹，得以幸运地跳出农门，出来工作。

这 10 名内招子弟被西南油气田全部分到净化总厂。当时，净化总厂根据生产需要新建的渠县分厂急需用工，否则郑东也不可能拥有改变命运的机会。接到录用通知，他的母亲办了一桌酒席，请人放了一场电影待客，接受亲友的祝贺。

郑东在亲人的祝福中，带上简单的行李，穿了一身父亲从川西北矿区梓潼作业区寄来的工服，坐了一辆客运中巴，就去渠县分厂报到了。渠县厂的领导将这批"油二代"召集起来，一是和他们见面，二是向他们表示欢迎，随后亲自将他们送到长寿净化厂，让他们根据总厂安排，在长寿厂像刚入伍的新兵一样，接受为期一个月的入职培训。

培训结束后，郑东与同批工友回了渠县厂。渠县厂当时还没正式投产。这个从农村走出来的"油二代"，由于特别珍惜来之不易的机会，所以特别"知事"，哪怕没事，他也要去工地找些事情来做。就这样，郑东一入行就与汪忖理类似，一干也是30年。

"渠县厂今年正好建厂30年，我到西南油气田参加工作的时间，也是30年。我始终在渠县分厂工作，工作关系一直没有离开这里。今天，我来接受采访，就是从渠县开车赶来的。"在重庆一家宾馆的客房里，郑东坐在我们对面，就像电视剧《士兵突击》的主人公许三多，用他略显生硬的普通话与我们交流。

对郑东来说，他到渠县净化厂上班，最初是没任何工作基础可言的。他父亲是一名钻前团民工转正的修理工，从他身上，郑东不可能得到多少油气工业文化的家传，所以，在渠县厂看到厂里纵横交错的管线时，他的迷茫也显而易见。厂里的设备与人事是陌生的，也是充满诱惑的，甚至每天起床，他站在院子里闻到的天然气硫黄味儿，当时他都觉得这种味道好闻极了。

厂领导给郑东指定了一个名叫王康英的女师父，王也是刚从技校毕业不久的新人，比他到渠县厂参加工作的时间仅仅早了两个月。但这位女师父对郑东职业生涯的影响却是至关重要的。她要带他熟悉一切，迈好人生第一步！

王康英非常热情，一见自己刚参加工作两个月就能带徒弟，高兴极了！

于是，郑东就跟在王的身后，有时去见领导，有时去认识工友，有时去熟悉设备，有时也去工地帮忙，和施工队的工人攀谈，同他们一起给厂里陆续焊接的管线、安装的阀门刷上防锈漆。后来，渠县厂试车开厂，组织上又给郑东指定了一个名叫杨小平的男师父。男师父与郑东同在一个班组，1979年参加工作，技术过硬，从垫江分厂作为技术骨干调到渠县厂时，已有10年以上工龄。

现已退休的这位男师父，以现已成为中石油净化工人眼中"一代兵王"的郑东现有认识来看，当时，他跟杨学到的本领有的管用，有的却不能解决实际问题。

郑东记忆最深的是，他在渠县厂上班，总是隔三岔五停电；在具体操作环节上，装置设备的自动化程度不高。所以每次上班，尽管他还只是一名学徒，也要独立去干很多工作。遇到问题，杨小平在中控室给他简单交代一下，就由他单独去现场排故。那时，管理环节没有现在正规，现在学徒没有师父在现场"传帮带"，是严禁单独进入现场、擅自操作装置设备的。

但是，正是遇事师父简单地交代一下就让郑东去独立处理的这种方式，让他受益匪浅。

每当谈起过去，他就"非常怀念那时，有问题可以独立解决，实在没办法，再回中控室向师父请教，等师父将新的解决办法告诉我，我又继续跑去解决问题"。正是杨小平这种属于特定时代的"传帮带"，才让他感到"这样学习，记得深，效果好，一旦学会，就像长在身上一样，想忘你也忘不了！"

郑东说，现在西南油气田净化专业新工培训，除了教学阶段的模拟器材，厂里的生产装置不是谁都可以动的。如果实习生乱动装置，一旦将小问题动成大问题，就会吃不了兜着走！而当时的师傅带徒弟，如果徒弟不小心将装置弄停，停了也就停了，从领导到师父大家除了抱怨两句，并没从制度上来杜绝问题发生。让他难忘的是，当年，他有好几次因操作不当将生产装置弄停，师父每次都会不慌不忙地让他独自捣鼓，等他将故障排除，一头是汗地去向师父报告时，杨小平就会一改脸上总是挂着的严肃，冲他一笑，就算对他进行了奖励。

于是，随着杨小平给郑东的笑脸越多，直到师徒之间可以嘻嘻哈哈地开玩笑了，郑东学到的技术也就越多，越扎实。

郑东刚到渠县厂上班的头两年，用他的话说，自己头脑总不好使，悟性很差，虽然成天都在忙着，却总事与愿违，忙不到点子上。他说，当时在他同年参加工作的十多人中，他是最笨的，就是现在他已成为净化总厂工人专家工作室的负责人，经常带领团队协助科研院所，为中石油的净化厂、炼化厂解决技术问题，他也说不上是聪明人。

郑东接受新事物、新理论一直比别人慢了半拍。但只要反复摸索，他领悟的东西往往又像长在身上一样，想忘都忘不了。

因此，郑东总对他的学员深有感触地说："你们，再也没有我学东西时赶上的机会了！"

现在，由他领衔的西南油气田净化专业教学基地，面向中石油、中石化和中亚国家的学员施训。这里的各种装置模型，一比一地摆在训练基地，堪称设备先进，功能齐全，与生产一线的仿真度很高。然而在郑东眼里，学员们虽然在训练基地学技术、练本领，但高仿真装置最终不是真实装置，两者之间还是有差距的！

从业 30 余年，一些事总让郑东念念不忘。

他刚参加工作时，渠县厂还没正式投产，见他成天在厂里像只呆鸟一样转悠，王康英就带他一起梳理流程。但这位女师父每次前面一理，后面让他再梳理时，他就将王教的东西忘到爪哇国了。

渠县厂正式投产后，一天，郑东所在岗位的硫黄回收装置阀门突然疯狂地跳动起来。现在遇到这种情况，他就知道这是装置超压了，可当时他却完全不懂。因此，安全阀门出现跳动，蒸汽带着尖厉的啸叫喷发出来后，无论谁只要冲去泄压，压泄了，安全阀门就会停止啸叫，也不会继续跳动。然而，当时在场的管理人员、班组长和郑东却不知如何应对。大家吓坏了，惊慌失措地一哄而散。

郑东与十几个工人正往风口方向逃窜时，被听到阀门啸叫声疾速赶来的高工张进喜一把拉住。张进喜顺手给他一个扳手，命令他立即返回，将发出尖厉啸叫声的阀门立即关掉。郑东害怕极了，心里一点底气没有不说，还委屈地想："10多个人一起跑，你不拦住他们，凭啥只让我去'送命'！"

郑东战战兢兢地回到阀门边，用尽吃奶的力气好不容易才将阀门关掉，跑去向张进喜复命时，没想到张高工的表情却比原来更严厉了。张不但没有对他冒险完成任务的壮举给予表扬，反而更加大声地命令他立即返回原处，将关好的阀门重新打开，恢复原样。

见张进喜如此"折腾"自己，郑东吓得浑身直冒冷汗，人已接近虚脱，却不明白到底在哪儿得罪他了！

后来他才知道，原来自己的操作有问题，张进喜对他生气是对的。因为安全阀门上有弹簧装置，压力高了，只要将弹簧顶上，就等于泄了蒸汽压力；当压力降下后，又将弹簧装置顶回原处，阀门就恢复到正常的工作状态了。

等郑东后来弄懂这个问题的解决方法时，才知道张高工让他先关阀门又让他重新打开阀门，这并非人家和他过不去，而是告诉他处理问题的正确方法。张进喜的态度之所以"严厉"，其实，那是人家为了让他"遇事不慌，将本事学到手里"的正确态度。

除了"一关一开"这件事让他感受很深，还有一件往事，也让郑东在西南油气田净化专业训练基地的教学中爱拿出来给学员分享。

那时，郑东离开第二位师父杨小平，正式出师，当了一名渠县净化厂的硫黄回收工。这天，装置炉突然停电了，而原料气还没停止供气，依然通过管线在源源不断地输送。在这种情况下，回收装置就会面临超压的危险。作为操作工，这时需要立即采取放空措施，即将原料气通过一条专用管线及时放出，通过点火装置放火烧掉，否则任由原料气输入，致使压力超高，将会引发爆炸事故。

郑东将他所在单元的险情及时排除后，见旁边单元的几个工友还在那里忙作一团，便过去帮忙。他们一起用力去开一个阀门，由于一边压力高一边压力低造成的压力不均，阀门被"顶死"了。于是，任凭他们用尽所有力气，将四把大号"F扳手"都扳弯了，结果阀门还是无法打开。

郑东蹲在一边，看着压力仍在直线上升，感到危险越来越近。这时他如跑开，那么，其余三个比他入职仅早三个月的工友也会跟着他跑。他们跑了，问题阀门就会失控发生爆炸，高含硫的原料气一旦泄漏，厂里的工人一呼一吸，不死也会落下终身残疾。当然，他完全可以跑开，因为这个事故单元并非他的岗位，就是出了问题他也不用承担责任。

后来，多亏一个懂技术的管理人员从中点拨，才将处于危急状态下的事故隐患排除。这名管理人员巡查停电之后各单元的险情处置，经过脱硫单元，见四个小伙子围在问题阀门前一筹莫展，便大声喊道："不要扳了，先去开了旁边的阀门再说！"

郑东和工友就按这名技术员的盼咐，迅速将成品气输出管线上的另一个阀门打开，等这个阀门的压力泄出后，接着再去打开问题阀门，一场危机就化解了。

他说，他们当时按技术员指点采取的操作方法，虽能解决问题，避免事故发生，但以现在的技术标准衡量却是违规的。

好在当时"西油"净化专业的技术标准不高，发展只是处在初级阶段，只能采取那种办法，不然就会出事，给国家财产和工友生命造成无法挽回的重大损失！通过对这些往事的回顾，郑东意识到，如果不对净化装置原理进行扎实的深入了解，可能当年他就会像军人临战不懂如何正确使用手里的武器一样，不但遇到问题根本无法解决，他在净化厂也待不下去。

当这两件事过了大约两年之后，郑东说："没想到，我又在渠县厂出洋相了！"不过，这次"又出洋相"时，他已是一名既深谙各种装置原理，又能熟练掌握各种岗位技能的技师了。

在渠县厂小有名气的郑东，根据车间主任的安排，同刚入职的新同志进行座谈。他的任务是"为大家传经送宝"，结果他一上台，却把早背好的稿子内容都忘光了。他的脑子一片空白，一句话也说不出来。台下的新同志等了四五分钟，他也说不出话，最后，当车间主任都觉得他又掉链子了，他才前言不搭后语地胡说一气，连"谢谢大家"的结束语也忘了说，就慌忙逃离了会场。

郑东的职业经历，与电视剧《士兵突击》的主人公许三多的确相似。许三多从普通一兵成长为"一代兵王"，是从一个训练场到又一个训练场，一路拼出来的；郑东从一名同样个人资质不高的青年工人，最终将自己历练成中石油的"国家级工人专家"，并且享受国务院的特殊津贴，也是从一个岗位接一个岗位的技能比武和对一次又一次急难险重任务的完成上，一步一个脚印地走出来的。

1993年，"西油"净化专业自成体系的技能成果，即将接受中石油的岗位竞赛检验。

这次竞赛对西南油气田来说，由于大家的记忆深处，一直留有张文彬出任总指挥、张忠良出任副总指挥时在红村组织的战区比武的记忆，因此，在挑选参赛选手的关键环节慎之又慎，生怕他们派出的人员现场失利，白白浪费了展示"西油"成果的机会。

郑东由于只有初中文化背景，净化总厂在渠县分厂挑选参赛人员时并没将他纳入选拔范围。当时，渠县厂的技校生一抓一把不说，而且他们读完技校，分到渠县厂，不少人还参加了石油学院的大专函授，无论选谁也轮不上郑东。因此，尽管郑东通过他的努力考下了"西油"技师资格证书，处理工作中的各种技术问题，已能独当一面，但他与那些技校生的综合素质一比，显然还是矮了"一箦片儿"！因此，总厂决定从渠县厂选拔5名精英同中石油全系统的净化同行一决高下时，只能将他列为5个名额之外的替补队员。

而且这个"替补队员"的名额，对郑东来说还是那么来之不易！

净化总厂一名老技师名叫刘正江，也是西南油气田的"老净化"之一。刘年轻时师从净化老专家张化，是根据周学厚的指令，当年在威远一厂和"威二厂"坚守，从川南招来的"种子净化工人"中分化到渠县净化厂的"唯一一员"。郑东从这名富有传奇色彩的老技师身上学会了不少有用的东西。刘正江对待工作吃苦耐劳，为人热情正派，他与郑东同属资质不高，但通过踏实肯干和不断努力的后天再造，最终又能抵达职业巅峰的同一类人。

当时，参加全国竞赛的名单公布后，郑东见自己未能如愿，心里虽然失落，但在工作之余，他还是闲不住，忙上忙下地总去封闭式的训练场干活，无论打扫教室卫生还是擦拭选手使用的工具，他都干得非常扎实，不是虚头巴脑，刻意跑来挣表现的。

老技师刘正江被他感动了，经向净化总厂领导请示，决定将他列为板凳队员。刘正江这样做的真实想法是，就算小郑到时上不了场，但只要他经历了这次脱胎换骨的集训，对他个人技术水平的提高也是有帮助的。结果没想到的是，郑东当"备胎"时，正好遇上5人选手中的其中一员突然因病住院被迫放弃参赛资格，这样，他才得以从原来的替补队员成为一名正式参赛选手。

郑东被"转正"之后，他向刘正江表明的态度是"坚决不拖西南油气田参赛队的后腿！"其实，他当时嘴上虽然这样说，内心的真实想法还没上升到"西油"这个层面，心里的底线还是"只要不给净化总厂丢脸就可以了！"结果他参加竞赛后，竟然幸运地取得了净化专业理论竞赛第一名的优异成绩。

有人认为，郑东是"瞎猫撞上死耗子"了，其实，那些对他不服气的人不知道，郑东由替补队员"转正"后，由于感到理论水平不扎实，已用"很笨的功夫"，将刘正江给他们开列的选题范围一字不漏地全部背了下来。郑东说："紧随知识竞赛的环节之后，我在动手这个综合项目的比武上又取得了全国第二名的成绩。但是，连我至今也感到意外的这份成绩的取得，并不代表我当时的水平就有多高……比赛结束回到渠县厂以后，接下来遇到的一些事，才是对我职业生涯学有所成帮助最大的！"

郑东最终取得个人理论考核第一、综合项目比武第二的优异成绩的消息见报了。厂领导大会小会地表扬他，这让渠县厂当年的个别老同志、技校生和大专函授生们，并不见得因此就有多么服气。他们不但认为他是"撞上了狗屎运"，还不时爱拿一些工作上遇到的实际问题来故意为难他。不过，面对大家的为难，现已知名度颇高的"郑专家"当时也不为之气恼，他的心态好得令人困惑。

"小郑，你娃的运气好哦！"有人笑嘻嘻地向他走来，拍了拍他的肩膀，迅速离去，随后在他目所能及的地方突然回过头说。

郑东望着他，站在高耸入云的装置横陈在地面的阴影里，拍了拍自己的脑门，小声嘀咕道："是哒，我真是瞎猫逮到死老鼠了！"

虽然他的心态很好，也知道获得荣誉以后，由于在理论和动手环节的统一上还欠火候，所以应该比获奖前更要夹着尾巴做人，但他也的确明显地预感到了，各种压力将会随之而来，无论他想怎么躲避，终究是躲避不了的。

一些人遇到问题，明知应该如何解决，但也要故意向他"请教"。

一天，一个和他当时一样也在担任班长的工友，让他的徒弟来问郑东一个设备结构的理论问题。这位班长的理论修养、技术水平，的确比郑东要好，他也在刘正江的"调教"下参加了中石油的岗位技能比武，但由于临场发挥不佳，关键时刻输给了郑东，没有取得成绩，所以回到渠县厂，他就将他的徒弟支使上来，向郑东"不耻下问"。

徒弟问郑东时，那个班长自己就在一边不言不语地站着。郑东对对方提出的问题作了答复，当时，他觉得回答不会出现失误，结果下班后回到宿舍翻书对照，才知道自己的回答是错误的。当他去这位班长和他徒弟的宿舍对自己回答问题所犯的错误进行纠正并道歉时，没想那位班长却依然一脸坏笑，还是不作言语。

一些人乐意看郑东"笑事儿"的问题发生后，这给郑东带来的内心触动可谓非常深刻。

于是，他不得不面对一些必须直面的问题：（一）人家虽然故意刁难，但这不是人家的错，而是他底子不硬，是自己的问题，怪不得别人对他"不够友好"。（二）天然气净化工作无小事，从设备原理到具体操作，动一发而关乎千钧，任何环节出问题，都有可能引起爆炸和原料气的泄漏，这不但事关国家财产损失，也与每个工友的身家性命有关。（三）岗位技能比武，已经将他推到渠县分厂乃至整个净化总厂的风暴中心，对此，除了让自己在专业之路上继续砥砺前行，已无任何退路可言。因为前进，意味着他对身边人的理论学习和专业技能提高能起到春风化雨的助推作用，退缩则意味着给从周学厚到张化、范恩泽、刘正江、汪忖理他们这几代"净化人"，以及数千名净化工人共同铸就的专业之路带来阻隔……所谓不进则退，别无选择，可能说的就是这样的意思！

经过一番严肃思考，郑东于1997年底准备报考石油学院天然气加工专业的函授学习。

但要参加函授，高等数学又是他无法绕开的拦路虎。

为此，他不但付出了所有节假日，而且还搭上了他的全部业余时间。在高等数学上，他用吃奶的力气做完了所有能做的习题，但由于底子实在太过薄弱，因此每次踏进考场，他的数学成绩始终都在50分左右的分数线上徘徊。然而尽管遭遇挫败，但他毫不气馁。参加厂里举办的文化补习班，每次上课时，他都安静地坐在最后一排，竭尽全力地刻苦学习。

他说，之所以一个人坐在离人很远的位置，是因"这个措施"对他管用，能够让他"专心学习，考试时，不去照抄别人的答案！"

郑东参加的这个高中文化补习班，具有一定的象征性与过渡性。只要他在这个补习班通过考试，获得高中文凭，就能报考函授学习了。那时，石油学院的函授班招生很严，不是学员交了学费就能取得学籍，而是需要经过统考，只有成绩合格后才能获得函授学习资格。

补习班20个人，最后坚持到偌大的教室去考试的只剩郑东和其他两个人。他通过了高中文化考试，取得了石油学院作为一名函授生的在职学习资格。这时，他已具有4年以上的班长任职经历。在此基础上，正式进入理论学习后，对个人素质的提高越来越有效果。4年函授课程，他通过不断学习和一门门功课的考试，加上先后积攒的8年多生产一线班长的任职经历，在渠县分厂甚至包括西南油气田的净化专业领域，终于得到了各方认可。

但在通往净化专业"一代兵王"职业生涯的自我奋进之路上，郑东除了参加中石油新时期的首次岗位技能比武和堪称青灯黄卷的4年函授苦读，还有一个职业的个人锤炼阶段，对他来说，也是不可或缺的。

那是2009年之后的事。

中石油在渠县净化厂推行QHSE的试点管理，郑东被选定成为该试点项目班组长层级兼职负责人。所谓QHSE管理，包含的管理原则与要素为：一是任何决策必须优先考虑健康安全环境；二是安全是聘用员工的首要条件；三是企业必须对员工进行健康安全环境培训；四是各个层级的管理者对业务范围内的健康安全环境必须负责；五是各级管理者必须亲自参加健康安全环境的质量标准审核；六是员工必须参与岗位危害识别及风险控制；七是事故隐患必须及时进行整改；八是所有事故事件必须及时报告、分析和处理；九是相关业务承包商必须严格执行统一的健康安全环境标准……面对QHSE管理这座事关安全环境、质量标准的大熔炉，不少人由于无法改掉因吸烟习惯不符合QHSE净化专业的要求，选择了知难而退。而同样喜欢抽烟的郑东，一听领导让他兼任渠县厂试点班长层级的负责人，二话不说立即戒烟，喜上眉梢地接受了组织的任命。

别的班长选择退缩，是因为接受这项任务，除在厂区必须以身作则，不吸烟之外，其他的一些具体要求一旦适应下来，不说掉下半身肉，至少也要付出脱一层皮的代价！

但郑东面对促使西南油气田净化专业向更高台阶迈进的QHSE管理体系，却"愿乐欲闻""信受奉行"，自觉接受QHSE率先对他进行锤炼！

功夫不负有心人，经历了多个职业阶段的"修行"，郑东貌似可以跳出三界外不在五行中了！但在2009年，中石油当年的"一号工程"龙岗净化厂建成投产时，他在执行任务期间，遇到了王康英、杨小平、刘正江之后的第四个师父宋文中，才发现在天然气净化工作这个行业，无论经历了多久的自我锤炼，实际都还有要向各位前辈、师父不断学习的过程。

当然，他向我们介绍第四个对他影响很深的师父宋文中之前，郑东也没忘记告诉我们，他以专家身份和刘正江一起去长庆油田执行任务的那次难忘经历。

那年，长庆油田首个天然气净化厂——靖边净化厂投产，根据中石油给西南油气田下达的任务，渠县分厂在全厂挑选精兵强将，组成由刘正江任组长、郑东为副组长的10人专家组，去陕西帮靖边厂试车投产。当时，除了带队的刘正江是一名"老净化"，剩下的郑东等9名队员，全是30岁不到的毛头小伙子。刘正江带领队伍到招待所后，那个厂的张厂长来看他们，本来笑眯眯的脸色，当看到满屋全是戴着红头盔，身着红工衣的小年轻，突然不高兴了。

张厂长十分严肃地问:"大家都是集团公司派来的吗？"

刘正江说:"是。"

"每个人都是吗？"

"当然了，如假包换！"

张厂长见刘正江回答得如此干脆利索，倒也没有再说什么，他在板房里站了一会儿，便离开了。

靖边净化装置项目建设竣工之前的净化工人培训，也是张厂长带队去渠县分厂完成的。培训期间，照理说大家早已熟悉。没想到张厂长一看刘正江带来的这支队伍，还是从心里感到格外没底。第二天，刘正江借故要在招待所熟悉靖边厂事先拟好的开厂方案，有意给郑东压担子，他想看看郑东面对压力，带上渠县厂这批技术尖子，是否具有"金刚钻"的实力，去揽这里的"瓷器活"。

郑东带领8名技术骨干，刚进靖边厂宽敞明亮、设施齐全的中控室，厂里一名戴着白头盔的干部就急忙走来，要郑东和他带来的一众戴着红头盔的年轻人解决一个难题。

原来，靖边厂一个火炬装置出了问题，他们东"试"西"点"，前后加起来鼓捣了一个多月都没将火点燃。郑东二话没说，带领队伍赶到现场，很快就帮他们完成了点火测试。这个厂的火炬之前迟迟无法点燃，是因施工队在焊接中出现纰漏，导致了管线破裂。刚开始，郑东和大家也不知道问题出在哪儿，但他们的从业时间和技术资历，毕竟比长庆油田靖边厂的同行们要久，因此，郑东召集大家开会，分析火炬无法完成点火测试的原因应该在装置之外去找。他带人爬上50米高的装置一看，发现连接火炬管线的一个焊口出问题了，致使天然气沿着管线向上跃升时，还没接近50米就已全部漏光，在这种情况下，他们要实现测试点火装置的目的当然无法实现。

郑东认为，在检查化工装置的操作中，各个环节的应对措施要靠平时经验养成的支撑。如果不在细节精细把握和业务直觉养成上狠下苦功，是无法想象的。他们将靖边厂火炬点燃的那天晚上，张厂长高兴极了，自掏腰包将他们请到街上去吃了大餐。从那以后，靖边厂那些戴白头盔的领导在工作中，对他们这些戴红帽子的工人专家，也变得特别热情和格外尊重起来。

在靖边净化厂开厂试车阶段，刘正江看到郑东已能独立面对复杂问题，他这位"老净化"便逐渐隐于幕后。渠县厂带队外出执行任务的担子，从这以后就落在了郑东的身上。这也为他遇到自己的"最后一位师父"宋文中创造了条件。

郑东说："刘师父他们这代人，由于历史局限和个人文化程度不高，理论基础不一定比得了现在的年轻人，但他们的职业经验实在太丰富了，因此刘正江退休以后，我一直想找一个理论修养很好的师父，把自己的一些薄弱环节巩固起来。我幸运地找到了宋文中这位高级工程师，他当时在西南油气田机关工作，他是对我理论修养真正有帮助的人。"

在郑东眼里，这位宋高工的净化理论修养不但扎实深厚，而且在整个中石油的净化专业领域，他也算是一个十分难得的人才。让他记忆犹新的是2009年他带队去龙岗净化厂执行任务，遇到了从成都来龙岗解决问题的宋文中。

龙岗这条被老专家张化喻为"二龙腾飞"之一的龙岗之"龙"，当时硫黄回收装置总是出现问题。郑东和那些一起转战中石油——去各处"开厂"的兄弟们，谁也无法查出问题所在，结果宋高工来到龙岗没几天，就把问题的根源摸清了。

宋文中性格内向，不善言谈。就龙岗净化厂硫黄回收装置问题的解决，这位高人自己很少说，也没见他就有关问题写出文章发表，这就成了一个秘密。但郑东却知道这个秘密，因为龙岗净化厂开厂试车期间，他们是同住一个寝室的室友。

他们之所以同住一个寝室，除了郑东久闻宋文中大名，事先找到有关方面提出过要求，还有一个原因就是宋文中和他一样，不喜欢看电视，而喜欢室友之间互不影响，安安静静地坐在灯下看书学习。

在被誉为中石油2009年"一号工程"的龙岗工地，宋文中面对的专业技术问题很多，压力不小，每天总是翻来覆去地睡不着。每天晚饭后，两人从附近的田坝一起散步回来，宋文中就不再与郑东说话，总是一个人打开电脑，用英语软件把一些外文资料调出来认真阅读。

宋文中阅读的技术资料都是自己翻译的，郑东学习的资料是由设计院的专家帮他事先翻译好的。

由于郑东和工人专家组阅读中文翻译资料后，始终无法找到硫黄回收装置问题的症结到底在哪儿，宋文中便把英文原始资料调出来进行重新翻译。经过连续几个晚上加班，终于查到了原因——原来是设计院在翻译上出问题了。由于翻译造成的说明误差，净化厂回收装置上的连锁阀在测试中比实际需要标准晚了30秒。所以每次测试，都是酸气进行到30秒时又倒了回来，这样，在关连锁阀时需要30秒时间。一旦连锁阀出现问题，就需要经过30秒的间隔才能将阀门关好。

郑东自从在龙岗结识宋文中后，从他身上学到的本事很多，除了理论知识，还有理论之外的作为一名高级技术人员面对一时无法解决的问题时不气馁、不浮躁、不迷信权威，而是不慌不忙地想办法解决问题的工作作风。正是因为他从宋文中身上学会了面对问题发挥主观能动性，以专家意识思考问题、解决问题的能力，他才十分谦虚地说，自己已有一些许三多的样子。哪怕没有领导罩着，师父带着，他也能带一支队伍，去吃天然气净化专业这碗饭！

革命与欣慰

由于西南油气田公司的组织人事安排，汪忖理现在虽已不在净化总厂厂长的岗位任职了,但他出任国际事业部副总经理后,中石油组织天然气净化专业学术活动时,人们依然还能见到他的身影,听到他以一名资深"净化人"的名义发出的各种声音。

一次,他在北京参加中石油举办的一个主题峰会,向与会专家报告"西油"净化工业体系的形成与未来的发展方向。

会议结束后的当晚,白天因故未能到会的中国工程院院士韩大匡老先生听说汪忖理也来北京并在会上作了精彩的学术报告,便匆匆赶到汪忖理下榻的宾馆与他晤谈。韩院士1952年毕业于清华大学采矿系石油专业,时为中国石油勘探开发研究院教授级高级工程师、博士研究生导师。几十年来,他一直从事油气田开发工程领域的研究工作、油藏工程的综合性及战略性研究,以及油藏数值模拟技术和提高石油采收率技术等方向的研究,先后多次获得国家科学成果进步奖,培养硕士、博士无数,可谓著作等身,桃李满天下。

汪忖理虽然也是一名教授级高级工程师,也在一些院校兼任硕士、博士生导师,但出于对韩院士的敬慕,面对韩的登门拜访,一时有些不知从何说起。

不过,韩大匡一见汪忖理倒也直来直去,不摆什么院士架子。他让汪忖理结合当天下午所作的报告,围绕西南油气田净化专业既然在全国体系最为完备,技术工艺最为靠前,那么,"西油净化"具体都有哪些方面的实际优长,和他一起好好聊聊。

汪忖理首先以中石化为例,对韩院士说,中石化开采的原料气比较稳定单一,硫化氢和有机硫含量低,从规模上来说,他们的一套装置只要从国外引进以后,"依样画葫芦"地就能"复制"出若干套装置,但中石化的这种通用模式在四川盆地却行不通。因为川渝两地的气源低含硫、中含硫、高含硫和特高含硫的气源都有,堪称门类众多,非常繁复。

于是,针对这种气源多样化的特点,西南油气田"净化人"就要采取各自不同的脱硫方法,在硫黄回收和尾气处理上,也要采用不可复制的工艺技术。所以，西南油气田净化专业的核心价值，当然就在这个"不可复制"上了！

尤其近十多年以来，就拿克劳斯硫黄回收工艺来说，西南油气田卧引装置采用的是这种工艺。他们一直立足这个基础，在其他领域将普通克劳斯脱硫工艺逐渐发展成了"超级克劳斯"的脱硫工艺。像渠县厂、忠县厂，由于气源含硫量很高，他们结合气源进行实际攻关，现在采用的就是非常成熟的"超级克劳斯"工艺进行生产。

川西北气矿中坝净化厂的硫黄回收技术，垫江分厂从日产80万方到400万方的改造工程，还有万州、大足这两个分厂，引进的都是海外最先进的国际装置，涉及的硫黄回收技术也都一直靠近世界的最前沿。

天然气脱硫之后，按理说，就可以输入工业用户和民用用户的终端，但是，如果从净化厂输出的天然气水分没有脱净，同样也不能将其算成合格的商品气。原来，西南油气田在各个净化厂采取的是甘醇脱水，通过天然气研究院和一线"净化人"十多年的努力，他们目前的发展方向已经处于分子筛脱水和沫分离脱水的技术阶段。

"西油"净化专业经过60多年自成体系的砥砺前行，可谓人才济济，一批专家学者围绕净化专业著书立说，名扬海内外；而净化总厂成立的天然气净化专业技能专家工作室7名来自生产一线的工人专家也与他们互为依托，同样名声在外。

这些工人专家协助西南油气田各大科研院所的专家学者，支撑起了中国天然气净化工业的"西油集群"星空。这个很接地气的专家工作室自2013年成立以来，云集了"西油"净化操作、净化分析、电力运作、仪表维修的一线顶级人才，形成了净化专业的主体结构。

平时，他们虽然在总厂下边的各个分厂上班，但只要接到了总厂下达的任务，无论是支援全国各地和海外天然气净化厂的试车投产，编制国家标准的天然气劳动工时定额，还是升级各类仿真软件，协助编写各类培训教材，他们立即就像一支特别能吃苦、特别能战斗、特别能打胜仗的军中"特战分队"一样，以一串串闪光的足迹、一份份优异的成绩单，创造了他们职业生涯中的巅峰时刻。

川中磨溪区块净化二厂第IV列装置一次性投产成功，成了国内媒体纷纷追逐的热点。专家工作室的何光明、韩慧明和黄进华三位工人专家，也跻身于这次大型援建的专家团队之列。他们与来自北京和成都的专家学者一起，吃住都在热气腾腾的建设营地，为了赶工期、抢进度，连续工作十几个小时对他们来说都是家常便饭，现场发现和处理各种急难险重问题400多项，提出的若干条合理化建议均被上级采纳。来自全国各地的建设者们十分佩服这三位作风扎实、解决问题个个堪称行家里手的工人专家，亲切地称他们为龙王庙气田二厂开产试车阶段的"三驾马车"。

一边是国内川中磨溪区块龙王庙组气藏的大开发，一边又是国外中亚土库曼斯坦天然气净化处理厂的投产。这些净化工人专家攻坚克难，立足大西南的巴山蜀水，极力为中国的天然气净化事业保驾护航。

在土库曼斯坦阿姆河右岸A区第二列装置进行敏感性实验进入关键时刻的一天夜晚，一名中方员工闻到装置区域内开始散发出阵阵异味，中方经理廖松柏组织当班员工找了一夜，依然没有发现可疑的漏点。

第二天早上天刚亮，与知名净化专家宋文中赶往土库曼斯坦执行任务的郑东闻讯后，二话没说，立即赶到A区装置区内。他发现，原来脱硫单元装置内的气流声音出现异常，初步判断可能是仪表风管线的某个段位出了问题。为了谨慎起见，他又爬上平台，发现原料气管线的安全阀前端果然出现了细小的裂缝。于是他当机立断，确认了这处漏点。

事后经过化验分析，他发现这截管子的材质根本不能有效抵抗硫化氢的腐蚀，随即通过宋文中和廖松柏，建议项目部对四列装置已经安装的此类材质进行彻底更换，从而保障了海外净化厂开产得以安全顺利地进行。

汪忖理说："净化总厂成立净化专业技能专家工作室的初衷，就是整合净化专业一线的高端精尖人才，形成团队的优势，鼓励他们在对国内及海外净化装置开厂投产提供技术支持的同时，还要在技术研究和基础人才培养等领域承担更加艰巨的任务。"

自2013年以来，专家工作室负责人郑东和工作室徐飞、沈荣华两位专家一起，开展了天然气净化劳动定额编制工作。这项工作历时一年左右，涵盖净化生产16个生产单元23种工艺共1249项作业工时的定额，建立了完善的天然气净化行业标准，并且通过了有关部门的审核验收。

劳动定额编制工作结束后，郑东、徐飞又负责了仿真软件升级和评分系统的精心打造。他们加班加点，没日没夜地开展工作，攻克了重重技术难关。系统完成后，在西南油气田和中石油面向全行业开展的技能竞赛、技师考核、技能鉴定中得到了广泛的推广应用。

在集团公司天然气处理技能竞赛中，郑东、徐飞多次被任命为西南油气田参赛队主教练。每天的训练从天亮时分的晨跑开始，接着是名目繁多的体力、脑力项目综合练习，到了晚上，他们还要对当日训练进行考核总结，使队员们均能看到自己的差距与进步。他们用汗水与智慧浇灌出了累累硕果，带领西南油气田参赛队多次获得净化专业团体第一、净化团队项目金奖的优异成绩，并在高手云集的竞赛中囊括净化专业的多枚个人金牌。

在重庆净化总厂负责试点和经验探索的天然气净化工人HSE培训项目中，徐飞参与编制的培训课件，尤其是"叩问课堂"这个环节，一直深受国内净化专业学员和中亚委培留学生的欢迎。对此，汪忖理深有感触地对韩院士说："这些戴着红头盔的工人专家发挥的群体示范作用，散发的集体潜能，具有非同寻常的'中国工匠精神'的象征意义，它在成就年轻'净化人'职业梦想的道路上，春风化雨，为西南油气田的企业发展注入了不竭的动力。当然，这也是我们净化专业很有特色的核心价值之一。"

汪忄理向韩大匡介绍了西南油气田净化专业的发展体系及人才队伍建设之后，由于担心时间太晚影响老先生休息，还有净化专业对"西油"全产业链形成的支撑及未来发展没有来得及汇报，结果依然得到了韩院士的高度评价。他说："小汪，你们关注了当今世界天然气净化专业的不少热点、难点，带领大家一起努力，走出了一条独树一帜的道路，了不起！"

汪忄理在向我们继续介绍他与韩大匡在北京的未尽话题，即天然气净化专业对西南油气田全产业链发展的影响时，深有感触地说："这个影响太大了！"

在他看来，四川盆地任何一个地方的天然气都要面临脱硫的环节，这对"西油"天然气的勘探开发及销售来说，是永远无法绕开的重要一环。如果没有净化工业存在，川渝两地就无法向社会供应合格商品气，尤其在全国都在响应"绿水青山就是金山银山"这个号召的时代，为了我们头顶的蓝天，如果没有净化工业的发展壮大，要实现"煤改气"、减少环境和大气污染是无法想象的。

因此，天然气作为安全环保的能源产品，始终无法将脱硫这个专业体系排除在外，而且，随着国人环保意识的增强，它的作用还会越来越大。

目前，"西油"天然净化工业已形成了大规模的集群效应，以重庆天然气净化总厂为例，它除了是川渝两地最大的天然气净化工业策源地，还是国内最大规模的一个天然气净化集团。现在，"西油"70%以上的天然气都是交给他们来处理的。龙王庙厂、引进厂、万州厂、长寿厂、渠县厂、大足厂和綦江厂，这些闻名遐迩、在发展过程中被专家学者持续关注、形成了不少学术案例的净化厂，现在都归重庆天然气净化总厂领导。除了重庆总厂通过几十年发展形成的净化工业规模体系，像罗家寨的中外合资项目及川西北、川中等气矿的净化厂，也得到了净化总厂提供的技术工艺补充支持。

这样，西南油气田的全产业链发展，自然也包括了这个非常完整的净化工业体系，二者相辅相成，不可或缺。

于是，无论在国内还是海外，但凡中石油、中石化开展石油天然气业务的所在之处，目前都无不折射着由重庆净化总厂厂长喻泽汉和党委书记梅林承前启后，乘势助推的"西油净化工业"品牌！

由此可见，自1965年诞生，经过了十多二十年发展，中国大西南天然气净化工业一直处于蓬勃壮大、不断发展的状态。

而且，随着西南油气田打造"西南增长极"步伐的不断提速，"西油净化"的品牌效应还会越做越大，还有更大的发展空间。如他们对阿姆河右岸、南约洛坦气田这些海外净化厂的技术延伸，都不难从中看出他们日益清晰的发展方向；像川西北气矿的九龙山气田、高十梯气田这些根据产量补充配套、日产一两百万方天然气的中小型净化厂，龙王庙气田日产3000万方这样的大型净化厂，还会如雨后春笋般地破土而出。谈到四川盆地天然气净化专业未来的发展方向时，作为"净化人"队伍中的一名"中生代"，汪忖理说：

> 今后，西南油气田净化专业的突破方向，主要有这样几个方面：一是日益崛起的页岩气的脱水问题。页岩气虽然不含硫，但脱水这个环节还是免不了的，因此，我们要将净化专业向页岩气的净化领域拓展。二是国家对安全环保的重视程度越来越高，会使我们这个行业的标准日益严格。目前国家在西南油气田天然气研究院的支持下，马上就要颁布天然气的气质新标，即商品气必须由原来每方含硫量100克，下降到20克的标准了。这个新标准的出台，实际等于我们自己在革自己的命！而且这个新标准一旦开始执行，我们很多的设备就要面临深度脱硫的压力，到时不但设备需要加以改进，连工艺技术也要进行革命性的更新。目前，国家只给我们很短

的一个过渡期，等时间到了，无论你适应与否，总之都要强制执行！所以，设备装置的升级和技术工艺的改进已经势在必行。三是"天研院"正在制定国家尾气排放的标准，二氧化硫的标准还要大幅度地降低，这也在倒逼我们采用更新、更前沿的尾气处理技术。四是需要加强设备装置的科学管理，将能耗降下来，在安全性能上稳住，不能出现任何问题。[1]

西南油气田净化专业，从勘探开发领域独立出来的时间虽然并不是很长，不过从汪忄理参加工作之后的第四年即1986年开始独立发展至今，转眼之间也有30年了。这30多年的飞速发展，足以说明"西油"的"净化人"的确脚踏实地地做了不少工作，甚至可以说，他们无愧于中国改革开放以来极力推行以经济建设为中心的这个伟大时代，无愧于日新月异的这个行业。

一大批"净化人"在大西南的这片热土上得到了锻炼成长，已经成为致力净化工业振兴的中坚力量。从老领导、老专家周学厚、张化到汪忄理这样承上启下的"中生代"，再到喻泽汉、梅林这些勇挑重担的"新生代"，他们均为这个行业付出了心血，做出了贡献。

他们一个班子接着一个班子地往下干，无疑也是一种石油情怀激扬的薪火相传！

这个专业相对其他规模庞大、历史悠久的中国工业行业虽然并不显眼，但西南油气田的"净化人"却坚持在这个领域几十年如一日地深耕细作。当然，其中无疑也就包括了汪忄理与同事合作的几本专著：《天然气净化工艺》《天然气净化操作》《天然气净化分析》。这三本书都是汪与同事通过亲身经历，经过了认真的总结和提炼，然后才撰写而成的。目前，这三本书已是全国性的教科书，各大石油院校至今一直都在

---

[1] 摘自本书作者对汪忄理的采访笔录。

采用。

回顾自己 30 多年从一个外省学子到一位"净化人"中坚力量的个人经历，汪忖理感到用理性思维对工作进行不同阶段的总结归纳，正是他们推动西南油气田的净化专业不断向前发展的不可或缺的方式。

在这个十分漫长的过程中，他与他的领导、师长、同事和下属一起，克服了数不胜数的困难，战胜了重重艰险。他们从事的这个行业几乎天天与硫化氢为伴，分分秒秒都要和死神去打交道，无论是在川西北、川中、川东矿区，还是在蜀南以及川东北气矿，总之在西南油气田的五大矿区，硫化氢只要泄漏出来，在现场的人只要呼吸一口就会立即倒地；即使是飞鸟，只要在硫化氢泄漏的地方飞过，也会瞬间坠地而死。

当然，回顾往事的时候，值得汪忖理为之感到欣慰的事情也有不少，比如随着设备的更新、技术的升级、管理的进步和自动化水平的提高，重庆净化总厂下属的各个分厂，这些年来已经少有天然气泄漏的事故发生了。汪忖理履新离开净化总厂以前，在大家为他举行的欢送会上，他在告别感言中提出的两个"特别欣慰"，赢得了大家持续不断的掌声。

"老厂长走的时候提到的两个'特别欣慰'，一个是他在净化总厂当了十来年的书记和厂长，我们下边分布在川渝两地的所有净化厂没有发生过一起亡人事故；二是他自己，包括他当'班长'带过的总厂党委班子成员，没有一个人因为政治问题和腐败现象而倒下！他在这两个方面的确是非常过硬的，也是值得我们去尊敬的。"郑东在重庆接受我们的采访时说，"除了他的这两个'特别欣慰'，应该还有一些值得他宽心和我们尊敬的事情，在那个气氛特别的欢送会上，他虽然没怎么说，但他将一个小厂陆续带成一个业务遍布川渝两地的集团性大厂，将我们这些长期蹲在山沟里的'净化人'从农村带进了城市，还为子女后代创造了优越的读书条件，使孩子们能够不断地加入到'为国争气'的行列中来……这些事情他尽管不说，其实我们心里都有一本账，都很明白。"

自从汪忖理在卧龙河引进厂当厂长以来，随着西南油气田从勘探开发到全产业链发展的日新月异，汪忖理在从"种子厂"到"卧引厂"再到总厂厂长的任上，首先将"卧引厂"从石桥坝带进了长寿县，长寿撤县改区后，又将一个集团性的大厂带进了重庆市。这两个带有标志性的发展阶段，就是被郑东们认为的汪任职期间带领大家"实现了从农村包围城市的战略转移"。

他们之所以形成这样的看法，那是因为石桥坝的"引进厂"在1986年作为净化专业与川东气矿分家时的"种子厂"，以西南油气田二级单位的编制，被计划单列出来进行独立发展，而净化专业当时又只有"卧引厂"那么很小的一片"根据地"。经过"净化人"历时9年的奋斗打拼，直到1995年他们才在老厂长汪忖理的带领下，将总厂机关从石桥坝迁进了长寿县；在长寿改区后又经历了长达23年的不懈努力，才又从小县城式的长寿区搬进了大西南的名城——重庆市。

"到重庆去！"自从重庆市1997年3月与四川省分家，被党和国家确立了中央直辖市的城市地位以来，这个愿望不但在川渝两地的平头百姓心里一直都有，就是在西南油气田这些工作虽然地处边远小镇、小县，但在职业生涯中却走南闯北、见多识广的"净化人"心里也概莫例外。因此，这种多少有些被四川人、重庆人夸张了的情感向往，经过了"净化人"在长寿的23年苦盼，直到2018年冬天，才终于在欢声笑语中得到了圆满实现！

矗立在重庆某繁华路段的总厂办公大楼及家属区的修建，倾注了汪忖理不少的心血与情感，像选址定点和图纸设计，都是他在听取民意的基础上，会同专业人员经过反复设计，最后通过党委决议才定下来的。但当他们将漂亮的办公楼和家属区从图纸上变成漂亮的实体建筑，选好日子正要从长寿区搬过去时，西南油气田党委却经过研究认为，川东气矿比渴望进城的"净化人"更需要那栋漂亮的办公楼和家属区。得知这个消息，汪忖理与他的同事们虽然在长寿的总厂机关感到有些难过，但还是服从了上级党委的决定。

当然，这种源于当年川中会战，自从老部长余秋里提出"将支部建在井队"以来一直就有的面对上级党委决定需要绝对服从的优良传统是坚决的、不打折扣的，但在渴望进城，一直想"到重庆去"的"净化人"心里，还是难免压抑了一种不易看见的情绪。这种情绪不但事关总厂机关干部职工的生活改善，也与分布在川渝两地一线"净化人"的个人福祉，以及子女教育质量的提高有关。

终于就要搬进大城市了，无论如何这都是一件值得特别高兴的事儿！所以，2018年冬天，在川东气矿乔迁新址后，净化总厂从长寿区正式搬往重庆市区的那天，现任总厂党委书记梅林、厂长喻泽汉等十几个人，陆续打电话向已在成都对外合作事业部上班的汪忖理报喜："老厂长，我们终于进城了，搬家了！"

大家之所以如此喜悦，郑东说："我们总厂机关从乡镇上、小县城能够搬进大城市，实际这就等于圆了一个梦！这对几十年如一日一直待在山沟里的我们这些基层职工而言，多少有些像正在前线作战的野战军，在听了总厂机关要进重庆的消息后，在内心觉得踏实，喜欢互相分享！"

汪忖理在主政净化总厂全面工作期间，让他感到欣慰也使基层"净化人"充满感佩的，还包括他对培养"净化子弟"这项工作的持续关注。由于主政净化总厂工作的需要，他先后十多次出国考察。在西方发达国家参与引进项目谈判或者进行技术交流的闲暇之余，当他看到国外同行的子弟能够接受良好的教育，而"西油"的"净化子弟"则还全部集中在长寿这种边缘之地时，心里就一直不是滋味。因此，他总是默默地告诫自己：作为一厂之长，一定要把为"净化子弟"教育负责的担子挑起来！

为了给职工子女创造一个良好的教育条件，面对总厂机关一时无法搬进重庆的实际难点，汪忖理就让人先把长寿教学质量最好的学校认真摸排出来，不但责成党群工作科专人负责沟通协调工作，遇到难办的棘手事宜时，他还一次次地去找地方分管教育的领导，不厌其烦地与校方进行恳谈、协调，直至与他们签约，把孩子送到长寿最好的学校去接受教育。当长寿的教育资源无法满足他们的愿望时，他又带人风风火火地赶往重庆，找到教学质量最好的学校领导，又是一番软磨硬泡，将川渝两地的"净化人"子女，尽量"一个都不能少"地送进这些学校读书。

汪忖理认为："西南油气田大多数职工长年累月地在山沟里蹲着，就他们个人价值的体现而言，往大处说是实现'我为祖国献石油'的职业理想，往现实一些的小处说，也还体现在挣钱活口上。但是无论你钱挣得再多，实际也不过是几张纸，无论你饭吃得再好，终也不过吃饱肚子而已！何况大家大半生总在乡镇和小县城待着，一到晚上，镇上到处就是黑咕隆咚的样子，小县城也没什么文化娱乐生活可以安排……既然父母这一辈已然如此了，那么，总不能让孩子们也这样长年累月地和你一起耗着吧？"

所以，为了让同事、朋友和处于基层一线的职工舍得花钱，愿意支持孩子到好的学校甚至是到海外的学校去留学，汪忖理经过和爱人一起商量之后，就让他们的女儿站出来给大家带个好头，引领"净化子弟"像驮着梦想的小鸟一样飞出山沟，走出川渝大地，不但考入了"北上广深"等国内一线城市的知名院校，甚至在近10年以来，他们还远涉重洋，仅在海外攻读硕士、博士的"净化子弟"就有十五六人之多。这些"净化子弟"每年回国探亲，无论在长寿、重庆和成都三地的任何一个地方，汪忖理总会邀请他们一起吃一个团圆饭。他说："看到他们边吃边聊，一脸信心满满的样子，我即使一言不发地坐在一边看着他们，也感到非常快乐！"

"为什么快乐？"我们问。

汪忖理说："现在，我在国际事业部工作，我知道我们的企业已经发展到中亚去了，孩子们以后也不会总在四川盆地窝着，而是要走向广阔天地，所以要高兴呀！"

第八章

西南之翼

清澈高远

西南油气田的副总经理钱治家，曾是一名土库曼斯坦阿姆河右岸的远征者。钱治家也属"60后"，1986年从西南石油学院毕业后加入西南油气田，一直在生产一线工作，可以说凡与天然气全产业链有关的工作，他都参与过，都熟悉。他学的是油藏工程，是介于地质勘探和油田开发之间的专业。当然，这也可以看成是个广义的地下工程专业。钱治家毕业后，背着简单的行李来到川中矿区采油六队角2井，他在那里踏踏实实地向队里的每一名老师傅学习，做了一名20世纪80年代的采油工。

在荒山野岭中守着角2井，天天望着"磕头机"[1]为业，作为一名20世纪80年代的大学生，显然，这与他当年关于人生理想的想象相去甚远。他原想即使不能在当时的四川石油管理局机关上班，至少根据四年本科所学，自己也该被分配到川中油气矿坐办公室，结果却被分到了基

---

[1] 开采石油的一种设备，也叫"抽油机"。

层的一线井站。

钱治家在角 2 井干了 8 个月以后，被一纸调令调到了桂花油田。这个油田是川中会战结束后，西南油气田的创业者们在大饥荒年代，忍饥挨饿地通过隆桂会战开辟的一个油田。

钱治家到隆桂油田后，先后担任过维修班班长、地质技术员、工程技术员和加油站站长等基层职务；到了 20 世纪 90 年代又去川中矿区采油二队当了副队长、队长；1997 年以后，在川中矿区开发一公司担任副经理、经理。这个公司，是当时川中矿区最大的一个开发公司。之后，他还先后担任川中矿区的开发科科长、矿长助理和副矿长。

2002 年 12 月，伴随四川石油公司按照中央文件进行企业制度改革的步伐，当然也随着罗家寨、铁山坡气田的新发现，时任党委书记、总经理的夏鸿辉代表组织找他谈话之后，他又从川中启程，从涪江之滨遂宁出发，去位于大巴山中的山城达州，当了一名新成立的川东北矿区的副矿长。

他在达州工作了一年，接着又被调回遂宁接任川中油气矿的矿长；两年后，伴随着罗家寨气田、铁山坡气田勘探开发计划的落地，他又再次告别川中遂宁，到达州的川东北矿区主政一方。

当大巴山里的飞雪不知不觉地下过 7 年之后，西南油气田时任党委书记、总经理的李鹭光，召集班子成员经过研究决定，并上报中石油党组批准，钱治家于 2009 年又与川东北作别，以西南油气田副总经理兼土库曼斯坦阿姆河项目部经理的身份，做了一名与廖松柏一样的"西油远征者"。

6 年在成都、土库曼斯坦、北京三地的工作暂告一个段落后，钱治家于 2017 年 5 月出任西南油气田常务副总经理。

"这时，我的工作性质与工作环境已经不颠沛了，基本都在'西油'机关上班，负责整个大西南地区的天然气销售工作。"戴着一副细框眼镜，穿着运动服，刚结束了健身锻炼的钱治家说。

钱治家虽然在川中和川东北这两个分别代表"最老"和"最年轻"的矿区"两进两出"，但他却一直都是西南油气田同级管理人员中最年轻的，其实与李鹭光、汪忖理一样，作为20世纪80年代大学生干部，一直都容易被外界贴上"年轻化"的标签。

在出任"西油"的副总经理之前，钱治家无论是在国内还是在海外，一直都在基层一线和"西油"员工一起摸爬滚打。

在川中油气矿"两进两出"，对他个人的成长进步而言，这叫"夯实基础，逐步提升"。对他的专业积累来说，这就让他对川中的资源情况比别人了解得更多，更全面一些。特别是在搞专业技术工作的时候，他也爱钻研技术，和当时在川东钻探和重庆净化的李鹭光、汪忖理一样，也舍得吃苦。比如川中成百上千口关停的油井、气井的封井卡片他全部都看过，这就让他在开展工作时对整个川中油气矿的发展历程乃至矿情及企业文化底蕴的发展、演变过程非常熟悉。

让钱治家崭露头角的大概时间，应该是1992年的3月份。当时，石油部在川中召开30万吨原油上产的技术攻关座谈会，此前康世恩不顾年事已高、重病缠身，专程到四川，对川中原油上产做出过指示。

> 1991年3月19日到4月12日，康世恩第三次到四川调查，他带上中国石油天然气总公司的地质专家和有关司局领导，与四川同志先后在成都、遂宁开了两次技术座谈会，总结两年来的进展，着重研究川中低渗透油田的开发问题。集中大家意见，完善了裂缝气藏勘探开发的十大技术系列和油气田10个试验项目。1992年他又委托中国石油天然气总公司副总经理到川中再次检查落实。[1]

在中石油总部为落实康世恩指示而召开的技术座谈会上，其中一

1《康世恩传》编写组：《康世恩传》，当代中国出版社1998年版，第511页。

项内容是中石油当年的总地质师要带领与会代表到钱治家所在的单位桂24井参观。与会人员来自全国各地。那时由于大学生特别稀有，其他单位的大学生一般都是分岗作出安排，但钱治家在单位除了担任工程技术员，同时还要兼任地质技术员。

作为桂24井的一名新来的大学生，他被川中矿区的领导指定为现场情况的讲解人。他之所以能在精心准备中被领导选中，主要是领导考虑到要展示川中石油管理人员的水平及能力，当然还有川渝"石油人"的风采。结果钱治家在那天的讲解中表现得很好，不但介绍的内容条理清晰，十分严谨，而且一口标准的普通话还让与会人员在被随处都能听到的"川普"[1]弄得似懂非懂之后，有一种柳暗花明之感。颜总地质师原计划只在桂24井停留半个小时，结果因从钱治家的讲解中获得了不少让他感兴趣的信息，于是就不断和与会人员一起向钱治家提问题，延长了两个小时，把后面到其他单位的现场参观活动也取消了。

参观结束后，颜登石因不知道钱治家是一名本科毕业生，误以为给他和全国代表讲解的这个小青年只是一名石油工人，就再三叮嘱四川石油管理局时任局长的蒋长安和川中油气矿的矿长李培西，说："中石油面临不拘一格降人才之时，小伙子不要总在桂花油田窝着，你们应该把他送到北京去读职工大学。"

这次尤其成功的现场讲解，使钱治家的能力一下子得到了上级的认可。后来，无论在大巴山里的川东气矿还是在阿姆河畔的异国他乡，他就爱给与他一起工作的年轻大学生和知识分子"现身说法"："什么是个人机遇？机遇，永远只会留给有准备的人！"

当时，川中交通依然很不方便。从队部到井站有一条将近20公里、坑洼不平的机耕道，钱治家每天骑着自行车在这条路上要跑几个来回。

---

[1] 指四川口音较重的普通话。

他去现场，用零号坐标纸绘图，图纸围着房间墙壁一大圈，将桂24井33年的开发历史用8条曲线壮观而清晰地绘制出来，这也是他能够得到很高评价的一个主要原因。中石油的领导对此批示说："这是陆上石油开发的样板，以后探索油场管理经验，就照这个标准搞！"其实，这个批示原来是没做任何准备的，是钱治家当时见参观人员都很高兴，急中生智，将井站一个还没启用的交接班记录簿连忙递上："请领导多提宝贵意见！"中石油的领导这才欣然作出了这个批示。

这个批示，至今还被保存在川中油气矿的档案馆里。

从1992年2月份接到讲解任务之后，他就昼夜不分地为此准备了半个多月。

因为桂24井是一口年代久远的老井，比钱治家当时的年龄还要大出10多岁。30多年来，这口井在川中石油工人的精心呵护下，还能持续高产，属细水长流的开发模式。康世恩在临终前的头一年视察川中，临别时特别嘱托四川石油局的领导："什么时候你们通过新技术，征服低渗透层，把年产量搞到30万吨，你们要向我报喜。"[1]于是，中石油领导和地质专家奉康老之命检查川中工作时，四川局领导见桂24井竟有如此之长的生命周期，因此很有兴趣。他们认为这口井对实现老部长的"最后期望"，应该极具参考价值，便决定以这口井为例，好好将经验总结一下，以现场会讲解的方式向中石油领导、专家和来自全国各地的与会代表进行汇报。

8条曲线属于地质开发的一种基本管理手段。钱治家在做现场讲解准备工作时，除了一部分文字内容，又用这8条曲线和几幅图表来作配合性的介绍，既易于与会者理解，又能使他们一目了然。因此，他用这个思路与这种形式来完成领导交给的任务，可见他是认真动了脑子，点灯熬油地下了一番真功夫的。

1《康世恩传》编写组：《康世恩传》，当代中国出版社1998年版，第512页。

他没想到，正是因为这次令人刮目相看的成功汇报，他的职务竟然在短时间内一路升迁。从技术员到副队长，从副队长到队长，从队长再到开发公司副经理，从副经理再到经理。在获得职务快速升迁的同时，踏实肯干、勤奋好学的钱治家，其业务水平和工作能力也得到了很大提升，看待问题的眼光和解决问题的能力也让他越来越有信心。

钱治家离开川东北出任川中油气矿矿长的那一年，正是川中矿发展最为艰难的时期。当时，矿区的原油在接近康世恩提出的30万吨目标之后，又迅速回落到每年只有13万吨的基数；在川西北矿区、川东矿区成为四川石油公司天然气的主力矿区时，他们的天然气也只有不堪一提的年产4亿立方米了。这时，四川石油公司的领导夏鸿辉、陈应权，根据中石油党组解体"小而全"的指示，已将川西南气矿与川南气矿"合二为一"，组建了蜀南气矿。

川中油气矿不进则退，也将面临类似的命运抉择。

因此，钱治家上任后面临的最大挑战就是，威远会战与威远气田群的传说、大战古隆起的尔尔辞晚，朝朝暮暮……由于川西南与川南矿区"二次创业"之后仍以失败告终，已将前人的历史悄无声息地再次还给了历史，那么，他所坚守的川中阵地一旦再因效益不佳，继而又步川西、川南矿区的后尘，不说对不起1958年"二五计划"期间大战川中的千军万马，作为一矿之长，他也对不起永远长眠在川中这片热土上的42名壮士啊！

所以，当钱治家感到肩上的担子越来越沉，并下决心坚守川中这块"西油"的"老娘土"时，平时爱看武侠小说的他，就向成都的老专家发出了"英雄帖"。

他通过机关协调，邀请时任总地质师的冉隆辉牵头，派车将退休老专家胡光灿、王宓君等人，从成都接到遂宁，开办专业论坛。请这些各怀绝技的"老英雄"帮他出谋划策。后来因为这次讨论对磨溪龙王庙组的大发现具有很大促进作用，为安岳气田勘探前线指挥部指挥黄建章带领大军进驻磨溪起到牵引作用，因而又被人们叫作"川中论剑"。

在"川中论剑"这个专业论坛的最后总结环节，钱治家针对川中未来发展提出的"六个磨溪"，被《四川石油报》等媒体在头版头条作了报道。

川中 30 万吨原油就像一度占领的一个山头阵地，由于资源、技术出现短板，最后降到 13 万吨，使阵地就此失守，经过多次强攻依然于事无补。痛苦的现实告诉钱治家与当年川中矿区的党委决策班子：既然石油勘探开发，川中已随川西北矿区证实"江油无油"之后，又将告诉世人"川中少油"，那就要在走"油气并举"之路的同时，将主要精力向天然气的勘探开发上转移一下！

钱治家在最后的主题总结中说：改革开放的形势日益强势推进的这些年，川中之所以还能在西南油气田的"老娘土"上悲壮坚守，主要是在"以气养气，以油养油"的思路上挣扎，而支撑这种坚守、这种挣扎的是他们还有一个整装气田，即磨溪气田！

这个气田，在川中人心目中的地位太重要了！从 1988 年发现，到 1999 年中石油改制，川中上万名员工一直靠磨溪气田养活。钱治家一口气用了"六个磨溪"来说明川中矿区未来的发展方向，即"川中外围找磨溪""合作开发找磨溪""川中、川南过渡带上找磨溪""合川龙女寺古隆起上找磨溪""磨溪之下找磨溪""磨溪外围找磨溪"。他在这里所说的"六个磨溪"，其实是一种概念，也是一种思路，当然借用的也是川中员工依靠磨溪吃饭的一种情感。他用它来酝酿川中领导层当时的战略规划，既通俗易懂，同时也方便大家理解和记忆。

后来，他们在实施"磨溪之下找磨溪"的计划时，除了地质构造的客观因素，决定了他们在"磨溪之下"可以找到油气的可能，的确也有川中人的情感因素在起作用，大家认为遂宁磨溪镇是川中油气矿的福地，这儿的"神灵"如玉门油矿的"油娃"给中国石油工业带来希望一样，同样也在冥冥之中"保佑"了川中。

当时磨溪气田的产层叫雷11，后来人们在雷11之下果然找到了磨溪的嘉2气藏。

由于嘉2气藏对川中后续发展产生的促进作用，"磨溪速度"于是被叫响了。后来，"磨溪速度"经过实践总结又被命名为"磨溪经验"。由于提高钻井速度、降低钻井成本，实现效益最大化，一直是油气工业追求卓越的科学主题，而该经验又很好地解决了钻井实践中的速度、成本与效益的互相制约，因此经过中石油党组的推广，很快在集团公司与股份制公司之间引起了强烈的反响，不但大庆油田、新疆油田在学"磨溪经验"，甚至还可以说，但凡与中国石油工业发展有关的任何一个井场，人们也都在严肃认真地学习"磨溪经验"。当然，在西南油气田就更不用说了，因为除了开发"磨溪嘉2"人们运用这条经验尝到了甜头，就是在日后的龙岗会战甚至在龙王庙气田的三年建设中，方方面面，也都不难见到"磨溪经验"的实践与应用。

今天，川中油气矿因有龙王庙组气藏分布于遂宁、潼南地区的我国最大的单体海相碳酸岩气藏，继而使川中加里东古隆起名满天下。但川中储量和开发格局虽说已远远地超过了"六个磨溪"的规模，不过它的区域却一直没变。

钱治家当年属于西南油气田所有二级单位主官中的"少壮派"，虽然以敢说敢想著称，但他在"川中论剑"结束之后的总结性发言引起的强烈反响却超乎了他的预料。川中油气矿内部电视台当晚播放了矿长的讲话，老专家们听了这个发言非常激动，最激动的是川中当时的总地质师高宏，他在白天听过钱治家的发言之后，晚上又盯着电视屏幕上的字幕，将钱治家的讲话又一字不落地在脑子里"过"了一次，便立即给钱治家打电话进行了长达一个小时的深谈。最后他对钱治家表示：非常赞同你的说法。你敢说有为，真不简单！但尽管你的思路非常好，可要实现起来却仍需要时间。

其实，钱治家当时敢这样说，倒也并非仅仅源于一名"少壮派"对待工作所迸发出来的冲劲，而是这背后关联的是他的专业背景，当然还有"西油"老地质家们在论坛上与他共同激荡的思想共鸣。

后来关于龙王庙大发现的经验，虽有源于"半个世纪的求证说"对此作了更为严谨合理的总结，但"六个磨溪"与"磨溪经验"对龙王庙这座中国陆上单体海相气田的催生和促进，倒也毋庸置疑。川中油气矿目前已是中石油的百亿气区、千万吨级矿区，更是西南油气工业的基础性大气田，稳稳地占据了半壁江山，成了使其稳健发展的"定海神针"，并且夯实了"西油""十三五"期间的坚实基础，为川气"过三峡"之后去领略"海阔天空的太平之洋"的辽阔深远提供了支撑。

回想起川中女工用"一朵小白花的故事"，同国务院副总理、老部长康世恩结下的临终石油情缘，这种扬帆直下，随同大江东去的发展气势的确令人惊叹！

钱治家的成长经历与李鹭光、汪忖理最初的成长经历类似，他们都得益于中央干部培养的"四化"政策。他连升四级，成为正科级干部时才26岁，刷新了四川石油公司科级干部任职最年轻的纪录。回顾这种"少年得志"，他认为，除了党和国家的干部政策好，还得力于基层工作的经历为他提供的锻炼机会。尤其在川中采油6队8个多月的工作、生活及学习，已经成为他个人记忆中弥足珍贵的部分。

钱治家在西南油气田的进步，最主要的还是享受到了实实在在的中央干部政策红利。当然话说回来，如果没有当初在隆桂油田采油6队打下的基础，他也不会拥有后来的个人发展。

1993年以来，川中矿区党委书记张书铭、矿长夏先禹就对干部"四化"政策十分重视，尤其重视培养使用专业背景过硬的年轻干部，钱治家就是其中的个案之一。那时除了钱治家，川中的后备干部队伍已形成了"五虎上将"的人才梯次。这些人都是1962年出生的。当时，他们刚过而立之年，分别是后来也像钱治家一样进入"西油"领导班子的康建国,去了川庆钻探担任生产运行处长的王多金,出任"西油"研究院副院长的王恩平,转任地方领导干部的谭红明和升任塔里木油田总经理助理的王天祥。"这些个顶顶的干部当时都名列钱治家之先,是川中油气矿党委培养干部工作的成果。钱治家是1966年出生的,比他们年轻,因此这样的使用是需要勇气与魄力的,不然这些年轻人干砸了怎么办?"在"西油"高层领导的眼里,"川中党委班子的思想非常开明!他们能将一个具有深厚行业传统的老矿区——当时组织规模已占矿区半壁江山的开发公司,交给钱治家这样的'毛头小伙儿'负责,人不正派,没有足够的胆识那是不行的!"

正是由于张书铭、夏先禹极力倡导干部政策的年轻化,川中油气矿出了不少人才。以1993年到2000年为例,西南油气田深化国有企业改革,当时正值急需用人的新陈代谢之际,川中干部队伍由于干部培养年轻化的规模大,成熟度高,先后根据"西油"党委的部署,"孵化"了五名局级领导,优化了"西油"干部队伍组织结构。

相对川中油气矿,川东北气矿是个新成立不久的矿区,工作特点很不一样。我在大巴山中的川东北矿区两进两出,多多少少都有一些险象环生之意。

四川石油公司当年组建川东北气矿,开发罗家寨和铁山坡的高含硫气田,主要基于一种形势政策的背景,一个特殊阶段的历史背景。

形势政策的背景是,中石油党组要求下属石油公司开展向塔里木油田的学习活动,学习"两新两高"经验,即构建"新机制、新体制",发挥"高水平、高效益"。四川石油公司根据这个部署,组建川东北气矿的目的之一,就是希望"塔里木经验"能在罗家寨、铁山坡的开发建设中开花结果。历史背景是,重庆作为中央直辖市从四川单列出来前后,四川石油公司还在接受石油部和四川省委的双重领导。因此四川省当时的张中伟省长和我们西南油气田的前党委书记、总经理夏鸿辉,经过商议决定将重庆气矿搬迁到达州,或者干脆在达州新注册成立一个气矿;后来,因考虑到重庆气矿是西南油气田的早年根基,那里的净化厂和矿权资源交割起来非常复杂而又麻烦,因此,他们就决定干脆在达州新成立了川东北气矿。

成立新矿区的报告批复后,当时面临的问题不少,既没有基地,人员也是从各矿区临时抽调的,他们来自川渝两地,四面八方,人员的稳定性很成问题。

也就是说,川东北气矿承载了许多美好的希望,但它储量惊人的两个高含硫气田的开发却很艰难。从油气工业的安全环保上来说,中国现在与之配套的各项安全环保措施不断升级。[1]

同举一杆旗

钱治家记得,他是2009年12月12日离开大巴山,经乌鲁木齐转机飞往土库曼斯坦,然后与事先在阿姆河右岸等他的中石油海外联合管理团队会合,去负责首气投产与开采的。

那几年钱治家除了坚持打乒乓球,锻炼身体,就是思考国家干部年轻化政策给他带来的利好,以及他该如何将曾经享受的政策惠及川东北的年轻干部。

他将建设矿区的"两新、两高"机制,用于实际工作的用人模式转变,大胆试错,为年轻人提供展示自己才干的平台,使一批有能力、品行好的年轻干部,在"两新体制"的关照下,大约一年内,就能从"普通一兵"跃升为股级干部。他意识到,只有切实建立川东北的新机制,

---

[1] 摘自本书作者对钱治家的采访笔录。

才能凝聚更多、更优秀的人才加入他的团队。川东北气矿的勘探开发，虽在罗家寨、铁山坡气田的计划推进上受阻，但它的机制却比其他矿区优越。某种意义来说，它依然还是西南油气田的"特区"，具有足够令其他兄弟气矿望尘莫及的政策优势。

当然，从他的个人经历和川东北气矿当时面临的形势而言，他也希望能将"被动"化为主动，好好为"西油"未来的发展，带出一支素质过硬的队伍。

为了培养着眼未来的人才，当然就要破除传统的用人观念，创造"不拘一格降人才"的氛围。

川东北气矿开始在矿区实行全员竞聘，不管你任职年限和资历有多么老，他们将所有干部一律就地免职，指派专人成立工作组，用一周时间推行公开竞聘机制的落地。聘上的继续上岗；没聘上的，组织给你安排适合的岗位。这种大开大合的人才选拔模式，波及范围之广，执行力度之大，在别的矿区是无法想象的。当时，也没任何单位可以做到。

这个措施根治了干部"能上不能下"的痼疾，为年轻有为的才俊提供了脱颖而出、一展身手的"擂台"。

其中最突出的代表，第一个是后来成长为川东北气矿党委副书记的王平。王平原是负责职工保险的普通职员，在竞聘中勇拔头筹，上岗后，善于发散思维，视野广阔，群众威信很高。但是，尽管王平具有出众的个人才干，但如果没有良好的激励机制为其提供一展身手的平台，他要出来也难。第二个是川东北气矿的副矿长。为培养年轻干部，矿党委特意在作业区增设了主任工程师的职位。这名副矿长就是从这个岗位起步的。第三个是党群工作科的科长小付。他竞聘上来一年多点，就不负众望地成长为一名科级干部。当时，钱治家在关于用人工作的一次党委会上曾对大家开诚布公地说："我们用的这个小付，肯定地说，他不会是全矿最优秀的，但我们必须要给愿干事的人搭建一个平台，给能够干事的人创造一个希望，给能干成事的人创造一个前程。"

事实证明，钱治家继承川中矿党委书记张书铭、矿长夏先禹当年培养年轻干部优良传统的这种用人方式是正确的。

2017年，曾在达州为我们做过采访安排的这位党群科长，在后来西南油气田组织的人事考核中表现优秀，已被调离川东北，到成都的西南油气田天然气研究院担任党委副书记了。川东北气矿刚组建时，在原"西油"党委书记、总经理夏鸿辉和四川省原省长张中伟过问下，一批年轻的女同志来到大巴山工作。她们的到来，给川东北气矿机关、作业区和基层站点带来一抹亮色。矿党委培养年轻干部，也给她们创造了成长进步空间。

当时，我在生产运行部担任工程师。通过年轻干部岗位公开竞聘，能到达州作业区担任党委副书记，让我感到比较意外。

矿领导安排机关人员到调度室来对我进行考察，他们错把"蒲荣芳"这个名字听成"胡永刚"了，就回去给领导汇报说，调度室没有"胡永刚"这个人。领导听了哭笑不得，就给他们一笔一画地写了"蒲荣芳"这个名字，让他们再去我那个单位摸底。后来，机关的人认为我的个人素质和群众基础可以，才让我去参加公开竞聘的。和我一起通过竞聘上岗的女干部，还有在机关组织人事处当副处长的雷程。她干得很好，马上要出任勘探研究院的党委书记了。

应该说，我和雷程在女干部年轻化道路上的经历，比其他姐妹要有代表性一些。

矿党委推行的这些举措，破除了大家头脑里的固有认识，营造了浓厚的尊重人才的氛围。

川东北在2003年刚组建时，不少年轻人从川渝各地赶往大巴山中安家创业。这些人，大都胸怀理想，想在这片热土上施展抱负。[1]

---

[1] 摘自本书作者对蒲荣芳的采访笔录。

"但川东北气矿在中石油和西南油气田高层的积极运筹下,通过国家对外合作政策的有效运用,又使遭受重创的这片土地竖起高高的钻塔,建起了国内乃至亚洲都堪称一流的净化厂,并伴随龙王庙气田大发现、大开发的脚步,实现了建矿的初衷。不想这时,钱矿长却到海外工作去了!"2017年冬天的一个夜晚,蒲荣芳同我们走在宣汉南坝镇这座兴场立市已达千年之久的古镇街头,边与她的那些肤色各异的外方同事用英语打着招呼,边用四川话讲述川东北浴火重生的林林总总。

钱治家离开川东北的2009年冬天,大巴山的风雪虽说依旧凛冽,但西南油气田的对外合作事业,在南坝镇却已热气腾腾。

在钱治家为之奋斗、彷徨、坚守过的川东北气矿,因全球知名石油企业美国G公司的加盟,这里不仅按国家商务部对"三个ODP"计划的批复,吹响了开发罗家寨和铁山坡气田的号角;中石油布局海外中亚地区的"复兴气田",这时也在召唤"西油人"的"远征军团"加入那里的勘探开发。

因此钱治家告别川东北气矿,是轻车简从,独自一人离开的。走的时候,他不愿闹出什么动静。因为在这片土地上,还有与他朝夕相处的年轻人在继续坚守,如与他们公开告别将会难舍难离,一点也不轻松。

钱治家到土库曼斯坦与中石油海外团队会合后,第二天,刚进入营运阶段的中石油海外项目营地,就迎来了国家主席胡锦涛的视察。

当日,胡锦涛与土库曼斯坦总统别尔德穆哈梅多夫、哈萨克斯坦总统纳扎尔巴耶夫、乌兹别克斯坦总统卡里莫夫一道,共同出席了中石油在土库曼斯坦阿姆河右岸天然气处理厂举行的"中亚天然气管道"通气仪式。

当地时间11时35分左右,四国元首一同来到阿姆河右岸天然气净化厂。

胡锦涛代表中国政府在通气仪式上致辞:"中亚天然气管道"是四国政府在以往合作取得成果的基础上再次建成的又一个重要合作项目,

意义十分重大。这个项目是中国政府及人民与土库曼斯坦、乌兹别克斯坦、哈萨克斯坦政府和人民精诚团结、互利合作的又一个历史见证，无疑它已承载了四国人民世代友好、互利共赢的良好愿望！希望我们四国政府继续本着互补互惠、平等互利、合作共赢的原则，积极开展能源合作，并在友好合作中取得更加丰硕的成果。

别尔德穆哈梅多夫、纳扎尔巴耶夫、卡里莫夫也在致辞中表示："中亚天然气管道"建成以后，将为四国经济发展注入全新的活力！这不仅符合四国人民的利益，而且它还有利于中亚的地区稳定与发展，对促进国际能源合作、建立良好的能源合作伙伴关系具有非同寻常的重大意义。相信"中亚天然气管道"这条新时代的"丝绸之路"，能为加强中亚国家同中国的友好合作关系发挥重要的促进作用。

四国元首致辞结束后，兴致勃勃地打开了"中亚天然气管道"启动阀门。随着中亚气流的浩浩东去，标志着全长 1833 公里的"中亚天然气管道"已经成功实现首气，预示着中亚天然气为中国经济建设助力的时代已经来临。茫茫沙碛之上，荒无人烟之地，银亮的大型天然气生产装置和输气管道熠熠生辉。通气典礼告一段落，胡锦涛主席来到中石油的海外项目部营地，在中石油领导的陪同下，接见了西南油气田的海外项目部人员。由于营地当时的条件还很简陋，胡主席接见"西油"员工的地点，只能安排在并不宽敞的调度室。

令钱治家感到自豪，充满喜悦的是：一是他没有想到，他以西南油气田总经理助理兼阿姆河项目部经理的身份，刚从大巴山来到异国的阿姆河营地，就能近距离受到胡锦涛主席的亲切接见，当面聆听他的讲话；二是中石油的领导向胡锦涛介绍他，并在胡主席同他握手时说："这个小伙子年轻有为，是我们的培养对象！"结果在胡主席的专机于 15 日飞离土库曼斯坦之后，16 日上午，他就接到从成都打来的电话，让他回国竞聘——组织上果然已在考虑提拔他了。

位于阿姆河右岸的天然气勘探开发项目，是中国与土库曼斯坦进行能源合作的一个重大战略项目，也是中石油迄今为止规模最大的一个海外天然气勘探开发合作项目。

根据中石油党组的指令，钱副总带领我们组成"远征军"，实施的中石油海外项目是：全面承担阿姆河项目勘探开发技术与生产运行管理，第一阶段主要支持项目A区的开发及生产。在A区这个区块，一共分布着萨曼杰佩、麦捷让、亚希尔杰佩、根吉别克4个气田。这4个气田的三级储量有10000亿之多，已探明储量为1380亿，已建成了每年净化处理天然气60亿立方米、凝析油稳定年处理18万吨这样的生产规模。

我们承担的直接任务，主要是负责阿姆河项目A区天然气井的生产运行、地面集输和外输增压系统的操作管理、天然气处理厂4列净化装置的运行管理、HSE管理和检维抢修任务。这些工作的基本特点主要体现在"宽、大、高"这三个字上。"宽"，指的是工作面宽，像天然气开发技术支持，天然气生产内输、外输及天然气净化操作，以及检修维修作业和安全环保管理，这些所有能涵盖的全部都涵盖了；"大"，说的是我们在那边的天然气处理能力很大，日处理能力在1800万至2000万立方米之间；"高"，除了指那里的气田是"三高气田"，还包括它的天然气含有凝析油。[1]

"胡主席同中亚三国首脑出席'中亚天然气管道'首气仪式回国后，钱治家回成都参加'西油'的副总经理竞聘，他聘上后，我们原以为他不回阿姆河了，没想到一周时间不到，他又回来了，带着我们213名"西油"员工和土方的500多名当地员工，继续为阿姆河右岸的天然气勘探开发项目工作。"阿姆河右岸A区净化厂厂长廖松柏说。

---

[1] 摘自本书作者对廖松柏的采访笔录。

在钱治家的记忆中,他一到阿姆河右岸就更加感受到"中土项目"的重要性。"中亚天然气管道"首气目标的实现,开启了境外管道向国内输送天然气的新纪元。这在200多年的中国石油发展史上,堪称是前所未有的。"中土项目"在名义上虽由中石油海外公司进行全盘统筹,不过,围绕该项目的天然气开采及投产营运,却正如廖松柏所说,是由钱治家带领"西油"海外团队来进行支撑的。因此,要在社情复杂、人员管理难度较大的异国始终确保项目支撑不出纰漏,压力也是相当大的。

为此,钱治家协同各方力量,将敢于作为与善于作为开始付诸行动。西南油气田在阿姆河右岸的工作模式,根据石油部党组的指示叫作"对口支援"模式,就是说凡是涉及天然气的营运开发,都由钱治家和"西油"的一位副总带领的"西油"团队负责完成;凡是涉及天然气钻探及地面工程建设,一般由川庆公司在土库曼斯坦的团队负责完成;这样,在国内因企业改制而从原四川石油管理局分家的两个单位,在支撑阿姆河右岸的"中土项目"时,又走到了一起。因此,当钱治家与川庆钻探的负责人经过协商,就双方为了一个共同的目标重新再聚首时,四川石油工人的力量又在土库曼斯坦开始发挥作用了。

这种"同吃一锅饭,同举一杆旗"[1]的联合力量,体现出的中国石油工人之力,令人刮目相看。西南油气田派往"中土项目"的人员,虽然只有160多人,但他们与川庆钻探的战友一道团结战斗,一点也不亚于往日在四川盆地上诸如川中会战、隆桂会战、威远会战、川东会战、广宁会战等历次会战中形成的气势!

2013年9月4日,"西油"与"川庆"一起,本着快速、高效和安全的原则,全力投入,建成了位于土库曼斯坦阿姆河右岸的复兴气田。该气田拥有年产100亿立方米天然气的生产规模。韩国的现代、阿联酋的石油公司和中国石油天然气集团在中亚狭路相逢,竞争激烈,都在阿姆

---

[1] 军旅歌曲《战友之歌》中的歌词。

河右岸建了一个 100 亿立方米的气田和与之配套的净化厂。

无形之中，等于三个国家在阿姆河畔的大沙漠里同时摆开了擂台，表面上虽看不出有什么异样，实际都在暗中较劲，在比各自的建设进度、质量与营运安全。最后，还是西南油气田与川庆钻探极力保障的中石油海外公司最先建成，投运移交后，气田投产，安全优质标准，均远超韩国与阿联酋同行。

韩国现代与阿联酋的石油公司，他们显然不敌经过了历史更迭，岁月洗礼，"快摆硬上"依然雄风犹在的四川石油工人，他们的百亿气田，是晚于中国同行百亿气田三年之后才建成的。

比国际同行早投产三年，给项目节约了大量投资暂且不说，更重要的是四川石油人在阿姆河地区为中石油的品牌注入了活力，为"中土项目"在群雄逐鹿的中亚地区壮大了影响。

9月4日，阿姆河右岸金风徐徐，蓝天白云。中国国家主席习近平同土库曼斯坦总统别尔德穆哈梅多夫共同出席"复兴"气田一期工程竣工投产仪式。当地时间上午9时40分许，习近平乘坐的专机降落在"复兴"气田所在地的马雷州机场。别尔德穆哈梅多夫率土库曼斯坦政府10位副总理在舷梯旁迎接。土库曼斯坦儿童献上了鲜花、面包和盐，用当地的传统礼节欢迎习近平。

机场上，两国元首的画像和用中土两国语言书写的"土库曼斯坦与中国的友谊地久天长"的标语十分醒目。成千上万当地民众身着鲜艳的民族服装，挥舞鲜花，跳起欢快的舞蹈，热情欢迎中国元首的莅临。习近平在别尔德穆哈梅多夫总统陪同下，从马雷州机场乘车一个多小时，来到"复兴"气田第一天然气处理厂，在中石油负责人陪同下，首先参观了项目模型并听取介绍。习近平发表致辞，对参与该项目建设的两国专家、工程技术人员，表示崇高的敬意和衷心的感谢。

习近平指出,"复兴"气田是中土能源互利合作的又一成功典范,承载着两国人民以合作促发展的真诚愿望,将为中土能源合作注入新的强大动力。从中国—中亚天然气管道建成运营,到阿姆河右岸气田产能不断增大,再到今天"复兴"气田一期工程成功投产,短短几年内,中土能源合作实现了跨越式发展,取得令世人瞩目的辉煌成就。这再次有力证明,中土能源合作完全符合两国和两国人民根本利益,拥有巨大潜力和广阔前景。

习近平强调,中土建立战略伙伴关系为双方深化能源合作提供了新机遇。我相信,中土能源合作必将百尺竿头、更进一步,更好造福两国人民。衷心祝愿中土关系和两国发展振兴事业能像"复兴"的美好寓意一样,蒸蒸日上,枝繁叶茂,不断取得新成就。

别尔德穆哈梅多夫在致辞中表示,土中能源合作潜力巨大、富有成效,是两国战略伙伴关系的重要组成部分,也带动了中亚地区经济发展。"复兴"气田项目是两国能源合作的又一成功例证。土方愿同中方继续加强在天然气开采和运输、国际能源安全等领域合作,实现共同发展与繁荣。[1]

然后,两国元首依次触摸代表中土两国的两个水晶球,大屏幕上两国地图闪烁,连接两个水晶球的白色导管逐渐变蓝,象征着中土又一条重要天然气管道正式通气。随后,两国元首又一同来到第二、第三天然气处理厂,出席投产仪式。项目投产仪式结束后,习主席接见了中资企业代表和驻外机构。钱治家说:"习主席一直站着讲了40多分钟的话,讲的都是从十八大以来的治国方略。"让钱治家印象十分深刻的还有,习近平对中土能源合作高度重视。"他认为'中土项目'为'一带一路'打下了坚实的政治、经济和外交基础,认为'中土项目'是'一带一路'最

---

[1] 杜尚泽、林雪丹:《习近平和土库曼斯坦总统共同出席"复兴"气田一期工程竣工投产仪式》,《人民日报》2013年9月5日第1版。

亮的一颗明珠,是中土能源合作的一个伟大缩影。"

在中亚土库曼斯坦的工作经历,让钱治家感受最深刻的一点,就是海外能源市场实际并不是老百姓想象的以为有钱就能买到自己需要的东西,其中的地缘政治、大国操纵与外交博弈,其实非常复杂。它的发展,体现了国家综合实力的增强。外交话语权必须要有国家实力来做坚强后盾,而国家实力也并不是你有钱就可以随随便便能买到的。

就拿"中土项目"合作来说,美国一家实力雄厚的老牌石油公司派了一个工作团队,长期住在库曼斯坦等项目,他们随时睁大着眼睛,在等待我们犯错,以便及时出手坐收渔人之利。所以,钱治家带领的西南油气田"远征军"每个人都以不容怀疑的集体荣誉感,竭尽全力地拼命去干。他们在签证问题上,实际也遇到过国人想象不到的难题。所以2013年习近平总书记和土库曼斯坦总统会谈时提出,必须为中方人员提供往来便利,劳务签证困难后来也才有所缓解。

在钱治家看来,西南油气田凡是在境外工作过的人,回到国内工作一般不会叫苦。因为在土库曼斯坦,作为管理层尽管他希望国内能多派一些人去"中土项目"上干活,但这个国家对劳务签证的管制非常苛刻;而习近平主席访问土库曼斯坦期间,又要腾出时间到"复兴"气田剪彩。如果他们的工作进度滞后,显然这是绝对不允许的。令他难忘的是习主席去剪彩之前的日子。"复兴"气田100亿项目的投产,一共有六列装置,平均每列装置的天然气日处理量就达600万立方米之多,当时国内的所有气田从来还没有过这么超大规模的装置。但在迎接国家领导来出席剪彩仪式之前,阿姆河右岸的"西油人"营地,加上钱治家自己在内,满打满算的人力资源一共却只有38人。有一次他们为了赶进度,竟然三天三夜也没睡觉。这在国内要人有人、要物有物的情况下,当时的任务少说也要500人才能完成得了。

土库曼斯坦净化厂厂长廖松柏在重庆接受我们采访时说:"当时,钱副总以'普通一兵'的身份和我们一起吃苦,累得人都变样儿了。所以，我们在海外工作的每个人，同他一路摔打、磨炼下来，几乎从来不说啥子苦不苦，累不累的！就是有人向我问起这些年在阿姆河工作的感受，包括上次接受你们采访，我也会说不累。"

钱治家在土库曼斯坦带队工作了五年，从天然气工业涉及的各项业务来说，让他引以为豪的是，他在中亚带着有时一百多号、有时几十号不等的人，先后建设成了阿姆河A区、阿姆河B区和"复兴"气田三个百亿级气田，在取得这些成果时，没有一个员工因此而付出了他们的生命代价。

土库曼斯坦的三个气田建好以后，西南油气田党委研究决定，由副总经理熊建嘉去接替钱治家的工作，换他回来一是让他休息一下，二是让他负责营销工作。熊副总去负责阿姆河右岸的工作，对他来说，因为他有长期分管对外合作的经验，加之还当过川东北"罗家寨合作项目"的中美联管会主席，因此可谓轻车熟路。但对钱副总来说，营销这个领域就显得比较陌生一些，而且具有相当的挑战性。

在"十三五"期间，中石油党组将天然气作为战略型、价值型、成长型的重大工程来抓。通过促进天然气产业链的发展，开始寻找企业效益新的增长点。

在高油价情况下，上游企业对国家财税的贡献原来最多的时候，每年大概有1800亿元。

在低油价情况下，原来最大的利润板块勘探开发部分会亏损，比如1996年就亏损了500亿元。

在这样一种背景下，企业一方面要树立长期过紧日子的思想，当然也要寻找新的增长点，而寻找新的增长点，就要发展天然气产业。另外，中国的能源结构迫切需要转型，加之环保领域的需要，对天然气的需求也日益迫切。于是，集团公司党组在改革顶层设计上做了销售体制改革的规划,分别成立了五大销售公司。这五大公司中,北方销售、南方销售、东部销售和西部销售采用的都是管网分离、销售独立的模式,唯独我们西南油气田公司遵循的是"上中下游"的一体化模式。

钱副总要负责的这个模式,就是销售与业务分开,领导和管理融为一体,算是销售改革的一种创新。另外,中石油还有一种模式叫"福建销售",它是将成品油和天然气合在一起,这种销售模式也有它的独到之处。[1]

"中石油在天然气销售区域的划分上,将云南、贵州、广西与湖南的属地划归给了西南油气田。因此,钱治家负责的西南片区,又是天然气生产、供应和消费最成熟的地区。"时任"西油"党委书记、总经理的马新华,在办公室接受采访时说,"西南片区天然气使用比例最高的地区是川渝两地,这两个地方的天然气一次性能源消费比例占全国13%,最高的年份还能达到15.3%,而全国天然气的平均消费水平,2016年是5.8%,2017年是6.3%,川渝这个比例要高于全国的平均水平很多。"

西南油气田在天然气价格政策、综合利用政策和价格机制形成上,不但拥有自己得天独厚的区位优势,对天然气终端销售人才的培养,也具备了国内其他片区并不具备的基地性质。从中间环节,即天然气供气的基础设施来看,西南片区被人称为西南枢纽,输气管线长达6万公里,而全国大管网全部相加也才只有6万公里左右。同时,"西油"还与中亚管道的"中贵线"[2]"中缅线"[3]相连,并建有"中国首座碳酸岩储气库"——相国寺储气库,以及实现"川气过三峡"之后直达湖南、湖北的"两湖

---

[1] 摘自本书作者对马新华的采访笔录。

[2] 即中卫—贵阳管线。

[3] 系中缅油气管道,同中亚油气管道、中俄原油管道和海上大通道并列,被称为中国"四大能源进口管道"。

过江管道"。

当然，正是由于四川盆地天然气处于"能上能下、能进能出"的西南枢纽，同时为了发挥"西油"的人才队伍优势，中石油党组才把滇黔桂湘的市场开发管理，划给了钱治家与西南油气田的营销队伍。所以"西油"大气田的格局十分明朗，大枢纽作用发挥得越来越好。最明显的例子是，2017年冬季至2018年春天，当北方出现气紧时，"西油"才能在全国一盘棋的布局中为它做出巨大贡献，每天向北方供气1600万～2200万方，持续时间长达三个月之久。

可是，这在四川和重庆地区，西南油气田势必就要承受来自当地政府的压力。因为一旦支援北方，减少川渝供气，就会影响两地企业发展，制约GDP的增幅，并给数十万人的就业带来影响。然而，由于天然气在中国具有的政治属性和战略象征，它又要求川渝地区必须顾全大局。

天然气助推经济社会发展的作用尤其明显。根据研究，从综合利用的角度来看，每一方天然气可为GDP贡献6.7元。如按西南油气田2017年实现的231亿销量来看，他们一年为中国GDP的贡献值大约就有1695亿之巨。可见，"川气"为支援北方因"气紧"导致的"冬春保供"之需，川渝地区付出的代价的确是不小的。

我们西南油气田天然气市场的形成与发展，主要经历了三个阶段。

第一阶段，是在计划经济的历史条件下，市场没有放开，这时我们的日子过得比较艰难，这个可用"以气养气，就地利用，自我发展"这12个字来形容。比如1972年，石油部组织川渝石油工人进行威远会战，以"解放川南浅气层"为指导思想，发现了威远气田之后，我们建立了"威远脱硫一厂""威远脱硫二厂"，修建了从威远到成都的"威成管线"之后，才实现了四川省会城市的供气。

第二阶段，主要是指中石油改制到2012年的4月份之前，这时，海外天然气还没输入中国。在此期间，我们依然没有达到威远会战中提出的"70亿"这个指标。那时，勘探开发工作主要围绕中坝气田、川东石炭系和川东北高含硫气田群及川渝两地的一些零星小气田布局，并且建成了区域性的输气网络，天然气的商品价值开始在化肥、冶金、玻璃、陶瓷、化工和发电等大约17个行业领域得到了体现。紧随"气化全川"的工程得到落实之后，中央计划单列的重庆市也基本实现了"气化"。

第三个阶段，我们已经实现了"川气过三峡"的目标。西南油气田经历了天然气市场需求带来的综合利用规律，就是淡季与旺季形成的"错峰填谷"现象。这个"峰谷"形成带来的变化是：2017年夏天，整个四川居民日均用气量只有2300万方；到了农历腊月二十三这天，一天的用气量就达到了6200万方；"峰谷差"一天就接近了4000万方。"峰谷差"涉及居民用气的相关企业，由于调控设施不健全，就把调控不力的责任全部推到我们"西油管网"上来了。[1]

"经历了2017年的'气紧'之后，习近平总书记为此作了一个重要批示：一定要把天然气的产、供、储、销、贸作为一个系统工程、重点工程来抓，不能在2018年、2019年的冬春季节出现'气紧'的问题了。国务院在给国家发改委行文、传达总书记的批示时，用一个案例来启发大家务必引起高度的重视。"钱治家所说的案例表示的意思是：为了防止"气紧"的问题发生，在习主席作出批示之后，如果再有不作为的，无论涉及体制、机制和政策也好，还是关联到具体人员的认识出现偏差，不作为、不担当和不碰硬也罢，总之，一旦再次导致"气紧"问题的发生，都要受到严肃查处和责任追究。

所以，为了将防止"气紧"问题的各项工作抓实，从国务院到发改

---

[1] 摘自本书作者对钱治家的采访笔录。

委每周都要建立一个"绿色通道"的协调机制，就是为了加快国内天然气勘探开发，涉及的行政审批、规划调整、基础设施改善、储气设施建设的效率，如果遇到问题，各方都必须要做到"每周一报"。在这个过程中，西南油气田的营销队伍经历了天然气"供过于求"和"供不应求"两个阶段的历练。

钱治家从土库曼斯坦回国后分管营销工作，对此深有体会。

他说："在这两个阶段，天然气不好卖，市场疲软时，我们的销售人员就要不停地给潜在的客户说好话，赔笑脸，主动公关，不厌其烦地找用户及政府，协调他们多用我们的天然气；天然气供不应求时，用户又怕用气的时候用着用着就被我们停了，因此要求我们作出承诺，给他们保证在二十年甚至三十年以内做到足量供应，关键时刻不停供。这时，我们的销售公司就只能对人家说，放心吧，作为供应方，我们会对你的用量有保障，好像说了靠谱的'硬话'。可这些年，因为冬春期间要对北方民用气保供，我们又对人家说'狠话'了，说'北方保供是大事，因此川渝两地的用户你们需要改制，有些虽然涉及停产，牵涉我们对你的违约，但你该关还是要关'。这样到了北方保供的时候，大约就有46家工业用户被中断了，造成了当地的GDP损失，也影响了相关企业工人的收入。"

因此钱治家担心："川渝政府和大批工业用户，他们都是西南油气田多年来的合作伙伴，要是他们觉得我们在供气承诺上不靠谱，长此以往这就是个大问题了！"而要解决这个问题，就只有加快发展。"小平同志说，发展才是硬道理，这个观点对我们依然管用。作为一杆旗帜，我们还要将它永远高举起来！"

因此，钱治家将2018年的工作重心放在2018年至2019年的冬春"保供"上；其次就是及时疏导、传递国内天然气大发展的季节性特点与认识；三是落实2017年11月14日国家发改委主任在全国22个省市自治区经济工作视频会议上的讲话，推进储气设施和基础设施完善等一揽子建设项目在西南油气田的落地。

2017年冬天我们采访钱治家，他说，"西油"销售公司面对储气设施布局出现的变化：一是"两个亿"，即国家层面每天储备"一个亿"，地方政府每天储备"一个亿"，这样国家层面与地方政府加起来就有"两个亿"的天然气，用于当年冬天至2018年春季的"调峰"变化。二是对天然气生产企业，要用销售规模的10%进行储备。这个"10%"，在"西油"分布在川渝两地的"五大矿区"[1]的共同努力下，可以说都是全部能实现的，其中仅相国寺储气库每年就有20多亿的储备能力。三是对用户采取分级制，"保供"期间有的用户能中断，有的用户不可中断，有的必须进行退后调控，这样到了"调峰"阶段，就不至于"打烂仗"了。

为落实总书记的批示和确保将发改委主任的讲话要求落在实处，他们还对西南片区的燃气企业提出了硬性要求，即保证具备至少三天以上的"调峰"能力。比如成都燃气公司每天用气400万方，那它就必须要有1200万方的"调峰"能力。对那些不能中断供气的工业用户，比如玻璃生产这个行业，它的生产就不能停，因为生产中一旦因供气不足而停产，那么它的炉窑就会"炸窑"，损失实在太大了。面对这种不可中断的供气用户，还要求他们也要保证具备5%的调控能力。

所有这些问题，在2018年底必须全部落实，如落实不力，那么不管是谁，都要面临追责机制的追责。

除了政策层面带来的变化，第二个变化就是"规划引领"，即销售工作要对市场进行结构性的调整。

"十三五"期间，国家出台了天然气利用政府规划。在钱治家眼里，除了传统行业，至少有四大领域较之以往也出现了明显的变化：一是城市燃气使用率的正常增长，即居民用气每年大概增长10%；二是天然气

---

1 指川中、重庆、蜀南、川西北和川东北气矿。

发电，这是国际天然气利用的首选，效益很高，已经出现了迅猛发展之势；三是煤改气，这个领域出现了大规模增长，尤其京津冀等北方城市出现的变化特别明显；四是交通燃料需求升级，无疑加速了"气紧"进度，比如LNG这个行业，它对重型卡车、长途公交、江河船运、天然气下乡等市场板块的拉动，实在太明显了。

平时，大家认为国内市场淡季时，国际天然气供大于求，这时可以去买回来。然而，国内市场如没建立科学调控机制和可靠的储存设施，这是行不通的。为此，西南油气田正在启动后备储气库建设，同时对储气库带来的定价机制及运营模式，也进入了紧锣密鼓的探索中。所谓的探索，最重要的还是关于如何适应市场本身的问题。对此，大方向关乎的问题：一是天然气定价机制，目前它还没和国际油价接轨。所以，要用市场化手段来建立定价机制。当然，这个问题是由发改委在做顶层研究。二是天然气的商业开发，基础设施的投入，还要建立政府监督之下的管输定价机制。目前，对于大管网建设，国家层面的监督机制已建立了。全国13条管网的价格已经对外公布。西南地区的环网管输定价，已从原来的0.17元下降到了0.15元，但其他大管网下边的支线管网建设依然处于滞后状态，没有及时跟进。所以，大管网建设的积极性受到影响，制约了市场的发展。

当然，最重要的还是需要弄懂储气库建设为什么总是滞后的问题。

钱治家说："储气库单独的调控定价机制没有形成，缺课太多。因为天然气在夏天注入库里，到了冬天再将它开采出来，这"一进一出"的成本，每方天然气需要支付0.53元。比如前期，我们在相国寺储气库的投资是110多亿，而国内市场的天然气销售不管来自哪里、如何采出，所有这些环节涉及的定价，都是一个不变的价位。卖给城镇居民的价格稳定不变，卖给工业用户的价格也是稳定的。这样，110多亿的建设成本又该如何收回来呀？所以，由于储气库建设成本无法计入天然气市场成本，就让储气库建设脚步放缓了，无法跟上'调峰'工作面临的形势任务之需。"

这又要关涉天然气的线上交易问题。上海已建立了一个交易中心，重庆也建立了一个交易中心，目前这两个交易中心均已开盘。接下来，全国还要建立6个区域中心。建立这些线上交易中心的目的是争取买方的话语权。中国是全球最大的天然气消费国，但在国际天然气市场上，中国却没话语权，只有卖家有它的话语权，因此这是不正常也是不公平的。国家建立交易中心的目的是：下一步就要把交易中心的挂牌价作为我们进口能源的交易价，将失去的话语权夺回来。

钱治家说："以后，我们从俄罗斯的东线、西线，包括从中东、非洲回来的天然气的价格机制，都要与国内某个中心的挂牌价实行挂钩，比如遇到这天正好'调峰'，有五亿方天然气可以进行交易，起步价是1.6元，上不封顶；你可以在3元的时候买，也可以在2元的时候买。总之，交易中心它有一套完整程序，如果你抛价1.7元，五秒之后没人参与竞价，那么你就成功了；如果有人参与竞价，很显然，这个1.7元它就还要继续往上涨价。这才是正常的天然气市场管理机制。"

钱治家将天然气在"冬春保供"期间遇到的供不应求问题，依然归结于发展不平衡的问题，他认为，这个问题是李鹭光在"川气过三峡"，即完成"52135任务"之前提出来的。但是"川气过三峡"之后，"西油人"还是面临发展不平衡的问题。那么，这个看似"过三峡"之后依然存在的问题，就应该以辩证的眼光来看：一是"西油人"参与国家能源战略布局的担子，比接受"52135任务"之前更重了，许多事情还不可能一步到位。所谓"过三峡"之后，也不意味着"我们（立即能）在喝彩声中……扬帆直下，随大江东去，进入海阔天空的太平之洋了"；许多事在"川气过三峡"之前由于基础本身的薄弱，就是"过了"之后，依然还不可以掉以轻心，因为"太平之洋"它有"海阔天空"的一面，同时因为气候、季节的变化，它还有"狂风暴雨"的一面。二是关于发展不平衡的问题，完成"52135任务"之前，一般是指工人没活干和天然气供大于求的问题；现在的发展不平衡，主要是指天然气市场太大，工人干活总是干不完，难以满足下游的市场需求。所以"过三峡"之后，"西油"的天然气销售还要面对穿越"狂风暴雨"的实际问题，需要凝心聚力地加以面对。

但是，不管怎么说，销售工作破冰阶段的基础设施、定价机制、市场结构不尽人意之处颇多，在继续发展理念的引领下，早晚都会迎来"海阔天空"的"西油"时代！

从300亿到800亿

西南油气田早年的创业队伍是由中国人民解放军第十九军第五十七师根据毛泽东的命令，于1958年8月1日在陕西汉中，举行了最后一次阅兵式之后，被改编的"石油师"编制中的一大部分发展演变而来的。当时，新中国经过将近9年和平阳光的朗照，参加抗美援朝战争的解放军走出了东北亚战争的硝烟，即将铸剑为犁，转入国民经济恢复与全民经济建设的热潮中来。因此，国防部根据毛泽东与中央军委的意图，安排解放军作战序列中的41个建制师脱下军装、集体转业，为1953年至1957年第一个"五年计划"结束后，即将开始的第二个"五年计划"面临的形势与任务继续奋斗。

"二五计划"在中国的实施，横跨了20世纪50年代中后期到60年代的前半期。当时，毛泽东认为中国已迎来了第一个战略发展机遇，因此，在他的文章《论十大关系》中指出："现在，新的侵华战争和新的世界大战，估计短时期内打不起来，可能有十年或者更长一点的和平时期。"

于是，在毛泽东提出的"鼓足干劲，力争上游，多快好省地建设社会主义"的"总路线"精神鼓舞下，投身"二五计划"洪流的五十七师官兵，迅速成为中国石油工业的重要奠基人康世恩、余秋里麾下的一支奇兵劲旅。他们中的一部分在师长张复振的率领下去玉门，组建了中国石油运输公司；一部分在师政治委员张文彬的带领下，去新疆开辟了克拉玛依油田；一部分则高举红旗，唱着军歌，翻越秦巴山脉进入四川盆地，跟随副师长张忠良一起，成立了四川石油管理局。

新中国的第一次石油会战在川中大地率先打响后，根据石油部部长余秋里的命令，五十七师数千人又在原保卫科科长、时任玉门石油管理局副局长秦文彩的带领下，千里驰援四川，打响了轰轰烈烈的川中会战。然而，在松辽平原的大庆会战拉开序幕以前，由康世恩出任总指挥的川中会战，在开创了一种以大会战的模式而推进的勘探开发样式和将支部建在一线井队的党建工作模式之后，川中会战在"开气找油"上并没达到预期目的，以至于余秋里在许多年以后，面对他的传记写作人员还曾坦言相告："川中是教师爷，从那以后，我们学乖了！"

川中会战的主要目的是找油。当时，川中的几口浅层裂缝性发现井出油量高得实在令人惊叹！

川中方圆几百公里的一些井位陆续显露了高产的态势，甚至在一百公里的范围之内打出来的新井，也有滚滚原油不断向外涌动。于是，《人民日报》、新华社等中央媒体纷纷对外发布新闻，上海电影制片厂也派出摄制组赶到龙女寺构造的会战现场，拍摄了"川中出油"的新闻简报[1]。据西南油气田输气处原党委副书记胡祖烈老人的回忆，他从重庆石油学校毕业后，赶往川中报到的路上，沿路"到处都是红旗飘飘的景象，公路两边高耸的绝壁上，凡是醒目的位置都已被人用红油漆书写的'川中是个大油海！'和'毛主席万岁！'的巨型标语占用了……然而，一些石油地质专家，特别是海外留学归来的一些人，比如现中科院的院士李德生，当时却向总指挥康世恩报告：川中这种裂缝性油田很难持续

---

[1] 20世纪60、70、80年代，随同电影正片一起放映的一种以时事内容为主的"加映片"。

高产，我们需要引起注意，结果李院士却受到了领导的批评，从苏联赶来帮助石油部完成'二五计划'的专家，也对他进行了尖锐批评，认为他的意见并不符合川中已经出油的实际，也缺乏重要的科学依据"。

眼看找油的各路人马在川中干了一年，依然还是无法得手，石油部的"二五计划"眼看无法向毛主席交差时，1959年松辽平原的大庆油田却传来了喜讯：松基井终于喷油了！于是，继康世恩在一个黎明充满留恋地从南充都尉坝机场登上飞机，告别川中大地以后，伴随川中参加会战的西北局、新疆局的野战营的陆续归建，四川局的李进、董金璧等人也在老局长张忠良带领下，加入了大庆会战的队伍。在萨尔图荒原，他们与王进喜、张文清等战友再次重逢，掀开了中国石油史上最为璀璨夺目的一页。

大庆油田取得的成就，弥补了石油部面对中央无法交差的历史缺憾。尤其它以20年平均年产5000万吨原油，30年平均年产4000万吨原油的卓尔不群，标志着30年之中，大庆对中国能源工业的贡献已无任何一个油田可以与之并肩称雄。[1]

所以，大庆油田的政治象征与经济象征，长时间里都堪称是中国石油工业的一座孤峰。不过，中国石油工业从"一五计划"发展到"十三五计划"期间，大庆的传统地位却被新崛起的长庆油田取而代之了。位于鄂尔多斯盆地，横跨陕、甘、宁、蒙、晋五省（自治区）的长庆油田，最终以22个气田、19个油田累计探明油气储量54188.8万吨的体量与规模后来居上，当仁不让地获得了"中国内陆第一大油气田"的美誉。

西南油气田党委书记、总经理马新华说："历史发展到21世纪时，长庆油田的勘探开发早已不是川中会战和大庆会战的模式了。相对以往会

---

[1] 摘自本书作者对马新华的采访笔录。

战中常见的旗帜飞扬、人喊马叫，长庆油田的会战，只能算一种'静悄悄的会战'。长庆油田的勘探开发，告别计划经济时代那种'大场面'之后，采取的是开放的市场化运作。在勘探开发中，全国各地的工程技术队伍云集鄂尔多斯，以招投标的方式参加会战，不少民营资本纷纷参与其中。这时，它已不需再由中石油总部牵头组织实施，仅依靠长庆油田自己组织就行了。"

长庆油田是2008年开始大规模上产的。数据表明，2014年，其油气当量已达到每年5000万吨，书写了昔日大庆的辉煌，构成了中国石油工业发展史的"第二座高峰"，而长庆油田这时按照自己的稳产目标，还在向20年以上的期限高歌猛进。

西南油气田自2004年11月16日完成"川气过三峡"的壮举以来，回望大庆油田为国家能源输血，并面对长庆油田的高歌猛进，经过深思熟虑后，中石油也于2017年正式向"西油人"提出了"打造西南增长极"的任务目标。

这个目标的确定，在政治比较学博士王林先眼里，意味着"如果中石油检视'西南增长极'，要求'西油'在2020年达到300亿的指标，那么，'西油'高层将把他们2035年的年产目标提升到800亿。

这个300亿的'西南增长极'的'入门指标'，又是一个着眼更远方向的战略目标"。

这样，中石油的"金三角"结构，就包括大庆油田、长庆油田和西南油气的"三足鼎立"，与三大油气田对国家能源格局互为犄角，形成强力支撑之势！

西南油气田以后发优势着力打造的"西南增长极"，实际也是中国石油工业的"第三极"。当然，这还只基于一种概念的思考，在具体实践中，还需"西油人"每年的油气当量都能达到5000万吨，即实打实地连续20年稳住300亿，实现800亿，从而将中国西南战略大气区建成。

现在每年300亿的任务，四川盆地的"西油人"将所有方案已经付诸实施。为完成任务，他们已不需要急于寻找新的资源，既不存在自然风险，也没什么决策风险。因为中石油已对他们的方案作出批复，只要"西油"党委班子带领职工将这个庞大的工作量认真完成即可。

所以，300亿的任务对他们来说，既是解决发展中面临的各种新问题的机遇，也是一个需要直面的挑战。简单对比一下，就是从2017年开始，三年以内页岩气勘探开发将成为上产的主攻目标，到2020年左右，页岩气每年要实现120亿的产能。但在2017年，他们的页岩气勘探开发在盆地以南地区的总和只有100多亿。就是说，在我们采访"西油"高层的过去三年中，他们已经打了200口水平井，这也意味着在接下来的三年中，他们还要再打1000口页岩气水平井。

从每年要打300多口水平井的构想来看，这个工作量实在有些过于庞大。因此，这也是他们从2017年开始就在全国组织资源力量的压力与动力之所在。

针对300亿这个产能目标也好，甚至力争实现他们的战略目标也罢，总之，"西油人"都会开放川渝两地的市场，去走自己的勘探开发之路。

如要建立高端运作的市场机制，全国各地的有关企业，包括中国石化到时都会参与其中，甚至国内不少实力、资质上乘的民营企业也将陆续参与。这样，他们与长庆油田的勘探开发模式比较，就多了不少的新型促进优势。简单地说，就是长庆油田当年在开发中因面临资金不足而需要中石油为他们中途注资的问题就能避免。

西南油气田拟用资本运作的开发方式，去实现自己的战略目标，比如在页岩气的勘探开发板块，作为一个成长性的长效项目，他们坚定去走通过多方合作最终实现共赢的"联合开发之路"。首先是与政府合作，让四川省人民政府带头参与，盆地以南地区的地市级政府也有合作股份紧随其后；其次有国家开发银行、开发投资集团等其他国有企业均已表示合作意向。

于是，西南油气田的页岩气勘探开发板块就能成功建立多个融资平台。王林先说："'西油人'的这种运作模式，符合中石油当前的发展趋势。这种趋势表明，'西油'、大庆和长庆这'三极'中，大庆的开发汇集了中国石油工业的主要力量；长庆的建设得益于市场开放的支持；'西油'的战略规划及实现，除了开放市场，还将通过资本市场与地方政府达成的利益共享原则来作推进。这种变化，也是与国家从'一五'到'十三五'以来的具体要求亦步亦趋的。"

我们在成都采访马新华时，他刚从北京开会回来。他说："这次会议，是集团公司2018年春节之后召开的第一次会议。会议主题，还是讨论如何加快中国天然气工业发展步伐的问题。"会议对外公布的数据表明：2017年，全国天然气消费与上年同期相比增长了380亿立方米，而国内天然气的增量与上年同期相比，才增加了70多亿立方米，这个增量连销量的一个零头都不到，所余的缺额只好依靠海外进口。所以这就不难看出，中国对天然气进口的依赖程度已经越来越高。

马新华将天然气消费剧增的原因归结于国家对"煤改气工程"和"蓝天工程"的着力推进。在他看来，天然气是所有化石能源里最清洁的能源，是传统能源向可再生能源过渡的"桥梁"性能源。为更进一步说明问题，他结合参加国际天然气大会的一些经历，就国内天然气工业发展面临的前沿问题表达了自己的看法：

2016年，我在法国参加国际天然气大会，发现世界能源界的基本理念是，21世纪是天然气的世纪。天然气的市场需求将会超过煤炭与石油，成为全球第一大能源。所以从2035年开始，直到21世纪下半叶，天然气应该是与我们生活息息相关的第一能源。国际上通行的"21世纪是天然气的世纪"的观点，就是这么形成的。

中国传统能源最早依靠的是柴薪，接着是煤炭。煤炭应该统领了一个时代。第二次世界大战之后，特别是从20世纪60年代开始，作为新能源的石油就已超过煤炭，这个时代因此是石油的时代。预计到2035年，天然气的新能源取代石油的旧能源之后，人类社会将会迎来它的天然气时代。然而，中国迄今还处于煤炭时代。因为煤炭在一次性能源消费中占有60%的比例，石油占有30%多一点，天然气甚至不足10%。这就意味着，在中国，天然气资源缺乏，迎接天然气时代的路还很长。

2018年春节前后，全国各地出现了"气紧"问题，中央领导对此高度重视。当年的2月6日，国家发改委向习近平主席报告"气紧"问题后，习主席作出了批示。习主席的意思是，我们一定要避免再次出现"气紧"问题。

所以，中石油2018春节后开的"开年第一会"，就是研讨如何加快天然气工业发展的问题。

会议将解决问题的路径归纳为两个方向：一是加强国内天然气生产力度；二是继续加大天然气进口力度。

当下，随着人们物质文化生活条件的改善，尤其在2020年面临"全面决胜小康社会"之际，居民用气的增幅，无疑将有一种直线攀升。比如北京地区，原来一个夏天只需2000多万方天然气，一到冬季就要使用一亿多方；比如四川省，原来夏季日用气2千多万方，现在一到冬天日用气就要达到6千多万方。北京夏天一户居民做饭，一天一方天然气就够了；成都冬天一户人一安装地暖，一天则要20多方天然气。这些不同层面的变化，最终都是居民冬季取暖引起的季节性需求导致的。[1]

---

[1] 摘自本书作者对马新华的采访笔录。

马新华说，当经济社会发展到一个全新的阶段时，川渝地区的人们基于生活质量的提高，不少家庭都安装了暖气。一些从北方到这里生活的人，过冬的时候更需要安装地暖。所以人们对清洁能源的需求，以后面临的供应缺口还会越来越大。2017年，国内天然气的对外依存度是39.5%，到2030年，天然气的对外依存度将会达到70%。这样，西南油气田对中国天然气保供特别是冬春季保供的压力将会越来越大，这就难以避免地要涉及国家的能源安全。所以，增加国内天然气供应，开发勘探新的油气田，就成了能源主管部门和企业的重要任务。

西南油气田对"西南增长极"的打造，对战略大气区建设的未雨绸缪，从60多年以来自身的发展理路来看，尤其在"川气过三峡"以后，他们需要确立自己的下一个目标，因此这两组数字，可谓已经关乎每个"西油人"的内心图腾；就天然气与国计民生的关系而言，特别是面对市场出现的旺盛需求，西南油气田在权衡它的发展空间时，这两组数字无疑成了一个毋庸置疑的方向；从中央对天然气"冬春保供"的重视程度来说，特别是天然气介于"调峰"与工业停产的矛盾时，那么，这300亿实际又凝聚着马新华们无法回避的责任承担。

当然，为解决"气紧"问题，中央也先后出台了针对西南油气田的专项扶持政策，比如对常规气之外的新型能源页岩气的补贴就要延长到2025年之后。页岩气集中分布在四川盆地的蜀南地区，属于致密气类型，勘探开发成本长期高于其他地区的常规气。为此，国家对每方页岩气的开采成本给予两毛钱的补贴。这种补贴让许多人感到无法理解，但以马新华、钱治家等业内人士的专业眼光来看，当下全世界民用气的销售价格都高于工业用气的价格，只有中国考虑到民生问题的保障，对居民用气市场价格的调控反其道而行之，给予了远比工业用气要低不少的政策性照顾。

时下，有人用先入为主的观念，将中国能源市场价格与其他国家进行对比，比如美国的天然气价格比我们国家低了不少。其实这种观点，忽略了美国天然气可以自给自足的现实。

当下,世界上的天然气一般有三种价格:一是自己生产,可以满足自身需要,富余的部分可以出口,卖给别的国家。这种情况下的天然气定价,基本都是按勘探开发的成本来定价的。西方发达国家的石油公司与西南油气田的合作项目不少,钱治家在与外方高层的接触中了解到,西方的上游成本一般在每立方米一元钱左右,有些上游成本甚至只有几毛钱。像美国、俄罗斯和中亚一些油气资源丰富的国家,他们的天然气上游成本的确只有几毛钱的开发成本。第二种定价情况是,这些国家的天然气市场配额,有一部分需要外来进口,这种定价成本一般是两元钱左右。第三种成本定价是指韩国,他们的价位需要三元人民币。

因此,马新华一语道破了天然气定价的玄机:"天然气成本定价,取决于你对资源储量的真实拥有程度!"

但中国的情况既不同于美国、俄罗斯及中亚等能源发达国家,与韩国完全依赖贸易进口的情况也不尽相同。如果中国要从北美石油公司将天然气通过进口的渠道运到中国,由于隔着一个太平洋,中方如在太平洋海底修建海底油气管道,这就不现实了。所以,中国从北美进口天然气只能用船,将进口的天然气液化,然后运到中国。国内为了接应北美进口的天然气,在距离海岸很近的地方需要建立一个接收站,将进口天然气从液化转为气化,再进入管道输入城市,进入千家万户。这样天然气的进口成本就很高昂,也使天然气的价格非常高。

2017年冬天,在天然气"调峰"期间,我们拿着钱以4元一方的开价去国际上买气,结果连一方气也没买着。当时,北半球国家都要取暖。国际石油公司的天然气夏天有,到了冬天,他们的国家同样紧缺。天然气冬天贵,夏天便宜,全球都是这样的行情。所以,就是夏天买到气了,但它的储存成本却同样居高不下。因为进口天然气是"气体"不是"原油","原油"可以用储油罐装起来,"气体"用储油罐就装不了。所以,从海外进口的天然气,抵岸后只有先将它液化,或者干脆在合适的地方建造一座储气库或 LG 储气站来进行存放。但是,无论你建储气库还是建储气站,这两个方面的成本都是高得吓人的。[1]

"去年,国务院总理李克强在政府工作报告中专门讲了天然气的问题。"马新华说,"2018 年'煤改气'计划的任务,还有 300 万户的指标没完成。这是什么概念?这个概念意味着这 300 万户改造完毕,到冬天供气时,每天就要增加一亿多方的供气量。所以,我们要有提前准备。我们确立建成 300 亿的产能,并朝国家战略大气区的远景努力,这是来自现实的需求,有人认为这个目标和远景带有历史上的'大跃进'遗风,其实不是这样。这是信口开河,不了解我国对天然气的需求都到什么时候了!"

那么,2017 年,中国天然气市场为何处处告急呢?

最直接的原因是,中央原计划煤改气,先改 300 万户再说,但一些地方政府层层加码,已经将 580 万户纳入了计划范围,而该年度国际天然气行情又正好紧张,加之中亚管道因土库曼斯坦的气田出了一些情况,无法正常供气,所以,就无可避免地发生了"气紧"问题。

2017 年是西南油气田的"一道坎",无论迈不迈得过去,总之都要别无选择地"必须去迈"。

国务院提出,要想尽办法确保"津京冀"等地区的民用气供应。西南油气田接到指令,只好将西南地区可中断的工业用户停供。位于涪陵大山深处、建峰化肥厂的一位领导说:"原料气一停供,我们四千多人的一个厂,不但对东南亚地区的化肥出口无法按订单交货,连吃饭都成问

---

[1] 摘自本书作者对马新华的采访笔录。

题！"重庆卡贝乐化工厂一名办公室主任也说："'煤改气'的政策好，但一下改这么多，也使我们的原料气无法得到保障，而2017年，正好又是我们的产品在建材市场供不应求的时候！"

2017年的"气紧"现象引发的各种问题，引起了高层的重视，中央开始研究相关的改进措施，决定将天然气勘探开发向非常规天然气领域倾斜。这也是西南油气田在建成300亿战略大气区时，添列了100亿页岩气的原因所在。为鼓励"西油人"向页岩气的新领域进军，得知他们开发常规气需要一块钱成本，开发页岩气需要1.5元成本甚至接近两块钱成本的实情后，中央继批复"长宁—威远国家级页岩气产业示范区项目"建设规划不久，又决定给他们予以相应的政府补贴。

这样，拿到补贴，他们的页岩气开发成本就能在成本核算与市场销售之间基本平衡。这种政府与企业互动，旨在解决"气紧"的努力，不能不说受了安德森《页岩气革命》一书思想的影响。

安德森认为，页岩气是从页岩层中开采出来的天然气，成分以甲烷为主，系一种非常规天然气资源。页岩气的形成和富集有着自身独特的特点，往往分布在盆地内厚度较大、分布很广的页岩烃源岩地层中。与常规天然气相比，页岩气藏具有自生自储特点，页岩既是烃源岩，又是储层，不受构造控制，无圈闭、无清晰的气水界面。页岩气埋藏深度范围大，埋深从200米到3000米以上。大部分产气页岩分布范围广、厚度大，且普遍含气，这使页岩气井能够长期地以稳定的速率产气，具有开采寿命长和生产周期长的优点。

20世纪70年代，因受全球石油危机的影响，美国的企业通过与政府携手，加大了非常规天然气的开发力度，产量从1976年的18.4亿立方米，攀升到1997年的80亿立方米。这期间，他们针对页岩气展开的学术研究堪称成果颇丰，不但彻底弄懂了页岩气的成因，还就连续油气聚集展开了小型压裂及冻胶压裂和水平井增产试验。

美国页岩气开发技术产生突破性进展的时间，是1997年至2003年。

在此期间，从20世纪90年代末期开始，他们的水平井多段压裂、大型水力压裂、多井工厂化技术就已得到广泛的应用，而到了2002年时，美国的水平井多段压裂试验也已取得成功，并作为页岩气开发最有效的技术，得到了广泛推广及应用。位于美国得州中部的Barnett页岩气田，由于对新技术的成功应用，产量开始迅速递增，2002年产量达到54亿立方米，一跃成为全球规模最大的页岩气田，截至2003年，Barnett产量已占美国页岩气生产总量的28%。

据晨财经2020年3月9日文章《能源史经典案例：美国页岩气革命》的资讯表明：自2004年以来，美国页岩气开发进入跨越式的发展阶段。其中水平井多段压裂技术在页岩油的开发中得到了更加广泛的应用，Permian（二叠纪盆地）等一批以页岩油为主的储层陆续得到开发，2016年美国页岩油产量已达23亿吨。得益于"页岩气革命"的2006年至2010年，美国的页岩气产量暴涨了20倍，并在2009年以6240亿立方米的产量首超俄罗斯，成为全球第一天然气生产大国。另据EIA的数据，美国页岩气占天然气全部产量的比例，已由2007年的7%突飞猛进到2017年68%，年产量高达5264亿立方米。

页岩气产量的迅猛发展，不仅使美国在短时间内从同样高度依赖从他国进口的僵局中实现了自给自足，而且还以华丽转身的姿态，将自己蜕变成了天然气出口大国。

从美国的能源历史案例中，我们看到，我们的情况与他们有不少区别。我国的页岩气，以"长宁—威远国家级页岩气产业示范区项目"为例，那些区块的页岩气都埋得很深，一般在3500米左右，而美国的页岩气则在2000～3000米的深处。

中国石油工业的单井产量是2吨左右，美国大约有1吨多的样子；他们页岩气的单井产量是六七十万方，我们蜀南地区的单井产量是一二十万方。比较而言，中东及俄罗斯的开采成本比美国更低，而中国除了松辽平原上的大庆油田开采成本相对较低，其他油气田的开采成本一时半刻都还降不下来。

中国石油地质条件的复杂程度在世界上是很出名的。1949年以前，西方的石油地质家都将中国看成"贫油国"，甚至到了20世纪50年代，中国石油工业正为完成国家"二五计划"所赋予的任务而殚精竭虑前后，他们一直都还在强调这种看法。这种看起来既科学又带有相当西方逻格斯（Logos）的观察视角，直到大庆油田的横空出世，才消失在石油工业的历史风云之中。

西方以前的石油地质理论以海相为中心，但中国则是以陆相为中心。我国的陆相理论，直到2000年之后才开始向海相理论转移。[1]

"随着勘探开发技术的不断进步，西南油气田在向页岩气新领域'为国争气'的同时，他们还提出了'向深层进军'的口号。四川盆地的陆相埋藏深度是四五千米，向海相勘探则要达到六七千米以上。"王林先说，"此前'西油人'的勘探开发，一般是一两千米到三四千米，2017年已经达到了8006米的深度，成为全国的第二口深井。目前，中国最深的一口井在塔里木油田，已经接近了9000米的深度。"

继页岩气这种非常规天然气能源的增产，在"向深层进军"的过程中，他们又在川西北临近剑门关的山谷里打了西南油气田的第一口海相探井，即双探1井。这种事关增产与"探深"的努力，均是为了解决引起中央高度重视的"气紧"问题。

就目前国家能源安全面临的局势来看，中石油对石油勘探开发采取的是"稳"字政策，对天然气开发则提出了加快发展的明确要求。这也是为了确保中国能源安全的一种战略应对。原油能够稳住一亿吨的产量就已十分困难，天然气在"马不扬鞭自奋蹄"的不懈努力中，却开创了

---

[1] 摘自本书作者对王林先的采访笔录。

1030亿的佳绩。1997年，西南油气田能够实现200亿的目标，可以说这是"川气过三峡"之后的又一个历史事件。

中石油当时的目标，是到2020年天然气要达到一亿吨的油气当量。每1255方气相当于一吨油。按照中石油的规划，到2020年，中石油的原油与天然气产量实现基本持平。之后天然气的产量将会继续增加，最终要超过原油的产量；到了2030年，天然气产量将要突破2500亿方。但石油产量到了一定时候可能将会逐渐减少，这是中国油气产业发展的一个大致脉络。

西南油气田以天然气勘探开发为主，恰逢其会，赶上了中国天然气大发展的好时代。"西南增长极"的未来，无疑将与中国能源革命荣辱与共。

目前，他们自身的条件具有独到的优势。因为四川盆地的天然气储量全国第一。但对一直都有源源不断的储量大发现，特别参照美国页岩气开发的成功案例来说，四川盆地现已扛起了"页岩气革命"的大旗。

他们的道路将会越走越宽。

面对300亿的奋斗目标，就西南油气田的资源准备来说，是既看得见也摸得着的。只要他们将这与之有关的工作量扎实有效地完成好，要实现这两大目标就不至于出现行动风险。在页岩气开发中，最关键的核心要素还是产量高低与成本投入，但随着技术的日新月异，比如说这一年的成本是一千万，在这之后的三到五年以内，就有可能会下降一半，只有五百多万了。

目前，"西油"在管理上已在探索他们的创新之路。往大的方向说，就是把非常规气的页岩气开发视为一项常规工作来常抓不懈：一是通过市场融资，不断降低融资成本。在这方面，他们已有一套非常成熟的营运机制。二是面向民营企业开放准入市场。通过引入竞争机制，从而实现降低作业成本的目的。三是优化内部组织，针对原有管理模式不断进行自我革新。过去，打一口水平井，他们往往看重工艺与技术的组合，要通过"钻前团"或地面工程公司来建井场。现在开发"长宁—威远"项目，已经事先建好开发平台。在一个平台上，可以打五六口井，甚至在不远的未来，他们还能实现打出十几口井的目标。随着平台意识的不断增强，首先可以节约大量耕地资源，其次在组织机构上，原来多个公司都是各自为阵的独立作业主体，由他们结合自身实际按部就班地自行实施。现在实行的是平台共建，效益同享，比如涉及开采物资（如套管、钻杆及直撑机等）的大宗采购时，已在降低成本的前提下实现了专业部门统一招标和统一采购。

在企业内部，"西油"成立了页岩气开发的保驾护航机制，比如页岩气研究院、四川盆地研究中心、西南研究院与院士工作站等科研机构，他们从事的均是与"页岩气革命"有关的全新事业。

按照"西油"以"页岩气革命"为抓手，分步实现从"第三增长极"到"战略大气区"的努力方向，中石油党组在政策支持和组织协调上，对"西油人"给予大力支持，不但成立了高级别的川渝地区页岩气开发领导小组，靠前指挥，而且在调集体系内的西南油气田、川庆钻探两支主力汇集前线之时，还为"长宁—威远"项目的开发，协调了川渝之外的长城钻探、中原油田、江汉油田、中国石化集团和一大批民营企业，汇入了"中国页岩气革命"的时代洪流。

自1993年西南油气田根据中央指示脱离地方与中石油的双重领导机制以来，在页岩气的勘探开发上，根据中石油党组的文件精神，他们在中石油系统首开先河，与地方政府建立了有效的合作机制。可以说，这是一种新形势下的全新合作模式。为了这种全新模式的建立，他们将探明的几万平方公里的页岩气资源毫无保留地几乎都拿了出来，而且为了领跑"中国页岩气革命"，确保国家能源战略安全，四川省委、省政府也对此非常支持。全国人大常委会副委员长、中华全国总工会主席王东明担任四川省委书记期间，还将页岩气的开发列为四川的"五大高端成长型产业"之一，视为事关四川父老乡亲未来福祉的重要支撑。

四川省委原常委、省政府原常务副省长王宁曾担任四川盆地页岩气开发领导小组组长，西南油气田党委书记、总经理马新华也是这个领导小组的核心成员。

在页岩气的勘探开发中，遇到实际困难时，马新华说他们随时可以找到王副省长协调解决，比如在宜宾的开发现场一旦遇到无法解决的难题，马新华只要将情况向王宁副省长作出汇报，王就会立即会同地方党政领导召开现场协调会，对西南油气田进行及时有力的支持。

地方愿与西南油气田合作的出发点非常简单，也很实际，就是希望通过与"西油"合作：一是能为地方留利、留税和留下GDP；二是开发中不要破坏当地的自然环境；三是在生产开发的全过程中，适当考虑为当地人修桥、修路和修学校，帮助当地政府开展扶贫工作。而"西油人"在满足当地政府的期望上，正好体现国有企业的社会责任和政治担当，所以，西南油气田与地方政府的合作，实际走的也是一条双赢之路。

当然，在"长宁—威远"项目建设上，每一个设计环节都事先考虑到了当地政府及人民的实际需求。比如，在示范区的建设中本来就要涉及修路环节，所以，"西油人"在制订设计方案时，就会主动将当地交通状况纳入通盘考虑；到了具体开采环节，一些道路会被专业重型车辆压坏，但开采结束或出现路况很差的问题时，他们都积极主动地进行及时修复，尽量让当地政府与群众感到满意。所以，西南油气田不管在哪个市县勘探开发，当地都会在乎他们，欢迎他们！加上根据国家税收政策新规，明确规定了天然气定价6%的资源税，要一分不少地留给当地政府，因此，这对当地经济社会的发展，尤其在对打赢脱贫攻坚战的工作促进上，也是有百利而无一害的。

有了丰富的资源、雄厚的资金、革新的技术和广阔的市场，以及良好的运作机制来作保障，从300亿到800亿目标的完成，倒也正如马新华所说,并"不存在任何风险"。

他们正年轻

马新华是中国结束十年"文化大革命"、恢复高考后的第二批大学毕业生。他们那两年毕业的大学生引发的社会现象,被人叫作"金77,银78"现象。就是说,人们将他们看得像金银一样珍贵。

《光明日报》《中国新闻周刊》等媒体盘点中国改革开放的历史成就时,对77级、78级大学生作出的评价极高:"为官,他们或主政一方,或执掌部院,开始擘画国家的发展,引领民族的航向;从商,他们或投资设厂,或兴业兴产,推动着大中华经济的腾飞;为学,他们或著书立传,或开课授徒,传秉千年文明,开创时代新学。时代造就了他们,国家选择了他们!"但马新华走出校门,投身中国石油工业建设时,他却认为自己是以"掺沙子"的方式,被领导从基层向"真金白银"里"掺沙子"一样,"掺"到中国石油骨干队伍中去的。

1982年走出大学校园,他在中原油田当了一年多的技术员,后来被调到中原油田石油勘探研究院任职。在中原油田,他扎扎实实地干了13年,离开时,已是中原油田的总地质师了。他与我们采访过的汪忖理、李鹭光、钱治家这些20世纪80年代的大学生类似,虽说一到单位就受到领导及同事的重视,却都拥有至少近10年或10年以上的基层工作经历。

马新华离开中原油田,到石油部勘探研开发究院廊坊分院当了9年的副院长,然后又去总部机关出任中石油勘探生产分公司的副总经理,分管天然气勘探与生产。他说,自己虽然毕业于石油学院,最初的基层经验也是在中原油田积累的,不过,自从离开中原油田以来,他就与天然气勘探开发结下了不解之缘。

"还在石油部勘探分院任副院长时，我就与天然气勘探开发打交道了。"马新华说。

2009年7月4日，时任中石油勘探分公司副总经理的马新华，参加一个全球智库峰会——中国能源环境高峰论坛。这一年，距2017年爆发"气紧"问题还有将近8个年头。在论坛上，他向与会领导和中外学者提出了中国天然气价格改革势在必行的呼吁。他的报告题目是《中石油天然气即将进入跨越式发展阶段》。

他说："我们累计探明储量已近3万亿立方米，但发现的储量的类型还是以低渗透为主。在四川盆地等一些地方的深层高压井，开发产量已稳步上升，以617亿立方米的总量，占据了全国80%的份额。这就意味着从1999年开始，我国即将从163亿立方米的台阶起步，逐渐登上670亿立方米的上升空间。"在坚持"每年上一个台阶"的同时，马新华说，那时，大巴山东部山区的罗家寨气田，根据中石油的运作，实现了西南油气田与一家国际知名石油公司的合作。

马新华长期关注中国天然气储量的变化，因此，他认为从2009年开始，中国天然气储量资源将迎来它的快速增长期。当时，中石油拥有的地质资源共有30多万亿立方米，可开发资源约有12万多亿立方米，另外还有大量页岩气资源亟待开发。总部当时的规划是：未来10年，四川盆地每年平均探明储量要达到4000亿立方米，将占据全国储量比例的80%。所以，他对西南油气田未来储量的研判是：到2020年，将会实现2500亿立方米的目标。

基于中国经济总量的大发展将会带来天然气旺盛市场需求的研判，在会上，他还提出了用10年时间构建中国四大天然气战略管道的建议：一是建设从中亚进入西北的中亚管道，二是建设从缅甸进入西南的东南管道，三是建设从俄罗斯进入我国东三省的西伯利亚管道，四是建设海上大型LNG储气站。

继提出构建"四大战略管道"的建议之后，他又提出除了LNG储气站，还要完善"三个通道"的输、配气管网的建议。根据估算，一是骨干管道，大概需要十条接近四万公里的布局；二是支线和联通管线，大概需要八万公里的规模；三是城市的配气管网，大概需要五万公里的规模布局。马新华预计，天然气的一次性消费将有希望增加10%的比例。

然而，基于天然气快速发展的增量逻辑，马新华预测中国天然气工业将会面临巨大的挑战，至少有四个重点，需要引起各方的重视：

第一，天然气价格改革势在必行。中国天然气价格一直偏低。2008年，国内天然气每方的"出厂价"平均只有0.93元，相当于以每桶原油21美元的换算价格，前者仅有后者的18%，所以，国际天然气贸易价格已经远高于国内的天然气价格。此外，国内天然气将面临多气源化的合理定价及推价问题，因此必须加紧天然气的价格改革。从2010年开始，中国的天然气边境价可能达到2元人民币以上，输至中国中部地区的价格在2.5元左右，是当时长庆油气田天然气定价的两倍以上。价格问题将给国内天然气销售带来很多问题。定价问题不改革，下一步将会给销售带来不小的成本困惑。

第二，是应急调峰的问题。2008年，我国储气库建设成本只有15亿左右，还没达到消费量的3%。储气库主要的设施成本按当时西方国家的平均水平，应该是15%左右。美国是20%，俄罗斯是16%。因此，中国需要加快调峰和储备能力建设，特别是储气库建设已经刻不容缓。还有备用气田的建设，LNG大型储气站的调峰作用发挥，也要尽快提上议事日程。

第三，国内外的气源需要统筹协调。国外天然气的大规模引进，从2010年开始，每年总体的增量在200亿立方米左右，在国内短期内将会出现供大于求的局面。而中国当时的下一个市场判断，则还没有完全做好接受这个局面的准备。所以，国内的天然资源基于能源战略的严肃思考，应该给国外资源让路，在有限销售进口天然气的同时，国内资源应该为国外的进口资源提供坚强的后盾。

第四，可持续发展技术要加快它的模式化生成。长远稳定的供应，要立足于国内的可靠资源。因此，就必须加大国内天然气的勘探力度，重新认识、评估国内的天然气资源潜力。天然气的远景资源，总体上是由地质条件来决定的，但是在特定的时间段里又取决于工程技术与市场价格的影响。而中国的非资源气刚刚起步，还应加大发展力度。

五年后的2014年，马新华被中石油党组任命为西南油气田党委书记、总经理，从为中国能源安全殚精竭虑、建言献策的"幕后人员"，转身成为祖国大西南天然气勘探开发的一线指挥员。他带着"21世纪将是天然气的世纪"的坚定信心，去和一位领导告别。

领导对我说：你去成都，党组对你的希望组织上已经和你谈过了，如果你还需我再对你说点什么，那么，我就再和你谈谈，就算"理理思路"吧！

第一，四川盆地的一些气田属于高含硫、高温、高压气田，是集团上游企业安全风险最大的地方。你去了之后，要把安全工作做好，不能出乱子。

第二，在寻找新的资源接替，促进西南油气田的持续发展上，你考虑的"常规气向深层进军，非常规气力争实现页岩气革命"的思路不错。去成都后，你就和那边的人一起将它落实。没有资源，就会陷入巧妇难为无米之炊的被动中。

第三，西南油气田是个老气田，干部队伍相对老化，正处级干部平均年龄已经51.5岁，科级干部也快四十八九了。你去四川，要把川渝两地的队伍带好，尽快培养一批作风扎实的年轻干部，实现能源革命，将来要靠他们！

第四，你去以后，就是政、企一肩挑，既是党委书记又是总经理，既要开展业务又要抓好党务，总之，在党务与业务之间，要做到互相依托、协调发展。[1]

马新华从北京来成都，西南油气田继完成"52135任务"，实现"川气出三峡"之后，天然气产量当时处在需要资源接替的爬坡阶段，2014年的年产量只有126亿立方米。因此，他面临的任务是艰巨的。

为此，"西油"党委一方面极力推进始于2012年12月的龙王庙项目建设，一方面不断加大勘探开发力度，思考龙王庙项目建成后，下一个龙王庙项目在哪里的课题。在龙王庙项目的外围，他们很快有了新的发现，探明储量超过4000亿立方米，规模与当时正在建设的龙王庙项目不相上下。

"川中龙王庙组特大型气藏的发现，是我国天然气勘探开发史上取得的一个辉煌成果，也是迄今为止中国发现的时代最古老、单体规模最大的气藏。龙王庙气藏的发现，不仅圆了几代人的梦，对深化地质理论，提高区域天然气的'保供'能力，加快天然气工业快速发展，保障国家能源安全，同样具有重要的意义。磨溪龙王庙特大气藏从发现到探明并建成10亿立方米的试采工程，历时不到两年，创造了中国油气勘探开发建设高质量、高效率和高效益的'三高'纪录。"曾负责安岳气田勘探前线指挥工作的黄建章如是说。

黄建章也是1983年毕业的大学生。大学毕业后来到四川，与李鹭光一样，他也是从当年在重庆云台乡安营扎寨的川东钻探，一步一个脚印地走出来的。

在黄建章眼里，龙王庙项目首先具有"两大、两高、三好"的特点。

"两大"，首先指该项目的储量规模大，探明储量为3082亿立方米，经济可开采储量多达280多亿立方米；其次含气面积大，有800平方千米之多，不但横跨了川渝两个省、市，而且其气层平均厚度还分布稳

---

[1] 摘自本书作者对马新华的采访笔录。

定，达到了 36 米。

"两高"，一是气井产量高，平均单井测试日产量高达 110 万立方米，日产超 100 万立方米的气井共有 10 口，其中 4 口井的无阻流量超过 600 万立方米，最高可达 1035 万立方米；二是气藏压力高，压力系数达到 1.65，无论试井与试采，均表现出了充足的压力指数。

"三好"，一是天然气组分好，甲烷含量达 96% 以上；二是储量发现成本明显低于国际石油公司的对应成本；三是试采效果好，自 2012 年 12 月磨溪 8 井投入试采后，陆续投入的 8 口探井均已迅速投入了开发试采，日产可达 480 万立方米的规模。

磨溪龙王组特大型气藏之所以能快速、高效地勘探开发，取得成功，在我看来，除了领导重视、科学决策、坚定信心和执着追求等必不可少的因素，至少还有四个方面的启示，值得人们铭记。

第一，遵循"有质量、有效益、可持续"的方针，将科技和管理创新作为加快转变的发展方式和提高质量效益的重要途径。在强化基础地质理论研究和勘探配套技术攻关的前提下，我们以古隆起为重点，开展了全盆地震旦—寒武系的整体研究，宏观地把握地质规律，深化了烃源岩、储层分布规律、油气富集区和气藏类型认识；采用大面积连片三维地震叠前偏移处理和精细构造解释技术，有效提高了构造解释和储层预测的精度，为井位部署和整体评价奠定了扎实的基础。

第二，龙王庙组气藏勘探开发是一个复杂的系统工程，需要上下协同、左右配合、各专业形成合力。为此，作为重大勘探生产研究项目，我们组织多单位、多专业、多学科联合攻关，各专业全力配合，后勤支撑保障，机关靠前服务，工程服务企业通力协作，建立完善了组织管理体系和高效的运行协调机制，并加快了建设节奏。

第三，在加快勘探开发的进程中，将安全环保及建设质量作为不可逾越的红线予以反复强调。因此，从方案设计、装置工艺、设备采购、工程施工、队伍选配、工程监理等环节，均按安全环保的质量要求，和参建单位的HSE主体责任，进行通盘考虑，实现了"三零"的目标。

第四，体现了奋发有为的精神风貌。"我为祖国献石油"，是我们的核心价值观，也是打造"西南增长极"乃至建设战略大气区的初心。龙王庙特大气藏的开发，在任务重、周期紧，面临高温、暴雨和"5·12"特大地震的各种考验面前，没有勇于担当、勇于创新、勇于奉献、勇创一流的精神，没有结合"川油精神"的工作实践，要取得安全、优质、高效的成绩，都是无从谈起的。[1]

随着龙王庙项目的建成，西南油气田的"苦日子"一下变得好过多了，马新华在心里松了一口长气。在他看来，这多亏了前任李鹭光在任期内带领"西油"勘探人员，立足前人基础，通过不懈努力取得的前期成果，为"西油人"留下了前进的动力。如果没有"龙王庙项目"建成投产带来的巨大鼓舞，从"西南增长极"到"战略大气区"的规划，也失去了决策的精神依据。

马新华也知道自己是来干什么的。他在"西油"履新后，除了将龙王庙项目建设交付精兵强将予以全面推进，便将主要精力放在了寻找新的接替资源上。

他担任了西南油气田勘探开发领导小组的组长，一有涉及勘探工作的大小会议，无论会场在"西油"机关，还是在相关的科研院所，乃至分布川渝各地的"五大矿区"，也无论他手头的工作有多忙，总之他都要按时到会，与专家学者一起共同谋划，精心求证。

---

[1] 摘自本书作者对马新华的采访笔录。

通过努力，西南油气田根据中石油党组的战略期望，在全面推进上终于有了阶段性的实现，特别在储量勘探上更是堪称成效明显。在中石油遍及全国的油气田中，"西油"的成长进步有目共睹，别的不说，首先在打造"西南增长极"上，"西油"就没让人失望。

2018年，西南油气田的年产量不但达到了200亿立方米，而且从逐年增长的形势来看，每年跃上平均20多亿立方米的增长台阶，已经没有任何问题

基于新的勘探发现局面的形成和相关先导试验业已取得的重要进展，过去为了打造"西南增长极"，他们上报年产300亿立方米的计划，由于实现理路不够明确，中石油党组没有给予明确批复。不过，当马新华来西南油气田工作两年之后，中石油经过严格的论证与审定，最终认可了"西油"关于300亿立方米产能建设的一揽子规划。

作为"川气过三峡"之后，参与中国能源革命的"西油"这艘巨轮的掌舵人，马新华经常站在办公室的窗口，一边俯瞰成都这座西南科技、商贸、金融及交通中心城市的日新月异，一边思考有了"西南增长极"的蓝图，应该如何去实现它的路径问题。"就是说，既然我们在资源、方向和目标上都已靠实，那么，马总作为党委书记、总经理，他思考的问题，就是如何带领我们去'怎么干'的问题！"西南油气田公司党委副书记赵厚川说。

马总将他的想法在党委扩大会上向我们和盘托出，让大家讨论，最后，形成了"五大工程"的共识。这就等于为打造"西南增长极"，形成了"五个方面"的逻辑理路。

"五大工程"，首先是立足川中矿区的滚动开发工程。这个工程主要是将龙王庙项目及周边产量，从100亿方增加到130亿方。

二是启动页岩气的规模效应开发工程。当初我们制订方案时，"威远—长宁页岩气示范区"的年产量有60多亿方，后来看到开发

效果向好，就将它增加到了100亿方。这两项加起来，就等于有了230亿方的年产量。

但为了更加稳妥可靠，我们还将川东北高含硫气田的30亿~40亿方，同重庆气矿的产量相加，按100亿方的最低年产能评估，将其列入实现300亿方计划的预先谋划范围。

第四，就是川西北深层海相的勘探开发试采。这个工程也是马总提出的"常规气向深层发展"思路在川西北气矿的体现。该规划已经列入国家"十三五计划"，近几年，每年都有新的发现。

2017年，剑阁县普安镇一口探井试采大获成功，不但一天产气30万方，而且井口压力还一直都很稳定，这就更加坚定了"西油人"的信心。我们的思路是：先在川西北搞一个每年10亿方的试采工程，其他的正式开采计划，准备在2020年之后全面展开。

五是，川东地区深层岩下探索发现。在龙王庙组古生代的地下有一个岩层，分布面积约一万多平方公里，厚度在薄的地方至少也有两三百米。该岩层是一个很好的盖层，当今世界上很多知名的油气田，在岩层下都发现了不错的气藏组合。但我们几十年以来却没在这个盖层上打过一口井。前不久我们打了一口探井，尽管见到了油气显示，不过它的构造位置却不太好。

但是我们没有懊恼！深层勘探依然在如火如荼地进行，很多地震工作也在不断加强。目前，被锁定的目标已有好几个，如果有新的发现，那将是一种巨大的收获！[1]

赵厚川认为，马新华提出的"五大工程"，首先是支撑300亿方，即打造"西南增长极"的现实目标，其次才是800亿方，这个建设中国"战略大气区"的未来目标。而"五大工程"中，除川东北的探索发现刚拉

---

[1] 摘自本书作者对赵厚川的采访笔录。

开序幕，其余的"四大工程"实际都已取得了实质性的阶段成果。

赵厚川是一名"70后"，1991年高中毕业参加工作。在位于重庆璧山丹凤镇的60135钻井队，他与工友一道曾在那里打出过国内的第一口水平井。这口井的斜度有60多度，是西南油气田第一口与国际石油公司合作的天然气井，曾创造过多项历史纪录

尽管他是一名从基层干起来的党务干部，不过，他对西南油气田的勘探开发工作，实际却一点也不陌生。这一点，在他与马新华一起接受采访的言谈中，就已不难看出端倪：

2017年，原石油部的一名副部长——邱剑院士，因缅怀当年参加威远会战的朝朝暮暮，不顾八十多岁的高龄，想回红村与"最后一名留守者"廖宣州叙旧，同时也在四川盆地看看。

邱老在川渝两地走了十多天，返回成都后与马新华交流。邱老说："打造'西南增长极'，你们300亿方资源储量靠得很实，但最大的风险是，以前你们没搞过这么大的场面，比如一年投资260亿元，你如何将能与投资匹配的工作完成呢？"

以前，我们一年是几十亿、百亿元地投入，现在不同了，仅一年就要开钻300多口井，而且每口井还是水平井！因此，工作量是前所未有的。260亿投资！一下摆开如此之大的战场，对马新华来说，安全风险是个很大的压力，对我们党委班子每个人，也是一种不小的挑战。

决胜300亿设备不足的问题也很突出，光钻机缺口，就有40部之多！

为此，我们决定向中石油党组请求支援。但总部经过论证后，还是告诉我们，中石油的各大油气田都要钻机，因此希望"西油"开放市场，通过市场机制进行解决。总部的意思是，中石油虽然缺钻机，但中国不缺，面向社会开放的市场不缺。这样，有了市场的

杠杆作用，在确保安全的前提下，就不愁找不到40部钻机了。[1]

赵厚川告诉我们："找到40部钻机，决胜300亿方的基础就夯实了。"因此，当300亿方的基础目标与建设大气区的战略构想，从"西油"层面上升到中石油党组的层面后，这就相当于为确保国家能源战略的安全，四川盆地将要打响一个"辽沈战役"或"淮海战役"！

为打赢这场没有硝烟的战争，造福四川、重庆父老乃至国人，在全面决胜小康社会，甩掉贫穷帽子之后，人们的物质文化生活水平日益提高，赵厚川作为西南油气田的党委副书记，协助马新华团结"西油一班人"，为了赢得胜利，争取实现中国能源革命，树起了具有强劲支撑作用的"四梁八柱"。

寻找共识。从2017年开始，他们就开始寻求"西油"党委与川渝专家、中石油智囊团队和中石油研究院的广泛共识。总部之所以同意它的研究院来成都与"西油"专家学者一起成立四川盆地研究中心，是因马新华、赵厚川以党委名义，向他们发出了邀请。通过联合研究，他们也认为，四川盆地具有光明的前景，是中石油未来发展不可或缺的重点。因此，当"西油"的党委意志与中石油的党组意志合力时，800亿方战略大气区建设目标汇集起来的力量，就与"西油人"的"老局长"张忠良当年倚重的"三千越甲"，不可同日而语了。

驾驭全局。赵厚川尽管熟知勘探开发，但作为党委副书记，在开展党务工作时体现出来的超前谋划意识，说到底，还是与他的政治素质有关。2019年，中央《中国共产党宣传工作条例》出台，中石油各油气田的党群工作经费一直解决得不够好，但总部在征询各单位对解决落实《条例》面临人财物问题的意见时，"西油"党委基于800亿战略布局面临的形势任务之需，已将所有问题都解决了。中央组织部与中石油组成

---

[1] 摘自本书作者对赵原川的采访笔录。

的调研组来到成都，听完汇报后称赞他们：在国有企业党的制度建设上走在前列，各项工作均堪称"大手笔"！

加强队伍建设。紧扣打造"西南增长极"与建设"战略大气区"的重点工作，"西油"牢固树立党管干部的意识，出台了《西南油气田关于推进干部年轻化进程的指导意见》。该文件的实质，首先在于"三步走"，通过建立博士后交流站与院校培训机制，加强干部队伍的交流以及梯次培养，有效提高了"西油"干部的素质及能力。以2014年至2018年为例，短短4年中，干部的平均年龄就下降了3岁。

其次是"双轮驱动"，即着力推进干部工作"双序列"改革。行政、技术职称各自形成一条线。作为中石油"双序列"的改革试点，他们将专业、技术性干部，从繁重的行政事务中解脱出来，让他们集中精力、安安心心地搞科研、抓业务。为此，"西油"设立了"首席专家"编制，待遇与党委班子成员相差无几；二级专家可以享受正处级的待遇；一级工程师按副处级的待遇落实。把他们从管理岗位解脱出来，将心思放到待遇并不吃亏的技术岗位。于是，挪腾出来的任职岗位就能由年轻干部接替。为干部的年轻化，打开了快速成长通道。

对重大工程实施，就其中某一重大科研项目而言，成立专门的管理、科研团队，团队人员在原职务上一律高靠一级。如某人原是一名科级干部，在某科研所担任所长或书记，但参加重大项目的管理工作时，如能出任项目经理，那么他就能享受到副处级的待遇。

在科研项目干部配备上，"西油"的选拔任用程序是透明的。

竞聘干部在自身经历和专业符合选拔条件的前提下，如果真的有能力，就能接受任务，参加竞聘，从而胜出。但项目结束后，又必须自觉恢复原有的行政与技术级别。以前，西南油气田没有这种机制，现在已经实实在在地有了。这就意味着在决胜300亿、建设800亿战略大气区时，干部肩负的责任越大，付出的越多，回报也越丰厚。

2014年至2019年，"西油"干部队伍建设卓有成效，不但培养了两名正局级干部，推荐了一人到西南管道公司担任党委书记、总经理，自身也提拔任用了四名副局级干部，从而使"西油"党委班子建设，出现了很大的优化。干部队伍年轻了，结构也更日趋合理，更有战斗力。

马新华说："我们立足现实，着眼未来，培养了一批40多岁的正处级干部，以及大批'80后'的副处级干部。这不仅是为适应我们这代人面临的'如何发展'问题，也是为下一代搭建"更好发展"的平台。"西油"与国际公司曾有不少合作项目，组建联合团队时，除了吸纳少量外方人员，其余派去经受历练的，都是我们的年轻人，只有30来岁，就算到2035年，将800亿方的战略大气区建成时，他们也才只有年富力强的四五十岁。"

未来已来

1978年，美国颁布了一部法律，名叫《亿万能源获利法》（以下简称《获利法》）。这部法律首次将页岩气的开采列为重点，明确对全美各大石油公司作出承诺：只要将页岩气搞出来，白宫就会给予奖励和补贴。尤其在页岩气开采的技术进步上，这部法律更是明确表示，美国政府要对石油企业予以丰厚的物质奖励！

由于有了一套法规保障，美国能源对外依存度很高的危机很快就得到消除，并且实现了能源革命。而之前，美国对中东油气资源的控制则一直很严，与世界能源大国俄罗斯的对立情绪也一直无法消除。他们出台《获利法》之后，全美页岩气的开采可谓一日千里；对最终实现能源革命，起到了尤为关键的助推作用。《获利法》对页岩气工业发展的刺激，不但迅速使美国能源对外依存度很高的被动局面得到扭转，还使其从一个能源进口大国，蜕变成为一个新晋的能源输出大国。

在这种页岩气革命的大背景下，西南油气田也从2000年开始，涉足页岩气的勘探开发领域，并与一家国际石油公司签订石油合同，开始了联合研究。他们立足四川盆地，一起进行地质评价，建立了一套与北美页岩气勘探开发经验截然不同的认知体系。这套参数的认知重点是，怎样才能做到有利于页岩气的开发生产：含气量要达到怎样的标准，孔隙度要符合怎样的指标，厚度与深埋度分别都是多少，埋深不能超过哪些具体的指标等。诸如此类的评层选区标准建立起来之后，是年，西南油气田便正式着手页岩气的地质资料普查了。

在这个起步阶段，人们对时任"西油"副总经理的谢军及科研人员涉足页岩气领域的工作，还能给予理解，觉得他们所做的研究有价值，只是尚未进入具体的开发环节，所以，从国家到中石油总部及西南油气田的层面，"谢军们"还能得到一定的支持。但是到了2009年至2012年的时候，他们在川南区块打了一些井，即将进入页岩气的勘探开发和管理阶段时，情况就发生了变化。

为实现川南页岩气的先导化实验，首先，他们在"威远会战"的老区块，通过打直井突破了"出气关"，见到了传说中的页岩气；其次，打了一口水平井威201-H1，突破了技术工艺关；随后，又打了宁201-H1井，突破了页岩气的商业价值关。

这期间，他们打的第一口具有页岩气商业价值的井——宁201H-1井，好家伙，一下就打出了高产。这就等于获得了页岩气工业开采价值的重要参数。

接下来，他们又开始了页岩气勘探开发的平台化实验，即在一个固定的平台上，根据资源情况打出4至8口工业化气井，以此来检验该平台上的这些井是否可以达到设计的预期目的。这个环节完成后，就意味着"西油"页岩气勘探开发的先遣队，已将评价阶段的所有任务都完成了。

但没想到一到新的阶段，即国家级页岩气示范区的正式建设阶段，为了推动这项工作在蜀南大地的落地生根，用谢军自己的话说，"那就有些饱受煎熬了!"

根据国家能源革命的战略布局,也为了将西南增长极的蓝图描绘得更加绚丽夺目,国家拟在四川南部区域,包括云南的昭通地区,分别建设一个国家级页岩气开采示范区。顾名思义,"示范区",除了要肩负着要为国家页岩气开采探索经验的责任,还意味着他们所做的一切极有可能失败。因此,谢军他们面临的局面十分艰难,只有一条路可走,那就是"只能成功,不能失败!"

建设川南和昭通示范区的任务下达后,我们就要给国家拿出产能,既要为实现中国页岩气革命上交储量,还要总结一套成熟的生产价值体系。所以压力与动力,一下子就集中到这个节骨眼上了。

当时,国内石油企业的兄弟单位也在搞开发,但是我们动手比他们动手的时间要早。比如宁20H1-1井,在国内是最早涉及页岩气勘探开发的井。人家的井是在上半年打出来的,我们是下半年才打出来的。这样,李鹭光、马新华两位老领导见到我们这些一线人员就颇为严肃地说:"谢军啊,我们是起了大早,结果却赶了个晚集!"

我们的步子,为啥比人家慢半拍呢?

这个过程其实是这样的,兄弟单位见我们在川南、昭通有动作了,也赶忙向国家发改委报送了方案。他们方案的上报情况如何,我们不知道,但我却很清楚,我们听到的基本都是反对之声。

社会思潮认为:叫得很响的页岩气,没效益,难度太大,为啥要去搞页岩气呢?[1]

谢军说,在这种被动情形下,当时,西南油气田的总经理李鹭光没有退缩,而是及时站出来,对页岩气的勘探开发工作进行全面统筹;继

---

[1] 摘自本书作者对谢军的采访笔录。

任"西油"老总的马新华,那时在总部分管勘探开发项目,也与一线人员遥相呼应。经过艰辛的努力,谢军他们才将一个报告呈送给了中石油当时的党组书记、董事长周吉平。周对这个报告给予了高度重视和及时支持,看完报告之后,立即指示副总经理孙龙德任组长,从北京带着一个调查组来到四川,就页岩气的工业化开采问题开展实地调研。调查组听完汇报,不仅兴致勃勃地视察了"长宁—威远区块"及昭通区块,还专程去考察了兄弟单位的页岩气项目。

调查组一行最后齐聚重庆大庆村石油宾馆,形成了一个调研报告。该报告是调查组委托谢军执笔的。谢将页岩气是什么,西南油气田页岩气勘探开发与北美页岩气勘探开发之间的差距是什么,与国内兄弟单位的项目相比具有什么优劣之处,乃至"西油"的具体想法和即将面临的任务,具体怎么做,以及如何实现工业开发目的,等等,都简明扼要地说得十分透彻。

当时,马新华也是北京调查组的主要成员,有一天深夜两点多时,他还几次跑下楼来询问:"谢军,搞得如何了?"谢军在电脑前抬起头,摘下近视眼镜,揉了揉酸涩的眼睛说:"明早能完事儿!"马新华说:"抓紧搞,不要写得过于全面,只出个框架,调查组明天集体修改也行。"

结果次日早晨天刚亮,谢军将熬夜写完的调研报告打印好,送上楼去,请马新华看。马新华认真看过后,一脸惊喜地说:"谢军,这个材料真好,超出了我的想象!这份报告,一个字也不用改,直接给领导送去就行!"报告送上去,大家又交换了意见,接着通过了总部领导及相关专家的审定,于是,周吉平便签署了同意"西油"在川南大上页岩气的意见。

为此,集团党组经过研究部署,还指派了一位副总裁负责助推"长宁—威远"及云南昭通国家级页岩气示范区的建设。

现在回头一望,我发现:一是推动这项工作的难度的确超乎想象;二是在具体实施的过程里,我们打了不少遭遇战,遇到了不少的技术难题，比如地质问题，如果打到它的上部，效果总是不好，这样的地质甜点，其实又是工程部门的痛点，一旦打到"龙-A"的层位，地质结构就会出现垮塌，泥浆要是再跟不上，就会引发更加复杂的问题。

处理这些事，工程部门一度抱有抵触情绪，不认同我们的方案，直嚷嚷："打了几十年井，哪见过这么大的差别哦！"面对上下十多米的差别，他们原有的水力压裂措施，根本无法发挥作用。为了协调这个问题，我们就让人取样，专门送到中科院去做力学实验，用上一层和下一层区别得出的最终结果，去说服工程部门。

经过反复做工作，工程方面的施工质量这才有了逐渐提高，从原来的30%提高到现在的90%以上。每口井的产量从过去的几万方，也提高到现在的平均28万方。

另外，西南油气田页岩气开发的技术突破之路，也可谓充满荆棘。一是决策很难，要让领导理解一些专业的问题，十分挠头；二是技术难；三是成本很难控制。

当初，一口井打好，成本很高，加之地质问题又多，因此，人们就感到很不划算。后来，我们想了不少办法，什么三化作业，降低成本工艺，集中供水、供电及重复利用拆解撬装，等等，总之，费了九牛二虎之力，才将成本控制下来。

在川南的崇山峻岭中，现在，西南油气田的成本已从原来打一口井的一个亿，降到了现在的5800多万。

"西油人"把建设国家级页岩气开发示范区的艰巨任务，最终完成了。不但建成了产能储量，实现了效益开发，企业收益率也达到12%以上。但谁也不会想到，任务上交没过多久，一个更大的困难又随之而来。[1]

---

1 摘自本书作者对谢军的采访笔录。

2017年，谢军的工作重点已经全部转移到页岩气的勘探开发上。这时，"西油"页岩气勘探开发的重心，即将进入工业化的全面开采阶段。不过令人困惑的是，一些人与部门，却不支持"西油人"对川南页岩气发起猛攻，页岩气勘探开发的"阴谋论""效益论"，再度甚嚣尘上。

对此，接替李鹭光出任西南油气田党委书记、总经理的马新华，给副总经理谢军又交代了任务，他说："谢军，你把工作的重点归拢一下，以党委名义写个推进方案，阐明我们致力页岩气勘探开发，为了确保国家能源战略安全的出发点和立足点具体在哪，这些你都要逐一写清，然后用你的本事，去将集团领导与国家相关部门说服，告诉他们，不要受社会传言影响，我们的页岩气，绝对可以进入工业化的开采阶段，绝对可以大干快上，绝对可以夯实400亿以上的长效稳产基础。目前，我们技术管理也一天比一天成熟了……总之，不管怎么写，你的任务就是：材料写好之后，自己带人去北京汇报，去说服集团领导和国家相关部门来支持我们！"

为完成这一挑战性很强，将会决定"西油"页岩气勘探开发前途命运的任务，谢军寝食难安，非常用心。他想：该如何说服领导，将"西油"进入页岩气大规模开采的基调，尽快定下来，让他们信任"西油人"致力于能源革命的初心与愿景呢？出于这样的考虑，谢军开始加班加点地做规划。令人欣慰的是，这份规划最终取得了圆满成功，从国家部委到中石油高层，都被说服了。

上级正式批复了"西油人"拟在"长宁—威远区块"大力推进"双五十亿"的开采方案。

马新华调回北京，担任中石油勘探院的党委书记、院长。谢军接任"西油"党委书记、总经理后，他在一次电视电话会上，充满自豪地告诉川渝两地及阿姆河右岸的干部职工："这些年，我们在川南取得了可喜成绩，页岩气全面进入工业化的开采阶段后，年产量已经达到了80亿立方米，不但远超了兄弟单位的页岩气产量，还以实际行动，成了国家捍卫能源安全的中流砥柱。"

"我们上交的页岩气探明储量已过万亿，使西南油气田继成为国家天然气的主力气田后，跃升为中国首个万亿级储量战略大气区！当国家'十三五'规划如期收官，'十四五'规划即将开局之时，我们的页岩气年产量将达到120亿立方米，这就标志着'西油人'参加国家能源革命，建成了我国第一个百亿级页岩气大气田。到2021年，我们还将在泸州矿区向国家上交一个亿万级的页岩气探明储量！"谢军说。

当然，在这份令人惊叹的成绩单背后，无可否认地也出现了一些比如"地震与页岩气勘探开发是否有关"的认识问题，但西南油气田与国家部委，乃至地方政府，已经形成了原则性的共识，即认为页岩气的勘探开发不是没有问题，但由于"西油人"始终秉承"在勘探开发中保护环境，在保护环境中勘探开发"的理念，所有工作流程都是严格按照国际最先进、最标准的程序展开的，因此，在所谓地震与破坏环境问题的认识上，实际并不具有逻辑推理的必然性。

根据"西油"多年以来形成的企业文化，每当高层出现人事变动、主要领导履新后，一般都要对干部职工"说一句话"。李鹭光上任，说的是"'西油人'雄起！"马新华接替李鹭光，说的是"所有的奋斗都是值得的！"到了谢军对大家"说一句话"时，秘书为他事先拟了几个句子，供他"说话"时参考，但谢军看完那些语词华丽的句子，却将其放于一边，想到那些年自己与李鹭光、马新华两位老领导一起工作的林林总总，乃至国家能源革命赋予"西油人"的使命和任务，他在笔记本上，郑重写下了他对"西油人"的期望："在党和国家最需要时，将天然气产量搞上去！"

这些年，国家基于能源战略的构建和完善，运筹帷幄，继西南油气田党委书记、总经理谢军调任中石油总部出任规划部总经理，去发挥他的规划专才后，"西油"的领导班子再次出现了人事变更：原青海油田常务副总经理、党委委员张道伟履新,接替谢军出任西南油气田执行董事、党委书记和中石油驻川渝地区企业协调组组长;原西南油气田副总经理兼四川长宁天然气开发有限责任公司党委书记、总经理何骁,出任"西油"总经理、党委委员。

张道伟接过谢军手中的"接力棒"之后,也像1955年夏天的四川石油管理局"首任局长"张忠良一样,跑遍了川渝各地的二级单位、各大勘探开发现场与基层一线井站。他在听取机关主要处(室)领导和各科研院所负责人的工作汇报后,在进行充分调研,并对"西油"的过去、现在及未来都已心中有数时,同样也对国内及海外的"西油人"说了"一句话":"从胜利走向新的胜利!"

当然,根据在中国石油天然气行业从业30年,曾在川东北气矿、川中油气矿矿长及"西油"副总经理兼长宁天然气开发有限公司党委书记、总经理任上,为实现中国能源革命长年奋斗的"西油"总经理何骁的观察与分析,"西油人"当下面临的形势与任务,从张道伟的这句话里,无疑已经发生了震古烁今之变。

2021年,是中国"十四五"规划的开局年,也是我国全面建成小康社会,通过不懈努力,实现第一个百年奋斗目标后,在习近平新时代中国特色社会主义思想的引领下,开启全面建设社会主义现代化强国新征程的起始年。

面对百年未有的外部大环境,在"两个一百年"的历史交汇点上,中石油如何继续推进中国能源革命?在"十三五"规划完美收官,夯实"决胜300亿"的战略基础上,张董的这句话当然就包含了从取得300亿优异成绩的胜利,走向根据中石油党组部署的"上产500亿,奋斗800亿"的新征程,和夺取"新胜利"的期待。[1]

---

[1] 摘自本书作者对何骁的采访笔录。

这样的期待，无疑也是确保中国实现能源革命的"最新出发点"了。

但是，这也意味着在接下来的两年中，甚至更短的时间内，张道伟、何骁带领"西油人"，将要经受党和国家对他们的政治意识、大局意识、工作能力和工作作风的综合考验！意味着西南油气田必须扛起建设"中国第一大气田"的历史责任，而且天然气产量，根据源于"西油"官方提供的数据表明：在原产量300亿的基础上，2021年还要率先完成35个多亿的天然气增量。第一个100亿，在六十多年的风雨征程中，他们用了近50年，第二个100亿用了13年，第三个100亿，因为上下齐心、拼尽全力，只用了3年。

在具有"储量为王"共识的石油天然气领域，这意味着这艘"西油巨轮"，在张忠良、董金壁、夏鸿辉、李鹭光、马新华、谢军等"西油"历任领导的驾驭下，历经艰辛，驶出唐德刚发现的"历史三峡"，呈现出一日千里、浩浩东去之势，四川盆地为此提供了必要的储量支撑；同时也意味着在张道伟、何骁这届班子的掌控下，"西油巨轮"驶向海阔天空的大海大洋时，四川盆地仍要继续提供永不枯竭的储量动力。

而针对四川盆地储量形势的研判，张道伟这位来自青海柴达木盆地的"西油"执行董事、党委书记、总经理、地质家，正好也已有了他的思考：

"勘探是龙头，勘探是明天！如果我们只沉醉于今天的'幸福生活'，不去思考明天的接替储量，那么，企业的发展自然就无从谈起。

"这届班子，为什么对四川盆地的油气资源充满信心？因为我到西南油气田工作后，通过一百多天对勘探开发前景的调研思考，发现在盆地搞勘探开发，我们是幸福而快乐的。你在不同领域、区带及勘探目标的角力上，随时都能收获成功的喜悦。青海的柴达木盆地，不仅地面、地表环境艰苦，让我最痛苦的还在于，它的地质条件实在太复杂了。我来'西油'一看，四川盆地可以说是'东方不亮西方亮'：当海相勘探还没发现时，陆相又有发现；常规天然气还没发现时，非常规天然气又有发现；龙门山前还没发现时，大巴山前又有发现；大巴山前还没发现时，川东高陡构造又有发现；川东高陡构造还没发现时，川南页岩气又有发现……可以说，我们整个四川盆地，到处都是源源不断的油气资源。

"有人问，'西油'即将上产500亿的产能储量，具体产能是如何构成的？在回答这个问题前，还是先说'十三五'期间已实现的300亿产能构成吧。这300亿，其中页岩气占100亿，川中古隆起以安岳气田为代表的大数占了150亿，另外五大矿区的老气田占了50亿，一加就是300亿了。

"这300亿，一直都有长期稳产的开发基础，到2025年，我们是一方气也不允许它掉下来的。对各大矿区老气田，我们的党委班子已经形成共识，一定要加强老气田的稳产措施。这样要是老气田能确保原有产能不下降，那么，这个基础我们也就有了，剩下的，就是对新资源的扩展了。川中古隆起的北侧，如果勘探部门能在3年内拿下5000亿至10000亿的储量，我们又有了100亿储量；致密气这一块，如能再拿5000亿至10000亿的探明储量，这又等于有了一个100亿；第三个100亿，就是泸州深层页岩气的100亿了。这三个100亿加上原来的300亿，不就等于有600亿了吗？所以，我们在未来的三至五年中，甚至在更短的时间内上产500亿，通过努力，最终实现800亿的战略目标，还是有方向、有目标、有潜力的！"

从张道伟充满自信和豪气的关于西南油气田未来蓝图的勾画之中，我们不难看出"西油"这艘巨轮驶出"历史三峡"的清晰路径，乃至中国实现未来已来的能源革命的图谱！